BASTEI
LÜBBE

Alexandra Raife

Stürmische Heimkehr

Roman

Aus dem Englischen
von Ursula Walther

BASTEI
LÜBBE

BASTEI-LÜBBE-TASCHENBUCH
Band 14330

Titel der amerikanischen Originalausgabe:
BELONGING

Erste Auflage: April 2000
Umschlaggestaltung: Quadro Grafik, Bensberg
Titelillustration: AKG, Berlin,
Emil Nolde, »Blumengarten Alsen« (um 1915)
Satz: hanseatenSatz-bremen, Bremen
Druck und Bindung: AIT Trondheim AS
Printed in Norway
ISBN 3-404-14330-2

Für James

KAPITEL 1

Zaghaftes Morgenlicht fiel durch die hohe Balkontür in die Küche der Edinburgher Wohnung. Die Küche war hell, ordentlich, makellos; der Geruch nach frischgemahlenem Kaffee und in der Mikrowelle gewärmten Brötchen mischte sich angenehm mit dem Duft der Freesien, die Esme so gern mochte. Die Sonnenstrahlen brachten den Orangensaft in dem geriffelten Glaskrug zum Leuchten, intensivierten die Farbe der dunklen Marmelade und zeichneten eine helle Linie auf die gestärkte Tischdecke.

Rebecca saß am Tisch und unternahm keinen Versuch, etwas zu tun, da die Routine bereits ihren Lauf genommen hatte. Sie gestattete, daß man sie umsorgte, wie es Leute eben taten, die kurz davor standen, zu einer wichtigen Reise aufzubrechen. Sie fühlte sich innerlich leer, als sie an die ausgeräumte Wohnung oben, an die gepackten Koffer und das Büro dachte, in dem jetzt schon eine andere Person saß und eine neue Beziehung zu ihrem Computer geknüpft hatte.

Es hatte gut funktioniert, ging es ihr durch den Kopf. Sie und ihre Mutter hatten in den letzten Jahren zu einem ausgewogenen Verhältnis zwischen Nähe und Unabhängigkeit gefunden, und wahrscheinlich war diese Art des Zusammenlebens so erfolgreich gewesen, weil Esme selbst eine vielbeschäftigte Frau und klug und feinfühlig genug gewesen war, Rebecca keine Fragen zu stellen, als sie vor sieben Jahren ihr Leben so sorgfältig umgestaltet hatte. Eine Menge Zuneigung und eine gehörige Portion Humor waren im Spiel gewesen, und Rebecca betrachtete jetzt voller Liebe ihre Mutter, die neben dem Kaffeeperkolator stand und darauf wartete, daß das Blubbern den richtigen Ton hatte und ihre Nase ihr verriet, daß sich das volle Aroma des Kaffeemehls genau zum richtigen Zeitpunkt entfaltet hatte.

Esme trug eine gutsitzende braune Hose, einen cremefarbenen Kaschmirpullover und einen hellen Seidenschal; das dunkle, lockige Haar, das Rebecca geerbt hatte, wurde allmählich grau und war frisch geschnitten, das Gesicht war perfekt geschminkt. Sie sah aus wie eine wohlhabende Edinburgher Lady, die eine Runde Golf vor sich hat, im Clubhouse zu Mittag ißt und nachmittags vielleicht eine Partie Bridge spielt.

Esme brachte den dampfenden, noch immer blubbernden Perkolator an den Tisch und setzte sich mit einem kleinen wehmütigen Lächeln. »Diese Leere oben«, sagte Esme. »Eigenartig, wie sie sich spürbar macht.«

Rebecca nickte – für einen Moment brannten ihr die Augen. Sie fuhr weg; ihre Mutter würde sich damit abfinden müssen, aber sie wußte, daß Esme nichts für Mitleid übrig hatte. »Ich werde das alles hier vermissen«, sagte Rebecca mit nicht ganz sicherer Stimme.

»Wäre es nicht besser, wenn du dir für eine Weile alle Möglichkeiten offenhalten würdest?« fragte Esme. »Möchtest du die Wohnung nicht leer stehen lassen, bis du genau weißt, was du willst? Es ist nahezu unmöglich, wieder etwas zu finden, was uns beiden so zusagt wie dies. Du könntest es dir leisten, nicht sofort zu verkaufen.«

»Ich weiß.« Rebecca zögerte. Sie hatte die Wohnung nicht vor ihrem Auszug angeboten, um sich die Mühe zu sparen, den Interessenten selbst die Räume zu zeigen, und um so lange wie möglich ein normales Dasein zu führen. Sie wußte, daß sie ihr Leben nie wieder so praktisch und angenehm würde einrichten können wie zur Zeit. Sie hatte ihrer Mutter nichts von den Ereignissen, die sie dazu getrieben hatten, die Stadt zu verlassen, und den Gründen für diesen hastigen Aufbruch erzählt. Aber sie hatte auch keine Vorwände erfunden, und Esme wußte, daß es ein zwingendes Motiv für den Umzug gab. Wieder einmal stellte sie keine Fragen.

»Sie muß geputzt werden«, sagte Rebecca; ihre Gesichtsmuskeln waren steif vor Anspannung. Sie konnte kein einziges Detail ansprechen, ohne einer unaufhaltsamen Flut von Tatsachen Tür und Tor zu öffnen, die das akribisch erstellte Gebäude ihrer gegenwärtigen Existenz zerstörten. Ihrer beider Blicke trafen sich; Flehen und Mitgefühl.

Es war alles gesagt; Esme wollte nur klarmachen, daß ihre Liebe und Sympathie ungebrochen waren. Es war sicher keine Kleinigkeit, die Rebecca dazu bewogen hatte, ihr beneidenswertes, erfolgreiches und offenbar zufriedenes Leben so abrupt aufzugeben.

»Und es wird dir nicht schwerfallen, wieder in Ardlonach zu sein?«

»Das kann ich wirklich noch nicht sagen«, gestand Rebecca. Ardlonach, der heißgeliebte Familiensitz an der Westküste. Rebeccas Vater Francis war der zweite der drei Urquhart-Brüder gewesen. Er und der jüngste, William, waren vor siebzehn Jahren im Skiurlaub in den französischen Alpen bei einem Lawinenunglück ums Leben gekommen. Der älteste Bruder Kenneth, der nie verheiratet gewesen war, hatte in Ardlonach gelebt, bis er vor sieben Jahren im Alter von dreiundsechzig ganz plötzlich an einen Herzinfarkt gestorben war. Er hatte das Haus und das, was sonst noch vom Besitz der Familie übrig war, seinem einzigen Neffen, Williams Sohn Tony, hinterlassen. Tony war jünger als Rebecca und seine Schwestern. Rebecca, für die Ardlonach eine der großen Leidenschaften ihres Lebens war, konnte sich nur schwer mit Kenneths Letztem Willen abfinden. Zudem war diese Veränderung in einer Zeit vonstatten gegangen, in der sie emotional sehr verletzlich gewesen und ihr normalerweise gut ausgeprägter Realitätssinn ins Wanken geraten war, und ihre Mutter wußte, wieviel ihr Kenneths Entscheidung ausmachte.

»Meinst du, du wirst damit fertig, daß Tony jetzt dort ist?« fragte Esme. »Daß Tony der Besitzer ist?«

»Er ist der Besitzer, weil er einen Schwanz hat und ich nicht«, antwortete Rebecca grimmig und gab einen Klecks Marmelade auf ihren Teller.

»Wenn das die einzige Formulierung ist, die du für die Bevorzugung eines Mannes findest, dann stimme ich dir zu«, sagte Esme ungerührt.

Rebecca lachte. »Oh, ich hatte genügend Zeit, das zu überwinden. Mittlerweile denke ich, daß es traurig wäre, wenn ich mich deshalb für immer von Ardlonach fernhalten würde. Ich war schon viel zu lange weg. Ich kenne keinen anderen Ort, an dem ich mich lieber ein paar Wochen aufhalten würde, um ein bißchen auszuspannen. Tony kann zwar eine entsetzliche Nervensäge sein, aber ich freue mich auf Una.«

»Ja, Una ist wunderbar«, stimmte Esme ihr zu und lächelte liebevoll. »Obwohl ich mir absolut nicht vorstellen kann, daß sie ein Hotel führt. Tony sehe ich übrigens auch nicht als Hotelier, aber er wird sich wahrscheinlich ohnehin die meiste Zeit in der Bar aufhalten. Es könnte ein ziemlicher Schock für dich sein, die vielen Fremden im Haus herumschwirren zu sehen«, sagte sie in unbekümmertem Ton. Dennoch machte sie sich ernsthafte Sorgen, daß Rebecca, die normalerweise ungeheuer scharfsinnig war, in ihrem offensichtlichen Bedürfnis nach Ruhe nicht mit den Veränderungen rechnete, die in dem alten Haus vor sich gegangen waren. Diese plötzlichen Fluchtgedanken gaben Esme Rätsel auf und beunruhigten sie. Es hatte keinerlei Anzeichen für eine bevorstehende Krise in Rebeccas erfülltem, organisierten und offenbar gefühlsmäßig ruhigem Dasein gegeben.

»Sie eröffnen das Hotel erst in drei Wochen«, rief Rebecca ihr ins Gedächtnis. »Wenn ich die Gäste nicht ertrage, kann ich mich ja jederzeit wieder auf und davon machen.« Aber wohin sollte sie gehen? Diese erschreckende Frage kam ihr sofort in den Sinn, gleichzeitig sah sie eine Landkarte von Schottland und ganz Großbritannien vor sich – nirgendwo konnte sie einen Brennpunkt ausmachen, es gab nur ein dunkles Gebiet, das sie um jeden Preis meiden mußte. Sie stand unvermittelt auf. »Ich muß mich jetzt auf den Weg machen.« Das stimmte nicht; nichts trieb sie voran, sie konnte sich so lange Zeit lassen, wie sie wollte.

»Himmel, ich auch«, rief Esme aus und schaute auf ihre Uhr.

Der Abschied war kurz. Esme war keine Frau, die Körperkontakt suchte. Sie drückte ihre Liebe durch Vertrauen, Zurückhaltung und Loyalität aus.

Sobald sich die Tür hinter ihrer Mutter geschlossen hatte, lief Rebecca ins Wohnzimmer und öffnete die Glastür, um sich auf den Balkon mit dem schwarz lakkierten schmiedeeisernen Geländer zu stellen und zuzusehen, wie Esme mit raschen Schritten über den kopfsteingepflasterten Platz zu ihrem Wagen ging. Sie hielt den Rücken in der moosgrünen Lederjacke gerade, und ihr Gang war beschwingt wie der einer jungen Frau. Dabei war sie fast sechzig und Installateurin. Das hieß, sie führte nicht nur die Firma, die sie von ihrem Vater geerbt hatte, sondern sie betätigte sich zeitweise auch selbst als Klempnerin. Außerdem war sie eine qualifizierte Lehrerin und hatte einen Studienabschluß in Geschichte.

Bevor sie in ihr Auto stieg, hob sie eine Hand in Richtung Haus, wie Rebecca es vorausgesehen hatte. Rebecca spürte, wie der Kloß in ihrem Hals größer und härter wurde, und einen erschütternden Augenblick lang sehnte sie sich danach, ihre Mutter zurückzurufen und mit ihr zu reden, um nicht so viel Unausgesprochenes zwischen ihnen bestehen zu lassen.

Aber ich kann nicht einmal ihr von dieser denkwürdigen Begegnung erzählen, dachte sie gepeinigt und winkte zurück. Ich kann überhaupt niemandem davon erzählen. Und ich will nicht bis in alle Ewigkeit auf ein Zusammentreffen irgendwo, irgendwann, hier in den vertrauten Straßen warten. Er hatte es versprochen. Es war die einzige uneingeschränkte Bedingung gewesen, und er hatte ihr sein Ehrenwort gegeben. Jetzt hatte er es gebrochen und schien zu glauben, daß deswegen keine triftigen Gründe mehr bestehen konnten, es in Zukunft einzuhalten. Rebecca kam es so vor, als wäre jedes Gefühl von Sicherheit zerstört und als könnte sie nichts dagegen unternehmen, außer zu verschwinden.

Vielleicht war es ohnehin an der Zeit zu gehen, dachte sie nüchtern wie so oft in den letzten Wochen. Ihr Leben war zu vorhersehbar geworden, zu zufriedenstellend und erfolgreich. Es bedurfte einer drastischen Veränderung. Oh, sei nicht so vernünftig und tapfer, machte sie sich über sich selbst lustig. Wie auch immer, die Würfel waren gefallen, sie konnte nichts mehr rückgängig machen und mußte sich in Bewegung setzen.

Esme fuhr um die Kurve und hielt blind vor Tränen den Wagen an. Vor ihr lag ein langer, anstrengender, sinnloser Tag. Und am Abend würde sie heimkommen in die Stille, in vollkommene Einsamkeit. Oh, mach dich nicht lächerlich, schalt sie sich ärgerlich. Sie und Rebecca hatten sich oft viele Tage lang überhaupt nicht gesehen. Und sie war allein gewesen, als Rebecca in Glasgow ihr Studium im Rechnungswesen und Steuerrecht abgeschlossen hatte und danach drei Jahre als Praktikantin in einer Firma in Aberdeen tätig gewesen war. Rebecca gehörte nicht zu den Studentinnen, die jede Woche mit einem Sack voller schmutziger Wäsche nach Hause fuhren, und Esme gehörte nicht zu den Müttern, die die Wäsche gewaschen hätten. Aber dies hier war etwas anderes, denn Esme ahnte, daß Rebecca einen ernsthaften Schicksalsschlag erlitten hatte, und bedauerte von Herzen, daß sie ihr nicht helfen konnte. Esme war so sehr bemüht, sich nicht einzumischen und Rebeccas Privatsphäre zu respektieren, daß sie fürchtete, die Fähigkeit, hilfreich zu sein, verloren zu haben. Was für einen Zweck hatte die gegenseitige liebevolle Unterstützung, wenn etwas ihre ansonsten sehr mitteilsame und äußerst pragmatische Tochter so sehr quälte, daß sie ihre hart erkämpfte Partnerschaft in der Steuerkanzlei Athle Finance Services aufkündigte und die funktionelle, bequeme Wohnung, die genau ihren Bedürfnissen entsprach, verkaufte? Eine Wohnung die nur sehr spärlich möbliert war, erinnerte sich Esme mit einem bebenden Lächeln. Sauberkeit, Schlichtheit und Praktikabilität – das waren die Dinge, auf die Rebecca Wert legte. Sie hinterließ ihrer Mutter häusliche Perfektion.

O mein Liebling, weinte Esme im stillen und wickelte ein Papiertaschentuch um ihren kleinen Finger, um vorsichtig die Tränen unter den Augenlidern fortzuwischen, ich möchte dich wieder lachen sehen. Ich weiß nicht, wie ich ohne deine bissigen Kommentare, deinen unwiderstehlichen Humor, deine Herzlichkeit und Großzügigkeit leben soll. Esme atmete ein paarmal tief durch, straffte die Schultern und fuhr los in Richtung Leith.

In der stillen, sonnendurchfluteten Wohnung räumte Rebecca mechanisch den Tisch ab, stellte das Geschirr in die Spülmaschine, säuberte die Kaffeemaschine und warf ihre Serviette in den Wäschekorb. Die Küche blitzte vor Sauberkeit und Ordnung. Ein letzter Impuls, nicht spurlos zu verschwinden, weckte den Wunsch, etwas für ihre Mutter dazulassen. Einen Trost oder eine Entschuldigung? Wieviel machte ihr Auszug Esme tatsächlich aus? Das würde Rebecca wohl nie erfahren. Aber konnte sie nicht irgend etwas arrangieren, was sie am Abend zu Hause willkommen hieß? Nach dem Tag in ihrem Geschäft würde Esme im Club schwimmen gehen und anschließend einen Förderkurs im Zentrum in Crauigmillar abhalten. Sie würde in einem ihrer zahlreichen, über die ganze Stadt verstreuten Lieblingslokale zu Abend essen und spät nach Hause kommen. Sie führte ein anspruchsvolles, produktives, diszipliniertes Leben, das trotz der rauhen Kanten, die es durch die Schwierigkeiten und Krisen im Geschäft erlitt, und trotz der Kämpfe und Enttäuschungen als Lehrerin im persönlichen Bereich ruhig und glatt verlief. Die wahren Dramen und Schlachten hatten in den Jahren stattgefunden, in denen sie verheiratet gewesen war, und wenn sie jene Turbulenzen seit Francis' Tod vermißte, dann ließ sie es sich zumindest nicht anmerken. Rebecca war siebzehn Jahre alt gewesen, als ihr Vater starb; damals hatte man sie in einem Internat untergebracht. In den siebzehn Jahren, die seither vergangen waren, war es ihr immer so vorgekommen, als hätte sich rein äußerlich gesehen kaum etwas für sie und ihre Mutter geändert, abgesehen von der Tatsache, daß ihr extrovertierter, energiegeladener, lebenslustiger Vater eine große Lücke hinterlassen hatte. Die tüchtige, unabhängige Esme hatte die Verantwortung übernommen und weder damals noch sonst irgendwann ihre Tochter mit ihrer eigenen Trauer belastet.

Rebecca fand eine Karte – UNICEF, Mohnblumenwiese. Man kritzelte keine Botschaften für Esme auf gebrauchte Briefumschläge. Sie schrieb: »Danke, daß Du keine Fragen gestellt hast. Vielleicht bin ich eines Tages imstande, Dir alles zu erzählen. Ich liebe Dich, R.« und lehnte die Karte an die schlanke Vase mit den Freesien. Sie zögerte. Sie wollte so etwas wie ein Bekenntnis hinterlassen, daß ihre Mutter es verdient hatte, alles zu erfahren, aber schon jetzt bereute sie dieses halbe Versprechen beinahe. Dennoch ließ sie die Karte dort, wo sie war.

Ihr Gepäck stand im Flur; sie nahm nur wenige Sachen mit. Sie besaß keines der Kleidungsstücke mehr, die sie in Ardlonach brauchen würde, aber sie konnte sich die passende Garderobe in Fort William besorgen. Ihre Mutter hatte Platz für ihre Bücher und CDs und die Besitztümer geschaffen, von denen sie sich nicht trennen wollte, aber wie sich herausstellte, war auch das nicht viel. Sie bedauerte nicht, daß sie ihre Möbel nicht mitnehmen konnte; sie gehörten zur Wohnung, und Rebecca hatte ihre Entscheidung gefällt. Sie zog die Augenbrauen hoch und betrachtete die wenigen Koffer. Kein Mensch durfte behaupten, daß sie nicht loslassen konnte.

In den vergangenen sieben Jahren war sie fast jeden Tag diese Treppe hinunter und zum Auto gegangen. Warum bloß fühlte sich das alles heute so anders an? Es lag nicht nur an dem Gepäck oder an den lauernden Tränen, die ihr in den Augen brannten, seit sie beobachtet hatte, wie ihre Mutter mit entschlossenen Schritten davongegangen war, sondern vor allem an dem Gefühl, entwurzelt, Treibgut zu sein.

Sie schnaubte ärgerlich, als sie ihre Taschen im Kofferraum verstaute und aus Gewohnheit abschloß.

Dann ging sie zur Fahrerseite ihres Ford Escort, der trotz seiner flammend orangeroten Karosserie irgendwie harmlos aussah. Krokusse blühten in dem kleinen Vorgarten, ein scharfer Ostwind kämpfte gegen die Sonnenwärme; Rebecca würde dies hier nie wieder als Heim ansehen.

Sie bog ein paarmal ab und fuhr in Richtung Queensferry Road, wurde vom dichten Verkehr aufgehalten und empfand mit einemmal drängende Ungeduld – sie wollte weg, alles hinter sich lassen. Raum und Licht öffnete sich schließlich über der Brücke, die Förde darunter ein glitzerndes Blau; dann hatte Rebecca endlich die Möglichkeit, sich ihren Weg durch den dichten Verkehr zu bahnen, und sie kam etwas schneller vorwärts. Erst als sie längst auf dem Weg nach Perth war, kam ihr die Idee, daß sie sich nicht mühsam weiterkämpfen mußte, daß sie nicht einmal die Autobahn benutzen mußte. Sie konnte auch nach Westen abbiegen, die kleinere Straße durch Glen Devon nehmen, wie sie es früher immer getan hatten. Sie hatte sich zu sehr daran gewöhnt, immer in Eile zu sein. Sie fuhr gern Auto und liebte ihren kleinen Wagen, einen RS Turbo mit mehr Power, als auf den ersten Blick ersichtlich war. Sie würde auch diese Fahrt genießen, nachdem die Flucht gelungen, der letzte Schritt getan, die Brücken abgebrochen waren. Sie machte es sich auf dem Fahrersitz bequem und konzentrierte sich voll und ganz auf die belebte Straße, die sie in die Hügel entführen würde, wo sie sich zwei Tage absoluten Müßiggangs als eine Art Puffer zwischen ihrem bisherigen Leben und der Rückkehr zu dem Haus gönnen wollte, das sie einst als ihren zukünftigen Besitz angesehen hatte.

Rebecca kurvte langsam im Abendlicht, das hier länger zu verweilen schien als in der Stadt, über die Uferstraße. Auf dem Berg jenseits des glitzernden, vom leichten Wind gekräuselten Wassers dehnten sich zierliche Schatten mit scharfen Umrissen neben jedem Baum und jedem Felsen auf dem Gelände aus. Rebecca hatte immer die Vorfrühlingsabende an der Westküste geliebt und sich vorgenommen, genau zu dieser Zeit hier anzukommen und gemächlich über die wohlbekannte Straße zu zuckeln, während die sinkende Sonne den Himmel vor ihr ausfüllte, ehe sich der Loch dem äußeren Sund öffnete.

Einiges war anders geworden. Zwischen der Straße und dem Loch zu ihrer Linken befand sich ein Picknickplatz mit Holztischen, Abfalleimern und künstlich angelegten Wegen, die das offene Gelände sinnlos durchzogen. Das Unkraut gedieh hier besser als das Gras, und Trampelpfade zeigten deutlich, daß die

Menschen direktere Routen den gewundenen vorzogen. Dahinter kam ein Campingplatz, auf dem fast nur dauerhaft stationierte Wohnwagen mit den dazugehörigen Gasflaschen, Mülltonnen, abgeschlossenen Werkzeugkästen, Wasserbehältern, Betonwegen standen. Gelegentlich sah man sogar ein Blumenbeet oder kleine Ziersträucher.

Die Häuserzeile vor Luig begann früher, als Rebecca es in Erinnerung hatte, und in die darüberliegende Hügelböschung, die einst ein Meer von gelbem Stechginster gewesen war, hatte man Feldwege gefräst und Blockhütten auf häßlichen Schlackensteinfundamenten gesetzt. Das Örtchen Luig selbst hatte sich, wie Rebecca dankbar registrierte, kaum verändert. Die Steinhäuser drängten sich so nah aneinander und um den schmalen Hafen herum, daß kaum Platz für sogenannte Verbesserungen war. Einige Schuppen und kleine Läden in der Nähe des Piers waren einem großen neuen Parkplatz gewichen, und man sah die üblichen verheerenden, weil billigen mit Holz verkleideten Ausbauten, die aus den Schieferdächern ragten, Spiegelglasfenster und scheußliche Ladenschilder. Trotzdem war es immer noch das alte Luig, ein Teil ihrer Kindheit. Rebecca kurbelte das Fenster hinunter, atmete den rauchigen, fischigen Alltagsgeruch ein und war zufrieden.

Sie fuhr weiter, blieb auf der jetzt noch schmaleren und fast menschenleeren Uferstraße, die um diese Jahreszeit nur von Ortsansässigen benutzt wurde. Im Sommer kamen die Touristen mit ihren Autos und in Bussen bis nach Luig, fuhren weiter nach Norden durch das Moor und über Inverbuie zurück nach Fort William, aber nur wenige machten den größeren Bogen um die Halbinsel. Rebecca nahm sich vor, die

Strecke am nächsten Tag zu fahren – sie hatte die Landkarte der so vertrauten Region wieder genau im Kopf.

»Als ob du eine Karte nötig hättest, du Idiotin«, sagte sie laut. Ihre Stimmung erhellte sich. Sie hätte nicht so lange wegbleiben sollen. Tony hatte Kenneth nicht gebeten, ihm das Anwesen zu vererben, und was hätte sie damit angefangen? Geschenkt! Es war gut, unter diesen unverbindlichen Umständen wieder herzukommen, den Übergang zu allem Neuen zu verwinden und so lange zu bleiben, wie es ihr gefiel. Bis sie entschieden hatte, was sie tun sollte. Aber daran wollte sie jetzt nicht denken. Sie würde zum Haus gehören, nicht nur ein Gast sein. Da dieser Begriff, seit das Hotel existierte, eine ganz andere Bedeutung bekommen hatte, mußte sie sich korrigieren: Sie würde der Familie nicht nur einen Besuch abstatten, sondern dazugehören. Sie glaubte, den Gedanken, daß das Haus voll mit Fremden sein könnte, gründlich durchgespielt zu haben. Sie war auf die unausweichlichen Veränderungen vorbereitet. Sie war bereit, das Anwesen als Tonys und Unas Heim zu akzeptieren.

Una war zum erstenmal als Teenager nach Ardlonach gekommen. Ihr Vater war ein Jagdfreund von Kenneth Urquhart, und er hatte seine Tochter bei seinen Besuchen mitgebracht, »damit sie unter jungen Leuten« sein konnte. Dabei hatte er nicht bedacht, daß Tony, seine Schwestern und Rebecca bereits Anfang Zwanzig und für eine Sechzehnjährige eine vollkommen andere Generation waren. Sie hatte sich immer wieder aufs neue in Tony verliebt und hartnäckig an dieser Zuneigung festgehalten, während er zahlreiche Affären und zwei geplatzte Verlobungen hinter sich brachte.

Tonys drei ältere Schwestern und Rebecca, die Una während ihrer Aufenthalte in Ardlonach liebgewonnen und das Gefühl hatten, sie beschützen zu müssen, versicherten ihr, daß Tony all den Kummer gar nicht wert war. Sie rieten ihr, ihn zu vergessen, aber die Mühe hätten sie sich sparen können. Una hing an ihm mit der Zuverlässigkeit der Menschen, denen es an Selbstbewußtsein mangelt. Und so hatten sie und Tony vor acht Jahren, als Tony noch bei der Navy war, geheiratet. Tony hatte seinen Dienst quittiert, als Onkel Kenneths Angelegenheiten geregelt waren und sein Letzter Wille rechtsgültig wurde. Vor fünf Jahren hatten die beiden Ardlonach als Hotel eröffnet. Una war nicht nur schüchtern und zurückhaltend, sondern auch chaotisch und unorganisiert; sie war die letzte Person, die mit Veränderungen und der Schufterei, die ein Hotelbetrieb mit sich brachte, fertig wurde – das war Rebeccas erster Gedanke gewesen, als sie von dem Vorhaben erfahren hatte. Und Tony hatte noch nie Ausdauer bewiesen; es war schwer vorstellbar, daß er sich besonders anstrengte. Aber Rebecca hatte sich geirrt. Nach allem, was man hörte, war Ardlonach ein viel besuchtes Hotel, das jetzt kurz vor der sechsten Saison stand.

Drei Meilen hinter Luig stieg die Straße an, wand sich dann vom Gipfel des Hügels auf der Seite des Loch durch Pinien- und Birkenwälder wieder bergab zum steileren Südhang, der mit Rhododendren, Azaleen und Ziersträuchern bewachsen war, und mündete in die Kieseinfahrt hinter dem weitläufigen, cremeweiß gestrichenen, mit Ranken bewachsenen Haus.

»Ich liebe diesen Ort«, dachte Rebecca und erstickte fast an dem reinen, unerwarteten Glücksgefühl, als sie aus dem Wagen stieg und einen Moment im goldenen

Licht, der windstillen Wärme und der duftenden Luft stehenblieb – das alles brachte mehr als nur nostalgische Erinnerungen zurück. »Gott sei Dank, daß ich hergekommen bin.«

Wo wohl Tony und Una steckten? Heute brauchten sie sich noch nicht auf ankommende Gäste vorzubereiten; das Hotel war noch nicht geöffnet. Una, eine passionierte Gärtnerin, war bestimmt draußen und genoß das letzte Licht und die Wärme. Und Tony, der sich weit weniger mit der Arbeit anfreunden konnte, saß vielleicht bei seinem ersten Gin des Abends im Salon.

Voller Optimismus und toleranter Zuneigung für die beiden ging Rebecca mit federnden Schritten zur großen Glasveranda. Stickige Luft, der Geruch von Jacken, in denen Menschen beim Fischen, Segeln und Jagen gewesen waren. Wie wohltuend!

»Tony! Una!« rief sie in die Stille und öffnete die Tür zum Haus. »Ich bin da!« Wenigstens konnten sich die verdammten Möpse nicht mehr auf sie stürzen, die Una früher immer mit sich herumgeschleppt hatte. Die zwei letzten Weihnachtskarten von Una hatten Rebecca vom Ableben erst des einen Mopses, dann des anderen in Kenntnis gesetzt. Jetzt gab es keine mehr, es sei denn natürlich, Una hatte sich neue angeschafft. Aber nichts kläffte, und kein Hund ließ sich blicken. Die Tür des Arbeitszimmers ging auf, und Una stand da. Sie klammerte sich wie eine Verwundete an die Klinke, ihr kleines Gesicht war tränennaß, und sie hatte die Augen vor Verzweiflung weit aufgerissen.

»Una, was um Himmels willen ist passiert?« Rebecca lief bestürzt auf sie zu. »Was ist los?«

Una wischte sich das Gesicht mit einem zusammengeknüllten Papiertaschentuch ab, holte stockend Luft und stieß mühsam hervor: »Rebecca, Gott sei Dank, daß du hier bist!«

»Was ist los? Una, sag mir doch, was hier vor sich geht.«

»Es ist Tony ... er ist fort.«

»Was soll das heißen, er ist fort? Wohin ist er gegangen?«

»Auf die Cayman Islands. Mit einer Marinehelferin namens Serena.«

KAPITEL 2

»Aber wann ist das denn alles passiert?«

Die erste Tränenflut und Aufregung waren verebbt, und die beiden Frauen hatten sich in das gemütliche, weiß getäfelte, mit Büchern vollgestopfte einstige Arbeitszimmer von Onkel Kenneth zurückgezogen, das jetzt ein chaotisches Büro mit einem Computer zwischen unordentlichen Haufen von knittrigem Papier war.

»Gestern.« Una schluckte schwer und zupfte ein weiteres Knäuel Papiertücher aus einer fast leeren Schachtel. Der Papierkorb quoll über von durchweichten Papiermassen. »Ich hab' versucht, dich anzurufen, aber du warst schon weg. Deine Mutter wußte nicht, wo du zu erreichen bist.«

»Aber was hat Tony gesagt? Was hat er überhaupt vor?«

Trotz Tonys bewegter Vergangenheit hatte Rebecca bei den gelegentlichen Besuchen der beiden in Edinburgh den Eindruck gewonnen, daß ihr Cousin und

Una bemerkenswert glücklich miteinander waren. Aber Tony war immer schon für seine kurzlebigen Leidenschaften bekannt gewesen, und wahrscheinlich konnte man nicht von ihm erwarten, daß er sich für immer damit zufriedengab, Unas kleines, verletzliches Gesicht vor sich zu sehen, dachte Rebecca grimmig.

»Er behauptet schon seit Ewigkeiten, daß er sich hier langweilt, daß er den Gedanken nicht ertragen könnte, dieses Jahr wieder für die Touristen zu öffnen, und daß er wünschte, er hätte das Haus niemals zum Hotel umfunktioniert«, sprudelte Una atemlos hervor. Sie strich mit beiden Händen die Massen ihres feinen dunklen Haars zurück – eine vertraute, aber ziemlich sinnlose Geste, da ihr die Strähnen gleich wieder ins Gesicht fielen. »Aber er sagt das jeden Frühling, deshalb habe ich es nicht sonderlich ernst genommen. Dann fuhr er für ein paar Tage weg, um das Geschäft anzukurbeln, wie er behauptete. Als er zurückkam, eröffnete er mir ... er sagte ...«

Sie war nicht imstande weiterzureden, Rebecca gab einen zornigen Laut von sich, trat ein paar Schritte vor und schloß sie in die Arme. Ihr fiel auf, daß die zarte Una, die ohnehin nie kräftig genug gewesen war, um Kämpfe oder ernsthafte Schicksalsschläge zu überstehen, noch dünner und zerbrechlicher geworden war. »Una, du Ärmste, dein Mann war immer schon ein Mistkerl, wenn ihm danach zumute war. Aber es ist doch bestimmt keine ernste Affäre, oder? Das Ganze kommt ein bißchen plötzlich, findest du nicht?«

»Nein, nein, sie haben sich schon seit langer Zeit Briefe geschrieben, das hat er mir selbst erzählt«, wimmerte Una. »Er hat mir alles ganz offen ins Gesicht gesagt. Es war schrecklich! Er findet es abscheulich, wenn fremde Leute in unserem Haus wohnen, sagt er, und ich hätte mich verändert, seit wir das Hotel haben – unsere Beziehung hätte sich verändert. Selbstverständlich ist alles anders geworden; wir haben immer alle Hände voll zu tun, und ich bin oft ziemlich erschöpft. Tony wird schrecklich ungehalten, wenn ich spät dran bin und so, aber ich empfinde immer noch dasselbe für ihn wie einst. Trotz allem, was er getan hat, werde ich immer ...« Sie schluchzte und legte den Kopf an Rebeccas Schulter.

»Aber Una, Tony kann unmöglich vorhaben, für immer von hier wegzugehen. Wahrscheinlich hat er von dem Betrieb hier die Nase voll – du weißt ja, wie schnell er das Interesse an den Dingen verlieren kann –, aber Ardlonach ist sein Zuhause, er verdient seinen Lebensunterhalt damit, und du bist seine Frau. Er kann dem allen nicht einfach den Rücken kehren.« Sie hätte gern praktische Fragen gestellt: Was hat er mitgenommen? Welche Arrangements hat er wegen des Hotelbetriebs, dem Geld, den Rechnungen getroffen? Aber sie wußte aus Erfahrung, daß die meisten Menschen diese Art von Sachlichkeit als gefühllos ansahen, und Una war in ihrem gegenwärtigen Zustand sicher nicht in der Lage, über solche Dinge zu sprechen, falls sie sich überhaupt schon Gedanken darüber gemacht hatte.

»Nein, nein, er liebt sie. Sie kennen sich, seit er bei der Navy war. Offenbar sind sie die ganze Zeit in Verbindung geblieben. Sie versteht ihn.«

Rebecca verzog unwillkürlich den Mund, als sie diese abgedroschene Phrase hörte. Una glaubte offenbar immer noch jedes Wort, das Tony von sich gab.

»Und sie ist reich. Das heißt, ihr Vater ist es. Ihm gehört eine Art Ferienanlage, alles ist sehr luxuriös dort

– auf den Cayman Islands. Tony soll sein Geschäftsführer werden.«

Rebecca konnte kaum fassen, daß Una nicht in den Sinn kam, daß er genau den Job antrat, der ihn hier so gelangweilt hatte, aber sie verkniff es sich, darauf hinzuweisen. Und Una war selbst nicht unvermögend, oder hatte Tony inzwischen ihr ganzes Geld durchgebracht? Bestimmt nicht, oder?

»Es ist ein Alptraum«, fuhr Una verzweifelt fort, »wir hatten vor, bald zu eröffnen. Dieses Jahr ist Ostern so früh, und jetzt muß ich allen Gästen absagen und dem Personal auch – meinst du, wir müssen Schadenersatz zahlen? Das Problem ist, daß sich viele unserer Gäste einbilden, ganz spezielle Freunde zu sein, und wahrscheinlich annehmen, daß sie auch so kommen könnten. Aber das würde alles noch schlimmer machen, weil sie uns kennen. Außerdem kommen da noch zwei neue Mädchen aus Australien. Sie sind schon auf dem Weg, und ich habe keine Ahnung, wie ich sie erreichen kann. Dann all die Bestellungen, die storniert werden müssen, und ich weiß nicht genau, was Tony schon geordert hat. Und ich müßte Caroline und den Zwillingen Bescheid sagen, oder will Tony vielleicht selbst mit ihnen reden? Und seine Mutter, was soll ich mit seiner Mutter machen ...?«

»Moment mal! Das ist im Augenblick alles nicht so wichtig.« Rebecca merkte selbst, daß sie ungeduldig klang, und mäßigte ihren Ton. »Was hast du über das Hotel gesagt? Hast du vor, es über Ostern geschlossen zu halten?«

»Wie sollte ich ohne Tony aufmachen? Wie kann ich es jemals wieder öffnen? Er organisiert alles. Er weiß über alles Bescheid, über die Buchhaltung, die Bar, die Löhne und Lizenzen, die Sicherheitsbestimmungen und so weiter. Wie soll ich das alles ohne ihn schaffen? Im Moment bin ich nicht einmal fähig, über all das nachzudenken ...«

»Aber du kannst doch nicht so einfach aufgeben!« Für Rebeccas geschäftsorientierten Verstand war das viel wichtiger als alles, was Tony seiner Familie erzählte oder nicht. Sollten sie die Dinge doch unter sich ausmachen. »Das Hotel läuft gut, oder nicht? Und was hättest du vor – einfach hier ganz allein weiterleben?« Das war wohl keine geeignete Art, Trost zu spenden, wurde ihr klar, und außerdem war dieses Problem zu groß, um jetzt schon gelöst zu werden. Sie fuhr hastig fort: »Und wenn Tony zurückkommt – und ich bin verdammt sicher, daß er das bald tun wird –, was willst du ihm dann sagen? Daß du alles weggeworfen hast, wofür ihr jahrelang gemeinsam gearbeitet habt?« Er hatte genau das getan. Rebecca wußte, wie ihre Reaktion wäre, wenn jemand sie in eine ähnliche Lage bringen würde, aber Una verehrte ihren nichtsnutzigen Mann, liebte ihn blind, und Rebeccas Argumente taten ihre Wirkung.

»Ja, das wäre furchtbar«, stimmte Una ihr zu. »Das sehe ich ein.«

»Jetzt hör mir mal zu – ich kann dir helfen, wenn du willst. Ich habe vorerst nichts anderes zu tun.« Sie hatte endlos Zeit, hielt es aber für klüger, das nicht auszusprechen. Außerdem wollte sie im Moment nicht an den Grund für ihre neugewonnene Freiheit denken. »Wir beide zusammen werden bestimmt eine Zeitlang mit allem fertig. Für dich ist doch sicher inzwischen einiges zur Routine geworden.« Oder war das eine zu große Hoffnung?

»Aber ich kann nichts reparieren, und irgend etwas ist immer kaputt, besonders wenn wir voll belegt sind und viel zu tun haben. Du machst dir ja keine Vorstellungen – die Boiler, der Staubsauger, die Eismaschine und alle möglichen Geräte, ständig ist etwas anderes kaputt!«

»Dann bitten wir jemanden, sich darum zu kümmern. Das dürfte kein Problem sein.« Für einen Moment wirkte Una beinahe hoffnungsvoll, aber dann machte sie wieder ein betrübtes Gesicht. »Nein, Rebecca, du verstehst das nicht. Es ist nicht nur das Hotel, sondern es ist noch viel schlimmer.«

»Wovon redest du?«

»Von Tonys neuem Vorhaben. Er hat letzte Saison damit angefangen, obwohl er eigentlich kaum Zeit hatte, sich damit zu beschäftigen. Aber er hat den ganzen Winter Werbung dafür gemacht und hat Dutzende Kurse angeboten. Oh, wie konnte er das alles nur aufgeben! Er war so begeistert davon – zumindest dachte ich das. Aber ich habe nicht die leiseste Ahnung von alldem – wir müssen das alles absagen.«

»Una, hör auf, sonst schüttle ich dich, bis du vernünftig wirst. Wovon redest du?«

»Über Tonys neue Kurse. Ich muß dir diese Briefe zeigen. Eigentlich hätte ich sie längst verschicken müssen. Wo sind sie überhaupt?« Una kramte hilflos in den verknitterten Papieren, die auf dem riesigen Schreibtisch verstreut waren. Rebecca stöhnte und verdrehte die Augen. »Wie konnte ich das nur vergessen? Aber ich hatte bislang nichts damit zu tun, und daher kam mir das alles so erschreckend vor. Außerdem war ich mit so vielen anderen Dinge beschäftigt. Ich habe dem Ganzen wirklich keine Beachtung geschenkt, es war ja auch Tonys Projekt. Nein, nein, ich werde dir alles erklären«, sagte Una rasch, als sie Rebeccas zornige Miene sah. »Tony hat ein Outdoor-Zentrum eingerichtet –

du kennst so was sicher, so eine Art Überlebenstraining für Manager und Unternehmensleiter; man wirft sie aus Booten oder von den Klippen und so weiter ...« Sie sagte das alles mit vollem Ernst, und Rebecca war für einen Moment fast zum Lachen zumute. »Tony hat angefangen, die Farmgebäude zu Unterkünften umzubauen, und wollte einen Kurs für Schiffbrüchige oder so was in der nächsten Bucht abhalten, aber mit den Vorbereitungen dafür ist er nicht fertig geworden. Dieses Jahr sollte eine neue Bar für die Kursteilnehmer im alten Kutscherhaus entstehen. Er dachte, wir könnten dort kleine Imbisse am Abend oder andere Verpflegung anbieten Aber wir haben nie richtig durchgesprochen, wie das funktionieren soll, denn die Küche ist auf der anderen Seite des Hauses, und wir haben jetzt sehr viel mehr Gäste zum Essen, weil all die Segler von der neuen Marina kommen, die sie in Luig aufgemacht haben ...«

Rebecca hörte ihr nicht mehr richtig zu. Du bist ein richtiger Scheißkerl, Tony Urquhart! dachte sie. Du hast mehr abgebissen, als du kauen kannst, und dich einfach aus dem Staub gemacht. Eine verständnisvolle Marinehelferin namens Serena und ihr reicher Vater haben sich als einfachste Lösung angeboten, und Ardlonach ist nur noch lästig für dich. Es war zu langweilig, zu anstrengend, also zum Teufel damit! Und dann? Willst du es verkaufen? Das Haus, das unser Vorfahr vor vier Generationen an diesem vollkommenen Platz mit Südblick auf den Loch Luig erbaut hat, das Land, das in den vergangenen hundert Jahren mit so viel Liebe zu blühenden Gärten, die terrassenförmig zu der kleinen Bucht abfallen, umgestaltet worden war, die Heimat der Familie, die das geräumige, behagliche Haus mit den großen Fenstern so sehr geliebt hat? In diesem Augenblick wurde Rebecca klar, daß sie das niemals zulassen würde.

»Una, hör mir zu. Beruhige dich. Wir schreiben heute niemandem mehr. Wir werden alles ganz genau besprechen und uns überlegen, wie wir die Probleme lösen können. Es gibt so viel, was wir bedenken müssen. Diese Kurse sind etwas ganz Neues. Vielleicht können wir dieses Angebot zurückziehen und das Hotel einfach weiterführen wie immer, aber vorerst unternehmen wir gar nichts. Wir lassen alles auf sich beruhen und sehen erst mal zu, daß wir etwas zu essen und – noch wichtiger – etwas zu trinken finden. Ich bin dafür, daß wir uns mit einem ordentlichen Gin stärken, ehe wir zur Tat schreiten.«

Ein Lichtblick war, daß die Mops-Ära zu Ende zu sein schien. Aber es wäre wohl ziemlich grausam, der Erleichterung darüber jetzt Ausdruck zu verleihen, überlegte Rebecca. Das würde nur eine neue Tränenflut freisetzen und das Abendessen noch länger hinauszögern.

»O Rebecca, ich kann dir gar nicht sagen, wie froh ich bin, daß du hier bist. Nur der Gedanke an deine Ankunft hat mich in den letzten vierundzwanzig Stunden aufrechterhalten und verhindert, daß ich den Verstand verliere.«

»Darüber läßt sich streiten.«

Ein erstes zaghaftes Lächeln erhellte Unas mageres, trauriges Gesicht. »Ob du wohl dein altes Zimmer wiedererkennst? Ich dachte, du würdest gern dort wohnen, aber ich fürchte, es hat sich ziemlich verändert. Es wird hauptsächlich von Kindern benutzt«, fügte sie hinzu, als müßte man deswegen die Veränderungen eher akzeptieren. Aus einem Grund, den sie nicht einmal vermuten konnte, verfehlte dieser Zusatz gründlich die von Una gewünschte Wirkung. Rebecca wandte sich ab, um den Schmerz zu verbergen, der ihr ins Gesicht geschrieben stand.

Ihr war klar, daß sie Interesse für die Arbeit zeigen sollte, die Tony und Una in das Haus investiert hatten, aber sie war zu aufrichtig, um Begeisterung darüber zu heucheln. »Ich hole meine Sachen«, sagte sie. »Es wäre dumm, den Weg nach oben mit leeren Händen zu machen.«

Das kleine Zimmer im obersten Stock war keineswegs so verändert, wie Rebecca befürchtet hatte. Die ungeschickt bemalten Möbel mit den Abziehbildern von Pu und seinen Freunden, die sie an einem regnerischen Nachmittag überall verteilt hatten, waren nicht mehr da. Der alte Teppich mit den dunkelblauen Rändern, den großen Rosen in den Ecken und der fadenscheinigen beigefarbenen Mitte hatte schon vor Jahren seinen Dienst getan. Aber Una hatte die ursprünglichen Farben der Einrichtung beibehalten – weiß lakkierte Möbel, und die Wände sowie der Teppich waren rauchblau. Und nichts konnte das einzigartige Licht verfälschen, das vom Loch reflektiert wurde und durch das große Erkerfenster fiel, oder den Blick auf den steil abfallenden Garten, der sogar schon so früh im Jahr mit einem Hauch von Frühling überzogen war. Und direkt vor dem Fenster war die Insel. Ihre Insel. Als Rebecca zum Fenster ging, um hinauszuschauen, war sie überwältigt von nostalgischen Gefühlen – der Geruch nach Salzwasser und von in der Sonne getrockneter Erde, die kalte Luft auf der Haut, die vertrauten Geräusche, die Schreie der Möwen, das alles brachte die Erinnerung an endlose Kindertage zurück. Warum war ich so lange weg? fragte sie sich fassungslos. Gleichzeitig regte sich der alte Zorn darüber, daß alles ausgerechnet in Tonys Hände übergegangen war, daß der Jüngste von ihnen allen rechtmäßiger Besitzer geworden war, und dieser Zorn erhielt neue Nahrung, weil Tony diesen Besitz so nachlässig behandelte.

»Wir haben hier oben auch ein kleines Badezimmer eingebaut«, sagte Una. »Der Wasserdruck ist natürlich nicht gerade stark, und es war nicht genügend Platz für eine Badewanne, aber wir haben eine zusätzliche Pumpe installiert, und die Dusche funktioniert wirklich prima. Du mußt also nicht mehr ständig treppauf, treppab laufen, aber wenn du ein richtiges Bad nehmen willst, kannst du ins Badezimmer gleich neben der Treppe gehen – es gehört zu keinem der Zimmer. Ist das für dich in Ordnung? Macht es dir was aus, daß alles anders geworden ist?«

»Du hast das ganz wunderbar gemacht.« Die Einrichtung der Zimmer war Rebecca nicht besonders wichtig, solange sie nur nicht zu vollgestopft waren und alles einigermaßen zusammenpaßte. Aber sie erkannte, daß Una sich große Mühe mit der kleinen Dachkammer gegeben hatte, und ihr gefielen die gestärkten Rüschen an dem nierenförmigen Toilettentisch und das neue Messingbett, obwohl die dicke weiße Überdecke bestimmt unpraktisch war, wenn Kinder dieses Zimmer bewohnten. Sie durfte gar nicht daran denken, daß all die unzähligen Kleinigkeiten, die in einem Hotelbetrieb beachtet und erledigt werden mußten, jetzt auf den Schultern dieses schutzbedürftigen, zierlichen Mädchens mit den rotverweinten Augen und dem erschrockenen Gesicht lasteten. Rebeccas Verstand beschäftigte sich trotz ihrer Vorsätze mit den Problemen, die vor ihr lagen.

Eigentlich wolltest du Ferien machen, erinnerte sie sich. Du bist zur Erholung hier. Du hast etliche Jahre in einem stressigen, anstrengenden Job hinter dir und wolltest ein bißchen Urlaub haben.

Sie hatte auf dem Weg hierher zwei Nächte in einem Hotel in Lochearnhead verbracht, war morgens lange im Bett geblieben und hatte sogar dort gefrühstückt, weil sie sich einbildete, das wäre der wahre Luxus. Aber in Wahrheit sehnte sie sich danach, aufzustehen und etwas zu unternehmen. Sie trödelte tagsüber herum, war unzufrieden, weil sie beschlossen hatte, sich erst in Ardlonach entsprechende Freizeitkleidung zuzulegen. Vor dem Mittag- und dem Abendessen hatte sie auf einem Barhocker gesessen, ohne lohnende Gesellschaft zu finden, anschließend fades Essen zu sich genommen und sich gefragt, was um alles in der Welt sie überhaupt hier verloren hatte. Genaugenommen waren zwei Tage der Untätigkeit mehr als genug für sie, und sie hatte sich gefreut, an diesem Morgen endlich in nordwestliche Richtung fahren und über die sehr viel besser gewordene Straße durch Crainlarich und Tyndrum kutschieren zu können.

»Ehrlich, ich mag dieses Zimmer«, sagte sie zu Una. »Es war lieb von dir, daß du daran gedacht hast, mich hier oben unterzubringen.«

»Tony war überzeugt, daß es dir hier am liebsten ...«, begann Una und verstummte abrupt. Sie hatten erst kürzlich darüber gesprochen.

»Komm«, sagte Rebecca sanft, nahm ihren Arm und schüttelte sie ein wenig. »Wie wär's mit einem Abendessen? Meinst du, du findest etwas für uns? Ich hatte nichts zu Mittag, weil ich einen kleinen Abstecher zum Loch Laggan gemacht habe. Es war schön, so kurz nach dem Winter und ohne Touristen, und ich konnte der Versuchung, über die leeren Straßen zu gondeln, nicht widerstehen.«

»Gott, du mußt ja kurz vorm Verhungern sein!« Rebecca wußte, daß die Bitte um Nahrung wirken würde. Kochen war Unas zweite Leidenschaft nach dem Gärtnern. »Ich gehe hinunter und richte etwas her. Es gibt deine Lieblingsspeise: *brochettes* vom Schwein. Sie müssen eine Weile ziehen, ehe sie auf den Grill können, und außerdem muß ich noch die Barbecue-Sauce machen.« So zerfahren Una auch bei der Bewältigung von alltäglichen Aufgaben sein mochte, sie hatte ein phänomenales Gedächtnis, wenn es um die Vorlieben und Abneigungen der Leute auf kulinarischem Gebiet ging.

Rebecca hörte, wie sie die gefährlich schmale Treppe hinunterlief, und lächelte. Es war gut, eine so wirksame Therapiemöglichkeit zur Verfügung zu haben. Aber ein gefühlloser, fahrlässiger Ehemann, der sich einfach auf- und davonmachte, würde eine größere Wunde mit weitreichenderen Folgen hinterlassen, als Una im Moment ahnte, davon war Rebecca überzeugt.

Vor zwei Tagen hatte der gemeine Ostwind in Edinburgh hinter Straßenecken gelauert, die Krokusse flachgelegt und die Frühblüher gepeitscht; hier kam die sanfte, süße Luft von Westen und unterstrich die Stille und das unerwartet starke Gefühl, nach Hause gekommen zu sein. Rebecca war sich im klaren gewesen, daß ihr dieser Ort sehr viel bedeutete, aber sie war nicht auf die intensive körperliche Reaktion gefaßt oder auf die vehemente Besitzgier, die Tonys Gleichgültigkeit wieder wachgerufen hatte.

Sie ging leichtfüßig und überließ es ihrem Instinkt, auf dem kurvigen, mit Treppen versehenen Pfad zur Bucht Tritt zu finden. Und du bist bestimmt so albern, nachzusehen, ob sie auch hier etwas ausgebessert haben, sagte sie sich.

Sie hatten in der Küche zu Abend gegessen, und Una hatte mit einem gewissen Trotz beschlossen, einen guten Margaux zu entkorken. Rebecca freute sich darüber, obwohl es sie flüchtig irritierte, daß Trotz nötig war, um diese schwierige Situation in den Griff zu bekommen. Una gelang es, sogar in ihrem aufgewühlten Zustand ein köstliches Mahl zuzubereiten, und Rebecca achtete darauf, daß Unas Glas immer gefüllt war – tiefer Schlaf würde ihr guttun. Wie Una sich allerdings am nächsten Morgen fühlen würde, wo es so viel zu besprechen und zu organisieren gab, das stand auf einem anderen Blatt. Una legte während des Essens ein wenig von ihrer Verzweiflung und Anspannung ab. Rebecca ließ sie reden und weinen und gab auch keinen Kommentar ab, als Una zweimal beinahe hysterisch über ihre eigene Naivität lachte. Im Laufe der Jahre hatten sie eine gute Beziehung zueinander aufgebaut, und Rebecca war sich bewußt, daß sie von allen Familienmitgliedern die geeignetste Person war, Una in dieser Situation beizustehen. War Tony vielleicht absichtlich in den Tagen verschwunden, in denen sie in Ardlonach erwartet wurde? Weil er ihr nicht gegenübertreten wollte oder weil er wußte, daß er die Verantwortung für Una auf sie abwälzen konnte? Vielleicht waren ihm auch seine Pläne aus der Hand geglitten, und er überließ es ihr, alles wieder ins reine zu bringen.

Hatte Una keine Freunde in der Nähe, die ihr helfen konnten? Aber Rebecca ahnte, daß sie am Boden zerstört gewesen und gar nicht auf die Idee gekommen war, sich an jemanden zu wenden. Sie hatte allein in dem großen Haus gesessen und verzweifelt geweint, in dem Wissen, daß Rebecca in Kürze auftauchen würde.

Ihre Augen hatten sich an die Dunkelheit gewöhnt, als Rebecca auf den Weg zwischen der Rückseite des langen steinernen Bootshauses, das sich schwarz gegen das hellere Wasser abhob, und dem kleinen Kliff am Ende des Kamms kam, der Ardlonach zu der verträumten, fruchtbaren Enklave machte, und auf den Anlegesteg zuging. Sie vermied unbewußt die Stellen, an denen die schweren Ringe in den Stein eingelassen waren. Erst im nachhinein bemerkte sie, was sie getan hatte, und mußte lächeln. Die kühlere Luft, die übers Wasser wehte, berührte ihre Wangen, als sie das Ende des Stegs erreichte. Sie stellte den Kragen ihres langen Reitmantels hoch. Eigenartig, daß Kleidung, die in der Stadt als ungeheuer lässig und leger galt, hier vollkommen fehl am Platze war.

Sie sah die dunklen Umrisse der Insel jenseits des ruhigen silbergrauen Wassers. Zwar erkannte sie keine Einzelheiten, aber sie erinnerte sich mühelos an alles. Auf der Seeseite befanden sich zerklüftete Klippen, an denen der Westwind und die Brandung unaufhörlich knabberten. Auf dieser Seite war ein vom Wind saubergefegter Erdstreifen, der sich zu einer grasbewachsenen Grube senkte, die ihrerseits in eine Bucht mit grobem Kiesstrand mündete. Dann stieg das Gelände im Osten wieder an – dort wuchsen Birken, Haselnußsträucher und Stechpalmen. Das alles war ihr so vertraut und mit unzähligen Erlebnissen verknüpft. Plötzlich stiegen ihr die Tränen in die Augen. Die Veränderungen, die schlichte Tatsache, daß die Zeit unaufhaltsam verstrich, Unas Kummer, ihr eigener Entschluß, die Wurzeln auszureißen und die Flucht vor dem einen zu ergreifen, dem sie sich nicht stellen konnte – das alles wurde zu einem bedrohlichen riesigen Gebirge. Sie stand zitternd da und betrachtete mit feuchten Augen die Lichter auf der anderen Seite des Loch und die dunklen Silhouetten der Hügel, aber sie gestattete sich immer noch nicht, ihren Tränen freien Lauf zu lassen.

KAPITEL 3

Es war von Anfang an klar, daß diese Besprechung nicht die positiven Impulse bringen würde, auf die Rebecca gehofft hatte. Selten war sie zwei bärbeißigeren, unkooperativeren Typen begegnet. Una, deren Nervosität und Elend nur allzu offen zu Tage trat, machte die beiden Männer argwöhnisch und verlegen, während sie sich Rebecca gegenüber gereizt und abweisend verhielten und ihr deutlich bewußt machten, daß sie hier und besonders bei dem Vorhaben, über das sie diskutierten, fehl am Platze war in ihrer smaragdgrünen Bluse, dem schwarzen Wollrock, den dunklen Strumpfhosen und den hochhackigen Schuhen. Rebecca verstand ihre Vorbehalte. Diese Männer hatten sie noch nie im Leben gesehen, und in ihren Augen hatte sie nicht das geringste mit Ardlonach zu tun. Trotzdem stürzte sie sich in diese Sache und stellte bohrende Fragen über ihre Rolle bei der Operation. Was Rebecca aber weit mehr Kopfzerbrechen bereitete als die wachsame Feindseligkeit und die mürrischen Antworten der beiden Männer, war, daß sie sich benahmen, als würden sie nicht auf derselben Seite wie sie stehen. Es schien, als ob die Männer zu diesem Gespräch, das Rebecca angeregt hatte, so wenig wie möglich beitragen wollten und daß sie den Neuankömmling und Una mit Mißtrauen und Abneigung beäugten.

Genau das hat uns noch gefehlt, dachte Rebecca, preßte die Lippen zusammen und musterte ihre Gesprächspartner aus schmalen Augen. Der ältere der beiden, Innes Mann, war der Leiter von Tonys Managementseminaren – ein drahtiger Typ Mitte Vierzig mit der walnußbraunen Haut eines Mannes, der viel Zeit im Freien verbringt, mit den angestauten Aggressionen eines kleinen Mannes und, wie Rebecca vermutete, den sexistischen Attitüden eines dummen Mannes.

Der jüngere Dan McNee sprach noch weniger, sein Gesicht war ausdruckslos, doch seine Körpersprache verriet, daß ihm das Ganze überhaupt nicht paßte und daß seiner Ansicht nach bei diesem Unsinn überhaupt nicht herauskommen konnte. Er saß in einem Satinholzstuhl aus dem späten achtzehnten Jahrhundert, der gefährlich zart und zerbrechlich wirkte unter seiner kompakten, kräftigen Gestalt. Er hatte die prallen Schenkel, die in engen, ausgewaschenen Jeans steckten, weit gespreizt und die Arme vor der massigen Brust verschränkt. Er lehnte sich zurück, als wollte er sich auch körperlich von dem, was hier gesagt wurde, distanzieren. Er trug an diesem kühlen, windigen Märzmorgen nur ein schwarzes T-Shirt, das seinen muskulösen, glatten Nacken freiließ. Sein dunkles Haar war kurzgeschnitten und klebte an seinem bulligen Schädel (bestens geeignet für Kopfstöße, dachte Rebecca). Seine ungewöhnlich hellgrauen Augen sahen Rebecca mit leerem Blick an. In dem vollgestopften Büro wirkte er wie ein ungeheures Energiebündel, das sich zügeln mußte, und Rebecca stufte ihn als einen der Fitneßtrainer ein, die ständig auf herausfordernde Weise mit ihrer Fitneß protzten, weil sie im allgemeinen sonst nicht viel zu bieten hatten. Er sollte eigentlich streitlustig in irgendeinem Studio auf den

Ballen wippen, entschied sie mißbilligend, ein Unterhemd tragen und blasse, schmächtige Bürschchen anbrüllen, die sich an irgendwelche Foltergeräte klammerten.

Wo um alles in der Welt hatte Tony diese beiden unfreundlichen Widerlinge aufgetrieben? Sie wußte es natürlich, weil sie es im Vorfeld überprüft hatte. Alle Kursleiter (zwei weitere sollten in Kürze eintreffen) waren ehemalige Navy-Soldaten. Das war keine Überraschung; Tonys Herz hatte immer der Marine gehört, und Rebecca hegte den Verdacht, daß diese Überlebens-, Schiffbrüchigen- und Selbstverteidigungskurse nichts anderes waren als ein unbewußter Versuch, wieder einen Hauch des Marinelebens zu spüren.

Sie und Una waren übereingekommen, den Angestellten zu sagen, daß Tony vorübergehend verreist war, daß jedoch auch ohne ihn alles so weitergehen würde wie geplant. Una sollte das Gespräch mit dieser Erklärung einleiten, aber als der Moment da war, brachte sie kein Wort heraus und sah Rebecca hilflos mit in Tränen schwimmenden Augen an. Rebecca sprang für sie ein, setzte die Männer sachlich ins Bild und ging sofort zum geschäftlichen Teil über.

»Selbstverständlich bin ich in der Lage, alles, was mit den Kursen zusammenhängt, zu regeln«, erklärte Innes gönnerhaft. »Deshalb hat Tony mich ja eingestellt, und ich habe alle relevanten Qualifikationen und Erfahrungen. Aber ich muß sichergehen, daß mir die notwendigen Mittel, Einrichtungen und Ausrüstungsgegenstände zur Verfügung stehen. Bisher haben wir nicht einmal die Hälfte der Dinge, die uns versprochen wurden. Die Räumlichkeiten lassen zu wünschen übrig, und, wie Sie sicher wissen, wurde in der letzten Saison beschlossen, daß wir unseren Kunden unbedingt bessere Einrichtungen bieten müssen. Wir brauchen eine eigene Bar, Verpflegungsmöglichkeiten, einen größeren, ordentlich beheizten und belüfteten Trockenraum und mehr Lagermöglichkeiten. Ich setze voraus, daß das alles noch geregelt wird.«

Auch noch aufgeblasen, bemerkte Rebecca kühl. Innes, der sich dadurch offenbar verbesserte Chancen ausrechnete, richtete seine kalkuliert eindringlichen Worte nur an Una. Rebecca war froh, daß sie in der vergangenen Nacht bis ein Uhr im Büro sitzen geblieben war und den ganzen Papierkram, der mit den Kursen und den Bestellungen für die neue Saison im Zusammenhang stand, gründlich durchgesehen hatte. Sie hatte zwar nicht vorausahnen können, was auf sie zukam, aber sie hatte aus reiner Gewohnheit ihre Hausaufgaben gemacht. Jetzt allerdings wußte sie, daß sie diesen Typen immer einen Schritt voraus sein mußte, um in dem Spiel zu bestehen. Es würde ihr ein Vergnügen sein.

»Das Material für den Überlebenskurs Schiffbrüchiger liegt beim Schreiner in Luig bereit, das stellt also kein Problem dar – es kann sofort abgeholt werden«, stellte sie klar – ihr Tonfall drückte Autorität und angemessenes Verständnis aus. Una drehte sich besorgt zu ihr um. »Was die restliche Ausrüstung betrifft, die Sie angefordert haben – Stiefel, Schutzkleidung, Kompasse, Erste-Hilfe-Kästen, Land- und Seekarten, Ölzeug, Segelausrüstung und so weiter –, müssen wir zuerst einmal eine Bestandsaufnahme machen und feststellen, was schon vorhanden ist.« Sie hatte nirgendwo eine Bestandsliste gefunden und wollte Innes nicht um die Unterlagen bitten. Sie vermutete, daß so etwas überhaupt nicht existierte.

»Oh, das würde Ewigkeiten dauern«, protestierte Innes ungehalten. »Sie haben ja keinen Schimmer, was wir alles zu tun haben! Wir können unsere Zeit nicht damit verschwenden, irgendwelches Zeug zu zählen, wenn wir noch all die Hindernisse und Fallen für das Überlebenstrainig aufbauen müssen. Das muß wohl jemand anderes übernehmen.«

»Sie können ja die bereits existierenden Listen zugrunde legen«, erwiderte Rebecca ungerührt. »Dann brauchen Sie nur noch zu prüfen, ob sie aktuell sind. Wenn Sie möchten, daß die fehlenden Dinge angeschafft werden, muß zuerst festgestellt werden, was vorhanden ist – ich weiß nicht, wie lang die Lieferzeiten sind, aber der erste Kurs fängt in zwei Wochen an, deshalb denke ich, die Bestandsaufnahme hat oberste Priorität.«

Sie spürte, daß sie die volle Aufmerksamkeit des anderen Mannes gewonnen hatte. Er hatte nicht mit der Wimper gezuckt, aber er reagierte eindeutig mit ... noch mehr Feindseligkeit? Ob er und Innes einfach die Brocken hinschmissen und sich überlegten, daß es für sie nicht lohnte, das Chaos, das Tony hinterlassen hatte, zu ordnen? Wie dringend brauchten sie ihre Jobs? Rebecca war erschrocken, als sie gesehen hatte, wieviel sie bezahlt bekamen; entweder zeigte sich Tony besonders großzügig, oder die beiden waren wertvollere Mitarbeiter, als es auf den ersten Blick den Anschein hatte.

»Ich bin sicher, wir bekommen alles, was Sie brauchen, auch wenn es vielleicht noch ein bißchen dauert«, warf Una beschwichtigend ein. »Ich weiß, daß Tony diese Kurse sehr am Herzen liegen und daß er unbedingt die beste Ausstattung dafür haben will.«

O Una, um Gottes willen, geh zurück in deine Küche! Das triumphierende Glitzern in Innes' kleinen Augen war nicht fehlzudeuten.

Tony hatte tatsächlich sein Herz an dieses Projekt gehängt, deshalb ging es ja bei dieser Besprechung um die Zukunft der Kurse und nicht um irgendwelche Banalitäten. Rebeccas Nachforschungen hatten ergeben, daß nicht nur Unsummen für Werbung, Umbauarbeiten und Material ausgegeben worden waren, sondern daß die riesigen Beträge, die angesehene Firmen vorgestreckt hatten, bereits aufgebraucht waren. Bisher hatte sie noch nicht die Zeit gehabt, die Geschäftsbücher genau durchzusehen; zudem hatte sie nicht zu allen Unterlagen Zugang, weil sie offenbar beim Steuerberater lagen. Aber das wenige, was sie bisher entdeckt hatte, ließ ihr die Haare zu Berge stehen, und sie war froh, daß die vertrauensselige Una von alldem keine Ahnung hatte.

Aus unerfindlichen Gründen hatte Tony diese Kurse und Seminare zu einem eigenen Geschäftszweig gemacht, der nur auf seinen Namen lief und bereits dick in den roten Zahlen steckte. Die Vorausbuchungen waren allerdings exzellent, und das Unternehmen konnte überleben, wenn man eine Lösung für den momentanen Engpaß fand. Der Hotelbetrieb verzeichnete hingegen einen erfreulichen Aufwärtstrend, und Rebecca erschien das als gutes Fundament, auf dem man aufbauen konnte. Natürlich war kein Kapital vorhanden, mit dem man die Einlagen der Firmen zurückerstatten konnte. Es war unglaublich, selbst für Tonys Verhältnisse, daß er das Weite gesucht hatte, ohne seine Finanzen einigermaßen geordnet zu haben. Das Hotel würde das neue Unternehmen vorerst subventionieren müssen, aber der Spielraum war wahrlich nicht groß, besonders nicht jetzt vor Saisonbeginn, wo so viel neu bestellt und angeschafft werden mußte.

»Aber wer übernimmt die Verantwortung?« erkundigte sich Innes mit seiner ziemlich hohen Stimme kampflustig. Seine Aggression richtete sich gegen Una, die nominell sein Boß, aber eine nutzlose Frau war, keinen blassen Schimmer von seinem Arbeitsbereich hatte und daher leicht übertölpelt werden konnte. Dieses andere Frauenzimmer, dieses schwarzhaarige, herrische Biest, das aus heiterem Himmel ins Haus geschneit war, würde ganz bestimmt bald wieder in die Stadt zurückfahren – dort gehörte sie auch hin. »Ich will damit folgendes sagen: Tony wußte über alles Bescheid, und er wollte eine ganze Reihe von den Überlebenskursen auf See selbst leiten. Wer nimmt jetzt seine Stelle ein? Und wer kümmert sich um die Logistik?« Er rechnete offensichtlich damit, daß Una dieses Wort erschrecken würde. »Ich werde auf alle Fälle noch einen Kursleiter brauchen und jemanden, der die Ausrüstung in Ordnung hält, die Räume saubermacht und so weiter.«

Guter Versuch, dachte Rebecca. Du hast das Machogehabe richtig drauf. Brumm nur den Kleinkram und die Drecksarbeit jemand anderem auf, damit du in aller Ruhe an der Bar sitzen kannst, die wir dir selbstverständlich gerne mit allem Nötigen ausstatten.

»Es wird kein zusätzlicher Kursleiter eingestellt«, erklärte sie kurz. »Nächste Woche treffen zwei weitere Männer ein. Die Wartung der Ausrüstung und die Putzarbeiten werden von denselben Leuten wie in der letzten Saison erledigt.«

Innes drehte ihr sein zornrotes Gesicht zu. »Ich will nach wie vor wissen, wer hier eigentlich das Sagen hat.« Er war nahe dran zu fragen, was sie das alles überhaupt anging und warum sie sich so aufspielte. Rebecca fiel auf, daß seine gemeinen kleinen Augen kugelrund wurden, wenn er sich ärgerte. Das muß ich mir merken, nahm sie sich vor. Aber er hat recht, diese Frage kann ich nicht beantworten, das ist Unas Sache.

Dan hatte noch immer kein Wort von sich gegeben, doch Rebecca spürte, daß er sich nur auf sie konzentrierte und lauerte.

Diesmal versagte Una nicht. »Oh, das ist schon in Ordnung. Rebecca hat sich bereit erklärt, mich hier zu unterstützen«, warf sie hastig ein und lächelte freundlich, ohne auf die spannungsgeladene Atmosphäre zu achten. »Ist das nicht ausgesprochen nett von ihr? Wir dachten, daß wir, wenn alle einverstanden sind, so weitermachen wie bisher. Mal sehen, wie wir zurechtkommen, dann müssen wir den Leuten wenigstens nicht schreiben und ihnen mitteilen, daß sie dieses Jahr hier keine Ferien machen können oder keinen Kurs – oder daß sie keinen Job mehr haben«, schloß sie und traf damit arglos den wunden Punkt. Sie bedachte erst den einen, dann den anderen haßerfüllten Mann mit einem liebenswürdigen, flehentlichen Blick, den Rebecca in ihrem Leben nicht zustande gebracht hätte. Mit Freundlichkeit, Direktheit und einem Spiel mit offenen Karten konnte sie etwas anfangen, aber die Kunst, an die Güte anderer zu appellieren, beherrschte sie nicht.

»Wie gesagt, ich kann mich um die alltäglichen Abläufe kümmern«, erwiderte Innes – offenbar hatte er kurz an sein Gehalt und an das gemütliche Cottage gedacht, in dem er untergebracht war. Und wenn er jetzt mehr Verantwortung übernahm, konnte er, sobald die wichtigtuerische Cousine wieder weg und Una auf sich allein gestellt war, ohnehin machen, was er wollte.

Außerdem stand der Saisonbeginn unmittelbar bevor, und es war zu spät für ihn, sich einen neuen Job mit ähnlicher Vergütung zu suchen. Er überlegte, ob er hinzusetzen sollte, daß er es nicht hinnehmen würde, wenn ihm jemand über die Schulter schaute, entschied sich aber dagegen, weil er im Moment nicht imstande war, gelassen zu bleiben. Er hob sich das lieber für später auf.

Dan McNee nickte nur, ohne seine Gesichtsmuskeln dabei zu entspannen. Im Winter wohnte er in einer Blockhütte auf der anderen Seite der nahe gelegenen Spean Bridhe und gab Ski- und Kletterkurse. In der letzten Saison war er überglücklich gewesen, daß es ihm gelungen war, sowohl einen Sommer- als auch einen Winterjob in der Gegend, in der er leben und arbeiten wollte, ergattert zu haben. Im Gegensatz zu Innes hatte er Tonys Angebot, hier zu wohnen, abgelehnt. Er zog es vor, unabhängig zu sein, und hatte ein kleines Cottage im eine halbe Meile westlich gelegenen Inshmore Village, einem winzigen Dorf an der Küste, gemietet. Er genoß das Alleinsein nach den Monaten in der stets überfüllten Berghütte. Diese neue Entwicklung hier in Ardlonach könnte sich trotz allem als äußerst interessant erweisen. Tony war ein Weichei und bei weitem nicht der zähe Bursche, für den er sich selbst hielt, aber Dan hatte ihm seine Träume nicht zerstört, da Tony sich im großen und ganzen als harmlos und großzügig erwiesen hatte – seine Freigebigkeit grenzte schon fast an Wahnsinn. Mit Innes Mann war das etwas ganz anderes – er gehörte zu den Typen, die gefährlich eingebildet waren und sich ständig angegriffen fühlten, zu den Idioten, die nicht begriffen, daß ihre besten Tage hinter ihnen lagen, und die jüngere und fittere Männer als Bedrohung ansahen, die es auszuschalten galt. Innes konnte niemals etwas auf sich beruhen lassen, er gab immerzu irgendwelche Erklärungen ab, fing Streit an und machte sich ungeheuer wichtig. Irgendwann würde ihm eine Sicherung durchbrennen – oder jemand würde heimlich, still und leise etwas aus großer Höhe auf ihn fallenlassen.

Una hatte wirklich eine Menge am Hals. Dan war im vergangenen Spätsommer nur zwei Monate in Ardlonach gewesen und hatte Una bei dem Trubel, den die Organisation der neuen Kurse mit sich brachte, kaum zu Gesicht bekommen. Seine Aufgabe war, dafür zu sorgen, daß keiner der Kursteilnehmer bei den Exkursionen und Übungen Schaden nahm oder gar sein Leben lassen mußte, Tonys viel zu ehrgeizige Pläne auf ein vernünftiges Maß zurückzustutzen, Geräte und Ausrüstung in Ordnung zu halten und Preislisten zusammenzustellen. In seiner Freizeit hatte er sogar die Wände des Aufenthaltsraums gestrichen. Im Hotel herrschte mindestens genauso viel Betrieb, und er hatte Una bisher eigentlich nur als hin- und herhuschenden Schatten wahrgenommen, der ihm im Vorbeigehen ein scheues, freundliches Lächeln schenkte. Ihm war aufgefallen, daß ihr dunkles Haar immer wirr war, daß ihre schlanke Figur stetig abmagerte, bis sie nur noch Haut und Knochen war, daß sie ständig Brandwunden an den Armen und Pflaster an den Fingern hatte, weil ihre Arbeit in der Küche nie ohne Zwischenfälle ablief.

Was war das für eine Geschichte mit Tony? Die beiden Frauen vertuschten etwas, soviel stand fest. Sie rechneten doch nicht allen Ernstes damit, daß er sich hier noch einmal blicken ließ, oder? Andererseits hatte Tony, dieser komische Kauz, dauernd von jener Frau geredet, mit der er jetzt offenbar durchgebrannt war, und seinen Erzählungen nach war sie ein ziemlich harter Brocken, mit dem er wohl kaum fertig werden würde. Also lag es im Bereich des Möglichen, daß er doch irgendwann wieder auftauchte. Sobald hier alles organisiert war und bestens lief, dachte Dan bitter. Am Ende der letzten Saison hatte gar nichts mehr geklappt, und es war reines Glück, daß keine der großen Firmen, die ihre Leute hergeschickt hatten, rechtliche Schritte eingeleitet hatte. Aber wahrscheinlich war es schlecht fürs Image, sich zu Hause über die Kurse zu beschweren. Dan grinste innerlich.

Und diese andere Frau – was hatte sie für ein Interesse an Ardlonach? Sie schien ziemlich gut über die Vorgänge Bescheid zu wissen, und sie hatte Innes ein paar Tiefschläge versetzt, auf die er nicht vorbereitet gewesen war. Aber wie lange würde sie hierbleiben und Una die Stange halten? Sie könnte Ärger machen, überlegte Dan und erinnerte sich an ein, zwei Vorkommnisse im letzten Jahr, bei denen sie nur mit viel Glück ungeschoren davongekommen waren. Aber Una brauchte Hilfe, und Dan vermutete, daß Rebecca für einen methodischen Ablauf der Seminare sorgen und alles Notwendige für die Kurse beschaffen würde. Sie vermittelte den Eindruck von jemandem, der Nägel mit Köpfen machte. Jemand, der bei Schwierigkeiten sofort in die Bresche springt, dachte er geringschätzig, während er ihr perfekt geschnittenes, glänzend schwarzes Haar, das kantige Kinn und den unnachgiebigen Blick in den dunkelblauen Augen betrachtete. Diese Frau strahlte eiserne Entschlossenheit aus. Sie war nicht groß, und Una erschien neben ihr wie eine halbe Portion, aber ihre Figur war nicht schlecht, und sie hatte eine gute Haltung. Ihm gefiel die Art, wie sie einem Problem ohne Umschweife auf den Grund ging – diese Frau duldete keine Ausflüchte und kein Geschwafel. Alles an ihrer Erscheinung war hier fehl am Platze, und wenn ihre Ferien vorbei waren, würde sie in die große Stadt zurückkehren. Aber bis dahin konnte sie Una möglicherweise aufs richtige Gleis setzen. Sollte sie allerdings auch nur einmal Anstalten machte, ihn, Dan, derart in die Schranken zu verweisen, wie sie es gerade mit Innes getan hatte, dann gnade ihr Gott! Doch alles in allem war die Sache einen Versuch wert, entschied Dan, und sollte etwas schiefgehen oder gar alles in einer Katastrophe enden, dann würde sein Kopf bestimmt nicht auf dem Schafott liegen.

»Lieber Gott, hast du es jemals zuvor mit zwei so arroganten, sturen Kerlen zu tun gehabt?« rief Rebecca wutentbrannt, sobald sich Innes und Dan auf den Weg zum Bootshaus gemacht hatten, um angeblich Bestandsaufnahme zu machen. In Wirklichkeit würden sie wahrscheinlich ihr erstes Gespräch von Mann zu Mann in dieser Saison führen und sich einen ordentlichen Drink genehmigen. Rebecca war keineswegs entgangen, daß Dan, nicht Innes, den Vorschlag gemacht hatte, eine Kopie des Terminplans mitzunehmen, in dem eingetragen war, welche Kurse bereits gebucht waren. Leider existierte kein solcher Terminplan, wie sich herausstellte. Rebecca hatte ihm zugesagt, einen solchen zu erstellen, und dachte mutlos an die Kritzeleien auf Papierschnipseln und Zetteln, die Tony ungeordnet in einen dicken Schnellhefter mit der Aufschrift KURSE gestopft hatte.

»Findest du sie wirklich so schlimm? Tony hat auf sie geschworen«, sagte Una überrascht. Sie war der Ansicht, daß alles sehr zufriedenstellend geregelt war.

»Na ja, sie ...« Rebecca biß sich auf die Zunge. Es hatte keinen Sinn, laut auszusprechen, daß die beiden ihrer Überzeugung nach Tony genau dahin gebracht hätten, wo sie ihn haben wollten. In den letzten zwei Tagen war es ihr sehr schwergefallen, den Mund zu halten und sich jede Kritik an Tony zu verkneifen, weil Una sonst nur wieder in Tränen ausgebrochen wäre und damit die Arbeit behindert hätte. Rebecca konnte kaum Verständnis dafür aufbringen, daß Una sich immer noch schützend vor ihn stellte und ihre Liebe ungebrochen war. Tony hatte sich wie ein Schwein benommen, war mit einer anderen Frau ans andere Ende der Welt abgehauen, hatte weder Adresse noch Telefonnummer hinterlassen und, soweit sie sehen konnte, sich nicht einmal die Mühe gemacht, Arrangements für seine Frau, seinen Besitz oder seine persönlichen Habseligkeiten zu treffen. Trotzdem wünschte Una sich nichts mehr, als ihn wieder bei sich aufnehmen zu können. Sie sehnte sich danach, daß er das Zepter wieder übernahm, nach seiner Gegenwart im Haus, nach den gelegentlichen Umarmungen und flüchtigen Küssen auf die Stirn, nach seinem Lachen, seiner Begeisterung für Neues, nach seinem handwerklichen Geschick, wenn es darum ging, Reparaturen vorzunehmen – was für sie ein enormes Problem darzustellen schien. Vor allem aber sehnte sie sich nach seinem warmen Körper, der sich in dem großen Bett an sie schmiegte.

»Na ja, auch wenn mir ihr Charakter nicht gefällt, scheinen sie doch hochqualifiziert und kompetent zu sein«, räumte Rebecca ein, wenngleich sich augenblicklich Zweifel in ihr regten. In Dans Lebenslauf hatte sie ein eingekreistes Fragezeichen mit vielen Sternchen darum herum neben einem Absatz gefunden. Er war Sergeant im RAF-Regiment gewesen (Rebecca wußte nicht genau, was das war), aber in der kurzen

Zusammenfassung seiner Militärlaufbahn (er hatte gleich nach dem Schulabschluß den Dienst angetreten und war bis zu seinem achtundzwanzigsten Lebensjahr vor vier Jahren beim Militär geblieben) hatte sie nichts entdeckt, was Tony hätte in Frage stellen können.

»Vermutlich werden sie gut allein mit dem Job fertig«, sagte sie und verdrängte die nagende Unsicherheit. Tony hatte Dan trotz des Fragezeichens – worauf auch immer es sich beziehen mochte – eingestellt. »Und sie sorgen für die Sicherheit der Gäste: Das ist von unserem Standpunkt aus gesehen das Wichtigste.«

»Tony war sehr froh, daß er die beiden für sein Unternehmen gewinnen konnte«, beteuerte Una eifrig. Sie war nur dankbar, daß ihr heißgeliebter Mann nicht wieder unter Beschuß stand. Natürlich gehörte Rebecca zur Familie, und man konnte von ihr nicht erwarten, daß sie ihn mit denselben Augen sah wie Una. »Ehrlich gesagt glaube ich sogar, daß er sie für überqualifiziert hielt.«

Rebecca ächzte. »Ja. Ich denke, sie werden uns noch ganz schön Schwierigkeiten machen. In ihren Augen sind wir zwei ahnungslose Gören, die einen Karabinerhaken nicht von einem Schotenstek unterscheiden können – o Gott, Una, bitte frag jetzt nicht, was das ist! Wahrscheinlich sind sie sich einig, daß sie uns nach allen Regeln der Kunst bescheißen können. Du brauchst dir keine Sorgen zu machen, ich suche keinen Streit mit ihnen, glaub mir. Wir brauchen die beiden, und für einen Moment hatte ich sogar Angst, daß sie uns von der Fahne gehen.«

»O nein, sie würden uns bestimmt nicht im Stich lassen. Sie haben große Stücke auf Tony gehalten«, protestierte Una.

Sie glaubt das allen Ernstes, stellte Rebecca verwundert fest. Sie bildet sich wirklich ein, daß diese Überlegung sie dazu bewogen hat, hierzubleiben, und nur aus diesem Grund mag sie sie. Warum kann ich nicht ein so anständiger, freundlicher Mensch wie Una sein?

KAPITEL 4

»Lebensmittel, Vorräte für die Bar, Wein, Gläser, Geschirr, Besteck, Schreibmaterialien, Wäsche, Küchengeräte, Reinigungsmittel – wie steht's mit all dem? Hast du das Personal schon ausstaffiert? Was für Kleidung sollen sie tragen? Und wie sieht es aus mit Heizöl, Feuerholz, Gasflaschen und dergleichen?«

»Guter Gott«, staunte Una. »Du bist doch Steuerberaterin – woher weißt du so viel über Hotelbetriebe?«

»Na ja, hin und wieder esse, trinke und schlafe ich in einem Hotel«, erwiderte Rebecca. »Man muß nicht gerade eine vierjährige Ausbildung gemacht haben, um dahinterzukommen, daß die Gäste Laken in ihren Betten und etwas Anständiges zu essen haben wollen, wenn sie sich dumm und dämlich zahlen, nur um hier sein zu dürfen. Du hast doch am Ende der letzten Saison Inventur gemacht, oder? ... Nein, das hast du nicht.«

Hatte Tony irgendwelche Zahlen für den Steuerberater erfunden? Sie verkniff sich die Frage, was er und Una seit letztem Herbst getrieben hatten. Una hatte sicher Stunden in ihrem geliebten Garten verbracht, der stets weitaus mehr Pflege brauchte, als sie ihm geben konnte, obwohl sie anscheinend hin und wieder jemanden für die schweren Arbeiten beschäftigte. Tony dürfte hauptsächlich an der neuen Bar für die Überlebensschüler gebaut haben, auch wenn er es nicht über sich gebracht hatte, diese Arbeit zu Ende zu führen oder gar Getränke dafür anzuschaffen. Und er war, wie Una erzählt hatte, in diesem Winter viel unterwegs gewesen, um einigermaßen erfolgreich die Werbetrommel für sein neues Unternehmen zu rühren. Trotzdem hatten die beiden bestimmt nicht vorgehabt, die neue Saison mit den übriggebliebenen Vorräten von letztem Jahr zu beginnen, oder?

In Momenten wie diesen bereute Rebecca ihre überstürzte Entscheidung, einfach weiterzumachen, das Hotel zu öffnen und darauf zu bauen, daß Tony über kurz oder lang zur Vernunft kommen und wieder auftauchen würde. Sie vermochte sich durchaus vorzustellen, daß er Una verlassen wollte, denn sie konnte einen mit ihrer sanften, verständnisvollen Art manchmal wirklich in den Wahnsinn treiben. Aber daß er imstande sein könnte, Ardlonach für immer den Rükken zu kehren, hielt sie für unwahrscheinlich.

In den letzten beiden Tagen hätte sie des öfteren beinahe ihren Plan aufgegeben, wenn Una von Verzweiflung übermannt wurde und an nichts anderes mehr denken konnte als an ihren Kummer und die quälende Frage, was sie Tony angetan und was sie falsch gemacht haben könnte. Aber Una bemühte sich tapfer, ihre Seelenpein für sich zu behalten, riß sich eisern zusammen, um Rebecca zu unterstützen und der langen Liste mit den noch zu erledigenden Arbeiten zu Leibe zu rücken. Es war eine brutale Therapie, aber sie drängte die Vorstellung von Tony, der sich enthusiastisch in ein neues Unternehmen stürzte, der sich in der karibischen Sonne entspannte, segelte, trank, redete und lachte, in den Hintergrund. Die Vorstellung von Tony und Serena.

»Ich denke, das meiste dürfte da sein«, antwortete Una unsicher und mit sorgenvoll gerunzelter Stirn. »Ich meine, die Sachen können in den Wintermonaten ja nicht einfach verschwunden sein, oder? Es war ja kein Mensch hier«, setzte sie nüchtern hinzu.

Rebecca starrte sie an und fluchte im stillen, dann lachte sie. »Was für eine wunderbar lässige Art, einen Pub zu führen«, spottete sie. »Ich vermute mal, wenn du die Gäste unschuldig anschaust und ihnen ganz freundlich klarmachst, daß sie ihren Wein aus einem Whiskyglas trinken oder ohne Seife zurechtkommen müssen, dann tätscheln sie dir geduldig den Kopf und beteuern, daß das wirklich nicht schlimm ist. Nun komm schon, wir haben noch einiges zu erledigen.«

Obwohl Rebecca ihr Leben lang Probleme aller Art mit Elan angepackt hatte, waren diese Tage schrecklich für sie, und sie kam sich die meiste Zeit vor, als würde sie versuchen, einen Sandhügel hinaufzurennen. Una übernahm die Lebensmittelbestellungen, ohne Preisvergleiche anzustellen, und Rebecca fand ihre Unbekümmertheit äußerst erschreckend, war aber froh, daß sie sich nicht selbst darum zu kümmern brauchte. Alles andere mußte sie sich mühsam zusammensuchen, sie ging jeden einzelnen Zettel durch, der im Büro lag, versuchte aus Tonys Kritzeleien schlau zu werden und orderte, was er sich notiert hatte bei den Lieferanten, mit denen er, wie sie aus den Unterlagen ersah, schon früher Geschäfte gemacht hatte (die neuesten Belege waren offenbar noch beim Steuerberater und hätten längst zurückgegeben werden müssen – noch eine Sache, die es zu erledigen galt). Sie überprüfte mühselig alle Quittungen, Mengenangaben und

Telefonnummern, von denen sich im Laufe der Zeit einige geändert hatten. Ihre erste Neueinführung war ein Bestellbuch.

Trotz Unas Einwand, daß es dafür noch zu früh sei, scheuchte sie zwei der ortsansässigen Angestellten, Donna und Aggie, aus dem Winterschlaf und beauftragte sie, das Haus zu putzen und die Räumlichkeiten für die Kursteilnehmer herzurichten. Rebecca erntete heftigen Protest, als sie zum guten Schluß von den beiden Frauen verlangte, auch noch die Unterkünfte des Personals sauberzumachen. Auf der Westseite des Hauses fiel das Gelände ab, ehe es zu dem Kamm aufstieg, der Ardlonach vor den atlantischen Wetterfronten schützte. Das Erdgeschoß in diesem Flügel war zu viktorianischer Zeit die Remise gewesen, heute befanden sich dort Keller- und Lagerräume, in einigen Zimmern standen Sportgeräte für die Gäste, und es war noch genügend Platz für die neue Bar. Auf der anderen Seite des großen Kieshofs hatte man in den ehemaligen Ställen Garagen und darüber die Zimmer für das Personal gebaut.

Rebecca verstand Donnas und Aggies Unmut, als sie sah, daß die Zimmer nach der Abschiedsparty zum Saisonende nicht aufgeräumt worden und in einem schrecklichen Zustand waren. Sie mußte den beiden Frauen eine Extravergütung anbieten. Glücklicherweise waren die Geschäfte in diesem Winter offenbar nicht gut gegangen, und die zwei Frauen gierten schon nach den Trinkgeldern, die die Sommergäste hierlassen würden. Als Rebecca ihnen einen Bonus versprach, murrten sie zwar noch immer und sagten: »Das ist das letzte Mal, daß wir so etwas übernehmen« und »Das ist wirklich nicht unser Job, egal, was Sie dazu sagen«, aber sie begaben sich schließlich doch an die Arbeit.

Rebecca machte die Entdeckung, daß keine Aufgabe in Angriff genommen werden konnte, bevor nicht mindestens zwei Hindernisse aus dem Weg geräumt waren. Die Lieferungen konnten nicht ausgepackt werden, weil die dafür vorgesehenen Vorratsräume vorübergehend zu Werkstätten umfunktioniert worden waren oder andere Dinge beherbergten. Es herrschte ein bedauernswerter Mangel an den kleinen, aber wichtigen Dingen wie Glühbirnen, Reißzwecken, Bindfaden, Scheren, Tesafilm, Heftklammern und Büromaterial im allgemeinen. Schlüssel fehlten, Werkzeuge waren überall verstreut, neue Ware war willkürlich über andere oder auf Kartons gestapelt worden, die sich als leer erwiesen. Und jeder, der eine Aufgabe übernahm, erschien nach nur wenigen Minuten im Büro und verlangte Geräte, Material oder eine Entscheidung.

Rebecca biß die Zähne zusammen und kniete sich in die Arbeit. Sie versuchte eine logische Abfolge auszuarbeiten, damit nicht alles zweimal in die Hand genommen werden mußte, und beschränkte die Neuanschaffungen auf ein Maß, mit dem sie die Osterferien überstehen konnte, ohne sich in den Bankrott zu stürzen. Daß sie nicht genau wußte, was unbedingt nötig war, und die Lieferanten nicht kannte, erschwerte die Sache. Offenbar hatte sich eine Frau namens Tina im letzten Sommer mit diesen Dingen befaßt, und Tony und Una waren froh gewesen, sich nicht selbst darum kümmern zu müssen. Es war nicht Tinas Aufgabe gewesen, an die folgende Saison zu denken – wahrscheinlich hatte sie, als sie ihren Arbeitsplatz verlassen hatte, erleichtert aufgeatmet, weil sie sich nie wieder mit alldem abgeben mußte. Dafür hatte jetzt Rebecca mit eigenartigen Widersprüchen zu kämpfen.

So fand sie zum Beispiel achtzehn volle Kartons mit Möbelpolitur im Lager, dafür nur zwei halbvolle WC-Enten, vier Kartons Papierhandtücher, die nicht in den Spender in der Küche paßten und eine leere Trommel, in der einst Maschinenspülmittel gewesen war.

Wenigstens hatten sich Rebeccas schlimmste Befürchtungen, die sie beinahe davon abgehalten hätten, hierherzukommen, nicht bewahrheitet. Sie hatte damit gerechnet, daß es sie unerträglich traurig machen würde, das Haus, das sie so sehr liebte, nicht nur in Tonys Händen, sondern auch vollkommen verändert vorzufinden. Natürlich waren Umbauten vorgenommen worden; man hatte Bäder installiert, wo immer Platz dafür vorhanden war, den Küchentrakt neu gestaltet, Treppenhäuser und Flure mit Feuerschutztüren unterteilt, und die vorgeschriebenen Notausgang-Schilder störten die zarten Farben, die Una ausgewählt hatte, und das behagliche altmodische Ambiente. Aber Rebecca war viel zu beschäftigt, um auf den Spuren der Vergangenheit zu wandeln oder alte Erinnerungen und Gefühle aufzufrischen. Die Arbeit – mehr Arbeit, als sie in ihrem Berufsleben jemals hatte bewältigen müssen – füllte jede Sekunde aus. Und Una hatte die nötigen Veränderungen mit viel Feingefühl vorgenommen, den Stil und sogar die Atmosphäre des Hauses bewahrt und bei der Möblierung und Einrichtung der Zimmer viel Geschmack und Liebe zum Detail bewiesen; Rebecca wußte sehr genau, daß sie selbst ihr in diesem Punkt niemals das Wasser hätte reichen können. Der Schmerz, den sie bei der Rückkehr nach Ardlonach erwartet hatte, kam unter diesen neuen Umständen also gar nicht auf, und Rebecca war dankbar dafür. Sie war so lange feige gewesen und hatte alle möglichen Vorwände gefunden, nur um nicht hierherkommen zu müssen. Jetzt war sie in einem Moment eingetroffen, in dem sie dringend gebraucht wurde, und das war gut so.

Die Wiedereröffnung des Hotels rückte unaufhaltsam näher. Der dritte Kursleiter für die Managerseminare war eingetroffen. Er und der vierte Mann, der in zwei Tagen erwartet wurde, sollten sich die zweite Hälfte des Cottages teilen, in dem Innes wohnte und das sich neben dem alten Gutshof auf der anderen Seite des Kamms befand. Rebecca erkannte auf den ersten Blick, daß der Neuankömmling Innes' Handlanger werden würde und bald sämtliche niederen und unangenehmen Aufgaben verrichten mußte. Bernard war groß, bewegte sich bedächtig und sprach langsam. Jeder, der seinen gedehnten Lancashire-Dialekt hörte, ahmte ihn unweigerlich nach. Bernard war riesig, ungeheuer kräftig und gutmütig – eine große Erleichterung nach der unverhohlenen Feindseligkeit, die Innes und Dan zur Schau gestellt hatten. Im nachhinein war Rebecca überzeugt, daß sie ohne Bernard und seine Hilfsbereitschaft niemals rechtzeitig zur Eröffnung mit allem fertig geworden wären.

Obwohl Dan McNee die Gelegenheit genutzt hatte, als er zu der spannungsgeladenen »Lagebesprechung« gekommen war, um die meisten seiner Sachen ins Inshmore-Cottage zu schaffen, mußte er noch ein paar Tage in der Berghütte arbeiten und konnte demzufolge keinen Beitrag zu den hektischen Vorbereitungen im Zentrum leisten. Wie hilfreich er tatsächlich sein würde, wußte Rebecca nicht, aber sie ahnte, daß er tüchtig war, und zwar nicht nur, um sich finanzielle Vorteile zu erwirtschaften, sondern auch weil er so auf lange Sicht seinen Zielen ein Stück näherkam. Sie glaubte nicht, daß er wie Bern zupackte, ohne Fragen zu stellen, aber er hatte wahrscheinlich genügend Verstand, um zu erkennen, daß das Zentrum ohne das Hotel nicht erfolgreich sein konnte.

Innes allerdings achtete, obwohl er seine eigenen Forderungen geradezu mit Besessenheit durchsetzte, peinlich genau darauf, daß er für keinen Job, der nicht unmittelbar mit seinem Kurszentrum zu tun hatte, zur Verfügung stand. Er schien ziemlich viele Abstecher mit dem Minibus nach Luig und Fort William zu machen, aber Rebecca konnte nicht erkennen, welche Resultate diese Ausflüge zeitigten. Sie gab ihm kommentarlos alles, worum er sie bat. Ihn zur Rede zu stellen wäre ihr ein Vergnügen gewesen, aber dafür war die Zeit noch nicht reif.

Rebecca raste durch die Tage, während ihre Gedanken wie fliegenfangende Fische nach all den Dingen schnappten, die erledigt werden mußten. Das Chaos und die Nachlässigkeit frustierten sie, aber sie war keineswegs überrascht deswegen, und allmählich fand sie sogar Gefallen daran, die Probleme zu beseitigen und eine Krise nach der andern zu meistern. Ihre Stimmung erhellte sich wie immer, wenn sie gefordert und gebraucht wurde, obwohl sie sich in diesen turbulenten Tagen oft wünschte, ein paar Runden mit Tony im Ring zu stehen. Er hatte das alles kommen sehen, hatte zugelassen, daß sich die Schwierigkeiten bis ins Unermeßliche auftürmten, und das Weite gesucht. Am liebsten hätte sie ihn die Folgen seiner Verantwortungslosigkeit spüren lassen, brachte es aber nicht übers Herz, Una noch mehr leiden zu lassen oder gar Ardlonach, dieses wunderbare, geliebte, neu entdeckte Anwesen, aufs Spiel zu setzen.

Sie war niemand, der vor schwierigen Aufgaben zurückschreckte. Bei einem Telefonat mit Esme, die sie regelmäßig anrief, machte sie mit einem Wortschwall ihrem Unmut Luft. Ihre Mutter hörte sich die Tirade an und stellte seelenruhig fest, als Rebecca einmal Luft holte: »Und du genießt das alles.«

Rebecca lachte. »Natürlich genieße ich es.« Ordnung ins Chaos zu bringen war für sie so lebensnotwendig wie essen und trinken, und nachdem sie den Hörer aufgeleg hatte, gestand sie sich mit der Aufrichtigkeit ein, die sie auch von anderen erwartete, aber nur selten erlebte, daß dies das Beste war, was ihr hätte passieren können – ein Berg von Arbeit, die ihre ganze Konzentration erforderte. Sie hatte keine Zeit, an den Schock zu denken, der sie dazu getrieben hatte, ihr Heim, ihre erfolgreiche Karriere und die vertraute, geliebte Stadt zu verlassen und das sorgfältig aufgebaute Gesellschaftsleben aufzugeben, das ihr die Freizeit versüßte, ohne jedoch bis zum geheimen innersten Kern ihres Daseins vorzudringen. Jetzt war sie hier und hatte nur noch ein Ziel vor Augen: in nur zwei Wochen das Hotel und die angeschlossene Ausbildungsstätte in Ordnung zu bringen, mit allem Nötigen auszurüsten und alles Erforderliche zu organisieren, damit der Betrieb anlaufen konnte. Außerdem hatte sie sich vorgenommen, den erschreckten, verletzten Ausdruck aus Unas Augen zu verscheuchen. Ihr eigener Schmerz und die Antwort, die sie versprochen hatte, mußten warten.

»Warum ich? Warum nicht Innes?«

Er ist fast so direkt wie ich, dachte Rebecca und verbiß sich ein Grinsen.

»Innes hat seinen freien Tag.« Sie gab sich absichtlich arglos und stellte milde Überraschung über diese Frage zur Schau.

»Kommen Sie mir nicht mit so einem Unsinn.«

Der Escort schlängelte sich schnell durch die Kurven der Moorstraße, die nach Fort William führte. Dan ließ sich nicht gern chauffieren, besonders nicht von einer sorgfältig gepflegten Frau in weißer Seidenbluse und einer gewebten Folklore-Weste mit vielen Farben, die man normalerweise nie zusammen zu sehen bekam. Er hatte versucht, sich durchzusetzen, und vorgeschlagen, den Minibus zu nehmen, weil sie mehrere Sachen abholen mußten. Bern konnte den Bus ja später fertig waschen. Oder er hätte schnell zu seinem Cottage gehen und seinen eigenen Wagen holen können – in nur zehn Minuten wäre er wieder hier gewesen. Er fuhr einen betagten grünen Zwei-Liter-Capri, den er liebevoll hegte und pflegte.

»Wir nehmen mein Auto«, erwiderte Rebecca.

Er ging murrend hinaus – ein geschniegelter Ford Escort in schrillem Orange, um Himmels willen – und nahm das Modell und die Größe des Auspuffs genauer in Augenschein. Auch noch ein Ralley-Auto! Er hatte nicht vor, in dem Ding sein Leben aufs Spiel zu setzen.

»Hören Sie, wenn Sie wollen, kann ich ...«

Rebecca warf ihm einen Blick über die Schulter zu und sagte: »Ich fahre.« Das hatte ihm gerade noch gefehlt, aber er schwieg. Als sie dann allerdings den Wagen über die serpentinenartige Ardlonach-Zufahrt lenkte, zog er erstaunt die Augenbrauen hoch, und ehe sie Luig über die uneinsichtigen Biegungen und Haarnadelkurven der Uferstraße erreichten, entspannte er sich auf dem Beifahrersitz. Er ließ sich nicht das geringste anmerken, aber er war ehrlich beeindruckt und belustigt zugleich. Das hatte er wirklich nicht erwartet.

Rebecca sah aus den Augenwinkeln sein unbewegtes Gesicht, konnte aber trotzdem genau den Moment bestimmen, in dem er ihre Kompetenz erkannte und akzeptierte. Okay, Kumpel, gib bloß keinen Millimeter nach, aber ich hoffe, du bist fest angeschnallt.

Dan hatte schon lange nichts mehr so genossen wie diese zügige Fahrt über die Moorstraße. Vorausblick, Urteilsvermögen, schnelle Reaktion und Geschicklichkeit, sie hatte all das, und sie ging keine unnötigen Risiken ein. Außerdem kannte sie ihren Wagen genau; er wäre jede Wette eingegangen, daß sie imstande war, ihn zentimetergenau einzuparken. Er behielt seine Bewunderung jedoch eisern für sich und blieb ganz geschäftsmäßig. »Ich will wissen, warum Sie mich mitnehmen und was diese Fahrt überhaupt soll!«

Er beobachtete sie ebenso aufmerksam wie sie ihn und sah ihr an, in welchem Moment sie beschloß, ehrlich zu ihm zu sein.

»Wir sind knapp bei Kasse«, entgegnete sie ausdruckslos. »Ich muß dafür sorgen, daß wir nur das Allernötigste kaufen, damit wir während der ersten Kurse über die Runden kommen, bis wir wieder Einnahmen haben. Und das kann ich nicht ohne Hilfe.«

»Gut, aber ich frage Sie noch einmal: Wieso haben Sie nicht Innes mitgenommen? Es ist sein Job.«

»Ego-Problem«, sagte sie knapp. »Kurszentrum versus Hotel. Er würde sich übers Ohr gehauen fühlen, und das läßt er keinem durchgehen.«

Dan musterte sie abschätzend, während er sich der vollen Bedeutung dieser Antwort bewußt wurde. Er sah die gerunzelte Stirn, das entschlossene Kinn, die kräftigen Hände, die das Steuer fest im Griff hatten, und die Konzentration, mit der Rebecca ständig den Blick auf die Straße gerichtet hielt. Diese Frau nahm, wenn es sein mußte, kein Blatt vor den Mund; sie besaß eine Menge Aggressivität, aber sie nutzte sie mit der Offenheit, die ihm gefiel, und sie schien ihren Humor nie zu verlieren.

»Halten Sie es für eine gute Idee, den Boß zu übergehen und mich statt dessen ins Vertrauen zu ziehen? Ich meine, Sie kennen mich doch kaum.«

Mißbilligte er ihre Vorgehensweise? War es falsch gewesen, ihm die Wahrheit zu sagen? Oder war er nur genauso offen wie sie selbst?

»Ich denke, für Sie hat der Job Priorität«, sagte sie schlicht.

Dabei beließ sie es und versetzte Dan damit in noch größeres Staunen. Sie rechtfertigte sich nicht, gab keine weitschweifigen Erklärungen ab und unternahm auch keinen Versuch, Innes schlechtzumachen. Also gut. »Kein Geld, keine Ausrüstung, keine Kurse, kein Job«, faßte er zusammen und gestattete sich zum erstenmal ein amüsiertes Lächeln.

Rebecca nickte. Ein Grinsen huschte über ihr Gesicht, mit dem sie ihm Anerkennung für die rasche Auffassungsgabe und die Nüchternheit zollte, die der ihren in nichts nachstand. »Meiner Ansicht nach wäre es außerdem unklug, Innes in diesem Stadium um Rat zu fragen. Ich bin in einer ziemlich prekären Situation hier. Ich weiß wenig über den Hotelbetrieb und so weiter, aber ich habe mich, so gut es ging, kundig gemacht, was diese Überlebensschule betrifft. Und wenn ich mich ausgerechnet mit dem Mann anlege, der die Verantwortung dafür trägt, ist keinem von uns gedient. Selbst diese Fahrt und die Tatsache, daß ich Sie mitgenommen habe, wird ihm sicher ganz und gar nicht passen, aber damit kann ich leben, denke ich.«

Freut mich, daß sie mir zutraut zu wissen, was »prekär« bedeutet, dachte Dan säuerlich, empfand jedoch Genugtuung über das, was sie gesagt hatte. »Sie werden keine Schnäppchen in Fort William machen können«, warnte er sie, ohne sich seine Zufriedenheit anmerken zu lassen. »Die Läden haben Hochsaison.«

»Es ist ein Zeitproblem«, versetzte sie kurz. »Es wäre nicht gut, jetzt noch mit den Großhändlern zu verhandeln, aber später werde ich sicherlich Angebote einholen.« Sie redete wie jemand, der sich in einen Job verbissen hatte und sich dafür verantwortlich fühlte. Dan wurde hellhörig. Richtete sie sich für längere Zeit hier ein? Hatte sie Genaueres von diesem Arschloch Urquhart gehört?

»Wir werden heute nur gerade soviel mitnehmen, um den Sicherheitsstandard gewährleisten zu können«, fuhr Rebecca fort. »In diesem Punkt gehen wir keinerlei Kompromisse ein. Und wir müssen einen professionellen Eindruck erwecken. Das Image spielt eine große Rolle, weil eine Menge Geld in der Sache steckt, und es ist durchaus drin, daß die Leute ein zweites Mal buchen, solange wir ...«

»... keinen Scheiß bauen«, ergänzte Dan pflichtschuldig.

»Ganz genau.«

Er lachte – seine Laune war wider Erwarten gut. Worüber sollte er sich auch beschweren? Er hatte eine tolle Abschiedsparty in der Berghütte gefeiert, und sein Job dort war ihm auch im nächsten Winter sicher, wenn er wollte. Er war in das Cottage umgezogen und hatte in der letzten Nacht die wiedergewonnene Einsamkeit genossen, war in der Dämmerung am Ufer entlanggegangen und hatte den kühlen Seewind auf seinem Gesicht gespürt. Er war zurückgekommen in die Stille und die Freiheit. Und dieser Job könnte trotz allem ganz gut sein, wenngleich er sich nicht unbedingt darauf freute, von diesem aufgeblasenen Kerl Innes Mann herumkommandiert zu werden. Aber an dem Job war viel dran, was ihn vorerst hier hielt. Stuart, der vierte Kursleiter, war mittlerweile auch eingetroffen, und obwohl er seine Ansichten für sich behielt und eine gewisse Schlauheit vermuten ließ, die beobachtet werden mußte, hatte er Erfahrung und schien eifrig bei der Sache zu sein. Wir vier sollten einen Ausflug in die Berge und einen Törn auf See machen, um zu sehen, wie wir miteinander zurechtkommen, bevor die Gäste über uns hereinbrechen, dachte Dan. Hatte Innes so etwas in Erwägung gezogen?

Aber seine nächste Aufgabe war, Gerätschaften einzukaufen, ohne dabei den Finanzrahmen zu sprengen. Das mußte möglich sein. »Ich kenne ein paar Leute«, sagte er unvermittelt. »Wir nehmen den Geschäften immerhin eine ordentliche Menge ab und könnten Rabatte aushandeln.«

»Gut«, erwiderte Rebecca knapp. Sie wußte, daß die Barrieren wieder da wären, sobald Dan annehmen mußte, daß sie Oberwasser bekommen hatte. Sie bildete sich nicht ein, Punkte gesammelt zu haben. Sie wollte nur die nötigen Dinge erledigen. Trotzdem freute sie sich über seine Kooperationsbereitschaft und schöpfte daraus mehr Mut, als er ahnen konnte. Zum erstenmal in all den hektischen Tagen seit ihrer Ankunft hatte sie das Gefühl, daß sie sich wirklich auf die Fachkenntnis eines anderen verlassen konnte.

Sie zahlte mit ihrer eigenen Kreditkarte. Dan trug die Sachen zum Auto, während sie an der Kasse stand und hoffte, daß er nichts davon mitbekam. Niemand brauchte zu wissen, wie ernst die finanzielle Lage der Überlebensschule wirklich war. Und im Moment war es ratsam, daß das Hotel dem anderen Unternehmen nicht zuviel zuschoß. Es würde bald wieder Geld in die Kasse kommen, und bis dahin hatte Ardlonach eben Schulden bei ihr.

Als alle Neuanschaffungen im Wagen verstaut waren, trennten sie sich für eine Stunde, damit jeder seine persönlichen Einkäufe machen konnte. Rebecca nutzte die Gelegenheit, um sich passende Kleidung zu beschaffen. Am meisten Zeit ließ sie sich mit den Stiefeln – es machte ihr Spaß, die verschiedenen Modelle zu betrachten, das Leder zu riechen, und sie freute sich, daß die Auswahl größer geworden war als früher. Welche Kleider sie mitnahm, entschied sie im letzten Moment und machte sich nicht einmal die Mühe, sie anzuprobieren. Das ist eigentlich nicht meine Art, dachte sie zufrieden und mußte beinahe lachen, als sie sich erinnerte, mit welchem Ernst sie in Edinburgh oder London ihre Garderobe ausgewählt hatte. Sie beeilte sich, zum Parkplatz zu kommen, weil sie sich sicher war, daß Dan sich nicht verspäten würde.

Auf der Heimfahrt ging ihr durch den Kopf, daß es richtig gewesen war, ihn heute mitzunehmen – er war professionell genug, um Vorurteile und Animositäten hintanzustellen und eine Aufgabe anständig zu erfüllen. Zudem, und das war weitaus wichtiger, hatte sie den Eindruck gewonnen, daß er sich, wenn auch widerwillig und unter Vorbehalten, entschieden hatte, sie vorläufig zu unterstützen.

KAPITEL 5

»Es ist eine Wohltat, mal rauszukommen. Ist dir eigentlich klar, daß wir uns zum erstenmal, seit ich hier bin, ein paar Stunden freinehmen, um etwas anderes zu machen?«

Sie fuhren nicht zum Loch oder in die Berge, wie Rebecca es sich gewünscht hätte, sondern waren wieder einmal in Sachen Hotel nach Luig unterwegs. Doch wenigstens war es ihr gelungen, die blasse, hohläugige Una zu überreden, ihre Küche ausnahmsweise einmal zu verlassen.

»O Rebecca, ich habe solch ein schlechtes Gewissen deswegen. Du solltest dich hier erholen und richtig Ferien machen. Statt dessen bist du in diese viele Arbeit gestolpert und schuftest vom ersten Moment an wie wahnsinnig.«

»Wahrscheinlich hat mir das besser getan, als herumzusitzen«, brummte Rebecca. Sie wußte, daß das zutraf. Der Kummer war zwar ständig präsent, aber sie hatte bei all dem Trubel keine Zeit, sich damit zu quälen oder nachzugrübeln und die Erinnerungen wachzurufen, die es ihr so schwer gemacht hatten, die letzten Wochen im Büro durchzustehen. Und selbst in wehrlosen Stunden, in denen sie trotz der körperlichen Erschöpfung auf den Schlaf wartete, oder wenn sie stöhnend in den Morgenstunden erwachte, atmete sie erleichtert auf, weil ihr klar wurde, daß sie keinen weiteren Verletzungen ausgesetzt war. Sie hatte sich aus der Gefahrenzone entfernt und sich selbst Zeit genommen – so viel Zeit, wie sie brauchte –, um über die verschiedenen Zukunftsaussichten nachzudenken, die sich mit einemmal vor ihr auftaten. Sie war so frei, wie es ihr möglich war, und konnte selbst Entscheidungen treffen.

Frei! Rebecca lachte laut, und Una sah sie fragend

an. »Und ich habe mir immer eingebildet, ich würde in der Welt der Finanzen hart arbeiten«, erklärte Rebecca mit einem ironischen Lächeln.

»Es ist nicht immer so wie jetzt«, versicherte Una, die sich sofort wieder Sorgen machte.

Rebecca zog die Augenbrauen hoch und fragte sich, wie weit Una vorausschaute, beschloß aber, nicht näher darauf einzugehen, weil sie beide im Moment eine unsichere Phase durchmachten.

»Es war nur die Hektik, weil alles rechtzeitig fertig sein muß«, fuhr Una hastig fort. »In den Wochen nach Ostern ist es immer ruhiger – obwohl in diesem Jahr mehr oder weniger die ganze Saison über Kurse abgehalten werden und deshalb alles ein bißchen anders sein wird als früher. Ich kann gar nicht glauben, wie erfolgreich Tony mit seiner Werbekampagne war.« Ein wehmütiger Unterton hatte sich eingeschlichen, aber es flossen keine Tränen mehr wie noch vor wenigen Tagen. »Es war wirklich lieb von dir, daß du so tatkräftig in die Bresche gesprungen bist. Ohne dich hätte ich es niemals geschafft, den Hotelbetrieb wieder aufzunehmen, und ich hätte es nie für möglich gehalten, daß die neue Bar rechtzeitig fertig wird. Erstaunlich, wie gut alle zusammengearbeitet haben, nicht?«

Sie war immer beeindruckt, wenn die Leute so nett waren, das zu tun, wofür sie bezahlt wurden. Sie war regelrecht begeistert gewesen, daß der Elektriker teure Überstunden machte, um die Arbeit fertigzustellen, für die er vor Wochen den Auftrag bekommen hatte. Und sie hatte sich überschwenglich bei dem Brandschutzmeister bedankt, weil er sich einverstanden erklärt hatte, ein Zertifikat auszustellen, das Tony schon vor langer Zeit angefordert hatte. Auch war sie hocherfreut gewesen, weil sich die Kursleiter – alle bis auf Innes, der seine Abwesenheit mit nicht näher benannten anderen Verpflichtungen begründet hatte – zusammengetan, die letzten Einrichtungsarbeiten geleistet und die schweren, noch zusammengerollten Kokosteppiche verlegt hatten. Rebecca war erstaunt gewesen, daß Dan Bern und Stuart für diese Aufgabe freigestellt hatte. Noch überraschender war allerdings, daß er selbst die Sache in die Hand genommen hatte, obwohl er maulte und behauptete, daß ihn die Unfähigkeit der anderen dazu zwingen würde. Trotz seiner Bärbeißigkeit fiel Rebecca ein Stein vom Herzen, da sie den anderen beiden nicht zutraute, einen rechten Winkel schneiden oder den Boden richtig ausmessen zu können. Dan hatte gute Arbeit geleistet und nach dem Verlegen des Teppichbodens alle verfügbaren Leute zusammengetrommelt, um die Stühle, Tische und Bänke aus den angrenzenden Sporträumen herbeizuschaffen, in denen sie aufbewahrt worden waren. Zu guter Letzt sorgte er noch dafür, daß die Tischtennisplatte in dem freigewordenen Raum aufgestellt wurde. Seine Gründlichkeit beeindruckte Rebecca.

»Diese Bar hätte schon vor einer Woche fertig sein sollen«, erwiderte er kurzangebunden, als Rebecca sich bei ihm bedankte. »Die Kursleiter brauchen einen Ort, an dem sie sich entspannen können.« Damit machte er deutlich, daß er die Arbeit nicht übernommen hatte, um ihr einen Gefallen zu tun.

An diesem Vormittag putzten Donna und Aggie die Fenster in der Bar und polierten die Möbel und die Theke. Hoffentlich spülten sie auch die Gläser und stellten sie in die Regale – aber das war wahrscheinlich zuviel verlangt. Die beiden hatten klare Vorstellungen davon, wieviel man ihnen zumuten konnte, und Donna hatte unfreundlich erklärt: »Wir werden sehen, wie weit wir kommen. Ich muß meinem Mann das Essen kochen, vergessen Sie das nicht.« Und Aggie hatte in gereiztem Ton klargestellt: »Im Grunde ist es Aufgabe des Barmanns, die Bar einzurichten.«

Der Teilzeitgärtner, ein ehemaliger Fischer aus Lewis namens Paddy, sollte die Bar übernehmen, sobald das Hotel geöffnet war. Heute war er damit beschäftigt, die Teakholzmöbel sauberzumachen und auf der oberen Terrasse aufzustellen. Rebecca hatte die Möbel zufällig gefunden, als sie auf der Suche nach Onkel Kenneths alter Briefwaage war (Unas Gewohnheit, auf alles das doppelte Porto zu kleben – für alle Fälle –, hatte ihr ganz und gar nicht gefallen). Obwohl Ostern in diesem Jahr auf das letzte Märzwochenende fiel, waren manche Tage doch schon so schön, daß man draußen sitzen konnte. Und Rebecca wollte die Voraussetzung dafür schaffen, noch ehe jemand diesen Luxus einforderte.

Als sie Donna und Aggie den Auftrag erteilt hatte, die Bar zu putzen, hatte sie jeden Protest im Keim erstickt, indem sie ihnen freigestellt hatte, statt dessen die Gartenmöbel vom Vogelkot des letzten Jahres zu befreien. Das hatte ihr einige sehr böse Blicke eingebracht. Es ist offensichtlich, daß Una nicht viel Autorität auf sie ausübt, dachte Rebecca, als sie einen Traktor überholte. (Könnte der Bursche, der auf dem Traktor saß, vielleicht der Junge sein, den der Gärtner von Ardlonach einmal beim Erdbeerenstehlen erwischt und an den Ohren ins Arbeitszimmer gezerrt hatte? Der Mann hatte dieselben flammendroten lockigen Haare.) Rebecca mußte vorsichtig sein, um das Personal nicht zu einer Revolte zu verleiten. In Luig würde es ab jetzt bis Oktober jede Menge freie Stellen geben, aber nur wenige Leute, die die Saisonarbeit übernehmen konnten.

Außerdem waren die beiden australischen Mädchen, die gestern ankommen sollten, nicht erschienen und hatten sich auch nicht telefonisch gemeldet – ein weiterer Grund, diplomatisch vorzugehen. Es gab keine Möglichkeit, herauszufinden, ob sie noch vorhatten herzukommen, und es war fraglich, ob sich so kurzfristig Ersatz für sie finden ließ.

Mit etwas Glück war die Kutscherhaus-Bar – Rebecca fand den Namen ziemlich prätentiös und snobistisch, aber Una hielt daran fest, weil Tony ihn ausgesucht hatte – fertig, wenn sie zurückkamen, und sie mußten nur noch die Vorhänge aufhängen, die sie heute in Luig abholen wollten.

»Ich freue mich, daß du Trudy endlich kennenlernst«, sagte Una. »Die letzten Tage waren so hektisch, daß ich wirklich nicht daran gedacht habe. Und Trudy ist selbst sehr beschäftigt, aber ich schaue eigentlich immer kurz bei ihr vorbei, wenn ich in Luig bin. Ich habe sie nicht mehr gesehen, seit Tony ...« Die Aussicht, jemanden außerhalb der abgeschiedenen Welt des Hotels unter diesen neuen Umständen zu treffen, brachte ihr plötzlich die Realität wieder ins Bewußtsein. Ihre Stimme bebte gefährlich, und sie wandte sich ab, um aus dem Seitenfenster zu schauen.

Rebecca warf einen Blick auf ihr angespanntes Gesicht. Sie war beunruhigt. Una hatte sich so gut gehalten, tapfer ihren Kummer beiseite geschoben, um sich mit all den Fragen zu befassen, die Rebecca ihr stellen mußte, um die Lebensmittelbestellungen aufzugeben und die Speisepläne aufzustellen, denn diese Dinge gehörten zu ihrem Verantwortungsbereich. Unas exzellenten Kochkünsten war es zu verdanken, daß Ardlonach aus der Masse der kleinen »Landhaus«-Hotels herausstach, die jedes Jahr in Schottland eröffnet und zumeist im folgenden Jahr wieder geschlossen wurden. Die gute Küche war der Grund dafür, daß die Gäste immer wiederkamen und das Hotel meistens ausgebucht war. Der neue Segelhafen in Luig hatte Tony nicht nur die Möglichkeit geboten, Segelkurse in sein Programm aufzunehmen, sondern hatte auch, wie Rebecca aus den Büchern ersehen konnte, das Tagesgeschäft im Speisesaal und in der Bar beträchtlich gesteigert. Es wäre der reinste Wahnsinn gewesen, die Chancen nicht zu nutzen, besonders da bereits so viel Arbeit und Geld in dem Unternehmen steckte. Dennoch fragte Rebecca sich manchmal, ob sie Una nicht überforderte. Die Ehe des armen Mädchens war gerade in die Brüche gegangen, und sie hatte kaum Zeit gehabt, darüber nachzudenken, geschweige denn darüber zu reden. Rebecca wußte, daß Una kaum einen Bissen aß, und so wie sie am Morgen aussah, fand sie wohl auch nicht viel Schlaf.

Rebecca rief sich in Erinnerung, daß sie nicht das Recht hatte, Entscheidungen über Ardlonach zu treffen – das war Unas und Tonys Sache. War es richtig gewesen, darauf zu drängen, daß der Betrieb weiterlief, und sich mit so viel Energie und Entschlossenheit in die Arbeit zu stürzen, während Una so wehrlos war? Aber was wäre die Alternative gewesen? All den Gästen klarzumachen, daß sie sich für dieses Jahr einen anderen Urlaubsort suchen mußten? Die meisten würden sich nie wieder blicken lassen, auch wenn ihnen Ardlonach noch so gut gefallen hatte.

»Ich glaube, du wirst Trudy mögen«, fuhr Una fort. Sie bemühte sich um einen festen Ton, und Rebecca bewunderte ihren Mut. »Sie ist zwanglos und locker und nimmt alles so, wie es kommt.«

Rebecca wollte sie nicht noch mehr aufregen, aber sie mußte sich Klarheit verschaffen, ehe sie ankamen. »Hast du ihr von Tony erzählt?« fragte sie vorsichtig.

»Ja, als ich gestern abend angerufen habe, um zu fragen, ob die Vorhänge fertig sind. Ich hielt es für besser, ihr Zeit zu geben, über meine neue Situation nachzudenken. Sie ist manchmal ziemlich unverblümt und sagt, was sie denkt«, fügte Una resigniert hinzu.

Also hatte die Angst vor Kritik an Tony Una davon abgehalten, sich in ihrer ersten Verzweiflung an die Freundin zu wenden. Außerdem war es nur allzu verständlich, daß sie seine Abreise nicht als unwiderrufliche Tatsache in die Welt hinausposaunen wollte.

»Und ich glaube nicht, daß sie viel von der Ehe an sich hält«, fuhr die stets gerechte Una fort, als wollte sie die Lage ganz akkurat schildern. »Sie und ihr Mann sind vor ungefähr vier Jahren hergezogen, und er hat eine Töpferei in der alten Mühle eingerichtet – du erinnerst dich doch an die alte Mühle oberhalb der Stadt? Trudy hatte dort ein Geschäft, in dem sie Lebensmittel und alles mögliche andere verkaufte. Plötzlich wollte Ben wieder in den Süden, und sie blieb allein zurück ...« Una schluckte und redete hastig weiter: »Sie hat eines der Cottages am Hafen gekauft und ist mitsamt ihrem Laden hingezogen. Du erinnerst dich bestimmt daran, daß diese Cottages früher bewohnt waren, aber seit ich hier bin, standen sie leer. Sie sind wirklich hübsch, und du wirst ja sehen, was Trudy aus ihrem gemacht hat.«

Das Erdgeschoß, ein heiterer, farbenprächtiger Raum mit niedriger Decke, in dem es verlockend duftete, war zu einem Geschäft umfunktioniert worden. An den Säulen, die beim Einreißen der Trennwände stehengeblieben waren, hingen Körbe unterschiedlicher Form und Größe, in denen die Waren angeboten wurden, und ein paar schlichte Ledertaschen und Gürtel zur Dekoration. Eine großgewachsene Frau mit langem, braunem Haar, einer braunen Leinenhose und einem hellen Patchworkkittel aus Samt kam strahlend auf sie zu.

»Una, wie schön, dich zu sehen! Wie geht's dir, Liebes? Du mußt ja die Hölle durchgemacht haben, du Ärmste – du hättest mich anrufen sollen. Hi, Sie müssen Rebecca sein. Ich nehme an, keine von euch beiden läßt zu, daß ich über Tony herziehe, stimmt's? Okay, ich werde mein bestes tun und den Mund halten, aber *ehrlich* ...«

Sie schloß Una in die Arme. Rebecca vermutete, daß das ärgerliche Brummen Tony galt. »Ihr hattet bestimmt alle Hände voll zu tun, um alles vorzubereiten? Ich hätte euch doch helfen können. Aber zumindest sind die Vorhänge jetzt fertig. Das hätte ich vermutlich nicht geschafft, wenn ich ständig zwischen Ardlonach und hier hin- und hergerast wäre. Ihr kommt gerade zur rechten Zeit. Ich kann den Laden über Mittag schließen, solange die Touristenschwärme noch nicht über uns hereingebrochen sind. Ab dem nächsten Wochenende kann ich mir diesen Luxus für eine ganze Weile nicht mehr leisten.«

Sie führte sie durch eine Tür im hinteren Teil des Ladens, und Rebecca stieß einen überraschten Schrei aus.

»Gefällt es Ihnen?« fragte Trudy lächelnd.

»Hat sie das nicht wunderbar gemacht?« warf Una stolz ein.

An jedes Cottage in der Reihe grenzte ein Hinterhof, der durch einen einstöckigen Anbau, einst Waschhaus und Vorratsraum, vom Nachbargrundstück abgeschirmt wurde. Trudy hatte in dem Waschhaus einen Kühlraum installiert, in dem sie den Räucherfisch aufbewahrte, den sie so gut verkaufte. Der Rest war ihre Werkstatt. Die Westmauer war durch ein riesiges Fenster ersetzt worden. An den Hofmauern rankten üppige Kletterpflanzen, und überall hingen Körbe mit Blumen, die schon zu dieser frühen Jahreszeit blühten. Durch eine Lücke in der weißgetünchten Mauer am Ende des mit groben Steinen gepflasterten Hofs gelangte man über eine Treppe zum Hafen. Im Moment war Flut, und man hörte die Wellen gegen die Steine klatschen.

»Was für ein himmlisches Plätzchen!« rief Rebecca und sah sich gründlich um: die bunten Körbe, das gefangene Sonnenlicht, die Abgeschiedenheit, die eine ganz besondere intime Atmosphäre schuf. Zugleich vermittelte der Blick auf den Hafen das Gefühl von Weite und Helligkeit. »Wie ich sehe, stellen Sie die Körbe und die Lederwaren selbst her«, sagte sie.

»Ein Witz, was?« erwiderte Trudy vergnügt. »Körbeflechten, ganz wie es dem Klischee entspricht. Alleinstehende Frauen mit bescheidener Intelligenz machen so was. Aber es gefällt mir, immer etwas zu tun zu haben, und die Sachen verkaufen sich erstaunlich gut. Im Ernst – würden Sie im Urlaub einen Korb kaufen, der so aussieht wie der, in dem Ihre Großmutter früher die Kartoffeln und den Tee nach Hause gebracht hat? Wie auch immer, ich bin froh, wenn ich die hier los bin. Ein Auftrag in dieser Größenordnung nimmt verdammt viel Platz ein.« Sie deutete mit dem Kinn auf einen Stapel ordentlich zusammengefalteter, kaffeebrauner Leinenvorhänge, die, wie Rebecca auf den ersten Blick feststellte, perfekt in die neue Bar paßten. Una hatte wirklich einen Sinn für so was.

»O Trudy, vielen Dank, sie sind wunderschön! Hast du die Rechnung dazugelegt?« Unas vielsagender Blick auf Rebecca verriet, was sie zu dieser Frage veranlaßt hatte.

Rebecca lachte.

»Die Rechnung? Natürlich nicht – ich hab' sie noch nicht einmal geschrieben«, antwortete Trudy unbekümmert. »Ich schicke sie dir irgendwann zu. Wie wär's, wenn ich uns eine Flasche Wein hole – ihr seid doch nicht in Eile, oder? – und etwas zu essen herrichte?«

»Wir wollen dir keine Umstände machen und dich nicht in der Mittagspause stören. Ehrlich gesagt haben wir nicht mal auf die Uhr gesehen, sondern sind einfach losgefahren, als wir eine kleine Verschnaufpause hatten.«

»Aber wo ihr schon einmal hier seid, könnt ihr euch doch ruhig mal eine Stunde Freizeit gönnen. Komm schon, Una, wir haben uns wochenlang nicht gesehen. Keine Widerrede.«

»Kann ich helfen?« fragte Rebecca. Es klang eher nach einer Bitte als nach einem Angebot.

»Möchten Sie sich den Rest des Hauses ansehen? Klar möchten Sie, kommen Sie mit«, erwiderte Trudy prompt. »Ich schnüffle auch immer gern ein bißchen in den Häusern anderer Leute herum. Ich habe die ursprüngliche Treppe abgerissen, damit ich mehr Platz im Laden habe, deshalb mußte ich die hier einbauen. Sie ist nicht unbedingt schön, aber dadurch habe ich oben eine Glastür. Ich liebe helle Räume. Außerdem bin ich für Schlichtheit, wie Sie sehen. Das Positive am Alleinleben ist, daß man sich nur nach den eigenen Bedürfnissen zu richten braucht.«

Sie tut Una bestimmt gut, dachte Rebecca belustigt.

Die beiden waren grundverschieden, und zwar nicht nur im Hinblick auf ihre äußerliche Erscheinung. Dieses große, energische, strahlende Mädchen mochte den Eindruck vermitteln, ein bißchen verrückt zu sein, aber Rebecca vermutete, daß sie in Wahrheit äußerst kompetent und tüchtig war. Sie hatte sich keineswegs mit dem Alleinleben abgefunden, auch wenn Una das Gegenteil behauptete oder Trudy sich einbildete, den Leuten das weismachen zu können. Vermißte sie noch ihren verschwundenen Töpfer?

Die ehemaligen Schlafzimmer unter dem schrägen Dach waren zu einem großen Wohnraum mit einer winzigen Küche auf der einen Seite und einem ungemachten Bett auf der anderen umgestaltet worden. Das Bett war etwa einen halben Meter von der Wand abgerückt – vermutlich, damit Trudy, wenn sie dort lag, durch das stehende Dachfenster das Wasser sehen konnte. Zwischen Koch- und Schlafbereich standen ein paar unbequem aussehende, niedrige Sitzgelegenheiten aus Holz und Leder. Ob Trudy die auch selbst zusammengezimmert hatte? Ein Bord mit Büchern, Zeitschriften, Katalogen und braunen Umschlägen nahm eine ganze Wand ein. In dem aufgeschlagenen Kassenbuch waren ein Eintrag und zwei Kaffeeringe zu sehen. An der Giebelwand stand ein billiger Einbauschrank, dessen Türen zum größten Teil weit aufgerissen waren. Dieser Raum wurde augenscheinlich nur als Speicher, Koch- und Schlafgelegenheit benutzt. Wahrscheinlich wurde hier nicht einmal gegessen. Trudys eigentliches Leben spielte sich im Laden und in der Werkstatt ab.

»Eine wunderbare Lage«, sagte Rebecca neidisch, als sie vor einem der hohen Fenster stand und auf den belebten Hafen, das sonnenbeschienene Wasser und die dunklen, scharf umrissenen Berge dahinter blickte. In spätestens zwei Stunden würde es regnen, schätzte sie und stellte zufrieden fest, daß sie automatisch die einst so vertrauten Anzeichen und Vorboten wiedererkannte. Gleich darauf jedoch machte sie sich über sich selbst lustig, weil sie stolz auf eine solche Nichtigkeit war.

»Ich muß mir eine Bank oder so was anschaffen«, bemerkte Trudy und rutschte auf der Treppe vor ihrer Werkstatt unbehaglich hin und her. Der Stein war nicht so warm, wie sie erwartet hatte.

»Ich hole Kissen«, bot Una an und sprang auf.

Warum stellt Trudy nicht ihr eigenartiges Sofa von oben hierher und läßt es langsam im Freien verrotten? überlegte Rebecca boshaft. Sie hatte das Gesicht der Sonne zugewandt, labte sich an der Wärme an diesem geschützten Plätzchen und schlürfte kühlen Mosel. Zum erstenmal seit Tagen renne ich nicht herum wie ein kopfloses Huhn. Außer am ersten Abend, als ich am Bootssteg war, bin ich kaum aus dem Haus gekommen. Aber ist es klug, eine Pause zu machen? Vielleicht bin ich danach nicht mehr imstande, weiterzumachen wie bisher.

Es war gut, Una so unbeschwert plaudern zu hören. Offenbar fühlte sie sich wohl in Trudys Gegenwart. Die beiden Frauen tauschten Neuigkeiten aus, und Rebecca ließ währenddessen ihre Gedanken schweifen. Sie kam sich vor wie eine Besucherin an einem fremden Ort, aber als bekannte Namen fielen, wurde ihr wieder bewußt, daß dies hier auch ihre Welt war.

»Hast du Lilias in letzter Zeit gesehen?« erkundigte sich Una, während sie ein Stück von dem weichen Brie abschnitt, der aussah, als wäre er von einem schweren Gegenstand plattgedrückt worden.

»Ich war am Wochenende in Tigh Bhan. Sie kann nicht mehr viel herumfahren, ihre Knie tun teuflisch weh, aber ansonsten ist sie blendend in Form. Sie hat mir die Hölle heiß gemacht, weil ich nicht auf dem laufenden war, was die politische Szene betrifft. Ich wollte ihr klarmachen, daß ich's aufgegeben habe, weil die Nachrichten alle so schrecklich sind, aber sie meinte, daß ich mich gerade aus diesem Grund informieren sollte. Sie redet, wie ihr der Schnabel gewachsen ist. Komisch, daß so viele Witwen, wenn sie nach fünfzig Jahren Ehe plötzlich allein sind, noch mal den zweiten Wind bekommen.«

Rebecca hielt das für einen äußerst taktvollen Hinweis, aber Una schien keine Verbindung zu ihrer eigenen Lage herzustellen. »Ein Glück, daß es nicht anders herum gekommen ist«, sagte sie besorgt, als könnte sich die Reihenfolge des Todes noch im nachhinein ändern. »Gerald wäre ohne sie vollkommen hilflos gewesen.«

»Unsinn – er hätte irgendeiner Frau ein Vermögen für die Verrichtung der Arbeiten bezahlt, die Ehefrauen umsonst machen«, versetzte Trudy spöttisch und schenkte allen noch einmal großzügig Wein ein. »So sind die Männer.«

»Gerald Markie ist gestorben? Wann?« Plötzlich fühlte sich Rebecca diesem Ort wieder aufs engste verbunden und war böse auf das Hotel, das sie davon abgehalten hatte, durch die Gegend zu streifen und alles noch einmal neu zu entdecken. Abgesehen von ihrer Mutter waren die Leute in Edinburgh für sie nichts anderes als Bühnenfiguren ohne Substanz und Kontinuität gewesen, die nach Ende des Stücks wieder abtraten. Auch deshalb hatte sie die Entscheidung gefällt, ihre Zelte vollkommen abzubrechen. Lange Zeit war sie unfähig gewesen, jemandem nahezukommen – zuerst aus Selbstschutz, dann aus Angst vor Übergriffen auf ihre Privatsphäre und schließlich, weil sie so zufrieden, unabhängig und erfolgreich war. Aber hier hatte sie vor langer Zeit Freunde gehabt – Freunde, die ihr einst sehr viel bedeutet und die sie sträflicherweise völlig vernachlässigt hatte.

»Ich muß Lilias besuchen«, sagte sie. »Was meint ihr, wäre ihr das recht?« setzte sie hinzu, als ihr Bedenken kamen.

»Sie wäre bestimmt begeistert«, versicherte Una mit dem Eifer und der Warmherzigkeit, die jedermann an ihr so schätzte. »Sie spricht oft von dir und fragt, wann du zurückkommst.«

»Sie findet, ich sollte zurückkommen«, berichtigte Rebecca sie grinsend. Lilias Markie war so herrisch wie sie selbst. »Was treibt Stephen? Er hat den Dienst noch nicht quittiert, oder?«

»Nein, er ist nach wie vor bei der Army. Er kommt sehr oft mit den Kindern her. Hast du gehört, daß Lucy ihn verlassen hat?«

»Nein – wirklich? Dann ist sie endlich zur Vernunft gekommen?«

»Rebecca, das ist unfair! Stephen ist einer der nettesten Menschen ...«

»... und einer der schwerfälligsten.«

»Ein Glück, daß die Army Verwendung für ihn hat«, bemerkte Trudy ohne Bosheit. »Schwer vorstellbar, daß er wo anders zurechtkommen könnte.«

Es machte Spaß, über die Leute zu klatschen, so zwanglos mit dieser unkomplizierten Frau zu schwatzen und ein wenig auszuspannen nach all diesem Streß.

»Gott sei Dank schaut Catriona hin und wieder vorbei und behält ein Auge auf Lilias«, sagte Trudy zu Una. »Hier wird bald viel los sein, und ich komme nicht mehr dazu, sie oft zu besuchen.«

»Meinst du, sie würde in einem Notfall richtig reagieren?« fragte Una zweifelnd.

»Ihr sprecht doch nicht von Catriona Finlay von Glen Righ? Ist sie überhaupt alt genug, um sich um Lilias zu kümmern?« warf Rebecca ein.

»Sie kennen Catriona? Sie dürfte ungefähr zweiundzwanzig sein, stimmt's, Una? Auch wenn man ihr das nicht ansieht. Wahrscheinlich wissen Sie, daß Fergus gestorben ist und Catriona seit eineinhalb Jahren ganz allein in dem riesigen Haus wohnt. Sie hat keine Arbeit und keinen Pfennig zum Leben. Wir alle machen uns große Sorgen um sie.«

»Zweiundzwanzig – du liebe Güte!« Rebecca fiel die tragische Geschichte der Finlays wieder ein: Catrionas Eltern waren bei einem Flugzeugunglück ums Leben gekommen, und ihr Bruder ertrank im tiefen Wasser in der Schlucht neben ihrem Haus. Die Trauer über den Verlust griff die geistige Gesundheit des Großvaters Fergus an, und Catriona, ein dürres, äußerst scheues Kind, fristete ein einsames Dasein dort oben an der Schlucht.

Ein anderer Name lenkte Rebecca vom Schicksal der Finlays ab. »Clare Macrae? Ist das Donalds neue Frau?« erkundigte sie sich interessiert. Donald Macrae war in ihrer Kindheit öfter nach Ardlonach gekommen und so etwas wie ein Held für sie, Tony und ihre Cousinen gewesen. Er war ein in der Gegend bekannter Shinty-Spieler, Highland-Tänzer und ein ausgezeichneter Schütze. Irgendwann heiratete er die langweilige Tochter eines Farmers und verschwand sozusagen von der Bildfläche, als er in Rhumore am Nordufer des Loch

Buie seine Farm bewirtschaftete. Rebecca war zu Ohren gekommen, daß seine Frau vor drei Jahren gestorben war und daß er wieder geheiratet hatte.

Trudy und Una brachten sie auf den neuesten Stand der Dinge. Clare hatte ihr luxuriöses Leben im Süden aufgegeben, um in Larach zu leben, einem Cottage am Loch Buie, das mittlerweile Stephen gehörte, und half zeitweise in Trudys Laden in der alten Mühle sowie in Unas und Tonys Hotel aus.

»Sie mußte aufhören zu arbeiten, als sie das Baby bekam«, bedauerte Una. »Tina war nicht halb so tüchtig.«

»Ich bin Robbies Patentante«, verkündete Trudy stolz. »Aber ich bekomme ihn kaum zu Gesicht. Clare fühlt sich als Farmersfrau pudelwohl und verläßt Rhumore nur, wenn es unbedingt sein muß.«

Mit einemmal befiel Rebecca ein erschreckendes Neidgefühl. Diese Clare hatte alles: Donald, das massive Farmhaus auf der Landzunge und ein Baby.

»Wir sollten bald mal zu ihr rausfahren«, sagte Trudy. »Sie müssen Sie kennenlernen, Rebecca, sie ist so amüsant und lustig ...«

Nein, dachte Rebecca, nein, das muß ich mir nicht antun. »Es ist höchste Zeit für uns«, schnitt sie Trudy das Wort ab. »Komm, Una – schau mal auf die Uhr.«

»Ich nehme an, ihr wollt die Sachen mitnehmen, die telefonisch bestellt wurden, oder?« fragte Trudy mit mildem Sarkasmus, als sie die Ladentür aufmachte.

»O Gott«, rief Una, »die Trockenfrüchte, das Mehl, das Müsli und die Gewürze!«

»Den Käse und den Fisch nicht zu vergessen!«

»Trudy, wie schrecklich – ich wäre glatt ohne das alles losgefahren. Für kurze Zeit habe ich alles vergessen, was mit dem Hotel zusammenhängt.«

Ich auch, dachte Rebecca bitter. Sie war noch immer erschüttert durch die Vision von den Schätzen, die Clare Macrae gefunden hatte und die sie selbst, egal welche Entscheidungen für die Zukunft sie auch treffen mochte, niemals für sich gewinnen konnte.

Sie steuerte den Wagen zum großen Parkplatz im Ort, und sie und Una nahmen sich die Liste der Kleinigkeiten vor, die ihnen im Hotel noch fehlten. Das Einkaufen machte Spaß, weil man Rebecca in vielen Geschäften wiedererkannte und willkommen hieß. Sie hatte sich so distanziert, nachdem Ardlonach in Tonys Hände übergegangen war, daß sie geglaubt hatte, von allen vergessen worden zu sein. Aber die Menschen in diesem Teil der Welt hatten ein gutes Gedächtnis, und die Urquharts hatten fast ein Jahrhundert Land auf der Luig-Halbinsel besessen. Die vielen Verwandten, die lange Jahre die Sommer in Ardlonach verbracht hatten, waren stets gern gesehen gewesen. Una und Rebecca mußten sich immer wieder von den Leuten losreißen, die sie in Gespräche verwickelten und selbst nie in Eile zu sein schienen. Rebecca wurde warm ums Herz bei all der Freundlichkeit.

»Wenn wir jetzt nicht bestens gerüstet für die Saison sind, dann werden wir es nie sein«, erklärte sie, als sie die letzten Einkäufe im Wagen verstauten, die Staubmops zur Sicherheit zwischen die Wasserkaraffen stopften und die Tüte mit den Dartpfeilen und Ping-Pong-Bällen in die Lücke hinter dem Fahrersitz schoben. Das Auto war für derlei Transporte nicht geeignet, aber in Zukunft würden die nötigen Sachen hoffentlich pünktlich und in ausreichender Menge ins Haus geliefert werden.

Bevor sie einstieg, sah Rebecca noch einmal nach, ob Una auch nichts auf dem Wagendach vergessen hatte – eine Eigenart von ihr. Dabei fielen ihr ein paar Fahrgäste auf, die am Pier aus einem Bus stiegen. Zwei von ihnen erweckten ihre Aufmerksamkeit.

Sie bückte sich ins Auto und sagte: »Ich wette, das sind unsere.« Sie richtete sich wieder auf, legte die Arme auf das warme Wagendach und beobachtete die zwei blonden Mädchen, die ihre Rucksäcke und Reisetaschen zusammensammelten.

»Ich glaube, du hast recht«, meinte Una und stieg aus. »Wäre das nicht wunderbar?«

»Wir könnten sie einfach mit zu uns nehmen, auch wenn sie nicht die Australierinnen sind«, schlug Rebecca vor.

»Auf keinen Fall, das wäre nicht fair«, protestierte Una ernst.

Rebecca lachte. »Bist du sicher, daß wir sie überhaupt wollen? Pünktlichkeit scheint nicht gerade ihre Stärke zu sein – und anständiges Gepäck übrigens auch nicht.«

Sie gingen gemeinsam über den Parkplatz. »Wollen Sie zufällig nach Ardlonach?« rief Rebecca, als die beiden Mädchen ihre Rucksäcke schulterten und nach den schlaffen Henkeln ihrer Taschen griffen. Rebecca registrierte überrascht, daß ihnen ein Mann dabei half.

Zwei strahlende, braungebrannte Gesichter wandten sich ihr zu. »Stimmt«, riefen sie vergnügt im Chor. »Woher wissen Sie das?«

»War nur geraten«, erwiderte Rebecca mutlos. Diese beiden waren imstande, ein heilloses Durcheinander unter den Überlebensschülern anzurichten, besonders wenn ihr Widerstand durch das Training gebrochen war. Oder unter den Kursleitern, wenn man es genau betrachtete. Bern würde sich schüchtern zurückziehen. Stuart grinste vielleicht. Und Dan – Rebecca hatte keine Ahnung, wie Dan reagieren würde, aber Innes würde sicher feixen.

Die große Langbeinige mit der struppigen Frisur stellte sich als Thea vor; die Kleinere mit den weißblonden langen Haaren war Sylvie.

»Wir wußten nicht, ob Sie überhaupt noch kommen.«

»Oh, aber natürlich. Der siebenundzwanzigste war ausgemacht, oder?«

»Ganz recht, und heute ist der achtundzwanzigste, aber egal.«

»Im Ernst?« Ihr fröhliches Gelächter war bestimmt noch in Trudys Laden zu hören. »O Mann, das ist ja toll! Wir waren ganz sicher, daß wir rechtzeitig ankommen. Hoffentlich haben Sie Ihre Wutanfälle schon hinter sich.«

Rebecca und Una lachten mit.

»Wie weit ist es noch bis Ardlonach?«

»Drei Meilen. Aber vielleicht könnten Sie hier noch eine Weile warten?« fragte Rebecca. »Macht Ihnen das was aus? Unser Auto ist nämlich voll bis unters Dach. Sie könnten Ihr Gepäck bei einer Bekannten unterstellen – Trudy hat doch bestimmt nichts dagegen, oder, Una? – und ein wenig herumlaufen oder irgendwo einen Kaffee trinken. Ich komme gleich wieder zurück, um Sie zu holen.«

»Kein Problem. Wir schauen uns hier inzwischen ein wenig um, was, Sylv? Ein süßer kleiner Ort.«

Una drehte sich auf dem Beifahrersitz um und sah ihnen nach, als sie zu Trudys Laden schlenderten. »Was für reizende Mädchen«, flüsterte sie, als Rebecca den Motor startete. »Wir haben wirklich großes Glück.«

»Wir werden sicher viel Spaß mit ihnen haben«, stimmte Rebecca zu. Sie drückte aufs Gaspedal, zuckte aber sofort wieder zurück, als sie merkte, wie die schwere Ladung das Fahrverhalten des Autos beeinflußte. Die beiden waren lustig und bestimmt so förderlich für ernsthafte Arbeit wie eine Kiste Champagner.

KAPITEL 6

Ostern brach über Rebecca herein wie eine Flutwelle, die sie in eine Strömung von Verpflichtungen und Aufgaben riß, und bisweilen befürchtete sie, all den Anforderungen kaum gewachsen zu sein.

Alles begann mit einer Auseinandersetzung mit Dan. Der freie Tag, den er für sich und seine Kollegen wünschte, damit sie eine gemeinsame Bergtour unternehmen und sich besser kennenlernen konnten, war verschoben worden, weil in der neuen Bar noch so viel zu tun gewesen war. Als Innes, der irgendwo unterwegs gewesen war, um seine geheimnisvollen Erledigungen zu machen, zurückkam, wurde er fuchsteufelswild, weil der Ausflug nicht stattgefunden hatte. Rebecca argwöhnte, daß er sich absichtlich aus dem Staub gemacht hatte, um nicht daran teilnehmen zu müssen. Am letzten Tag vor Kursbeginn ergab sich die Möglichkeit, das Vorhaben durchzuführen, und Rebecca beschloß, ebenfalls mitzukommen.

Sie wollte für eine Weile weg von dem Hotel und dem Chaos, in das sie keine Ordnung bringen konnte, weil offensichtlich niemand außer ihr Interesse daran hatte, aber der Hauptgrund war, daß es ihr gegen den Strich ging, wenn sie nicht genau wußte, was vor sich ging. Das Wort »Kurse« war für sie zum Synonym für drohende Schwierigkeiten geworden, mit denen sie nicht fertig werden konnte, solange sie keine Ahnung hatte, wie alles lief. Sie rief sich des öfteren ins Gedächtnis, daß sie eigentlich keinerlei Verantwortung dafür trug, was im und außerhalb des Hotels passierte, aber dieses Argument hatte kein Gewicht. Es war glasklar, daß Una nicht allein zurechtkam; Rebecca hatte sich verpflichtet, ihr zu helfen, und jetzt mußte sie auch zu ihrem Wort stehen.

»Um wieviel Uhr brechen Sie morgen auf?« wollte sie von Dan wissen, als er ins Büro kam, um die Anweisungen für das richtige Verhalten im Brandfall zu kopieren, die er in den Unterkünften im Farmgebäude aufhängen wollte.

»Ziemlich früh. Es wird ein langer Tag. Warum?«

»Weil ich mitkomme.« Rebecca brachte den Belegungsplan in Ordnung, der so oft umgeändert worden war, daß man kaum noch etwas lesen konnte. Sie hatte Angst, daß am Ende einige Gäste auftauchten, deren Namen leichtsinnigerweise ausradiert worden waren. Sie war so eifrig bei der Arbeit, daß sie kaum zu Dan aufschaute. Sie erschrak, als Dan den Deckel des Kopiergeräts zuknallte und zu ihr herumwirbelte. Sie sah mit hochgezogenen Augenbrauen zu ihm auf. Sie war fest entschlossen, jedem Widerspruch, den er vorbringen mochte, standzuhalten.

»Nein, das werden Sie nicht.«

Es war lange her, seit jemand ihr gegenüber diesen gebieterischen Ton angeschlagen hatte, und für eine Sekunde brachte sie seine Entschiedenheit aus der Fassung. Allerdings nur für eine Sekunde.

»Es ist meine Sache, ob ich mitkomme oder nicht.«

»Das kommt gar nicht in Frage.« Dans Gesicht war ausdruckslos, seine Haltung eher unnachgiebig als aggressiv, aber sie spürte seinen Zorn und seine Feindseligkeit. Am liebsten hätte sie ihm unmißverständlich klargemacht, daß sie mit ihm und den anderen in die Berge gehen würde, wenn sie es für richtig hielt, und daß er sich damit abfinden mußte. Aber sie besaß genügend Selbstdisziplin, diese Angelegenheit auch aus einem anderen Blickwinkel zu betrachten; sie mußte nicht nur die Interessen von Ardlonach, sondern auch ihre eigene ungewisse Stellung im Hause berücksichtigen.

»Ich würde mir gern ansehen, in welcher Gegend diese Kurse stattfinden, um mir einen Eindruck davon zu verschaffen, was den Teilnehmern abverlangt wird«, erklärte sie sachlich.

Dan gab sich weniger Mühe. »Warum?«

Weil ich daran gewöhnt bin, alles unter Kontrolle zu haben, du aufgeblasener Muskelprotz. Und weil ich *nicht* daran gewöhnt bin, Erklärungen abzugeben. Und weil ich mich nach meinen geliebten Bergen sehne – aber von alldem werde ich dir bestimmt nichts erzählen. »Halten Sie es für eine schlechte Idee, sich selbst davon zu überzeugen, wie alles abläuft?« Ihr war sofort klar, daß ihm der spöttische Unterton nicht gefallen würde. Ihr loses Mundwerk hatte sie schon oft in Schwierigkeiten gebracht.

»Dazu besteht kein Anlaß. Und wir machen kein Picknick da oben, soviel steht fest. Wenn Sie die Umgebung ein bißchen erforschen wollen, dann fragen Sie Una, ob Sie mit Ihnen spazierengeht.«

Er rechnete damit, daß sie das mundtot machen würde. Nicht schlecht, dachte Rebecca unvoreingenommen. Ich wette, ich kenne diese Gegend besser als du. Aber sie widerstand der Versuchung, ihm das zu sagen. »Ich halte es für wichtig, mir anzusehen, was die

Kursteilnehmer auf sich nehmen.« Das war eine vernünftige Begründung. Obwohl sie sich äußerlich nichts anmerken ließ, verriet das Funkeln in ihren Augen, daß sie es auf einen Streit ankommen lassen würde, sollte er es darauf anlegen.

»Das können Sie später immer noch machen. Begleiten Sie uns, wenn wir mit Teilnehmern der Stufe III unterwegs sind. Die morgige Exkursion ist nichts für Ungeübte. Wir wollen eine ordentliche Strecke hinter uns bringen.«

»Meinen Sie nicht, daß Sie ein wenig anmaßend ...?«

»Sie kommen nicht mit«, fuhr er ihr entschieden über den Mund. Seine Augen blitzten wie Glas.

Rebecca machte die seltene, vielleicht sogar ganz neue Erfahrung, daß sie es mit jemandem zu tun hatte, der einen noch stärkeren Willen besaß als sie selbst. Diesen Widerstand konnte sie weder beseitigen noch mit irgendwelchen Mitteln aufweichen. Sie nahm sich insgeheim vor, dieses Phänomen im Laufe der Zeit genauer zu untersuchen. Im Augenblick riet ihr der gesunde Menschenverstand jedoch, ihren Atem nicht zu verschwenden. Sie empfand sogar so etwas wie widerwillige Bewunderung und den Respekt, den ein guter Kämpfer einem besseren entgegenbringt.

»Gut«, sagte sie, griff nach dem Radiergummi und widmete sich wieder dem Belegungsplan.

Dan sah sie an – er hatte den Mund aufgerissen, klappte ihn aber schnell wieder zu. All seine Kräfte, die er für den erwarteten Kampf aufgebracht hatte, waren plötzlich überflüssig geworden. Dieses eine kurze Wort hatte weder gereizt noch wie eine Drohung geklungen, die Sache zur gegebenen Zeit noch einmal aufzugreifen oder bei Una und Innes Beschwerde einzulegen. Diese energische Frau, die offenbar immer ihren Willen durchsetzte, hatte schlicht und einfach einen Rückzieher gemacht. Nein, so ganz stimmte das nicht. Sie hatte seine Entscheidung akzeptiert, und zwar ohne jeden Groll, soweit er es beurteilen konnte. Jetzt war es an Dan, sich einzugestehen, daß er einem für ihn ganz neuen Phänomen gegenüberstand. Er hatte felsenfest mit einer heftigen Auseinandersetzung gerechnet und wußte, daß Rebecca verbal mit schweren Geschützen aufwarten konnte. Aus bestimmten Gründen war er froh, daß sie in dieser Sache einsichtig war, aber er war sich nicht sicher, worauf dieser moralische Sieg letzten Endes hinausführen würde. Er verkniff sich ein Grinsen und machte sich wieder am Kopiergerät zu schaffen.

Frieden senkte sich über das Büro. Rebecca nahm eine schriftliche Zimmerreservierung zur Hand, die sie bereits zweimal gelesen hatte. Dan legte aus Versehen das falsche Papier auf den Kopierer und hatte plötzlich beidseitig bedruckte Zettel. Er fluchte im stillen und hoffte, daß Rebecca nichts merkte. Normalerweise entging ihr kaum etwas.

Aber sie achtete gar nicht auf das, was er tat. Es war ihr vielleicht geglückt, äußerlich ruhig zu bleiben, aber es bereitete ihr einige Mühe, ihre Entrüstung im Zaum zu halten. Aber vielleicht hat er mir sogar einen Gefallen getan, überlegte sie mit der ihr eigenen Fähigkeit, über sich selbst zu lachen. Es wäre immerhin möglich, daß sie körperlich nicht so fit war, wie sie annahm. Squash und regelmäßige Workouts hatten sie zwar für die Umgebung, die sie hinter sich gelassen hatte, gestählt, aber ihre Kondition mußte nicht notwendigerweise auch für einen langen Tag in den Bergen reichen, besonders dann nicht, wenn Dan sich einbildete, sie hätte ihm den Fehdehandschuh hingeworfen.

Dennoch mußte sie immer wieder voller Verblüffung daran denken, daß sie ihm gestattet hatte, ihr frank und frei vorzuschreiben, was sie tun durfte und was nicht. Im Laufe der Jahre hatten sich allzu viele phlegmatische Männer ohne Selbstvertrauen für ihre Energie und ihren Überschwang begeistert. Wenn sie jetzt, mit Mitte Dreißig, zurückblickte, erkannte sie, daß sie sich hatte mitreißen lassen und in der ersten Euphorie des Kennenlernens und der sexuellen Anziehung selbst geglaubt hatte, sie sei übermächtig, witzig und aufregend. Aber diese Männer konnten nicht mit ihr Schritt halten. Schon bald trat der Mangel an Originalität und die Abhängigkeit von Rebeccas Elan offen zutage. Viele hatten sich an sie geklammert und selbst nicht durchschaut, daß sie eine Partnerin brauchten, die stärker war als sie, die die Führung übernahm, damit ihr fades Leben Würze bekam. Oft war es schwierig und ermüdend gewesen, sie loszuwerden.

Männer in Weinhändler-Hemden, so bezeichnete Rebecca sie heute, schlanke, elegante Kreaturen, die Antiquitäten verkauften oder etwas mit Kunst zu tun hatten. Was haben sie in mir gesehen? Sie kannte die Antwort: das Selbstbewußtsein, die Entschlossenheit und Freimütigkeit, die ihnen fehlten. Nun, das waren schöne Worte, die am Anfang benutzt wurden. Am Ende sprachen sie von Arroganz, Rücksichtslosigkeit und Scharfzüngigkeit und leckten ihre Wunden. Als ob irgendeiner von denen wüßte, was Scharfzüngigkeit wirklich ist, dachte sie verbittert. Sie hatte sich oft danach gesehnt, jemanden kennenzulernen, der stärker war als sie und ihr nicht alles durchgehen ließ. Und der vor allem für sie da war wie ein Fels in der Brandung, wenn ihre Batterien leer waren und sie der Humor verlassen hatte – was selten vorkam. Jetzt war sie mit dem eisenharten Widerstand von Dan McNee konfrontiert, aber die Verachtung, die damit einherging, gefiel ihr ganz und gar nicht.

Immer bereit, sich selbst durch den Kakao zu ziehen, hätte sie Una unter anderen Umständen erzählt, wie gründlich sie abgeschmettert worden war, aber der Streß im Hotel verhinderte das, und später erschien ihr die Geschichte zu trivial.

Neue Feuerlöscher kamen an, aber die Unterlagen, in denen stand, welche der alten ersetzt und wo die neuen und die Alarmknöpfe angebracht werden mußten, waren nicht aufzuspüren. Rebecca setzte dieses Problem auf ihre immer länger werdende Liste der Dinge, die erst später erledigt werden konnten, obwohl es ihr widerstrebte, eine so wichtige Angelegenheit aufzuschieben.

Wein wurde geliefert, damit der ausgeräuberte Keller frisch gefüllt werden konnte (Una erklärte offen, daß Tony es für albern gehalten hätte, seine Getränke selbst zu bezahlen), und erst als Rebecca die Flaschen in die Regale legte, fiel ihr auf, daß kaum einer der Weine, die auf Lager waren, mit den auf der Weinkarte angebotenen übereinstimmte. Sobald sie und Una einen Moment Zeit hatten, stellten sie einen Dienstplan auf – was sich wegen der vielen Sachzwänge schwieriger gestaltete, als Rebecca erwartet hatte. Zum Beispiel mußten die beiden Australierinnen, so willig sie auch waren, jeden anfallenden Job zu übernehmen, noch viel lernen und konnten keine Schicht allein übernehmen. Donna und Aggie, die zunächst leichtsinnigerweise versprochen hatten, jederzeit Überstunden zu machen, wenn es nötig wurde, hatten mittlerweile ihre erste Lohntüte mitsamt dem Bonus für das Säubern der Angestelltenquartiere in Empfang genommen und zufällig beide gleichzeitig erfahren, daß sie zu Hause dringende Verpflichtungen erwarteten. Der Schuljunge, der Töpfe scheuern sollte, hatte angerufen, um mitzuteilen, daß er sich in die Hand geschnitten hatte und die Wunde nicht mit Wasser in Berührung kommen durfte.

Für Rebecca war es eine neue Erfahrung mitzuerleben, wie sich mit der Ankunft der ersten Gäste (»Sind wir in diesem Jahr wirklich die allerersten? Wie schön!«) das Tempo und die Atmosphäre im ganzen Haus veränderten. Plötzlich wurde aus dem hektischen Durcheinander und dem halb beleuchteten, halb beheizten Haus, in dem alles provisorisch oder am falschen Platz zu sein schien, eine blitzblanke, angenehme Oase der Ruhe mit Blumen in allen Räumen und einem gemütlichen Kaminfeuer im Salon. Thea und Sylvie waren nicht wiederzuerkennen in den dunkelgrünen Röcken und den cremefarbenen Blusen.

Una hatte sie vorgewarnt, daß viele alte Freunde aus der Vergangenheit wieder aufgetaucht waren und Urquhart-Verwandte x-ten Grades das Haus noch immer als ihr Eigentum betrachteten, aber Rebecca war zu beschäftigt gewesen, um sich über diesen Aspekt Gedanken zu machen. Aber schon am ersten Nachmittag, als sie hastig die Post im Büro durchsah, während Una in der blumengeschmückten Halle stand, um die Gäste zu begrüßen, hörte sie sie glücklich rufen: »Oh, aber sie ist hier! Ja, sie hilft uns am Anfang der Saison, ist das nicht wundervoll? Sie freut sich ganz bestimmt, euch begrüßen zu können. Rebecca, hier ist jemand, den du seit Ewigkeiten nicht gesehen hast ...«

Himmel, ich hoffe, sie gibt mir in Zukunft ein paar eindeutigere Hinweise, dachte Rebecca, als sie aufstand und im Geiste rasch die Namen auf der Ankunftsliste durchging. Aber ihr ursprünglicher Widerwille – das Resultat vieler Jahre, in denen sie sich abseits gehalten hatte und emotionalen Verwicklungen aus dem Wege gegangen war – war wie weggeblasen, als sie mit unvoreingenommener Freundlichkeit begrüßt und sofort in Gespräche verwickelt wurde. »Wir haben uns seit Leonies Hochzeit nicht mehr gesehen. Natürlich erinnern Sie sich nicht mehr an uns – warum sollten Sie auch? Was für eine Überraschung, Sie hier anzutreffen!« Das Gepäck wurde hinaufgetragen, die Musgroves lobten den geschmackvollen Stil des Hauses und freuten sich, wieder hier zu sein und ein so angenehmes, behagliches Zimmer zu haben.

»Sie werden nach Tony fragen«, sagte Una unglücklich, als sie mit Rebecca die Treppe hinunterging. »Ich glaube, das ertrage ich nicht.«

»Sag einfach das, was wir vereinbart haben – daß er vorübergehend verreist ist. Die Musgroves sind nur vier Tage hier, sie werden nie erfahren, wie lange er schon weg ist.« Rebecca legte Una den Arm um die mageren Schultern und drückte sie kurz an sich. Die Ärmste – sie hatte recht, die Fragen waren unausweichlich und würden ihr sehr weh tun.

Wenigstens weiß niemand etwas von meinem Schmerz. Aber auch zufällige, arglose Bemerkungen können alte Wunden aufreißen.

Dann überschlugen sich die Ereignisse. Autos fuhren vor, Tee wurde bestellt, Thea stürmte mit gerötetem Gesicht ins Büro – »Schnell, was zur Hölle ist Lapsang?« –, ein Holzscheit, das Sylvie, die noch nie in ihrem Leben mit offenem Feuer zu tun gehabt hatte, ungeschickt auf instabilen Untergrund gelegt hatte, rollte auf die schmiedeeiserne Kaminvorlage und verströmte beißenden Qualm, gerade als das erste Tablett in den Salon gebracht wurde, und ein mürrischer Lieferant wollte zehn Kartons mit Klopapier in die Halle schleppen, als weitere Gäste eintrafen.

»Ich glaube nicht, daß das die beste ...«, begann Una nervös, aber höflich. Der Lieferant, der Schwierigkeiten gehabt hatte, Ardlonach überhaupt zu finden, und keine Lust verspürte, auch noch den Hintereingang dieses gottverlassenen Hauses zu suchen, nahm keine Notiz von ihr, schob eine Obstschale beiseite und knallte sein Klemmbrett auf den Tisch. »Unterschreiben Sie.«

»Aber ich denke wirklich ...«, wandte Una hilflos ein, als sie einem Paar, das zum erstenmal nach Ardlonach gekommen war, zu Hilfe eilte. Die Neuankömmlinge hievten ihre Koffer aus dem Weg und schoben sie auf die Veranda.

Rebecca schritt zur Tat und stellte sich dem ungehobelten Kerl in den Weg, bevor er die nächste Kiste von draußen holen konnte. »Lieferanteneingang«, sagte sie kurzangebunden.

Er versuchte, sich herauszureden. »In den Lieferanweisungen steht nichts ...«

»Selbstverständlich nicht. Lieferanteneingang.«

»Mann! Ich hab' den Lieferwagen schon offen.«

»Dann machen Sie ihn eben wieder zu. Fahren Sie zur Rückseite des Gebäudes. Zweite Tür. Ich treffe Sie dort. Oh, und nehmen Sie diesen Karton wieder mit, wenn Sie hinausgehen.« Sie hoffte, daß er nicht hörte, wie Una nach Luft schnappte. Jedenfalls trollte er sich.

In dem Tumult des ersten Abends gingen zwei Sterne auf. Der eine war Joanie, eine anämisch aussehende schmächtige Person mit rötlichem Haar und Sommersprossen, die in Inshmore wohnte, eine Horde Kinder auf die Welt gebracht und großgezogen hatte und ungeheuer hart schuften konnte. Der andere war Paddy, den Rebecca schon ein paarmal aus der Ferne im Garten beim Rasenmähen oder Kompostumschichten beobachtet hatte. Er war ein stiller Mann, der die blinde Hast und die Krisen im Hotel mit toleranter Resignation hinnahm und jeder anstehenden Arbeit unermüdlich zu Leibe rückte.

Als sich herausstellte, daß an diesem Eröffnungsabend ein ziemlich großer Ansturm auf die Bar zu erwarten war, schlug Paddy vor, den Hotelgästen den Aperitif wie gewöhnlich in der kleinen Hotelbar, die an die Halle angrenzte, zu servieren und sie und die Leute, die nur zum Essen kamen, zu bitten, nach dem Dinner in die Kutscherhaus-Bar zu gehen und den Rest des Abends dort zu verbringen.

»Das ist *die* Lösung!« rief Una aus. »Kein Mensch wird Anstoß daran nehmen. Die neue Bar ist so hübsch, daß es den meisten dort wahrscheinlich ohnehin besser gefällt. Die Hotelbar ist ja so winzig und düster.«

»Bist du sicher, daß nicht einige Spießer dabei sind, denen es da unten zu rustikal ist?« gab Rebecca zu bedenken. »Oder solche, die unbedingt ein Polster unter dem Hintern haben wollen?«

»O nein, es wird ihnen großen Spaß machen«, beteuerte Una. »Sie sind alle schrecklich nett.«

Rebecca sah den bewundernden, liebevollen Blick, den Paddy ihr zuwarf.

Paddys Plan mit den beiden Bars funktionierte bestens. Die meisten Ostergäste kamen am Eröffnungstag an, und zudem wurden je zehn Teilnehmer für zwei Kurse erwartet. Rebecca hatte die Anweisungen gelesen, die an sie verschickt worden waren. Demnach sollten sie schon früh am Morgen in Fort William eintreffen und ihre Autos dort abstellen.

»Aber wir haben nichts hier, was wir ihnen zum Lunch anbieten könnten, und für den ersten Tag gibt's auch kein Programm«, sagte sie zu Stuart, als sie mit ihm durchging, was noch für die Verpflegung gebraucht wurde.

»Das ist auch nicht nötig«, erwiderte er mit einem diabolischen Grinsen, das ihr kein bißchen behagte.

»Was? Sollen sie sich den ganzen Tag allein beschäftigen? Was hat es dann für einen Sinn, sie schon so früh nach Fort William zu bestellen?«

»Sie müssen immerhin noch von dort hierherkommen, oder nicht?« Er schien sich köstlich zu amüsieren.

»Schön, was geschieht also?« wollte sie wissen. »Ich hab' nicht den ganzen Tag Zeit zum Rätselraten.« Stuart hatte sich für ihren Geschmack zu sehr an Innes angeschlossen und behandelte sie und Una so, als wären sie zwei minderbemittelte Frauen, die nicht einmal Landkarten lesen oder ein Bootsende vom anderen unterscheiden konnten.

»Sie müssen sich selbst durchschlagen«, sagte Stuart mit der verächtlichen Überheblichkeit, die keinem anderen menschlichen Wesen irgendwelche Fähigkeiten zugesteht.

»Was soll das heißen?« Sein Ton und sein Verhalten waren keineswegs beruhigend, und Rebecca bedachte ihn mit einem Blick, der einen plötzlichen Sinneswandel hervorrief.

»Wir schmeißen sie aus dem Bus und sagen ihnen, daß sie den Weg allein finden müssen. Das ist ihre erste Aufgabe. Dafür brauchen einige von diesen ... einige von ihnen den ganzen Tag.«

Rebecca verkniff sich die Frage nach Kleidung und Ausrüstung, die sich ihr sofort aufdrängte. Daran haben die anderen bestimmt auch schon gedacht, überlegte sie. Und anscheinend sind noch nicht allzu viele Gäste bei einer solchen Übung verlorengegangen. Nicht zum erstenmal fühlte sie sich gehandikapt, weil sie nicht über alles haarklein Bescheid wußte. Sie wurde sich der unangenehmen Tatsache bewußt, daß den Katastrophen Tür und Tor geöffnet war. »Und was essen sie?«

»Was sie finden oder sich zusammenschnorren können. Das schärft die Sinne für das, was wir später machen werden.«

Und die armen Teufel bezahlen dafür, dachte Rebecca. Hatte Tony das auch so gehandhabt, oder kostete Innes seine Macht aus? Das mußte genauer geprüft werden, aber nicht jetzt. Das Programm sah vor, daß sich die Teilnehmer der beiden Gruppen, die an verschiedenen Stellen im Moor hinter Fort William ausgesetzt wurden, am Abend von der unerwarteten Herausforderung erholen durften. Einige wenige gingen sofort ins Bett, nachdem sie das selbstgekochte Essen zu sich genommen hatten, die anderen stürmten unverzüglich die Kutscherhaus-Bar.

Dort trafen sie auf Hotelgäste, die sich selbst schon wie Teilnehmer eines Überlebenstrainings vorkamen, weil sie die Steintreppen hinter sich gebracht hatten und jetzt in einer rustikalen Bar auf Holzbänken saßen. Die Kursleiter hatten sich schon früher eingefunden und hockten an der Theke. Rebecca fiel auf, daß sie keine Gruppe bildeten, sondern eher jeder für sich blieb. Sie fragte sich besorgt, ob die vier jemals gut zusammenarbeiten würden, wenn sie sich hier schon nicht annäherten. Innes trank Mineralwasser, thronte auf einem Hocker, hatte den Ellbogen lässig auf die Bar gestützt und betrachtete geringschätzig seine Umgebung. Stuart hielt den Kopf gesenkt und beäugte mit sauertöpfischer Miene die Invasion der Hotelgäste. Dan saß unbeteiligt da und ließ sich seine Gedanken und Gefühle nicht anmerken. Nur Bern schien entspannt und locker zu sein. Die beiden nebeneinander zu sehen brachte Rebecca auf den Gedanken, daß sich Kraft und Stärke auf viele unterschiedliche Arten ausdrücken konnten. Bern war regelrecht massig mit seinen mächtigen Schenkeln und Armen. Dan hingegen wirkte eher drahtig und durchtrainiert, als hätte er seine Muskeln nur beim Gewichtheben und Bergsteigen entwickelt. Trotz seiner augenscheinlichen Passivität war seine Stärke spürbar, eine mächtige und bedrohliche Kraft. Wie Innes schien er nicht allzu glücklich darüber zu sind, daß er hier war. Keiner der vier Männer unternahm irgendwelche Versuche, die Kursteilnehmer willkommen zu heißen oder sich zu ihnen zu gesellen. Das überraschte Rebecca. Wenn das die übliche Art der Betreuung war, dann war sie nicht damit einverstanden.

Tonys Segelfreunde aus der Umgegend tauchten auf. Sie hatten die Eröffnung der Bar in Ardlonach kaum erwarten können – endlich gab es einen Ort, an dem sie sich einen Drink genehmigen konnten, ohne sich vorher in Schale werfen zu müssen.

»Liebe Güte, mit denen hatte ich nicht auch noch gerechnet«, bemerkte Una konsterniert, als sie dem Schlachtfeld in ihrer Küche entronnen war und die Kutscherhaus-Bar doppelt so voll wie erwartet vorfand.

»Aber es läuft prima, nicht?« fragte Rebecca atemlos, weil sie gerade aus dem Keller kam, aus dem sie eine Flasche Grouse und einen Kasten Tonic geholt hatte. »Zumindest wird es das, sobald wir für einen derartigen Betrieb angemessen gerüstet sind«, berichtigte sie sich selbst, als sie sah, daß eine Menge Leute darauf warteten, bedient zu werden. »Ich helfe Paddy lieber ein bißchen, obwohl ich nicht viel Ahnung habe, wo ich was finden kann. Wie steht's mit dir?«

Una sah sie erschrocken an. »Oh, ich könnte das nicht. Ich weiß nicht einmal, welches Glas für was ist. Das hat alles Tony gemacht. Und die Leute könnten Dinge bestellen, von denen ich noch nie etwas gehört habe.«

»Na ja, du hast heute wirklich schon weit mehr als deinen Teil der Arbeit geleistet«, räumte Rebecca ein und dachte an die vielen Leute, die in den Salon geströmt waren, um ihren Kaffee zu trinken, und dabei die Camembertkroketten, die *tournedos provençales* und die kandierten Ananasscheiben über den grünen Klee gelobt hatten. »Du solltest dich hier nicht auch noch einspannen lassen. Ich räume für den Anfang erst mal die leeren Gläser ab, das dürfte helfen.«

»Weißt du, was wir eigentlich machen sollten?« fragte Una nach einer plötzlichen Eingebung und hielt Rebecca am Arm zurück. »Ich bin sicher, Tony hätte es gewollt.«

Diese Bemerkung darf dich nicht von vornherein zum Widerspruch reizen, ermahnte sich Rebecca. »Was?« fragte sie.

»Dies hier sollte eine Eröffnungsparty sein. Die Drinks gehen aufs Haus ...«

»Moment!« Rebecca packte Una, ehe sie zu den am nächsten sitzenden Leuten herumwirbeln und ihnen ihre brillante Idee mitteilen konnte. »Eine Runde für alle genügt – keine freien Getränke für den Rest des Abends. Aber es ist wirklich ein guter Einfall – und ich habe noch einen anderen. Wenn dies eine Party ist, könntest du doch Trudy anrufen und sie einladen, damit sie ihre Vorhänge an Ort und Stelle bewundern kann.«

»O Rebecca, das wird sie sehr freuen. Und ich sollte versuchen, Megan und Joanie noch zu erwischen, ehe sie heimgehen. Sie genehmigen sich einen im Personalzimmer. Die beiden haben heute abend so geschuftet.« Megan war Unas schweigsame, dicke, langsame Küchenhilfe, die die besten Pasteten im Umkreis von Meilen machen konnte und alles, was mit Kräutern gewürzt war, mit äußerster Skepsis betrachtete. »Sag noch nichts, bis ich zurückkomme.« Und schon eilte sie mit neugewonnener Vitalität davon, als wäre sie nicht seit sieben Uhr morgens ununterbrochen auf den Beinen gewesen.

Trudy hatte Gäste zum Abendessen, den örtlichen Arzt John Irvine und seine Frau Jeanette, aber das hielt sie nicht davon ab, die Einladung anzunehmen. Die drei kamen an, als Thea und Sylvie, für den Abend feingemacht mit Blümchenleggings und weiten, verwaschenen Hemden, hereinstürmten und Donna und Aggie, die offenbar durch Buschtrommeln von dem Ereignis erfahren hatten, mit ihren Männern aufkreuzten.

Diese Party war wirklich eine gute Idee, das Problem dabei war, daß jetzt noch mehr Hektik herrschte und selbst der stets gelassene Paddy allmählich nervös wurde. Rebecca gab ihr Bestes, aber sie mußte nach allem fragen und wußte, daß sie eher hinderlich als hilfreich war. Sie fühlte sich in einer Weise unzulänglich, die sie bisher noch nicht kennengelernt hatte, als sie mit einem Korken kämpfte, der sich nicht aus dem Hals einer Weißweinflasche lösen wollte. Lächerlich, dachte sie aufgebracht, wenigstens eine Weinflasche müßte ich doch aufmachen können, ohne Paddy damit auch noch belasten zu müssen. Plötzlich wurde ihr die Flasche aus der Hand genommen.

»Mann, kein Wunder, daß Sie den nicht herausbekommen haben«, bemerkte Dan. Er spannte die Schultern an und drängte dem Korken, der mit einem explosiven Knall nachgab, seinen Willen auf. »Holen Sie ein Glas.« In ihrer Hast erwischte Rebecca ein Rotwein- statt einem Weißweinglas, aber Dan sparte sich jeden Kommentar. »Reichen Sie mir ein Glas nach dem anderen«, sagte er, und mit einemmal stand er neben Paddy und servierte Drinks. Mühelos nahm er die autoritative Haltung eines Barmanns an. »Schön einer nach dem anderen, ja? Ein Lager, Gin mit Tonic, Tequila gold. Wer bekommt den Tequila? Sie, Sylvie – sicher, daß Sie den vertragen können?«

Rebecca tauchte unter Ellenbogen hindurch und drängte sich durch die fröhlich plaudernde Menge, um die leeren Gläser einzusammeln. Ihr fiel ein Stein vom Herzen, und sie jubilierte innerlich: »Wir haben's geschafft! Es läuft ...«

Erstaunlich, dachte sie, als sie Zeit hatte, sich umzusehen, daß diese eine spendierte Runde tatsächlich für Partystimmung gesorgt und die einzelnen Grüppchen einander nähergebracht hat. Vorher hatten die müden Überlebenskämpfer, die sich vor dem fürchteten, was vor ihnen lag, und entweder aufgeregt oder wortkarg gewesen waren, in einer Ecke zusammengesessen. Die Kursleiter hatten sich abgesondert, die leicht verunsicherten, aber bereitwilligen Hotelgäste waren eher Beobachter als Barbesucher gewesen, und die lärmenden Segler hatten klargemacht, daß sie sich hier wie zu Hause fühlten, während sich das dienstfreie Personal zusammengerottet hatte.

Jetzt mischte sich das Völkchen. Trudy und die Irvines saßen an dem großen runden Tisch bei den Überlebenskämpfern, und Sylvie und Thea waren keine Außenseiter mehr. Mr. Musgrove holte Joanie und Megan Drinks von der Bar und fühlte sich verpflichtet, noch einmal zurückzugehen, um auch Donna, Aggie und ihre besseren Hälften zu bedienen, die er alle noch nie zuvor gesehen hatte. Und die Segler spielten sich nicht länger als Hausherren auf, sondern wandten sich schließlich auch den übrigen Gästen zu.

»Wenn das so weitergeht, sind unsere Vorräte noch vor dem Wochenende aufgebraucht«, sagte Rebecca zu Una und sah dankbar zu, wie Paddy und Dan sich umeinander herum bewegten, als hätten sie die Choreographie stundenlang einstudiert.

»O Rebecca, nein!« rief Una alarmiert. »Wir können nichts nachbestellen – alle Geschäfte haben zu ...«

»Beruhige dich. Unser Lager ist bis oben hin voll. Ich wollte damit nur sagen, daß wir unsere Sache sehr gut machen. Aber sollten wir nicht allmählich an die Sperrstunde denken?«

»Sperrstunde?« wiederholte Una, als ob sie diesen Begriff noch nie gehört hätte.

»Ich nehme doch an, daß du die Bar vor Oktober hin und wieder zumachst.«

»Nein ... Ich meine, ich weiß nicht, was Tony ...«

Eines muß man ihm lassen, ging es Rebecca wie schon manchmal in den letzten Tagen durch den Kopf, er scheint sich wirklich um ein paar Dinge gekümmert zu haben. Marineorganisation. Seine Begeisterung für die Navy und die harten Jungs dort war mit ihm durchgegangen, dann hatte sein mangelndes Durchhaltevermögen die Oberhand gewonnen. »Was schreibt das Gesetz vor?« fragte sie Una ernst.

»O Gott, ich habe keinen blassen Schimmer. Wir

schließen einfach, wenn die Leute zu Bett gehen, denke ich. Das ist doch richtig so, oder nicht? Meinst du, für diese Bar gilt etwas anderes?« Una sah sich aufgeregt um, als würde sie jeden Moment eine Razzia erwarten.

»Bleib locker, ich wollte dich nur ein bißchen auf den Arm nehmen. Diese Bar gehört trotz allem zum Hotel, das habe ich überprüft. Aber die Leute, die nicht bei uns übernachten, sollten dennoch bald hinauskomplimentiert werden.«

Dan, der sich Sorgen um die Fitneß seiner Opfer machte und bereits mit Paddy übereingekommen war, daß Drinks bis spät in die Nacht nicht zur Gewohnheit werden durften, räumte auf ein Nicken von Rebecca hin die Bar in bewundernswert kurzer Zeit.

»Nicht schlecht, einen so nützlichen Typen um sich zu haben«, stellte Trudy fest, als sie und die Irvines zu der auserwählten Gruppe stießen, die hinaufging, um einen letzten Kaffee in der Küche zu trinken, »aber ich weiß nicht, ob es mir gefallen würde, in einer Felsspalte festzustecken und mich von ihm anbrüllen zu lassen.« Rebecca fiel jedoch auf, daß sie in bewunderndem Ton von Dan sprach.

»O Himmel. Ich hätte ihm und Paddy auch etwas anbieten oder sie zum Kaffee einladen müssen«, erinnerte sich Una zu spät.

Und du hättest dich vergewissern müssen, daß die volle Kasse weggeschlossen und die Tür verriegelt ist, fügte Rebecca in Gedanken hinzu. »Ich gehe«, bot sie an. Sie wollte sich bei Dan bedanken, weil er so ohne weiteres eingesprungen war. Allerdings fand sie im Kutscherhaus nur noch Paddy vor, der die Fenster ordentlich zumachte. Er hatte sich bereits einen Schluck gegönnt – das war auch in der Vergangenheit so üblich gewesen. Sein halbvolles Glas stand noch auf der Theke neben einem leeren Glas. Dan war schon in die Nacht verschwunden.

KAPITEL 7

Obwohl die improvisierte Party eine erstaunliche Wirkung auf die zusammengewürfelte Gesellschaft gehabt hatte und Rebecca erschöpft, aber mit dem wunderbaren Gefühl, etwas geschafft zu haben, ins Bett geklettert war, bereute sie die Unternehmung fünf Stunden später bitter. Sie war nie eine Frühaufsteherin gewesen und hatte die Welt seit vielen Jahren kaum einmal vor acht Uhr morgens gesehen. Heute kroch sie schwankend und murrend aus dem Bett und verfluchte sich, weil sie versprochen hatte, beim Frühstück zu helfen. Es waren nur sechzehn Gäste im Haus, um Himmels willen, und Thea und Sylvie verstanden genauso viel vom Servieren wie sie. Aber ihre Klagen verstummten bei dem Gedanken daran, daß sich Una allein in der großen Küche abhetzte, nachdem sie wahrscheinlich noch weniger als Rebecca geschlafen hatte, und auch noch mit den Vorbereitungen für das Mittag- und Abendessen beginnen mußte. Sie raffte sich auf.

Und sie war froh, daß sie den inneren Schweinhund besiegt hatte, als sie merkte, daß sich Thea, die trotz der vielen Baileys vom gestrigen Abend guter Dinge war, nur um den Speisesaal kümmerte und blind gegenüber allem anderen war. Sie hatte die letzten Gläser und Kaffeetassen aus dem Salon geholt, das stimmte, doch ihr war offenbar nicht aufgefallen, daß die Vorhänge noch zugezogen, die Kissen und Polster zerdrückt und die Aschenbecher voll waren; zudem lagen überall Zeitschriften herum, und das Feuer war ausgegangen. Alles eine Sache des richtigen Managements, sagte sich Rebecca amüsiert, obwohl sie sich über solch sorglose Gleichgültigkeit ärgerte. Sie fing mit ungeübten Händen an, Ordnung zu schaffen, und zog die gefütterten Damastvorhänge zurück, die, seit sie denken konnte, hier gehangen hatten. Plötzlich war sie gefangen zwischen Vergangenheit und Gegenwart. Da waren der so vertraute Ausblick auf die Terrassen, die zum Steg abfielen, und die U-förmige Bucht, das schwache Morgenlicht auf den knospenden Bäumen und die grasbewachsenen Hänge der Hügel jenseits des Loch, die mit bläulichen Schatten gemustert waren. Sie hatte tausendmal aus diesem Fenster gesehen, und doch kam dem Zimmer, in dem sie stand, heute eine ganz andere Bedeutung zu als früher. Es war nicht mehr der leicht schäbige, aber behagliche Mittelpunkt der Familie, der Raum, in dem an regnerischen Tagen stundenlang Monopoly, Schnippschnapp und Pokerpartien mit Streichholzeinsätzen gespielt wurde und jeder im Vorbeigehen ein paar Teile an Onkel Kenneths Puzzle anlegte. Und bestimmt hatte das Zimmer in letzter Zeit auch keine Jugendlichen mehr beherbergt, die sich schon zu erwachsen für solche Spiele fühlten, gelangweilt herumlümmelten und sich beschwerten, weil ihnen nichts einfiel, was sie tun könnten, bis sie sich dann schließlich aufrafften und einen Ortswechsel vornahmen, um einen Aperitif vor dem Essen zu schlürfen und später naive Diskussionen über große Themen bis in die frühen Morgenstunden zu führen. Dieselben Freunde von damals waren immer noch da: John Irvine hatte eine Arztpraxis in Luig, Stephen Markie schien öfter seinen Urlaub hier zu verbringen, Donald Macrae kam gelegentlich zum Jagen herüber, obwohl ihn die Ehe und die Vaterschaft mittlerweile, wie man hörte, etwas mürrisch und ungesellig gemacht hatten.

Trotz der Fülle der Erinnerung war dieser Raum jetzt, einen Moment nach der Entdeckung des Durcheinanders, das Thea so unbekümmert ignoriert hatte, nichts anderes als eine Hotellounge, Teil einer neuen Ära. Und Rebecca akzeptierte diesen veränderten Charakter mühelos, das war das Erstaunlichste an der ganzen Sache. Seltsam, daß die beiden Phasen für einen kurzen Augenblick nebeneinander existiert hatten – beide lebendig und ausgeprägt –, und Rebecca hatte es nichts ausgemacht, daß der Zauber der Vergangenheit verflogen und etwas Neues an seine Stelle getreten war.

Interessant, aber dies war nicht der richtige Zeitpunkt, darüber nachzugrübeln. Rebecca wirbelte unverdrossen weiter. Wenn dieses Wochenende überstanden war, hatte sie vielleicht ein bißchen Zeit für sich, dann konnte sie die neue Szenerie erforschen und die längst vergangene Welt mit der gegenwärtigen in Einklang bringen. Allerdings lauerte auch noch drohend die Monatsabrechnung und die Buchhaltung auf sie. Una hatte bisher noch kein Wort darüber verloren. War es möglich, daß sie überhaupt nicht daran gedacht hatte? Rebecca hatte nicht die leiseste Hoffnung, daß irgend etwas vorbereitet oder gar geordnet war, und schauderte bei dem Gedanken an die mühsame Suche nach Belegen, Zahlen und Unstimmigkeiten. Als sie den Kaminschirm zurechtrückte, fragte sie sich, was sie sich dabei gedacht hatte, als sie ihrem so bequemen Leben in der Stadt ein Ende gesetzt hatte.

Trotz aller Müdigkeit war sie froh, daß sie sich aus dem Bett gequält hatte, um Una zu unterstützen, als sie in die Küche kam und sich Innes dort wegen der Rationen für die Überlebenskämpfer wie eine Primadonna aufführte. Die Lebensmittel waren aufgeteilt und lagen bereit, aber da die Kursleiter energisch darauf hingewiesen hatten, daß ihr Unternehmen nichts mit dem Hotelbetrieb zu tun hatte und ganz allein ihrer Kontrolle unterstand, hatte Rebecca keinen weiteren Gedanken mehr an die Verpflegung für die Überlebensschüler und ihre Lehrer verschwendet. Ein verhängnisvoller Fehler, wie sich jetzt herausstellte, als Innes ein großes Spektakel um Thermoskannen, Kühlboxen, die Aufteilung und die Verpackung der Rationen veranstaltete. Außerdem hatte Thea die Butter, die für das Trainingszentrum gedacht war, auf die Frühstückstische gestellt (viel zu große Portionen, wie Rebecca im Vorbeigehen bemerkt hatte – das mußte sie später klarstellen), und Innes schien das als absichtlichen persönlichen Affront anzusehen.

»Es sind Unmengen von Butter da. Wo liegt Ihr Problem?« wollte Rebecca wissen, als er auf die erschrokkene Thea losging, um ihr die Hölle heißzumachen. Das Mädchen hörte, daß die ersten Gäste in den Speisesaal kamen, und war so abgelenkt, daß sie sich nicht einmal richtig gegen den Angriff verteidigte.

»Die Sachen sollten wie abgesprochen hergerichtet sein, so daß wir sie nur noch abzuholen brauchen«, zischte Innes wütend. Er hatte sich mittlerweile so in seinen Zorn hineingesteigert, daß Rebecca nur noch staunen konnte. »Wir haben einen Zeitplan, den wir einhalten müssen, falls Ihnen das noch nicht klar ist, und wir können es uns nicht leisten, daß unsere ganze Planung wegen Ihrer Nachlässigkeit und Unfähigkeit über den Haufen geworfen wird. Ich habe ganz deutlich gesagt, was wir brauchen ...«

»Gut, sagen Sie mir einfach noch einmal genau, was Sie wollen, und wir kümmern uns darum«, unterbrach ihn Rebecca ungeduldig. Sich darüber zu streiten, wer wann was gesagt oder nicht gesagt hatte, war absolut überflüssig; sie wollte das Problem vom Tisch haben und konnte nicht erkennen, weshalb er sich so aufregte.

»Liebe Güte, ich habe vergessen, daß es zwei getrennte Gruppen sind, und die Sachen einfach irgendwo in den Vorratsraum gestellt«, rief Una schuldbewußt über die Schulter. Sie sah Innes einen Moment an, dann wandte sie sich wieder dem Herd zu, um die Rühreipfanne mit einem entsetzten Schrei von der Platte zu ziehen. »Und ich hoffe, daß in den nächsten Minuten niemand Porridge bestellt. Ich habe nämlich gestern abend auch vergessen, Vorbereitungen für das Frühstück zu treffen.«

Von Una war also keine Hilfe zu erwarten. Rebecca bemühte sich um einen gelassenen Ton, als sie sich wieder an Innes wandte: »Sagen Sie mir, was Sie brauchen ...«

Eine Frau steckte den Kopf durch die Schwingtür. Thea stand mit einem Tablett mit Tee und Heißwasserkännchen auf der anderen Seite der Tür und kam nicht weiter.

»Ich möchte keine Umstände machen, aber könnte vielleicht jemand die Haustür aufschließen? Ich muß den armen Chummie rauslassen. Vielleicht bin ich ungeschickt, aber ich bekomme nicht heraus, wie man sie aufmacht – und ich glaube, Chummie hat es ziemlich eilig, der arme alte Junge. Ich hätte ihn früher runterführen müssen, aber ich nehme an, da war die Tür auch noch nicht offen, also hätte es gar keinen Unterschied gemacht.«

Wenigstens weiß ich noch, wo man gegen die Tür drücken muß, damit sich der Schlüssel im Schloß drehen läßt, dachte Rebecca zufrieden. Sie ließ die schwatzende Frau und ihren fetten Spaniel hinaus und einen Schwall reiner, kühler Luft herein – der Wind kam immer noch von Nordwesten. Eine andere Frau, die in der Halle herumlungerte, lief auf Rebecca zu und hielt sie zurück.

»Wie kann ich von hier aus nach Deutschland telefonieren? Können Sie mir vom Büro aus vielleicht einen Anruf durchstellen?«

»Auf dem Korridor ist eine Telefonkabine«, informierte Rebecca sie und unterdrückte ein Kichern, als ihr auffiel, daß sie automatisch ihren Unmut mit einem freundlichen, hilfsbereiten Tonfall kaschiert hatte. Sie wußte, daß sie darüber hinaus eigentlich den Weg zum Telefon vorangehen und mit dem Gast höflicher umgehen müßte, aber wenn sie nicht in die Küche zurückkehrte, um Innes zu beschwichtigen, würde er seine ganze Wut an Una auslassen, die ohnehin schon nicht mehr wußte, wo ihr der Kopf stand.

»Ah, dafür brauche ich aber eine ganze Menge Kleingeld.« Die Frau sah Rebeccas Miene an, daß sie ihr empfehlen wollte, mit dem Anruf bis nach dem Frühstück zu warten, und fügte rasch hinzu: »Es ist sehr dringend. Meine Tochter lebt in Deutschland, und sie wurde gestern abend ins Krankenhaus eingeliefert, weil sie ihr erstes Baby bekommt. Wir sind so aufgeregt ...«

Böse Falle. Der Schlüssel fürs Büro. Den Safe öffnen. Die Geldkassette herausnehmen. Das Kleingeld, das sie selbst gestern in die kleinen Fächer sortiert hatte, war verschwunden. Wer hat es genommen? Wofür? Nirgendwo lag ein Beleg oder eine Quittung. Keine Zeit, sich jetzt darüber Gedanken zu machen. Die Kasse aus der Bar. Wo hatten sie sie gestern abend versteckt? Es war wesentlich einfacher, die Frau vom Büro aus telefonieren zu lassen, als eine große Suchaktion zu starten.

»Hier, drücken Sie auf diesen Knopf, dann bekommen Sie ein Amt und können die Rufnummer wählen ...«

»Oh, könnten Sie das nicht für mich machen? Ich kenne mich mit solchen Sachen nicht besonders gut aus. Sehr lieb von Ihnen.«

Als Rebecca in die Küche zurückkam, hatte Innes eine Tages- und Nachtration für die Gruppe I und nur eine Tagesration für die Gruppe II auf dem Tisch ausgebreitet. Ein Mitglied jeder Gruppe, ausstaffiert wie für einen Krieg, stand unsicher im Hintergrund. Die beiden warteten offenbar darauf, die Sachen abtransportieren zu können. Una sah aus, als würde sie jeden Moment in Tränen ausbrechen. Das Porridge kochte über, und im selben Moment klingelte das Telefon.

Später ging Rebecca durch den Kopf, daß Innes genauere Anweisungen hätte geben können, auch wenn sie selbst vielleicht die Pflicht gehabt hätte, nachzufragen, wie die Verpflegung aufgeteilt und verpackt werden mußte.

Dan hatte sich in den letzten Tagen selbst ans Werk gemacht, die Ausrüstung, für die er verantwortlich war, methodisch zusammengestellt und alles zusammengesucht, was am Ende der letzten Saison achtlos irgendwo verstaut worden war. Er hatte mehrmals alles überprüft. Innes' Aufgabe war es, sich um die Verpflegung zu kümmern; war er absichtlich so untätig gewesen, um allen anderen vor Augen zu führen, wie unfähig sie waren? Bestimmt nicht, wenn er seinen Job ernst nahm. Konnte er so engstirnig und boshaft sein, ein derartiges Durcheinander entstehen zu lassen, nur um etwas zu beweisen? Allmählich war Rebecca so weit, ihm eine derartige Gemeinheit zuzutrauen. Man mußte diesen Mann aufmerksam im Auge behalten, entschied sie und wünschte, Dan oder der gutmütige Bern hätten die Verantwortung für den Proviant der Überlebenskämpfer.

Ich hatte einmal eine ruhige, sonnendurchflutete, geschmackvoll möblierte Wohnung, einen geregelten Tagesablauf, ein beneidenswertes Gesellschaftsleben und immer saubere Kleidung, dachte sie, als sie sich den Staub vom Ärmel wischte, nachdem sie einen Rucksack, den sich jemand ausleihen wollte, von einem Schrank gehievt hatte. Selbst an einem hektischen Tag in der Steuerkanzlei hatte sie immer noch genügend Zeit gehabt, das Make-up aufzufrischen, die Haare zu bürsten und die Zähne zu putzen – oder aufs Klo zu gehen, wenn man schon dabei war. Obschon ein Teil von ihr am liebsten aus der Haut gefahren wäre, weil sie sich selbst aller Annehmlichkeiten beraubt hatte, mußte sie zugeben, daß sie eine ganz neue Seite an sich entdeckt hatte: Sie stellte sich mit Vergnügen den unterschiedlichen Anforderungen in diesem Hotel.

Allerdings hatte sie nicht damit gerechnet, daß Una plötzlich wegen ihres Speiseplans in Panik geraten und Chaos verbreiten würde.

»Findest du es nicht falsch, ihnen zu dieser Jahreszeit Kalbfleisch anzubieten? Ich meine – es ist offensichtlich, daß es tiefgefroren war, und vielleicht mögen sie das nicht. Andererseits – wenn ich heute abend die Rinderlende mache, was soll ich ihnen dann morgen vorsetzen? Der Metzger hat wahrscheinlich geschlossen, obwohl er nicht immer wie die anderen Geschäfte am Montag zu hat. Man kann ihn auch zu Hause anrufen, das stört ihn nicht, aber hat er überhaupt etwas auf Lager, wenn der Laden nicht offen ist ...«

»Una, um Himmels willen, halt den Mund! Selbstverständlich machst du heute das Kalbfleisch.« Rebecca schwirrte der Kopf bei dem Gedanken daran, daß Una den sorgfältig ausgearbeiteten Speiseplan verwarf und sie noch einmal ganz von vorn anfangen mußten. »Heutzutage ißt jeder Sachen, die nicht der Jahreszeit entsprechen. Du hast keine Bedenken, wenn du Fasan und Rebhuhn auf die Speisekarte setzt. Und was ist mit Fisch? Der kommt auch nicht jeden Tag frisch aus dem Wasser.«

»Aber ich versuche, so viele frische Lebensmittel wie möglich anzubieten. Ich bin überzeugt, das ist einer der Gründe, warum die Leute herkommen.« Una machte einen hilflosen Eindruck und schien wirklich verzweifelt zu sein. Rebecca erkannte, daß Müdigkeit, Unsicherheit und der Wunsch, Tony wäre hier, um seinen Teil der Verantwortung zu übernehmen, Una zu übermannen drohten.

»Hör mal, gönnen wir uns eine Pause. Ja, ich weiß, es gibt viel zu tun, aber du bist schon seit wer weiß wie lang auf den Beinen. Du warst bereits vor mir hier unten und hast noch nicht einen Bissen zu dir genommen. Inzwischen kann Megan hier weitermachen – sie weiß ganz genau, was zu tun ist. Komm mit.«

»Ich fühle mich nur so *allein*«, gestand Una, als Rebecca sie ins Büro führte. Sie war mit einem Kaffee einverstanden, wollte aber nichts essen. »Ich meine, es ist wunderbar, dich hier zu haben – ich danke Gott jede Minute des Tages dafür, daß du mir hilfst –, aber ich habe immerzu das Gefühl, daß Tony jeden Moment vom Jagen oder Segeln heimkommt, und dann fällt mir wieder ein, daß er für immer weg ist ...«

Das ist genau das, was uns an diesem Ostersamstag noch gefehlt hat, dachte Rebecca, deren Sinn fürs Praktische das Mitgefühl für Una, die sie wirklich von Herzen gern hatte, dämpfte. Und ich mache Theater, weil mein Ärmel schmutzig ist! »Armes Mädchen, ich weiß, das alles ist sehr schlimm für dich ...«

»Können Sie mir sagen, wieviel die Postkarten kosten?« Ein strahlendes Gesicht schaute durch die Tür.

Wir würden sie ganz gern zu dem Preis verkaufen, der auf dem Schild direkt vor Ihrer Nase steht, dachte Rebecca und verkaufte zwei Postkarten, dann zeichnete sie mit dem Finger auf der Karte die Wanderroute über die Landzunge nach, nur um am Schluß einer ausführlichen Wegbeschreibung zu erfahren: »Das hier ist nicht meine Lesebrille, fürchte ich, und ich bin hoffnungslos mit Landkarten, aber ich bin sicher, daß mein Mann den Weg findet.« Rebecca setzte sich wieder zu Una, die sie mit einem bebenden Lächeln ansah; ihre Wimpern waren feucht.

»So geht das hier ständig.« Sie kicherte kläglich. »Du kannst nichts zu Ende machen, ohne unterbrochen zu werden. Irgend jemand braucht immer eine Postkarte.«

Sie mußten beide lachen.

Eine Stimme sagte: »Könnten wir wohl noch Lunchpakete bekommen, oder ist es dafür schon zu spät? Der Tag verspricht viel schöner zu werden, als der Wetterbericht vorausgesagt hat, und wir ...«

Das schöne Wetter war ein zweifelhaftes Vergnügen. Es verlockte die meisten Hotelgäste zu Tagesausflügen und Leute von außerhalb dazu, ihr Mittagessen im Garten von Ardlonach einzunehmen oder in die neue Bar zu gehen, von der bereits in der ganzen Gegend gesprochen wurde. Paddy war zum Glück schon früh gekommen und hatte, ohne dazu aufgefordert worden zu sein, das Durcheinander von der Party beseitigt und die Bestände wieder aufgefüllt. Er brauchte nur dringend Wechselgeld. Rebecca machte sich Vorwürfe, daß sie den Bedarf an Kleingeld unterschätzt hatte.

»Die Bank hat noch zwei Tage zu«, sagte sie und ärgerte sich über sich selbst. »Ich hätte wirklich dafür sorgen müssen, daß mehr Kleingeld im Haus ist.«

»Kein Mensch konnte voraussehen, daß am ersten Abend so viel los ist«, erwiderte Paddy. »Vielleicht kann uns jemand ein paar Scheine wechseln.«

»Trudy vielleicht?«

»Gute Idee. Oder sie besorgt uns irgendwo anders Münzen. Außerdem haben wir gestern auch die Hotelbar ausgeräumt. Wenn weiterhin so viel Betrieb ist, brauchen wir mehr Gläser.«

Rebecca setzte die Gläser auf die Liste, die ihr schon fast die Schamröte ins Gesicht trieb, weil sie immer länger wurde. Sie hatte sich eingebildet, an alles gedacht zu haben. Dann rief sie sich wieder einmal ins Gedächtnis, daß das Unternehmen schon fünf Jahre lief und ein anderer hätte rechtzeitig Vorkehrungen treffen müssen. Sie und Una hatten die Türen nicht zum erstenmal geöffnet, auch wenn es ihr manchmal so vorkam. Und sie war nicht an allem schuld, was schieflief, obwohl sie sich so fühlte.

Sie rief Trudy an und raste nach Luig, um etliche häßliche und teure Gläser und andere Sachen einzukaufen, die Una in letzter Minute auf einen Einkaufszettel gekritzelt hatte. Dann ging sie zu Trudy, die, obwohl ihr Laden ziemlich voll war, eine Tüte mit Kleingeld hergerichtet hatte. Auf der plötzlich viel belebteren Straße nach Ardlonach überkam Rebecca überraschend das wunderbare Gefühl, dazuzugehören und endlich zu Hause angekommen zu sein.

Zum Mittagessen mußten sie weit mehr Leute verköstigen, als sie vorausgesehen hatten, und zudem trafen die letzten vier Hotelgäste mit einem Berg Gepäck, einem Afghanenwelpen und einem riesigen welkenden Blumenstrauß, für den sie unverzüglich eine Vase und eine geeignete Schere brauchten, sowie ein Mensch ein, der sich knapp als »Powercut« ankündigte. Ist das wirklich ein guter Name für eine Firma? überlegte Rebecca flüchtig.

Offenbar hatte Tony den Mann bestellt, damit er die elektrischen Geräte auf ihre Sicherheit prüfte – an sich kein schlechter Gedanke. Nur hatte der Mann den weniger guten Einfall gehabt, Frau und Kinder mitzubringen, damit sie hier zu Mittag essen und sich einen schönen Samstagnachmittag machen konnten. »Wir wollten etwas unternehmen, und so kann ich das Nützliche mit dem Vergnügen verbinden«, erklärte er in der Überzeugung, eine grandiose Idee gehabt zu haben. Rebecca hoffte, daß er keinen Beifall von den erhitzten, zerzausten Köchinnen erwartete, als er ihre Geräte mitten im größten Betrieb ausschaltete und die Stecker untersuchte.

»Gut, daß es so schön war und die Leute draußen essen konnten«, sagte Paddy, der zum erstenmal zum Lunch der Angestellten erschien, als um drei Uhr der Trubel endlich vorbei war. Hatte ihn die Anwesenheit der beiden strahlenden, braungebrannten Blondinen dazu bewogen, sich im Hotel zu zeigen, oder war das die übliche Routine, wenn er vom Aushilfsgärtner zum Barmann mutierte? fragte sich Rebecca. Thea und Sylvie waren ausgelassen und blendender Laune, auch noch nachdem sie das Frühstück – heute ohne Joanies Hilfe – serviert, saubergemacht, die Tische gedeckt und beinahe vierzig Menschen mit Essen versorgt hatten. Vielleicht wollte Paddy aber auch nur etwas futtern, überlegte Rebecca weiter, als sie beobachtete, wie Una ihm mit einem scheuen Lächeln eine ordentliche Portion von der Meeresfrüchtepastete brachte und einen Teller mit Megans goldbraunen, hauchzarten Plätzchen bereitstellte.

»Ist noch was davon übrig?« wollte Rebecca wissen, als sie merkte, daß sie kurz vorm Verhungern war.

»Mehr als genug. Obwohl das eigentlich für morgen gedacht war. Woher, um alles in der Welt, sind nur die vielen Leute gekommen?« fragte Una und holte einen neuen Teller.

»Die Neuigkeiten haben sich schnell rumgesprochen. Im Grunde wollten sie im Kutscherhaus essen.«

»Ich glaube kaum, daß wir das einrichten können – die Küche ist viel zu weit weg, und wir müßten Meilen hin- und herrennen.« Una sah sich ängstlich um, als hätte sich schon eine Menschenschlange gebildet, die zwischen Küche und Kutscherhaus das Essen weiterreichte.

»Bieten Sie Eintopf und Sandwiches im Kutscherhaus an«, schlug Paddy vor. »Aber ich bräuchte natürlich Hilfe, wenn so viel los ist wie heute.«

Ginge das? Rebecca schnappte nach der Idee wie ein Fisch nach einer Fliege. Alle, die eine richtige Mahlzeit wünschten, konnten in die Hotelbar kommen und sich dann in den Salon oder auf die Terrasse setzen, so wie sie es heute auch getan hatten.

»Hey, was machen wir hier eigentlich?« rief sie, als ihre Überlegungen diesen Punkt erreicht hatten. »Warum bringen wir unsere Sachen nicht auch hinaus?

Könnte irgend jemand nach einer Gabel suchen, die nicht in der Spülmaschine ist?«

»Klasse Vorschlag«, fand Thea. »Ich hole ein paar Flaschen Bier.«

»Hier.« Paddy reichte ihr ohne zu zögern die Barschlüssel. Ihre Blicke trafen sich. Den hat's erwischt, dachte Rebecca. Dabei hatte ich Paddy gar nicht auf der Liste.

»Aber was ist mit dem Telefon?« gab Una zu bedenken.

»Die Türen stehen alle offen«, sagte Rebecca. »Wir hören, wenn es klingelt, und können abwechselnd drangehen.«

Als sie durch den Küchenflur in die verlockende Sonne gingen, hörten sie, wie die Spülmaschine verstummte, als Mr. Powercut ihr zu Leibe rückte.

KAPITEL 8

Rebecca hatte immer gedacht, daß nur andere Leute einen so stechenden Schmerz in den Schienbeinen haben könnten, aber jetzt spürte sie ihn selbst; ihre Muskeln weigerten sich fast, bei dem steilen Aufstieg ein müdes Bein nach dem anderen immer ein paar Zentimeter höher zu heben. Der Gipfel des Berges war nach wie vor nicht in Sicht, und die keuchenden Männer, die gebeugt unter ihren schweren Rucksäcken vor ihr her stapften, glaubten wahrscheinlich schon gar nicht mehr daran, daß es überhaupt einen Gipfel gab, aber Rebecca wußte, wo er war und daß sie ihn erreichen würden. Trotz ihrer anfänglichen Überzeugung, daß diese Berge ihre

Freunde waren, gab es an diesem Morgen Momente, in denen ihr ernsthafte Zweifel kamen und sie von Herzen wünschte, sie hätte Dans Rat beherzigt und sich einer Anfängergruppe angeschlossen. Doch gerade weil er sie so schnöde in die Schranken verwiesen hatte, hatte sie sich entschieden, mit geübten Bergsteigern der Gruppe I, die die ganz schwierigen Touren in Angriff nahmen, mitzugehen – eine reine Trotzreaktion, das gestand sie sich jetzt ein. Sie brachte ein flüchtiges Grinsen zustande, wischte sich mit dem Handrücken die feuchten Locken aus der Stirn – die einzige Geste, für die sie noch genügend Energie hatte – und genoß den ersten Hauch des kühlen Ostwindes, der über den Kamm in ihr Gesicht blies.

Dan hatte den Gipfel bereits erreicht und schwang den Rucksack von den Schultern, als würde er nicht mehr als eine Handtasche wiegen. Erst stand er da und betrachtete die sonnenbeschienen Hügel, dann drehte er sich um und überblickte den Loch Luig und den Loch Buie, den äußeren Sund und die verstreuten Inseln. Er wirkte entspannt, als wäre er gerade vom Bootssteg zum Hotel heraufgekommen, stellte Rebecca trübsinnig fest, als sie kurz den Blick vom Boden nahm und Dan dort aufrecht, lässig, mit gespreizten Beinen stehen sah. Sein Atem war kaum verändert, und er sah mit seiner kompakten Figur, dem kurzgeschnittenen Haar und den wenigen, hautengen Kleidern ordentlich und drahtig wie immer aus. Er war durch und durch fit.

Dan hatte ein strammes Tempo vorgelegt, doch er bemerkte mit großer Genugtuung, daß die Gruppe, die hinter ihm das letzte Stück heraufkam, zusammengeblieben war. Der erste Mann hatte gerade den Rucksack abgeschüttelt und wäre beinahe unter dem Gewicht in die Knie gegangen, als die Gurte in seiner Armbeuge lagen, dann warf er die Last auf den steinigen Untergrund. Rebecca, am Ende der Schlange, kam mit den gleichmäßigen Schritten einer erfahrenen Bergsteigerin näher, aber Dan sah, daß sie das mittlerweile große Anstrengungen kostete. Dennoch hatte sie sich wider Erwarten gut gehalten.

Dan hatte alles versucht, um sie am Mitkommen zu hindern.

»Kommt gar nicht in Frage«, sagte er. »Jeder Teilnehmer der Gruppe I bringt einige Erfahrungen mit.«

»Ich weiß«, gab sie freundlich zurück. Sie hatte mittlerweile in den Papieren und Unterlagen der Überlebensschule geblättert und durch Gespräche mit dem zugänglichen Bern so viel über die Kurse in Erfahrung gebracht, wie es ihr möglich war.

»Ich bin der einzige Führer bei dieser Exkursion und werde keine Zeit haben, mich mit Nachzüglern oder irgendwelchen Schwierigkeiten, abzugeben, die jemand haben könnte«, fuhr Dan in der Annahme fort, dies würde allem ein Ende setzen.

»Oh, so etwas könnten wir wirklich nicht gebrauchen«, stimmte Rebecca ihm höflich zu. »Aber ich komme trotzdem mit.«

Er wurde ungehalten, vielleicht weil er schon von vornherein wußte, was bei diesem Wortwechsel herauskommen würde. »Hören Sie, mein Job ist es, die Sicherheit der Gruppenmitglieder zu gewährleisten und dafür zu sorgen, daß niemand in Gefahr gerät, das wissen Sie. Wenn Sie nicht mithalten können, stecke ich tief ... wird es echte Probleme geben.«

Rebecca sprach nicht das aus, was ihr auf der Zunge lag – das überhebliche »Ich kann mithalten« wurde abgemildert in: »Ich gehe allein zurück, falls es nötig sein sollte.« Es wäre nicht gut, Dan das Gefühl zu geben, daß er etwas beweisen mußte.

»Man kann eine Gruppe in den Bergen nicht teilen oder jemanden allein weitergehen lassen«, machte er ihr ungeduldig klar. »Wissen Sie das nicht?«

»Dann betrachten Sie mich nicht als Mitglied dieser Gruppe. Ich bin unabhängig, begleite Sie, solange ich will, und bleibe zurück, wenn mir danach ist. Ich verirre mich bestimmt nicht in dieser Gegend.« Dessen war sie sich ganz sicher.

Das mußte Dan akzeptieren. Ihre neue Position in Ardlonach, die sich nach dem turbulenten Osterwochenende irgendwie ergeben und gefestigt hatte, erlaubte ihr das, und er konnte nichts dagegen unternehmen. Es ging ihm gewaltig gegen den Strich, daß ihm so unprofessionelle Arrangements aufgezwungen werden konnten. Aber eines würde er auf keinen Fall tun: Innes um Unterstützung bitten.

»Sie müssen sich eine ordentliche Ausrüstung beschaffen«, erinnerte er sie mürrisch. »Ich nehme niemanden mit in die Berge, der nicht richtig gekleidet und ausgestattet ist.«

»Da ist ein ganzes Bootshaus voller Bergsteigerklamotten«, rief sie ihm in einem beschwichtigenden Ton ins Gedächtnis, der ihn mehr ärgerte als alles andere.

»Nicht viele, die Ihnen passen würden« versetzte er und schöpfte kurz neue Hoffnung. Weder Una noch Rebecca waren seiner Schätzung nach sehr viel größer als einssechzig, und im Lager standen ganz bestimmt keine Bergstiefel in der geeigneten Größe.

»Ich kümmere mich darum«, versicherte Rebecca mit einer Leichtfertigkeit, die in seinen Ohren wie der reinste Hohn klang.

Er tröstete sich mit dem Gedanken, daß er sich mit

jedem Recht weigern konnte, sie auf die schwierige Tour mitzunehmen, wenn sie mit unzureichendem Schuhwerk auftauchte, aber er war auch nicht scharf auf eine Auseinandersetzung vor der Gruppe.

Er hatte ein- oder zweimal mitbekommen, wie sie Aggie und Donna wegen irgendwelcher Nachlässigkeiten abgekanzelt hatte, und war erstaunt gewesen, daß die beiden nicht postwendend ihre Männer hergeschickt hatten, um ihr den Kopf zurechtzurücken.

Nach dem kleinen Zusammenstoß verbrachte er einen Abend mit mieser Laune – er wußte, daß man ihn in die Ecke gedrängt hatte, und seine Stimmung besserte sich kein bißchen, als er zur Beruhigung ein wenig an seinem geliebten Capri herumbastelte und die Entdeckung machte, daß er bald eine neue Kupplung brauchte.

Er hatte sich auf die Tour gefreut, bevor Rebecca sich aufgedrängt hatte. Im Augenblick war nur eine Gruppe zu betreuen, und die Kursleiter hatten Zeit, die Geräte zu überprüfen, ein paar Reparaturen an den Booten und am Minibus vorzunehmen, Wäsche zu waschen, zum Friseur zu gehen und die angesammelten Überstunden abzufeiern.

Dan warf einen Blick auf die keuchenden Bergsteiger; jeder kramte im Rucksack nach etwas, was er sich durch die Kehle schütten konnte, und alle waren zufrieden mit sich selbst, weil sie es bis hierher geschafft hatten. Niemand war in schlechter körperlicher Verfassung, nur der Bursche mit den roten Haaren sah aus, als würden ihm die Blasen, die er sich am Tag zuvor geholt hatte, zu schaffen machen. Ehe sie sich allzu bequem einrichten, dachte Dan, zeige ich ihnen, welche Route wir bergab nehmen, und sage ihnen, daß danach noch ein hübscher kleiner Rundgang ansteht.

Das würde ihnen das Lächeln vom Gesicht wischen. Er grinste teuflisch.

Rebecca, die höflich eine lauwarme Fanta und ein weiches Twix abgelehnt hatte, wandte sich nach Westen und schaute hinunter zu der langen Luig-Halbinsel. Dan beobachtete, daß sie nicht nur die Aussicht als Ganzes genoß, sondern die Konturen und Einzelheiten der ihr bekannten Landschaft eingehend betrachtete, und er war hingerissen von dem Ausdruck tiefer Zufriedenheit auf ihrem Gesicht.

Die erste Überraschung des Tages hatte er erlebt, als sie zum Bootssteg kam, um sich ihnen anzuschließen, und aus dem Schatten in das helle Tageslicht trat. Noch lagen die nächtliche Kühle, der Geruch nach Salzwasser und Tang in der Luft, und die reine, belebende Frische tat immer ihre Wirkung auf Dan. Rebecca kam mit federnden Schritten auf sie zu – eine ganz neue Rebecca. Er riskierte einen erstaunten Blick und bückte sich, um seinen Rucksack aufzuheben und seine Überraschung zu verbergen. »Okay, Jungs, das ist alles, worauf wir noch gewartet haben.« Er war wie vom Donner gerührt.

Bisher hatte er sie nur in Rock und hochhackigen Schuhen gesehen – immer sehr gepflegt, auch wenn es im Hotel hoch herging. Ihre Kleider waren klassisch geschnitten und teuer, ihr dunkles, lockiges Haar perfekt frisiert, und die Farben, die sie auswählte, standen ihr blendend. So sah er sie vor sich, wenn er an sie dachte: die exklusiv gestylte Rebecca, die, wie man hörte, ein Überflieger in der Finanzwelt war, in einer eleganten Wohnung in Edinburgh wohnte, einen schikken Kleinwagen fuhr und es jahrelang nicht für nötig gehalten hatte, nach Ardlonach zu kommen. Die Rebecca, die Stunden am Computer verbrachte, mit lakkierten Nägeln auf den Tisch trommelte, während sie versuchte, den Rätseln auf den Grund zu gehen, die Tony in seine Geschäftsbücher eingebaut hatte. Es lohnte sich, dieser geschäftsmäßigen Rebecca zuzuhören, wenn sie einem säumigen Lieferanten Bescheid sagte und mit natürlicher Autorität sämtlichen Fragen nach ihrer tatsächlichen Rolle in Ardlonach vorbeugte. Sie nahm in kritischen Situationen das Heft in die Hand und packte die arme kleine Una am Schlafittchen, um sie zu klaren Entscheidungen zu zwingen, damit der Hotelbetrieb auch ohne Tony so reibungslos wie möglich funktionierte.

Jetzt trug sie eine geschmackvolle blaugraue windabweisende Hose, eine blaugraue Bluse, ein rotes Halstuch und Bergstiefel, die sie bestimmt nicht aus dem Lager geholt hatte. Sie waren offensichtlich neu und könnten ihr unter Umständen im Laufe des Tages Probleme bereiten. Andererseits schien die Qualität ausgezeichnet zu sein, und vielleicht ging doch alles ohne Blasen und Druckstellen ab. Hatte sie die Sachen gekauft, als sie gemeinsam nach Fort William gefahren und dann getrennt Besorgungen gemacht hatten? Einen Rucksack hatte sie nicht dabei, dafür eine Tasche mit Gürtel, über die sie eine leichte Jacke gebunden hatte. Dan ahnte, daß sie wahrscheinlich alles Nötige für den Tag dabei hatte und daß er sich nur blamieren würde, wenn er sich persönlich vergewissern würde.

Sie sah gut aus. Dans Mund verzog sich zu einem hämischen Grinsen, als er sich an den Moment erinnerte, in dem er sich das eingestanden hatte. Er hatte schon vorher ihre kraftvolle Gestalt und ihre Haltung bewundert. Er mochte es, wenn Frauen ein bißchen Fleisch auf den Rippen hatten. Rebecca sah zwar nicht schwammig aus, aber sie könnte sich ja auch in ein

Korsett oder etwas Ähnliches gezwängt haben, wenn sie im Büro saß – man wußte nie! Doch jetzt sah er, daß ihr Körper tatsächlich kompakt und fest war, und ihre Hüften waren nicht zu breit für diese Hose mit den vielen Reißverschlüssen und Taschen. Genaugenommen stand sie ihr sogar sehr gut. Vielleicht war sie fitter, als er ihr bisher zugetraut hatte. Und die blaugraue Bluse betonte noch das Blau ihrer Augen.

Lieber Himmel, McNee, was ist nur mit dir los? Sieh zu, daß du die Meute auf den Weg bringst. Stell dir vor, wie diese blauen Augen funkeln würden, wenn Rebecca auch nur einen winzigen Bruchteil von dem erahnen könnte, was dir gerade durch den Kopf geschossen ist. Er bestimmte, daß sie als Letzte am Ende der Gruppe gehen sollte – das war seine Strafe dafür, daß sie ihn so aus der Fassung gebracht hatte, als sie mit einem strahlenden Lächeln und beschwingten Schritten ins Sonnenlicht getreten war. Die Nachhut war die schlimmste Position für jemanden, der lange nicht in den Bergen gewandert war. Abgesehen von der Aussicht auf einen langen beschwerlichen Tag belasteten den Schlußmann auch noch die demoralisierende Angst, abgehängt zu werden, wenn das Schrittempo zu scharf wurde, und der psychologische Nachteil, immer aufholen zu müssen. Wenn Dan Rebecca direkt hinter sich hätte gehen lassen, würde sie einen moralischen Auftrieb bekommen, den er nicht einschätzen konnte. Sie wußte das alles ganz genau und konnte kaum glauben, daß er sie tatsächlich ans Ende der Gruppe schickte, als sie sich über den sanften Anstieg von Luig Hill in Marsch setzten.

Aber vielleicht war dieser Platz gar nicht so schlecht, überlegte sie – ihre Fähigkeit, positiv zu denken, verließ sie nie für lange. Die anderen würden nicht merken, wenn sie Mühe hatte mitzukommen oder ganz schlapp machte.

Den Kursteilnehmern mußte diese Reihenfolge ganz logisch erscheinen, da sie sozusagen zum Unternehmen gehörte. Jeder hatte mit sich selbst genug zu tun, machte sich Gedanken um seine Kondition, um die Rucksackriemen, die die Haut wundscheuern könnten, um mögliche Blasen an den Füßen, die, auch wenn sie noch so gut verpflastert waren, Höllenqualen verursachen konnten, um einen flauen Magen, schwache Knöchel und Rückenschmerzen. Sie setzten wahrscheinlich voraus, daß Rebecca fit und kompetent war, und hielten sie womöglich für eine zweite Bergführerin.

Und Dan, das war ihr klar, hatte diese Marschordnung mit Bedacht festgesetzt. Es war ihm nicht recht, daß sie mitging, und er wollte ihr eine Lektion erteilen. Er wußte allerdings nicht, daß das noch mehr Entschlossenheit und Kraft in ihr freisetzte. Zudem war sie in einer Position, in der sie ohne große Umstände den Rückzug antreten konnte. Sie kannte die Route wie ihre Westentasche und konnte jederzeit umkehren, wenn es sein mußte. Ein tröstlicher Gedanke, auch wenn sie sich damit eine Blöße geben würde.

Als sie am Ende der Schlange den meilenlangen, beschwerlichen Anstieg machte, bei dem sich die stark strapazierten Muskeln keinen Moment ausruhen konnten, merkte sie, daß sie mindestens so fit war wie die langsameren Männer, und irgendwann wurde ihr klar, daß sie allen ebenbürtig war. Und sie hatte noch einen großen Vorteil: Sie kannte die Route. Außerdem hatte sie sich noch einen nicht zu unterschätzenden Vorteil verschafft – sie mußte keinen Rucksack schleppen. Als sie am Morgen zu der Gruppe gekommen und sich eingeredet hatte, sie würde nur wegen der Kälte zittern, war ihr Dans kritischer Blick keineswegs entgangen. Sie wußte, daß er sich nur vergewissern wollte, ob sie bergtauglich angezogen war, aber sie hatte, während die Männer ihre Rucksäcke schulterten und die Riemen zurechtrückten, in seine ausdruckslosen hellen Augen gesehen. Die Kursteilnehmer waren aufgefordert, ihre gesamte Ausrüstung bei dieser Übung zu tragen; erwartete er von ihr, daß sie ebenfalls eine Last schleppte? Für einen bangen Augenblick fürchtete sie, er würde sie dazu zwingen, und ihr war durchaus bewußt, daß sie in diesem Fall sofort das Handtuch hätte werfen müssen. Aber Dan hatte kein Wort gesagt, nicht einmal »Guten Morgen«. Dieser elende Mistkerl, dachte sie jetzt, aber ihre Stimmung war bestens. Vielleicht war es den anderen gegenüber nicht fair, doch wenn sie sie als Begleitperson betrachteten, zerbrachen sie sich bestimmt nicht den Kopf darüber, warum sie nichts tragen mußte. Wenn sie heute mit jemandem in Konkurrenz trat, dann bestimmt nicht mit den Kursteilnehmern.

Jetzt hatten sie alle die erste große Hürde genommen, und wenn Dan nicht mit Argusaugen beobachtet hätte, was um ihn herum vorging, hätte Rebecca den Männern versichert, daß der Weg ab jetzt längst nicht mehr so strapaziös sein würde wie bisher. Sie hatten sie in der Gruppe akzeptiert und empfanden die Anwesenheit einer Frau sogar als wohltuend bei all der Anstrengung. Dans Gesicht wurde noch griesgrämiger, als die Männer ihr etwas zu trinken anboten, ihre Plätzchenration mit ihr teilten und sie, nicht ihn, nach den Namen der umliegenden Berge fragten.

Er führte sie über einen steilen, felsigen Abhang

mit viel Geröll hinunter. Rebecca erschrak, als sie rutschte, und suchte bei den nächsten Schritten vorsichtig Halt wie eine alte Frau. Erst überkam sie Panik, und sie fürchtete, daß sie zu guter Letzt doch noch versagte, aber dann nahm sie sich zusammen. Sie war diese Böschung schon mindestens hundertmal hinuntergelaufen und wußte, was sie machen mußte. Ihre Muskeln erinnerten sich plötzlich an den Trick, als sie sich aufrichtete, ihren Knien die Hauptarbeit überließ, den Abstieg im Zickzackkurs fortsetzte und den Blick immer auf die Stelle vor ihren Füßen richtete. Sie konzentrierte sich nur noch auf den steilen Hang, die Felsplatten und die hüfthohen Steine, die ins Rollen geraten konnten. Sie kam lachend und im Lauftempo auf dem grasbewachsenen Bergsattel an und wandte sich dann schwungvoll zu dem steilen Geröllfeld um.

»Ich dachte, Sie bilden die Nachhut«, sagte eine gepreßte Stimme neben ihr. Dan hatte die Daumen unter die Rucksackriemen geklemmt, einen Fuß auf einen Felsen gestellt und beobachtete, wie die Horde die Böschung hinunterrutschte und stolperte.

Erst jetzt fiel Rebecca auf, daß sie alle überholt hatte. »Ich habe sie von hier aus alle im Blick«, erwiderte sie vergnügt, als die Geschickteren ebenfalls auf die Wiese rannten.

Dan schnaubte, aber er wandte sich ihr zu. Auf seinem Gesicht zeigte sich ein Ausdruck, der als flüchtiges Lächeln durchgehen konnte, als Anerkennung für ihr unerwartetes Können. Er hatte sie unterschätzt, und er gab das auf seine Art zu.

Der nächste Abschnitt – der gezackte Grat – machte großen Spaß, und man mußte so sehr aufpassen, was man mit Händen und Füßen machte, daß man beinahe ohne Mühe vorwärtskam. Die Männer wurden wieder zuversichtlicher – abgesehen von den wenigen, die mit eigenen Schwierigkeiten zu kämpfen hatten –, und Rebecca merkte, wie sich die allgemeine Stimmung besserte. Es war wunderbar, endlich hier draußen zu sein, weit weg vom Hotel, den unausweichlichen Bagatellen, die für sie zum Alltag geworden waren, und den vielen Störungen, die es nahezu unmöglich machten, eine Aufgabe in Ruhe zu bewältigen. Sie war zu einer Stubenhockerin geworden, wurde ihr leicht schockiert bewußt – nicht nur in den Wochen, die sie hier verbracht hatte, sondern schon in den Jahren in Edinburgh.

Dieser Gedanke überkam sie unvermittelt, und hier draußen gab es nichts, was sie davon ablenken konnte. Sie könnte auf dem Land leben. Es mußte nicht unbedingt die Westküste sein, aber sie könnte sich einen neuen Lebensmittelpunkt in einer schönen Landschaft mit sanfteren Hügeln und fruchtbarem Farmland suchen.

»Und wer übernimmt Ihre Aufgabe, während Sie vor sich hinträumen?«

Rebecca war so in Gedanken gewesen, daß sie im ersten Moment Schwierigkeiten hatte, sich in dieser Umgebung zurechtzufinden. Die Gruppe hatte haltgemacht, und Dan trottete mit wütender Miene den Weg zurück auf die Gestalt zu, die auf einem Felsen etwa hundert Meter weiter hinten kauerte. Rebecca mußte blind an dem Mann vorbeigegangen sein.

Sie war entsetzt, daß sie den Nachzügler übersehen hatte, aber gleichzeitig war sie auch dankbar, weil sie sich so mühelos von den Schmerzen und Zweifeln hatte befreien können. Sie stand mit den anderen zusammen wie eine Horde Kühe auf der Weide, während

Dan geschickt die riesengroße neue Blase auf der Fußsohle des armen Kerls verarztete und die Blase an der Ferse von gestern neu verpflasterte.

»Passen Sie ab jetzt um Himmels willen besser auf«, fauchte Dan Rebecca an, als er seinen Rucksack wieder schulterte. Aber kurz danach, als sie nur noch dumpf einen Fuß vor den anderen setzte und sich immer mehr wunderte, daß ihr das überhaupt noch gelang, beauftragte er den schlaksigen Marktanalytiker, der am Gipfel der erste gewesen und ein Kollege des von Blasen Gepeinigten war, ihn langsamer hinunterzubringen. Jetzt mußte Rebecca wenigstens nicht mehr zusammen mit dem Verletzten weit hinter den anderen her stolpern. Diese Erleichterung kam keinen Moment zu früh und wirkte wie eine belebende Injektion. Dan wußte das genau – er hatte den richtigen Zeitpunkt präzise abgepaßt.

Jetzt ging es nur noch darum durchzuhalten. Diese mörderische Tour hatte sie an ihre Grenzen gebracht, obwohl Dan keine Kaninchen aus dem Hut gezaubert oder zusätzliche Anstrengungen verlangt hatte. Wie geplant kamen sie kurz nach sieben zurück. Rebecca war froh, daß sie sich nicht dazu hatte hinreißen lassen, Dan etwas zu beweisen, als sie noch die Energie dazu gehabt hatte. Wenn sie der Versuchung erlegen wäre, hätte sie es niemals bis nach Hause geschafft. Sie konnte nicht einmal mehr die Entschlossenheit aufbringen, zusammen mit den anderen zum Bootshaus hinunterzugehen, obwohl sie sich vage bewußt war, daß sie eigentlich die moralische Verpflichtung hätte, mit der Gruppe zum Ausgangspunkt zurückzukehren. Aber sie wußte, daß man sie anschließend ins Hotel hinauftragen müßte.

Als sie am Tor zum Garten ankam, hatte sie kaum

noch genügend Luft, um Dan zuzurufen: »Ich breche hier ab.« Sie hob eine Hand zum Gruß.

Dan drehte sich nicht einmal mehr richtig zu ihr um, sondern nickte nur knapp, ohne seine Schritte zu verlangsamen.

Unfreundlicher Kerl, dachte Rebecca, ohne ihm wirklich böse zu sein, und trottete erschöpft über den von Rhododendren überschatteten Pfad. Dan hatte sich ziemlich neutral verhalten, abgesehen davon, daß er sie als Schlußmann eingesetzt hatte. Doch damit hatte er ihre Entschlossenheit nur noch mehr angestachelt, und sie konnte sich heute über einige Punkte Klarheit verschaffen, über die sie Bescheid wissen mußte. Dan war ein ausgezeichneter Bergsteiger und Führer, aufmerksam, erfahren, und er holte aus den Kursteilnehmern das letzte heraus, wußte jedoch genau, was er jedem einzelnen zumuten konnte. Gegen Ende der Tour hatte er den Leuten Mut gemacht und sogar ein paar lobende Worte geäußert – die nicht mir gegolten haben, dachte Rebecca bitter.

Zum erstenmal fand sie richtig Gefallen an dem Ostflügel des Hotels mit den großen Nebengebäuden und dem Hof mit dem Gastank und den Mülltonnen. Aber es widerstrebte ihr trotz der Erschöpfung fast, das Haus zu betreten und sich wieder von all den Problemen und der Arbeit vereinnahmen zu lassen. Die Belange des Hotels waren von den Herausforderungen unter freiem Himmel vollkommen in den Hintergrund gedrängt worden. Und sie war froh, daß die Vorbereitungen fürs Abendessen in vollem Gange waren. Derzeit hatten sie nur acht Gäste, und niemand hatte einen Tisch für heute abend reserviert. Es war eine Wonne, sich zusammen mit Una zu einem Gin Tonic mit Eis im Büro niederzulassen und zu entscheiden, daß die Post bis morgen warten konnte. Sie überließ sich ganz dem Luxus, ihre Muskeln entspannen und in dem befriedigenden Gefühl schwelgen zu können, daß sie nicht versagt hatte, was ihr, wie ihr sehr wohl bewußt war, um ein Haar hätte blühen können.

Durch den Gin gestärkt, schleppte sie ihre schmerzenden Glieder die Treppe hinauf, kniff aber vor der steilen Stiege zur Mansarde und ging statt dessen in das große altmodische Kinderbadezimmer im ersten Stock, zog ihre verschwitzten Kleider aus und tauchte mit einem Stöhnen in das heiße Wasser. Sie lag in der Badewanne und ließ den Tag noch einmal Revue passieren, dachte an die Sonne und den Wind, an das aufregende Gefühl, die Gegend, die ihr wichtiger war als jeder andere Landstrich, den sie kannte, noch einmal neu entdeckt zu haben. Dieser Tag hatte ihr gutgetan, sie gefordert und bereichert. Sie lächelte, als sie die vertraute Abfolge im Geist noch einmal durchging – separate Anstrengungen von jedem einzelnen, dann allmählicher Stimmungsumschwung, wenn den Leuten klarwurde, daß sie es schaffen würden, dann das befriedigende Gefühl der Gemeinsamkeit, wenn sie in den gleichmäßigen Trott fielen, der sie nach Hause führte.

Una hatte darauf bestanden, daß Rebecca heute abend nichts mehr tun sollte. Sie konnte sich etwas Bequemes anziehen, sich eine Kleinigkeit zu essen aus der Küche holen und dann in die Kutscherhaus-Bar gehen, um mit der Gruppe etwas zu trinken, über den Tag zu plaudern und zu lachen. Sie mußte auch jetzt lachen, als sie sich daran erinnerte, wie einer der Männer einen Plastikbecher vom Wind hatte davonsegeln lassen. Der Becher hatte sich in einer Felsspalte etwa dreißig Meter von ihnen entfernt verfangen, und Dan hatte mit gespieltem Zorn gebrüllt und den Übeltäter den Abhang hinuntergeschickt, um den Becher zu holen. Rebecca hatte es sich sofort bequem gemacht, um die unerwartete Rast auszukosten. Amüsiert beobachtete sie, wie der Rest der Gruppe stehenblieb und wie sie dem in Ungnade gefallenen Kameraden nachsahen wie Kinder, die genau wußten, daß eines von ihnen zu weit gegangen war. Was, um alles in der Welt, hat Dan mit ihnen gemacht? fragte sie sich. Vielleicht würde er sich heute abend, wenn sie über den Zwischenfall redeten, auch zu einem Lächeln durchringen können. Im großen und ganzen schien er mit dem, was sie geleistet hatten, nicht unzufrieden gewesen zu sein.

Dan überprüfte Stück für Stück die Vorbereitungen, die Stuart für das Überlebenstraining getroffen hatte, das für morgen angesetzt war, und wünschte, er hätte die Gelegenheit gehabt, ein paar Worte mit Rebecca zu wechseln, aber sie hatte sich sang- und klanglos davongemacht und ihn damit überrascht. Sie hatte sich heute sehr gut durchgeschlagen, und das wollte er ihr sagen. Er hatte es ihr nicht leicht gemacht, als er sie als Nachhut eingesetzt hatte, aber sie hatte seine Entscheidung ohne Murren hingenommen. Er hatte auf eine Chance gehofft, ihr zu erklären, warum er sie nicht auf die Tour der Kursleiter vor Ostern mitgenommen hatte. Innes hätte ihn in der Luft zerrissen, ganz einfach. Na ja, heute abend würde er wohl nicht mehr mit ihr reden können. Er hatte Aggies Mann versprochen, sich seinen schrottreifen Van anzusehen, obwohl es nach Dans Ansicht das beste wäre, den Karren in einer dunklen Nacht über den Pier in Luig rollen zu lassen.

KAPITEL 9

Noch mehr als in den nostalgischen Momenten in Ardlonach fühlte sich Rebecca in ihre Kindheit zurückversetzt, als sie die große Küche in Tigh Bhan betrat, und sie genoß freudig das Gefühl der Unbeschwertheit, die Erinnerungen an außergewöhnliche Ereignisse, festliche Kleider, besondere Mahlzeiten, Erwachsene, die sich vorbildlich benahmen, und Geschenke, die man mit nach Hause nehmen durfte. Wie alt mocht sie gewesen sein, als sie zum erstenmal zu einer von Stephen Markies wundervollen Partys durfte? Fünf? Sechs? Sie und Tony waren mit Abstand die jüngsten, aber in einer so dünn besiedelten Gegend wie dieser wurden alle miteinbezogen. Und jetzt war Stephen ein geschiedener Colonel mit zwei Kindern, die älter waren als er damals, als seine Eltern dieses weiße Haus mit Blick auf den Loch Buie gekauft hatten.

Und sie selbst war – was? Nichts. Eine vierunddreißig Jahre alte, alleinstehende Frau. Die nicht alleinstehend sein müßte. Aber jetzt war keine Zeit für solche Überlegungen, Gott sei Dank.

Sie freute sich sehr, Lilias Markie wiederzusehen – Lilias, die einst eine der wichtigsten Bezugspersonen in ihrem Leben und beinahe so etwas wie eine Großmutter für sie gewesen war (Rebeccas Großmütter waren beide gestorben, als sie noch sehr klein gewesen war). Als aktive und energiegeladene, warmherzige und großzügige Frau mit vielen Interessen hatte sie oft für die Unterhaltung der Kinder und Jugendlichen gesorgt. Rebecca hatte sie seit Tonys und Unas Hochzeit nicht mehr gesehen und erschrak, weil sie so viel kleiner, kraftloser und blasser aussah. Ihr einst dichtes Haar war schütter und schneeweiß geworden; die Hände, die so viel im Garten gearbeitet, genäht und gekocht hatten und früher kräftig und sonnengebräunt gewesen waren, sahen heute aus wie fleckige Klauen. Aber in den hellblauen Augen war noch dieselbe Wachheit und dasselbe Funkeln wie früher, und ihre Zunge war noch genauso scharf.

Rebecca war mit Una und Trudy zum Tee hergekommen, zu einer ausgiebigen, köstlichen Mahlzeit, bei der man ordentlich an einem Tisch saß. Zwei verschiedene Brötchensorten, Honig und Lilias' besondere Himbeer-Johannisbeer-Marmelade, Walnußkuchen und eine lockere Zitronenbisquitrolle standen auf diesem Tisch. Leider konnte Lilias nichts davon mehr selbst zubereiten.

»Von Zeit zu Zeit versuche ich, Barbara Bailey dazu zu zwingen, etwas Kultur zu zeigen«, sagte Lilias, als ihre Gäste die gedeckte Tafel bewunderten und unverhohlen zeigten, wie hungrig sie waren. »Wenn man sie sich selbst überläßt, ist sie hoffnungslos und knallt einfach irgendwelche Speisen zusammen auf einen Teller. Natürlich werde ich tot sein, wenn ich ihr genügend beigebracht habe. Nein, Trudy, dieser Tee muß noch weitere drei Minuten ziehen. Du bist genauso schlimm wie Barbara.«

»Das ist ungerecht«, protestierte Trudy und half Lilias, die an zwei Stöcken ging, mit äußerster Behutsamkeit zum Tisch. Der eine Stock war aus Ebenholz und hatte einen silbernen Knauf, der andere war knorrig und roh, als hätte sie ihn selbst von einem Baum geschnitten.

Die große, warme Küche mit den breiten Fenstern war noch genauso, wie Rebecca sie in Erinnerung hatte, nur standen hier inzwischen noch mehr Sachen herum. Es war nicht zu übersehen, daß dieser Raum zum Mittelpunkt von Lilias Leben geworden war. Auf dem

Tisch neben dem Ohrensessel am Fenster lagen Vogelbücher und ein Fernglas, die *Times* und ein halbes Dutzend anderer Bücher mit herausragenden Lesezeichen. Zudem hatte man einen großen Fernseher, ein Radio und ein Telefon in Reichweite gestellt. Es gab keine Hunde mehr. Rebecca hatte erleichtert aufgeatmet, weil die glubschäugigen furchtbaren Möpse aus Ardlonach zur letzten Ruhe gebettet worden waren – sie hatte sich ihre Gräber unter der Ilexhecke mit großer Genugtuung angesehen und Una eifrig beigepflichtet, wenn sie von Zeit zu Zeit davon sprach, daß sie viel zu beschäftigt sei, um einen Welpen zu erziehen –, aber die Küche in Tigh Bhan wirkte eigenartig leer ohne Hunde.

Una hatte offenbar denselben Gedanken, denn sie sagte in ihrer gütigen, wohlmeinenden, aber unüberlegten Art: »Hättest du nicht gern wieder einen Hund zur Gesellschaft, Lilias?«

Lilias schnaubte. »Gesellschaft? Ich habe eine Unterhaltung mit Hunden noch nie besonders inspirierend gefunden. Außerdem stellen sie ziemlich hohe Ansprüche.« Als sie sah, daß Una die Röte ins Gesicht schoß, tätschelte sie sie mit ihrem knorrigen Stock und schlug einen ganz anderen Ton an. »Liebes Kind, ich würde einem Hund ein elendes Leben bieten. Flüche, immer wenn ich über ihn stolpere, keine Spaziergänge, keine Spielchen. Und du weißt, daß mich Topsy und Poppy zum Schluß mit ihrer Liebe in den Wahnsinn getrieben haben. Sie wurden so fürsorglich und aufmerksam, daß sie mir, abgesehen davon, daß sie mich einige Male umgeworfen haben, fast das Herz brachen.«

Rebecca hatte einen Kloß in der Kehle – sie hatte nie eine liebevollere Entschuldigung gehört.

»Aber bist du nicht furchtbar allein?« beharrte Una

mit einer Besorgnis, die selbst die robuste Lilias nicht zurückweisen konnte.

Sie grinste verschmitzt. »Wie kann ich sagen: ›Nicht annähernd oft genug‹, wo ihr doch alle so nett wart, zu mir zum Tee zu kommen? Nein, man kümmert sich außergewöhnlich gut um mich. Clare und Catriona schauen vorbei, wann immer sie Zeit haben, Leute meines Alters, die noch nicht unter der Erde oder vollkommen senil sind, bringen mir Pflanzen, die ich nicht mehr im Garten einsetzen kann, und Lebensmittel, die ich nicht aufessen kann. Ina Morrison platzt hin und wieder herein, wie sie es nennt, und Barbara Bailey oder eine ihrer Töchter, die viel geschickter sind, helfen mir beim Aufstehen und zu Bett gehen. Hier herrscht ein ständiges Kommen und Gehen. Und natürlich kommt die gute Trudy oft her.« Es war klar, daß sie das alles liebte und sehr dankbar war.

Sie lachten. »Keine Angst, es wird lange dauern, bis wir wiederkommen können«, versprach Trudy. »Wahrscheinlich ist heute für Monate der letzte Tag, an dem ich das Geschäft schließen kann, und Ardlonach ist bald der beliebteste Pub von der gesamten Luig-Halbinsel.«

»Ja, ich habe gehört, daß die neue Bar ein voller Erfolg ist«, sagte Lilias begeistert.

»An den Wochenenden laufen wir uns die Hacken ab«, erzählte Una zufrieden. »Sogar jetzt schon, obwohl erst April ist. Im letzten Jahr um dieselbe Zeit war es fast so, als hätten wir wieder geschlossen. Das liegt natürlich auch an Tonys Kursen, sie sind fast alle bis zum Saisonende ausgebucht. Seine Werbekampagne war großartig.« Sie hatte nach wie vor das Bedürfnis, nicht nur seinen Namen auszusprechen, sondern auch ihre Loyalität ihm gegenüber zu zeigen.

Rebecca verkniff sich die spitze Bemerkung: »Aber auf wessen Kosten?«

»Ach, Una, Liebes, was ist denn das für eine Geschichte mit Tony?«

Rebecca sah, daß Una diese Frage nicht störte, weil sie von Lilias kam, die sie schon so lange kannte und der sie vertraute.

»Er hat mich verlassen«, erwiderte sie aufrichtig und, wie es schien, ohne Mühe, aber ihre Stimme klang seltsam dünn. Lilias spitzte die Lippen, gab einen bedauernden Ton von sich und streckte wieder den Stock nach Una aus – diesmal, um sie sanft anzutippen. Das war der einzige Kontakt, den sie im Moment herstellen konnte.

»Liebes«, sagte sie, »das ist bestimmt schrecklich für dich. Ich kann dir gar nicht sagen, wie leid mir das tut. Aber bist du sicher, daß er nicht mehr zurückkommt?«

»Rebecca meint, er kommt wieder.«

Lilias kluger Blick richtete sich auf Rebecca, und sie nickte. »Rebecca hatte schon immer einen wachen Verstand«, sagte sie. »Und sie kennt Tony ein Leben lang.« Sie sah Una wieder an, ihr Gesicht wurde ungewöhnlich weich. »Hast du gar nichts von ihm gehört?«

»Kein Wort. Und er hat keine Arrangements getroffen – na ja, es war im Grunde überhaupt nichts geregelt.«

»Laß ihm die Tür offen«, empfahl Lilias. Die Bemerkungen, die sie zurückhielt, standen zwischen ihnen. »Hat er Verbindung mit seiner Mutter oder einem der Mädchen aufgenommen?«

Una schüttelte stumm den Kopf. Sie hatte Rebeccas Drängen widerstanden, Tonys Schwestern anzurufen und sie zu fragen, ob es Neuigkeiten von ihm gab. Sie fürchtete sich besonders vor Caroline, der ältesten, deren selbstherrliche Art, sich überall einzumischen, hauptsächlich schuld daran war, daß sich Tony zu einem so verantwortungslosen Menschen entwickelt hatte.

»Wenn sie etwas wüßten, hätten sie sofort zum Telefonhörer gegriffen oder wären auf unserer Türschwelle gestanden«, hatte Una argumentiert.

Rebecca war sich da nicht so sicher. Sie wußte, wie eisern der Urquhart-Clan zusammenhielt; und sie wußte auch, daß Tony ohne ihre Zustimmung bestimmt keine wichtige Entscheidung traf, aber davon sagte sie nichts. Zu guter Letzt rief sie selbst bei Caroline an, und zwar aus demselben Grund, aus dem Una ihr aus dem Weg ging. Wenn Tony mit jemandem über seine Absichten gesprochen hatte, dann mit der Machtbasis der Familie.

Rebecca stellte keine direkten Fragen und ließ durchblicken, daß sie nur hallo sagen und ihr erzählen wollte, daß sie wieder mal in Ardlonach war. Das Gespräch drehte sich nicht um Tony, Una oder das Hotel, sondern nur um Pferde. Caroline und ihr Mann trainierten Pferde und hatten Ställe im Norden von Hungerford, und diesem Unternehmen widmete sie all ihre Energie und Leidenschaft. Keine Angst um Tonys Ehe, sein Auskommen oder seine Zukunft beeinträchtigten Carolines Sorgen wegen der hohen Futterkosten und Tierarztrechnungen, der Versicherungsbeiträge oder der horrenden Mieten von Pferdeboxen.

Es war nichts bei dem Telefonat herausgekommen. Tony hatte nichts für Una oder das Hotel geregelt. Er hatte keines seiner Konten aufgelöst, hob nichts davon ab – zahlte aber auch nichts ein – und schien mit seiner reichen, schönen Serena fortgegangen zu sein, als würde er nur vierzehn Tage in Urlaub fahren. Diese Ungewißheit und der Mangel an Informationen waren für Una eine Qual, von der sich Tony bestimmt keine Vorstellung machte, dessen war sich Rebecca sicher.

»Und, Rebecca, was ist mit dir? Wir haben in all den Jahren so wenig von dir gehört«, sagte Lilias. (Eine höfliche Umschreibung für: »Du hättest ruhig mal schreiben können.«) »Und wie geht's Esme?«

Der durchdringende Blick aus den blaßblauen Augen und Lilias' messerscharfe Beobachtungsgabe hätten Rebecca beinahe dazu gebracht, ihr ihr Herz auszuschütten. Ihr mit kurzen, knappen Sätzen alles über ihren Irrtum, ihre Fehleinschätzung und ihre eigene Unfähigkeit zuzuhören zu erzählen; von dem Schmerz, der sich im Laufe der Jahre immer tiefer bohrte, von dem gebrochenen Versprechen, von der Frage, die sie nicht losließ. Obwohl nichts davon ausgesprochen werden konnte, brachte sie der Impuls dazu dem Tag näher, an dem sie davon erzählen würde – wem? Irgend jemandem.

»Oh, Mutter geht es prächtig. Sie arbeitet sehr viel und beschäftigt sich mit so vielen Dingen auf einmal, daß ich ehrlich glaube, sie wird noch einmal richtig berühmt in Edinburgh. Aber sie kann es nicht ausstehen, wenn ich so was sage. Und sie hat nur noch ein Handikap von vier ...« Es war so einfach, über Esme zu plaudern, deren Aktivitäten immer eine Menge Gesprächsstoff boten.

Und was verschweigst du? fragte Lilias im stillen, während sie das lebhafte Gesicht und die eindrucksvollen blauen Urquhart-Augen betrachtete, die genau wie früher fröhlich glitzerten, egal wie ernst eine Unterhaltung begonnen hatte. Lilias selbst kannte dieses unwiderstehliche Gefühl, einen Scherz machen zu müssen, genau, eine bissige Bemerkung ohne die Absicht, jemanden zu verletzen, einzustreuen, nur damit man lachen konnte. Rebecca und Trudy würden blendend miteinander auskommen. Sie kannten beide das Leben und konnten Schicksalsschläge verkraften, auch wenn sie nicht immun gegen Schmerz waren. Sie hatten die Lektionen gelernt, die die arme kleine Una gerade erst entdeckte. Tony Urquhart sollte erschossen werden – auch wenn ihr das kaum gefallen würde. Er bleibt sicher nicht lange von Ardlonach weg, überlegte Lilias. Rebecca hatte recht.

Alle Urquharts waren in gewisser Weise leichtfertig. Kenneth hatte sich wie ein selbstsüchtiges altes Weib aufgeführt. Und der ungestüme Francis mit seiner Leidenschaft für sämtliche Sportarten, hatte von Glück sagen können, daß er sich seine Hobbys leisten konnte. Esme hatte geahnt, wie sich die Dinge entwickeln würden, und heimlich, still und leise alles über das Geschäft gelernt, daß ihr Vater ihr hinterlassen hatte. William allerdings war schlicht niedergetrampelt worden von den dominanten Frauen, die er geheiratet und gezeugt hatte.

Rebecca schien ein gutes Stück vom Verstand und dem Durchhaltevermögen ihrer Mutter geerbt zu haben; sie hatte sich nach allem, was man so hörte, ausgezeichnet auf dem Schlachtfeld der modernen Finanzwelt geschlagen. Aber hatte sie alldem jetzt den Rücken gekehrt? Hatte sie auch etwas von Francis in sich? Was genau tat sie eigentlich in Ardlonach? Und woher kam dieser hin und wieder aufflackernde kummervolle Ausdruck auf ihrem Gesicht? Wieso beantwortete sie nur Fragen nach Esme und nicht die nach ihrem eigenen Leben?

Die drei Besucherinnen erkundigten sich nach Stephen, und Lilias hätte ihnen gern gesagt, wie traurig es sie stimmte, daß er immer noch allein war und daß sie alle sich mit Lucys Entscheidung, ihn für immer zu verlasen, abfinden mußten. Aber das Elend einer gescheiterten Ehe war nicht unbedingt ein Thema, das man Una im Moment zumuten konnte.

Rebecca hatte die richtigen Worte über Geralds Tod gefunden. Natürlich hatte Trudy sie genau ins Bild gesetzt, dachte Lilias boshaft. Im Grunde vermißte sie ihn kaum noch. Anfangs war es ihr vorgekommen, als würde sich die leere, unausgefüllte Zeit zwischen den Mahlzeiten endlos ausdehnen. Sie und Gerald hatten so oft debattiert und gestritten, daß sie für einige Zeit glaubte, ihr Gehirn hätte keine Aufgabe mehr, weil sie sich mit niemandem mehr messen und keine kleinen Siege mehr erringen konnte. Aber sie hatte sich an die neue Situation gewöhnt, und jetzt machte sie schon allein der Gedanke an die nutzlosen Dispute müde. Um nichts in der Welt hätte sie auf ihren Frieden und ihr einfaches Leben verzichtet. Es gab eine Menge guter Dinge, die sie und Gerald gemeinsam erlebt hatten und an die sie sich gern erinnerte, aber sie war zufrieden, ihre letzten Jahre allein verbringen zu können, in ihrem stillen, behaglichen Haus mit Blick auf das Wasser und die Berge dahinter. Man sorgte für sie, Freunde waren immer in Reichweite, und die jungen Leute kamen noch zu ihr zum Tee.

»Das erinnert mich an was«, sagte sie, ohne sich die Mühe zu machen, ihren Gedankensprung zu erklären. »John Irvine war gestern hier und hat mir erzählt, daß er sich endlich für einen neuen Partner für seine Praxis entschieden hat.« John war auch einer von Stephens Freunden aus der Kindheit, und er sah nach Lilias, wann immer es ihm möglich war. Lilias wußte diese Art von Fürsorge sehr zu schätzen, und sie verließ sich auf John.

»Oh, wen nimmt er?« fragte Trudy interessiert. »Wenn er die Frau abgelehnt hat, nur weil sie eine Frau ist, oder wenn er sie nur nimmt, damit sie sich nur um all die Frauen in den Wechseljahren kümmert, dann bekommt er von mir etwas zu hören.«

Rebecca sah den vergnügten Blick, den Lilias Trudy zuwarf, verstand ihn aber nicht. »Und woher willst du wissen, was für Gründe er für die eine oder die andere Entscheidung hat, du dummes Ding?« fragte Lilias freundlich. »John wird kaum eines von beidem zugeben, oder? Allerdings kann ich dir jetzt schon sagen, daß sein neuer Partner Fitzroy Colquhoun heißt.«

»*Fitzroy Colquhoun*? Im Ernst? Das muß der aus Cheltenham sein, der all die reichen Alten dort verhätschelt hat. Oh, Verzeihung, Lilias. Aber John hatte doch solche Bedenken, daß er die Strapazen in einer West Highland-Praxis nicht aushält!«

»Offenbar hat er seine Meinung geändert«, entgegnete Lilias zurückhaltend.

»Fitzroy Colquhoun klingt toll«, meinte Una und lächelte auf eine Art, die Lilias Freude bereitete.

»Nicht gerade unschottisch.«

»Was weiß man sonst noch über ihn?«

»Marlborough. Cambridge.«

»Das allerdings ist ziemlich unschottisch.«

»In den Dreißigern. Unverheiratet. Kinderlos.«

»Gut, daß er beides ist, wenn er nach Luig kommt.«

»Oh, das ist heutzutage doch nicht mehr so wichtig, oder?« Das kam von Lilias.

»Ein Doktor auf dem Land sollte nach wie vor ein Vorbild sein.«

»Jedenfalls sucht er nach einem Haus. Meinst du, du kannst etwas für ihn tun, Trudy?«

»Bestimmt«, versicherte Trudy belustigt.

Während die Unterhaltung weiter dahinplätscherte, kam Una in den Sinn, wie selten sie und Tony so etwas wie heute gemacht hatten. Sie hatten sich so gut wie nie gemeinsam aus dem Hotel gestohlen, um einen Nachmittag mit Freunden zu verbringen. Dabei wäre es doch so einfach gewesen, aber erst jetzt im Rückblick wurde ihr klar, daß sich Tony immer wieder Tage freigenommen hatte, um seinen eigenen Vergnügungen zu frönen, während sie daheim blieb und die Stellung hielt.

Ein großes Ereignis, die Ankunft des neuen Arztes, dachte Rebecca amüsiert und zufrieden zugleich. Die Gegenwart verschmolz mit der Vergangenheit in diesem so vertrauten Raum, und es war ein schönes Gefühl, mit Leuten zusammenzusein, deren Worte man verstand, ohne sie erst dechiffrieren zu müssen, und deren Gelächter keinen Beiklang hatte. Sie war sich wie ein unbeschwertes Mädchen vorgekommen, als sie Trudys Ladentür geschlossen hatten und in Richtung Norden gebraust waren. Nicht einmal der heftige Regen und der böige Wind auf der ungeschützten Straße konnten ihr die Ferienstimmung verderben, die sogar schon wenige Stunden außerhalb des Hotels hervorriefen.

Der Segeltörn für die Gruppe war wegen des schlechten Wetters abgesagt worden, und Dan und Bern hatten die Teilnehmer statt dessen nach Glencoe mitgenommen – nicht gerade eine gleichwertige Alternative. Mittlerweile war es Rebecca zur Gewohnheit geworden, sich immer kundig zu machen, wer sich wo zu welchem Zeitpunkt aufhielt und was die Leute unternahmen – eine Gewohnheit, die sich Una nie angeeignet hatte, wie sie wußte.

Der Gedanke ans Hotel brachte Rebecca wieder auf Aggie und Donna, denen plötzlich eingefallen war, daß ihre Männer es ganz und gar nicht schätzten, wenn ihre Frauen am Wochenende arbeiteten – schon diese Woche würden sie zu Hause bleiben. Waren die beiden es wirklich wert, daß man sie weiter beschäftigte, wenn sie sich doch nur die ganze Zeit beschwerten und Forderungen stellten? Aber bestand die Möglichkeit, daß sie noch weitere australische Mädchen oder ähnlich zuverlässige Hilfskräfte einstellen konnten? Zum Glück hatten sie Thea und Sylvie – unter Theas Ägide lief der Betrieb in diesem Moment bestimmt wie am Schnürchen –, aber es gab keine Garantie, daß sie noch einmal ein so williges, fleißiges Paar finden würden. Trotzdem hatten sie sich mit der Bettwäsche etwas Tolles geleistet. Rebecca grinste bei der Erinnerung daran. Donna und Aggie kamen nach einem freien Tag ins Hotel und stürmten erbost ins Büro. Sie sollten fünf Zimmer für neue Gäste herrichten, und in der Wäschekammer lagen weder frische Laken noch Handtücher. Es waren nur noch sechs Kissenbezüge da, und die Wäscherei lieferte die Wäsche erst am Dienstag. Wie sollten sie ihre Arbeit machen, wenn ...

»Diese nichtsnutzigen Gören haben keine Ahnung, und wir müssen immer alles ausbaden.«

Thea und Sylvie hatten, als sie befragt wurden, unumwunden erklärt: »O ja, wir wechseln die Wäsche täglich, wenn wir die Zimmer saubermachen. Wir dachten, das ist in vornehmen Hotels so üblich.«

Aber im großen und ganzen war es in den letzten zwei Wochen viel ruhiger geworden, und Rebecca hatte die meisten Dinge erledigt, die sie sich vor den turbulenten Ostertagen vorgenommen oder angefangen hatte. Sie hatte die Buchführung, so gut es ging, aktualisiert und hatte in der nächsten Woche einen Termin mit dem Steuerberater; sie hatte sich verschiedene Systeme ausgedacht, nach denen zukünftig die Bestellungen abgewickelt werden, die Kommunikation mit der Überlebensschule ablaufen und die Reservierungen notiert werden würden – all das hatte Tony äußerst nachlässig gehandhabt. Sie hatte ihren Ausflug in die Berge gemacht, zugesehen, wie Bern einer Gruppe II die Grundlagen der Überlebenstechniken beigebracht hatte, und an einem Selbstverteidigungskurs teilgenommen, als alle übrigen mit anderen Dingen beschäftigt gewesen waren. Dabei war sie nicht annähernd so gut gewesen, wie sie gehofft hatte.

Auf ihrer Liste mit den Fragezeichen standen nur noch die Übungen auf der Insel aus, das Kernstück und der Höhepunkt der Herausforderungen, denen sich die Kurteilnehmer stellen mußten. Und dann war da noch Innes. Er spielte immer mehr mit seinen Kräften in der Annahme, er hätte eine Autorität, mit der sich niemand sonst messen konnte. Rebecca traute ihm nicht, und die Freiheiten, die er sich herausnahm, wenn er außer Sichtweite war, bereiteten ihr immer mehr Kopfzerbrechen.

Draußen fuhr ein Auto vor und unterbrach die Diskussion von Lilias und Trudy. Es hatte fast geklungen, als würden sie sich streiten, aber sie ereiferten sich nur über die Vorschriften, die Trudy dazu zwangen, einen neuen Boden über den wunderschönen alten Steinfliesen in ihrem Laden zu verlegen.

»Ist das Clare?« fragte Lilias eifrig. »Sie sagte, daß sie vorbeikommen würde, sobald sie es einrichten kann. Du kennst sie noch nicht, oder, Rebecca?«

»Nein, noch nicht.« Rebecca spürte, wie ein starker Widerwille in ihr aufkam. Im nächsten Moment ärgerte sie sich über sich selbst. Es war absurd, sich die Macraes als perfekte Familie vorzustellen oder sich einzubilden, daß alles anders gekommen wäre, wenn sie jemandem wie Donald begegnet wäre.

»Es ist Catriona«, sagte Trudy, die ans Fenster gegangen war. »Und Braan natürlich.«

Rebecca hoffte, daß man ihr die Erleichterung nicht ansah. Das war ein Gesicht aus der Vergangenheit, das sie gern wiedersah.

Catriona war immer noch der scheue, schlampige Teenager, an den sich Rebecca erinnerte. Ihre Figur wirkte kindlich unentwickelt in der unförmigen, abgetragenen, senffarbenen Cordhose, die in den sechziger Jahren sehr in Mode gewesen war, und dem grauweiß melierten Pullover, der entsetzlich warm sein mußte, da er zu Filz verwaschen war. Ein freundlicher langhaariger Retriever mit weißer Schnauze folgte ihr auf den Fersen, lief schwanzwedelnd auf Lilias zu und schob seinen Kopf unter ihre Hand. Catriona küßte Lilias zur Begrüßung und hängte sich an ihre Schulter wie ein schüchternes Kind.

»Erinnerst du dich noch an Rebecca Urquhart?« fragte Lilias. »Trudy, Liebes, setz doch noch einmal Wasser auf, ja?«

»Wahrscheinlich weißt du nicht mehr, wer ich bin«, begann Rebecca lächelnd, doch Catriona platzte sofort heraus: »Oh, aber natürlich weiß ich das! Ganz genau sogar. Ich kann mich noch sehr gut an dich und all deine Cousinen erinnern. Ich fand euch alle so schick damals und ungeheuer erwachsen.«

Die Antwort eines ungeschickten Kindes, dachte Rebecca, aber sie erkannte natürlich, daß sich Catriona alle Mühe gab, ihre Hemmungen zu überwinden und nur deshalb so reagierte.

»Ich bin nicht sicher, ob man Caroline als schick bezeichnen kann«, erwiderte Rebecca zweifelnd und freute sich, als Catriona lachte.

»Komm, Catriona, du mußt etwas essen und einen Tee trinken. Ja, ich bestehe darauf. Du bist nur noch Haut und Knochen. Una, schneid ihr ein großes Stück von dem Kuchen ab. Nein, Braan, ich kann mich nicht erinnern, dir auch etwas angeboten zu haben.«

Catriona verlor rasch ihre Scheu vor Rebecca und gab sogar ein paar amüsante Geschichten zum besten. Sie erzählte, daß sie plötzlich den unerklärlichen Drang empfunden hatte, die Vorhänge aus der Bibliothek zu waschen, aber als sie den ersten zuzog, um ihn sich genauer anzusehen, kam das ganze Ding herunter und begrub sie unter seinen schweren, staubigen Falten.

»Es sind nur noch brüchige Rüschen vorhanden. Ihr hättet Watty hören sollen! ›Wenn du sie gar nicht erst angerührt hättest, wären sie so schön wie immer. Diese verrückten Einfälle führen wirklich zu nichts Gutem.‹«

»Was hast du gemacht?« wollte Trudy wissen.

»Ich habe die restlichen Vorhänge natürlich hängen lassen und keinen gewaschen«, erwiderte Catriona in überraschtem Ton. »Ich glaube nicht, daß man den einen, der praktisch zu Staub zerfallen ist, noch flicken kann«, fügte sie hinzu, als sie begriff, daß sie sich nicht deutlich genug ausgedrückt hatte.

»Wer ist Watty?« erkundigte sich Rebecca, als das Lachen abebbte.

»Er war so was wie Fergus' Mädchen für alles«, erklärte Lilias. »Er wohnt noch immer im Haus, aber was genau er jetzt macht, ist schwer zu sagen.«

Esme wäre keineswegs begeistert über Catrionas Lage, überlegte Rebecca. Ihr eigenes Gewissen regte sich.

»Es hat mir sehr leid getan, als ich hörte, daß dein Großvater gestorben ist«, flüsterte Rebecca, als Trudy und Una Lilias in ihren Sessel halfen. Lilias sah müde aus, und sie hatten sich Zeichen gemacht, daß es Zeit zum Aufbruch wurde.

»Danke«, sagte Catriona mit dem Lächeln, das ihr ängstliches kleines Gesicht so sehr veränderte. »Er war sehr gebrechlich und konnte zum Schluß kaum noch etwas tun. Es war Zeit, ehrlich.«

Rebecca hatte von Trudy erfahren, was dieses »sehr gebrechlich« in Wahrheit hieß. »Es ist jetzt bestimmt sehr einsam für dich in dem Haus.«

»Nicht so einsam wie vor Großvaters Tod«, bekannte Catriona offen. Etwas Traurigeres hatte Rebecca noch nie gehört. »Trudy und Clare sind jetzt hier – und ich liebe den kleinen Robbie. Vielleicht möchtest du auch mal zu mir kommen – das heißt, natürlich nur, wenn du nicht zu beschäftigt bist. Wahrscheinlich erinnerst du dich an das Haus. Oder würde es dich sehr langweilen?«

»Nein, ich würde dich sehr gern besuchen. Vielen Dank. Es ist schön, all die Plätze wiederzusehen, die ich einmal so gut kannte.«

Rebecca sah nicht, wie Lilias Trudy zufrieden zunickte, nachdem sie die Unterhaltung mitangehört hatte.

Das alles könnte mir über dem Kopf zusammenschlagen, dachte Rebecca, als sie nach Luig zurückfuhren. Sie empfand ein Zugehörigkeitsgefühl, das sie nicht mit einkalkuliert hatte, als sie nach Ardlonach geflüchtet war. Reichte das aus? Konnte sie sich hinter diesen Leuten verstecken und die Entscheidung verschieben oder so tun, als hätte sie keine Sekunde Zeit gehabt, eine zu fällen?

KAPITEL 10 Dunkelheit und das enorme Gewicht des Wassers drückten sie nieder. Sie ruderte wild mit Armen und Beinen, konnte aber nichts gegen die Gewalt ausrichten. Schmerzen – in der Brust, im Kopf. Angst.

Dann das schockierende Licht, blendend, weitreichend und hoch. Der Felsvorsprung des fernen Festlands in der Sonne, ein Boot kam vom Sund herein, weiße Cottages am Ufer – hell, sauber und vertraut wie eine Seite eines wohlbekannten Kinderbuchs. Nur eine vage, entfernte, unerreichbare Vision, dann wieder blinde Angst, verheerende Panik, daß sie wieder in die Tiefe gezerrt würde, daß das Gewicht sie diesmal immer weiter und weiter drücken und dieses Bild der geordneten, bekannten Welt ihr letzter Eindruck sein würde, winzigklein, zweidimensional, unwirklich ...

Eine dunkle Gestalt drängte sich zwischen sie und das grelle Licht, als sie zum zweitenmal an die Oberfläche kam. Eine Hand faßte nach ihrem Hemdkragen, eine feste Stimme sagte: »Okay, ganz ruhig, ich habe Sie.«

Dans Stimme, Dans kräftiger Griff.

Rebecca spuckte Wasser, würgte.

»Schlagen Sie nicht um sich – Sie sind in Sicherheit, ich halte Sie fest. Hier, nehmen Sie das.« Seine Stimme war nah und ruhig. Eine rauhes, nasses Seil, die greifbare Sicherheit. Rebecca grabschte danach, und endlich erinnerte sie sich an die Schwimmbewegungen. Sie stieß instinktiv mit den Beinen – nur weg hier, nur weg von diesem Horror.

»Es ist okay, Rebecca. Beruhigen Sie sich, um Himmels willen, ich hole Sie ins Boot.« Er packte zu, hob sie hoch, und sie landete auf dem Gesicht in der nach Gummi riechenden Nässe. Ihr Magen entleerte sich und krampfte sich zusammen, als Dan scharf von dem großen Schiff abdrehte.

»Sind Sie in Ordnung?« Seine breite Gestalt schirmte sie vor den neugierigen Blicken ab, vor Innes, dessen Augen sicher zufrieden funkelten, weil er Zeuge ihrer beschämenden Panik geworden war. Rebecca drehte sich mühsam um und setzte sich auf, nickte, dann zog sie die gespreizten Knie an, ließ den Kopf zwischen sie sinken und würgte wieder Salzwasser.

»Tut mir leid, ich hasse Wasser«, keuchte sie; sie zitterte am ganzen Körper, hustete und spuckte und schämte sich entsetzlich. »Aber ich kann schwimmen«, fügte sie hinzu, um ganz korrekt zu sein.

Dan lachte kurz auf. »Gut, daß Sie mir das sagen. Hören Sie, wir müssen gleich wieder an Bord. Schaffen Sie das?«

Sie wußte sofort, daß er nicht fragte, ob sie körperlich in der Lage war, sich in das große Boot zu hieven – dort waren viele hilfreiche Hände, die sie hereinziehen würden; er wollte wissen, ob sie Innes gegenübertreten und eine adäquate Möglichkeit finden konnte, auf das zu reagieren, was er ihr angetan hatte. Innes hatte sie ins Wasser geworfen – er hatte einen kräftigen Arm um ihre Knie gelegt und sie rückwärts in die gierigen Fluten zwischen Ardlonach und der Insel gestoßen. Das Ganze mußte geplant gewesen sein, weil

Dan das Rettungsboot offenbar schon parat gehabt hatte. Obwohl ihr dieser Alptraum wie eine Ewigkeit vorgekommen war, wußte sie, daß Dan sie beinahe sofort aus dem Wasser gefischt hatte.

Der distanzierte, wachsame Dan, der immer deutlich machte, daß er sein eigener Herr war, der sich seine Verachtung für sie immer ein klein wenig anmerken ließ, hatte ihr bei all ihrer Verwirrung und der unterdrückten Panik klargemacht, daß er diesmal auf ihrer Seite stand.

»Ich komme zurecht«, behauptete sie, hob den Kopf und strich ihr dichtes Haar zurück, das sofort wieder in alle Richtungen abstand, als sie die Hand wegnahm. »Dieser Bastard – ist das zu glauben?« Sie hörte selbst, daß ihre Stimme bebte, als der Zorn den Schock und die Demütigung verdrängte.

»Knöpfen Sie ihn sich nicht gleich vor«, warnte Dan. Er blieb äußerlich ganz ruhig, sah ihr aber eindringlich in die Augen – er versuchte, ihre Verfassung einzuschätzen, und runzelte leicht die Stirn, als sie versuchte dahinterzukommen, was er ihr sagen wollte. »Haben Sie gehört? Dies ist nicht der richtige Zeitpunkt.« Er hatte miterlebt – oft mit stillem Vergnügen –, wie direkt Rebecca die Dinge anpackte, wie sie freimütig und mit größtem Selbstvertrauen Auseinandersetzungen ausfocht. Dan wußte, daß sie vor Zorn brodelte, aber es war nicht der geeignete Moment, diesem Zorn Luft zu machen. Sie hatte gerade einen Schock erlebt, und Innes war ein hinterlistiger Kerl. Sie brauchte Augen im Rücken an dem Tag, an dem sie ihn zur Rede stellte, und Dan hoffte nur, daß er da sein und alles mitansehen konnte. Aber es wäre kein geschickter Zug, die Sache in diesem Augenblick zu bereinigen. Wenn sie es sich jetzt versagte, auf Innes loszugehen wie ein

Stier auf das rote Tuch, dann war er gespannt, wie sie sich statt dessen aus der Affäre zog.

Ich bin stolz auf sie, dachte er ein paar Minuten später erstaunt. Stolz, das war ein Wort, das er nicht oft gebrauchte.

Es standen viele Helfer bereit, die Rebecca an Bord holten – Schadenfreude, schuldbewußte Erleichterung, nicht selbst das Opfer gewesen zu sein, und Unbehagen, weil niemand wußte, wer der nächste sein würde, waren die vorherrschenden Empfindungen. Die Männer hatten Rebecca im Hotel bislang nur als Autoritätsperson kennengelernt, tatkräftig effizient, verantwortungsbewußt und attraktiv. Jetzt stand sie triefend vor ihnen auf dem Deck und spuckte noch immer Wasser. Was ging hier vor? Sie begleitete sie heute als Beobachterin, zumindest hatte man ihnen das zu verstehen gegeben. Sollte das ein Test für die Kursteilnehmer gewesen sein? Wie hätten sie reagieren sollen? Hatte man von ihnen erwartet, hinterherzuspringen?

Als Rebecca sich ins Boot schwang, hatte sie den Schock bereits überwunden und ihre Wut gezügelt. Es kostete sie allerdings große Anstrengung, sich zu beherrschen, und sie konnte nur hoffen, daß niemand etwas merkte. Sie sah sich um, ohne Innes besonders ins Auge zu fassen. Er beobachtete sie mit blitzenden Augen, fast als ob er sicher sein könnte, daß er mit dieser Gemeinheit ungeschoren davonkam. Rebecca fühlte Abscheu in sich aufkeimen, aber es gelang ihr dennoch, in erstaunlich natürlichem Ton zu sagen: »Wer ist sonst noch ins Wasser gegangen? Nur ich? Vielen Dank, das war sehr freundlich, ich muß schon sagen.«

Perfekt, dachte Dan und atmete auf, was ihn selbst ein wenig aus der Fassung brachte. Er schwang sich schnell nach ihr an Bord und sorgte dafür, daß das Rettungsboot ordentlich festgemacht wurde. Sie hatte dem Bastard nichts durchgehen lassen und die Lacher auf ihre Seite gebracht – jetzt wurde sie von der Gruppe akzeptiert. Und wenn sie wirklich Angst vor Wasser hatte, dann war es ihr verdammt gut geglückt, die Panik abzuschütteln.

Innes stand wie angewurzelt da; seine Augen glitzerten noch immer, und ein kleines, unsicheres Lächeln kräuselte seine Lippen. Er wirkte verschlagen und verlegen zugleich, wie jemand, der sich diebisch freute, diese Freude aber nicht zeigen durfte. Er sagte nichts, aber sein lüsterner Blick wanderte über Rebeccas klatschnasse Gestalt.

Dan war drauf und dran gewesen, Einwände zu erheben, als Innes Order gegeben hatte, diese kleine Schikane auszuführen, hatte sich aber dann doch auf den sachlichen Kommentar beschränkt: »Sie nimmt nicht an dem Kurs teil. Wir veranstalten den Ausflug nicht, um zu sehen, wie sie reagiert, und ihr Noten von eins bis zehn zu geben. Warum verschwenden wir unsere Zeit mit so was?«

»Sie will wissen, was vor sich geht, oder? Mal sehen, wie ihr das gefällt.« Innes' rachsüchtiger Unterton hielt Dan davon ab, sich weiter gegen das Vorhaben auszusprechen – er hätte damit alles nur noch schlimmer gemacht. Belaß es dabei, dachte er. Soll er sie über Bord schubsen, und bringen wir das Ganze so schnell wie möglich hinter uns. Rebecca war hier aufgewachsen und hatte ihr Leben lang mit Booten zu tun gehabt – er war sehr beeindruckt davon gewesen, wie geschickt sie mit dem Ungetüm umgehen konnte, an dem Tony so sehr hing: einer alten Firefly, die seit ihrer Jungfernfahrt mindestens zweimal vollkommen runderneuert worden sein mußte. Und er hatte als selbstverständlich vorausgesetzt, daß Rebecca sich auch im Wasser wie zu Hause fühlte. Man soll nie voreilige Schlüsse ziehen, wies er sich jetzt selbst ärgerlich zurecht. Das wird dir hoffentlich eine Lehre sein. Ich hätte mich vergewissern und diesen Unsinn verhindern sollen. Er würde niemals dieses angstverzerrte Gesicht vergessen, das aus dem Wasser aufgetaucht war, aber diese unglaubliche Frau, die er als typische Städterin und Karrierefrau abgetan hatte, hatte ungeheuren Mumm bewiesen und auf bewundernswerte Weise ihre Selbstbeherrschung zurückgewonnen. Wo hatte sie das gelernt? fragte er sich, als Stuart den Motor drosselte und sich das Boot langsam auf den Kiesstrand der Insel schob.

Jetzt blieb sie hier für die Nacht und war die einzige, die keine trockenen Kleider hatte, oft kamen ein halbes Dutzend Opfer in diesem Zustand hier an – es gehörte zur Übung, es den Teilnehmern ein wenig unbequem zu machen. Aber heute hatte Innes diese Behandlung exklusiv für Rebecca reserviert und den anderen Kursleitern eingebleut, kein Wort über die Sache zu verlieren. Gut, daß Bern mit den Anfängern am Glen Righ unterwegs war; der gutmütige Kerl wäre in Tränen ausgebrochen.

Rebecca hatte den Triumph und die Erregung in Innes' Augen natürlich auch gesehen. Die Tatsache, daß er sich mit derlei Dingen einen Kick holte, hatte sie so angewidert, daß sie rasch ihr inneres Gleichgewicht zurückgewann, nachdem Dans Ruhe sie aus der blinden Panik in die Realität gebracht hatte. Sie würde Innes keine Genugtuung mehr gönnen, nahm sie sich vor. Ihr Trotz verlieh ihr neuen Schwung. Obwohl der Wind sich auf den nassen Kleidern unangenehm kalt anfühlte, ließ sie sich nichts anmerken; sie ging nur auf die Leeseite des Bootes, wo sich die Männer versammelt hatten.

Dan hatte diesmal den langen Strohhalm gezogen und würde mit dem Boot zurückfahren, um einen ruhigen Tag im Zentrum zu verbringen, Ordnung im Lager zu machen und den Abend frei zu nehmen. Innes und Stuart blieben auf der Insel. Rebecca knirschte mit den Zähnen, als sie an die langen Stunden dachte, die vor ihr lagen, aber dann lächelte sie, weil sie sich auf keinen Fall von einem Mistkerl wie Innes entmutigen lassen würde.

»Auf ein Wort.« Dan stand plötzlich neben ihr und drängte sie ein Stück von den übrigen Teilnehmern der Gruppe weg, die die wenigen Ausrüstungsgegenstände, die man ihnen für die Übung zugestanden hatte, von Bord schafften. Dan schaute übers Wasser zum Festland, als ob dort etwas seine Aufmerksamkeit fesseln würde.

»Was ist?« Rebecca runzelte die Stirn. Sie mochte keine Heimlichkeiten und Tuscheleien und widerstand der Versuchung, so laut zu sprechen, daß alle sie hörten und Dan vor allen offen sagen mußte, was er wollte. Sie hatte keine Lust auf noch mehr alberne Spielchen.

»Sie müssen nicht bleiben. Sehen Sie sich das alles ein andermal an.«

Sie drehte sich überrascht zu ihm um.

»Es wird kalt heute nacht. Sie sind kein zahlender Gast und brauchen sich das alles nicht gefallen zu lassen.« Dan sah sie immer noch nicht an.

»Ich bleibe«, sagte sie, nachdem sie sich eine Sekunde Zeit für die Entscheidung gelassen hatte. Er nickte und wandte sich ab. Er bedeutete ein paar Männern, ihm zu folgen und das Boot ins Wasser zu schieben. Rebecca fiel auf, daß er sich trotz seiner Muskeln erstaunlich leichtfüßig bewegte. Sie war sich bewußt, daß sie sich furchtbar feige vorgekommen wäre, wenn sie jetzt mit ihm das Boot bestiegen und nach Ardlonach zurückgefahren wäre. Aber sie wünschte wirklich, Innes oder Stuart würden an seiner Stelle das Boot heimwärts steuern.

Bisher hatte sie noch nicht in vollem Umfang herausgefunden, worum es bei dieser speziellen Übung eigentlich ging. Sie wußte, daß das Hauptziel war, die in den ersten Tagen des Kurses erlernten Überlebenstechniken in die Praxis umzusetzen und daß es eigentlich dazugehörte, mit nassen Sachen hier anzukommen. Aber die Insel war so klein – keinen Kilometer lang und nur an der breitesten Stelle etwa fünfhundert Meter breit –, daß ihr nicht klar war, was die Überlebensschüler hier anfangen sollten. Man konnte in der Natur kaum etwas Eßbares finden, und wenn hier in der Saison jede zweite Woche zehn Männer ihr Lager aufschlugen, war ohnehin nichts mehr vorhanden, womit sie etwas anfangen konnten. Sie wußte, daß die Kursleiter immer ein paar lebende Hühnchen oder Kaninchen mitbrachten und daß die Erfahrung, töten zu müssen, bevor man essen konnte, für die meisten Kursteilnehmer eine ungeheure Herausforderung war, auch wenn es ihnen sonst nie etwas ausgemacht hatte, zwei- oder dreimal täglich Fleisch auf dem Teller zu haben. Zu alldem kam noch, daß jeder einzelne Geduld und Standhaftigkeit beweisen mußte – Stunden der Tatenlosigkeit waren zu überstehen, während der Hunger sie plagte und das Lager unbequem, die Kleidung naß war. Sie würden frieren und sich langweilen, während sie unter freiem Himmel auf der Erde lagen.

Und man hatte das Gefühl, gefangen zu sein. Damit hatte Rebecca nicht gerechnet, doch in dem Moment, in dem das Boot ablegte und in Richtung Festland tukkerte, wurde ihr klar, daß ihre Unabhängigkeit dahin war. Jeder, der normalerweise selbst über sein Leben bestimmte oder sich einbildete, alles im Griff zu haben, empfand das als einschneidende Beeinträchtigung. Die Entfernung zum Bootshaus war nicht sehr groß, aber die Strömungen zwischen Insel und Festland würden selbst dem stärksten, geübtesten Schwimmer Schwierigkeiten bereiten, und bisher war noch niemand auf den Gedanken gekommen, die Übung vorzeitig zu beenden und sich in die Fluten zu stürzen, um nach Hause zu gelangen.

Schlugen die Kursleiter ein vergleichsweise luxuriöses Lager für sich selbst auf, nur um den Kursteilnehmern die Entbehrungen, die sie erdulden mußten, noch krasser vor Augen zu führen? überlegte Rebecca, als sie die Ein-Mann-Zelte in der kleinen geschützten Bucht am Südufer und die vielen Sachen sah, die in die Zelte geschafft wurden. Dort hatten vier Generationen von Urquhart-Kindern ihre Lagerfeuer angezündet.

Es war eigenartig und verwirrend, die Insel unter solchen Umständen wiederzusehen. Sie wünschte wirklich, sie hätte sich die Zeit genommen, diesen innig geliebten Ort neu zu entdecken – allein oder mit Una. Nein, Una hatte nie sehr viel für Segeln, Jagen und Klettern übriggehabt und nur wegen ihrer Liebe zu Tony an solchen Unternehmungen teilgenommen. Dabei war keine Berechnung im Spiel gewesen – sie hegte nur den aufrichtigen Wunsch, das zu tun, was er tat, mit ihm zusammenzusein und seine Leidenschaften zu teilen. Mittlerweile war Rebecca klar, daß Una nicht die geringste Neigung für derlei Abenteuer verspürte. Sie verbrachte viel lieber jede freie Minute in ihrem Garten, egal bei welchem Wetter.

Die Insel rief fast unerträgliche Wehmut in Rebecca wach, und sie dachte an die längst vergangene Zeit, in der die Entfernung zum Festland riesengroß und die Tage sonnig und endlos lang gewesen waren. Es gab nichts auf der Welt, was jemals wieder so gut geschmeckt hatte wie die Makrelen, die sie selbst gefangen und über einem Feuer aus Treibholz gebraten hatten. Und jetzt war sie mit einem Dutzend Männern hier, die sie kaum kannte und von denen einer gerade seine gefährliche Feindseligkeit ihr gegenüber deutlich gezeigt hatte. Sie war auf sich gestellt und so allein, wie es nicht einmal der ängstlichste der Überlebensschüler sein konnte.

Die ersten Stunden verbrachte die Gruppe mit Kletterpartien und Abseilen in den Klippen, und Innes und Stuart sorgten dafür, daß jeder einzelne von ihnen irgendwann ins Wasser tauchen mußte. Rebecca, die das Ganze mehr und mehr anwiderte, nahm nicht an dieser Übung teil – ihr war es lieber, für unsportlich und ängstlich gehalten zu werden, als zu zeigen, daß sie jeden Felsvorsprung und jede Nische, in der man Halt finden konnte, kannte. Sie nutzte die Gelegenheit, um insbesondere die Kursleiter genauer in Augenschein zu nehmen. Die Kursmitglieder wurden von allen in Ardlonach gedankenlos nur »Opfer« genannt. Aber jetzt, da sie in Innes' Gesicht sah – und Stuart schien dem älteren Mann blindlings nachzueifern –, wurde Rebecca klar, daß diese Bezeichnung zutreffend war. Innes sah seine Schüler tatsächlich als Opfer an. Männer, die ihm, was Bildung, Leistung, materiellen Besitz oder Zukunftsaussichten betraf, haushoch überlegen waren, hatten sich jetzt seiner Gnade ausgeliefert. Er haßte und verachtete sie, machte sich über sie lustig und verspottete sie, und wenn sich die Gelegenheit ergab, sie zu demütigen, dann ergriff er sie mit dem größten Vergnügen.

Was Rebecca an diesem Spektakel besonders erschütterte, war die Tatsache, daß er keinen Versuch unternahm, sich zu mäßigen, obwohl sie eine Beobachterin dabei hatten. Vielleicht war er sich auch nicht bewußt, wie offensichtlich sein Verhalten war; er war dumm genug, es nicht zu merken. Mehr Ego als Hirn, soviel war sicher. Zweifelsohne fühlte er sich sicher. Für ihn war Una eine Null, und Rebecca, die als ihre Stellvertreterin hier war, hatte demzufolge auch nichts zu sagen. Seiner Ansicht nach war er bei Tony angestellt. Tony bezahlte ihn wahrscheinlich auch noch, und Tony hatte nie etwas gegen seine Methoden einzuwenden gehabt.

Rebecca fühlte sich ziemlich elend, als die letzte triefende Gestalt zitternd vor Kälte und Angst von den Klippen kroch und sich auf das von Salz und Wind ausgedörrte Gras schleppte, das den Männern nach diesen Strapazen wie der Himmel auf Erden vorkommen mußte. Wunde, nasse Hände rollten ungeschickt Seile auf und sammelten die Ausrüstung ein. Allmählich kamen sie alle wieder zu Atem, warfen sich verstohlene Blicke zu und grinsten vor Erleichterung, weil sie diese scheußliche Übung hinter sich gebracht hatten. Es wurde Zeit, sich ein Lager zu bereiten. Den Rest konnten sie aussitzen, meinten sie. Und in zwei Tagen würden sie auf dem Weg nach Süden sein, das Papier in der Tasche, das ihnen bescheinigte, die gestellten Aufgaben gemeistert zu haben. Dann würden sie mit ihren Frauen oder Freundinnen im warmen, weichen Bett liegen, sich eine köstliche Mahlzeit vorsetzen lassen, endlos lange heiß duschen, frische Kleidung anziehen und sich kaltes Bier durch die Kehle rinnen lassen. Sogar die überheizten Büros, in denen sie jeden Morgen den Computer einschalteten und vor Unbilden sicher sein konnten, erschienen ihnen verlockend.

Aber zuerst mußten sie noch ein paarmal um die Insel herumlaufen. Rebecca schloß sich ihnen an. Der Wind und die Sonne, die immer mal wieder zum Vorschein kam, waren nicht unangenehm, und ihre Kleidung fing stellenweise an zu trocknen. Die Körpertemperatur hochzuhalten war keine schlechte Idee.

Die Rundläufe um die Insel machten die Zweiteilung von Erinnerung und Gegenwart noch deutlicher. Rebecca kannte jeden Zentimeter, jeden Baum, jede Vertiefung und alle Felsspalten, in denen man Schutz suchen konnte, egal aus welcher Richtung der Wind wehte. Tony und die Zwillinge, sie und Caroline hatten hier Verstecken gespielt und in ihren uralten Zelten geschlafen, die immer irgendwo Wasser durchließen und nach nasser Leinwand und fauligen Pflanzen rochen. Es waren wunderbare Ferientage, die sie hier verlebt hatten. Und sie hatten immer viel Spaß gehabt.

Rebecca zog die Augenbrauen hoch, als sie sich aus ihren Träumen wieder in die Gegenwart zurückrief. Das unfreiwillige Bad heute war kein großer Spaß gewesen. Hatte sie sich blamiert? Vor Dan bestimmt, aber er hatte nicht einmal mit einem Wimpernzucken darauf reagiert. Was hatten die anderen gesehen? Die Kursteilnehmer spielten keine große Rolle für sie; sie kannte sie kaum. Übermorgen reisten sie alle ab, und sie würde sie vermutlich nie wiedersehen, obwohl eigenartigerweise einige von denen, die sich derart hatten quälen lassen, angekündigt hatten, als normale Hotelgäste nach Ardlonach zurückzukommen. Sie interessierte viel mehr, wieviel Innes und Stuart vom wilden Herumfuchteln und ihrer Panik mitbekommen hatten. Moment, das mußte richtig gestellt werden. Stuart war ein Niemand, seine Meinung hatte keinerlei Bedeutung; Innes war derjenige, auf den es ankam. Er hatte sich zu ihrem Feind erklärt, und der Gedanke, daß sie ihm eine Schwäche gezeigt haben könnte, war keineswegs angenehm. Und wie würde er dieses Wissen nutzen?

Als die Überlebensschüler anfingen, mit den wenigen Mitteln, die ihnen zur Verfügung standen, ihre Nachtlager herzurichten, wurde als selbstverständlich hingenommen, daß Rebecca eine von ihnen war. Jetzt, da sie alle naß sind, dachte sie belustigt, aber es war trotzdem nett, daß sie sie in ihrer Mitte aufnahmen. Man hatte ihnen Blechdosen und sechsfüßige Gestelle zum Kochen mitgegeben, und Stuart tauchte auf und warf ihnen zwei lebende Hühner zu, die sofort unter den nächsten Busch flohen. Ein großer, durchtrainierter Mann, der sich, wie Rebecca beobachtet hatte, mit großem Geschick in den Felsen bewegt hatte und der sich offenbar für weitaus kompetenter hielt als die Trainer, stürzte sich sofort auf das erste Huhn und fing es ein, indem er es mehr oder weniger unter sich begrub. Rebecca hörte, als sie neben ihm nach dem zweiten grabschte, wie er sich bei dem Federvieh entschuldigte.

Rebecca fing das andere Huhn ohne große Schwierigkeiten. Aber dann ging es darum, dem Federvieh den Garaus zu machen. Es kam zu einem bizarren Kampf, und zum Schluß kicherten die meisten hysterisch, während einige sich schämten und angewidert waren, daß sie zu einem Gemetzel gezwungen wurden. Immerhin hatten sie es mit zwei lebendigen Vögeln zu tun, die verzweifelt gackerten und zu entkommen versuchten – mit Vögeln, deren Herzen noch schlugen und die ihre Peiniger aus schreckgeweiteten Augen ansahen. Rebecca spürte, daß das Entsetzen überhand nehmen würde, wenn die wild schlagenden Flügel und die pickenden Schnäbel sowie das Widerstreben der Männer, ein lebendiges Wesen zu töten, den Kampf noch weiter verlängerten.

»Um Himmels willen, bringen sie's hinter sich«, sagte sie zu Magnus, dem geübten Kletterer, der, so groß und muskulös er auch war, mit seiner Henne nicht zu Rande kam.

»Es hat keinen Zweck«, sagte er und hielt das um sich schlagende Tier weit von sich weg. »Ich bringe das nicht fertig.«

»Das bedeutet, wir haben weitere zwanzig Stunden nichts zu essen.«

»Ich kann's nicht«, wiederholte er hilflos. »Ich habe ihr in die Augen gesehen. Ich kenne sie.«

»Sie ist eine Mahlzeit für fünf Personen. Dann überlassen Sie sie einem anderen.«

Sofort rückten alle Umstehenden ein Stück ab.

»Oh, geben Sie her.« Rebecca packte das Huhn mit festem Griff. Wut darüber, daß man sie zu so etwas zwang, kochte in ihr hoch, als sie die Hand um den fedrigen Hals schloß. »Okay, Huhn«, sagte sie schroff. »Ich wette, dir wäre lieber, wir hätten dich schon als Ei verspeist.« Mit dem Geschick, das sie sich vor vielen Jahren angeeignet hatte, um das Leiden von verletzten Vögeln zu beenden, drehte sie der Henne den Hals um.

Schweigend und voller Respekt reichte man ihr das

zweite Huhn. Rebecca legte den toten Vogel auf den Boden und brach dem anderen das Genick. Dann sah sie die Männer, die sie umringten, mit hochgezogenen Augenbrauen an, und plötzlich grölten alle vor Lachen. Sie konnten sich über ihre eigene Untauglichkeit gar nicht mehr beruhigen, und ihnen fiel ein Stein vom Herzen, weil Rebecca ihnen sozusagen die Kastanien aus dem Feuer geholt hatte.

Sie hätten es Rebecca auch überlassen, die Hühner auszunehmen und zu rupfen, aber sie machte keine Anstalten, diese Pflicht zu übernehmen. Sie streckte sich auf einem Schlafsack im Gras aus, verschränkte die Hände hinter dem Kopf und gab Anweisungen, wenn sie jemand fragte. Erst als sie sah, wie einer der Männer den toten, unzulänglich gerupften Vogel barbarisch auseinanderreißen wollte, setzte sie sich hastig auf, schärfte eines von Innes' stumpfen Messern an einem Stein, nahm das Huhn fachgerecht aus und zerteilte es mit raschen, ordentlichen Schnitten. »Eine nichtsnutzige Bande, das seid ihr«, brummte sie. Die Männer stimmten ihr bereitwillig zu.

Erst im nachhinein kam Rebecca in den Sinn, daß dies ein Test sein sollte, und sie fragte sich, wer die Pluspunkte für die gelöste Aufgabe einheimsen würde.

Innes und Stuart hockten mit all dem Komfort, den sie mitgebracht hatten, am anderen Ende der Insel, von dem schwache Radiomusik herübertönte. Hatten sie vielleicht auch einen Fernseher, einen Gaskocher, einen Heizofen, Lampen und ganze Mahlzeiten aus dem chinesischen Restaurant mitgebracht? überlegte Rebecca ärgerlich.

Aber richtig wütend wurde sie erst, als die Männer anfingen, sich Unterstände für die Nacht zu bauen und dabei genau den Anweisungen folgten, die ihnen die

Kursleiter zuvor in theoretischen Unterrichtsstunden gegeben hatten. Zunächst suchte sich jeder sorgfältig einen windgeschützten Platz aus, der bei Regen nicht vom Wasser überschwemmt werden würde und so eben war, daß man Schlaf finden konnte, ohne Druckstellen zu bekommen. Sie räumten Steine und Zweige aus dem Weg und gruben Kuhlen für ihre Hüftknochen. Dann schnitten oder rissen sie Äste für ihre Unterstände von den Bäumen.

Rebecca war fassungslos. Sie hatten sich getrennt, nachdem jeder seinen Schlafplatz gefunden hatte, und jetzt saß sie auf ihrem Lieblingsfelsen, um die letzten Strahlen der Abendsonne zu genießen.

Plötzlich hörte sie hinter sich etwas krachen und knacken. Im ersten Moment glaubte sie, einer der Männer wäre gestürzt. Sie sprang auf und kletterte die Klippen hinauf, so schnell sie konnte – ihre Hände und Füße fanden automatisch all die Vorsprünge und Ritzen. Das Schauspiel, das sich ihr bot, versetzte sie in unglaubliche Wut. All die sogenannten zivilisierten Männer zerrten an den Bäumen herum, die viele Jahre gebraucht hatten, um an diesem vom Wind gepeitschten Ort so groß zu werden. Die Stechpalmen waren die bevorzugten Opfer, weil ihre Äste am biegsamsten waren, aber auch die Birken, die noch nicht belaubt waren, mußten sich die gedankenlose Zerstörung gefallen lassen.

»Was, zur Hölle, tun Sie da?« brüllte Rebecca und stürmte blind vor Zorn auf die verdutzten Männer zu. »Ihr verdammten Vandalen, was denkt ihr euch überhaupt dabei? Hört sofort damit auf!«

Die Männer drehten sich erschrocken zu ihr um und ließen die gesammelten Äste fallen. Erst jetzt, als jemand eine Verbindung zum wirklichen Leben herstellte, schien es ihnen zu dämmern, was sie angerichtet hatten. Sie waren in den letzten Tagen so vertieft in ihr Training gewesen, daß sie ohne nachzudenken, all das in die Tat umzusetzen versuchten, was man ihnen in der Theorie beigebracht hatte.

Einige wenige verstanden allerdings immer noch nicht, worum es eigentlich ging. »Wir bauen unsere Unterstände«, erklärte einer ahnungslos und umfaßte einen widerspenstigen Ast mit beiden Händen, um sich mit vollem Gewicht dranzuhängen.

»Hören Sie auf! Lassen Sie sofort los!« Rebecca machte einen Satz auf den Übeltäter zu, und Magnus fürchtete, sein Teamkamerad könnte mit einem gezielten Hieb auf der Stelle k.o. geschlagen werden.

Rebecca kam zu spät. Der Ast brach ab und riß ein langes Stück Rinde mit vom Baum. Rebecca schwang mit hochrotem Gesicht und zornblitzenden Augen zu der Gruppe herum. »Sind Sie alle verrückt geworden? Dies hier sind lebende Bäume. Sie haben Jahre gebraucht, um so groß zu werden. Wehe, es wagt auch nur noch einer von Ihnen, einen Ast anzufassen. Das ist barbarisch, der reinste Vandalismus. Es ist mir gleichgültig, welche Anweisungen man Ihnen gegeben hat«, fügte sie hinzu, als einer der Männer den Mund aufmachte, um Einwände zu erheben. »Diese sinnlose Zerstörung hat hier und jetzt ein Ende. Ich werde zu Innes gehen und mit ihm sprechen.«

Sie sah einen nach dem anderen herausfordernd an und zwang sie, ihrem Blick zu begegnen. Sie wußte, daß sich die meisten nicht wohl in ihrer Haut fühlten und sich ärgerten, weil man sie in diese Lage gebracht hatte und sie erst jetzt begriffen, worauf sie sich eingelassen hatten. Keiner von ihnen, nicht einmal der aggressivste, würde das Werk der Verwüstung fortsetzen, wenn sie ihnen den Rücken kehrte, davon war sie überzeugt.

Rebecca wußte, daß Tony ein solches Verhalten nicht dulden würde, aber es war wohl zwecklos, dieses Argument im Augenblick ins Feld zu führen.

»So kann das nicht weitergehen«, sagte sie tonlos, als sie Innes gegenüberstand. »Diese Insel wird in kürzester Zeit völlig verwüstet sein. Die Kurse werden noch nicht einmal eine volle Saison abgehalten. Was wird von der Vegetation noch übrig sein, wenn die Kursmitglieder einen ganzen Sommer lang jede Woche Bäume und Büsche kaputtreißen?«

»Das ist nicht mein Problem.« Innes zuckte achtlos mit den Schultern und musterte sie mit verstohlener Befriedigung. Sie konnte sich auf den Kopf stellen und mit den Ohren wackeln, wenn sie wollte, und sie würde nicht das geringste erreichen. Bei ihm biß sie auf Granit.

Und das stellte er augenblicklich unter Beweis. Er ging zu der Gruppe, um die Männer aufzufordern, das Gelernte auszuführen, und sie daran zu erinnern, daß sie danach beurteilt wurden, wie sie theoretisches Wissen in die Praxis umsetzten. Dann marschierte er mit einem höhnischen Grinsen in Rebeccas Richtung zurück in sein warmes Nest.

Selten in ihrem Leben war Rebecca so frustriert gewesen wie an diesem Abend. Sie besaß keine Autorität und konnte sich selbst von den Männern, die ihrer Ansicht waren, keinen Rückhalt erhoffen. Und sie war für eine Nacht und den Großteil des folgenden Tages auf dieser Insel gefangen. Zwar traute sich trotz Innes' Anweisung keiner der Männer mehr, Hand an einen Baum zu legen, aber das war nicht der springende Punkt. Rebecca saß hier fest, mußte ihren Zorn in

Zaum halten und abwarten. Ihr waren die Hände gebunden, und an solche Situationen war sie nicht gewöhnt.

KAPITEL 11 Die Nacht war lang und ruhelos. Die eisige Kälte, der harte Boden nach all den Jahren bequemen Lebens und der nagende Hunger machten es für Rebecca beinahe unmöglich, Schlaf zu finden. Und wenn sie doch einmal eindöste, träumte sie von riesigen Wellen, die sie in die Tiefe rissen, und von einer kahlen Insel, auf der nichts mehr wuchs. Wind und Wetter trugen den Boden nach und nach ab, es gab kein Wasser mehr, und auf den Felsen und Steinen war nur noch der weiße Kot der Seevögel zu sehen – die Schönheit war für immer zerstört. In den langen wachen Stunden versuchte sie, realistisch zu bleiben und daran zu denken, daß nur wenige Äste von den Bäumen abgebrochen worden waren. Das Gras wuchs üppig, und es blühten sogar schon einige frühe Wildblumen, aber immer und immer wieder stritt sie im Geist erbittert mit Innes, sah Stuarts verschlagenen Blick vor sich, und alles fing wieder von vorn an. Was hielten Dan und Bern von dieser Verwüstung? Duldeten sie sie? Ein solches Verhalten lief doch sicher allem entgegen, was sie den Leuten beibringen wollten. Ging nicht der Respekt für die Natur Hand in Hand mit einem Überlebenstraining? Innes würde nur spöttisch lachen, wenn sie ihm dieses Argument entgegenhielt.

Mindestens ebenso viel Sorgen bereitete ihr die Frage, was die Männer in Glen Righ, das jetzt zum großen Teil in Donald Macraes Besitz war, oder in Luig Ground anrichteten, wenn dort Kurse abgehalten wurden. Die ganze westliche Landzunge der Halbinsel hatte einmal zu Ardlonach gehört. Nach und nach hatte man ein paar Häuser und Cottages an der Küstenstraße gebaut und das Land in Parzellen geteilt, und vor ungefähr zwanzig Jahren hatte Onkel Kenneth einen großen Teil an die Macleods von Luig verkauft. Tony hatte kürzlich das restliche Land als Weideland verpachtet, sich aber das Jagdrecht vorbehalten. Ein beängstigender Gedanke, daß jetzt Ardlonach Horden von Vandalen losschickte, um die Pflanzenwelt zunichte zu machen, alles, was wuchs, niederzureißen und eine Spur der Verheerung zu hinterlassen.

Wieder versank sie in quälenden Träumen, wachte erschöpft auf und war anderen, noch gefährlicheren Gedanken ausgeliefert. Sie müßte nicht allein sein. Sie selbst hatte die Wahl gehabt, als sie vor mehr als sieben Jahren eine Entscheidung gefällt hatte, die sie nie rückgängig zu machen versucht hatte.

Um die heimtückischen Bilder zu vertreiben, die vor ihrem geistigen Auge erstanden, ließ sie ihre Wut auf Innes neu aufflammen und versuchte sich darauf zu konzentrieren, was man gegen ihn unternehmen konnte. Aber es fiel ihr schwer, an etwas anderes zu denken als an den heftigen Wortwechsel und daran, daß sie im Augenblick machtlos war und ihm keinen Einhalt gebieten konnte.

Als der Morgen heranbrach, schreckte Rebecca aus dem Schlaf. Etwas hatte sie die ganze Zeit schon im Unterbewußtsein gestört, aber sie war nicht bereit gewesen, sich darauf einzulassen. Jetzt fiel ihr siedendheiß ein, daß keiner der Männer gestern im Boot eine

Schwimmweste angehabt hatte. Zwar war ihr das schon gestern am Bootssteg von Ardlonach bewußt geworden, doch sie hatte ihre Besorgnis unterdrückt und fadenscheinige Begründungen gefunden, die einer ernsthaften Prüfung nicht standhalten konnten. Es war ja nicht weit bis zur Insel, das Wetter war mild, und keiner der Ortsansässigen würde auch nur im Traum daran denken, in einem solchen Boot eine Schwimmweste anzulegen – wahrscheinlich besaßen die meisten nicht einmal eine. Solche Ausflüchte waren untypisch für Rebecca, aber gestern wollte sie kein Aufsehen wegen dieser oder irgendeiner anderen Sache machen.

Sie war zu spät dran gewesen und mit wehenden Fahnen zum Bootssteg gerannt. Alle waren schon an Bord und bereit zum Ablegen. Innes schaute demonstrativ auf seine Uhr und rief hämisch: »Okay, Jungs, sieht so aus, als könnten wir jetzt endlich loslegen.«

Ein Gast hatte sich an der Messingklinke seiner Zimmertür, an der eine Schraube fehlte, die Hand aufgerissen. Er verlangte von Rebecca nicht nur Jod, Pflaster und eine förmliche Entschuldigung, sondern bestand auch darauf, daß die Klinke augenblicklich repariert wurde. Er war überzeugt, im Recht zu sein – schließlich blutete er ziemlich. Rebecca verarztete ihn unsanft und machte sich auf die Suche nach Paddy, der beschwichtigend wie ein Kindermädchen, das ein Drama im Kinderzimmer schlichtete, versprach, sich um die Klinke zu kümmern. Rebecca mußte trotz ihrer Verärgerung, weil sie aufgehalten wurde, über Paddys Gelassenheit lachen und sprang so unbeschwert wie damals, als sie zwölf Jahre alt gewesen war, hinunter zum Bootshaus. Abgesehen davon, daß sie die ganze Gruppe aufgehalten hatte, war sie sich bewußt, daß sie eine

Außenseiterin war, die man im Grunde nicht dabeihaben wollte. Das alles hatte ihre Aufmerksamkeit abgelenkt, aber jetzt konnte sie der Wahrheit nicht mehr ausweichen. Ardlonach bot professionelle Kurse an, in denen sich die Teilnehmer in körperliche Gefahr begaben. Dennoch hatten die Kursleiter darauf zu achten, daß niemandem etwas passierte, und das Tragen von Schwimmwesten bei Bootsfahrten und Unternehmungen auf dem Wasser sollte Pflicht sein. Ein Unfall würde sie vor Gericht bringen, und keine Versicherung würde auch nur einen Penny zahlen, wenn unter diesen Umständen jemand zu Schaden käme. Welche Vorschriften hatte Tony ausgegeben? Mit seiner Marineerfahrung war er in diesem Punkt bestimmt nicht nachlässig. Aber was sie hier in den letzten Stunden mitangesehen hatte, erschien ihr so unsinnig, so amateurhaft und nutzlos, daß sie sich allen Ernstes fragte, was er überhaupt für Regeln festgesetzt und wozu er dieses Training eingerichtet hatte. O Tony Urquhart, zum Teufel mit dir! Und ich stecke mit drin – ob es mir gefällt oder nicht.

Ihr müder Verstand wandte sich anderen störenden Dingen zu. Donna und Aggie nörgelten ständig an Thea und Sylvie herum – offenbar hegten sie Australiern gegenüber unausrottbare Vorurteile. Zwar hatten Thea und Sylvie nie eine Lehre als Haushaltshilfe gemacht, und sie hatten allem Anschein nach nie zuvor eine Scheuerleiste geputzt. Sie konnten ein Brotmesser nicht von einem Fleischmesser unterscheiden und hatten keine Ahnung, wie man Silber polierte. Sie verwechselten Paprika mit Cayennepfeffer, schütteten Gewürznelken in die Pfeffermühlen, schmierten Butter auf Verdauungskekse, damit sie appetitlicher aussahen, und waren ziemlich nachlässig, wenn es ums Bettenmachen ging, aber sie hätten nicht williger sein können und waren bestrebt, alles zu lernen. Sie lächelten, waren freundlich und hübsch anzusehen, was vermutlich das Hauptproblem für Donna und Aggie war.

Und wie konnte man Una abgewöhnen, einfach eine Handvoll Münzen aus der Kasse in der Bar zu nehmen, wenn sie etwas Unvorhergesehenes bezahlen mußte? O Gott, warum zerbreche ich mir überhaupt den Kopf über diese Dinge? Was, um alles in der Welt, geht mich das an? fragte sich Rebecca unmutig und zuckte vor Schmerz zusammen, als sie eine neue Position auf dem harten Boden suchte. Es dauerte Ewigkeiten, bis das fahle Licht ein wenig Wärme mitbrachte, bis die ersten langen Sonnenfinger über den Horizont reichten und die Schlafenden auf der Insel berührten.

Dan verschloß die Tür zum Bootshaus und warf den Schlüssel von einer Hand in die andere. Dieser Schlüssel sollte jetzt jeden Abend im Büro abgegeben werden. Rebecca hatte einen riesigen Wirbel veranstaltet, als an einem Morgen niemand in das Bootshaus konnte und jemand zum Cottage rennen mußte, um Innes, der fuchsteufelswild wegen der Störung wurde, an seinem freien Tag aus dem Bett zu holen. Irgend ein anderer Idiot kam auf die blendende Idee, einen Ersatzschlüssel im Hotelbüro zu suchen und Una damit einen Schrecken einzujagen. Dabei hatte Stuart, der seinen Rausch nach einem nächtlichen Abstecher nach Fort Williams noch nicht ausgeschlafen hatte, beide Schlüssel in seiner Hosentasche.

Dan wollte heute einen ruhigen Abend verbringen. Es war ihm gelungen, seine Wut unter Kontrolle zu bringen und sich ein wenig abzureagieren, nachdem er von der Insel zurückgekommen war, obwohl das Aussortieren der schmutzigen Klamotten von anderen auch nicht gerade eine Beschäftigung war, die sein Gemüt beruhigte. Allein zu sein war allerdings ein Luxus. Er freute sich auf den Frühlingsabend und den Spaziergang auf der Landspitze ohne eine Horde keuchender Kursteilnehmer mit Blasen an den Füßen. Auf den Weiden waren jetzt überall neugeborene Lämmer zu sehen, und die Luft roch nach dem nahenden Sommer. Er würde an der Küste entlang zurückkommen, wo sich jetzt eine Unmenge von Vögeln tummelten und eine verführerische Bucht an der anderen lag.

Und das beste von allem war der Moment, wenn er zitternd vor Kälte in der Dämmerung die Tür zu seinem abgelegenen Cottage öffnete und ihm niemand Fragen stellte oder Beschwerden vorbrachte. Alles war so, wie er es verlassen hatte, ordentlich und sauber – kein Chaos, keine Streitereien, keine Forderungen. Er würde ein einfaches Essen zubereiten, Feuer im Kamin machen, ein paar Bier trinken und Musik hören. Und dann ins Bett gehen, ohne Tränen, Auseinandersetzungen oder Sex.

Heute würde kein Mensch erfahren, ob er den verdammten Schlüssel mit nach Hause nahm oder ins Hotel brachte. Una achtete nicht auf so etwas, und es wäre ihr vermutlich auch gleichgültig, wenn sie etwas merken würde. Nur Rebecca regte sich über derlei Dinge auf, dachte er und grinste, als ihm wieder einfiel, wie sie den Leuten die Hölle heißmachen konnte. Sie nahm kein Blatt vor den Mund, aber sie hatte den Dreh raus, selbst die schlimmsten Vorwürfe lustig klingen zu lassen. Vielleicht lag das daran, daß sie in allem offen und aufrichtig war.

Und jetzt saß sie auf der Insel. Es war heute nacht

bestimmt nicht allzu schlimm da draußen – der Wind hatte nachgelassen, es sah aus, als hätte sich der Regen verzogen, und mittlerweile müßten ihre Kleider trokken sein. Innes, dieser Scheißkerl.

Dan schob den Schlüssel in seine Jeanstasche. Morgen ging es ohnehin nicht sehr früh los – eine Gruppe III sollte morgen mit dem Minibus zum Segelhafen in Luig gebracht werden, und Dan war immer vor Bern auf den Beinen.

Trotzdem ging er bei der Weggabelung nicht nach Westen in Richtung Inshmore, sondern weiter zum Hotel. Er verstand selbst nicht, warum. Aber im Grunde war er ein praktisch veranlagter und durch und durch disziplinierter Mensch, und er wußte, daß die Regel mit dem Schlüssel vernünftig war. Auch wenn er sich noch so sehr mokierte und maulte, mußte er doch zugeben, daß eine Menge von den Dingen, die Rebecca gegen alte Gewohnheiten und Unas unfaßbare Unordnung eingeführt hatte, sinnvoll und logisch, ja, in einigen Fällen sogar unerläßlich war, wenn es um die Gesundheit und Sicherheit der Gäste ging.

Als er die Hotelhalle durchquerte, stieg ihm ein feiner, verlockender Duft aus der Küche in die Nase – der Geruch war so schwach, daß er nicht ausmachen konnte, was gekocht wurde. Verführerisch. Er ging in das unbesetzte Büro und grinste unwillkürlich. Unas Schreibtisch war übersät mit Kochbüchern, manche waren aufgeschlagen, aus anderen ragten Ästchen oder Ähnliches als Lesezeichen heraus. Achtlos aufgerissene Umschläge, die nie den Weg zum Papierkorb gefunden hatten, und Zettel, auf die Una mit ihrer großen kindlichen Handschrift Notizen gekritzelt hatte, Kataloge, leere Kugelschreiberminen und stumpfe Bleistifte flogen überall herum. In einer Porzellanvase standen verdorrte Blumen. Rebeccas Schreibtisch hingegen war kahl bis auf einen leeren Eingangskorb – sie mußte die Post bearbeitet haben, ehe sie auf die Insel aufgebrochen war – und ein Lederkästchen, in dem kleine quadratische Notizzettel ordentlich gestapelt waren. Alles andere hatte sie wie gewohnt in den Schubladen oder im Aktenschrank verstaut, ehe sie das Büro verlassen hatte.

Dan sah, daß sie ein paar Briefe unter den Briefbeschwerer auf dem Schreibtisch deponiert hatte, der für die Kursleiter hierhergestellt worden war. Natürlich war auch das ihre Idee gewesen. Früher hatten sich alle Papiere und Unterlagen, die unbedingt gebraucht wurden, irgendwo gestapelt oder waren ganz in der Versenkung verschwunden. Jetzt hatten die Kursleiter einen eigenen Arbeitsplatz hier im Hotel, und alle Lieferantenrechnungen, Quittungen, Anmeldungsformulare, die die Teilnehmer vor Kursantritt ausfüllen mußten, sowie Tonys Korrespondenz mit den Firmen, bei denen sie beschäftigt waren, hatte Rebecca sorgfältig in Ordnern abgelegt. Zudem hatte sie eigenes Büromaterial, ein Fach im Aktenschrank und einen großen Terminkalender mit den Vorausbuchungen für die Überlebensschule zur Verfügung gestellt. Über dem Schreibtisch hing ein Dienstplan. Wie beim Barras, dachte Dan säuerlich, aber er nahm es Rebecca keineswegs übel, daß sie Ordnung in das Durcheinander gebracht und alles organisiert hatte. Innes hatte ein eigens Büro im Bootshaus gefordert, und das hier war dabei herausgekommen. Sie machte keine halben Sachen, das mußte Dan ihr zugestehen; sie wollte alles, so gut es ging, im Blickfeld haben und stets informiert sein.

Er preßte grimmig die Lippen zusammen, als ihm

wieder das Bild vor Augen stand, wie sie mit entsetztem Gesicht, wild um sich schlagend und hustend und spuckend aus dem Wasser auftauchte. Das Ganze war vollkommen überflüssig gewesen, genau wie Innes' unverhohlener Triumph. Dan hoffte nur, Innes die Sicht so gut versperrt zu haben, daß er nicht mitbekommen hatte, wie sehr Rebecca im ersten Moment in Panik geraten war. Sie hatte sich zum Glück schnell wieder gefangen, und das bewies, wieviel Selbstdisziplin sie besaß. Wie alle ausgebildeten Trainer, die in der Natur arbeiteten, akzeptierte Dan die Ängste und Schwächen jedes einzelnen und empfand keine Verachtung für sie wie Innes. Ihm kam es darauf an, daß sich jemand Mühe gab, daß er sich anstrengte, so gut er konnte. Rebecca jedenfalls gab hundert Prozent, wenn sie etwas anpackte, und dafür respektierte er sie.

Was war das nur für ein köstlicher Duft? Vielleicht sollte er doch in die Küche schauen und der Sache auf den Grund gehen. Er könnte hier im Hotel essen und nachher seine Wanderung machen. Oder er ging heute einmal früh zu Bett. Wie wohl die Städterin Rebecca in ihrer steinigen Kuhle auf der Insel schlafen mochte?

In der Küche herrschte trotz des Chaos und der Geschäftigkeit wie immer eine freundliche Atmosphäre. Hier konnte jeder kommen und gehen, wie er wollte. Una hatte nichts dagegen – im Gegenteil, genau so gefiel es ihr, obwohl in dem großen roten Buch mit den Hygienevorschriften, das an einem kaputten Mixgerät lehnte, etwas anderes stand.

»Was riecht denn hier so gut?« erkundigte sich Dan einschmeichelnd. Rebeccas spöttische Stimme dröhnte ihm im Ohr: »Oh, auf einmal so freundlich?«

Una hingegen bedachte ihn nur mit ihrem scheuen

Lächeln und sagte: »Das sind bestimmt die mit Ingwer gewürzten Krabbentörtchen.«

»Klingt nach etwas ganz Besonderem.« Schleimscheißer.

»Sie sind für die Dinnerparty, die die Stapletons veranstalten – Schwiegereltern lernen die Gegenschwiegereltern kennen. Ich dachte, ich müßte etwas ganz Spezielles für sie kochen. Aber ich habe sowieso zu viele Törtchen gemacht – möchten Sie eines probieren? Haben Sie oben gegessen? Es ist noch von dem Lamm *en croute* da, wenn Sie wollen.«

Es würde Una niemals in den Sinn kommen, daß er genügend Gehalt bezog, um selbst für seine Verpflegung sorgen zu können, und daß Mahlzeiten aus der Hotelküche kein Teil der Abmachung waren. Solche Überlegungen überließ sie Rebecca. Una war von Natur aus großzügig und machte anderen gern eine Freude. Das Mädchen läuft Gefahr, von allen ausgenutzt zu werden, dachte Dan grimmig, und plötzlich meldete sich sein Beschützerinstinkt. Er sah zu, wie sie sorgsam, als würde sie die Portionen für die Stapleton-Schwiegereltern herrichten, Sauce über das Krabbentörtchen goß.

Sylvie saß in dem kleinen Aufenthaltsraum für das Personal. Sie trug ein kurzes Top zu einem grünen Rock und war damit beschäftigt, grüne Fussel von ihrem Oberteil zu zupfen.

»Ich hätte nie gedacht, daß das neue Sweatshirt so fusselt«, jammerte sie. »Ist das zu glauben? Sehen Sie sich nur einmal dieses Hemd an! Wie spät ist es, Dan? Zwanzig vor? Nein, das kann nicht sein. Ich schaffe es nie, die Tische zu decken, und heute ist auch noch diese Dinnerparty! Ich muß dieses Hemd anbehalten, es ist das einzig saubere, das ich noch habe. Ich könnte mir ja eines von Thea klauen, aber darin würde ich regelrecht ersaufen, und Thea würde mich umbringen.«

»Kommen Sie her und drehen Sie sich um.« Dan tauchte seine Finger in den Wasserkrug und befeuchtete die Kleiderbürste, die sich für Sylvie als nutzlos erwiesen hatte. Dann bürstete er mit raschen Strichen die grünen Fussel vom Rücken des Hemdchens, während Sylvie weiter die Vorderseite bearbeitete. Die weichen Locken in ihrem gebräunten Nacken waren hell wie Weißgold, der Hals war so schlank wie der eines Kindes. Mann, und das nach all den Nächten in der Bergsteigerhütte, ging es Dan durch den Kopf, als sie sich zu ihm umdrehte und dankbar lächelte. In mancherlei Hinsicht würde er es bedauern, den Job hier aufgeben zu müssen – und das stand zu befürchten, wenn der heutige Zwischenfall auf dem Boot ein Nachspiel hatte. Er rechnete fest damit, daß Rebecca eine deftige Aussprache suchen würde, sobald sie zurück war.

»Wie sehe ich aus?« fragte Sylvie.

»Prima, finde ich«, beteuerte er ernst, und als sie loslief und ihm über die Schulter einen Dank zurief, setzte er sich hin, um sich das köstliche Krabbentörtchen zu Gemüte zu führen. Mit einemmal hatte sich seine Stimmung deutlich aufgehellt. Er wünschte, Sylvie hätte Zeit gehabt, ihm ein bißchen Gesellschaft zu leisten; jedenfalls hatte sie ihm den Wunsch, alleinzusein, ausgetrieben. Als er seine Lammportion aus der Küche hatte, in der jetzt wieder Hochbetrieb herrschte, beschloß er, seinen Teller mit in die Kutscherhaus-Bar zu nehmen und dort zu essen. Während er hinunterging, gestand er sich ein, daß er das im Grunde die ganze Zeit vor Augen gehabt hatte. Die Vorfälle am heutigen Tag machten ihm zu schaffen, und er wollte gar nicht daran denken, was sich gerade jetzt auf der Insel abspielte. Es bestand die Gefahr, daß die Schule und das gesamte Unternehmen diesen Tag nicht überleben würden, und Dan hatte keine Lust, über diese Möglichkeit weiter nachzugrübeln.

Bern saß bereits in der Bar, sauber und frisch wie ein Baby nach dem Bad. Seine Gruppe hatte sich um ihn geschart. Alle lachten und waren äußerst zufrieden nach dem gelungenen Tag. Sie kamen immer in Hochstimmung zurück, wenn Bern ohne einen anderen Begleiter Exkursionen mit ihnen machte. Paddy stand gelassen hinter seiner glänzend polierten Bar. Im letzten Licht dieses wechselhaften Maiabends wirkte die Szenerie sehr behaglich und einladend.

»Woher hast du das?« fragte Bern und starrte sehnsüchtig auf Dans Teller.

»Was glaubst du wohl? Hände weg! Außerdem hast du bestimmt schon gegessen, oder?«

»Ich hätte nichts dagegen, noch einmal von vorn anzufangen«, sagte Bern.

»Hör auf, dich zu mästen, und hol mir lieber was zu trinken.«

»Die Runde geht auf mich«, rief einer der Kursteilnehmer vergnügt.

»Gut«, erwiderte Dan, ohne zu lächeln. Mehr Geld als Verstand.

Thea kam herein, nachdem sie die Betten aufgedeckt und die Töpfe in der Küche gescheuert hatte. Das Lächeln, das sie Paddy schenkte, als sie den Raum durchquerte, weckte unliebsame Erinnerungen in Dan. Diese wundervollen Anfänge von Beziehungen, bei denen beide voller Vertrauen und gutem Willen waren und das nächste Treffen kaum abwarten konnten. Und dann? Streit und Besitzansprüche, unerfüllbare Forderungen. Er verdrängte die unliebsamen Gedanken und versuchte sich statt dessen auszumalen, was wohl aus Thea und Paddy werden würde. Paddy war fast doppelt so alt wie Thea und hatte schon einiges hinter sich, aber er war ein prima Kerl. Die strahlende, lebenslustige Thea würde in ein paar Wochen oder Monaten auf und davon sein, und, wen Dan die beiden richtig einschätze, würden sie auch beim Abschied noch lächeln. »Reichen wir uns die Hände, und trennen wir uns mit einem Lachen.« An das, was darauf folgen würde, wollte er lieber nicht denken.

Ein bemitleidenswert röhrendes Motorengeräusch kam näher und verstummte vor der Bar. Das mußte Trudy Thompsons alter klappriger Van sein. Noch eine freundliche, stets lächelnde Frau, die überdies ungebunden war, soweit Dan wußte. Ein kräftiges Mädchen, überlegte er, als sie auf die Theke zukam, aber offen und unkompliziert.

»Hi, Trudy, was wollen Sie trinken?« Der stets gutmütige Bern kam Dan zuvor – eigentlich hatte Dan vorgehabt, Trudy einzuladen.

»Einen trockenen Weißen, danke, Bern. Das ist sehr lieb. Ich darf nur nicht vergessen, daß ich die Sachen für Una dabei habe. Ich will sie nicht wieder mit nach Hause nehmen.

»Eine Lieferung für die Bar. Gute Trudy, danke«, sagte Paddy. »Ich nehme an, Sie brauchen jemanden, der alles hereinträgt.«

»Keine schlechte Idee, Paddy.«

Trudy hatte die Kutscherhaus-Bar zu ihrer Stammkneipe auserkoren. So sehr sie Una auch mochte, es war ihr nie gelungen, eine derart ungezwungene Beziehung zu ihr zu knüpfen wie auf Anhieb zu Rebecca, mit der sie streiten, lachen und ganz offen umgehen konnte. Una weckte in ihr den Wunsch, sie zu beschützen und ihr liebevoll über die schlimme Zeit hinwegzuhelfen. Sie hatte nie verstanden, warum Una sich so viel von Tony gefallen ließ, und hoffte immer noch darauf, daß Una etwas mehr Rückgrat beweisen und zurückschlagen würde. Zudem war Ardlonach, so wie es noch vor einem Jahr war – mit der vergleichsweise eleganten Hotelbar – nicht gerade ihr Fall. Die Kutscherhaus-Bar hingegen war ein Pub, den man besuchen konnte, wann immer einem danach zumute war, ohne sich vorher feinmachen zu müssen.

Der große schlichte Raum mit den breiten bogenförmigen Fenstern in der Westwand gefiel ihr, und sie fühlte sich hier zu Hause. Das Wissen, daß sie jederzeit herkommen und immer irgendwelche Bekannte oder Freunde vorfinden würde, hatte eine Lücke in ihrem Leben gefüllt, die ihr in letzter Zeit immer schmerzlicher bewußt geworden war. Sie war zwar froh, das spannungsgeladene und frustrierende Zusammenleben mit Ben hinter sich zu haben, aber das Alleinsein machte ihr schwer zu schaffen. Die kleinen Plaudereien über Alltägliches waren ihr sehr wichtig. Sie saß gern am Ende eines anstrengenden Tages mit jemandem zusammen, liebte es, gemeinsam zu kochen, eine Flasche Wein zu öffnen und stundenlang am Eßtisch herumzutrödeln oder auf dem Sofa zu kuscheln und fernzusehen. Vor allem anderen aber mochte sie es, mit jemandem das Bett zu teilen, freundschaftlich oder leidenschaftlich – je nach Laune. Sie wünschte sich jemanden, mit dem sie Haut an Haut dösen oder reden, Liebe machen oder schlafen, Arm in Arm oder nebeneinander liegen und die Geborgenheit spüren konnte.

Sie hatte die schlimmen Nachwirkungen der Scheidung durchgestanden und die leeren Tage, Abende und Sonntage mit Arbeit gefüllt. Sie hatte Körbe geflochten, gewebt und Leder bearbeitet. Und schon seit einigen Monaten war sie bereit, sich mit anderen Menschen zu treffen und neue Freundschaften zu schließen. Obwohl sie die meisten Leute aus der Gegend zumindest vom Sehen kannte, hatte sie keinen Mittelpunkt für geselliges Beisammensein gefunden.

Hier in der Bar fühlte sie sich wohl, und sie gesellte sich ohne Bedenken zu der Gruppe an der Theke, um sich an den zwanglosen Gesprächen zu beteiligen und sich anzuhören, was die Kursteilnehmer tagsüber erlebt hatten. Sie trieben ihre Scherze, lachten, plauderten über Vorkommnisse im Hotel.

»Wo ist Rebecca?« fragte Trudy. »Kommt sie noch runter, oder hat sie heute abend zuviel zu tun? Heute ist die Stapleton-Party, nicht wahr?«

»Rebecca ist mit den Opfern draußen«, erklärte Thea. »Sie übernachten auf der Insel und essen Gras und Würmer. Für mich wäre das nichts. Sie muß verrückt sein.«

»Die Kursleiter mogeln etwas, was die Essensrationen betrifft«, sagte Paddy mit einem schiefen Grinsen in Dans Richtung. »Sie wird heute für sich selbst sorgen müssen.«

»Sie bekommt genau dasselbe wie die anderen«, gab Dan zurück und fragte sich insgeheim, warum ihn diese Bemerkung so verärgerte. »Wenn ihr das nicht gefällt, ist es ihre Sache – sie wollte unbedingt mit.«

»Sie geht den Dingen gern auf den Grund«, sagte Trudy. »Es ist gut, daß sie hier ist, und ich glaube, sie ist genau zum richtigen Zeitpunkt aufgetaucht.«

»Da bin ich mir nicht so sicher«, scherzte Paddy. »Es war viel ruhiger und gemütlicher ohne sie.«

»Es wäre für Sie noch viel ruhiger und gemütlicher, wenn Sie gar keinen Job mehr hätten«, versetzte Trudy mit einem freundlichen Grinsen.

Das traf einen empfindlichen Nerv in Dan. Als Sylvie, die endlich ihre Arbeit im Speisesaal beendet hatte, hereinkam und mit großem Hallo und Gelächter begrüßt wurde, beschäftigte sich Dan damit, wie sich die Dinge entwickeln könnten.

Rebecca konnte nicht tatenlos hinnehmen, was sie mittlerweile entdeckt haben mußte. Das unfreiwillige Bad hätte sie vielleicht noch toleriert, obwohl Innes dumm genug gewesen war, ihr zu zeigen, daß er sich diesen schlechten Scherz nur aus persönlicher Antipathie erlaubt hatte. Damit würde Rebecca mühelos fertig werden, davon war Dan überzeugt. Aber was auf der Insel bei diesen Übungen sonst noch vor sich ging, mußte Rebecca auf die Palme bringen. Es war kaum anzunehmen, daß Innes nur wegen der Beobachterin seine Methoden radikal verändert hatte. Er würde die Jungs auch heute allein vor sich hinwursteln lassen, sich selbst eine hübsche lange Rast gönnen, sich mit leckerem Essen vollstopfen und ausgiebig auf der weichen Unterlage im Zelt schlafen. War Rebecca schon aus der Haut gefahren? Oder hatte sie genügend Grips, sich zurückzuhalten und zu warten, bis sie alle zurück waren und sie sich an ihren Schreibtisch setzen und all die Macht einsetzen konnte, die Una ihr zugestanden hatte? Natürlich mußte sie sich mit Una absprechen – das vergaß er immer wieder. Komisch, daß alle Angestellten annahmen, daß Rebecca diejenige war, mit der sie es hier zu tun hatten.

Und wenn sie es auf eine Kraftprobe ankommen ließ, würde sie am Ende bestimmt als Siegerin dastehen – etwas anderes war bei einem Menschen ihres

Temperaments und ihrer Integrität nicht denkbar. Aber was wurde dann aus der Schule, den Kursen, Stuart, Bern und ihm selbst? Die Kursteilnehmer bezahlten viel Geld für eine miese Sache, aber das hier war immerhin ein Job, der einiges für sich hatte: die gute Bezahlung und das Cottage weit weg von Innes und seinem Wirkungskreis. Außerdem waren die Umgebung und das Klima gut, gestand er sich ein, als er sich umsah. Die Australierinnen waren ein bißchen jung für seinen Geschmack, und Sylvie kam ihm unterentwikkelt vor – trotzdem würde sich der gute alte Bern wahrscheinlich mächtig ins Zeug legen, wenn sich ein anderer an sie heranmachte –, aber die beiden waren hübsch anzusehen und verbreiteten immer gute Laune. Und Trudy – ja, Trudy war durchaus jemand, für den er sich interessieren könnte.

Zum Teufel mit all den Zukunftssorgen! Die Dinge nahmen ihren Lauf, ob er sich nun den Kopf darüber zerbrach oder nicht. Heute abend war die Welt noch in Ordnung. Er gab Paddy ein Zeichen. Der zog ironisch eine Augenbraue hoch, goß Weißwein in ein Glas und schob es ihm hin. Dan nahm das Glas in eine Hand, den Barhocker in die andere, umrundete die Gruppe und plazierte sich an Trudys Seite.

KAPITEL 12

»Gut, dann sind Sie also beruflich zufrieden mit dem, was sich da abspielt?«

»Es ist nicht meine Aufgabe, zufrieden zu sein oder nicht. Ich werde dafür bezahlt, daß ich meinen Job mache und das tue, was man mir sagt.«

»Aber Sie finden, daß diese Nacht auf der Insel wirklich jemandem etwas bringt?«

»Sie sollten lieber mit Innes darüber sprechen – er ist der Verantwortliche.«

»Jetzt spreche ich mit Ihnen«, gab Rebecca schärfer als beabsichtigt zurück.

Dan musterte sie über die beiden Schreibtische hinweg, sein Gesicht war ausdruckslos, nur den Augen war anzusehen, daß ihm diese Unterhaltung ganz und gar nicht gefiel. Sie hatte ihn mit ihrem Direktangriff überrumpelt, aber er glaubte, sich in der Gewalt zu haben und sich nicht durch die Körpersprache zu verraten. Er verbarg, daß er sich in die Defensive gedrängt fühlte, und lehnte sich lässig zurück. Er hielt einen Stift in der Hand, spielte aber nicht damit. Er machte einen so unbeteiligten Eindruck, wie es ihm möglich war.

Rebecca ihrerseits beugte sich vor, stützte die Ellbogen auf den Schreibtisch, verschränkte die Finger ineinander und ließ die Schultern nach vorn sinken. Diese unglaublich blauen Augen sahen Dan mit einer Intensität an, die es ihm schwermachte, dem Blick standzuhalten. Sie macht sich keine Gedanken über Körpersprache, dachte Dan mit widerwilliger Bewunderung. Mit jeder Faser ihres Seins konzentrierte sie sich auf das, was sie zu erreichen hoffte. Sie hatte sogar die Bürotür zugemacht, um die andauernden Störungen auszuschalten.

Tut mir leid, Lady, Sie können so viele Türen schließen, wie Sie wollen, diesmal kommen Sie nicht weiter.

»Wir können nicht riskieren, daß ein ernster Unfall passiert«, beharrte Rebecca eindringlich und funkelte ihn an. Sie war nicht böse auf ihn, das wußte Dan, sie machte sich Sorgen und wollte von ihm wissen, wie dieses Problem zu lösen war.

Er schwieg.

»Um der Kursteilnehmer willen und in unserem eigenen Interesse«, führte sie ungeduldig aus.

Dan bewegte keinen Muskel, sondern sah sie nur mit steinerner Miene an, die ganz bewußt eine klare Botschaft übermittelte.

Rebecca starrte ihn noch einen Moment an – die Luft knisterte vor Spannung – und erkannte einmal mehr, daß ihr jemand gegenübersaß, den sie zu nichts bewegen und über den sie sich schon gar nicht hinwegsetzen konnte. Sie mußte all ihre Selbstbeherrschung aufwenden, um sich jeden weiteren Vorstoß zu versagen und auch auf die kleinen Ausflüchte zu verzichten, mit denen andere in vergleichbaren Situationen versuchten, auf anrührende Art ihr Gesicht zu wahren.

»Gut«, sagte sie ruhig und mit einem knappen Nikken, dann drehte sie sich mit ihrem Schreibtischsessel um, nahm eine Mappe mit Lieferscheinen und Rechnungen an sich und suchte im Computer die Datei mit der Wareneingangsliste.

Hätte sie Dan nur eine Sekunde länger beobachtet, wäre sie schließlich doch mit einer vielsagenden Geste belohnt worden. Dan merkte selbst, wie sich seine Muskeln entspannten vor – ja, vor was? – vor Erleichterung? Nein, eher vor Enttäuschung. Er war überzeugt, daß sie es auf einen Kampf ankommen lassen wollte, und daher fest entschlossen, sich nicht dazu hinreißen zu lassen, Innes' Art, die Überlebensschule zu leiten, zu kritisieren oder zu bewerten. Gleichzeitig hatte er allerdings gehofft, ja, erwartet, daß Rebecca von ihnen verlangen würde, alles noch einmal zu überdenken und ihre Methoden radikal zu ändern. Und mehr als alles andere hatte er sich auf ein Kräftemessen mit ihr gefreut, das wurde ihm im nachhinein klar.

Hatte er gehofft, bei einer Auseinandersetzung Schuldgefühle loszuwerden? Er wußte, daß er sie enttäuscht hatte. Sie hatte ihn angesprochen, weil sie gemeinsam mit ihm das Problem lösen wollte, das mit absoluter Dringlichkeit in Angriff genommen werden mußte, und er hatte sie eiskalt abblitzen lassen. Es gab niemanden mehr, an den sie sich wenden konnte. Er fragte sich, wie sie weiter vorgehen würde. Er selbst war äußerst beunruhigt über die Dinge, die in den Kursen vor sich gingen, aber diesmal wollte er seinen Kopf nicht hinhalten; das würde er nie wieder tun. Wenn die Sache hier in die Binsen ging, würde er den Sommer über Benzin verkaufen oder Kletterausrüstungen – oder Linsensuppe und Vogelfutter, wenn es sein mußte. Trudy hatte gesagt, daß sie mit ihrem Laden wahrscheinlich nicht allein fertig werden würde, wenn es die ganze Saison so turbulent zugehen sollte wie in den ersten Wochen. Er spielte einen Moment mit dem verlockenden Gedanken und den möglichen Folgen, aber dann schreckten ihn doch die Verwicklungen ab, die eine solche Entscheidung mit sich bringen würde.

Rebecca hämmerte auf die Computertastatur ein – sie wußte, daß sie den ganzen Unsinn später wieder löschen mußte, war aber dankbar, nicht nur weil sie damit ihre Hände beschäftigt halten, sondern weil sie Dan so auch den Rücken zukehren konnte. Sie war sicher gewesen, daß sie wenigstens über die besorgniserregenden Vorkommnisse sprechen konnte. Dans Weigerung, seine Meinung dazu zu äußern, und seine offensichtliche Gleichgültigkeit alldem gegenüber entmutigten sie mehr, als sie ihm zeigte.

Entgegen Dans und Innes' Erwartungen hatte sie nach der Rückkehr von der Insel kein Wort über den Ausflug verloren. Zumindest nicht vor anderen. Es hatte keine Auseinandersetzung, keine Drohungen, keine unmittelbaren Veränderungen gegeben. Natürlich hatte sie mit Una gesprochen, die sich sehr über die Vorkommnisse aufregte und zum erstenmal gezwungen war, den Tatsachen ins Auge zu sehen, mit denen sich Rebecca schon lange gedanklich beschäftigte. Ohne Innes konnten sie das Trainingszentrum nicht weiterführen. Wenn sie ihn feuerten – was an sich schon Schwierigkeiten machen dürfte, weil er sich bestimmt gegen eine Kündigung wehrte und sie nicht die Sachkenntnis besaßen, ihm Inkompetenz nachzuweisen, und weil im Grunde immer noch Tony und niemand sonst sein Arbeitgeber war –, dann würden Stuart und, so wie so aussah, auch Dan gehen. Bern entschied sich vielleicht zu bleiben – wegen Sylvie –, aber ihm konnte man nicht die ganze Verantwortung aufbürden; er könnte höchstens die Grundkurse leiten. Una brachte die Vorstellung, daß es so weit kommen könnte, völlig durcheinander. Das Trainingszentrum war ihr heilig, weil es Tony so sehr am Herzen gelegen hatte.

»Was, um Himmels willen, würde er dazu sagen, wenn wir das Zentrum schließen?«

»Sagen? Im Moment sagt er bemerkenswert wenig, wenn ich dich daran erinnern darf«, versetzte Rebecca bissig. »Er sagt nicht einmal, wo er sich herumtreibt, geschweige denn, welche Pläne er hat. Und wieviel kann ihm an dieser Sache schon liegen, wenn er imstande war, von einem Tag auf den anderen alles stehen und liegen zu lassen? Glaubst du im Ernst, daß er von dir erwartet, das Zentrum weiterzuführen? Hast du vergessen, daß du am Tag meiner Ankunft drauf und dran warst, allen die gebucht hatten, einen Absagebrief zu schreiben? Wir können so, wie die Schule jetzt läuft, nicht für die Sicherheit der Kursteilnehmer garantieren, darüber sollten wir uns im klaren sein. Und selbst wenn Innes durch irgendein Wunder gehen würde, wären wir wohl kaum imstande, kurzfristig einen besseren Mann zu finden. Wir beide wissen schlicht und einfach nicht genug über dieses Training.«

»Also können wir auch nicht mit Sicherheit behaupten, daß Innes seinen Job nicht richtig macht«, wandte Una hoffnungsvoll ein.

»Una, mach dir doch nichts vor!« explodierte Rebecca. »*Das* wissen wir genau. Hier geht es nicht nur um mangelnde Sicherheitsvorkehrungen und die Zerstörung von ein paar Büschen, sondern viel mehr darum, daß Innes in den meisten Belangen vollkommen freie Hand hat. Woher sollen wir wissen, was er tut oder läßt, wenn er allein unterwegs ist? Und sein Verhalten den Leuten gegenüber, die er ausbilden soll, ist wirklich erschreckend. Du solltest sein Gesicht sehen, wenn er sie beobachtet. Als sie die Kletterübung in den Klippen gemacht haben, hätte er am liebsten jedem auf die Finger getreten, der es bis oben hin geschafft und sich über den Rand gezogen hat. Er ist gefährlich, weil er nicht motiviert ist, seine Aufgabe ordentlich zu erfüllen. Solange er weiß, daß niemand ein Auge auf ihn hat, wird er die Sache immer mehr auf die Spitze treiben. Und zum Schluß landest du als Verantwortliche des gesamten Unternehmens wegen Körperverletzung im Gefängnis.«

»Rebecca, jetzt übertreibst du aber!« protestierte Una in hellster Aufregung. »Er hat die besten Voraussetzungen und Qualifikationen. Tony hätte ihn nie ...«

»O Gott, mach dich nicht lächerlich ... Tut mir leid. Wir wollen uns nicht streiten. Aber du mußt endlich begreifen, daß Innes ein Egoist durch und durch ist und deswegen ein großes Risiko darstellt. Wir können ihn nicht einfach gewähren lassen und so weitermachen wie bisher.«

Nach dieser Unterhaltung beschloß Rebecca, an Dans berufliche Integrität zu appellieren, aber Dan hatte sich auf empörende Weise aus der Affäre gezogen. Er hatte ihr durch sein Schweigen deutlich zu verstehen gegeben, daß das nicht sein Problem war. Während sie noch mehr unsinnige Zahlen in den Computer tippte, die das Konto für Schädlingsbekämpfungsmittel um fünftausend Pfund belasteten, wurde ihr bewußt, daß sie, abgesehen davon, daß sie sich vollkommen alleingelassen fühlte, von ihm persönlich enttäuscht war. Sie hatte ihn für intelligenter und verantwortungsbewußter gehalten und angenommen, daß ihm an seinem Job wirklich etwas lag.

Obwohl Innes ein separates Büro gefordert hatte, von dem aus alles, was mit dem Zentrum zusammenhing, abgewickelt werden sollte, kümmerte sich ausschließlich Dan um den Papierkram. Er sorgte dafür, daß Berichte und Beurteilungen pünktlich verfaßt und von allem Kopien für die Ablage gemacht wurden. Er brachte die Inventarlisten regelmäßig auf den neusten Stand und stellte die Dienstpläne auf. Er sah nicht so aus, aber für Dan war Chaos, das durch schlechte Organisation zustande kam, reine Zeitverschwendung. Durcheinander und Unordnung waren ihm zuwider, und da Innes' Achtlosigkeit auch seine eigene Arbeit beeinträchtigte, sorgte er selbst dafür, daß die Unterlagen in Ordnung waren und die Organisation klappte. Aber heute hatte Rebecca die traurige Gewißheit gewonnen, daß er nicht bereit war, einen Schritt weiterzugehen.

Obwohl sie wußte, daß sie damit nur die Oberfläche des Problems ankratzte, veranlaßte sie, daß in Zukunft zwei Vorsichtsmaßnahmen auf jeden Fall getroffen wurden. Sie rief die Trainer zu sich ins Büro – Bern rutschte unbehaglich auf seinem Stuhl hin und her, die anderen sahen sie mürrisch an – und gab in Unas Beisein die Order aus, daß ab sofort jeder, der auf dem Wasser unterwegs war, eine Schwimmweste tragen mußte, gleichgültig, welches Boot benutzt wurde und welche Aktivitäten anstanden. Außerdem erklärte sie, daß die Umwelt bei dem Training nicht geschädigt werden durfte. Sie wußte selbst, daß sie die Einhaltung dieser beiden Vorschriften nicht erzwingen konnte, aber es war unerläßlich, sie an die Kursleiter auch in schriftlicher Form weiterzugeben. Der kritische Moment kam, und Rebecca fühlte einen Adrenalinstoß, als sie jeden Trainer einzeln aufforderte, die Bestätigung, daß er entsprechende Instruktionen von der Hotelleitung erhalten hatte, zu unterschreiben. Einen Augenblick herrschte höchste Spannung im Raum, als sie das Papier vor Innes schob und ihm den Kugelschreiber hinhielt. Innes starrte sie mit unverhohlener Feindseligkeit an. Hektische rote Flecken waren auf seinen Wangen zu sehen, Speichel glänzte in seinen Mundwinkeln, und seine kleinen runden Augen blitzten vor Haß. Rebecca begegnete ungerührt seinem Blick und konzentrierte ihren Willen darauf, ihm ohne Aggression die Stirn zu bieten. Sie wünschte nur, Una würde ihn nicht so flehentlich aus schreckgeweiteten Augen ansehen.

Rebecca erkannte in den kleinen gemeinen Augen genau, wann Innes zu dem Schluß kam, daß dies hier alles sowieso nur Blödsinn war. Kein Mensch würde jemals erfahren, was wirklich bei den Exkursionen vor sich ging, und dieses arrogante Biest würde, nachdem sie einmal überall ihre Nase hineingesteckt hatte, ihr Büro bestimmt nicht mehr verlassen.

Rebecca sah, wie sehr seine Hand zitterte, als er wütend seine unleserliche Unterschrift unter die Bestätigung setzte. Dan trat mit beruhigender Bereitwilligkeit neben ihn, unterschrieb zügig und sah Rebecca mit einem knappen Nicken an. Stuart richtete einen zweifelnden Blick auf Innes, ehe er mit der linken Hand unterzeichnete. Zum Schluß malte Bern, der immun gegen die spannungsgeladene Atmosphäre zu sein schien, gehorsam und sorgfältig seinen Namen unter die drei anderen.

»Ich fürchtete schon, Innes würde dich niederschlagen«, gestand Una atemlos, als die Männer gegangen waren und sich die Gemüter ein wenig beruhigt hatten. »Es war grauenhaft.«

»Und wahrscheinlich ziemlich sinnlos«, fügte Rebecca grimmig hinzu. Sie fuhr sich mit den Händen durchs Haar und war selbst erstaunt, wieviel Kraft sie diese Konfrontation gekostet hatte. »Wahrscheinlich müßten wir ihnen seitenweise Verhaltensregeln vorlesen und zur Unterschrift vorlegen. Mir würde da so manches einfallen: Erste Hilfe, Maßnahmen im Notfall, Sicherheitsvorschriften in den Bergen, und so weiter. Und besonders wütend macht mich, daß gerade Innes und Dan verdammt viel besser als ich wissen, was in einem solchen Regelwerk verankert sein müßte.«

»Komm, Rebecca, laß uns eine Tasse Tee auf der Terrasse trinken.«

»Gute Idee.«

Das Telefon klingelte, und Rebecca nahm ab.

»Hallo, ich rufe aus Island an. Mein Englisch ist nicht sehr gut. Ich möchte Zimmer für fünf Personen reservieren, ist das möglich? Können Sie dafür sorgen, daß wir vom Flughafen in Edinburgh oder Glasgow abgeholt werden? Wir möchten uns Schlösser ansehen und Golf spielen – hallo? Wie bitte? Sie möchten wissen, zu welchem Datum? Moment, ich sehe im Kalender nach ...«

Wie viele Jahre ist es her, seit du zum letztenmal hier draußen warst?« schrie Trudy, so laut sie konnte.

»Mindestens zehn«, brüllte Rebecca zurück.

Der klapprige Van quietschte und polterte mit röhrendem Motor über den Feldweg. Lilias saß sicher angegurtet auf dem mit weichen Kissen gepolsterten Beifahrersitz und strahlte voller Zuversicht und Freude. Rebecca hockte in Lilias Rollstuhl, der bei jedem Schlagloch an die Seitenwand der nach Fisch riechenden leeren Ladefläche stieß, und klammerte sich an Trudys Sitz. Sie spähte an der Nackenstütze vorbei, um einen Blick auf die atemberaubenden Berge und den in der Sonne glitzernden Sund vor ihnen zu werfen. Es war heiß in dem Van, und man konnte sich nur verständlich machen, wenn man aus Leibeskräften schrie. Aber Rebecca war selig.

Es war Sonntag, und sie war weit weg vom Hotel und frei. In Ardlonach würden bald die ersten Gäste in beiden Bars eintrudeln und ihre Aperitifs vor dem Mittagessen bestellen. Auf der Terrasse würden alle Plätze besetzt sein; Paddy hatte bereits einige Tische aus dem Kutscherhaus geholt und draußen aufgestellt. In der heißen Küche herrschte hektischer Hochbetrieb. Alle außer Aggie und Donna hatten Dienst, und Una hatte, da es ein schöner, sonniger Tag zu werden versprach, eisern darauf bestanden, daß Rebecca wie geplant mit

Trudy und Lilias zu dem schönsten aller Picknickplätze, nach Righ Bay, fahren sollte.

»Es ist vielleicht für Trudy die allerletzte Gelegenheit, etwas mit einer von uns zu unternehmen. Sie hat ihren Laden täglich bis auf Sonntag geöffnet, und gerade am Sonntag haben wir hier in der Hochsaison alle Hände voll zu tun. Außerdem darfst du nicht auf alles Schöne verzichten, nur weil ich ein Hotel habe und damit irgendwie zu Rande kommen muß. Ich hätte ehrlich ein schlechtes Gewissen, wenn du heute hierbleiben würdest.«

Und jetzt war sie hier – sie, die sich nie von irgend jemandem fahren ließ, wenn sie es vermeiden konnte, hatte sich freiwillig in diesen lauten, unzuverlässigen Van gesetzt, und ließ sich ordentlich durchschütteln, während Trudy lässig am Steuer saß und den schlingernden Wagen über den Feldweg lenkte –, und das alles machte ihr nicht das geringste aus. Heute wollte sie alle Sorgen wegen der Überlebensschule aus ihrem Bewußtsein verdrängen – sie hatte es bereits getan. Vorerst konnte sie ohnehin nichts unternehmen, und mit den Grübeleien schadete sie sich nur selbst. Im Augenblick dürfte alles ruhig verlaufen. Innes und Stuart waren mit einem Anfängerkurs in Ben Nevis, Bern lungerte im Hotel herum, wo er zweifellos überall dort mithalf, wo er in Sylvies Nähe sein konnte, während Dan mit der Gruppe II Dauerlauf auf der Küstenstraße machte. Am Abend fand eine Nachtnavigationsübung unter Dans Leitung statt, und ganz bestimmt würde er dafür sorgen, daß er vorher Trudy sah, die nach dem Ausflug mit nach Ardlonach zum Abendessen kommen wollte.

Dan und Trudy – mit dieser Entwicklung hatte Rebecca nicht gerechnet, aber im großen und ganzen gefiel ihr das ganz gut. Trudy jedenfalls hatte offensichtlich ihren Spaß, und Dan war wie ausgewechselt, wenn sie in seiner Nähe war. Zumindest saß er nicht mehr mit verschränkten Armen da und machte den Eindruck, als würde er das Treiben um sich herum nur mit Geringschätzung beobachten.

Es wäre schön, wenn er auch in meiner Gegenwart ein wenig lockerer wäre, dachte Rebecca. Das würde ihr manches erleichtern. Aber diese Sache mit Trudy könnte ihn unter Umständen dazu bringen, in Ardlonach zu bleiben, wenn sich die Lage mit Innes noch mehr zuspitzte. Es kam ihr nicht in den Sinn, daß Dan in Erwägung ziehen könnte, sich ganz mit Trudy zusammenzutun und bei ihr zu wohnen.

Noch etwas hatte sich zum Besseren gewendet: Una brachte nicht mehr in jedem Satz Tonys Namen ins Spiel und hatte entdeckt, daß sie ganz allein mit vielem spielend fertig wurde, von dem sie bisher angenommen hatte, es würde ihre Fähigkeiten übersteigen. Es blieb ihr gar nichts anderes übrig, als die Verantwortung in den Bereichen zu übernehmen, in denen Rebecca keine Erfahrung hatte, und sie war von Schuldgefühlen geplagt, weil Rebecca, die eigentlich hergekommen war, um sich von ihrem anstrengenden Leben in der Stadt zu erholen, so viel arbeitete. Aus diesen Gründen hatte Una all ihren Mut zusammengekratzt und sich auch der Aufgaben angenommen, von denen sie geglaubt hatte, nur Tony könnte sie erledigen.

Doch am allerschönsten von allem war, daß sich Esme angesagt hatte, um sich endlich ein paar Tage Urlaub in Ardlonach zu gönnen. Rebecca freute sich sehr, sie wiederzusehen. Ihr fehlten die Gespräche und das gemeinsame Lachen mit Esme. Erst jetzt merkte sie, wie sehr ihr das Verständnis und die Liebe ihrer Mutter über die schlimmste Zeit, den Schmerz, die Reue und die Selbstzweifel hinweggeholfen hatten.

Una hatte, egal wie tapfer sie sich den Pflichten stellte, die ihr von einem Tag auf den anderen aufgezwungen worden waren, mit sich selbst genug zu tun – sie war eine Frau, deren Mann gerade mit einer anderen durchgebrannt war. Daß sie zu blind oder zu naiv gewesen war, so etwas kommen zu sehen, konnte man ihr wohl kaum zum Vorwurf machen. Obwohl sie umgänglich war und es ihr gelang, eine fröhliche Arbeitsatmosphäre zu schaffen, war sie nicht gerade eine geistsprühende Gesellschafterin, und zudem war sie nur allzu bereit, in jedem Menschen ausschließlich das Gute zu sehen. Die Bekanntschaft mit Trudy, die eine scharfe Beobachterin war und gern ihre Zunge wetzte, war für Rebecca eine Bereicherung, aber in letzter Zeit widmete Trudy ihre Aufmerksamkeit und Freizeit hauptsächlich Dan. Na ja, wenigstens machten sie heute diesen Ausflug zusammen, und sie hatten sich einen wunderschönen Tag dafür ausgesucht.

Prima, daß Lilias mitgekommen ist, dachte Rebecca, als sie die alte Frau mit Trudys Hilfe in den Rollstuhl setzte. Trudy hatte die Räder zuvor so weit in den Sand gedrückt, wie es ging.

»Es ist mir der allerliebste Platz von der ganzen Welt«, hatte Lilias ausgerufen, als Trudy vorgeschlagen hatte, einmal hierherzufahren. »Ich habe schon im letzten Sommer versucht, Stephen dazu zu überreden, mit mir hinzufahren, aber er hat sich immer irgendwie herausgeredet. Er hält mich für zu gebrechlich, hat aber nicht den Mumm, mir das ins Gesicht zu sagen.«

Jetzt waren sie hier, an diesem verlassenen Strand. Lange, dunkle Felsvorsprünge schirmten ihn ab, und die Sonne wurde von dem weißen Strand reflektiert. Die großen Berge auf den fernen Inseln schimmerten blau über dem glitzernden Wasser. Auf dem grünen Hang hinter ihnen befanden sich die von Gras überwucherten Ruinen eines alten Dorfes.

»Donald Macraes Vorfahren haben hier gelebt«, sagte Lilias. »Noch vor drei Generationen. Es ist schwer vorstellbar, daß hier noch vor relativer kurzer Zeit ein richtiges Dorf war.«

Rebecca hatte Gewissensbisse, als sie Donalds Namen hörte. Trudy hatte ursprünglich vorgeschlagen, Lilias heute nach Rhumore zu bringen, doch Rebecca hatte auf Righ Bay bestanden. Sie war Clare einmal in Trudys Laden begegnet – zum Glück war Clare allein dort gewesen. Sie war etwa in Rebeccas Alter, schlank und blond und hatte ein ausdrucksvolles Gesicht. Und Rebecca hatte ihre ungezwungene Freundlichkeit und ihre Schlagfertigkeit gut gefallen. Aber einen Tag zusammen mit ihr, Donald und ihrem kleinen Sohn zu verbringen war etwas ganz anderes. Für so etwas war Rebecca noch nicht bereit.

Es wird schon werden, sagte sie sich mit der Zuversicht, die man immer empfindet, wenn man eine schwierige Sache auf unbestimmte Zeit verschoben hat. Ich besuche sie ein andermal.

Sie packte den prall gefüllten Picknickkorb aus, der mit Leckereien aus der Vorratskammer von Ardlonach, Trudys Laden und Barbara Baileys Küche bestückt war.

»Ich hoffe, Catriona bringt ordentlichen Hunger mit«, sagte sie, als sie überblickte, was sie auf der Decke ausgebreitet hatte.

»Gott allein weiß, wann sie auftaucht«, sagte Trudy, während sie eine Flasche Mosel aus der Kühlbox nahm.

»Oder ob überhaupt«, setzte Lilias hinzu. »Sie weiß oft nicht einmal, welcher Tag ist, und es bedeutet ihr auch nichts.«

»O nein, wir tun ihr unrecht«, rief Trudy und deutete mit dem Korkenzieher zum Hügel.

Rebecca drehte sich um. Am Rand der grasbewachsenen Senke war Catriona auf einem stämmigen Roß mit langer Mähne und langem Schweif vor dem strahlenden Himmel zu sehen. Braan war an ihrer Seite und spitzte wachsam die Ohren. Eine perfekte Momentaufnahme. Genau hier möchte ich sein, dachte Rebecca voller Leidenschaft, als sie zusah, wie das Pferd den Hang im leichten Trab eines Bergponys herunterkam. Catriona schwang sich aus dem Sattel, reichte Trudy die Zügel, während sie sich zu Lilias hinunterbeugte, um sie zu umarmen, dann wandte sie sich mit ihrem schüchternen Lächeln an Rebecca.

»Liebe Güte, das sieht wirklich umwerfend aus«, rief sie und beäugte das Picknick mit demselben Interesse wie Braan.

Es war ihr offenbar nicht eingefallen, selbst etwas zu der Mahlzeit beizusteuern, dachte Rebecca amüsiert. Sie sah Trudys Grinsen und wußte, daß ihr dasselbe durch den Kopf ging. Bisher hatte sich für Rebecca noch keine Gelegenheit ergeben, Glen Righ einen Besuch abzustatten, aber das mußte sie bald nachholen.

»Ich glaube, heute gehe ich nicht schwimmen«, erklärte Lilias apathisch, als sie nach dem Essen, bei dem sie doppelt so viel vertilgt hatte wie sonst, das Gesicht der Sonne zuwandte und die Augen schloß.

»Das ist gut«, erwiderte Trudy träge.

Lilias lachte schnaubend. Sie war so glücklich, daß sie es nicht ertragen konnte, diesen Mädchen, die sich so wunderbar um sie kümmerten, zu zeigen, was sie empfand. Das Glück hatte in letzter Zeit scharfe Kanten bekommen, und stets lauerte im Hintergrund die große Frage, die kein Mensch beantworten konnte. Es war eine große Erleichterung zu wissen, daß Catriona die beiden tatkräftigen Frauen in der Nähe hatte.

Trudy und Catriona schwammen, während Lilias ein Nickerchen machte und Rebecca auf die Felszunge am Rand der Bucht ging und in den kleinen warmen Pfützen planschte. Dann gruben sie die Räder des Rollstuhls aus und schoben Lilias über die Wiese zu dem Punkt, von dem aus man die nächste Bucht überblikken konnte. Rebecca setzte sich aufs Pferd, um zu sehen, ob sie noch reiten konnte, entschied jedoch schon bald, daß sie sehr gut ohne dieses Vergnügen weiterleben konnte.

Vier Frauen, dachte sie belustigt, nachdem sie und Trudy Lilias, die steif und fest behauptete, sie sei kein bißchen müde, nach Hause gebracht und in Barbara Baileys Obhut übergeben hatten. Was geschieht hier mit mir? Aber sie konnte sich an keinen Tag erinnern, an dem sie zufriedener gewesen wäre.

KAPITEL 13

Tony ließ endlich etwas von sich hören, oder vielmehr ließ er Una etwas ausrichten. Aber weder sein Gewissen noch die Fürsorge für seine Frau trieben ihn dazu, Verbindung mit Ardlonach aufzunehmen, sondern das, was Rebecca vorausgesehen hatte – Geld. Caroline rief Rebecca an und sprach mit ihr in feierlichem unheilvollem Ton und mit leiser Stimme, als fürchtete sie, ganz Bershire könnte sich für die finanzielle Not und die Eheprobleme ihres jüngeren Bruders interessieren.

»Ich dachte, ich rufe zur Abendessenszeit an, weil Una da bestimmt zu beschäftigt ist, um selbst an den Apparat zu kommen«, sagte sie sehr zufrieden, weil sie so schlau gewesen war, sich das zusammenzureimen.

Rebecca, die gerade die Bestellung einiger Gäste aufnehmen wollte – hoffentlich sprang Thea für sie ein –, als das Telefon geklingelt hatte, widerstand der Versuchung, Caroline darauf hinzuweisen, daß sie alle zu dieser Tageszeit voll im Einsatz waren. Caroline hatte noch nie irgend etwas wirklich zu Ende gedacht.

»Hör zu, folgendes ...« Diese Eröffnung weckte lebhafte Erinnerungen an die herrschsüchtige Cousine und ihre humorlose Bestimmtheit. »Tony fand, daß ich die einzige bin, mit der er über diese scheußliche Angelegenheit reden kann ...«

O bitte, müssen wir das unbedingt jetzt erörtern? Sag lieber, was zu sagen ist, und fertig.

»... Ehrlich, er verhält sich ziemlich gut, wenn man bedenkt – ich meine, er hat Una immerhin alles zurückgelassen.«

Dieser Satz konnte auf verschiedene Arten interpretiert werden. Rebecca ließ Caroline weiterschwatzen, schaute auf ihre Uhr und lauschte den Geräuschen in der Halle – die Leute, für die Tisch drei reserviert war, gingen von der Bar in den Speisesaal. Gut. Hoffentlich war Joanie da, um ihnen zu zeigen, wo sie sich hinsetzen sollten. Und Thea war auf dem Weg zur Bar. Hatte sie daran gedacht, den Kühlschrank in Nummer 18 aufzufüllen? Die Dumonts hatten ihn fast vollständig geplündert.

»... und als Hotel ist es natürlich enorm im Wert gestiegen ...«

»Caroline, rufst du mich an, um mir etwas Bestimmtes mitzuteilen? Du hast dir tatsächlich die Zeit ausgesucht, in der bei uns Hochbetrieb herrscht. Was genau hat Tony gesagt?«

»Du bist immer so ungeduldig, Rebecca«, beschwerte sich Caroline. »Das hier ist bestimmt wichtiger, als mit Gästen zu plaudern oder was immer du dort machst. Immerhin hast du ja nichts mit dem Hotel zu tun.«

Gott, ich hab' vergessen, »Salat ohne Dressing« auf den Bestellzettel von den Gästen, die nur zum Essen hier sind, zu schreiben. Rebecca nahm den Telefonapparat und ging zur Tür, um Thea bei ihrem nächsten Gang in die Küche ein Zeichen geben zu können. »Ich bitte dich, Caroline, komm zum Punkt. Tony will doch was.«

Er wollte Una vorwarnen, daß er das Konto der Überlebensschule, das ausschließlich auf seinen Namen lief, abräumen und auflösen würde. »Da es wirklich sein Geld ist, finde ich es hochanständig von ihm, daß er ihr Bescheid gibt«, erklärte Caroline. »Er hätte tun und lassen können, was er will, ohne auch nur ein Wort zu sagen.«

»Nur, daß er ein überzogenes Konto hinterlassen hat und daß jetzt ein ordentliches Guthaben besteht«, gab Rebecca unfreundlich zurück. Ohne sich mit Rebecca abzusprechen, hatte Una große Schecks von zwei ihrer größten Kunden auf dieses Konto eingezahlt. Da ohne Tonys Unterschrift niemand etwas abheben konnte, war das Geld, von dem gut die Gehälter der Kursleiter bezahlt und andere Ausgaben gedeckt werden könnten, unzugänglich. Andere Schecks, mit denen die Trainingsgebühren bezahlt wurden und die auf die Schule ausgestellt waren, hatte Rebecca zurückgeschickt mit der Bitte, als Empfänger das Hotel einzutragen. Aber so wie die Dinge standen, konnte Tony jetzt über eine beträchtliche Summe verfügen, ohne auch nur einen Finger dafür gekrümmt zu haben. Und Rebecca wartete immer noch auf die Rückerstattung des Geldes, das sie für das Trainingszentrum ausgelegt hatte.

»Es ist sein Geld«, wiederholte Caroline eingeschnappt. »Er rührt das Hotelkonto nicht an, das, soviel ich weiß, ein gemeinsames Konto von Una und Tony ist. Er hätte sich ohne weiteres schon die ganze Zeit Geld von dort holen können.«

»Das konnte er nicht, Dummkopf. Es ist so gut wie nichts drauf.«

»Es ist nicht nötig, einen solchen Ton anzuschlagen, Rebecca. Ich gebe nur das weiter, worum Tony mich gebeten hat.« Carolines Stimme wurde schrill und gereizt, und Rebecca wußte aus Erfahrung, daß es keine gemeinsame Gesprächsbasis geben konnte. Versuch, alle Fakten aus dem Redeschwall herauszufiltern, und bring die Sache so schnell wie möglich hinter dich, nahm sie sich vor.

»Also bleibt Tony in Zukunft mit Serena zusammen?« fragte sie unverblümt. Und das, obwohl sie ihm offensichtlich das Taschengeld gestrichen hat? fügte sie in Gedanken hinzu.

»Darüber hat er selbstverständlich nicht mit mir gesprochen«, versetzte Caroline.

»Aber er kommt nicht zu Una zurück?«

»Ich richte euch nur das aus, was er mir aufgetragen hat.«

»Gibst du mir dann wenigstens seine Adresse, Telefon- und Faxnummer?«

»Du weißt sehr genau, daß ich das nicht kann. Tony vertraut mir.«

»Dann können sich die Anwälte über dich mit ihm in Verbindung setzen?«

»Die Anwälte?«

»Nun ja, Una kann dieses Hotel nicht allein führen, und außerdem ist das Haus viel zu groß für sie allein. Sie werden es wohl oder übel verkaufen und den Erlös unter sich aufteilen müssen.« Tony sollte ruhig zu spüren bekommen, daß die Sache nicht so einfach war, wie er dachte, auch wenn Rebecca in diesem Augenblick den Entschluß faßte, Ardlonach auf gar keinen Fall aufs Spiel zu setzen. Sie würde alles unternehmen, um einen Verkauf zu verhindern.

»Ardlonach verkaufen?«

»Wie sollte Una das Haus halten? Wie stellst du dir das vor?«

»Aber das kommt ja gar nicht in Frage! Es ist das Heim der Familie – wir alle verbringen unsere Ferien dort. Dieses Jahr sind wir sogar drei Wochen da, obwohl ich in der zweiten Woche wohl für zwei, drei Tage wieder runterfahren muß. Und Fran und Leonie kommen beide mit. Wir dachten sogar schon daran, Mutter zu überreden ...« Caroline verstummte. Diese grauenvolle Idee hatte sie offenbar aus dem Konzept gebracht.

Tante Maida haßte Ardlonach, das wußte Rebecca. Maida wäre hocherfreut, wenn das alte Gemäuer endlich in andere Hände überginge und sie nie mehr mit Caroline deswegen streiten müßte.

»Ihr solltet allesamt möglichst bald anfangen, euch nach einem anderen Ort umzusehen, an dem ihr euren Urlaub verbringen könnt.« Nach einem Hotel, in dem ihr bezahlen müßt.

»Aber Tony würde nie zulassen, daß Ardlonach verkauft wird. Es ist sein Zuhause.«

»Seins und Unas. Was würdest du vorschlagen, nachdem er sich aus dem Staub gemacht hat, ohne finanzielle Vorkehrungen getroffen zu haben? Wie auch immer – du mußt mich jetzt wirklich entschuldigen, ich muß unbedingt los und noch ein bißchen mit den Gästen plaudern, wie du es ausdrückst. Sag mir Bescheid, wenn du etwas Konstruktives von Tony hörst.« Wenn sie nicht die letzten Gäste von ihren Barhockern holte und in den Speisesaal begleitete, würden Una und sie noch um Mitternacht auf den Beinen sein und das Dessert servieren.

»Aber Rebecca ...«

»Heb dir alles weitere für Tony auf – sprich mit ihm. Und wenn du schon dabei bist, frag ihn doch, warum er nicht wenigstens so viel Mumm aufbringt, Una selbst anzurufen.«

»Rebecca, ehrlich, das ist nicht ...«

»Tschüs, Caroline.«

Rebecca hörte noch das empörte Keuchen, bevor sie auflegte. Sie schloß erschöpft die Augen und legte einen Moment die kühlen Fingerspitzen auf die Lider. Schwesterliche Liebe. Tony hatte es tatsächlich geschafft, Caroline davon zu überzeugen, daß er sich hochanständig verhielt und das Richtige tat. Nichts hatte sich verändert. Und die arme Una – wie würde sie diese Nachricht aufnehmen? Wie sehr hatte sie darauf gebaut, daß Tony zurückkommen würde? Und die Aussicht, Ardlonach und das Hotel auf längere Sicht ohne ihn weiterzuführen, war etwas ganz anderes, als sich darauf zu verlassen, daß dies nur eine vorübergehende Phase war, in der Rebecca sie tatkräftig unterstützte. War es überhaupt machbar, den Hotelbetrieb unter diesen Umständen fortzuführen?

Thea streckte den Kopf durch die Tür. »Oh, Sie telefonieren nicht mehr, Gott sei Dank. Una sagt, die Avocados in der zweiten Kiste sind noch steinhart – sie kann sie nicht verwenden. Wir müssen das den Gästen an den letzten beiden Tischen sagen.«

»Wie viele haben Avocados bestellt?«

»Vier?«

»Was kann Una als Ersatz anbieten?«

»Das hat sie nicht gesagt.«

»O *Una*!«

Später, als es ruhig im Haus geworden war und sie und Una ihre letzte Runde gemacht hatten, um Aschenbecher auszuleeren, Kissen aufzuschütteln, Vorhänge aufzuziehen und die Fenster zu schließen, ließen sie sich beide todmüde im großen Salon nieder, und Rebecca nutzte die Gelegenheit, um die schlechten Nachrichten loszuwerden. Una war nach der ersten Tränenflut erstaunlich sachlich, obwohl man ihr die Enttäuschung deutlich ansah. Ihr Elend weckte Rebeccas Wut auf ihren Cousin aufs neue.

Es war nicht der ideale Zeitpunkt für ein solches Gespräch, das wußte sie sehr gut. Sie waren beide völlig erschöpft nach einem langen Tag, es war schon fast ein Uhr morgens, und Una mußte spätestens um halb acht wieder in der Küche stehen. Aber tagsüber gab es kaum eine Möglichkeit, sich für eine ungestörte Unterhaltung an ein ruhiges Plätzchen zurückzuziehen.

Rebecca hatte eigentlich befürchtet, Una würde wieder in dieselbe Depression verfallen wie in den ersten Tagen nach Tonys Verschwinden, aber Una hatte seither enorme Fortschritte gemacht. Was immer sie noch für Tony empfand, es warf sie nicht mehr aus der Bahn, daß sie ohne ihn zurechtkommen mußte.

»Im Grunde war es Unsinn, daß wir, Tony und ich, überhaupt versucht haben, zusammenzubleiben und hier weiterzumachen«, sagte sie, »das sehe ich jetzt ein. Das Hotel hat uns beide verändert, unsere ganze Beziehung. Ich habe Tony mit meinem Durcheinander verrückt gemacht, und ich sehe in letzter Zeit wirklich furchtbar aus – ich habe nie genug Zeit für ein anständiges Make-up und all das, und man kann sich nicht elegant anziehen, wenn man den ganzen Tag in der Küche arbeitet. Und er war so niedergeschlagen, weil er nicht mehr das machen konnte, was er wollte – du weißt schon: segeln, wenn der Wind günstig stand, oder Einladungen zur Jagd annehmen und so weiter. Und er hatte es so satt, sich um tropfende Wasserhähne und verstopfte Klos zu kümmern.«

Sie kicherte unter Tränen und nahm einen großen Schluck von dem Brandy, den Rebecca ihnen beiden aus der Bar geholt hatte. Rebecca war eher der Ansicht, daß Tony in all den Jahren nur das gemacht hatte, wozu er Lust gehabt hatte.

»Der arme Tony«, fuhr Una voller Mitgefühl fort. »Natürlich braucht er Geld, und es war ehrlich anständig von ihm, nicht alles vom Hauptkonto abzuheben, findest du nicht?«

Rebecca atmete tief durch und enthielt sich jeden Kommentars. »Wir werden das Trainingszentrum offiziell zu einer Zweigstelle des Hotels machen müssen«, sagte sie, nachdem sie sich mühsam dazu durchgerungen hatte, beim Geschäftlichen zu bleiben. Die Einnahmen der Schule würden von jetzt an bis zum Ende der Saison hauptsächlich für Löhne und Gehälter verwendet werden müssen. Die Einlagen der Firmen waren längst aufgebraucht. »Aber das Hotel an sich steht nicht gut da. Ich denke, du solltest dir wirklich überlegen, ob du weitermachen willst, Una. Und wenn ja, dann mußt du entscheiden, wie ...«

»Oh, wir müssen weitermachen!« Dieser Aufschrei mochte Ausdruck der Angst vor der Alternative gewesen sein, vor einem Leben ohne Beschäftigung und Ziel. Oder sie sah die Angelegenheit im selben Licht wie Rebecca und fand auch, daß das Hotel ein funktionierendes, lebendiges Unternehmen war, das sich großer Beliebtheit erfreute und sich vielversprechend entwickelte.

»Wir müssen uns gründlich Gedanken machen, ob und wie das geht«, warnte Rebecca. »Als erstes muß eine solide finanzielle und rechtlich abgesicherte Basis für das Unternehmen geschaffen werden.« Und es muß unbedingt dafür gesorgt werden, daß keines der Konten ausgeräubert werden kann, wann immer Tony knapp bei Kasse ist, setzte sie in Gedanken hinzu.

»Und du? Wirst du hierbleiben? Ohne dich kann ich es nicht schaffen.«

Die Stunde der Entscheidung war gekommen. Rebecca spürte, wie sich ihr Magen verkrampfte, und griff hastig nach dem Brandyglas. Aber es war im Grunde ganz einfach. Sie war der Lösung ihrer persönlichen Krise keinen Schritt näher gekommen und konnte sich nach wie vor nicht dazu durchringen, sich das zu nehmen, was sie wollte, und die schrillenden Warnglocken zu ignorieren. Ihr war bewußt, daß sie sich hinter den täglichen Pflichten hier im Hotel versteckte, um sich der Wahrheit nicht stellen zu müssen. Aber eines war sicher – es gab keinen anderen Ort, an dem sie im Augenblick ein neues Leben anfangen könnte. Hier hatte sie Freunde und Bekannte, sie wurde akzeptiert, und es gab Arbeit, die getan, und Probleme, die beseitigt werden mußten. Genau wie Una einen Moment zuvor hatte sie jetzt das Gefühl, daß ein neuer Start irgendwo anders etwas Erschreckendes und Sinnloses wäre. Sie konnte den Sommer über hierbleiben, bis zum Ende der Saison müßten Unas Angelegenheiten auf die eine oder andere Weise geregelt sein. Aber die Möglichkeit, daß Tony eines schönen Tages unbekümmert und selbstgefällig wieder ins Haus schneien könnte, bestand nach wie vor.

»Vorerst bleibe ich, ja«, antwortete sie. Diese Worte laut auszusprechen war eine ungeheure Erleichterung. Sie könnte sich eine Frist setzen und Ivor dann – in Monaten – ihre Antwort geben. Auf diese Weise gewann sie Zeit, konnte alles ganz genau überdenken und ein Glück schützen, das kostbarer als ihr eigenes war.

»O Rebecca, das ist wunderbar«, rief Una und sprang auf, um sie zu umarmen. »Es wäre schrecklich, jetzt aufzugeben. Nur gut, daß eine Menge Geld vorhanden ist«, fügte sie vergnügt hinzu.

Rebecca starrte sie mit offenem Mund an. Hatte sie Una nicht gerade klargemacht, daß das Unternehmen ums Überleben kämpfte? »Eine Menge Geld?« wiederholte sie. »Wovon sprichst du überhaupt? Wo ist dieses Geld?«

»Auf meinem Konto natürlich. Auf dem Konto, das Daddy für mich eingerichtet hat.«

»Aber, Una ...« Rebecca schwirrte der Kopf. »Willst du damit sagen ...? Soll das heißen, daß du Geld auf einem Konto liegen hast, während wir hier jeden Penny zusammenkratzen müssen, um die Rechnungen und Gehälter zu bezahlen, während ich mir bei jeder Bestellung, die wir aufgeben, die Haare raufe und spare, nur damit wir ohne einen weiteren Kredit bei der Bank den Betrieb am Laufen halten können? Geld, zu dem du jederzeit Zugang hast? Das kann nicht dein Ernst sein! Was, um alles in der Welt, hast du dir dabei gedacht? Was meinst du, worüber ich mir die ganze Zeit den Kopf zerbreche?«

»Ich weiß doch, wie sehr du es liebst, die Ausgaben gering zu halten«, erwiderte Una, »während ich eher dazu neige, manchmal ein wenig verschwenderisch zu sein. Und die Geschäftsbücher waren ziemlich chaotisch. Ich dachte, du würdest dich nur ärgern, weil wir all die Jahre so nachlässig waren. Und das Hotel muß ja schließlich Profit abwerfen, ohne daß wir ständig auf Eigenkapital zurückgreifen, sonst lohnt sich das Ganze nicht, das habe ich mittlerweile gelernt.«

»O, gut – ich bin froh, daß wir das klargestellt haben.« Wie immer gewann der Humor rasch wieder die Oberhand. »Und jetzt möchte ich ganz genau wissen, wovon du eigentlich sprichst.«

»Na ja, Tony hat immer vermieden, mein Geld in den Betrieb zu stecken – abgesehen von den Investitionen, die wir am Anfang beide getätigt haben. Er hat einen Teil seiner Aktien verkauft, um das Trainingszentrum aufzuziehen; es war immer sein persönliches Unternehmen, deshalb wurde es strikt vom Hotelbetrieb getrennt.« Sie redete immer noch so, als hätte Tony damit etwas besonders Cleveres vollbracht, und zweifellos hatte er ihr das auch eingeredet. Dabei war ihr offenbar nie in den Sinn gekommen, daß das Hotel dem neugegründeten Unternehmen Verpflegung, Räumlichkeiten, Strom und Heizmaterial kostenlos zur Verfügung stellte und damit einen Großteil der Betriebskosten übernahm.

»Aber er hat auch einen Kredit für das Hotel aufgenommen«, rief Rebecca ihr ins Gedächtnis. Wie so oft, wenn sie mit Una über geschäftliche Angelegenheiten diskutierte, hatte sie das Gefühl, daß ihr der Boden unter den Füßen weggezogen wurde. »Er, oder vielmehr ihr bezahlt so viel an Zinsen, daß die Einkünfte des Hotels beim derzeitigen Umsatz kaum die Kosten decken.«

»Wenn ich mich recht entsinne, hat Tony gesagt, daß mein Kapital, wenn es nicht angerührt wird, mehr Zinsen bringt, als der Kredit uns kostet«, sagte Una unsicher. »Kann das stimmen?«

»Aber die Zinsen auf das Kapital sind nicht in den Betrieb geflossen, oder?« fragte Rebecca beherrscht.

»Nein, ich glaube nicht. Nein, selbstverständlich nicht. Sie sind dem Kapital zugerechnet worden.« Una redete wie ein Kind, das einem begriffsstutzigen Erwachsenen die Lösung eines Rätsels darlegt.

Rebecca preßte ein Kissen vors Gesicht und lachte haltlos.

»Du weinst doch nicht, oder?« fragte Una erschrokken. Sie stand wieder auf – diesmal, um Rebecca vorsichtig zu tätscheln.

»Bestimmt nicht, aber ich weiß wirklich nicht, warum ich nicht auf der Stelle losheule«, erwiderte Rebecca kichernd und sah sie mit Lachtränen in den Augen an, dann warf sie das Kissen in die Sofaecke. »Gleich morgen, Mrs. Urquhart, werden wir beide ein langes, ernsthaftes Gespräch führen müssen.«

Falls Una morgen überhaupt dazu fähig ist, überlegte sie, denn plötzlich kamen ihr Bedenken. Bisher hatte Una noch keine Zeit gehabt, in vollem Umfang zu begreifen, was Tony ihr über seine Schwester mitgeteilt hatte. Zum Glück gab es das Hotel, das sie dazu zwang, eine Sache nach der anderen in Angriff zu nehmen, und keine Rücksicht auf persönliches Leid oder Einsamkeitsgefühle nahm.

Rebeccas letzter Gedanke vor dem Einschlafen war: Wenn die Situation im Trainingszentrum eskaliert, was unweigerlich passieren wird, haben wir wenigstens die Mittel, den Firmen die Kapitaleinlagen zurückzuerstatten. Gleichzeitig wußte sie, daß ihr das sehr weh tun würde.

Esme fuhr fast so schnell wie vor Wochen ihre Tochter auf der A86 am zauberhaften Loch Laggan entlang. Äußerlich wirkte sie gefaßt und makellos wie immer – eine Frau, die ihr Leben fest im Griff hatte. Sie hatte in Killiecrankie ausgezeichnet zu Mittag gegessen und freute sich (wie sie sich selbst immer wieder versicherte) auf die ersten Ferientage, die sie sich seit vielen Jahren gönnte. Ganz bestimmt freute sie sich darauf, ihre Tochter wiederzusehen. Rebeccas trockener Humor und ihre Schlagfertigkeit hatten Esme in den letzten Wochen sehr gefehlt. Trotzdem flatterten ihre Nerven, und sie wünschte von Herzen, obwohl sie zügig weiterfuhr, sie könnte auf der Stelle kehrtmachen und sich in ihre saubere, sichere Wohnung in Edinburgh flüchten.

Es war lächerlich – schließlich war sie nach Francis' Tod schon einmal in Ardlonach gewesen. Doch jener kurze Besuch war etwas, das sie nie vergessen würde. Sie hatte Höllenqualen gelitten und sich vergeblich bemüht, die Erinnerungen an die Vergangenheit und den Kummer abzuwehren. Sie war gegangen, weil sie entschlossen gewesen war, daß Rebecca das geliebte Haus so im Gedächtnis behalten sollte, wie es einst gewesen war, und daß sie ihr die Möglichkeit, sich in Ardlonach aufzuhalten, nicht verbauen durfte. Aber dann war ihr klargeworden, daß Rebecca alt genug war, auch ohne sie hinzufahren, daß sie sich das vielleicht sogar wünschte. All das war nun Jahre her, und inzwischen dürfte sich so manches verändert haben. Die drei Urquhart-Brüder waren tot; Williams Frau Maida hatte längst eingestanden, daß sie sich all die Jahre in Ardlonach entsetzlich gelangweilt hatte, und genoß jetzt ein reges Gesellschaftsleben in Shaftesbury, das sie unter keinen Umständen aufgeben wollte. Und von den Urquhart-Cousinen, die das Haus in ihrer Kindheit so sehr geliebt hatten, war im Moment nur Rebecca dort. Außerdem war Ardlonach mittlerweile ein gut laufendes Hotel voller Gäste. Oder machte das den Verlust noch schmerzlicher?

Francis war vor siebzehn Jahren ums Leben gekommen, und die Erinnerungen hatten mittlerweile nicht mehr die Kraft, ihr weh zu tun. Aber in letzter Zeit hatten sie sich unausweichlich in den Vordergrund gedrängt, und die Rückkehr nach Ardlonach war eine Gelegenheit, sich diesen Erinnerungen zu stellen und sich ein für allemal von ihnen zu verabschieden. Und sie würde Rebecca wiedersehen. Ob es eine Möglichkeit gab, mit ihr über all das zu sprechen? Oder war es noch zu früh? Und in welchem Zustand würde sie ihre Tochter vorfinden? Würde man ihr immer noch ansehen, daß sie einen Schlag hatte hinnehmen müssen?

Wie weit und grandios diese Landschaft war, wie menschenleer, imposant und aufregend! Wie Rebecca konnte sie es kaum fassen, daß sie es so lange woanders ausgehalten hatte, ohne wenigstens ab und zu herzukommen. Im Gegensatz zu den schroffen Bergen und den grünen Hügeln wirkte die üppig blühende Senke, in der Ardlonach lag, geradezu unanständig verschwenderisch.

Esme schwang das Steuer herum, um den Wagen auf dem Kieshof hinter dem Gebäude abzustellen.

Rebecca mußte am Fenster gestanden und auf sie

gewartet haben, denn sie stürmte augenblicklich strahlend vor Freude aus dem Haus und schloß ihre Mutter in die Arme. Dann trat sie ein, zwei Schritte zurück, um sie anzusehen, ehe sie sie wieder umarmte. Sie sieht großartig aus, dachte Esme, die sonnengebräunte Haut im Kontrast zu der cremeweißen Bluse, das glänzende Haar, das keinen so akkuraten Schnitt mehr hat, die etwas schmaler gewordenen Hüften in den terrakottafarbenen Jeans ... aber vor allem war der verletzte Ausdruck, den Esme so sehr gefürchtet hatte, aus den dunkelblauen Augen verschwunden.

»Ich hätte nie gedacht, daß du das wahr machst«, rief Rebecca. »Fünf ganze freie Tage – ich kann es kaum glauben! Hast du viel Gepäck dabei? O nein, es ist nicht so schlimm. Ich denke, das schaffen wir allein. Una wurde ans Telefon gerufen. Eine Frau hat ein Glas mit einer widerlichen Vitaminpaste hier vergessen, und jetzt will sie tatsächlich, daß wir ihr das Zeug nachschicken. Ich hab' es längst weggeschmissen, also ist die Sache vom Tisch, aber Una muß ihr das Ganze erklären. Oh, da kommt sie ja.«

Esme stellte erleichtert fest, daß Una und Rebecca einander gut getan und ein richtiges Team waren, als sie plappernd wie die Kinder, die früher Leben ins Haus gebracht hatten, die Treppe zum obersten Stock vorangingen.

»Bist du sicher, daß es dir nichts ausmacht, in der Mansarde zu wohnen? Leider sind wir an diesem Wochenende vollkommen ausgebucht. Wir haben ein Klappbett für Rebecca in mein Zimmer gestellt. Oder wäre es dir lieber, wenn sie das Zimmer mit dir teilt?«

Das kleine Zimmer mit den rauchblauen Wänden und den weißen Möbeln weckte eine Flut von Erinnerungen – wunderbare Erinnerungen, die Esme ins

Herz schnitten. Am klarsten stand ihr das Bild vor Augen, wie Rebecca im Schlafanzug im Bett lag – der kompakte kleine Körper, das sonnengebräunte Gesicht, das schimmernde Haar. Ein Kind, das vor Gesundheit und Glück strotzte. Hier in diesem Zimmer hatte Esme gesessen und ihrer kleinen Tochter vorgelesen – das Fenster stand offen wie jetzt, und die würzige Luft strömte herein, das Wasser glänzte in der Abendsonne, und die Insel schien in goldenes Licht getaucht zu sein.

Die Jahre hatten vieles verändert. Jetzt standen ihr nicht mehr das große Schlafzimmer im ersten Stock, das breite Bett und Francis' Arme zur Verfügung, und auch ihre Stellung in der Familie als Frau des zweitgeborenen Sohns hatte sie mit Francis' Tod verloren. Für sie war dieses Kinderzimmer unter dem Dach und das ehemalige Kinderbad am Fuß der Treppe geblieben – jetzt hatten die Hotelgäste absolute Priorität.

Und das ist gut so, dachte Esme. Das Leben geht weiter und hält für jeden von uns Veränderungen bereit. Nun war sie tatsächlich hier, mit Rebecca, und hörte die fröhlichen Stimmen der beiden Mädchen, und ihre eigenen Sorgen und Ängste schienen mit einemmal ganz weit weg zu sein. Esme konnte sich nicht mehr vorstellen, über ihre Nöte zu sprechen.

»Ich werde mich hier oben sehr wohl fühlen«, versicherte sie, dann wandte sie sich vom Fenster ab, um die beiden Mädchen anzusehen. »Wirklich. Ich bin ja so aufgeregt, weil ich wieder in Ardlonach bin.«

Obwohl Rebecca glücklich war, ihre Mutter hier zu haben, fühlte sie sich an diesem Wochenende ständig hin- und hergerissen zwischen Pflicht und Neigung. Sie versuchte verzweifelt, sich Zeit zu stehlen, um an diesen kostbaren Tagen so viel wie möglich mit Esme zusammenzusein und in Erinnerungen zu schwelgen, die sie sonst mit niemandem teilen konnte. Sie wollte auf vertrauten Pfaden wandeln, träge Stunden in versteckten Buchten liegen und vor allem zur Insel fahren, um dort den Stimmen der Vergangenheit zu lauschen.

Nichts davon konnte sie wahrmachen. Aggie hatte sich inzwischen ein heimtückisches Rückenleiden – die Krankheit alles Arbeitsunwilligen – zugezogen und kam und ging, wann es ihr paßte, und nicht, wann es der mühsam erarbeitete Dienstplan vorschrieb.

»Warum, um alles in der Welt, nimmt sie einen Job als Zimmermädchen an, wenn sie Probleme mit dem Rücken hat?« fragte Rebecca ihre Mutter, als sie gemeinsam die Betten der Gäste machten.

»Vielleicht hat sie Rückenschmerzen, weil sie diesen Job macht«, erwiderte Esme gelassen und schuf mit ein paar Handgriffen behagliche Ordnung in dem nur oberflächlich geputzten Zimmer. Rebecca grinste und hob anerkennend beide Daumen, ehe sie ins nächste Zimmer gingen.

»Betten machen und Bäder schrubben gehört nicht gerade zu den Dingen, die ich während deines Aufenthalts hier mit dir unternehmen wollte«, entschuldigte sich Rebecca bei ihrer Mutter, als sie die letzte Tür hinter sich schlossen. »Du bist wirklich eine große Hilfe.«

»Es ist sinnvoller, daß ich mich ein wenig nützlich mache, als dir die Arbeit allein zu überlassen, während ich irgendwo herumsitze und auf dich warte. So können wir wenigstens ein bißchen plaudern.« Aber keine ernsthafte Unterhaltung führen, fügte Esme in Gedanken hinzu. Vielleicht war es ja auch noch zu früh, um irgendwelche Geständnisse abzulegen. Über eines war sich Esme jedenfalls klargeworden: Was immer Rebecca einen derartigen Schock versetzt hatte, daß sie sich genötigt fühlte, alle Brücken hinter sich abzubrechen, wurde vorübergehend von drängenden Problemen praktischer Natur überlagert.

»Und wir brauchen nur ein Viertel der Zeit, die Aggie und Donna bei dieser Arbeit vertrödeln«, bemerkte Rebecca nach einem Blick auf ihre Uhr. »Was, um Himmels willen, treiben sie hier oben den ganzen Vormittag? Laß uns für eine Weile von hier verschwinden. Ich möchte hinüber nach Inshmore gehen und Joanie fragen, ob sie heute abend ein bißchen früher kommen kann. Außerdem kennt sie vielleicht jemand, der ein paar Stunden in der Woche in der Bar aushelfen könnte. Wenn Paddy seinen freien Tag hat, finde ich kaum jemanden, der sich hinter die Theke stellt. Aber es könnte bald zu regnen anfangen« meinte sie und schaute aus dem Fenster im Treppenhaus. »Ja, es wird bald regnen, aber es wird wohl nicht allzu schlimm werden.«

»Mir macht das überhaupt nichts aus. Komisch, daß der Regen einem hier so viel freundlicher vorkommt als an der Ostküste.«

Sie kamen in die Halle. Sylvie hatte sich gerade auf die Suche nach Rebecca gemacht, weil abreisende Gäste ihre Rechnung bezahlen wollten und Una damit beschäftigt war, telefonisch eine Bestellung aufzugeben.

Erst nach dem Lunch konnten sich Esme und Rebecca endlich auf den Weg nach Inshmore machen. Und sie mußten sich beeilen, um rechtzeitig zum Tee zurückzusein, da Una allein im Hotel war und neue Gäste erwartet wurden.

Das kleine Dorf hatte sich im Laufe der Jahre so gut

wie gar nicht verändert. Aber heute wurden die meisten Cottages als Ferienwohnungen vermietet, und ein paar waren an englische Pensionäre verkauft worden, die Wintergärten und Garagen mit Schlackensteinmauern an die hübschen alten Häuser gebaut, Asphalteinfahrten angelegt und die Gärten gestutzt und getrimmt hatten.

Rebecca entdeckte Dans Capri auf der Straße vor dem letzten Cottage nahe des Loch. Sie bezahlten ihm eindeutig zuviel, wenn er sich das schönste Haus des Dorfes leisten konnte. Ob Trudy schon einmal hier gewesen war? Ganz bestimmt, dachte Rebecca ärgerlich. Dan machte zwar eine ganz große Sache daraus, sein Zuhause von allem abzuschirmen, was seine Arbeit betraf, aber das Zutrittsverbot würde sicherlich nicht für die derzeitige Frau in seinem Leben gelten, und die beiden machten wahrlich kein Geheimnis aus ihrer Beziehung. Dan trug in letzter Zeit ein sehr viel freundlicheres Gesicht zur Schau – hin und wieder zumindest –, und Trudy hatte ziemlich offen erklärt, daß es wundervoll war, wieder einen Mann an ihrer Seite zu haben.

Esme fuhr allein zu Lilias, stattete den Macleods und Bekannten der Urquharts einer anderen Generation Besuche ab. Einmal brach sie zu einem langen Spaziergang an der Küste auf, kam aber bald in Tränen aufgelöst zurück. Die Vergangenheit und die Zweifel, was die Zukunft bringen würde, hatten sie übermannt, und sie mußte sich mit dem Gedanken abfinden, daß sie von hier wegfuhr, ohne sich mit Rebecca ausgesprochen zu haben.

Doch zu einem waren Rebecca und Una, die sich beide bei Esme dafür entschuldigten, weil sie sie so sehr vernachlässigten, fest entschlossen: Sie wollten unter allen Umständen die Dinnerparty veranstalten, die sie für Esmes letzten Abend in Ardlonach geplant hatten, und, was auch passieren mochte, selbst daran teilnehmen.

KAPITEL 14

Trudys Freude auf die Party hielt sich in Grenzen. Zum einen fand das Essen im Hotelspeisesaal statt, und das bedeutete, daß sie einen Rock anziehen mußte. Leider fiel ihr erst jetzt auf, wie abgetragen ihre Sandalen waren. Zum anderen kannte sie Rebeccas Mutter überhaupt nicht, und so nett sie es auch fand, daß sie eingeladen war, war ihr nicht klar, warum Esme sie kennenlernen wollte.

Das schlimmste war allerdings, daß ihr Van den Geist aufgegeben hatte. Dan hatte versprochen, ihn sich an seinem nächsten freien Tag anzusehen, aber er hatte sie auch ohne viel Mitgefühl gewarnt, daß der Wagen reif für den Schrottplatz war und sie sich besser nach einem neuen Gefährt umsehen sollte. Natürlich war ihr bewußt gewesen, daß das eines Tages bevorstehen würde, doch sie hatte gehofft, diese Saison noch über die Runden zu kommen und sich erst dann ein neues Auto zulegen zu müssen, wenn ihr Bankkonto ein wenig gesünder aussah.

Noch etwas vermieste ihr den Abend: Die Irvines hatten mit Rücksicht auf ihren kaputten Van fürsorglich ein Arrangement getroffen, das ihr ganz und gar nicht behagte. Sie selbst holten Lilias, die über Nacht in Ardlonach bleiben würde, in Inverbuie ab und hatten daher Johns neuen Praxispartner gebeten, Trudy mit nach Ardlonach zu nehmen. Er war gerade erst in Luig angekommen, und Trudy hatte ihn noch nicht gesehen. Außerdem widerstrebte es ihr, sich nach Jahren des Alleinlebens nach anderen richten zu müssen und nicht nach Hause fahren zu können, wann es ihr paßte. Zu guter Letzt mußte sie sich eingestehen, daß sie keine Lust hatte, einen Abend in Ardlonach zu verbringen, an dem Dan nicht teilhatte. Möglicherweise bekam sie ihn gar nicht zu Gesicht, und sie würde auch nicht die Chance haben, sich davonzustehlen und ihn zu suchen. Das hatte er auch nicht vorgeschlagen. Als sie ihm erzählt hatte, daß sie zu der Dinnerparty eingeladen war, hatte er überhaupt kein Wort dazu gesagt. Das war eine der Abfuhren, an die sie sich allmählich gewöhnte.

Sie wußte nicht einmal, was er heute abend vorhatte. Er war immer sehr verschlossen, was sein Programm betraf, und gab nur vage Antworten, wenn sie versuchte, etwas über seine Freizeitbeschäftigung herauszufinden. Und wenn sie ihn doch heute noch sah und sie sich zusammen davonmachen konnten, würde er sie dann in sein Cottage mitnehmen? Sie hatte es nie gesehen, und das störte sie mittlerweile schon ein bißchen. Er kam immer zu ihr, tauchte auf, wann es ihm beliebte, und wenn sie ganz ehrlich zu sich selbst war, dann mußte sie zugeben, daß das der eigentliche Grund für ihre üble Laune an diesem Abend war.

Tatsache war, daß Dan und sie seit ihrem ersten gemeinsamen Abend mehr oder weniger auf der Stelle traten. Na ja, er war von vornherein ziemlich offen gewesen: Er wollte Gesellschaft, Sex und Spaß ohne irgendwelche Verpflichtungen haben. Und sie war überzeugt davon, selbst nichts anderes zu wollen, aber in letzter Zeit erwachte die Sehnsucht nach dem beinahe vergessenen Gefühl, wirklich mit jemandem zusammenzusein. Und körperlich, dachte sie mit einem schiefen Grinsen, als sie die Ranken einer Geranie mit dem Handrücken anhob, um Zugang für die Gießkanne zu schaffen, war er in jeder Hinsicht ungeheuerlich attraktiv. Aber die Kälte, die in ihm war, diese tiefsitzende, ständig präsente Zurückhaltung konnte Trudy nie ganz vergessen – auch nicht wenn sie gemeinsam lachten oder sich neckten. Und seine nüchterne, aber ausgesprochen geschickte Art, eine Frau zu lieben, hinterließ ein Frösteln, auch wenn der Akt an sich wundervoll war. Bei der kleinsten gefühlvollen Reaktion von ihrer Seite, ließ er sofort die Rolläden herunter, das hatte sie inzwischen gelernt. Dann sagte er irgend etwas Witziges oder erzählte ihr irgendeine Anekdote, stand auf und trank ein Bier oder kochte Kaffee. Sein Blick warnte sie: Bis hierher und nicht weiter.

Ich bin auch nicht auf eine tiefsinnige, ernsthafte Beziehung aus, dachte sie und seufzte, aber trotzdem wäre es nur natürlich, wenn wir Fortschritte machen und gegenseitiges Vertrauen entwickeln würden.

Sie füllte die Gießkanne am Waschbecken im Kühlraum auf und lenkte ihre Gedanken auf etwas Positives: Es war trotz allem schön, daß sie Clare heute abend wiedersehen würde. In letzter Zeit hatte sich nicht oft die Gelegenheit zu einem Treffen ergeben. Und Clare und Donald brachten Catriona mit. Trudy freute sich sehr, daß die so zurückgezogen lebende Catriona zugesagt hatte. Immer wieder machte sie sich Vorwürfe, daß sie nicht genügend Zeit hatte, um etwas für Catriona zu tun, auch wenn ihr nicht einfiel, was das sein könnte. Und die liebe Lilias hatte das Angebot, über Nacht in Ardlonach zu bleiben, angenommen – wirklich mutig. Lilias würde nicht bis in alle Ewigkeiten unter ihnen weilen, so schwer das auch zu begreifen war, und jedes Beisammensein mit ihr war kostbar.

Trudy hörte, daß jemand in den Laden kam. Sie hatte die Blumen in dem kleinen Hof gegossen und widerstand der Versuchung, die welken Blüten abzuzupfen, um nicht ihren indischen Baumwollrock und das orangefarbene T-Shirt, über dem sie eine Lederweste trug, schmutzig zu machen. Sie ließ die Ladentür oft offen, wenn sie an den Abenden zu Hause war. Geschäft war Geschäft, und zu dieser Jahreszeit schlenderten Massen von Touristen vor dem Abendessen in ihren Ferienhäusern durch die Straßen und hatten nichts anderes zu tun, als Geld auszugeben.

Trudy, die aus dem vom Abendlicht erhellten Hof in den vergleichsweise dunklen Laden kam, sah zunächst nur den Rücken einer ungewöhnlich langen, schmalen männlichen Gestalt und einen silbergrauen, perfekt sitzenden Anzug, aber keinen Kopf. Ihr Gehirn verarbeitete kaum, was sie vor Augen hatte. Sie blinzelte unsicher im Halbdunkel, als sich ihr der Kunde, noch immer kopflos, zu ihr umdrehte.

»Vielleicht sollte ich lächeln«, sagte eine volltönende, tiefe Stimme amüsiert in allerbestem Englisch. »Ihnen scheint der Schreck ordentlich in die Glieder gefahren zu sein.« Weiße Zähne blitzten auf, und sie erkannte ein mageres pechschwarzes Gesicht.

»Guter Gott!« Trudy lachte. »Es sah wirklich so aus, als würde der Anzug allein durch meinen Laden spazieren. Kann ich Ihnen irgendwie helfen, oder suchen Sie sich selbst etwas aus?«

»Ich suche nach Ihnen, glaube ich«, sagte diese wundervolle Stimme, und für einen schwindelerregenden Augenblick kam es Trudy so vor, als müßte diesen Worten so etwas wie »schon mein ganzes Leben lang« folgen. »Fitzroy Colquhoun, ich bin John Irvines neuer Partner. Darf ich sagen, daß ich mich glücklich schätze, nicht nur weil ich schon in meinen ersten Tagen hier am Ort zu einer Dinnerparty eingeladen werde, sondern auch weil man mich mit der angenehmen Aufgabe betraut hat, Sie abzuholen?«

John Irvine, mit dir habe ich demnächst ein großes Hühnchen zu rupfen, dachte Trudy. Aber das war wirklich ein gelungener Scherz, und Fitzroy Colquhoun schien sich auch köstlich zu amüsieren. Seine Augen blitzten vergnügt, und sein Auftreten sowie sein Gesichtsausdruck verrieten, daß er gern lachte.

»Müssen wir irgendwelche Türen abschließen?« fragte er, während er Trudy amüsiert musterte. »Ich habe überigens keine Eile und kann warten, falls Sie noch etwas hier zu erledigen haben.«

»Oh, die Türen.« Trudy war drauf und dran gewesen, mit diesem Mann einfach auf- und davonzugehen, und sie war sicher, daß ihm das nicht verborgen geblieben war. Sie lachte und lief die Außentreppe zu ihrer Wohnung hinauf, fand die Glastür jedoch bereits verschlossen vor, rannte zur Tür zur Werkstatt, von der sie angenommen hatte, sie sei abgesperrt, dabei stand sie offen. Trudy sagte sich, daß sowieso niemand durch den Hafen rudern würde, nur um sie auszurauben, aber gleich darauf dachte sie wie schon hundertmal zuvor: Warum eigentlich nicht? Doch alle ihre Betriebsamkeit war nur oberflächlich – in ihr brodelte eine neue Vorfreude auf den heutigen Abend.

Der ungefähr einsneunzig große Fitzroy Colquhoun bückte sich, um Trudy die Beifahrertür eines glänzenden MG zu öffnen. Trudys Stimmung erhellte sich noch ein bißchen mehr. Weshalb nur war sie vorhin eigentlich so mißmutig und schlechtgelaunt gewesen? Sie konnte sich nicht einmal mehr daran erinnern.

»Menschenskind!« rief Rebecca erstaunt. »Ich wußte gar nicht, daß Colquhoun das schottische Wort für kohlschwarz ist.«

Dan mußte unwillkürlich lachen – Rebecca brachte ihn oft so weit, aus sich herauszugehen –, als er ebenfalls aus dem Bürofenster schaute und zusah, wie ein langbeiniger schwarzer Mann in teurem Anzug aus einem makellos gepflegten MG stieg und zur Beifahrertür ging um jemandem herauszuhelfen. Scheiße, das war Trudy!

»Ein bißchen rassistisch, wie?« fragte er und riß sich zusammen, um Rebecca in gespieltem Ernst zu rügen.

»Aber ziemlich gut, finde ich«, erwiderte sie fröhlich und sortierte rasch die heutige Post. Sie hatte gehofft, vor dem Essen wenigstens ein paar der Briefe auf die verschiedenen Häufchen verteilen zu können. »John Irvine hat sich offensichtlich einen Spaß daraus gemacht, das geheimzuhalten. Was, um alles in der Welt, werden die Einwohner von Luig dazu sagen? Dan, hören Sie, ich gehe jetzt besser. Diese beiden Briefe hier betreffen Sie – in einem geht es um Gerätschaften für das Trainingszentrum, der andere ist eine Anfrage wegen der Ausrüstungsliste. Kritzeln Sie einfach die Antwort drauf, ich schreibe die Briefe morgen ins reine.«

Dan beobachtete mit steinerner Miene, wie Trudy

und ihr Begleiter den Hof überquerten. Er achtete gar nicht auf das, was Rebecca sagte.

Er ist eifersüchtig, dachte sie und verspürte Ärger. Es war ihr von jeder verhaßt, länger als eine Sekunde aufgehalten zu werden, wenn sie mit der Arbeit vorwärtskommen wollte.

»Ich lasse sie Ihnen hier«, sagte sie mit mehr Nachdruck. »Ich muß gehen, die Party fängt gleich an.«

Dan stellte den Heftapparat auf die Briefe, ohne sie anzusehen. »Bis später«, sagte er, nahm die ordentlich verpackten geräucherten Forellen, die Una ihm gegeben hatte, an sich und ging.

Una sollte so etwas nicht machen, dachte Rebecca aufgebracht. Wenn die Leute so viel bezahlt bekamen, daß sie gut davon leben konnten, sollten sie sich auch selbst verpflegen. Aber sie wußte auch sehr genau, daß das nur ein geringfügiger Anlaß für ihren Unmut war. Allerdings erschien es ihr im Moment sehr viel bequemer, sich damit zu befassen, als der Sache genauer auf den Grund zu gehen.

Ich muß unbedingt mit Rebecca reden, dachte Dan, als er durch den Küchenkorridor ging, um nicht den Gästen dieser verdammten Dinnerparty zu begegnen. Er könnte sich ins Kutscherhaus zurückziehen und dort ein paar Biere trinken. Nein – er hatte noch etliche Dosen in seinem Kühlschrank zu Hause, die reichten ihm heute.

Verdammter Innes, er würde den Karren noch vollkommen in den Dreck fahren. Aber wann ergab sich einmal die Gelegenheit, deswegen ein Gespräch mit Rebecca zu führen? Ihre Mutter war fast die ganze Woche über hier gewesen. Morgen ging Dan auf eine zweitägige Exkursion, dann hatten Bern und Stuart ihren freien Tag. Und sie in diesem verflixten Büro anzusprechen war unmöglich; jedesmal wenn man auch nur den Mund aufmachte, klingelte das Telefon, oder ein Gast platzte herein mit der üblichen Phrase: »Ich weiß natürlich, daß Sie sehr beschäftigt sind, aber ich wollte nur ...«

Er hatte Trudy versprochen, sich ihren Van anzusehen, und es bisher noch nicht geschafft. Fuhr die Karre jetzt gar nicht mehr? Mußte sie deshalb heute mit jemandem mitfahren? Wahrscheinlich müßte er mindestens einen Monat an dem Ding herumbasteln. Er würde die Zeit besser darauf verwenden, ihr ein anderes Auto bei Gebrauchtwarenhändlern in der Umgegend zu suchen, aber wann sollte er das tun? Na ja, vielleicht hatte er bald alle Zeit der Welt. Es war kaum vorstellbar, daß sie sich die ganze Saison durchmogeln konnten wie bisher. Irgend etwas mußte passieren, und zwar schnell.

Das also war der neue Doc. Ihm fiel Rebeccas bissiger Kommentar wieder ein, und er mußte grinsen, während er den Abhang zu seinem Cottage hinunterjoggte. Ihr loses Mundwerk würde sie irgendwann noch einmal in große Schwierigkeiten bringen.

Als er sein Cottage betrat, fühlte er sich schon wesentlich besser. Das Zischen, als er die erste Dose Lager öffnete, und die beiden köstlich aussehenden Forellen, die er aus dem Papier nahm – Una war wirklich ein Schatz – hellten seine Stimmung noch mehr auf. Es war nicht Trudy an der Seite dieser Schneiderpuppe, was dich umgehauen hat, du Blödmann, sagte er sich. Es ist nur immer wieder die alte Geschichte. Du hast etwas angefangen, womit du im Grunde nichts zu tun haben willst. Sie sagt, sie wünscht sich auch nichts anderes, aber sie wird von Mal zu Mal eindringlicher. Sie war lange allein, und du bist in ihr Haus gestolpert und hast ihren Appetit geweckt. Jetzt will sie mehr, als du geben kannst. Ist es an der Zeit, die Koffer zu packen und von hier abzuhauen? Aber was ist mit diesem Cottage, will ich wirklich weg von hier? Na ja, es gibt noch andere, billigere Cottages.

Er neigte den Kopf nach hinten und ließ sich das kühle Bier durch die Kehle rinnen.

»Ist das nicht wunderbar? Keine Restaurantgäste, keine zusätzlichen Hotelgäste, die ohne Anmeldung aufgetaucht sind. Nur die beiden Pärchen, und die haben schon früh gegessen«, sagte Una hochzufrieden. Sie betrachtete die lange gedeckte Tafel in dem ansonsten leeren Speisesaal. Deine erste Einladung ohne Tony, der sich um alles kümmert, flüsterte eine kleine gemeine Stimme in ihrem Kopf, aber Una ignorierte sie.

»Müßtest du dir nicht eigentlich viele Gäste wünschen?« neckte Jeanette Irvine sie.

»Nicht heute abend. Sogar Rebecca will heute niemanden hier sehen«, beteuerte Una mit gespieltem Ernst.

»Ah, dann muß ja alles seine Richtigkeit haben.«

Rebecca wird hier wirklich an allen Ecken und Enden gebraucht, wunderte sich Esme und lauschte den fröhlichen Stimmen und dem Gelächter. Es erleichtert ihr bestimmt vieles, wenn sie ständig zu tun hat und sich von der Arbeit von Tag zu Tag, von Woche zu Woche weitertreiben läßt. Sie merkt wahrscheinlich gar nicht, wie schnell die Zeit vergeht. Ich muß morgen schon wieder nach Hause, und in all den Tagen hatten wir nicht einen Moment Zeit zum Reden.

Kaum zu glauben, aber man wird einfach von dem Trubel mitgerissen. Ist sie ehrlich glücklich hier, oder übersteht sie die Zeit nur, indem sie ihre Probleme mit Arbeit zudeckt? Jedenfalls sieht sie glücklich aus, sie lacht und wehrt sich gegen die gutgemeinten Sticheleien.

Der lange Tisch und die elf lächelnden Gesichter brachten mit einem Schlag die Vergangenheit zurück – Familientreffen, Kinderstimmen, Francis' strahlendes Lächeln, sein dunkles Haar, das hübsche Gesicht, die blauen Augen, die vor Vergnügen funkelten wie Rebeccas gerade jetzt.

Es war gut, die Bande heute abend neu knüpfen zu können. Besonders schön war es für Esme, Lilias wiederzusehen, die vor Jahren der Mittelpunkt aller freundschaftlichen Beziehungen gewesen war. Und Donald Macrae mit seiner reizenden blonden Frau – Clare war wirklich eine absolute Verbesserung im Vergleich zu der ungeselligen Isabel. Und die schüchterne Catriona Finlay, die noch immer aussah wie das zerzauste, scheue Kind, das Esme von früher kannte. Catriona brauchte offensichtlich Hilfe; ob sich Rebecca ihrer annahm? Und da war der gesetzte John Irvine, der immer im Hintergrund geblieben war, wenn sich die Urquhart-Kinder und ihre Freunde getroffen hatten, und der heute den Auftritt seines umwerfend charmanten Partners so trefflich inszeniert hatte.

Wie lieb von den Mädchen, eine Party für sie zu arrangieren – und wie umsichtig von dem Personal, dafür zu sorgen, daß nichts diesen Abend störte. Esme begegnete Unas Blick und hob lächelnd ihr Glas. Es könnten zwölf Personen hier am Tisch sitzen – dieser Gedanke schoß ihr ungewollt durch den Kopf. Vielleicht war sie beim nächsten Mal mutiger.

»... sind Sie sicher, daß Sie Cheltenham auf das hier vorbereitet hat?«

»Wir mußten heute morgen zu Eilean Raidh«, warf John ein.

»Ziemlich kraß, wie?« fragte Donald mit dem unbewegten Gesichtsausdruck, an den sich Esme so gut erinnerte.

»Na ja, als ich dort war, kamen ehrlich gesagt schon ein paar Zweifel.« Fitzroys Lachen klang wie ein melodiöser Donnerhall. Alle am Tisch mußten mitlachen. Thea, die einen Teller vor jemanden auf den Tisch stellte, grinste breit, und sogar über Joanies Gesicht huschte ein Lächeln, obwohl sie sich sonst durch nichts und niemanden von ihrer Arbeit ablenken ließ.

»Sein Gesicht hatte einen grünen Schimmer«, erzählte John. »Ein außergewöhnlicher Anblick.«

»Und das im Sommer«, meinte Jeanette.

»Geht segeln«, empfahl Lilias. »Nichts hilft besser gegen einen flauen Magen, als die Ruderpinne in der Hand zu halten.«

»Liegt das eigentlich daran, daß man sich auf etwas anderes konzentrieren muß, oder daran, daß man das Gefühl hat, alles unter Kontrolle zu haben?« fragte Clare interessiert nach.

Una stellte erleichtert und erfreut fest, daß ihr dies hier wirklich guttat. Sie gab eine Party in ihrem eigenen Haus, ohne Tony, und es machte unheimlichen Spaß. Sie brauchte sich keine Sorgen darüber zu machen, ob er das, was sie tat oder sagte, für richtig hielt, ob sie gut genug aussah oder ob ihm das Essen so recht war. Kein Mensch an diesem Tisch würde sie oder ihre Vorbereitungen kritisieren. Und mit Fitzroys strahlendem Lächeln, seinen höflichen Manieren, dem wohltönenden tiefen Lachen und seiner offensichtlichen Freude am Absurden konnte keine Party ein Reinfall werden.

»Könnten Sie mich nicht einfach nur Fitz nennen?« bat er. »Fitzroy klingt so edwardianisch, finde ich.«

»Wie, um alles in der Welt, sind Sie zu diesem Namen gekommen?«

Schon jetzt hatten alle das Gefühl, daß ihn keine persönliche Frage kränken konnte.

»Fitzroy ist ein guter alter jamaikanischer Name, müssen Sie wissen«, begann er und lachte, als ihn alle zweifelnd ansahen. Nur Jeanette und Una nickten. »Colquhoun war der Nachname der Leute, die mich als Baby adoptiert und nach England gebracht haben. Die Familie hat dort drüben jahrelang mit der Förderung von Bauxit zu tun gehabt, und mein leiblicher Vater kam bei der Arbeit ums Leben, deshalb haben sie mich zu sich genommen.«

»Was ist Bauxit?« erkundigte sich Rebecca. »Und jetzt tut bloß nicht alle so, als wüßtet ihr das!«

»Ein Erz, das man zur Herstellung von Aluminium braucht. Es wird auch bei der Produktion von Schleifpapier, Isoliermaterial, Zement, Chemikalien sowie in der Öl- und Stahlindustrie verwendet.«

»Danke, Fitz.«

Trudy überlegte, wo sich Dan gerade herumtreiben mochte. Er hätte nur Verachtung für eine so oberflächliche Unterhaltung übrig, das wußte sie. Aber wieso war sie sich dessen so sicher? Seine Gespräche mit den Trainern und den Überlebensschülern in der Kutscherhaus-Bar hatten bestimmt kein höheres intellektuelles Niveau. Das Lachen, der Wein und das gute Essen hatten Trudy in Hochstimmung versetzt, und sie wußte, was nach einem solchen Abend gut für sie wäre: mit jemandem nach Hause zu gehen. Nicht allein im Bett zu liegen. Das klang fast, als würde sie sich mit jedem x-beliebigen Mann zufriedengeben, aber das stimmte ganz und gar nicht. Und wie immer, wenn ihr so etwas durch den Kopf ging und ihre Gedanken zu Dan wanderten, mußte sie sich ehrlicherweise eingestehen, daß es mit ihm nicht halb so wundervoll war, wie sie es sich anfangs vorgestellt hatte. Aber gerade jetzt, in dieser Stimmung, wollte sie mit ihm zusammensein und in seinen muskulösen Armen liegen. Sie trank einen großen Schluck Wein. Gut, daß ich heute nicht selbst nach Hause fahren muß, sagte sie sich.

Catriona Finlay, von John und Trudy flankiert, trug nur wenig zur Unterhaltung bei. Es war ihr von jeher schon ein Rätsel gewesen, daß die anderen immer so viel zu reden hatten. Aber sie liebte es, ihnen zuzuhören, und nachdem sich das Nervenflattern, das ihr bei der Ankunft mit Donald und Clare so schwer zu schaffen gemacht hatte, ein wenig verflogen war, wurde ihr bewußt, daß sie in dieser Gesellschaft nicht das geringste zu befürchten hatte. Trotzdem fiel ihr nichts ein, was sie erzählen könnte. Ihr Leben verlief absolut ereignislos.

Als ihr Großvater noch lebte und sie an Glen Righ House gefesselt war, weil sie für ihn sorgen mußte, hatte sie nie über ihr eingeschränktes Leben nachgedacht und schon gar nicht damit gehadert. Es war eben einfach so, und es entsprach ihrem scheuen Wesen, ihrem Hang zur Einsamkeit. Clare und Trudy waren mittlerweile ihre Freundinnen geworden – das hatte ihr früher sehr gefehlt –, und Lilias, die sie von Kindesbeinen an kannte, war in den letzten Jahren wie eine Mutter für sie gewesen. Und doch hatte sie jetzt, fast zwei Jahre nach Fergus' Tod, das dringende

Bedürfnis, endlich etwas aus ihrem Leben zu machen.

Aber an diesem Abend vergaß sie ihre Sorgen und amüsierte sich. Rebeccas Mutter hatte sie so warmherzig begrüßt, daß jeder Zweifel, ob man sie wirklich auf dieser Party haben wollte, mit einemmal verflogen war. Und nicht einmal dieser neue Doktor mit seinem eleganten grauen Anzug, dem blütenweißen Hemd, dem dröhnenden Lachen und dem ungeheuerlichen Selbstbewußtsein konnte ihr einen Schrecken einjagen.

Zu viele Frauen, überlegte Rebecca nüchtern. Ob Trudy Dan nicht doch gern mitgebracht hätte? Sie hätte ihn einladen können, aber Trudy hatte Rebecca erklärt, daß ihm eine solche Veranstaltung ganz bestimmt zuwider wäre, und das unsinnige Argument angeführt, eine solche Bevorzugung würde nur Unfrieden unter den Trainern stiften. Rebecca fragte sich, was wohl der wahre Grund für Trudys Verhalten war. Gewiß wäre es der allgemeinen Stimmung nicht zuträglich, wenn Dan mit finsterer Miene am Tisch sitzen würde, auch wenn sich Fitz ganz sicher nicht davon hätte beeinflussen lassen. Andererseits konnte Dan, wenn er wollte, ein sehr guter Unterhalter sein; er hatte eben nur nicht oft Lust dazu.

Esme sah großartig in ihrer Tunika aus, fand Rebecca. Sie machte einen glücklichen Eindruck und wurde von ihren beiden Tischherrn Donald und John gut unterhalten. Ob die Gespräche und die alten Freunde schmerzliche Erinnerungen in ihr wachriefen? Vermißte sie Francis noch immer, obwohl er ihr das Leben damals bestimmt nicht leicht gemacht hatte?

Schade, daß sie schon morgen abreisen mußte – gerade jetzt, wo es im Hotel ruhiger war. Aber es war ohnehin ein Wunder gewesen, daß sie sich überhaupt für ein paar Tage von ihrem Geschäft hatte losreißen können. Vielleicht hatte es ihr hier so gut gefallen, daß sie bald wiederkam – dann würden sie sich mehr Zeit füreinander nehmen. Wieder hatte Esme keine einzige Frage gestellt – sie war wirklich sehr rücksichtsvoll.

Und wenn sie gefragt hätte? Rebecca wollte heute und in dieser Gesellschaft wirklich nicht darüber nachdenken. Die Gründe für ihre Flucht aus Edinburgh schienen mit einemmal in weite Ferne gerückt zu sein. Sie hatten nichts mit diesem Haus oder den Leuten zu tun, die sich hier versammelt hatten. Dann war es also die richtige Entscheidung gewesen, allem den Rücken zu kehren? Möglicherweise brauchte sie ja wirklich nichts anderes zu tun, als sich mit anderen Dingen zu beschäftigen und abzuwarten, bis der Schmerz nachließ und schließlich ganz verschwand.

Jedenfalls hatte sie sich verpflichtet, bis zum Ende der Saison hierzubleiben, und das bedeutete, daß einige Dinge geregelt werden mußten. Wichtiger als alles andere war, die Zeitbombe, die das Trainingszentrum darstellte, zu entschärfen. Wie immer jagte ihr der Gedanke an die Schule einen eisigen Schauer über den Rücken. Es war undenkbar, alles so unkontrolliert weiterlaufen zu lassen wie bisher. Konnte man Una davon abbringen, die Organisation um jeden Preis so zu erhalten, wie Tony sie aufgebaut hatte?

»Du machst ein ziemlich grimmiges Gesicht, Rebecca. Vergiß nicht, du bist auf einer Party«, flüsterte Lilias neben ihr.

»Lilias, entschuldige. Habe ich dich vernachlässigt?«

»Ich fürchte, es ist mir nicht gelungen, Donalds Aufmerksamkeit zu gewinnen – er beschäftigt sich ausschließlich mit deiner Mutter. Wie jung, schlank und elegant sie ist! Man muß sie wirklich bewundern.«

Das Gespräch mit Una durfte nicht länger aufgeschoben werden, schwor sich Rebecca, ehe sie sich wieder ihren Gästen widmete.

KAPITEL 15

Alle im Haus schliefen, nur Rebecca saß im Büro und genoß die Stille. Heute war erstaunlich früh Ruhe eingekehrt, und sogar in der Kutscherhaus-Bar herrschte vergleichsweise wenig Betrieb. Die meisten Überlebensschüler waren offenbar todmüde nach den Strapazen auf der Insel. Rebecca war früher am Abend hinuntergegangen, um eine Flasche Wodka für die Hotelbar zu holen, und ihr war aufgefallen, daß heute eine eher gedämpfte Stimmung herrschte. Vier Hotelgäste waren zum Dinner ausgegangen und hatten ihre Schlüssel mitgenommen, weil sie erst ziemlich spät zurückkommen wollten. Una hatte für die anderen gekocht, da Megan heute frei hatte, und als die Arbeit getan war, hatte sie sich müde hinaufgeschleppt und ins Bett gelegt. Ein Topf mit Suppe, die abkühlen mußte und so spät wie möglich in den Kühlschrank gestellt werden sollte, stand noch auf der Arbeitsplatte – das war alles, was heute noch in der Küche erledigt werden mußte.

»Ich darf das nicht vergessen«, sagte Rebecca laut. Sie machte sich eine Notiz und legte den Zettel zu den Bestellungen für den Early-Morning-Tea, die jeden Abend an das Schwarze Brett in der Küche geheftet wurden.

Sie drehte den Sessel vom Schreibtisch weg und schaute aus dem Fenster. Bei dem Licht, das im Büro brannte, erschien ihr die Nacht draußen stockfinster, aber sie wußte, daß man, obwohl es schon elf Uhr war, draußen sehr gut sehen konnte, sobald sich die Augen an die Dunkelheit gewöhnt hatten. In Mittsommernächten wie diesen waren sie früher oft überhaupt nicht ins Bett gegangen und erst bei hellem Tageslicht von den Bergen oder vom Loch nach Hause gekommen.

Das Fenster war geöffnet, und ein paar Motten tanzten um die Schreibtischlampe. Eine Eule schrie in der Ferne. Der Geruch nach frisch geschnittenem Gras und Heu überlagerte die Düfte, die aus dem Garten herüberwehten. Rebecca wäre am liebsten hinausgelaufen und durch den Garten gewandert, um dieses ganz besondere Aroma tief in sich einzusaugen, aber sie mußte sich heute noch um eine Personalangelegenheit kümmern. Und ich dachte, ich hätte in der Steuerkanzlei viel zu tun. Aber in Edinburgh hatte ich zumindest freie Abende und *Wochenenden*.

Sie drehte sich zum Schreibtisch und blätterte den kleinen Stapel Briefe durch. Es war wirklich ihre Sache, das hier zu erledigen. Immerhin war sie diejenige, die Aggie dazu getrieben hatte, aus dem Haus zu stürmen. Allerdings hätte sie nie damit gerechnet, daß auch Donna sofort alles hinschmeißen und ihrer Freundin nachlaufen würde.

Es mußte ja so kommen, und außerdem hatte Joanie erzählt, daß Aggie bereits ein neues Jobangebot von der Teestube hatte, die gleich in ihrer Nachbarschaft eröffnete. Dort bekam sie zwar weniger bezahlt, aber sie genoß auch einige nicht zu verachtende Vorteile: später Arbeitsbeginn, abends dienstfrei und kostenlose Mahlzeiten für die ganze Familie, eine Sondervergütung, die sich nicht auf die Steuer oder die Sozialversicherungsbeiträge niederschlug. Ein großer Streitpunkt war von Anfang an gewesen, daß sich Rebecca strikt an Vorschriften und Gesetze hielt, was Tony offenbar eher locker gehandhabt hatte.

Rebecca ließ den einleitenden Wortwechsel wegen Unpünktlichkeit am Morgen noch einmal Revue passieren. Ihre ungehaltene Bemerkung, man könne auch mit einem schlimmen Rücken pünktlich zur Arbeit erscheinen, war nicht gerade gut aufgenommen worden. Hätte sie diplomatischer sein sollen? Dies hier war immerhin Unas Betrieb, nicht ihrer. Sie schnaubte ärgerlich und legte die Hand auf die Briefe, die ihr wahrscheinlich auch nicht weiterhelfen würden. Die Bewerber hatten sie vor Wochen abgeschickt und mittlerweile wahrscheinlich entweder einen anderen Job gefunden oder entschieden, daß es weniger anstrengend war, vom Arbeitslosengeld zu leben.

Die Auseinandersetzung war eskaliert, als Rebecca die Entdeckung machte, daß Aggie die Plumeaus für Neuankömmlinge nicht frisch bezogen hatte – das konnte man keinem Zimmermädchen durchgehen lassen. Zufällig hatte Rebecca folgenden Wortwechsel mitbekommen.

Sylvie: »Hey, Sie können das Bett noch nicht machen, ich habe die Wäsche noch nicht gewechselt – hier sind die sauberen Bezüge.«

Aggie verächtlich: »O Mann, spar dir die Mühe! Die Leute haben nur eine Nacht drin geschlafen. Ich hab' die Betten gestern erst frisch bezogen ...«

Aber was hatte das alles mit Donna zu tun? Hatte sie auch ein attraktiveres Jobangebot?

»Es ist das Benzin«, erklärte Joanie lakonisch. »Sie will nicht jedesmal allein herfahren.«

»Benzin? Aber es sind doch nur drei Meilen!«

Joanie verzog das Gesicht und rieb Daumen und Zeigefinger aneinander.

»Sie könnte auch mit dem Rad fahren.«

»Die?« johlte Joanie. »Und wenn Aggie nicht mehr da ist, mit wem sollte sie dann gemeinsam jammern und klagen? Ach, Sie sind bestimmt besser dran ohne die beiden.«

Sicherlich, aber ...

Schritte in der Halle. Das konnten nicht die Gäste sein, denn es war kein Wagen vorgefahren. Jemand der nicht schlafen konnte? Una, die sich Sorgen um ihre Suppe machte?

Dan stand auf der Schwelle. Das Büro wurde nur von der Schreibtischlampe erleuchtet, und für einen Moment sah die muskulöse Gestalt im Halbschatten wirklich bedrohlich aus. Sein Auftauchen zu dieser Nachtzeit war tatsächlich erschreckend, und Rebecca spürte, wie sich ihr Herzschlag beschleunigte.

Sie zwang ihren Verstand dazu, das Ruder zu übernehmen. »Irgendwelche Probleme mit den Überlebensschülern?« fragte sie und dachte an Krankheit oder Verletzung. Sie erhob sich halb aus ihrem Sessel, um sich dem etwaigen Notfall zu stellen. Aber Dan hob brüsk die Hand, um ihr zu signalisieren, daß sie bleiben sollte, wo sie war. Er kam ein paar Schritte näher und musterte sie mit steinernem Gesichtsausdruck. Rebecca hatte zwar keine Angst vor ihm, aber sie fühlte, daß etwas Unangenehmes auf sie zukam.

Sie heftete den Blick auf sein Gesicht und kniff unbewußt die Augen ein wenig zusammen, als sie auf ihren Stuhl zurücksank. Es sah aus, als würde es zu einem Streit kommen. Sie überlegte fieberhaft, welchen Anlaß zur Wut sie Dan gegeben hatte, aber ihr fiel nichts ein. Sie wußte, daß sie nicht gerade zimperlich mit ihm umsprang und häufig schneidendere Kommentare abgab, als sie eigentlich beabsichtigte. Empfindliche Seelen könnten Anstoß an ihrer unverblümten Art nehmen, aber sie glaubte nicht, daß sich Dan durch irgend etwas, was sie gesagt hatte, beleidigt fühlen konnte. Er hatte ihr etwas zu melden – etwas anderes konnte es gar nicht sein.

»Da ist etwas, das Sie wissen sollten«, begann er.

»Ja?« Sie wünschte, er würde nicht mitten im Zimmer stehen und eine weniger feindselige Haltung einnehmen. Sie verkniff sich eine Flut von Fragen.

»Gestern wurde jemand über Bord geworfen. Er hat sich beim Fallen den Kopf angeschlagen und war für einige Minuten bewußtlos. Er trug keine Schwimmweste. Niemand trug eine Schwimmweste.«

Rebecca starrte ihn fassungslos an. Das Licht erreichte sein Gesicht nicht, darauf hatte er genau geachtet. Mit diesen wenigen dürren Sätzen hatte er ihr genügend Tatsachen geschildert, die ihr helles Entsetzen einjagten. Gestern! Und sie erfuhr erst jetzt davon. Keine Schwimmwesten, obwohl sie das zur Bedingung gemacht hatte. Um Haaresbreite waren sie der Katastrophe entgangen, vor der sie ihre Gäste unter allen Umständen schützen mußte. Dieser verdammte Innes treibt wieder seine teuflischen Spielchen, dachte sie wütend, doch sie riß sich zusammen, um in Gedanken die Fakten zu sortieren.

»Ist das Opfer in Ordnung?« Was für einen scheußlichen Beigeschmack diese gewohnheitsmäßige Bezeichnung plötzlich bekommen hatte. »Braucht er medizinische Hilfe oder sonst etwas?«

Zwar konnte sie seine Miene nicht deuten, aber Dan sah ihr genau an, was in ihr vorging. Trotz seines unbändigen Zorns, der kurz vor dem Ausbruch stand, seiner Wut auf Innes, Tony Urquhart und alle anderen in Ardlonach und der Assoziationen, die dieser Vorfall in ihm weckte und die er für immer aus seinem Gedächtnis löschen wollte, bewunderte er widerwillig Rebeccas Reaktion. Sie hatte die Information aufgenommen, alles erfaßt, was sie beinhaltete, und war sofort zum wesentlichen Punkt gekommen – der Gesundheit dessen, der sich in die Obhut des Trainingszentrums gegeben hatte.

»Es geht ihm gut.«

»Gott sei Dank. Setzen Sie sich, Dan, ich möchte mehr über die Sache erfahren.«

»Von mir werden Sie nicht mehr hören«, erwiderte er tonlos, ohne sich von der Stelle zu rühren. »Sie wissen jetzt, was läuft. Das wär's dann.«

»Aber sind solche Dinge schon öfter vorgekommen, seit ...«

»Mehr sage ich nicht, okay? Sie können etwas dagegen unternehmen oder nicht, das liegt ganz bei Ihnen.«

»Aber ich brauche ...«

»Haben Sie mir nicht zugehört?« Er neigte sich unvermittelt zu ihr und ließ einen Bruchteil seiner Wut an ihr aus. »Ich habe Ihnen erzählt, was ich weiß. Aber Sie haben das alles nicht von mir erfahren, kapiert?«

Rebecca hatte Mühe, die Ruhe zu bewahren, aber ausnahmsweise scheute sie vor einer Auseinandersetzung zurück. »Aber das ist eine ernste Angelegenheit. Es hätte alles mögliche passieren können. Wir müssen darüber reden.«

»Reden Sie darüber! Meinetwegen.« Er mißverstand sie absichtlich. »Ja, das wäre sogar sehr gut.«

»Wir beide müssen darüber reden, wie es weitergehen soll, was wir dagegen unternehmen können.« Es gelang ihr, einen sachlichen Ton anzuschlagen. Warum war er so feindselig? Er war eigens hergekommen, um sie wissen zu lassen, was vor sich ging. Er muß doch ein Interesse daran haben zu klären, was getan werden konnte.

»Hören Sie, es kümmert mich einen Dreck, was Sie unternehmen«, versetzte er barsch. »Das ist Ihr Problem. Ich habe gesagt, was Sache ist, und alles andere interessiert mich nicht. Der Rest bleibt Ihnen überlassen. Ich verschwinde von hier.«

Meinte er jetzt, für diese Nacht oder für immer? Sie verdrängte die Frage. »Aber, Dan ...« Mit einemmal erschienen ihr die Sorgen um das Trainingszentrum, die Angst vor einer möglichen Katastrophe und der Ärger darüber, daß es ihr nicht gelungen war, mehr Kontrolle zu gewinnen und die unterschwellige Verachtung und den Haß auszumerzen, übermächtig. Sie brauchte Unterstützung, und obwohl Dan sie schon einmal hatte abblitzen lassen, als sie ihn um Hilfe gebeten hatte, mußte er doch einsehen, daß es nicht nur um mögliche Unfälle bei Exkursionen ging, sondern darum, daß einer der Mitarbeiter mit voller Absicht und aus reiner Bosheit das Leben der Kursteilnehmer aufs Spiel setzte.

Er bedachte sie mit einem langen abweisenden Blick, der noch etwas ausdrückte, was sie momentan einfach nicht zur Kenntnis nehmen wollte, dann drehte er sich um und ging. Rebecca fühlte sich so hilflos, daß sie beinahe aufgesprungen wäre, um ihm nachzulaufen, aber der gesunde Menschenverstand hielt sie davon ab. Dan dachte gar nicht daran, ihr zu helfen oder ihr auch nur zuzuhören.

Bastard, dachte sie. Sie war erschüttert über den Vorfall und die erbitterte Feindschaft, die Dan ihr offenbar entgegenbrachte. Sie hatte es in seinen Augen gesehen, auch wenn es ihr widerstrebte, sich damit abzufinden: Er empfand blanken Haß. Rebecca wischte diesen Gedanken sofort beiseite – sie konnte ohnehin nichts dagegen tun, so schrecklich diese Entdeckung auch war. Viel wichtiger war jetzt, wie sie auf die Ungeheuerlichkeit, die sich Innes geleistet hatte, reagieren sollte.

Wie konnte sie Innes mit den Tatsachen konfrontieren, ohne zu verraten, daß Dan sie informiert hatte? Wie konnte sie Una davon überzeugen, daß Innes hier nichts mehr verloren hatte und gleich morgen fristlos entlassen werden mußte? Und wie konnten sie das Trainingszentrum weiter führen, wenn er seine Sachen gepackt hatte? Basierte Dans Feindseligkeit vielleicht auf der Überlegung, daß er selbst auch Gefahr lief, seinen Job zu verlieren? Aber er war zu ihr gekommen und hatte ihr, wenn auch widerwillig, Meldung gemacht. Oder versuchte er damit nur, seine eigene Haut zu retten? Wenn alles herauskam und festgestellt wurde, daß er beteiligt war und Informationen zurückgehalten hatte, würde er auch in Schwierigkeiten geraten. Fürchtete er sich davor?

Rebecca erinnerte sich plötzlich an das Fragezeichen in Dans Lebenslauf. Was hatte das zu bedeuten? War Tony sich nicht sicher gewesen, ob er ihn einstellen sollte? Dan wäre zu allem fähig, überlegte Rebecca und ging wieder zum Schreibtisch. Gleich morgen früh mußte sie zur Tat schreiten. Das beste war, zuallererst mit dem betroffenen Kursteilnehmer zu sprechen. Es würde nicht weiter schwierig sein, herauszufinden, wer das war.

Doch heute abend mußte sie die Briefe schreiben. Lieber Gott, ging es ihr durch den Kopf, als sie den

Computer einschaltete, und sie konnte sich selbst in dieser prekären Situation ein Grinsen nicht verkneifen, habe ich heute nicht nur zwei von Unas Angestellten vergrault, sondern gleich sechs? Und da war noch die Suppe, die in den Kühlschrank gestellt werden mußte.

Die Teilnehmer des zweiwöchigen Kurses saßen vor ihrem kargen Frühstück und debattierten leise über die Frage, was gesagt werden sollte und was nicht, sammelten ihre Ausrüstung zusammen oder genossen noch ein paar ruhige Minuten in den Kojen in der ehemaligen Scheune.

Rebecca marschierte in ihr Quartier, ohne darauf zu achten, daß einige der Männer nur halb oder fast gar nicht angezogen waren. »Guten Morgen«, sagte sie schlicht. »Ich möchte mit der Person sprechen, die in den Unfall am Boot verwickelt war.«

Keinem fiel auf, daß sie den Namen nicht nannte. Der Vorfall beschäftigte alle so sehr, daß sie an kaum etwas anderes denken konnten. Rebeccas autoritärer Ton tat ein übriges. Ohne ein Wort zu sagen, legte der Betroffene sein Besteck beiseite und folgte ihr in den Hof.

»Ich habe beschlossen, nichts zu sagen«, erklärte er, als müßte er sich gegen Rebecca verteidigen. Und er log nicht. Er hatte tatsächlich beschlossen, hier kein Wort darüber zu verlieren, weil er glaubte gegen Innes' Übermacht nicht bestehen zu können. Aber er beabsichtigte, sofort tätig zu werden, sobald er sicher in seinem Büro saß und die tüchtigen Firmenanwälte einschalten konnte, die sich sicher mit Zähnen und Klauen auf Innes stürzen würden.

Rebecca sah seinen ausweichenden Blick und die roten Flecken auf seinen Wangen und wußte ganz genau, was er vorhatte. Sie entschied, ihn später Una zu überlassen, die die Gemüter sehr viel besser beschwichtigen konnte als sie.

»Innes wird gefeuert, und zwar noch heute«, eröffnete sie ihrem Gegenüber. »Aber vielleicht möchten Sie mich jetzt gleich ins Hotel begleiten, damit Sie uns berichten können, was genau sich abgespielt hat. Und da ich Sie beim Frühstück gestört habe, darf ich Ihnen oben eines servieren lassen.« Ihr Tonfall war beileibe nicht so versöhnlich, wie er hätte sein müssen – das war immer schon ihr schwacher Punkt gewesen. Aber das Zauberwort »Frühstück« tat seine Wirkung – aus unerfindlichen Gründen schien es alle Männer milder zu stimmen. Seine Miene hellte sich augenblicklich auf, und Rebecca fiel ein Stein vom Herzen, weil sie erkannte, daß er so leicht zu beeinflussen war.

»Möchten Sie, daß Innes bei diesem Gespräch dabei ist?« fragte sie, als sie den Hof durchquerten. Dieser Vorschlag war reine Formsache – Innes hatte sehr genau darauf geachtet, einen Schwächling für seinen üblen Scherz auszuwählen.

»Nein, das wird nicht nötig sein«, erwiderte das Opfer hastig. »Ich will nur sichergehen, daß Sie über den Zwischenfall genau unterrichtet sind.«

Una schob dem Geschädigten Porridge mit Rahm, gebratenen Speck, Eier, Pilze, Tomaten, frische Croissants und Kaffee hin und sah ihn besorgt und voller Mitgefühl an. Rebecca zeigte ihm die Instruktionen, die alle Kursleiter unterschrieben hatten, versprach hoch und heilig, daß so etwas nie wieder vorkommen würde, und schrieb alles, was er zu sagen hatte, peinlich genau mit, weil sie überzeugt war, daß die Sache letzten Endes doch vor Gericht kommen würde. Aber die Maßnahmen besänftigten den armen Mann. Er unterschrieb eine Erklärung, daß er die Sache nicht weiter verfolgen würde -- die Schadenersatzleistungen, die bei einem Prozeß ausgehandelt werden könnten, würden ohnehin nicht in seine Taschen fließen. Aber er hielt es für das beste, gleich heute abzureisen, ohne sich noch einmal unten blicken zu lassen. Es würde ihm nichts ausmachen, in Fort Williams zu warten, falls nicht sofort ein Zug fuhr.

Una, die vergessen hatte, Käse zu ordern, stellte im Geist schon eine ganze Liste von anderen wichtigen Besorgungen zusammen und meinte, sie würde sich sehr freuen, wenn sie ihn in die Stadt bringen dürfe. Sie könnten aufbrechen, wann immer er wollte.

Damit war der einfache Teil der Angelegenheit erledigt, aber jetzt mußte sich Rebecca noch Innes vorknöpfen, und zwar ohne weitere Verzögerungen. Weder sie noch Una hatten auch nur einen Moment überlegt, wer von ihnen beiden zur Tat schreiten sollte. Innes müßte jetzt im Ausrüstungslager im Bootshaus sein, um die vorletzte Übung, einen schnellen Geländelauf, für den Kurs I vorzubereiten. Bern war bereits mit der Segelgruppe im Minibus zum Hafen unterwegs, und Rebecca sehnte ihn fast herbei, damit er ihr den Rücken stärkte. Andererseits war es besser, wenn es so wenige Zeugen wie möglich bei der häßlichen Szene gab, die sich in den nächsten Minuten bestimmt abspielen würde. Erst jetzt merkte sie, wie nervös sie war.

Der Lagerraum mit den dicken Mauern und den kleinen Fenstern war dunkel und vollgestopft mit allen möglichen Sachen. Rebecca war sich nur allzu bewußt, daß plötzliche Stille im Raum lastete, als sie hereinkam. Die Männer, die gerade dabei waren, ihre Stiefel anzuziehen oder die Rucksäcke zu packen, drehten sich zu ihr um. Innes beugte sich über das schmuddelige Buch, in dem eingetragen wurde, welche Gegenstände an wen ausgegeben und wann sie wieder zurückgebracht wurden. Er sah hoch, ohne sich aufzurichten, und starrte Rebecca wachsam an. Stuart stand neben ihm und schaute von Innes zu Rebecca und zurück – sein Blick sprach Bände. Dan stellte sich schweigend in den Durchgang zu einem kleinen Kabuff, in dem die Trainer ihre Sachen aufbewahrten.

»Innes, ich möchte mit Ihnen reden.« Ein »bitte« brachte Rebecca nicht heraus, aber ihre Stimme klang trotz des wild klopfenden Herzens erstaunlich ruhig. »Vielleicht könnten uns die Kursteilnehmer ein paar Minuten allein lassen?« Sie drehte sich um und sah die Männer fragend an. Diese legten die Sachen, die sie in den Händen hatten, weg und wandten sich zur Tür, aber eine knappe Handbewegung von Innes hielt sie zurück.

»Kommt nicht in Frage, wir müssen unseren Zeitplan einhalten«, widersprach er kämpferisch. »Ich werde mit gar niemandem reden. Macht weiter, Jungs«, befahl er.

Die Männer zögerten. Sie fühlten sich keineswegs wohl in ihrer Haut und wußten, daß das Ganze auf einen Streit hinauslaufen würde.

»Sie werden diese Übung nicht abhalten«, sagte Rebecca gelassen zu Innes. »Sie sind ab sofort gekündigt.«

»Wer sagt das?« höhnte Innes, aber er vergewisserte sich mit einem raschen Blick, daß Stuart noch an seiner Seite war und Dan auch. Also wollten beide ihn unterstützen. Dan hatte ihr tatsächlich nur von dem

Zwischenfall erzählt, um sich selbst vor Schwierigkeiten zu bewahren, wenn die Sache eskalierte.

Rebecca fühlte sich von allen verlassen, obwohl sich so viele Menschen in dem nach nassen Stiefeln, Wollsocken und Schweißfüßen stinkenden Raum aufhielten. Nach Innes' Kampfansage herrschte erwartungsvolles Schweigen. Sei's drum? Sie war schon früher auf sich allein gestellt gewesen und hatte schlimmeres als dies hier durchgestanden. Wenn Innes Krieg wollte, dann konnte er ihn haben, und zwar hier vor allen, wenn ihm das lieber war. Er war fertig in diesem Zentrum und würde nie mehr jemanden auf dem Wasser oder in den Bergen einem Risiko aussetzen.

»Es wird eine offizielle Untersuchung wegen des Vorfalls geben, der sich vor zwei Tagen auf dem Loch ereignet hat«, machte sie Innes unmißverständlich klar. »Sie haben die Sicherheitsvorschriften mißachtet, und Sie werden keinen Anteil mehr an den Aktivitäten dieses Trainingszentrums haben.«

»Was, zum Teufel, bilden Sie sich eigentlich ein? Wer sind Sie überhaupt?« spie ihr Innes wütend ins Gesicht. »Diese Schule geht Sie einen feuchten Kehricht an, oder haben Sie das vergessen? Sie haben mich nicht eingestellt, Sie nichtsnutzige Schlampe, und dieses andere dämliche Ding aus dem Hotel auch nicht. Urquhart ist mein Boß. Er hat mich hergeholt, und er bezahlt mich. Also schwingen Sie Ihren Hintern hier raus, und lassen Sie mich das tun, wozu ich hier bin.«

Rebecca sah, wie Dans Kopf zur Seite zuckte, und hörte, daß die Männer hinter ihr den Raum verließen. Jetzt stand sie den drei Trainern wirklich allein gegenüber. Jetzt ging's ums Ganze.

»Sie haben die Grundregeln für die Sicherheit unserer Klienten nicht eingehalten. Sie sind nicht geeignet, Verantwortung für andere Menschen zu übernehmen. Im übrigen irren Sie sich, wenn sie annehmen, Sie würden noch vom Konto des Trainingszentrums bezahlt, das Hotel hat die Gehaltszahlungen übernommen, und Unas Entscheidung, die ich Ihnen hiermit bekanntgebe, ist endgültig. Es wird in dieser Sache eine Anhörung vor Gericht geben. Es steht Ihnen natürlich frei, Kontakt mit Tony aufzunehmen und ihm zu erzählen, was immer Sie wollen.«

»Dieser Scheißkerl, ich hätte ihn auflaufen lassen sollen. Wenn ich ihn zwischen die Finger kriege, breche ich ihm den Hals. Glauben Sie bloß nicht, Sie können mich so einfach loswerden. Sie sprechen von einem Gerichtsverfahren? Ich werde euch alle, die ganze verfluchte Bande, vor Gericht zerren, dann werden Sie ja sehen, wohin Sie das bringt.« Innes zitterte am ganzen Körper, er mußte sich an der Kante des verschrammten Tisches festhalten. Seine Augen glühten wie runde Kohlen, und Speichel sprühte aus seinem Mund, als er fortfuhr: »Ich lasse diesen ganzen Laden hier dichtmachen. Wenn ich gehe, gehen die Jungs mit – daran haben Sie nicht gedacht, wie? Was meinen Sie, wie lange dann das verdammte Hotel noch überlebt? Ich hetze Ihnen alle auf den Hals: die Steuerbehörde, das Gesundheitsamt, alle. Die Küche ist ein Witz ...«

Er brach ab, als die Tür aufging. Einer der Kursteilnehmer kam herein, ein dunkelhaariger, gepflegter Mann, der etwas älter als die anderen war und Autorität ausstrahlte. »Wir möchten nur ein Statement abgeben«, sagte er zu Rebecca, dann drehte er sich zu Innes um. »Die Gruppe ist übereingekommen, daß wir an keiner der Übungen mehr teilnehmen, die Sie leiten. Einige von uns setzen eine schriftliche Erklärung dazu auf, die wir Ihnen anschließend von allen unterschrieben überreichen«, fügte er an Rebecca gewandt hinzu und verschwand so schnell, wie er aufgetaucht war.

»Sie Miststück!« Innes' Zorn richtete sich nur auf Rebecca, und er machte sogar Anstalten, sich auf sie zu stürzen. Sein Gesicht war aschfahl, nur auf den Wangen leuchteten hektische rote Flecken. Rebecca sah aus den Augenwinkeln, daß Stuart grinste, doch im nächsten Moment schnappte Dans Hand zu. Er packte Innes' Arm und drehte ihn ihm auf den Rücken.

»Du blöder Hund, was denkst du dir dabei?« fragte Dan erstaunlich gelassen.

»Sie hat das absichtlich getan. Sie hat sie gegen mich aufgehetzt!«

»Sie haben mitangesehen, wie du ihren Kameraden über Bord geworfen und anschließend bewußtlos aus dem Wasser gehievt hast.«

»Und jetzt gehören sie alle der da, und all die Kretins, die nach ihnen kommen, auch. Sie wollen mich weghaben?« brüllte Innes Rebecca an. »Dann müssen Sie auch auf die anderen verzichten. Was wird dann aus Ihrem kostbaren Zentrum? Kommt«, sagte er zu Stuart und Dan, »soll sie doch sehen, wie sie allein fertig wird. Sie will's ja nicht anders.«

»Das paßt mir sogar sehr gut.« Stuart ergriff zum erstenmal das Wort, weil ihm jetzt jede Entscheidung abgenommen war. »Ich kann diesen beschissenen Laden sowieso nicht ausstehen.« Er warf die an einem Seil festgemachten Karabinerhaken quer durch den Raum. »Gehen wir. Sehen wir zu, daß wir uns heute irgendwo ordentlich besaufen. Kommst du, Dan?«

Dan hatte Innes losgelassen, war aber zwischen ihm und Rebecca stehengeblieben. Jetzt sah er sie mit unbewegtem Gesicht an – genauso hatte er gestern abend ausgesehen, erinnerte sich Rebecca, und sie hatte diese Miene als Ausdruck des Hasses gedeutet. Er würde auch gehen. Absurd, daß sie sich eingebildet hatte, seine Beziehung zu Trudy könnte ihn hier halten. Er hatte in fast jedem anderen Job mehr Freizeit und könnte sie demzufolge auch viel öfter sehen.

Sie hatte – zu Recht oder zu Unrecht – Tonys Lieblingsprojekt zerstört. Jetzt mußten sie alle Kursteilnehmer nach Hause schicken und die Reservierungen für die Saison absagen, die Kapitaleinlagen der Firmen zurückzahlen und sehen, ob Ardlonach als Hotel allein überleben konnte. Statt erleichtert zu sein, hatte Rebecca eher das Gefühl, versagt zu haben. Wie Innes gesagt hatte, ging sie das alles eigentlich gar nichts an. Trotzdem hatte sie es zu einer Konfrontation kommen lassen, weil es keine Möglichkeit für Kompromisse mehr gab, und sie hatte damit ein vielversprechendes Unternehmen, das gerade erst angelaufen war, in den Sand gesetzt. Una würde loyal hinter ihr stehen, aber sie war sicher außer sich, weil Tonys geliebtes Projekt so kläglich gescheitert war. Allerdings war Tony nicht so begeistert davon gewesen, daß er dabeigeblieben wäre, rief sich Rebecca ins Gedächtnis, doch das war nur ein schwacher Trost.

»Ich mache Ihre Papiere fertig«, sagte sie und wandte sich ab.

Jemand berührte ihren Arm, und sie zuckte erschrocken zusammen, weil sie dachte, Innes würde sie von hinten niederschlagen. Sie wirbelte herum und war bereit, sich gegen jeden Angriff zur Wehr zu setzen. Es war Dans Hand, die sie zurückhielt. Er sah ihr in die Augen. Stuart und Innes, die im Hintergrund schäumend vor Wut auf Rache sannen, waren plötzlich nur noch Randfiguren in dieser Geschichte.

»Ich übernehme den Kurs und mache mit den Männern den Geländelauf«, sagte Dan ruhig.

KAPITEL 16

Die steife Brise wäre ideal, um die Firefly durch den Hafen und direkt bis zu den Steinstufen zu Trudys Hinterhof zu manövrieren, aber sie lockte auch alle Abendausflügler aufs Wasser, was die Hafendurchfahrt für einen Einhandsegler ziemlich heikel machte. Aber als Rebecca die Landspitze der Ardlonach-Bucht umrundete, entdeckte sie die leuchtenden Spinnaker auf dem Loch. Sie fuhren eine Regatta, daher würden ihr nicht allzu viele in die Quere kommen. Der Wind könnte, noch ehe sie wieder ablegte und nach Hause segelte, nachlassen, das war das einzige Problem bei einem Törn zu dieser Tageszeit, aber sie mußte einfach mal raus aus dem Hotel, und zwar allein, um die Vorkommnisse und Entwicklungen der letzten Tage zu überdenken.

Am erstaunlichsten war, daß Dan sich entschieden hatte zu bleiben, aber das war nicht alles: Er hatte an diesem ereignisreichen Morgen, ohne auf Innes ausfallende Beschimpfungen und Stuarts höhnische Grimassen zu achten, gelassen und tatkräftig die Dinge in die Hand genommen. Die Stimmung im Zentrum und demzufolge auch im Hotel hatte sich in den wenigen Tagen, die seither vergangen waren, spürbar verändert. Zuerst hatte Rebecca angenommen, daß das auf

Innes' Abgang zurückzuführen wäre, aber mittlerweile war deutlich geworden, daß Dans unerwartete Bereitschaft, die Verantwortung zu übernehmen, und seine positive Art, die Dinge anzugehen, die Atmosphäre beeinflußten.

Natürlich hatte Innes das Feld nicht ohne großes Getöse, Drohungen und andere unangenehme Begleiterscheinungen geräumt, und Dan war mit der Gruppe zum Geländemarsch am Glen Righ entlang aufgebrochen und demzufolge nicht da, um alldem einen Riegel vorzuschieben. Innes hatte das Hotelbüro gestürmt und herumgebrüllt, daß er unrechtmäßig gefeuert werde und eine Abfindung verlange – so einfach würde man ihn nicht los. Immer wieder fing er davon an, daß Tony sein Boß sei, aber er klang nicht mehr ganz so überzeugt und verriet Rebecca damit, daß ihr Verdacht, er könnte mit Tony in Verbindung stehen, unbegründet war.

Una hatte sich großartig verhalten, obwohl sie einoder zweimal aussah, als würde sie in Panik geraten. Doch sie folgte strikt Rebeccas Empfehlung, sich nicht auf Diskussionen mit Innes einzulassen.

»Rebecca, du hast absolut richtig gehandelt«, sagte Una entschieden. »Selbst wenn das bedeutet hätte, daß wir das Zentrum schließen müssen, stimme ich vollkommen mit dir überein. Und auch wenn sich bald erweisen sollte, daß wir es nicht schaffen.«

»Wir werden mit Dan und Bern sprechen müssen«, erwiderte Rebecca. »Dan meint, es wäre kein Problem, die laufenden Kurse zu zweit zu leiten. Aber wir müssen natürlich so schnell wie möglich entscheiden, wie es weitergehen soll.«

Stuart und Innes hatten ihre sieben Sachen gepackt und waren noch am Tag der Auseinandersetzung gegangen. Innes hatte in seinem Cottage dreckiges Geschirr im Spülbecken und Durcheinander überall hinterlassen. In der Trennwand zum Schlafzimmer befand sich ein großes Loch – offenbar hatte er vor Wut mit dem Fuß zugetreten, aber auch das regte Una nicht weiter auf. »Das zeigt nur, was für ein niederträchtiger, gemeiner Mensch er ist. Wie, um alles in der Welt, konnten wir es nur so lange mit ihm aushalten? Aber Paddy wird die Wand sicher reparieren können, und danach werden wir das Cottage von oben bis unten gründlich schrubben.«

»Una, wir hatten nicht einmal die Zeit, uns zu überlegen, wie wir Ersatz für Donna und Aggie finden könnten«, sagte Rebecca schuldbewußt. »Ich glaube kaum, daß wir Antworten auf die Briefe bekommen, die ich weggeschickt habe. Wir sollten schnell eine Anzeige in eine Zeitung setzen, aber in welche?«

»Oh, irgend etwas ergibt sich immer, das ist das Erstaunliche«, beruhigte Una sie und sprach aus ihrer fünfjährigen Erfahrung. »Zum einen hat Joanie erzählt, daß ihre Tochter Mona sich von ihrem Freund getrennt hat und wieder vor ihrer Haustür aufgetaucht ist. Sie braucht Geld und hilft uns bestimmt gern ein paar Wochen aus. Außerdem hat sie schon einmal hier gearbeitet, und sie ist wirklich gut. Sie packt überall mit an und ist genauso tüchtig und schnell wie Joanie, aber man darf sie auf keinen Fall vor zehn Uhr morgens ansprechen.«

»Das ist wahrscheinlich eine gute Übergangslösung.«

»Thea und Sylvie haben vorgeschlagen, in der *New Zealand News* zu annoncieren. Offenbar wird diese Zeitung gern von den Neuankömmlingen in London gelesen.«

Aber am Samstag rief Leonie an, hauptsächlich um

sich ihre und Frans Buchung für den August bestätigen zu lassen – die Zwillinge waren noch nie getrennt irgendwohin gefahren, nur in die Flitterwochen, und auch da hatten es beide nicht sehr lange ausgehalten. Leonie übte ziemlichen Druck aus, weil sie unbedingt Onkel Kenneths großes Südzimmer haben wollte, aber Rebecca machte ihr klar, daß das schon zahlenden Gästen versprochen worden war. In barschem Ton, der deutlich machte, daß sie keineswegs erfreut über diese Zurückweisung war, berichtete sie, daß die Tochter einer Bekannten und ihr Freund nach einem Ferienjob suchten.

Die beiden jungen Leute wurden heute erwartet. Una hatte recht gehabt, es ergab sich wirklich immer etwas, und es war wunderbar, sich nicht mehr über Aggie und Donna, die ständig gemault und für Ärger gesorgt hatten, ärgern zu müssen.

Als Bern von dem Segeltörn zurückkam und erfuhr, daß Innes und Stuart gefeuert waren, war er schlichtweg entsetzt gewesen. Im nachhinein mußte Rebecca lachen, wenn sie daran zurückdachte. Zuerst hatte sie geglaubt, er würde sich Sorgen um den Fortbestand der Schule und seinen Job machen. Aber in Wirklichkeit war er außer sich, weil Rebecca sich mit Innes und Stuart angelegt hatte, während er selbst ihr nicht zur Seite stehen und die beiden, wenn nötig, niederschlagen konnte. Der Anlaß für diese Maßnahme – daß ein Kursteilnehmer bewußtlos aus dem Wasser geholt werden mußte – hatte ihn weit weniger beunruhigt als die Tatsache, daß er nicht dagewesen war, um Rebecca zu beschützen. Die Möglichkeit, daß sein Job in Gefahr sein könnte, kam ihm gar nicht in den Sinn. Genaugenommen machte er deutlich, daß er auf jeden Fall in Ardlonach bleiben und jede Arbeit machen würde, selbst wenn das Trainingszentrum geschlossen werden mußte. Wegen Sylvie? Nicht nur, dachte Rebecca gerührt.

Eine andere Überraschung war die Party gewesen, die am letzten Tag der Teilnehmer beider Kurse gefeiert worden war. Da mittlerweile nur noch Bern und er selbst als Trainer zur Verfügung standen, entschied Dan, das Restprogramm für die Gruppe III ausfallen zu lassen. Statt dessen machte er am Vormittag eine Kletterübung in den Klippen, dann bildete er vier Teams aus den Teilnehmern aller Gruppen und veranstaltete einen Wettlauf um die Landspitze und anschließend ein Selbstverteidigungsturnier. Er machte den überraschenden Vorschlag, daß die Hotelgäste mitkommen und sich die Wettbewerbe ansehen könnten. Und da sich niemand, auch Una und Rebecca nicht, den Spaß entgehen lassen wollte, erklärten sich Joanie und Megan bereit, die neu ankommenden Gäste zu empfangen und die Telefonate entgegenzunehmen, wenn sie nur selbst keine Buchungen vornehmen mußten und Rebecca die Leute, die sich anmelden wollten, später zurückrufen würde.

Was für eine außergewöhnliche Stimmung sie alle erfaßt hatte, staunte Rebecca und war immer noch voller Begeisterung. Es hatte so gutgetan, draußen zu sein und zu wissen, daß Trainingszentrum und Hotel Hand in Hand arbeiteten, die unangenehmen Erinnerungen an Innes abzuschütteln und mit den anderen Zuschauern die Wettkämpfer johlend anzufeuern. Danach zogen alle mit großem Hallo in die Kutscherhaus-Bar und unterhielten sich aufgeregt über die Ruhmestaten und Fehlschläge bei den Wettbewerben.

Es war ihr schwergefallen – und sie wußte, daß es Una ähnlich ergangen war –, sich von der Party loszureißen und sich in Windeseile umzuziehen, weil die Aperitifs vor dem Dinner serviert werden mußten. Währenddessen rief jemand an, der im Hotel mit zwanzig Leuten Silvester feiern wollte.

Gott, wo werde ich Silvester verbringen? überlegte Rebecca, als sie nach dem Gespräch den Hörer auflegte.

Dan kam während der ausgelassenen Party, die sich in der Kutscherhaus-Bar entwickelt hatte und deren Mittelpunkt er war, zu Rebecca ins Büro, um mit ihr über die Zukunft des Trainingszentrums zu sprechen.

Jetzt kreuzte Rebecca in perfekten Manövern vor der Hafeneinfahrt, um sich die Zeit zu geben, noch einmal gründlich über diese erstaunliche Unterhaltung nachzudenken.

Gleich nachdem Dan im Lagerraum seinen Entschluß zu bleiben gefaßt hatte, wurde offensichtlich, daß er nicht mehr der wachsame, aber zurückhaltende Beobachter war. Mit einemmal war er mit dem Herzen bei der Sache und hatte ein Interesse daran, Probleme zu lösen und Pläne für die Zukunft des Zentrums zu schmieden. Er war derjenige gewesen, der die Begeisterung und die heitere Atmosphäre an diesem wunderbaren ersten Tag ohne Innes wachgerufen und die Aktivitäten mit einem Professionalismus organisiert hatte, der nach all den Wochen der Unsicherheit und Sorge Balsam für Rebeccas Seele gewesen war.

Ohne zu zögern, hatte Dan sich bereit erklärt, die Stellung zu halten, bis sie Ersatz für Innes gefunden hatten. Una hatte Rebecca vorgeschlagen, ihn zu fragen, ob er die Schule leiten wolle. Rebecca war zwar auch der Ansicht, daß das die beste und einfachste Lösung wäre, aber sie konnte das Fragezeichen in seinem Lebenslauf nicht vergessen. Sie schob die Entscheidung auf und meinte, sie sollten sich erst einmal ansehen, wie er zurechtkam, schließlich könnte sein Sinneswandel ja auch nur von kurzer Dauer sein. Sie wollte Una nicht unnötig beunruhigen, aber zuerst mußte geklärt werden, was das Fragezeichen in seinen Unterlagen zu bedeuten hatte, auch wenn er nicht für immer die Verantwortung für die Kurse übernahm.

»Eines sollte ich lieber gleich von vornherein klarstellen«, sagte Dan. »Bei unserem Programm brauchen wir keine vier Trainer.«

Sie sah ihn mit offenem Mund an.

Er verzog den Mund. »Himmel, warum sage ich das? Ich könnte mir ja auch weiterhin ein gemütliches Leben machen. Aber selbst wenn wir drei Kurse gleichzeitig hier haben, was nicht oft vorkommt, genügen drei Trainer. Gestern, zum Beispiel, hat Bern die Leute zum Segeln in den Hafen gefahren. Er ist nur mit gesegelt, weil er nichts Besseres zu tun hatte. Normalerweise genügt es, die Kursteilnehmer an der entsprechenden Stelle abzuliefern und später wieder abzuholen. Beim Geländelauf ist auch nur eine Begleitperson nötig – und so weiter. Wir können das Ganze straffen und die Gruppen bei bestimmten Aktivitäten zusammenfassen.«

Er hatte sich unaufgefordert das Programm vorgenommen und es auf eine neue Basis gestellt. Er war ein ganz anderer geworden. Und er war überzeugt, einen dritten Trainer zu finden, der kompetent und erfahren war und die Berechtigung hatte, Überlebenskurse durchzuführen. Rebecca und Una kannten sich nicht gut genug aus, um beurteilen zu können, was für Qualifikationen ein Mann zur Bewältigung der Aufgaben im Zentrum mitbringen mußte.

Rebecca steuerte ihr Boot wieder zur Hafeneinfahrt. Inzwischen waren eine Menge Touristen mit Ruderbooten unterwegs, aber Trudy saß draußen, um die letzten Sonnenstrahlen in ihrem Hof zu genießen, und konnte ihr helfen, das Segelboot an die Mauer zu ziehen. Wie aus heiterem Himmel verspürte Rebecca plötzlich glühende Eifersucht auf Trudy. Dieser andere, aufgeschlossenere und zufriedenere Dan war Trudys Freund, und ganz bestimmt färbte seine neue Lebenseinstellung auch auf ihre Beziehung ab.

»Der Wein ist nicht mehr so kalt, wie er mal war, tut mir leid. Aber ich hab' schon ein paar Gläser gepichelt, während ich auf dich gewartet habe.«

»Ich habe mir ein bißchen Zeit gegönnt«, gestand Rebecca.

»Zum Nachdenken?«

Wie gut es war, eine Freundin wie Trudy zu haben. »Genau. Es war ein aufregendes Wochenende mit sehr wenig Personal.«

»Wie steht's mit diesem Pärchen, das deine Cousine schicken wollte?«

»Sie sind auf dem Weg hierher. Vielleicht sind sie ein bißchen zu hochgestochen für uns, aber am Telefon klangen sie ziemlich eifrig.«

»Und die Kurse können in der nächsten Woche stattfinden?«

»O Trudy, ich kann dir gar nicht sagen, wie anders alles ist und wie gut sich das anfühlt. Ich bin absolut zuversichtlich, daß alles klappt.«

»Und das Zentrum ist in guten Händen.«

»Genau. Und man muß nicht mehr so vorsichtig agieren ...«

»Darin bist du ziemlich gut.«

»Danke, nett, daß du das sagst. Una hat mich auch

überrascht – sie hat kein bißchen Theater um Tonys spezielles Baby gemacht. Falls wir das Zentrum hätten aufgeben müssen, wäre sie auch einverstanden gewesen.«

»Sie macht eine Wandlung durch«, bestätigte Trudy nachdenklich. »Aber sie ist natürlich am Boden zerstört, weil Tony ihr das angetan hat. Und obwohl ihr das bestimmt ständig im Kopf herumgeht und sie sehr verletzt ist, spricht sie erstaunlich wenig darüber.«

»Hotelbetrieb«, murmelte Rebecca rätselhaft. »Wann spricht da überhaupt jemand über irgendwas? Allerdings frage ich mich, ob sie nicht ihre Abhängigkeit von Tony auf mich übertragen hat oder ob ich zuviel übernommen habe.«

»Gott bewahre«, erwiderte Trudy. »Nein, ich glaube nicht, daß sie das getan hat. Na ja, vielleicht bis zu einem gewissen Grad, aber ich denke, sie hat die Entdeckung gemacht, daß sie eine ganze Menge Dinge ohne weiteres allein bewältigen kann, und das tut ihr wirklich gut.«

»Auf alle Fälle ist sie ausgesprochen gelassen geblieben, als ich diese Krise mit dem Personal heraufbeschworen habe. Kein Wort der Klage, und sie scheint auch keinen Moment in Frage zu stellen, daß wir es bis zum Ende der Saison schaffen.«

»Hattest du schon Gelegenheit, mit ihr darüber zu reden, was danach geschehen soll?« wollte Trudy wissen, während sie Rebeccas Glas neu auffüllte. Sie blinzelte in die Sonne, die bald verschwinden würde, und rutschte auf der Mauer ein Stückchen weiter.

»Nein«, sagte Rebecca.

Und sie behauptet, Dan wäre nicht mitteilsam, dachte Trudy amüsiert. »In zehn Minuten ist die Sonne hier weg«, bemerkte sie, ohne weiter auf das einzugehen, was ihre Frage eigentlich beinhaltet hatte. »Das ist der einzige wirkliche Nachteil von diesem Haus.«

»Der Wind läßt auch nach, wie ich befürchtet habe«, erwiderte Rebecca. Sie war dankbar, daß Trudy nicht auf dem Thema beharrte. »Sie werden noch gerade genug Wind haben, um einlaufen zu können.« Sie deutete mit dem Kinn auf die Segler vor dem Hafen. »Aber es wird verdammt schwierig für mich, nach Hause zu segeln, wenn er nachher ganz weg ist.«

»Willst du lieber jetzt schon aufbrechen? Wie wär's, wenn ich mitfahre, dann können wir uns unterwegs weiter unterhalten.«

»Und wie willst du wieder nach Hause kommen? Ich muß beim Dinner mithelfen und die Gäste bei Laune halten.«

»Ich denke, ich finde schon irgendeine Möglichkeit«, entgegnete Trudy. »Es wäre schön, mal wieder auf dem Wasser zu sein.«

»Wir könnten zur Insel segeln«, schlug Rebecca begeistert vor. »Von dort aus können wir ohne weiteres nach Ardlonach rudern, falls tatsächlich vollkommene Flaute herrschen sollte.«

»Tolle Idee«, meinte Trudy. »Warte, ich hole uns nur noch eine Flasche Wein.«

»Und eine Jacke«, rief Rebecca ihr nach.

Ich wünschte, ich müßte auch eine Zahnbürste mitnehmen, dachte Trudy traurig, als sie die Außentreppe hinauflief. Aber vielleicht ließ Dan jetzt, da er sich so gut fühlte, seine Vorsicht fallen und nahm sie endlich einmal mit in sein Cottage. Das wäre wunderschön. Voller Optimismus stürmte Trudy die Treppe hinunter.

»Hast du schon das neueste von Fitz gehört?« fragte sie, als sie das Boot von der Hafenmauer abstießen.

»Nein, was denn? Er ist schon seit ein paar Tagen

nicht mehr bei uns gewesen.« Fitz war zum Stammgast in der Kutscherhaus-Bar geworden, und sein Lachen und seine Lebensfreude verbesserten die Atmosphäre, sobald er auftauchte. »Was hat er sich jetzt schon wieder geleistet?«

»Du weißt ja, daß er Antrittsbesuche macht und zu all den Patienten geht, die er von John übernimmt, und da Clare schwanger ist, rannte er am Samstag nach Rhumore – er ist wirklich gelaufen!«

»Clare ist schwanger?«

»Oh, hab' ich dir das noch nicht erzählt?« Trudy erschrak ein wenig über Rebeccas scharfen Ton. »Wie auch immer, Fitz ...«

Rebecca riß sich am Riemen. »Fitz ist nach Rhumore gelaufen? Von Luig?«

»Er ist mit dem Wagen nach Inverbuie gefahren und hat ihn dort abgestellt, den Rest des Weges ist er gejoggt.«

Die Bewohner der Gegend hatten sich die Mäuler zerrissen, als Fitz in den ersten Tagen in der Umgebung von Luig und in der Stadt beim Joggen gesehen wurde. Ein paar Patienten weigerten sich sogar rundweg, auf die zuverlässige Fürsorge von John Irvine zu verzichten, aber die meisten Menschen waren eher neugierig als abweisend.

»Aber das sind mehrere Meilen!« Konzentriere dich nur auf Fitz' Kapriolen.

»Ich weiß, aber das ist nicht der beste Fitz-Witz.«

»Was dann?«

»Du kennst doch die alte Kitty McBain, die ganz allein in dem Cottage oben am Glen a' Chorvie haust? Sie kann sich inzwischen kaum noch rühren wegen ihrer Arthritis. Früher hat sie immer mal wieder bei mir im Laden vorbeigeschaut, das fehlt mir sehr. Jedenfalls ist Fitz dort oben gejoggt und entdeckte ihren Namen am Gartentor. Er hat ein fotografisches Gedächtnis und merkt sich die Namen der Patientenkartei, wenn er nur einen Blick darauf wirft. Er wußte sofort, wer Kitty ist und welche Leiden sie plagen, und beschloß, ihr einen Besuch abzustatten. Er wußte, daß sie allein lebt und nicht an die Tür kommen kann, deshalb wollte er ans Fenster klopfen, doch dann fürchtete er, sie könnte einen Herzanfall bekommen, wenn sie plötzlich ein schwarzes Gesicht vor dem Fenster sieht. Also ging er zur Tür und klopfte, dann öffnete er sie einen Spalt und rief: ›Hier ist Fitz Colquhoun, Ihr neuer Doktor. Darf ich reinkommen und ein bißchen mit Ihnen plaudern?‹ – ›Natürlich, kommen Sie gleich hier durch‹, schrie Kitty. Fitz glaubte, er müßte sie warnen und rief: ›Ich sollte Ihnen lieber vorher sagen, daß ich ganz schwarz bin.‹ – ›Ach, machen Sie sich nichts draus, Junge‹, sagte Kitty, ›Sie können sich das Zeug in der Küche am Spülbekken abwaschen, so mache ich das auch immer.‹«

»Was hat Fitz getan?« fragte Rebecca lachend.

»Das mußt du dir mal vorstellen. Er hüpfte auf der Schwelle auf und ab. ›Aber ich bin ein Schwarzer, ich will nicht, daß Sie erschrecken ...‹ Kitty hielt das Ganze für den größten Witz und wäre fast vor Lachen aus ihrem Sessel gefallen. Sie bat ihn, Tee aufzubrühen, schwatzte über eine Stunde mit ihm und machte ihm klar, daß sie von jetzt an regelmäßige Besuche von ihm erwartete.«

»Er scheint sich bemerkenswert schnell hier eingelebt zu haben.«

»Oh, ich glaube, Fitz würde sich überall schnell einleben.«

»Wahrscheinlich hast du recht. Aber ist das nicht großartig mit Clare? Wann soll das Baby kommen?« Rebecca zwang sich zu dieser Frage, als sie vor der Insel auf Grund liefen. Sie zogen das Boot auf den Strand, nahmen die Flasche Wein und eine Tüte mit Krabbencrackern mit und gingen zu einem geschützten Platz, der noch von den Strahlen der untergehenden Sonne erreicht wurde.

»Ende Januar. Donald ist überzeugt, daß sie dann vollkommen eingeschneit sind; er ist schon jetzt in hellster Aufregung.«

»Ich kann mir Donald in hellster Aufregung wirklich nicht vorstellen.«

»Er macht das mit sich selbst ab. Ehrlich gesagt, ging es Clare schon nicht sehr gut, als sie mit Robbie schwanger war. Und da ist noch etwas, was mir Kopfzerbrechen bereitet. Sie war ziemlich schwach damals, und wenn es jetzt wieder so ist, wird sie nicht viel tun können.«

»Spielt das eine Rolle? Donald ist ein Typ, der mit allem fertig wird.« Er würde sich rührend um seine Frau kümmern.

»Oh, ganz bestimmt. Nein, ich dachte eigentlich an Catriona. Um sie mache ich mir Sorgen. Sie ist an dem Punkt angelangt, an dem sie sich aus der Falle befreien möchte, in der sie sitzt. Und sie hadert bereits mit der Tatsache, daß sie keine Ausbildung hat. Sie macht eine ernste persönliche Krise durch, und Clare bietet ihr Halt. Ich dachte schon daran, Catriona als Aushilfe zu mir in den Laden zu holen, aber ich kann es mir ehrlich nicht leisten. Besonders jetzt nicht, nachdem Dan meinen Van für schrottreif erklärt und mir geraten hat, kein Geld mehr für sinnlose Reparaturen zum Fenster hinauszuwerfen und mir statt dessen lieber einen anderen fahrbaren Untersatz zu suchen.«

»Es ist schwer einzuschätzen, was Catriona tun

könnte«, überlegte Rebecca. »Obwohl eine Ausbildung oder irgendwelche Schulabschlüsse nicht viel darüber aussagen, ob jemand clever ist und zupacken kann. Ich glaube nicht, daß Sylvie und Thea irgendwelche Zeugnisse vorweisen können, aber sie sind tüchtig, mit Begeisterung bei der Sache, und sie haben so viel gesunden Menschenverstand, daß sie die meisten Aufgaben meistern.«

»Und sie strahlen immer. Ja, ich weiß, und Catriona läßt sich einfach treiben. Das arme Mädchen wurde nie gefördert. Und jedesmal wenn ich nach einer Lösung für sie suche, komme ich mir vor, als würde ich gegen eine Wand rennen ... Ach, und da ist noch etwas, was ich dir über Clare erzählen wollte. Sie glaubt, daß sie in diesem Jahr die Jagdgesellschaft nicht in ihrem Haus aufnehmen kann – besser gesagt, Donald läßt es gar nicht zu, daß sie sich anstrengt –, und sie überlegt, ob sie die Leute bei euch im Hotel unterbringen könnte. Ich glaube, sie wird dich bald deswegen anrufen.«

»Das wäre ja prima. Jede Reservierung nach den Sommerferien ist uns willkommen ... Gott, so spät ist es schon? Trudy, wir müssen los!«

»Wir brauchen einfach eine längere Pause zwischen meiner Ladenschlußzeit und dem Abendessen im Hotel«, maulte Trudy und kämpfte sich widerstrebend auf die Füße. Sie hatten herausgefunden, daß das der einzige Zeitpunkt war, an dem sie sich eine Stunde unterhalten konnten, Vorausgesetzt, im Hotel war nicht zuviel los.

Auch wenn es nur ein kurzer Ausflug war, hatte er Rebecca doch gutgetan. Sie lachte, als sie sich Fitz wieder auf Kitty McBains Türschwelle vorstellte. Ich wünschte, ich wäre an Trudys Stelle, dachte sie unwillkürlich. Sie hat ihre Arbeit für den Tag beendet, kann sich in die Bar setzen mit Dan, der seit einigen Tagen wie ausgewechselt war, und anschließend neben ihm im Bett liegen. Plötzlich hatte sie eine Vision, wie sie neben Dan in seinem Capri saß und im zauberhaften Sonnenuntergang mit ihm nach Luig fuhr.

KAPITEL 17

Dan lief die Treppe zum Hotel hinauf und nahm immer zwei Stufen auf einmal. Er mußte grinsen, als ihm klarwurde, wie gutgelaunt er war. »Dummer Kerl, du hast Spaß an der Arbeit!« machte er sich über sich selbst lustig, als er die Tür aufstieß. Es stimmte. Er freute sich regelrecht darauf, ins Büro zu gehen, sich an den Schreibtisch zu setzen und sich mit Kleinkram wie Rechnungen, Quittungen und der Korrespondenz zu befassen. Die Hochstimmung, die sie nach Innes' und Stuarts Abgang durchs Wochenende begleitet hatte, war nicht verblaßt, und alle in Ardlonach (na ja, vielleicht nicht dieser hochnäsige Felix, der gerade erst angekommen und offenbar irgendein Bekannter der Urquharts war) schienen entschlossen, es auch ohne die Hilfe der beiden Gefeuerten zu schaffen. Er hatte zum Glück Geoff Marshall ausfindig machen können, der zur Zeit nichts zu tun hatte und für ein paar Wochen im Zentrum einspringen konnte. Geoff war beileibe keine Stimmungskanone – nach zwei Minuten in seiner Gesellschaft langweilte man sich tödlich –, aber er war zuverlässig, kannte sich auf seinem Gebiet bestens aus und würde seine Pflicht gewissenhaft tun, bis ein anderer Trainer gefunden wurde.

Rebecca war mit vier holländischen Gästen beschäftigt, die sich in letzter Minute entschieden hatten, daß die Männer Golf spielen und die Frauen einen Ponyausflug machen, shoppen gehen und zum Friseur wollten. Sie überließen es Rebecca, das alles zu ihrer Zufriedenheit zu organisieren. Dan grinste verstohlen. Rebecca war bestimmt begeistert von einer solchen Bitte. Es war noch nicht einmal acht Uhr, und normalerweise herrschte um diese Zeit die Ruhe, die sie brauchte, um das Geld in den Kassen zu zählen, die Einnahmen des letzten Tages in die Bücher einzutragen und Rechnungen auszustellen. Auf ihrem Schreibtisch lagen Tüten mit Kleingeld und kleine Stapel abgezählter Scheine, und ihr Ton war gefährlich höflich. Das Telefon klingelte – jemand wollte seine Augustbuchung umändern.

Die Holländer machten sich schließlich davon und stellten in Aussicht, nach dem Frühstück wiederzukommen und zu erfragen, was Rebecca für sie arrangiert hatte.

»Bitte, bitte, laßt euch lange Zeit mit dem Frühstück«, flehte sie im Flüsterton und zählte rasch die Fünf-Pence-Stücke. »Wie ist es gestern abend gelaufen?« fragte sie Dan interessiert. »Konnten Sie ...?«

»O Rebecca, ich bin ja so froh, daß ich Sie hier erwische. Ich fürchte, in unserem Zimmer ist ein kleines Malheur passiert.«

Das konnte alles bedeuten – vom zerbrochenen Aschenbecher bis hin zu einem Zimmerbrand. Rebecca wartete gelassen und sah die Frau freundlich an. Dan nahm mit beinahe liebevoller Bewunderung zur Kenntnis, daß sie bereit war, mit allem fertig zu werden, solange man ihr nur die Fakten rasch und präzise schilderte.

»Es ist nicht das, was Sie denken, und ich möchte nicht, daß die Zimmermädchen glauben, es war Timmy. Ich bin sicher, es bleibt nichts auf dem Teppich zurück, obwohl es im Moment ziemlich schrecklich aussieht. Aber es ist nur der Hundenapf gewesen – er ist umgefallen. Bob ist aus Versehen dagegengetreten, er wußte nicht, daß ich ihn an diesen Platz gestellt habe – es war nicht Timmy. Ich habe alles so gut es ging, mit dem Badetuch weggewischt, und ich glaube, jetzt ist alles in Ordnung. Ich will nur nicht, daß die Mädchen meinen, sie müßten den Teppich desinfizieren oder so was. Und Bob tut es furchtbar leid ...«

Rebecca entschied, daß es nicht der Mühe wert war herauszufinden, ob der Hund oder tatsächlich Bob der Übeltäter gewesen war, und sie wurde Mrs. Hume mit der Beteuerung los, daß sie alles auf die Liste für die Zimmermädchen schreiben würde und daß der Vorfall wirklich nicht so schlimm sei. Dann zählte sie weiter das Geld. Una kam aus der Küche und fragte, ob man Paddy noch erwischen und ihn bitten könnte, Sahne aus Luig mitzubringen. Mr. Palmer aus Zimmer drei schaute vorbei und erkundigte sich, ob seine Rechnung schon fertig war.

»Ich wollte sie gerade ausstellen«, erwiderte Rebecca strahlend. Wenn man mir nur die Chance dazu gibt, fügte sie im stillen hinzu. »Vielleicht möchten Sie zuerst frühstücken, Mr. Palmer?«

»Wenn Sie mir die Rechnung bitte so bald wie möglich an den Tisch bringen würden«, sagte Mr. Palmer, dem es offensichtlich nicht gefiel, daß seine Planung durcheinander geriet. »Ich würde sie gern durchsehen. Und vielleicht können Sie noch ein halbes Dutzend von Ihren Whiskyfläschchen dazusetzen. Ja? Ich bin Ihnen sehr zu Dank verpflichtet.«

»Das hat mir noch gefehlt«, brummte Rebecca, als sie nach den Schlüsseln faßte. »Ein Ausflug in den Weinkeller zu dieser Tageszeit.«

Als sie zurückkam, hatte Dan das restliche Kleingeld gezählt und die beiden Kassen in die Bars gebracht.

»O Dan, wie lieb von Ihnen! Es ist nicht gut, wenn das Geld unbeaufsichtigt hier herumliegt. Mal sehen, ob Zimmer drei Rechnungen in der Bar unterzeichnet hat ... Gott, er muß die ganze Nacht durchgetrunken haben.« Sie tippte die Beträge in den Computer, ließ sich die Summe ausrechnen und setzte die Kosten für die Miniflaschen hinzu, dann schaltete sie den Drukker ein. »Erzählen Sie, haben Sie diesen Liam gefunden?«

»Ja, oben auf dem Glen Etive. Er lag in seinem Zelt, als ich hinkam.«

Wie man einen einzelnen Mann im Zelt an einem zehn Meilen langen Glen ausfindig machen konnte, war Rebecca ein Rätsel, aber sie verschwendete keine Zeit damit, das zu ergründen. »Und?«

»Er kommt Ende nächster Woche.«

»O Dan, das ist ja großartig! Es ist Ihnen doch recht so, oder? Er ist der Mann, den Sie wirklich haben wollten, nicht?«

Noch vor einer Woche hätte sie nicht im Traum daran gedacht, ihn so etwas zu fragen, und wenn doch, dann hätte sie damit rechnen müssen, brüsk abgefertigt zu werden.

»Er ist genau der Mann, den wir brauchen.« Dan bedachte sie mit einem Lächeln, das seine hellen, wachsamen Augen erschreckend lebendig machte. Rebecca freute sich über seine Zugänglichkeit, konnte aber dennoch gewisse Bedenken nicht unterdrücken. Es war sehr gut, daß Dan diesen Iren finden konnte. Liam hatte im Winter gemeinsam mit ihm in der Berghütte gearbeitet und hielt sich im Sommer mit Gelegenheitsjobs über Wasser. Hier würde der Ire kaum Zeit zum Atmen haben wie sie alle ... und da war immer noch die Frage zu klären, wer die Verantwortung für das Zentrum übernehmen sollte. Bestimmt nicht der neue Mann, der von der Hand in den Mund lebte, keine Referenzen aufweisen konnte und nur eingestellt wurde, weil Dan ihn für geeignet hielt. Sie konnte ihn auf keinen Fall Dan vor die Nase setzen.

Rebecca durfte das, was Tony dazu veranlaßt hatte, ein Fragezeichen in Dans Lebenslauf zu malen, nicht mehr länger ignorieren. Sie konnten es sich einfach nicht leisten, noch einmal blindlings in eine so prekäre Lage zu stolpern wie mit Innes.

»Dan, könnten wir ...?«

»Entschuldigen Sie, haben Sie Briefmarken für die USA hier? Und vielleicht eine Briefwaage? Ich glaube, dieser hier ist ein bißchen schwerer als erlaubt. Und ich bräuchte auch einen von diesen blauen Airmail-Aufklebern. Oh, Sie haben alles da? Wie wunderbar. Was sollen wir mit den Sachen für die Reinigung machen? Geben wir sie Ihnen? Es sind nur zwei Hosen von meinem Mann ...«

Mr. Palmer kam zurück, um den Preis für eine Flasche Wein zu überprüfen. »Und wir haben über unsere Urlaubspläne im nächsten Jahr nachgedacht. Wir kommen nicht zur selben Zeit, aber wir wollen natürlich dasselbe Zimmer ...«

Dan brachte den Dienstplan auf den neusten Stand. Als Rebecca das Reservierungsbuch für das folgende Jahr aus dem Aktenschrank holte, warf sie einen kurzen Blick auf die muskulösen Schultern in dem engsitzenden blauen T-Shirt, die gebräunten Arme und den dunklen Kopf, und mit einemmal schreckte sie davor zurück, diesem reizbaren Mann Fragen über private Angelegenheiten zu stellen.

Dan hatte die Organisation des Zentrums mit Elan in Angriff genommen, sich in die Arbeit gestürzt, Schwierigkeiten beseitigt und all die Dinge ausgemerzt, die ihn bisher gestört hatten. Er ließ sich sogar am Samstagabend zur üblichen Begrüßung der neuen Gäste in der Bar blicken und schuf endlich Ordnung in den Papieren, die Innes nur achtlos in eine Schublade geworfen hatte.

»Ja, natürlich. Ich trage Sie schon mal für das Zimmer ein, Mr. Palmer. Zimmer drei, Anreise dritter August, Abreise zehnter August ...« Rebecca war mit Una übereingekommen, daß sie im Moment nichts anderes tun konnten, als Buchungen über die Saison hinaus anzunehmen und sich vorerst keine Sorgen über längerfristige Pläne zu machen.

»Und bei unserem nächsten Aufenthalt hier begleitet uns wahrscheinlich meine Schwiegermutter. Haben Sie auch Einzelzimmer mit eigenem Bad? Wenn möglich sollte es nicht weit weg von unserem und nah an der Treppe sein. Natürlich mit Blick aufs Wasser.«

Dan hatte alle Briefe abgelegt und schloß den Aktenschrank. »Dan – entschuldigen Sie mich bitte einen Moment, Mr. Palmer – Dan, hätten Sie heute abend Zeit für ein kurzes Gespräch? Vielleicht nach dem Dinner?«

»Gut, ich bin da«, erwiderte Dan leichthin. Besprechungen mit Rebecca gehörten mittlerweile zu seinen Aufgaben.

Er dachte nicht weiter darüber nach, aber Rebecca ging die bevorstehende Konfrontation den ganzen Tag nicht aus dem Kopf. Mit Verwunderung nahm sie zur

Kenntnis, daß Dan mit seiner durchgreifenden und unabhängigen Art einen gesunden Respekt in ihr geweckt hatte wie kaum jemand sonst.

Auf der Fahrt durchs Moor zu Catriona hatte sie Zeit genug, über die Angelegenheit mit Dan nachzudenken, aber sie war froh, als sie das Glen Righ House und den atemberaubenden Ausblick vor sich sah und sich ablenken konnte. Sie erinnerte sich nur vage an das Haus; sie war höchstens zwei- oder dreimal in ihrem Leben hiergewesen. Fergus hatte nie Einladungen gegeben, und Catriona war damals noch viel zu jung gewesen, um zu den Freunden der Urquhart-Kinder zu gehören.

Wie konnte ein bewohntes Haus nur so verlassen wirken? Es waren nicht nur die von Unkraut überwucherte Terrasse, die ungepflegten Rhododendronbüsche und Ranken, die sich auf dem ungemähten Rasen ausbreiteten. Die kahlen Fenster hätten genausogut ohne Scheiben, die Türen vernagelt sein können, so einen verwahrlosten Eindruck machte das ganze Anwesen. Zerbrochene, rostige Regenrinnen, Äste und Laub in den Abflüssen, Grasbüschel und Unkraut im Mauerwerk und Bretter, die die Lücken im Terrassengeländer ausfüllten. An einem grauen, kühlen Tag wie diesem wurde die trostlose Atmosphäre noch deutlicher als bei Sonnenschein.

Rebecca war so etwas fremd. Sie mochte es, wenn alles seine Ordnung hatte, reibungslos funktionierte und Schäden beseitigt wurden. War es wirklich eine so gute Idee, Catriona einen Job in Ardlonach anzubieten, wenn sie zuließ, daß Glen Righ in einem solchen Zustand blieb? Aber Trudy machte sich solche Sorgen um sie, daß sie fast schon so weit war, sie in ihren Laden zu holen, obwohl sie kaum einen adäquaten Lohn zahlen konnte, daß Una und Rebecca beschlossen hatten, zur Tat zu schreiten.

Rebecca wurde von Tag zu Tag mehr von telefonischen Anfragen und Wünschen der Gäste in Anspruch genommen, so daß es ihr kaum gelang, ihre eigentlichen Aufgaben zu erfüllen. Wenn sie eine Runde durchs Haus machte, um nachzusehen, ob die Zimmer in ordentlichem Zustand waren, wurde sie ein halbes Dutzend Mal aufgehalten, und wenn sie im Garten Blumen für die Zimmer und den Speisesaal schnitt, streckte garantiert jemand den Kopf zum Fenster heraus und rief ihr eine Frage zu. Und während sie mit einer ellenlangen Einkaufsliste nach Luig oder Fort William fuhr, war Una gezwungen, beim Kochen Anrufe entgegenzunehmen, wenn sie nicht riskieren wollten, daß eins der Mädchen rätselhafte Nachrichten auf irgendwelche Zettel kritzelte. In ihrer Verzweiflung hatte Rebecca es sich zur Gewohnheit gemacht, sich der Buchführung erst nach elf Uhr abends zu widmen, aber selbst dann war sie nicht immer ungestört, wenn die Leute Licht im Büro sahen und sie mit irgendwelchen Fragen löcherten oder auch nur ein Schwätzchen mit ihr halten wollten.

Braan, der Retriever, trottete auf sie zu, um sie schwanzwedelnd zu begrüßen – er war schon so alt, daß es ihm zu mühsam war, ihre Ankunft mit einem Bellen zu melden. Catriona eilte ihm nach und kam scheu und aufgeregt auf Rebecca zu, als würde sie es bereits bereuen, sie hergebeten zu haben, oder als gefiele ihr der eigentliche Grund des Besuches, den Clare ihr vor ein paar Tagen dargelegt hatte, ganz und gar nicht.

Gut, wenn ihr schon der Gedanke, in einem Hotel zu arbeiten, Unbehagen bereitete, dann ist das Problem für uns gelöst, überlegte Rebecca. Rede ein bißchen mit ihr, trink deinen Tee, fahr wieder heim und vergiß das Ganze. Doch trotz ihrer Bedenken bewegte sie Catrionas Misere mehr, als sie ursprünglich geglaubt hatte. Eine Kindheit hier an diesem gottverlassenen Ort, der frühe Verlust der Eltern und des Bruders, die einsamen Jahre, in denen sie für ihren Großvater gesorgt hatte, der, wie man beschönigend sagen könnte, »im Reich der Märchen« lebte, seit sein geliebter Enkel gleich unterhalb der Terrassenmauer in der Schlucht ertrunken war. Catriona war kurze Zeit in eine Schule gegangen, dann war sie von Gouvernanten unterrichtet worden, von denen keine lange geblieben war. Schon allein das Wort »Gouvernante« in den neunziger Jahren sagt alles, dachte Rebecca. Wie nennt man sie heutzutage? Privatlehrerinnen? Und jetzt war Fergus tot, und Catriona hockte hier, hatte nur Braan zur Gesellschaft und keine Beschäftigung. Und wenn man sich das Haus ansah, dann war sie offensichtlich auch nicht motiviert, irgend etwas mit ihrer Zeit anzufangen.

Warum reißt sie den alten Kasten nicht einfach ab und baut sich etwas Neues oder zieht in eines der Cottages, fragte sich Rebecca, als sie in dem staubigen, düsteren Salon darauf wartete, daß Catriona den Tee hereinbrachte. Dann rief sie sich zur Ordnung. Was für eine gedankenlose Überheblichkeit! Es würde ein Vermögen kosten, ein Gebäude dieser Größe abzureißen. Und Catriona würde sich bestimmt auch nicht besser fühlen, wenn sie in einem kleineren Haus wohnte. Wieso sollte sie nicht genau das machen, was sie im Moment tat – hierbleiben, bis das Gemäuer buchstäblich unbewohnbar war? Es war ihr Zuhause, und sie war zweifelsohne an den spartanischen Lebensstil gewöhnt.

Aber eine nützliche oder interessante Arbeit war etwas ganz anderes, als ein Haus in Schuß zu halten. Trudy hatte recht, sie konnten Catriona hier nicht allein dahinvegetieren lassen. Außerdem würde die Einsamkeit ihr schließlich den Lebensmut nehmen. Aber würde sie in Ardlonach Arbeit übernehmen können, oder hätten alle anderen nur noch mehr zu tun, wenn sie da war?

»Watty hat die Brötchen gebacken«, verkündete Catriona, als sie mit einem schwer beladenen Tablett hereinkam.

»Watty?« wiederholte Rebecca und sprang auf, um einige Bücher und eine Büchse mit Sattelseife zur Seite zu schieben.

»Ja, Watty, das Mädchen für alles«, sagte Catriona, ohne das Gefühl zu haben, weitere Erklärungen dazu abgeben zu müssen.

Die Brötchen waren noch warm, locker und leicht mit Mehl bestäubt. Die Butter war in einem Raum aufbewahrt worden, der wesentlich wärmer als dieser hier sein mußte, und die bräunlich rote Marmelade stammte ziemlich sicher aus der Inverbuie-Speisekammer. Aber Rebecca glaubte sich daran zu erinnern, daß es hinter dem Haus einen Obstgarten mit Beerensträuchern, Rhabarber, Pflaumen- und Apfelbäumen gab, auch wenn er wahrscheinlich genauso verwahrlost war wie der Rest des Anwesens.

»Was hältst du von der Idee, nach Ardlonach zu kommen und uns zu helfen?« begann Rebecca, nachdem der Tee ausgeschenkt und Brötchen, Butter und Marmelade angeboten worden waren.

Catrionas Messer fiel klappernd auf den Teller, kippte über den Rand und landete auf dem Teppich. Catriona starrte Rebecca in sprachlosem Entsetzen an, während Braan die Butter vom Boden leckte. »Tut mir leid, ich hätte dich anrufen und dir vorher sagen sollen, daß du deswegen nicht den ganzen Weg hierherkommen mußt. Das heißt nicht, daß ich dich nicht sehen wollte, natürlich freue ich mich, aber ich glaube einfach, daß ich nicht nach Ardlonach kommen kann. Ich weiß, daß es eigentlich Trudys Idee war, und es war sehr nett von ihr – und von dir und Una –, aber verstehst du, ich bin ehrlich gesagt vollkommen nutzlos. Kein Mensch würde mir Arbeit geben wollen.« Ihre Augen unter den dunklen Haarfransen, die sie sich offensichtlich – nicht oft genug – selbst schnitt, waren riesengroß, traurig und schuldbewußt. »Ich kann wirklich gar nichts.«

Rebeccas Unmut über die Anzeichen von Trägheit und Gleichgültigkeit, die einem hier überall ins Auge sprangen, war augenblicklich verflogen. Vor ihr saß jemand, der dringend Hilfe brauchte. Sie dachte an Esmes »benachteiligte« Schüler. Aber Catriona hatte vermutlich Fähigkeiten, von denen sie nicht einmal träumte, sie mußten nur so rasch wie möglich ans Licht gebracht und gefördert werden.

»Du kannst alles lernen«, sagte sie und beugte sich vor, um Catriona in die Augen zu sehen. »Es ist nicht schwierig, du hilfst uns nur ein wenig. Eine von uns beiden, Una oder ich, sind immer da, und du kannst uns jederzeit alles fragen. Betrachte es als ersten Schritt, als eine Möglichkeit, aus dem Haus zu kommen, als eine Aufgabe, die du anpacken kannst und die dir Mut macht.«

»Clare meint, ich sollte es tun.«

»Und Lilias?« erkundigte sich Rebecca grinsend.

»Lilias auch.« Catrionas Gesicht erstrahlte in einem gewinnenden Lächeln. Hm, dachte Rebecca, ich habe daran gedacht, ihr Selbstvertrauen aufzubauen und ihr ein paar Dinge beizubringen, aber was ist mit all den kräftigen jungen Männern bei uns? Die habe ich überhaupt nicht in Betracht gezogen.

»Du könntest dich beispielweise mit der Büroarbeit vertraut machen«, sagte sie rasch und schob die Überlegung vorerst beiseite. »Es ist alles ganz einfach, du könntest lernen, mit einem Computer umzugehen; das ist immer und überall nützlich. Wäre das eine so entsetzliche Vorstellung für dich?«

Zu ihrer Überraschung – sie hätte eigentlich eher eine panische Reaktion erwartet – sagte Catriona zögerlich: »Wir hatten eine Zeitlang einen Computer hier, bevor Großvater starb. Er gehörte eigentlich Clare. Sie hat mir ein paar einfache Sachen gezeigt, die man damit machen kann. Ich erinnere mich nicht mehr an viel, aber ich habe zumindest keine Angst davor. Obwohl ich kaum glaube, daß ich jemals die höheren Weihen erreiche«, schloß sie einsichtig.

Rebecca lachte befreit – der Humor, der sich unter all der Schüchternheit und Unsicherheit verbarg, könnte eine große Hilfe sein.

»Aber es hat keinen Sinn«, rief Catriona plötzlich. »Ich hätte euch das von Anfang an sagen sollen. Ich kann wirklich nicht nach Ardlonach kommen, ich habe nichts Anständiges anzuziehen.«

Da kann ich nicht widersprechen, räumte Rebecca im stillen nach einem Blick auf den weiten braunen Pullover mit den löchrigen Ärmeln, die bauschige graue Cordhose und die ausgefransten Leinenschuhe ein. »Wir staffieren dich aus«, sagte sie. Normalerweise würde sie eine Assistentin für Una und sich selbst nicht in die Kleider stecken, die die Zimmermädchen trugen, aber in diesem Fall war es wohl angebracht.

Was habe ich da bloß getan? stöhnte sie innerlich, als sie von Glen Righ wegfuhr und die Autoheizung einschaltete. Catriona und Una – da habe ich mir ein verrücktes Pärchen angelacht! Aber nein, das war unfair: Una hatte sich in den letzten Wochen enorm verändert. Das hilflose, zu Tode erschrockene Mädchen, das Rebecca im März weinend und am Boden zerstört vorgefunden hatte, hatte sich mit großen Schritten weiterentwickelt. Sie traf Entscheidungen, hatte entdeckt, daß die Leute das, was sie ihnen bot, zu schätzen wußten, und machte nicht mehr um jede Kleinigkeit ein Riesentheater. Sie benahm sich den Gästen gegenüber offener und selbstbewußter.

Ob Tony wohl eines Tages zurückkam? Rebecca hatte fest angenommen, daß er wieder auftauchen würde, und auch Una war davon überzeugt gewesen. Aber sie hatten seit Carolines Anruf kein Wort mehr von ihm gehört, die Familie übermittelte keine weiteren Nachrichten, die Konten waren nicht geplündert worden, und, was am schlimmsten war, Tony ließ Una nicht wissen, was aus ihrer Ehe werden sollte. Wie alle anderen persönlichen Kümmernisse und Probleme wurde jedoch auch diese Ungewißheit von drängenderen Angelegenheiten verschüttet. Wenn sich allerdings bis Ende der Saison nichts Entscheidendes getan hatte, würden sie alles ordentlich regeln und zumindest dafür sorgen, daß Unas Zukunft gesichert war.

Rebecca blieb noch Zeit für einen Besuch bei Lilias, wo sie sich gründlich aufwärmen konnte. Diese Kälte im Juni! Lilias freute sich bestimmt, wenn sie hörte, daß Catriona sich dazu durchgerungen hatte, es wenigstens ein, zwei Wochen mit der Arbeit im Hotel zu versuchen.

Rebecca hatte Una nichts davon erzählt, daß sie mit Dan sprechen wollte. Ihr Instinkt warnte sie, daß sie vielleicht etwas Unangenehmem auf der Spur war. Zum Glück war Una am Abend mit Gästen beschäftigt, denen ihr Vater empfohlen hatte, ihren Urlaub in Ardlonach zu verbringen. Sie hatten darauf bestanden, daß sie mit ihnen zusammen aß, und obwohl Una sich mit plausiblen Erklärungen davor hätte drücken können, war es wohl unvermeidlich, daß sie sich danach mit ihnen in die Bar setzte.

Thea und Rachel waren im Speisesaal fertig, und sobald sie sich in der Kutscherhaus-Bar blicken ließen, würde Dan sich auf den Weg machen, das wußte Rebecca. Rachel und Felix, das Pärchen, das Leonie ihnen geschickt hatte, machten sich nützlicher, als Rebecca anfangs vermutet hatte. Sie lachte, als sie daran dachte, wie entsetzt Leonie über die unbekümmerte Art gewesen wäre, mit der Rachel verkündet hatte: »Oh, wir brauchen nur ein Zimmer, vielen Dank.« Rachel war ein hübsches, freundliches Mädchen mit einer braun schimmernden Haarmähne, die sie sich ständig aus dem Gesicht strich, und einem Hang zu knappen Kleidern. Beim Putzen und Saubermachen war sie so ungeschickt und unbeholfen, daß die beiden Australierinnen neben ihr wie die reinsten Profis aussahen. Felix war arrogant und würde sich, wie Rebecca argwöhnte, zum Faulpelz entwickeln, sobald die erste Begeisterung verflogen war, aber er war einigermaßen praktisch veranlagt und stellte keine hohen Ansprüche.

Ich beschäftige mich in Gedanken mit allem möglichen, statt mir zu überlegen, was ich zu Dan sagen soll, fiel es Rebecca siedendheiß ein. Warum fürchte ich mich so sehr davor? Die Antwort kam prompt: Weil ich ihn mir nicht zum Feind machen will. Weil ich kurz davor bin, mich in seine Privatsphäre einzumischen, und weil ihn das auf die Palme bringen wird.

Und plötzlich war er da. Sie hatte seine federnden Schritte in der Halle nicht gehört, obwohl ihre Nerven zum Zerreißen angespannt waren.

»Okay, worum geht's?« fragte er mit der neuen Selbstsicherheit und der Bereitschaft, allen Schwierigkeiten auf der Stelle den Garaus zu machen. Offenbar dachte er an organisatorische Probleme, an eine Umstellung im Verpflegungsplan oder Ähnliches.

»Dan, hören Sie ...« Rebecca hievte sich ungeschickt auf die Füße; absurderweise hatte sie das Gefühl, überrumpelt worden zu sein, obwohl sie schon seit einigen Minuten hier saß und auf ihn wartete. »Macht es Ihnen was aus, wenn wir in die Bibliothek gehen? Hier platzen ständig Leute herein. Und in der Bibliothek ist niemand. Zumindest war niemand dort, als ich vorhin reingeschaut habe. Es kann natürlich sein, daß jetzt ...«

Oh, hör auf zu faseln und halt den Mund, schalt sie sich wütend, als sie sein erstauntes Gesicht sah.

»Meinetwegen«, sagte er, warf aber einen kurzen Blick auf seinen Schreibtisch, weil sich dort all die Unterlagen befanden, die sie vielleicht brauchen könnten. Er trat zur Seite, um Rebecca durch die Tür zu lassen, und folgte ihr ohne jeden Kommentar. Die ständige Flut von nichtigen Anfragen, die auf alle im Büro Anwesenden einstürmten und von denen mindestens die Hälfte allein dazu diente, die Aufmerksamkeit auf den Bittsteller zu ziehen, trieben ihn oft an den Rand des Wahnsinns, und er war im Grunde froh, dem zu entkommen.

Die Bibliothek war tatsächlich leer, und ein abgestandener Geruch beherrschte den Raum. Im Kamin hatte vor kurzem ein Feuer gebrannt – wahrscheinlich hatte es ein Gast angezündet, da heute ein so trüber, kalter Tag gewesen war –, aber die Flammen waren mittlerweile erloschen. Rebecca ärgerte sich, daß sie nicht daran gedacht hatte, Holz nachzulegen, und nahm sich vor, dafür zu sorgen, daß hier in Zukunft bei regnerischem Wetter immer ein Feuer brannte. Wieder ein Ablenkungsmanöver, dachte sie und konzentrierte sich auf das, was ihr bevorstand.

»Dan, da ist etwas, das ich wissen muß.« Sie war mit einemmal so entschlossen, der Sache auf den Grund zu gehen, daß sie ganz vergaß, sich hinzusetzen oder ihm einen Platz anzubieten. Sie blieb mitten im Zimmer stehen, schwang zu Dan herum und sah ihm ins Gesicht, ohne sich bewußt zu sein, daß ihr Blick und ihre Haltung ziemlich aggressiv wirken mußten.

»Was, zur Hölle, ist nur los?« Dan schaute sie verwirrt an und sprach in dem unbedarften Ton eines Menschen, der im Leben nicht damit rechnet, daß etwas Unangenehmes auf ihn zukommen könnte.

Wie anders Innes diese Frage gestellt hätte – oder Dan selbst vor ein paar Tagen. Der Gedanke, daß er sich so sehr verändert hatte, gab ihr Sicherheit. Seit ihrer Ankunft hatte es Zweifel und Bedenken gegeben, was das Trainingszentrum betraf. Jetzt hatten sie die Chance, einen glatten Schnitt zu machen und ganz von vorn anzufangen, aber es war der Sache nicht angemessen, auf so herausfordernde Weise vorzugehen.

»Entschuldigung, setzen wir uns erst einmal.«

Dan ließ sich in einem der Ledersessel nieder, ohne den Blick von Rebecca zu wenden. Er vermittelte den Eindruck, daß er mit allem, was sie für ihn parat hatte, fertig wurde. Gleichzeitig sah er so aus, als würde er wie ein Tennisball aufspringen, falls ihm etwas mißfiel. Rebecca hockte sich auf den Rand eines anderen Sessels, weil sie wußte, wenn sie sich ganz in das weiche Leder sinken ließ, würde ihr Kinn auf die Brust gedrückt. Sie streckte die Beine aus und begann die Befragung in dieser ausgesprochen würdelosen Haltung.

»Es gibt etwas, das ich Sie fragen muß«, sprudelte sie verzweifelt hervor. »Wir haben bei unserem ersten Gespräch über den Fortbestand des Trainingszentrums keine endgültige Entscheidung getroffen, ob Sie die Leitung übernehmen, und wir hatten seither keine Zeit mehr, darüber zu reden. Ich kann mir nicht vorstellen, daß es Ihnen recht wäre, wenn wir Ihnen Ihren Freund Liam vor die Nase setzen.«

Dan wich ihr aus. »Ist das nicht eigentlich Unas Entscheidung?« fragte er nach kurzem Schweigen. Seine Augen hatten wieder diesen leeren, feindseligen Ausdruck, den sie von früher kannte.

Ausflüchte und Diplomatie hatten auf diesen Mann keinerlei Wirkung. »Ich habe mit Una noch nicht darüber gesprochen, weil ich sie nicht beunruhigen wollte. Uns beiden ist sehr wohl bewußt, daß wir in gewisser Weise dem Mann, der die Verantwortung für das Zentrum übernimmt, ausgeliefert sind – wir müssen uns auf sein Urteilsvermögen und seine Fähigkeiten verlassen, weil wir selbst nicht kompetent genug sind. Wir haben schon einmal beinahe eine Katastrophe erlebt und sind nur um Haaresbreite einem Gerichtsverfahren entgangen.« Es fiel ihr immer schwerer, Dans Blick standzuhalten. Sein Gesicht war unbeweglich, aber gerade das wirkte wie eine Drohung. Mit einemmal fürchtete Rebecca, daß es unklug gewesen war, sich mit ihm in diesen verlassenen Raum zurückzuziehen.

»Mir ist aufgefallen, daß Tony ein Fragezeichen an die Stelle in Ihrem Lebenslauf gesetzt hat, an der Ihr Militärdienst aufgeführt ist. Und jetzt wüßte ich gern, ob es irgend etwas gibt, das wir wissen müßten oder worauf sich dieses Fragezeichen beziehen könnte.«

In der darauffolgenden unheimlichen Stille spürte Rebecca, wie ihr Herz klopfte und der Puls in ihren Schläfen pochte.

Dan sprang auf, sein Gesicht war wutverzerrt. »Sie mischen sich in Sachen ein, die Sie nichts angehen, Sie scheinheiliges kleines Biest!« sagte er mit absoluter Beherrschung, die erschreckender war als jede Gewalt. »Was geht Sie das überhaupt an? Tony hat mich eingestellt, und das sollte Ihnen genügen. Ich muß mich Ihnen gegenüber nicht rechtfertigen, schon gar nicht, weil Sie weder mit dem Hotel noch mit dem Zentrum etwas zu tun haben – oder haben Sie das vielleicht vergessen?«

»Dan, ich will nur sichergehen, daß Una über die wesentlichen Dinge informiert ist. Wenn Sie mir sagen, daß alles in Ordnung ist, lassen wir die Sache auf sich beruhen.« Sie blieb sitzen und versuchte, gelassen und vernünftig zu argumentieren, obwohl es sie die größte Mühe kostete.

»Miststück, Sie lassen nie locker, stimmt's?« Dan hatte Schwierigkeiten, die Worte hervorzubringen. Rebecca kam es eigenartig vor, daß ihn ihre harmlose Frage so wütend machte. Es mußte demnach etwas Ernstes dahinterstecken. Ihr wurde das Herz schwer. Wenn das stimmte, konnten sie nicht so weitermachen wie bisher.

»Also schön, Sie haben, was Sie wollten«, knurrte Dan bitter. »Ich bin raus. Sie können als Leiter des verdammten Zentrums einsetzen, wen Sie wollen.« Die blanke Verzweiflung packte ihn, als ihm klar wurde, daß er sich von dieser reizvollen Herausforderung verabschieden mußte, die er mit so viel Freude angenommen hatte. Er hatte in der Vergangenheit oft Verantwortung auf sich genommen, aber nie die Gelegenheit gehabt, selbst zu bestimmen. Alles war ihm so vielversprechend erschienen: Das Hotel und das Zentrum arbeiteten endlich Hand in Hand, Bern war umgänglich und willig, Liam war im Anmarsch – und jetzt war mit einem Schlag alles vorbei. Die Vergangenheit ließ ihn nicht los.

»Guter Gott, Rebecca, ich würde Ihnen am liebsten den Hals umdrehen«, preßte er hervor und ging.

KAPITEL 18

Rebecca konnte nicht begreifen, was sie angerichtet hatte. Die bittere Reue über ihre Neugier und die Arroganz, mit der sie angenommen hatte, das Richtige zu tun, machte sie für einen Moment handlungsunfähig. Doch dann loderte der Zorn in ihr auf. Sie hatte nichts anderes getan, als eine absolut gerechtfertigte Frage zu stellen. Ob es richtig gewesen war, sich über Una hinwegzusetzen, die bestimmt gegen eine solche Aussprache gewesen wäre, konnte man bezweifeln. Aber Dan wußte ganz genau, daß sie, wenn auch nur vorübergehend, mit der Leitung des Hotels betraut war, also war sein Einwand die reinste Haarspalterei. Wenn er etwas zu verbergen hatte, dann hatte er hier nichts zu suchen. Und wenn er hierbleiben und Verantwortung übernehmen wollte, mußte er einsehen, daß dieser Punkt überprüft werden mußte.

Mit einem wütenden Aufschrei stürzte sie zur Tür und lauschte auf das Zuschlagen der schweren Tür, die ins Untergeschoß führte und durch die Dan entweder in die Kutscherhaus-Bar oder auf die Abkürzung nach Inshmore gelangen konnte. Nichts. Er mußte durchs Haus zum Vordereingang gegangen sein.

Ohne auch nur eine Sekunde zu zögern, rannte Rebecca zum Fenster, riß es auf und sprang mit einem Satz hinaus. Es regnete in Strömen. Als sie den schmalen Rasenstreifen zwischen Gebäude und Hof überquerte, sah sie gegen das Licht, wie Dan aus dem Haus kam und in seinen Hosentaschen nach dem Schlüssel kramte.

»Dan!« An diesem Schrei war nichts Versöhnliches, er drückte nur Zorn darüber aus, daß er wie eine Rakete in die Luft gegangen war, als sie eine Erklärung oder vielleicht sogar die Weigerung, eine Aussage zu machen, erwartet hatte. Sie marschierte zielstrebig auf ihn zu.

Wenn Dan sie gehört hatte, ließ er es sich zumindest nicht anmerken. Sie war bei ihm, als er den Schlüssel ins Schloß der Fahrertür steckte.

»Sie sind ein reizbarer, aufbrausender Ignorant! Sind Sie sich überhaupt darüber im klaren, was Sie wegwerfen?« Die Vision von dem umgänglichen Mann, der er in der letzten Woche gewesen war, schürte ihre Wut noch mehr – ein Mann, der die neuen Aufgaben mit Eifer bewältigte, der endlich seine Fähigkeiten und Energien einsetzen konnte und zum erstenmal, seit sie ihn kannte, mit sich und der Welt im reinen zu sein schien. »Denken Sie doch mal nach, Sie Idiot! Versetzen Sie sich nur für einen Moment in unsere Lage. Wären Sie glücklich, wenn Sie einen Trainer einstellen würden, neben dessen Namen ein

Fragezeichen steht? Würden Sie nicht auch alles daransetzen, um herauszufinden, was es bedeutet? Es ist schon einmal fast zu einem verhängnisvollen Unheil gekommen, und Sie waren derjenige, der darauf hingewiesen und dadurch Schlimmeres abgewendet hat. Was ist Ihr Problem? Ich habe nicht in Ihrem Privatleben herumgeschnüffelt, sondern wollte lediglich wissen, ob in beruflicher Hinsicht alles so ist, wie es sein sollte. Allerdings muß ich bei näherer Betrachtung sagen, daß Sie wahrscheinlich nicht für eine gehobenere Stellung geeignet sind, wenn man Ihnen das erst haarklein erklären muß.«

»Warum, zur Hölle, sind Sie mir dann nachgelaufen, nachdem Sie mir da drin fast den Kopf abgerissen haben?« fauchte Dan, dann riß er die Wagentür auf und machte Anstalten, einzusteigen. »Wieso lassen Sie die Sache nicht wenigstens jetzt auf sich beruhen?«

»Weil Sie wunderbar als Zentrumsleiter waren, deshalb«, brüllte Rebecca. »Und weil ich jede Verschwendung verabscheue.«

Er starrte sie im trüben Schein der Hoflampe an und vergaß für einen Moment seinen eigenen Ärger. Sie sah ihn unerschrocken an, Regentropfen schimmerten auf ihren Locken und ihrer dunkelblauen Seidenbluse. Sie gab immer hundert Prozent, das hatte er schon mehrfach festgestellt. Und diese Sache bedeutete ihr offensichtlich etwas, sonst wäre sie ihm nicht nachgelaufen, um ihn abzufangen und noch einmal zur Rede zu stellen.

»Sie werden klatschnaß«, sagte er brüsk. »Steigen Sie ein.«

Rebecca, die nichts anderes im Sinn hatte, als Klarheit zu schaffen, verschwendete keine Zeit mit Argumenten, sondern stieg unverzüglich auf der Beifahrerseite ein. »Sie hätten mir sagen können, daß ich mich um meine eigenen Angelegenheiten kümmern soll, statt derart aus der Haut zu fahren und einfach abzuhauen.«

Plötzlich merkte Dan, wie die Spannung nachließ, und er mußte beinahe lachen. »Gott, Sie sind wie ein Terrier vor einem Fuchsbau«, sagte er. »Sie geben nie auf.« Er bewunderte sie dafür, weil sie aus dem Fenster gesprungen war und ohne auf den Regen oder die Kälte zu achten, zu ihm gelaufen war und jetzt hier neben ihm saß. »Sie sind ziemlich naß geworden«, sagte er. »Ist Ihnen kalt?«

Rebecca sah ihn fassungslos an, dann fing sie an zu lachen. »Ich dachte, wir hätten einen Streit«, protestierte sie.

»Damit sind wir fertig«, sagte Dan. »Auf dem Rücksitz liegt eine Jacke. Möchten Sie sie?«

Ein Mann, der einen in seine Jacke wickelt, ist etwas ungeheuer Tröstliches, dachte Rebecca. Nur eine gefühlskalte Frau weist ein solches Angebot zurück.

»Was ist mit Ihnen? Sie sind genauso naß wie ich.« Noch nasser, weil er nur ein kurzärmeliges T-Shirt anhatte.

»Ich friere nie.«

Das glaubte sie ihm aufs Wort. Er trug bei jedem Wetter nicht mehr als ein T-Shirt und machte immer den Eindruck, als würde er sich sehr wohl fühlen. Unvermittelt stellte sie sich vor, wie es wäre, wenn sie ihm das Hemd aus dem Hosenbund ziehen und die Hand auf seine warme Brust legen würde, und mußte bei der Vorstellung lächeln.

»Ich wollte nicht mit Ihnen streiten«, sagte sie und wandte ihm ihr Gesicht zu.

Er starrte durch die regennasse Windschutzscheibe,

die rasch beschlug. Er schwieg, sein Gesicht war wie eine grimmige Maske.

Rebecca ließ einige Zeit verstreichen, dann sagte sie leise: »Dan, ich wollte nur ...«

»Ich weiß«, fiel er ihr ins Wort, und wieder senkte sich Schweigen über sie.

Du darfst ihn nicht unter Druck setzen, ermahnte sich Rebecca. Da ist etwas, was ihm schwer zu schaffen macht. Laß ihm Zeit.

»Sie müssen wissen, ob meine Beurteilungen vom Militär gut genug sind, daß man mir die Stelle als Boß in dieser schäbigen kleinen Klitsche wie Ihrem kostbaren Trainingszentrum anvertrauen kann. Hab' ich recht?«

Rebecca blieb reglos sitzen. Wenn diese nichtssagende Bemerkung bedeutete, daß sie und Una ihre Hoffnungen im Zusammenhang mit dem Trainingszentrum begraben konnten, dann sollte es eben so sein.

»Keine Fragen? Plötzlich keine so große Klappe mehr?«

»Sie brauchen mir nichts zu sagen. Wir können es dabei belassen.«

Er trommelte mit den Fingern auf das Armaturenbrett und schaute zum Parkplatz vor dem Kutscherhaus hinunter. »Ich war verantwortlich dafür, daß ein Mann ums Leben kam. Bei Schießübungen.« Sein harscher, abweisender, beinahe höhnischer Ton beunruhigte Rebecca. Irgend etwas an dieser dürftigen Erklärung klang falsch.

»Erzählen Sie mir davon«, forderte sie ihn auf, und Dan wußte mit absoluter Sicherheit, daß diese Bitte nichts mehr mit seiner Anstellung zu tun hatte. Sie wollte ihm zu verstehen geben, daß er sich alles von der Seele reden sollte.

»Ich war im Regiment; das wissen Sie bestimmt, wenn Sie in meiner Personalakte herumgeschnüffelt haben.«

Sie ging nicht auf die Spitze ein. »In welchem Regiment genau?«

Er fluchte im stillen, dann informierte er sie knapp: »RAF. Luftwaffe. Artillerie. Es gibt dieses Regiment seit dem Zweiten Weltkrieg, und es hat die Aufgabe, Flugfelder und andere lebenswichtige Einrichtungen zu verteidigen.«

»Und was machen die Soldaten heutzutage?« Obwohl Rebecca ungeduldig wurde, merkte sie doch, daß dies ein Thema war, über das er zwanglos reden konnte.

»Da sind das Luftabwehr-Bataillon – es ist geschult, Luftangriffe mit Raketen abzuwehren und verteidigt noch immer Flugfelder – und die Feldartillerie; in Friedenszeiten hat sie die Aufgabe, gegen Terroristen vorzugehen und so. Wir verwenden fast alle Infanteriewaffen, viele von uns sind ausgebildete Fallschirmjäger, einige sind bei Helikopter-Einheiten. Und Sie haben sicher das Farbenbataillon im Fernsehen gesehen – der alte Drill und Ehrengarden und dieser ganze Quatsch.«

War ihm aufgefallen, daß er zur Gegenwartsform übergegangen war? fragte sich Rebecca.

»Was genau ist passiert?«

Es fiel ihm schwer, den Anfang zu finden. Als er dann doch redete, klang seine Stimme hart und abweisend. Rebecca schauderte, obwohl sie diesmal sicher sein konnte, daß sich seine Gefühle nicht gegen sie wendeten.

»Wir waren am Schießplatz in Otterburn, und ein dummer Kerl hat sich selbst getötet. Ich war der Sergeant. Ich hatte die Verantwortung.«

»Heißt das, Sie haben seinen Tod verursacht, oder Sie hatten die Verantwortung, weil Sie der diensthabende Offizier waren?«

»Eines muß man Ihnen lassen, Rebecca«, bemerkte er mit einem höhnischen Unterton, der ihr nicht gefiel, »Sie reden nie um den heißen Brei. Sie picken auch die letzten Fleischstücke vom Knochen.«

»Erzählen Sie weiter«, sagte sie ungerührt.

»Ja, ich war verantwortlich, weil ich diensthabender Offizier war.«

»Und das war die normale Vorgehensweise?«

»Alles lief genau nach den Regeln ab«, sagte er. »Ich habe immer Dienst nach Vorschrift gemacht. Aber in dem Moment zählte das nichts mehr.«

»Man konnte Ihnen keine Schuld geben?«

»Schuld.« Er sprach das Wort aus, als hätte er einen Kieselstein im Mund. »Schuld«, wiederholte er nachdenklicher, als suchte er zum erstenmal die Lösung in diesem Rätsel. »Ich war ein guter Sergeant, falls Sie danach fragen wollten. Aber dieser Blödmann hat sich eingebildet, alles besser zu wissen. Er hat Befehle mißachtet und schließlich sein Leben verloren.«

»Aber das konnte man doch unmöglich Ihnen als Fehler anlasten!«

»Ich hatte die Pflicht, für einen reibungslosen Ablauf der Übung zu sorgen. Unsere Einheit war immer exzellent – kein Wölkchen am Horizont. Vierzehn verdammte Jahre ohne auch nur einen Fleck in meiner Akte. Ich war für eine Beförderung vorgeschlagen, aber mit einem Schlag hatte das alles keine Bedeutung mehr. Mann tot, Militärgericht, tschüs und danke.«

»Sie standen deshalb vor einem Militärgericht?«

»Oh, ich wurde natürlich von allen Vorwürfen freigesprochen. Aber, ja, sie mußten die Sache so weit treiben. All die Jahre für nichts und wieder nichts – dabei gab es eindeutige Beweise, daß die Übung korrekt durchgeführt wurde und der Kerl seine Befehle nicht befolgt hat. Sie hätten das Verfahren einstellen können, irgend jemand hätte sagen können: Schluß damit – aber nein, sie mußten die ganze Show durchziehen.«

Wenigstens kannte sie jetzt den Grund für seinen Schmerz. Freigesprochen oder nicht, das Stigma eines Militärgerichtsverfahrens und die Schande konnten niemals ausgemerzt werden. Er konnte es immer noch nicht fassen, daß man ihm, dem Sergeant, der so stolz auf sein Regiment gewesen war, so etwas angetan hatte.

»Sie haben freiwillig den Dienst quittiert?«

»Ja, man hat mich gehen lassen.«

»Aber wenn Sie für nicht schuldig befunden wurden, hat dieses Vorkommnis doch keinerlei Auswirkung mehr. Ich verstehe wirklich nicht, wieso Tony dieses Fragezeichen in Ihren Lebenslauf gemalt hat.«

»So ist es eben«, platzte Dan wütend heraus. »Genau das macht mich ja so zornig. Ich habe ihm davon erzählt, weil ich dachte, daß er Bescheid wissen müßte; er kennt den Laden. Und er war ganz der gute, verständnisvolle Kumpel: Das ist Vergangenheit, bla, bla, bla, am besten, wir vergessen das, bla, bla, bla, und dann schmiert er irgendwelche Zeichen in meine Unterlagen. Es scheint fast, als würde ich das bis in alle Ewigkeiten nicht mehr los. Für den Rest meines Lebens ist es da und zieht mich immer wieder runter. Und jetzt, wo alles so gut ausgesehen hat – der Scheißkerl Innes ist endlich aus dem Weg, ich hätte die Chance, mich in diesen Job hineinzuknien, werde wirklich gebraucht, weil Sie und Una keine Ahnung haben – da kommen Sie plötzlich angerauscht und fragen mich, was dieses Fragezeichen bedeutet. Verdammte Hölle ...«

Er fand kaum noch die richtigen Worte, um seinem Ärger Luft zu machen.

Es ist doch nicht so schlimm, hätte Rebecca ihn am liebsten getröstet. Sie bereute wirklich, daß sie der Auslöser für diese Krise gewesen war.

»Dieser Vorfall wird Sie nicht weiter verfolgen«, erklärte sie entschieden, »das alles hört hier und jetzt auf. Una weiß nichts davon, ich kenne die wahre Geschichte, und Tony ist aus dem Geschäft. Was auch immer Sie als nächstes vorhaben, diese Geschichte braucht nirgendwo mehr bekannt zu werden.«

»Als nächstes?« fragte er voller Sarkasmus, und Rebecca spürte, wie ihre Wangen heiß wurden.

»Ich meine, bei dem, was Sie in Zukunft tun. Nach dieser Saison, wenn Sie diesen Job hier aufgeben.«

»Dann wollen Sie also, daß ich bleibe? Nach allem, was ich zu Ihnen gesagt habe?«

Im ersten Moment verstand sie nicht, was er meinte. Seine Beschimpfungen von vorhin hatten keinerlei Bedeutung mehr. »Ja.«

»Aber Sie vergessen es trotzdem nicht, oder?« Die Erleichterung stand ihm ins Gesicht geschrieben. »Und ich soll bleiben, obwohl ich ein – wie war das noch? – ein reizbarer, aufbrausender Ignorant bin?«

»Ich formuliere das anders, wenn Sie wollen. Sie sind ein empfindlicher, etwas launischer Mensch.«

»Und Sie sind eine freundliche, umgängliche Person.«

»Gut, daß Sie das begriffen haben.«

Ein Wagen bog in die Einfahrt ein. Leute kamen aus der Kutscherhaus-Bar zum Hotel.

Jeder kann uns hier sitzen sehen, dachte Dan. Er warf Rebecca einen Blick zu, um herauszufinden, ob sie sich dessen bewußt war. Er dachte an die Tratschereien und an Trudy, schob den Gedanken aber beiseite. Rebecca schien sich nicht daran zu stören, daß sie hier wie auf dem Präsentierteller saßen. Sie hob nur die Hand, um ihre Augen gegen das Scheinwerferlicht des Autos abzuschirmen. »Erzählen Sie mir mehr von dem Regiment«, sagte sie. »Ich habe noch nie davon gehört.«

Dan lächelte entspannt und redete drauflos, ohne zu wissen, ob sie sich wirklich dafür interessierte. Aber dann stellte sie ihm gezielte Fragen, und er erzählte von Manövern in Zypern und Belize. Als er beschrieb, welches Training er durchlaufen hatte, wurde ihr bewußt, daß er bestens für den Job hier qualifiziert war.

»Hat Innes denselben Hintergrund wie Sie?«

Dan bemerkte, wie sehr sie das alles fesselte. Er schnaubte. »Navy-Ausbildung, sie sind viel geklettert, mehr hat der Witzbold nicht gemacht.«

»Wieso hat Tony ihn dann hergeholt?«

»Alte Navy-Kumpel. Sie sind beide Fischköpfe und kennen sich von irgendwoher.«

Je mehr ich über deine Methoden erfahre, Tony Urquhart, um so überzeugter bin ich, daß du ein nichtsnutziger, hirnloser Trottel bist. Mittlerweile waren alle Lichter im Hotel ausgegangen, nur das Hoflicht über dem Eingang brannte noch. Paddys rostiger alter Datsun war noch nicht vorbeigefahren. Wahrscheinlich vergnügte er sich längst mit Thea im Bett, aber daran wollte Rebecca gar nicht denken. Am liebsten hätte sie Dan angeboten, mit ins Haus zu kommen und noch einen Drink in der Bar zu nehmen, damit sie sich in der Wärme und in gemütlicherer Atmosphäre weiter unterhalten konnten. Aber sie wußte, daß das die Stimmung zerstören würde. Sie zog seine dicke Jacke fester um sich, sog den männlichen Duft ein und hörte ihm zu, während er ihr mehr über das Militär erzählte, das ihn so sehr enttäuscht hatte. Rebecca meinte, daß er überstürzt gehandelt hatte, als er den Dienst quittierte.

»Verdammt – drei ellenlange Faxe sollen wir für die Frau wegschicken. Und seht euch das an – ein Angebot an Sotheby's für J.C. Harrison, *Eagle,* 3000 Pfund. Oh, hier ist noch was Hübsches, ein Bronzegockel mit aufragendem Schwanz, 1600 Pfund – ist so was nicht ziemlich abgedreht?«

Dan, der Rechnungen für ausgeliehene Ausrüstungsgegenstände kontrollierte, grinste.

»Für wen ist das?« wollte Una wissen. Sie war ins Büro gekommen, um in ihren Kochbüchern nachzuschauen, wie man *Topinambur* richtig schrieb. Rebecca behauptete, die Dinger nicht zu kennen, und empfahl, sie gar nicht erst auf die Speisekarte zu setzen.

»Zimmer sieben, Mrs. Constable.«

»Ich dachte, sie möchte, daß es ›Cunstaibel‹ ausgesprochen wird«, bemerkte Una geistesabwesend.

»Ja, und wahrscheinlich liest sie gerade *Der Graf von Munte Cristo*«, sagte Rebecca und tippte wütend die Faxnummer ein.

Dan lachte.

»Nein, wohl eher *Der Graif von Munte Cristo*«, meinte Una, und diesmal lachte Rebecca. Vor drei Monaten wäre Una niemals so aus sich herausgegangen. Sie schien sich von dem ersten Schock, alleingelassen worden zu sein, erholt zu haben, und entwickelte sich zu einer Persönlichkeit, die sich anderen Menschen zuwandte.

Dan kam in letzter Zeit gern ins Büro, er liebte es, mit Rebecca und Una auf gleichem Level zu operieren, zügig die Arbeit zu erledigen und trotzdem immer Zeit zu haben, ein wenig zu schwatzen und zu scherzen. Ihm gefielen besonders Rebeccas sarkastischer Stil und die zynischen Bemerkungen, die sie über Gäste machte. Sie waren alle geistig nicht normal, wenn man Rebecca zuhörte, unfähig, die einfachsten Dinge zu verstehen, eine Briefmarke auf einen Brief zu kleben oder eine Toilette zu finden.

Aber Dan beobachtete auch, daß sie jeder Bitte und Anfrage der Gäste mit großem Ernst und Eifer nachging. Er sah, wie sie Neuankömmlinge willkommen hieß und ihnen durch ihre Warmherzigkeit sofort das Gefühl vermittelte, daß sie sich hier entspannen und erholen konnten. Sie begegnete den Menschen so offen und herzlich, wie es Una nie könnte, und das turbulente Hotelleben mit seinen vielfältigen Anforderungen schien wie geschaffen für sie zu sein. Allerdings ahnte Dan nicht, wie sehr seine eigene veränderte Einstellung die Arbeitsatmosphäre von Ardlonach zum Positiven beeinflußte und wie viel es Rebecca bedeutete, ihn auf ihrer Seite zu wissen.

Catrionas Erscheinen brachte eine weitere Herausforderung nach Ardlonach. An ihrem ersten Tag war sie so aufgeregt, daß sie nicht einmal die einfachsten Anweisungen zu befolgen vermochte. Sie fühlte sich unwohl und sah so unvorteilhaft aus in dem dunkelgrünen Rock und der cremefarbenen Bluse, die Thea, Sylvie und Rachel so gut standen, daß Rebecca beinahe den Mut verlor. Mit Catriona hatte sie sich offensichtlich eine sehr große Verantwortung aufgeladen. Sie würden Catriona das Büro niemals allein überlassen können und sie bei jeder Arbeit und bei jedem Schritt aufmerksam beaufsichtigen müssen.

Als Rebecca nach Catrionas erstem Tag abends in der Badewanne lag, kam sie zu dem Schluß, daß sie Schadensbegrenzung betreiben und sofort klarstellen mußten, daß die Zusammenarbeit nicht klappen konnte. Aber dann hatte sie plötzlich vor Augen, wie Catriona allein nach Glen Righ fuhr, sich in das düstere muffige Haus zurückzog und damit fertigwerden mußte, daß sie versagt hatte und nicht einmal imstande war, die einfachsten Arbeiten zu verrichten. Rebecca schämte sich für ihre Intoleranz und war schon drauf und dran, aus der Wanne zu springen und das arme Mädchen anzurufen und zu beruhigen, doch dann wurde ihr klar, daß gerade das auf die Unzulänglichkeiten hinweisen würde, über die sie Catriona ja im Grunde hinwegtrösten wollte. Nein, sie mußte abwarten, ob Catriona so mutig war, wiederzukommen, und dann noch einmal von vorn anfangen.

Wie viele unduldsame Menschen wurde Rebecca nur ärgerlich, wenn sie Grund zu der Annahme hatte, daß sich jemand nicht anstrengte und versuchte, sein Bestes zu geben. Catrionas entschlossener Kampf mit dem Computer, den Belegungsplänen und der komplizierten Organisation, die die Kurse mit sich brachten, weckte in Rebecca eine ungeheure Geduld und Fürsorglichkeit, und letzten Endes wurde sie belohnt: Catrionas Nervosität legte sich allmählich, und ihr wacher Verstand übernahm das Ruder. Dadurch wuchs ihr Selbstvertrauen und das Interesse an der Arbeit.

Sehr hilfreich war, daß alle Mitarbeiter sie augenblicklich unter ihre Fittiche nahmen, sogar Rachel und Felix, die selbst erst zwei Wochen in Ardlonach waren, und Liam, der neue Trainer, der sich, obwohl er gerade erst angekommen war, mit seinem großen irischen Herzen sofort einen festen Platz unter den Mitarbeitern eroberte.

Der Aushilfstrainer Geoff hatte gut gearbeitet. Er war erfahren und zuverlässig, und Dan hatte sich vorgenommen, ihn im August, wenn für ein paar Wochen Hochbetrieb herrschte, zurückzuholen. Aber bisher hatte noch kein Mensch auch nur ein Fünkchen Humor in Geoff entdecken können, und wenn ihn jemand in ein Gespräch hineinzog, war er unglaublich langweilig und weitschweifig. Bei mehr als einer Gelegenheit hatte er mit seiner Art die Bar praktisch leergefegt, und die eigentlichen Aktivitäten wurden in den Quartieren fortgesetzt.

Liam hingegen konnte durch seine bloße Anwesenheit die Stimmung und das Gelächter steigern, fast wie Fitz, der sich ständig über sich selbst lustig machte. Mittlerweile war Fitz schon zu einem festen Bestandteil von Ardlonach geworden, und Rebecca ergriff jede sich bietende Gelegenheit, um sich mit ihm zu unterhalten. Er war wißbegierig und interessierte sich sehr für sein Umfeld und seine Mitmenschen. Abgesehen davon, daß er sich mit der Praxis und seinen neuen Patienten vertraut machte, beschäftigte er sich bereits eingehend mit der Geschichte der Umgebung und archäologischen Funden. Bisher hatte sich Rebecca nie die Mühe gemacht, sich in diese Wissensbereiche zu vertiefen, obwohl Onkel Kenneth viele Bücher darüber in seiner Bibliothek hatte. Fitz saß nach lebhaften, lustigen Abenden in der Bar oft noch bis in die frühen Morgenstunden in der Bibliothek. Er wollte unbedingt die Grundlagen der gälischen Sprache erlernen und darüber hinaus die Tiefen der düsteren schottischen Poesie ausloten. Zudem joggte er nach wie vor über Stock und Stein, um seine Patienten zu besuchen, und die meisten hatten sich schon an den Anblick gewöhnt, obwohl sie noch immer über ihn lachten.

Rebecca war sehr zufrieden, daß der Betrieb reibungslos funktionierte und die meisten Hindernisse aus dem Weg geräumt waren. Sie freute sich, daß sie neue Freundschaften geschlossen hatte und daß sie dem Hotel und allem, was dazugehörte, eine neue Prägung hatte geben können. Doch in zwei Punkten machte sie sich nichts vor. Obwohl der erste Schock und der Schmerz mittlerweile nachgelassen hatten, war sie sich bewußt, daß sie die Entscheidung über ihre Zukunft lediglich hinausgeschoben hatte und der Aufenthalt in Ardlonach nur so etwas wie eine Verschnaufpause für sie war. Und sie wußte, daß sie sich inzwischen mehr zu Dan hingezogen fühlte, als sie es sich jemals hätte vorstellen können. Sie tröstete sich mit dem Gedanken, daß das zweite Problem zumindest keinen Einfluß auf das erste haben konnte. Wenn es nicht Dan, sondern ein anderer gewesen wäre, dann vielleicht, aber sie mußte akzeptieren, daß ihr Dan niemals näher stehen würde als jetzt. Erstens war er mit Trudy zusammen, auch wenn Rebecca durch diese Affäre einen wesentlichen Charakterzug von ihm kennengelernt hatte: Er war auf keinen Fall bereit, sich auf private Verpflichtungen einzulassen.

»Er ist emotional zurückgeblieben, das hat er mir selbst erklärt«, hatte Trudy ihr eines Abends anvertraut, als Dan mit seinem Kurs im Freien campte. Diese Übung wurde nicht mehr auf der Insel, sondern im

Moor abgehalten, wo die Überlebensschüler bessere Voraussetzungen vorfanden, ihr theoretisches Wissen in die Tat umzusetzen, und wo sie ständig beaufsichtigt wurden, damit der Natur kein Schaden zugefügt wurde. »Er spricht ganz offen darüber. Keine zu feste Bindung. Er ist ein Einzelgänger und möchte es auch bleiben. Wehe, wenn ich zu leidenschaftlich oder gefühlvoll werde. Ich versuche, es ihm nicht zu zeigen, aber das fällt mir sehr schwer; im Grunde will ich nichts anderes, als so oft wie möglich mit ihm zusammensein. Manchmal kann er sehr launisch sein.«

Das war die äußerste Aussage, die sie machte, um jene frustrierenden Abende zu beschreiben, an denen sie glücklich und bereit für Sex war und Dan sich vollkommen abschottete, sie mit einer scherzhaften Ausrede abspeiste oder schlicht in brütendes Schweigen verfiel.

»Das ist wirklich ein Jammer«, sagte Rebecca mitfühlend und aufrichtig. Trudy war die warmherzigste Person der Welt, und sie hatte zum erstenmal, seit ihr gräßlicher Ehemann sie verlassen hatte, wieder Interesse an einem Mann. Es war traurig, daß sie von jemandem, der unfähig war, wahre Gefühle zu zeigen, in die Schranken verwiesen wurde.

Allerdings war Dan außergewöhnlich nett zu Catriona – wahrscheinlich weil sie zu unreif und körperlich zu unentwickelt war, um als potentielle Partnerin angesehen zu werden, vermutete Rebecca. Und er spürte wie jeder gute Trainer, mit welchen Problemen ein ängstlicher Anfänger zu kämpfen hatte. Er geht wundervoll mit ihr um, dachte Rebecca verwundert, wenn sie die beiden zusammen sah. Dan beschützte, beruhigte, neckte und ermutigte sie, und Catriona lächelte, wurde lockerer und ging mehr aus sich heraus. Und

Rebecca war eifersüchtig. Zwar nicht ernsthaft, aber sie beneidete Catriona doch ein wenig, weil Dan sie mit Wärme und Liebenswürdigkeit verwöhnte.

KAPITEL 19

Paddy war in seinem Element, als das Barbecue vorbereitet wurde. Obwohl es wesentlich bequemer war, alles vor dem Kutscherhaus aufzubauen, wo genügend Platz für Tische und Sitzgelegenheiten und alle nötigen Einrichtungen in der Nähe waren, hatten sich fast alle dafür ausgesprochen, das Fest auf dem Bootssteg zu feiern. Der entscheidende Faktor an einem Sommerabend an der Westküste war jedoch nicht das Wetter, sondern die Mückenplage, und Rebecca hatte keine große Lust, alles Notwendige in die Bucht zu karren, nur um dann zu erleben, wie alle vor den Mücken flohen. Also blieben sie vor dem Kutscherhaus. Das schöne Wetter hatte den Ausschlag gegeben und den Gedanken an eine Party im Freien nahegelegt. Plötzlich wurde ihr bewußt, daß der Mittsommer vorbei war und die Tage wieder kürzer wurden, daß der Herbst, die Realität und das Ende dieser provisorischen Phase ihres Lebens nicht mehr fern waren.

Der Tag war strahlend, wenn auch windig. Zwar wurde der Wind am Abend relativ kalt, aber in der Senke waren sie geschützt, und daher hatte bisher noch niemand beschlossen, sich ins Haus zurückzuziehen. Sie waren ein bunt zusammengewürfelter Haufen: Alle Hotelgäste waren da, was keine Überraschung sein konnte, weil heute kein anderes Abendessen angeboten wurde. Jeder hatte sich in etliche Kleiderschichten gehüllt, und besonders die mückenabweisenden Kopfbedeckungen waren sehenswert. Rebecca und Una hatten sich in letzter Minute entschieden, eine generelle Einladung auszusprechen. Die Macleods von Luig waren gekommen. Mariotta und ihr hübscher italienischer Mann sowie ihr Cousin Gillian, der von Geburt an taub war und lächelnd von Jeanette Irvines Lippen las, hatten sich eingefunden.

Donald und Clare waren bei Donalds Mutter, um ihren achtzigsten Geburtstag zu feiern, und Lilias hatte frank und frei erklärt, daß es sie nicht mehr reizte, an einem kühlen Abend bei lebendigem Leibe von Schnaken aufgefressen zu werden. Aber Fitz war da und lachte donnernd über etwas, was Liam zum besten gegeben hatte, und er hatte Trudy und Jeanette mitgebracht, da John Dienst hatte. Und wie es aussah, war der halbe Segelclub von Luig aufgekreuzt.

Una zauberte ein Essen, das einen alle anderen Barbecues vergessen ließ, bei denen man stundenlang warten mußte, bis man einen Pappteller mit verkohlten Würstchen, einer kalten Kartoffel und vielleicht noch einem Kotelett in die Hand gedrückt bekam. Das Fleisch, das Una anbot, hatte Stunden in einer köstlichen Marinade gelegen, die Lammkeulen waren in der Küche vorgebraten, die gegrillten Truthahnschenkel zart und scharf, und die Leber-Salbei-Spieße verbreiteten einen ebenso aromatischen Duft wie die Enten in Orangen- und Chilisauce. Paddy, der es Bern überlassen hatte, die Getränke auszuschenken, jonglierte geschickt mit Steaks und Curryhühnerbrüstchen, und Thea, die an seiner Seite stand, verteilte Stachelbeersauce, Rahmpilze, Meerettich-Dip und all die anderen Köstlichkeiten, die Una zubereitet hatte.

Außer Mona, die niemals ein Wort mit einem Gast wechselte, wenn sie es vermeiden konnte, waren alle Mitarbeiter anwesend. Felix und Sylvie hatten die kurzen Strohhalme gezogen und mußten servieren und aufräumen. Rebecca beobachtete, daß Rachel mit einsprang und Sylvie dabei half, die leeren Gläser und Teller einzusammeln, während Felix große Reden schwang und vor dem Schuldirektor aus Luig angab.

Paddy hatte seine Tonbänder mitgebracht, und es ging so ungezwungen, laut und fröhlich zu, daß Rebecca wünschte, Tony würde sich ansehen, was aus seinen Plänen geworden war: das Kutscherhaus mit seinen neuen Einrichtungen und der Bar, die sich zu einem gemütlichen Treffpunkt für Hotelgäste, Kursteilnehmer und die Bewohner aus der Umgebung entwikkelt hatte. Das zwar noch vorsichtige, aber doch vielversprechende Zusammenspiel zwischen Zentrum und Hotel mußte genau das sein, was er sich erhofft hatte. Aber mit einemmal meldeten sich wieder die nagende Unsicherheit, die der Gedanke an Tony immer mit sich brachte. Er war der Joker in dem Spiel. Was hatte er vor? Er hatte die Macht, all das hier zu zerstören. Er war unberechenbar und neigte dazu, aus einer Laune heraus zu handeln. Was geschah, wenn die Sache mit Serena schieflief? Welche Entscheidungen würde er hinsichtlich seiner Ehe oder Ardlonach treffen? Es war unerhört, daß so vieles von ihm abhing.

Rebecca sah sich nach Una um. Diese unterhielt sich mit drei Gästen, die heute eingetroffen waren. Ihr Gesicht war gerötet, sie strahlte und sah entspannt aus, weil es nicht zu übersehen war, daß allen das Essen schmeckte.

Bern allerdings sah nicht gerade glücklich aus. Rebecca mußte insgeheim lächeln, als er den Seglern ein mit Biergläsern beladenes Tablett brachte und alle Welt mit finsterem Blick anfunkelte, aber er tat ihr auch leid. Ein Kursteilnehmer hatte sich unsterblich in Sylvie verliebt und folgte ihr jetzt auf Schritt und Tritt, als wäre er ein Kinderspielzeug, das sie an einer Schnur hinter sich herzog. Der arme gutmütige Bern war vollkommen aus der Bahn geworfen und wußte nicht mehr, was er machen sollte. Rebecca war überzeugt, daß Sylvie und Bern noch nicht miteinander geschlafen hatten. Vielleicht wurde Sylvie ein wenig unruhig deswegen, oder es gefiel ihr einfach, von einem kultivierteren Mann umschwärmt zu werden. Möglicherweise machte sie Bern auch nur eifersüchtig, um eine ganz bestimmte Idee in sein träges Gehirn zu pflanzen. Zum Glück war nicht Dan das Objekt ihrer Ränke, sonst würde sie etwas zu hören bekommen.

Rebeccas Blick wanderte zu ihm. Sie wußte immer, wo er war – er redete mit der kleinen Rothaarigen, die ein erschreckend blasses Gesicht und aufregende Kurven aufzuweisen hatte. Eine Mauer war durchbrochen worden: Man hatte in dieser Woche drei Frauen in den Kurs der Gruppe II aufgenommen. Theoretisch begrüßte Rebecca diese Neuerung, doch in der Praxis plagte sie die Eifersucht. Sie wollte diejenige sein, die am Morgen mit Dan in die Berge aufbrach, die die Tests mit Bravour bestand und ihn damit beeindruckte.

Sie sah Trudy an, die sich gerade von Joanie und Megan abwandte – die beiden hingen bei Gelegenheiten wie dieser zusammen, als wären sie an den Hüften zusammengewachsen. Trudys Blick schweifte kurz zu Dan hinüber, der sich interessiert zu der Rothaarigen hinunterbeugte, und für einen Moment schien es, als würde sie in Panik geraten. Aber dann fand sie Catriona und gesellte sich dankbar zu ihr. Diese flüchtige

Szene zeigte Rebecca, wie sehr Trudy litt und daß sie allmählich resignierte.

Catriona begrüßte Trudy mit dem Strahlen, das ihr ängstliches kleines Gesicht so sehr veränderte. Es ist gut, daß sie sich bereit erklärt hat, heute abend hierzubleiben, ging es Rebecca durch den Kopf, als sie sich einen Weg zu den beiden bahnte. Catriona hatte den Vorschlag zwar zuerst zurückgewiesen, aber es gab buchstäblich nichts, was sie nach Hause lockte. Sie nahm Braan täglich mit zur Arbeit, und er hatte Posten an dem langen Tisch bezogen, wo jeder, der sich etwas zu essen holte, stehenblieb, mit ihm sprach und ihm einen Leckerbissen zuwarf. Insbesondere heute war er ein sehr glücklicher Hund.

Catriona hatte ihre Arbeitskleidung abgelegt und wieder auf die schäbigen Klamotten aus den verschiedenen Schubladen und Schränken von Glen Righ House zurückgegriffen. Rebecca nahm an, daß die gesteppte Weste, die ihr bis zu den Schenkeln reichte, früher einmal grün gewesen war; ob Catriona auffiel, daß sie dringend gewaschen werden müßte?

Da das Hotel vollbesetzt war, mußte Catriona bei Sylvie und Thea im Zimmer übernachten. Und was war mit Paddy? Und dem liebeskranken Überlebensschüler? Fing Catrionas Ausbildung jetzt richtig an?

Wie sich herausgestellt hatte, war sie erstaunlich hilfreich bei der Büroarbeit. Sie hatte zwar noch immer Schwierigkeiten mit dem Computer, aber sie kam bestens mit den Gästen und telefonischen Anfragen zurecht und blieb immer ruhig und sehr überlegt, wenn es Probleme gab.

Catriona nahm Rebecca viel von dem täglichen Kleinkram ab, und sie befreite Una von der Doppelbelastung, sowohl in der Küche als auch im Büro

Dienst zu tun. Rebecca hatte jetzt die Zeit, Kursteilnehmer zum Segelhafen nach Luig zu fahren, sie nach einer Übung irgendwo abzuholen oder Gerätschaften in Freie zu bringen, mit denen ein Notfallszenario oder Ähnliches vorbereitet wurde. Mit ihrer Hilfe konnte das Zentrum den Juli und dann wieder den September mit drei Trainern überstehen, was sich auf das Lohnkonto günstig auswirkte. Außerdem hatte Rebecca die Möglichkeit hinauszukommen und das zu tun, worauf sie sich bei ihrer Ankunft damals gefreut hatte.

Gestern war sie den ganzen Tag mit Liam und der Gruppe II in den Bergen gewesen. Liam war ein erstklassiger Bergführer und hatte eine wundervolle Route ausgesucht, ohne den Ehrgeiz zu entwickeln, seine Schutzbefohlenen bis an ihre körperlichen Grenzen zu treiben. Der einzige Wermutstropfen an diesem prachtvollen Tag war, daß Dan sie am Abend mit schlechter Laune begrüßt hatte. Offenbar hatte es eine Auseinandersetzung wegen der Geräte gegeben. Rebecca war so irritiert über seinen Mißmut, daß sie lieber nicht nachfragte, was vorgefallen war. Er hatte sich den ganzen Abend nicht blicken lassen. Er wohnte nach wie vor in dem Cottage in Inshmore, obwohl Una ihm Innes' altes Quartier angeboten hatte – das hätte ihm finanzielle Vorteile gebracht und ihm trotzdem erlaubt, für sich zu bleiben. Dan hatte abgelehnt und vehement seine Privatsphäre verteidigt.

Trudy und Catriona wandten sich Rebecca zu. »Glaubst du, der Abend wird mit einer Schlägerei enden?« fragte Trudy fröhlich. »Wir schließen gerade Wetten ab.«

»Eine Schlägerei?« Rebecca dachte sofort an Dan als potentiellen Urheber für Schwierigkeiten. Vielleicht auch nur, weil Dan ohnehin die meiste Zeit ihre Gedanken beherrschte?

»Hast du die Segler beobachtet? Und diese niedliche kleine männermordende Person, an die sie sich ranmachen? Ist der Typ mit dem knallroten Gesicht da drüben, der sich so aufplustert, ihr Mann?«

Wie konnte mir das entgehen? fragte sich Rebecca, als sie mit einem Blick die Situation erfaßte. Sie kannte die Antwort auf die Frage genau. Die zarte weißblonde Frau, eine Mittfünfzigerin, war umringt von johlenden, Witze reißenden Seglern, die emsig ihr Glas auffüllten. Mr. Chalgrove, ihr Mann, der einen verantwortungsvollen Posten bei IBM bekleidete und offenbar auf rätselhafte Weise zu Geld gekommen war, tat schon gar nicht mehr so, als würde er sich auf das Gespräch mit dem Besitzer einer Schiffskompanie und dessen Klagen über Insidergeschäfte konzentrieren; er beobachtete unverhohlen die ausgelassene Gruppe um seine Frau.

»Wieso sind Männer solche Mistkerle?« wollte Rebecca wissen.

»Weil wir es zulassen«, sagte Trudy. »Ich glaube, ich brauche noch einen Drink.«

»Ich auch«, fiel Catriona ein.

Wir sind wie zwei strenge große Schwestern, dachte Rebecca belustigt, als sie merkte, daß Trudy und sie gleichzeitig kritisch Catrionas Glas ansahen. Zum Glück war es Catriona bisher nicht in den Sinn gekommen, sich mit Alkohol über ihre Einsamkeit hinwegzutrösten, obwohl Fergus den Gin literweise in sich hineingeschüttet hatte. Heute hatte sie mehrere Gläser Weißwein getrunken, ihre Wangen waren gerötet, und sie kicherte ziemlich viel.

Wie auf ein Stichwort erschien Fitz mit einer Flasche

in jeder Hand. »Rot oder Weiß? Gut oder böse?« fragte er lächelnd. Seine gute Laune hob Rebeccas Stimmung ausschließlich. Gott, sind wir denn bis in alle Ewigkeiten von den Männern abhängig? fragte sie sich resigniert. Wir beide, Trudy und ich, sind überzeugt, selbstbewußte, selbständige Wesen zu sein. Und ich würde Dan am liebsten so lange schütteln, bis ihm die Zähne aus dem Mund fallen, weil er ihr heute abend so Schlimmes antut.

Der Ärger begann, als die ganze Gesellschaft ins Haus umzog. Tische wurden weggeschoben, und die Leute fingen an zu tanzen. Ein Segler nach dem anderen packte Mrs. Chalgrove, wirbelte sie herum oder lehnte sich an sie – je nach Temperament oder Alkoholkonsum. Die meisten der übrigen Gäste hatten sich mittlerweile zurückgezogen und hofften, schlafen zu können, wenn sie die Fenster geschlossen hielten. Dan und die Rothaarige waren ebenfalls verschwunden. Trudy und Rebecca drängten Una auf einen Barhocker und befahlen ihr, dort sitzen zu bleiben, während sie draußen mit Hilfe von Bern, der den Tränen nahe zu sein schien, aufräumten.

»Wo ist dein Chauffeur?« wollte Rebecca von Trudy wissen, als sie das letzte Mandeltörtchen vertilgte und zum erstenmal an diesem Tag an ihre Figur dachte. Aber dann fiel ihr wieder ein, daß sie sich deswegen keine Sorgen zu machen brauchte. Die Hektik und die viele Herumrennerei im Hotel taten ihre Wirkung.

Trudy sah von einem beladenen Tablett auf und wurde rot vor Verlegenheit. »Weg. Jeanette wollte nach Hause.«

»O Trudy.« Rebecca legte ihr eine Hand auf den Arm, und sie schauten sich in die Augen. »Ich bringe dich heim.«

»Ich hätte nicht gedacht, daß Dan den ganzen Abend mit ihr zusammenbleibt«, brach es aus Trudy heraus. Hatte er die Rothaarige mit in sein Cottage genommen, zu dem Trudy nach wie vor keinen Zugang hatte? Diesen Gedanken konnte sie nicht ertragen.

In diesem Moment hatte Mr. Chalgrove endgültig genug und beschloß, zur Tat zu schreiten. Er stürmte mit Gebrüll auf die Segler zu, die schon ziemlich schwankten, und schnappte sich denjenigen, der das Kinn auf Mrs. Chalgroves Schulter gelegt hatte und mit einer Hand ihr hübsches, in Kamelhaar gehülltes Hinterteil umfaßte. Alle anderen stürzten sich grölend in eine wilde Prügelei. Paddy machte einen Satz über die Theke. Die Segler lachten und taumelten; die Überlebensschüler, die in einem wesentlich besseren Zustand waren, weil man ihnen immer wieder gesagt hatte, daß sie am Morgen sehr früh aufstehen mußten, schwärmten begeistert herbei. Mrs. Chalgrove war nicht mehr zu sehen.

»Wir verschwinden besser«, schrie Trudy. »Sollen die doch machen, was sie wollen!«

»Klingt vernünftig«, stimmte Rebecca zu.

Sie zerrten die kreischende, zerzauste Mrs. Chalgrove aus dem Menschenknäuel und sahen sich um, wo sie sie sicher unterbringen konnten. Mit einemmal fingen Rebecca und Trudy lauthals an zu lachen, als sie beobachteten, wie Una, Catriona, Thea und Sylvie johlend auf der Theke standen und die Flaschen schwenkten.

Plötzlich ertönte ein Zornesschrei und trieb die Kämpfer auseinander.

»Was, zur Hölle, geht hier vor?« Dan drängte sich kampflustig ins Getümmel. »Raus hier, alle!« brüllte er die verdutzten Kursteilnehmer an. »Um halb acht ist

Aufbruch, und wehe, es fehlt einer! Und ist es nicht höchste Zeit, daß ihr euch auf den Heimweg macht?« herrschte er die taumelnden Segler an. »Wer ist euer Fahrer? Sie? Verscheißern Sie mich nicht, Sie könnten nicht einmal mehr einen Einkaufswagen schieben. Liam, sieht so aus, als müßten wir den Minibus herholen.«

Bern und Paddy stützten Mr. Chalgrove, der puterrot im Gesicht war und keuchte, als würde er gleich einen Herzanfall erleiden.

»Wir reisen ab«, zischte er seiner Frau zu und rang um Atem. »Pack sofort unsere Sachen! Ich möchte meine Rechnung haben.« Er wankte bedenklich, als er sich zu Rebecca und Una umdrehte.

»Die Party scheint vorbei zu sein«, stellte Rebecca fest. »War ein großer Spaß, ehrlich.« Trudys Miene hatte sich aufgehellt, als Dan ohne Begleitung aufgetaucht war, und Rebecca nahm an, daß sie jetzt keinen Chauffeur mehr brauchte. Bern hob Sylvie von der Theke, und sie stellten gemeinsam die umgefallenen Stühle auf und sammelten die Gläser ein.

Mann, bin ich froh, dachte Rebecca, als sie das Büro aufschloß und den Computer anstellte. Ihr ging nicht aus dem Kopf, daß ein Schrei und der Auftritt eines einzigen Mannes dem Tumult in Sekundenschnelle ein Ende gesetzt hatte. Es gelang ihr nicht, Mr. Chalgrove zu überreden, wenigstens bis zum nächsten Morgen zu bleiben, also druckte sie ihm die Rechnung aus, kümmerte sich um das Gepäck und winkte schließlich zum Abschied (Mrs. Chalgrove schien zu glauben, daß leises Vorsichhinsummen die beste Verteidigung war).

Dan beobachtete, wie die Trage langsam von dem Felsen abgeseilt wurde. Liam und Bern wußten, was sie taten. Mit einemmal hatte ihn eine Niedergeschlagenheit erfaßt, die er nicht so ohne weiteres abzuschütteln vermochte. Er fühlte sich elend, schuldbewußt und wie ein Versager, der weder ein Ziel noch sonst irgend etwas hatte, was ihm etwas bedeutete.

Zuallererst war da natürlich der Unfall, der die depressive Stimmung, von der er geglaubt hatte, sie längst überwunden zu haben, zurückgebracht hatte. Er war der verantwortliche Bergführer, und ein Mann war abgestürzt und hätte sich genausogut den Hals und nicht nur das Bein brechen können. Aber alle Vorsichtsmaßnahmen waren getroffen worden. Der erste Mann der Seilschaft hatte ihn gut gesichert – es war reines Pech gewesen, daß der Fuß des Kletterers in einer Felsspalte steckengeblieben war und in dem Moment, in dem Seil nachgelassen wurde, das ganze Gewicht aushalten mußte, als der Körper in die Tiefe sank.

Fitz, der sofort kam, war sehr zufrieden mit ihren Erste-Hilfe-Leistungen. Er gab dem Mann eine Spritze und sagte, daß der Krankenwagen unterwegs sei. Der Verletzte mußte auf der Trage hinuntergebracht werden, da das Gelände zu steil und rauh war, als daß man mit einem Land Rover hätte hinauffahren können. Ein bitteres Grinsen kräuselte Dans Lippen, als er sich erinnerte, wie Fitz den Hang und die Wasserrinne neben den Felsen überwunden hatte. Fitz war ein Naturtalent und hatte eine phänomenale Kondition. Dan hätte gern Sympathie für den Mann aufgebracht, aber eine obskure Ahnung, von ihm bedroht zu sein, hielt ihn zurück. Fitz knüpfte mit einer Leichtigkeit Freundschaften, die Dan vollkommen fremd war, und das ärgerte ihn.

Der Unfall des Kursteilnehmers dürfte ihn eigentlich nicht so mitnehmen. Sie hatten keine Fehler gemacht, alle Sicherheitsbestimmungen waren eingehalten worden. Die Firma des Verletzten konnte keine gerichtlichen Schritte gegen das Zentrum unternehmen. Aber würde Una ... nein, nicht Una bereitet dir Kopfzerbrechen –, würde *jemand* von Ardlonach argwöhnen, daß er nachlässig gewesen war, und anfangen, an seiner Kompetenz zu zweifeln?

Mach dir doch nichts vor, schalt sich Dan. Du weißt ganz genau, was hinter all dem steckt. Du hast dich Trudy gegenüber schändlich benommen. Es ist zwecklos, sich einzureden, daß sie von Anfang an Bescheid gewußt hat. Er hatte sie benutzt, sie verletzt und konnte jetzt nicht den Mut aufbringen, ihr offen zu sagen, daß Schluß war. Statt dessen hatte er sich aufgeführt wie ein Teenager und direkt vor ihrer Nase ein anderes Mädchen angemacht und somit den einfachsten Weg gewählt, ihr die Botschaft zu übermitteln. Als er Trudy dann nach der Party heimgebracht hatte, hatte er nicht einmal den Anstand gehabt, ihr irgendwelche Erklärungen abzugeben. Er war kaum imstande gewesen, ein Wort an sie zu richten. Er fühlte sich gefangen und hilflos und wurde am Ende sogar noch wütend auf sie, weil sie die Sache so gut wegsteckte.

Und wozu das alles? Es hatte ihn seinem Ziel kein bißchen näher gebracht. Er hatte eine angenehme Beziehung aufgegeben, nur um wieder allein zu sein.

»Wo ist Dan?«

Liam und Bern waren im Büro, um ihre Post zu holen. Liam schaute nicht einmal auf, sondern drehte nur eine Postkarte um, als suchte er dort nach der

Antwort auf die Frage. Bern las mit offenem Mund den Brief, den ihm seine Mutter einmal wöchentlich schickte und in dem sie sich wie immer mit ein paar Zeilen für das Geld bedankte, das er ihr regelmäßig überwies.

»Er kontrolliert die Ausrüstungen«, sagte Liam schließlich und starrte auf den verschwommenen Poststempel auf der Briefmarke.

Warum?

Und weshalb hatten die beiden frei, wenn Dan noch im Bootshaus zu tun hatte? überlegte Rebecca.

Sie wußte alles über den Unfall. Der Verletzte war im Krankenhaus in Fort William, wo sein Bein eingegipst wurde. Rebecca hatte seine Firma in Kenntnis gesetzt, und die Leute dort hatten sich bereit erklärt, seine Frau zu informieren. Für Liam und Bern schien dieser Vorfall nichts Außergewöhnliches zu sein – so etwas passierte eben. Sie unterhielten sich lediglich über die Randerscheinungen des Ereignisses.

»Sie hätten sehen sollen, wie Fitz den Berg hinaufgerannt ist«, erzählte Liam. »Wie eine Bergziege.«

Warum war Dan nicht sofort ins Büro gekommen, um Bericht zu erstatten? Natürlich war er nicht dazu verpflichtet, zumindest brauchte er sich ihr gegenüber nicht zu rechtfertigen. Dennoch hatte sie angenommen, daß das für ihn absolute Priorität hätte.

Sie sprang impulsiv auf und lief aus dem Büro. Liam sah ihr überrascht nach, während Bern den Brief noch einmal gründlich durchlas.

Der Steg war leer, die Tür zum Bootshaus stand offen. Rebecca schreckte kurz zurück, als sie sich an die Konfrontation mit Innes erinnerte, die genau hier stattgefunden hatte, doch dann faßte sie sich ein Herz und ging hinein. Im großen Lagerraum war niemand, alle Sachen waren ordentlich verstaut und aufgeräumt.

»Dan?«

Er kam aus dem Kabuff am anderen Ende. Trotz seines Versuchs, selbstsicher aufzutreten, machte er einen defensiven Eindruck. Er hatte die anderen mit voller Absicht zum Hotel vorangehen lassen, damit sie die Neuigkeiten verbreiteten und ihn hinhängen konnten, wenn sie wollten. Dann wäre er hinaufgegangen, hätte Una die Gelegenheit gegeben, ihn fertigzumachen, hätte Rebecca die Gelegenheit gegeben, ihn fertigzumachen, hätte jedem, der verdammt noch mal Lust dazu hatte, die Gelegenheit gegeben, ihn fertigzumachen.

»Es war einfach Pech, Dan«, sagte Rebecca ruhig. »Gott sei Dank waren Sie und nicht Innes der Bergführer.«

»Was soll das heißen?« fragte er verständnislos. Mit einemmal lösten sich all seine Aggressionen in Nichts auf.

»Weil wir sicher sein können, daß unter Ihrer Leitung alles so abläuft, wie es sein soll. Ich bin hergekommen, um Ihnen zu sagen, daß ich mit der Firma des Mannes Kontakt aufgenommen habe, und die Unternehmensleitung ist sehr dankbar, daß man sich so gut um den Verletzten kümmert. Natürlich fühlen sie sich in diesem Fall mitverantwortlich, weil sie selbst den Mann hergeschickt haben, damit er an dem Kurs teilnimmt. Sie sagen seiner Frau Bescheid.«

»Oh, gut.« Dan spürte, wie sich seine Haltung entspannte.

Unter diesen Umständen kann man wohl nicht mehr von ihm erwarten, überlegte Rebecca leicht resigniert. »Fitz sagte, Sie hätten den Bruch wie ein Profi geschient«, rief sie ihm noch über die Schulter zu, ehe sie in Richtung Tür ging.

Dan nickte knapp; er hatte seine Überraschung noch nicht überwunden.

Rebecca hob eine Hand zum Abschied und ging weiter.

Dan machte einen Satz nach vorn. »Rebecca!«

Sie drehte sich zu ihm um und sah ihn fragend an.

»Danke.« Mehr brachte er nicht heraus.

Sie grinste, hob den Daumen nach oben und verschwand.

Er wollte ihr noch etwas nachrufen, wollte mehr als das, was gerade gewesen war. Doch dann fragte er sich: Was brauchst du noch? Seine Niedergeschlagenheit hatte sich verflüchtigt wie der Morgennebel in der Sonne. Sie hatte genau gewußt, wie er sich fühlte, war extra zu ihm gekommen, um ihm klarzumachen, daß ein Unfall dieser Art einfach dazugehörte – es war Pech, aber alles war ordnungsgemäß abgelaufen, niemandem konnte ein Vorwurf gemacht werden. Sie hatte ihn verstanden.

Sie hätte vielleicht warten können. Er hätte sie bitten können, auf ihn zu warten oder den Schüssel mit ins Büro zu nehmen. Jetzt mußte er selbst noch einmal hinauf. Aber das machte ihm nichts aus. Gesellschaft, ein oder zwei Drinks – mit einemmal sah die Welt wieder rosig aus.

KAPITEL 20 Luig Hall war brechend voll und heiß, das wacklige Gemäuer bebte unter den stampfenden Füßen und dem Rhythmus eines Highland Schottischen. Es roch nach dem Staub, der aus den Ritzen des fleckigen Holzbodens aufstieg.

Dieses alljährliche *ceilidh* in der Woche der Luig Games hatte sich in den vergangenen Jahren genauso wenig verändert wie der Loch oder die Berge selbst. Rebecca erkannte einige Gesichter, viele Macleods, Leute aus Inverbuie, Glen Righ, Inshmore, von der ganzen Luig-Halbinsel und die Bewohner von Luig selbst. Außerdem waren viele Touristen und alle Hotelgäste von Ardlonach da. Wie Rebecca und Una beim Barbecue gelernt hatten, war ein gemeinsames Fest die einzige Möglichkeit, sich selbst einen freien Abend zu schaffen. Vielleicht hatten sich zu viele Urquharts eingefunden, denn Leonie und Fran machten gerade zusammen mit ihren Familien Ferien in Ardlonach, was, wie sich erwiesen hatte, äußerst strapaziös war. Obwohl sie längst nicht so fordernd waren wie zuvor Caroline und ihre Leute. Rebecca war heilfroh gewesen, daß Caroline früher nach Hause mußte, weil irgendeine Katastrophe mit einem ihrer wertvollsten Pferde passiert war.

Im großen und ganzen war dieses Fest allerdings eine Veranstaltung für die Einheimischen, und Rebecca freute sich, daß es sich über all die Jahre hinweg seinen Charakter bewahrt hatte. Die drei kleinen Männer in den abgetragenen dunklen Anzügen, die Akkordeon, Fidel und Klavier spielten, traten bei solchen Ereignissen auf, seit sie denken konnte.

Sie tanzte mit Donald Macrae. Als Kind hatte sie sich immer glühend gewünscht, daß er sie aufforderte, und er hatte eigentlich immer daran gedacht. Er tanzte noch immer so gut wie früher, aber sie bezweifelte, daß er sich heute dazu überreden lassen würde, aufs Podium zu gehen und über dem Schwert zu tanzen wie in alten Zeiten. Zum Glück hatte Esme ihr ihre Tanzschuhe mitgebracht, leichte, bequeme Pumps, in denen man das Gefühl hatte, die ganze Nacht und noch den Tag danach durchtanzen zu können.

Esme tanzte mit Fitz, der die Schritte und Figuren nur ein einziges Mal zu sehen brauchte, um sie sofort nachzumachen. Allerdings tanzte er mit einer Beweglichkeit und Energie, über die die Puristen sicherlich die Nase rümpften. Esme machte den Eindruck, als wollte sie einen Drachen bei heftigem Wind tiefhalten. Überraschenderweise hatte sie Rebeccas Drängen, zu dem traditionellen Fest herzukommen, nachgegeben, und eine noch größere Überraschung war, sie so lebendig zu sehen. Hatte sie sich an Rebeccas Abwesenheit gewöhnt und diesen Zustand als einen dauerhaften akzeptiert? In gewisser Weise fühlte Rebecca sich ein klein wenig zurückgestoßen. Noch habe ich mich nicht entschieden, protestierte sie innerlich, und Panik ergriff von ihr Besitz – sogar hier. Ich fahre für ein paar Tage nach Hause, wenn wir den August überstanden haben, nahm sie sich vor. Mit einemmal hatte sie das Gefühl, den Kontakt zu ihrer Mutter verloren zu haben. Es war gar nicht daran zu denken, während ihres Aufenthaltes in Ardlonach Zeit für ein Gespräch mit ihr zu finden, besonders nicht, wenn so viel Familie um sie herumschwirrte. Sie befanden sich momentan in einer Tretmühle und wurden vom Hotelleben vereinnahmt, aber Rebecca wollte unbedingt in Erfahrung bringen, was sich in Esmes Leben verändert hatte. Vielleicht gelang es ihr dann auch, über ihr eigenes zu reden.

Dan lehnte an der Wand neben der Tür und beobachtete Rebecca mit undurchschaubarer Miene. Sie tanzte großartig und war bewundernswert leichtfüßig wie viele Menschen ihrer Statur. Ihm war nicht entgangen, daß sie in den vergangenen Monaten ein paar Pfunde verloren hatte. Sie sah glücklich aus, lachte Donald an, als der Tanz endete, und lehnte sich in seinem Arm für eine letzte Drehung zurück. Woher nahm sie nur diese Energie? Sie war praktisch den ganzen Tag schon auf den Beinen. Und wie entschlossen sie die Hotelgäste dazu getrieben hatte, heute herzukommen; sie hatte beteuert, daß ihnen das Fest sehr gut gefallen würde, und jeden Zweifel mit Entschiedenheit vom Tisch gewischt.

Offensichtlich legten die Musiker nun eine Pause ein. Ob er jetzt zu ihr gehen konnte? Nein, Trudy hatte sich gerade zu ihr gesellt. Sie hatte mit einem der Burschen vom Inverbuie Hotel getanzt, ihr braunes Haar war ganz zerzaust, und ihr Gesicht hatte eine rötliche Farbe angenommen. Er unterdrückte den Wunsch, Rebecca zur Seite zu eilen, als er Trudy objektiv betrachtete und feststellte, daß er noch immer ein schlechtes Gewissen hatte. Zwar fühlte er sich kein bißchen mehr zu ihr hingezogen, doch er räumte ein, daß sie eine nette, freundliche Frau mit einer attraktiven Figur war, und er kannte ihr weites Herz. Allerdings waren seine Gefühle für sie in dem Moment erloschen, als sie zu weinen angefangen hatte. Er wollte sie nicht zum Weinen bringen; bei der Erinnerung daran empfand er noch denselben grimmigen Unmut wie damals. Aber dieser Groll richtete sich nicht allein gegen Trudy. Genaugenommen hatte sie ihm weder eine große Szene gemacht noch irgendwelche Forderungen gestellt, aber sie hatte ihm deutlich gezeigt, wie verletzt sie war, und ihre Tränen nicht versteckt.

Rebecca hingegen war in einer Weise frei und unabhängig, die er bewunderte. Sie war so zäh und robust wie er selbst, und ihre Entschlossenheit und das Selbstvertrauen zogen ihn magisch an. Sie hatte in wenigen Monaten aus dem chaotischen Hotelbetrieb ein straff geführtes Unternehmen gemacht und die Atmosphäre vollkommen verändert. Eine Frau mit ihren Qualitäten könnte arrogant, herrisch und abweisend sein, aber sie gab jederzeit ihre Fehler zu und nahm sich selbst nie allzu ernst. Alle guten Dinge, die Dan in den letzten Wochen widerfahren waren, hatte er im Grunde ihr zu verdanken. Am meisten jedoch schätzte er ihr Lachen, daran würde er sich sein Leben lang erinnern.

Doch gerade die Eigenschaften, die ihn so sehr zu ihr hinzogen, machten sie unerreichbar, das war ihm durchaus bewußt. Sie brauchte ihn nicht. Aber hast du nicht immer nach einer Frau gesucht, die nicht auf dich angewiesen ist? fragte er sich. Nach einer Frau, die sich nie von dir abhängig machen oder dich wieder in denselben alten Strudel ziehen würde? Aber er wußte, daß Rebecca nicht seine Liga war, sondern eine gebildete Frau, die Karriere gemacht hatte und in ihr altes Berufsleben zurückkehren würde. Sie gönnte sich nur eine Verschnaufpause in Ardlonach, und sie kommt, verdammt noch mal, viel zu gut mit Liam aus, grollte Dan im stillen und kehrte damit zu dem wunden Punkt zurück, der ihm am allermeisten zu schaffen machte. Er verfluchte den Tag, an dem die beiden zusammen in Glencoe gewesen waren. Und außerdem war sie ziemlich dicke mit diesem Fitz, der sich für Dans Geschmack allzu häufig in Ardlonach herumtrieb.

Dan zuckte zusammen, und sein Blick verfinsterte

sich sofort, als ihn jemand am Arm berührte und ihm ein aufgeweichtes Sandwich anbot.

»Ich glaube, es ist noch dieselbe Teemaschine«, sagte Rebecca fröhlich zu Trudy, als das Ungetüm anfing zu zischen und die darum herumstehenden Ladys in eine Dampfwolke hüllte. »Oh, und sieh mal, hier ist alles noch so wie früher. Die Teekanne wird vor den Tassen gebracht.« Sie beugte sich vor, um einen Blick mit Esme zu wechseln, deutete auf die Kanne und zog die Augenbrauen hoch. Es war auch dieselbe Kanne, die von Hand zu Hand gereicht wurde, weil ohne Tassen niemand etwas damit anzufangen wußte.

Rebecca machte dieses Spielchen nicht mit. Sie nahm die Kanne und stellte sie auf den Boden neben ihre Füße. »Hey, wo sind die Tassen?« rief sie.

Ein Grinsen huschte über Dans Gesicht.

Ein strahlendes Kind mit einem riesigen Korb rannte herbei, schlitterte über den Boden und kam direkt vor Rebecca zum Stehen.

»Gut – eine für mich, eine für Trudy, dann ab mit dir – *dort* entlang.«

»Gott, ich bin froh, daß du so gebieterisch bist«, bemerkte Trudy zufrieden, als Zucker und Milch gebracht wurden. Sie trank einen Schluck von dem Tee.

»Ich hab' das einfach schon zu oft mitgemacht. Alles wird im ganzen Raum herumgereicht, alle klatschen und lachen, ohne darauf zu achten, was sie tun, und wenn du endlich eine Tasse hast und der Tee wieder in deine Hände gelangt, ist er lauwarm. Hm, aber die Brötchen sind köstlich. Die sind von Jailor Bailey, stimmt's?«

»Oder von Watty Duff.«

»Oh, sieh mal, da ist Watty. Er steigt aufs Podium. Was ist seine Spezialität?«

»Balladen.«

»Gut, das hält uns wenigstens wach.«

Wattys Auszüge – Rebecca nahm zumindest an, daß es Auszüge waren – von »The Lay of the Last Minstrel« ertönten, und Watty hatte mehr Spaß daran als alle anderen. Danach wurde der Ruf nach Tassen wieder laut. Die gebrauchten wurden eingesammelt, und mehrere Frauen gingen hinaus, um abzuspülen. Die Männer, die sich draußen einen Schluck genehmigt hatten, kamen wieder herein und versammelten sich an der Tür. Die Musiker wischten sich die Münder mit dem Handrücken ab und nahmen hastig ihre Plätze ein, um den zweiten Teil des Abends mit einem Duke of Perth einzuläuten.

»Oh, Broon's Reel, das kann ich mir nicht entgehen lassen«, rief Rebecca und sah sich nach einem Tanzpartner um wie jemand, der sich hier vollkommen zu Hause fühlte. Stephen Markie kam bereits auf sie zu. Zwar war er kein feuriger Tänzer, aber er machte alles richtig. Er war oben im Larach zum Jagen gewesen, hatte Sohn und Tochter bei Lilias gelassen und war sofort nach Ardlonach gekommen. Er hat in all den Jahren keine Fortschritte gemacht, stellte Rebecca nüchtern fest. Aber das Alter seiner »Kinder« Oliver und Libby hatte sie erschreckt. Wie kam er allein mit zwei Teenagern zurecht? Sie befreite sich gewaltsam von diesem Gedanken.

Die unwiderstehliche Musik riß sie mit. Jeanette Irvines Tanzgruppe, die Macleods, die Urquharts und die meisten der älteren Generation beherrschten die Schrittfolgen. Die Besucher, die zu einer schottischen Country-Dance-Truppe in Brighton oder Manchester gehörten, übertrieben etwas, und die wenigen, die ahnungslos waren und sich besser ganz rausgehalten hätten, wurden an ihre Plätze geschubst. Das Jungvolk tanzte separat und stellte eine weniger traditionelle Version mit zusätzlichen Drehungen und Hüpfern zur Schau.

Nach dem Tanz kletterte ein streitbares Duo – Vater und Sohn, die beide nach der Teepause nicht mehr ganz sicher auf den Beinen waren – aufs Podium. Der Sohn setzte sich ans Klavier und begann ein schwungvolles Stück. Sein Vater setzte die Geige an, ließ sie wieder sinken und funkelte den Klavierspieler zornig an. Als sein Sohn einen Akkord anschlug und sich zu ihm umdrehte, weil er auf den Violineinsatz wartete, erkundigte sich der Vater ärgerlich: »Was, zum Teufel, spielst du da eigentlich?« Die Zuhörer brüllten vor Lachen.

Dan, der seit seinem Eintreffen seinen Posten nicht verlassen hatte, sah mit widerwilligem Vergnügen und dem unangenehmen Gefühl, ausgeschlossen zu sein, dem Achter-Reel zu. Una, Esme, Rebecca und eine dieser schrecklichen Urquhart Cousinen, Donald Macrae, Fitz, Liam und dieser weibische Colonel, der vor kurzem aufgetaucht war, bildeten eine Formation. Wer zog diesen puppenhaften Colonel wohl am Morgen auf, damit er sich überhaupt bewegte? Noch so ein Trottel, der in Rebeccas Nähe herumlungerte, einer von den Schleimern ohne Mumm in den Knochen, die sich immer an Leute heranmachten, die lebhaft und geradeheraus waren wie sie. Der alte Fitz gab sein Bestes bei dem Tanz – wahrscheinlich hatte Jeanette vorher mit ihm geübt. Liam war jetzt in der Mitte und vollzog eine präzise rasche Schrittfolge, ohne einen Muskel seines Oberkörpers zu bewegen oder seine düstere Miene zu verändern. Alle anderen spendeten tosenden Applaus für diese Vorstellung.

Was, zum Teufel, habe ich hier überhaupt zu suchen? fragte sich Dan ärgerlich. Ich bin nur ein Beobachter, ein Außenseiter. Ich könnte die Hälfte dieser Idioten in Grund und Boden tanzen, aber bis jetzt war ich noch nicht einmal imstande, mich von der Stelle zu rühren. Es würde niemandem auffallen, wenn ich mich aus dem Staub machte.

Er amüsierte sich kein bißchen, aber irgend etwas hielt ihn zurück. Außerdem war er nicht bereit, allen zu zeigen, daß er sich abgewiesen fühlte.

Der Metzger von Luig, der ein glattes, rosafarbenes Gesicht hatte, stieg aufs Podium. »Wir sind hocherfreut, die Leute von Ardlonach heute hier begrüßen zu dürfen«, begann er. »Und wir hoffen alle, daß Rebecca uns um der alten Zeiten willen ein Lied singt.«

Dan schreckte zusammen und drehte sich nach ihr um. Sie stand noch immer mit den Tänzern zusammen. Bestimmt weigerte sie sich. Er wußte selbst nicht, wieso er das annahm – vielleicht, weil er selbst so reagiert hätte, vielleicht auch, weil er sie noch nie hatte singen hören und niemand davon gesprochen hatte, daß sie es konnte.

Aber Rebecca hob eine Hand, bahnte sich einen Weg zwischen den Tänzern hindurch, und diejenigen, die sie kannten, klatschten Beifall. Ohne eine große Show daraus zu machen, sprach sie sich mit der weißhaarigen Frau, die sie auf dem Klavier begleiten wollte, ab, dann wandte sie sich den Zuhörern zu und fing an zu singen.

»The Mingulay Boat Song.« Dan war wie betäubt. Er vergaß beinahe zu atmen und spürte, wie sich ihm die Nackenhaare aufstellten. Ihre Stimme war wunderschön, klar und kraftvoll. Sie sah großartig aus, ihr schwarzes Haar schimmerte im hellen Scheinwerferlicht, ihr Gesicht war lebendig und entspannt, ihre Haltung locker und unbefangen. Sie gehört hierher, ging es Dan durch den Kopf, zu all diesen freundlichen, umgänglichen Menschen. Und sie ist zauberhaft. Sie hat mich mit ihrem Gesang, ihrem Mut, ihrer Offenheit und ihrem Lächeln vollkommen in ihren Bann gezogen.

Nach einer Zugabe brach donnernder Beifall aus, und Dan schlängelte sich schnell durch die Menschenmenge zu Liam, als Rebecca vom Podium kletterte und die Rufe: »Du warst besser denn je, Mädchen«, »Toll, dich wieder hier zu haben, Rebecca« mit einem Lächeln quittierte. Der nächste Tanz gehört mir, beschloß Dan.

Als Hamilton House angekündigt wurde, ergriff ihn für einen Moment blinde Panik – er erinnerte sich an keinen einzigen Schritt mehr. Aber wenn sie nicht das erste Paar waren, konnte er sich die Schritte von den anderen abschauen. Liam wandte sich Rebecca zu. Diesmal nicht, dachte Dan. Er streckte die Hand aus und ergriff ihren Arm.

»Dan! Ich dachte schon, Sie würden an der Wand festkleben. Sie haben offensichtlich nichts fürs Tanzen übrig.«

Ohne ein Wort zu sagen, führte Dan Rebecca auf die Tanzfläche und wirbelte sie herum, als er einen geeigneten Platz gefunden hatte. Sobald die ersten Klänge der Musik einsetzen, wurde sein Kopf klar, und als sie an der Reihe waren, sah er, wie Rebecca anerkennend die Augenbrauen hochzog.

Wie viele Schotten tanzte er ohne auf perfekte Fußarbeit zu achten, aber er blieb im Rhythmus, führte seine Partnerin sicher, drückte sie an sich und legte einen Eifer und eine Freude an den Tag, die Rebecca in Staunen versetzten.

»So was hab' ich gern«, sagte sie, als sie sich wieder ans Ende der Reihe stellten. »Sie sitzen all den Kinderkram wie Gay Gordons aus und stürzen sich auf das hier. Für Sie ein vergeudeter Abend.«

»Eigentlich nicht.« Er grinste sardonisch, konnte sich jedoch nicht entsinnen, jemals in seinem Leben so glücklich und zufrieden gewesen zu sein.

Geh nicht weg, hätte Rebecca ihn am liebsten angefleht, als der letzte Akkord verklang. Er war der beste Tänzer im Saal, zumindest derjenige, der am besten zu ihr paßte, korrigierte sie sich. Liam war brillant, aber er hatte etwas von einem Solotänzer an sich. Das bestätigte er, als die Leute ihn überredeten, einen irischen Tanz vorzuführen. Erst zeigte er den steifen traditionellen Stil, dann führte er die River-Dance-Version vor, und die Leute tobten vor Begeisterung.

Rebecca brauchte sich keine Sorgen zu machen. Dan hatte nicht vor, von ihrer Seite zu weichen. Er fühlte sich großartig, verdrängte alle Bedenken über die Fallstricke einer zu engen Beziehung und dachte nicht an die Lektionen, die er im Laufe seines Lebens gelernt hatte. Als ein Dashing White Sergeant angekündigt wurde, zog er schnell Catriona an ihre Seite, bevor Stephen Markie sie als dritte Tänzerin zu sich holen konnte.

Esme, die zwar selbst mit Beschlag belegt wurde, fand dennoch hin und wieder Zeit, Rebecca mit Liebe und Erleichterung im Herzen zuzusehen. Sie wirkte so ganz anders als das autarke, barsche Mädchen, das sich in den Arbeitsalltag stürzte, als die niedergeschmetterte, wortkarge Person, die im März die Flucht ergriffen hatte. Der turbulente Hotelbetrieb schien ihr gutzutun, und sie hatte sich erstaunlich gut eingelebt in dem neuen Bekanntenkreis, den sie hier gefunden hatte. Heute abend machte sie einen strahlenden, glücklichen Eindruck, und sie rief in Esme anrührende Erinnerungen an das unbezähmbare, fröhliche Kind wach, das Francis so ähnlich gewesen war. Aber sie hat den Leichtsinn und die Verantwortungslosigkeit von ihm geerbt, fügte sie mit einem geheimnisvollen Lächeln in Gedanken hinzu.

In der nächsten Tanzpause riefen einige nach Fitz. Offenbar hatte John Irvine verraten, daß er gern sang und kaum zu bremsen war, wenn er einmal richtig loslegte.

Ein ziemlich angetrunkener Fischer schrie: »Hey, du hast die ganze Zeit gesummt wie ein verdammter Bienenschwarm, als du mich neulich wieder zusammengeflickt hast.«

»Singen Sie uns einen Gospelsong vor«, brüllte ein anderer Mann, als Fitz mit einem Satz aufs Podium sprang. Die anderen reagierten mit herzlichem Gelächter auf diesen rassistisch gefärbten Scherz.

Fitz erfreute sein Publikum mit »Daddy Sang Bass«. Der geht nie mehr nach Cheltenham zurück, dachte Rebecca. Sie versuchte gar nicht zu verbergen, wie glücklich sie war, Dan an ihrer Seite zu haben und zu spüren, daß er alle Störenfriede abschreckte.

Fitz lachte, seine Zähne blitzten in dem hübschen Gesicht. Er hob abwehrend die Hände, als die Leute eine dritte Zugabe forderten, und lief zurück zu der Gruppe, mit der er sich vor seinem Auftritt unterhalten hatte. In diesem Augenblick fiel ihm Trudys schmerzlicher Ausdruck auf, den sie sorgfältig hinter einer bemüht heiteren Miene verbarg. Fitz wußte, daß sie noch nicht über Dan hinweg war, und sie würde noch mehr leiden, wenn Dan sich jetzt Rebecca zuwandte. *Zuwandte.* Was für eine unzureichende Beschreibung!

Der Mann schien kurz davor zu sein, sich auf sie zu stürzen. Fitz beugte sich zu Trudy, nahm sie in den Arm und schwenkte sie zu einem schottischen Walzer übers Parkett.

Ich halte das nicht aus, dachte Rebecca. Sie mußte die ganze verdammte Familie nach Hause kutschieren, Tee kochen und die Bar für einen Schlummertrunk öffnen. Es ist drei Uhr morgens, um Himmels willen! Warum gehen sie nicht einfach ins Bett? Für wen halten sie mich eigentlich? Ich bin doch nicht ihre Sklavin.

Jetzt reiß dich am Riemen, ermahnte sie sich, du bist kein verknallter Backfisch, sondern Mitte Dreißig und eine reife Frau. Und bilde dir bloß nicht ein, daß Dan auch nur einen Gedanken an dich verschwendet. Er liegt längst in Morpheus' Armen. Und er hat seine Regeln klar definiert – die Art, wie er die arme Trudy behandelt hat, sollte dir eine Warnung sein. Aber der Zauber des Abends hielt sie immer noch gefangen – die heitere, freundschaftliche Atmosphäre, die rhythmische Musik, Dans starke Arme, das belebende Gefühl der Leichtigkeit, das einen erfaßt, wenn man mit jemandem übers Parkett schwebt, der perfekt zu einem paßt.

Es fiel ihr schwer, die Hochstimmung zu dämpfen, um sich auf die Bestellung eines Lunchpakets für einen Bergsteiger zu konzentrieren, die Zimmerschlüssel für diejenigen zu holen, die vergessen hatten, sie mitzunehmen, in die Küche zu gehen und Eis für einen Glenmorangie für Leonie zu holen. Ihr kam in den Sinn, daß dies für die Zwillinge eine Wiederbelebung dessen war, was sie immer nach dem Luig-*ceilidh* gemacht hatten – früher waren sie nach Hause gekommen, hatten getrunken, geschwatzt und manchmal auch weiter getanzt. Und Fran und Leonie kamen gar nicht auf die Idee, daß sie keine Lust dazu haben könnte und sich danach sehnte, die beiden nur noch von hinten zu sehen.

Endlich war Ruhe im Haus. Una hatte sich müde nach oben geschleppt, bald nachdem sie nach Hause gekommen waren, aber Rebecca war so rastlos, daß sie ihrem Beispiel nicht gleich folgen wollte. Sie schliefen wieder in einem Zimmer, so daß Esme die Mansarde für sich haben konnte, aber heute nacht hatte Rebecca das Bedürfnis, allein zu sein. Mit einemmal fühlte sie sich wie ausgepumpt und den Tränen nahe. Das muß die Erschöpfung sein, sagte sie sich nüchtern, aber dennoch empfand sie eine innere Leere und Enttäuschung, als hätte sie zu hohe Erwartungen an diesen Abend gestellt. Nachdem sie alle Türen abgesperrt, die Lichter gelöscht und die Geldkassetten im Safe deponiert hatte, sank sie auf den Stuhl hinter ihrem Schreibtisch. Sie war zu träge zu entscheiden, ob sie bleiben oder gehen sollte.

Ein leises Klopfen am Fenster ließ sie zusammenzukken, aber noch ehe sie Zeit hatte, richtig zu erschrekken, wurde ihr mit absoluter Gewißheit bewußt, wer da draußen stand.

»Bitte, kommen Sie kurz heraus«, sagte Dan leise, als sie das Fenster öffnete.

Ohne auch nur einen Moment zu zögern, stellte sie den Fuß auf den Sims. Sie hörte Dan lachen, als er sie packte und herunterhob.

»Es war ein schöner Abend«, sagte Dan, ohne die Hände von ihrer Taille zu nehmen.

Sie nickte und sah ihm ins Gesicht, das vom Licht aus dem Büro erhellt war. »Stimmt.«

Er lachte wieder – ganz leise. Er kannte sie mittlerweile gut genug, um zu wissen, daß eine so schroffe Antwort nicht viel zu bedeuten hatte.

»Ich wollte nur gute Nacht sagen.«

Er hatte gewußt, daß sie letzten Endes im Büro landen würde, und gewartet, bis sich alle anderen zurückgezogen hatten.

»Das ist gut.«

Sie standen sich lange gegenüber und sahen sich an. Die wenigen Worte schienen zu genügen. Die Stille hüllte sie ein, und keiner von beiden hatte das Bedürfnis, Fragen zu stellen. Den Abend gemeinsam beenden, das ist genau das, was ich gebraucht habe, dachte Rebecca.

»Gute Nacht.« Dan küßte sie nicht, aber er hob die Hand und berührte ihre Wange mit den Fingerspitzen. In diesem Augenblick fühlte sich alles richtig an, und erst später, als sie sich auf dem schmalen Klappbett in Unas Zimmer zusammenrollte, wurde Rebecca bewußt, welch ungewöhnlich zärtliche Geste das für einen Mann wie Dan war.

KAPITEL 21

Ich habe mir nicht gerade den besten Zeitpunkt ausgesucht, mich zum erstenmal seit Jahren wieder Hals über Kopf zu verlieben, dachte Rebecca trübselig, als der August und mit ihm die Hochsaison anbrach. Aber sicherlich würde sie den turbulenten Monat mit diesem Glücksgefühl besser überstehen. Die Familie in Ardlonach zu haben war lustiger, als sie erwartet hatte, und außerdem standen so mehr Helfer zu Verfügung, wenn es darum ging, jemanden mit dem Auto abzuholen, an der Bar Drinks auszuschenken oder sich mit den Gästen zu unterhalten. Dennoch hatten Una und Rebecca manchmal das Gefühl, sich zerreißen zu müssen, weil sie die Verwandtschaft zu Picknicks oder bei Ausflügen begleiten oder mit ihnen zu Abend essen wollten und gleichzeitig ihren Pflichten nachkommen mußten.

Rebecca glaubte, früher nie soviel mit den Cousinen gelacht zu haben, und das, obwohl sie inzwischen alle erwachsen geworden waren. Sie war froh, Leonie und Fran und ihre Männer wieder neu kennenlernen und sich mit ihren Kindern anfreunden zu können.

Abgesehen von der Erleichterung, daß alles klappte und daß sie den Sommer über durchhalten würden, empfand sie große Genugtuung, weil das Zentrum in guten Händen war und Dan alles im Griff hatte. Es imponierte ihr, wie er den Job anpackte, sich um Dienst- und Belegungspläne, Trainingsprogramme, Transportmöglichkeiten und Einkäufe kümmerte und alles mühelos organisierte. Liams überschäumende Art und sein Humor hatten viel bewirkt, aber Dan sorgte dafür, daß alle an einem Strang zogen und die Organisation stimmte.

Auch die Kursteilnehmer profitierten von seiner Entschlußkraft. Sie brauchten keine unangenehmen oder zu anstrengenden Aufgaben mehr zu erfüllen, und niemand wurde gedemütigt oder verspottet, wenn etwas nicht so klappte, wie es sollte. Resultat dieser neuen Einstellung zu den Teilnehmern war, daß sich alle mehr anstrengten als ihre Vorgänger und bis an ihre Grenzen gingen. Das Feedback von den Firmen war positiv, und viele reservierten bereits für das nächste Jahr Plätze im Zentrum.

Rebecca hätte sich nur gewünscht, mehr an den Aktivitäten im Zentrum teilhaben zu können. So gern sie im Hotel für einen reibungslosen Ablauf sorgte, so sehr sehnte sie sich auch danach, mehr draußen zu sein. Es war ein Jammer, daß sie nicht in die Berge oder aufs Wasser konnte, solange die Landschaft und das Wetter am schönsten waren. Aber auch wenn Catriona jetzt öfter kam, mehr Selbstvertrauen besaß und sich immer nützlicher machte, hatten sie immer noch alle Hände voll zu tun.

Rebecca nutzte jede Gelegenheit, um Dan zu sehen. Schon ein kurzer Blick oder ein Wort taten ihr gut. Sie nahm überrascht und geschmeichelt zur Kenntnis, daß es ihm genauso ging. Er kam immer ins Büro, bevor er zu den Übungen aufbrach, und schaute wieder vorbei, sobald er die Gruppe nach Hause gebracht hatte. Das gemeinsame Lachen, die Scherze und die kurzen Gespräche wirkten auf Rebecca wie eine Droge. Wir stehen auf derselben Seite, jubilierte sie innerlich, wenn Dan auf die Uhr schaute, fluchte und sich widerstrebend auf den Weg machte, weil er zu tun hatte. Oft hob er zum Abschied nur die Hand, manchmal umarmte er sie oder küßte sie verstohlen.

»Komm doch runter, wenn wir wieder da sind«, sagte er oft, und sie nickte strahlend. Sobald es die Zeit erlaubte, ging sie ihm am späten Nachmittag auf dem Moorweg entgegen. Oder sie lief zum Bootshaus hinunter, wenn sie sah, daß die Gruppe über den Kamm kam. Anschließend spazierte sie mit Dan durch den Garten wieder hinauf, um mit ihm im Büro oder auf der Terrasse Tee zu trinken, sofern sich nicht zu viele Verwandte oder Gäste draußen herumtrieben.

In diesen Tagen fielen Rebecca Dans liebevolle Gesten gegenüber Catriona besonders auf, und sie merkte, wie sich alles in ihr sträubte, wenn er Catriona mit der Hand durchs Haar fuhr oder ihr einen Arm um die schmalen Schultern legte, nur um sich dafür zu bedanken, daß sie Briefe für ihn getippt oder eine Adresse herausgesucht hatte, die er brauchte.

Das ist nicht schlimm, stellte Rebecca für sich fest. Es ist gute, ehrliche Eifersucht, die keine Spur von Zorn auf Catriona enthält. Sie empfand dasselbe, wenn Dan mit Una herumalberte. Er hatte Una immer schon gemocht, fühlte sich aber erst jetzt sicher genug, seine Gefühle auch zu zeigen. Und Rebecca spuckte insgeheim Gift und Galle, wenn Frauen in den Kursen auftauchten. Aber sie wußte, daß das alles unwichtig war, es gehörte zu ihren erwachenden Gefühlen und war ihr deshalb sehr willkommen.

Una war natürlich oft anwesend, wenn Dan im Büro erschien. Das Büro war ihr einziger Aufenthaltsraum und die einzige Rückzugsmöglichkeit, solange das Haus wie jetzt voll besetzt war. Dan konnte das Glücksgefühl nicht beschreiben, das ihn erfaßte, wenn er Rebecca im Büro vorfand oder, was beinahe genauso schön war, beide Frauen ihn mit einem Lächeln begrüßten. Ihm war jedesmal, als würde er nach Hause kommen und freudig empfangen werden – alles war harmonisch und unkompliziert. Moment, was heißt hier unkompliziert? wandte er ein, wenn seine Gedanken so weit gediehen waren. Unkompliziert, wo du doch gerade dabei bist, dich kopfüber in eine neue Affäre zu stürzen? Doch seine Hochstimmung gründete sich auch auf die Überzeugung, daß es mit Rebecca keine unliebsamen Verwicklungen geben würde. Sie war zu selbständig, zu realistisch und konnte jederzeit ihr altes Leben wiederaufnehmen und in den Beruf zurück, der anspruchsvoller war, als Briefe zu schreiben, die immer mit folgenden Sätzen begannen: »Vielen Dank für Ihr Schreiben vom ... Wir haben für Sie ein Doppelzimmer vom ... bis ... reserviert.« Mit ihr konnte es keine emotionale Überforderung geben, und sie würde ihn nicht dazu drängen, ihr mehr zu geben, als er konnte. Er durfte sich auf eine neue, aufregende Beziehung freuen, ohne Angst haben zu müssen, in irgendeiner Weise bedrängt oder überfordert zu werden.

An den Abenden, an denen sich Rebecca von der Familie oder ihren Pflichten freimachen konnte, lief sie, wenn die letzte Tasse Kaffee nachgefüllt, die einzelnen Posten in die Abrechnungen eingetragen und alle Arrangements für Ausflüge für den nächsten Tag getroffen waren, die Steinstufen zum Kutscherhaus hinunter. Die fröhliche Gruppe, die sich in der Bar versammelt hatte, empfing sie mit offenen Armen, Dan machte Platz auf der Bank neben sich, und sie war sofort in den Kreis aufgenommen. Manchmal rief sie sich, um die Perspektiven zurechtzurücken, ins Gedächtnis, daß dieser Platz vor nicht allzu langer Zeit Trudy zugestanden hatte.

Trudy ließ sich jetzt viel seltener in Ardlonach blikken, und wenn doch, dann aß sie mit den Urquharts oder den Irvines und Fitz zu Abend statt in der Kutscherhaus-Bar Gesellschaft zu suchen. An einem Sonntag war sie mit Stephen Markie und seinen halbwüchsigen Kindern hier gewesen, aber der schwerfällige Stephen war kein Ersatz für Dan. Zudem stellte Trudy ein bißchen verdrossen fest, daß Stephen wesentlich mehr Interesse an Rebecca hatte als an ihr. Aber Trudy und Stephen hatten schon vor langer Zeit die Grenzen ihrer Beziehung abgesteckt und wußten beide, daß sie kaum Spielraum hatten. Trudy mochte Lilias und Oliver und Libby weitaus lieber als Stephen, und sie fuhr des öfteren nach Tigh Bhan, wenn die Kinder dort waren. Die beiden überließen das einfache Leben im Larach ihrem Vater und zogen es vor, ihrer Großmutter Gesellschaft zu leisten und die Vorzüge wie Telefon, Fernseher und die Nähe zum Bus nach Fort William auszunützen.

Trudy war im Moment ohnehin sehr eingespannt und stand noch immer den ganzen Tag ohne Hilfe in ihrem Laden, und die ruhigen Abende allein in der Werkstatt oder in der Wohnung hatten auch ihre Reize. Rebecca hatte ein paar Tage nach der *ceilidh* auf dem Rückweg von einer erfolglosen Einkaufsfahrt nach Fort William bei ihr vorbeigeschaut, obwohl sie viel lieber in Ardlonach gewesen wäre, wenn Dan von der Exkursion zurückkam. Aber Trudy bedeutete ihr auch sehr viel.

Rebecca suchte nach Worten, ließ sich in der Werkstatt in einem alten schäbigen Sessel nieder, der vom Flohmarkt stammte und schon so lange auf eine Renovierung wartete, daß niemand mehr auf seinen Zustand achtete. Trudy säumte mit der Hand einen Vorhang, biß den Faden ab und spuckte das Ende aus, dann sagte sie beiläufig: »Dan macht sich an dich ran.«

Sie fädelte einen neuen Faden ein und blinzelte, als sie die Nadel gegen das Licht hielt. Rebecca wußte im ersten Moment nicht, was sie von dieser Eröffnung halten sollte, und ihr Herz fing heftig an zu pochen. Es wäre schlimm für sie, wenn es wegen dieser Sache zu Konflikten zwischen ihnen kommen würde.

»Ja«, bestätigte sie schlicht. Es hätte ihrem Charakter widersprochen, wenn sie Ausflüchte oder Rechtfertigungen vorgebracht hätte. Ihr fiel ein Stein vom Herzen, als Trudy den Vorhang, Nadel und Faden beiseite schob, sich zurücklehnte und lauthals lachte.

»Und das wolltest du mir schonend beibringen, wie?« sagte sie. »Nett von dir, daß du extra deswegen hergekommen bist.«

»Woher weißt du, daß ich das vorgehabt habe?« erkundigte sich Rebecca.

»Du hast ausgesehen, als müßtest du aufs Schafott. Und du bringst eine ansehnliche Opfergabe mit.« Trudy deutete grinsend auf die Flasche Cabernet Sauvignon, die Rebecca auf den Tisch gestellt hatte.

»Macht es dir was aus?«

»Dir bin ich nicht böse, ihm allerdings ein bißchen. Außerdem ärgere ich mich über mich selbst, weil ich alles vermasselt habe. Er hat mir sehr deutlich zu verstehen gegeben, daß er nicht auf eine dauerhafte, tiefgehende Beziehung aus ist. Ich nehme an, ich war einfach zu lange allein.«

»O Trudy.« Rebecca sprang auf und umarmte sie. »Es tut mir leid, daß es so für dich gekommen ist.«

»Ja, sei gewarnt, Rebecca. Er hat einen psychischen Knacks, weißt du – er kann es nicht vertragen, wenn jemand zu sehr in sein Leben eindringt. Vor allem mit gefühlsduseligen Frauen, die sich nach Geborgenheit und Trost sehnen, hat er Probleme. Aber du müßtest eigentlich gut mit ihm zurechtkommen – du bist stark und brauchst niemanden, das ist sehr wichtig für ihn.«

Als Rebecca später neben Dan in der Bar saß, erinnerte sie sich an dieses Gespräch und war Trudy dankbar für die begründete Warnung. Sie wünschte nur, Trudy hätte keine so leidvolle Erfahrung machen müssen.

Dan, der aufgeheitert durch Liams Scherze in der Geborgenheit der Gruppe auf Rebecca wartete, fühlte, wie ihn eine Woge des Glücks überspülte, als ihm bewußt wurde, daß er nicht nur akzeptiert wurde, sondern sich einer Beliebtheit erfreute, die er seit seinem Austritt aus dem Regiment nicht mehr erlebt hatte. Zudem empfand er Stolz – auch das war eine neue Erfahrung. Er war stolz darauf, daß Rebecca lächelnd und zielstrebig den Raum durchquerte, um sich neben ihn zu setzen; stolz, daß sie keinen Hehl aus ihrer Beziehung zu ihm machte und ihre Verwandtschaft abends allein ließ, um mit ihm zusammenzusein. Noch besser jedoch waren die stillen gemeinsamen Momente, wenn sie nach einem anstrengenden Tag die Türen des Hotels verschlossen, die Lichter löschten und es sich für einen letzten Drink oder eine Tasse Kaffee am großen Küchentisch, im Büro, in der Hotelbar oder in einem der großen verlassenen Räume gemütlich machten.

In diesen besinnlichen Augenblicken, in denen das Wissen darum, daß in ein paar Stunden alles wieder von vorn anfing und sie kaum genügend Schlaf finden würden, nicht die geringste Bedeutung hatte, redeten sie viel und eindringlich miteinander und lernten sich dabei endlich besser kennen. Sie erzählten sich nicht alles, davon waren beide weit entfernt – beide hüteten ihre privaten Geheimnisse und verschwiegen die Verletzungen der Vergangenheit –, aber sie erfuhren in ihren Unterhaltungen über den Hotelalltag oder bestimmte Ereignisse einiges voneinander. Und wenn sie sich gelegentlich Anekdoten aus ihrem Leben erzählten, gewannen sie Einblicke in den Charakter, den Humor und die Interessen des anderen.

Rebecca gelang es sogar, Dan ein paar Dinge aus seinem Leben vor seiner Zeit beim Regiment zu entlocken. Er war in Comrie aufgewachsen. Ich bin im Laufe der Jahre mindestens hundertmal auf dem Weg nach

Ardlonach durch diesen Ort gefahren, dachte sie und klammerte sich an dieses Verbindungsstück. Vielleicht habe ich ihn sogar schon auf der Straße dort gesehen. Sie lachte über diese kindische Vorstellung.

»Was ist so lustig?« wollte Dan wissen; er fühlte sich sofort in die Defensive gedrängt.

»Nichts. Ich. Es war nur so ein Gedanke. Erzähl weiter.«

Aber er war weit weniger mitteilsam als vorher, und es kostete Rebecca einige Mühe, aus ihm herauszuholen, daß sein Vater bei der Royal Bank beschäftigt war und seine Mutter starb, als er vierzehn Jahre alt gewesen war. Und daß er aus purer Langeweile zur Air Force gegangen war.

»Ich glaube nicht, daß sich irgend jemand zum Militärdienst verpflichtet, weil er ein Rebell oder ein Aussteiger oder mit dem Gesetz in Konflikt geraten ist. So was macht man eher aus Langeweile oder weil man arbeitslos ist. Aber was konnte man schon an den Samstagabenden in Comrie unternehmen? Ich hatte Glück, weil ich immer Sport getrieben habe, aber ansonsten ...«

»Hast du damals schon Ausflüge in die Berge gemacht?«

Er grinste. »Mir wäre nie eingefallen, diese langweiligen Erd- und Steinhaufen hinaufzurennen.«

»Lebt dein Vater noch in Comrie?«

»Nein, er wohnt bei meiner Schwester. Sie ist Bibliothekarin in Paisley.«

»Verheiratet?«

»Nein, sie zieht gern allein ihr Ding durch.«

Rebecca verkniff sich die Bemerkung: »Was für eine Überraschung!«, und fragte statt dessen: »Siehst du sie oft?«

»So wenig wie möglich. Oh, Pat ist in Ordnung, aber Dad ist ein trübsinniger alter Knabe. Er spricht nur wenig, aber sobald er von seinem Dienst am Vaterland anfängt, ist er kaum zu bremsen. Wenn man ihn mit in den Pub nimmt und ihm ein Bier spendiert, ist man plötzlich mit ihm auf Christmas Island, robbt durch das Gelände und malt Bilder auf Kokosnüsse, um sie nach Hause zu schicken.«

Jetzt bin ich zumindest ein bißchen schlauer, dachte Rebecca. Das alles klingt zwar trübselig, aber wenigstens kann ich mir vage vorstellen, wie er seine Kindheit verbracht hat.

Und viel behutsamer und bedächtiger, als es Rebecca für möglich gehalten hätte, lernten sie auch ihre Körper kennen. Sie genossen die Wonne, einander nahe zu sein, die ersten Berührungen und Zärtlichkeiten. Dan bestimmte das Tempo. So war er eben, und Rebecca, die energische, selbstbewußte Rebecca, stellte sich nicht einmal die Frage, warum sie es genauso haben wollte. Es erschien ihr einfach richtig und natürlich. Sie hätte sich nicht wohl gefühlt, wenn sie die Initiative ergriffen hätte wie so oft in der Vergangenheit, wenn ihr ein phantasieloser Mann mit offenbar unterentwickeltem Geschlechtstrieb Avancen gemacht hatte. Jetzt gab Dan den Ton an, und sie schwelgte selig in dem unbekannten Gefühl, sich freiwillig in die Hände eines anderen gegeben zu haben und sich seinen Schritten anzupassen. Sie investierte sehr viel in etwas, dessen Ende von vornherein absehbar war. Sie hatte sich den November als Frist für ihren Aufenthalt hier gesetzt und diese Entscheidung so nüchtern getroffen, als würde sie ein Datum für die Teppichreinigung oder den Neudruck der Hotelbroschüre bestimmen.

Auch wenn sie es nie zugegeben hätte, war ihr die Disziplin, die sie an den geschäftigen Tagen einhalten mußte, sehr willkommen. Sie konnte nicht tun, was sie wollte, und nicht haben, was sie sich wünschte. Sie mußte warten, sich in Geduld üben, und gerade deshalb schätzte sie die Momente, in denen sie mit Dan allein sein konnte, um so mehr.

Trudy saß untätig in ihrer Werkstatt. Um sie herum waren lauter Lederstücke, Aalen und anderes Werkzeug verstreut, und eine halbfertige Tasche lag zu ihren Füßen. Ihre Untätigkeit wäre für jeden, der sie kannte, ein alarmierenderes Zeichen als die Tränen auf ihren Wangen.

Ich bin einfach nur müde, sagte sie sich. Nur noch wenige Wochen, dann wird es ruhiger. Sie hatte den Laden gestern ein paar Stunden offen gehabt, obwohl Feiertag und Wochenende gewesen war, und sie hatte neue Waren bekommen, die ausgepackt werden mußten. Deshalb war vieles, was in ihrer Wohnung getan werden mußte, liegengeblieben. Außerdem brauchte sie mehr Taschen und Körbe – die Sachen, die sie auf Vorrat angefertigt hatte, waren fast alle verkauft. Theoretisch war die Arbeit in der Werkstatt etwas für beschauliche Abende, und sie fand ihren Frieden, wenn sie produktiv sein konnte. Aber in Wahrheit war es ihr vollkommen egal, ob sie auch nur noch ein Stück verkaufte oder nicht. Und ihre Depressionen waren nicht nur auf Erschöpfung zurückzuführen. Das Ende des Sommers nahte mit Riesenschritten, und dann folgten die düsteren, eintönigen November- und Dezemberwochen, in denen die Stadt wie ausgestorben war und sich nur hin und wieder ein Kunde aus dem Ort in ihrem Laden einfand. Dann lastete die Stille wie ein Gewicht auf allem, es wurde früh dunkel, und der kalte Winter lauerte wie eine Drohung am Horizont. Das war die Zeit, in der Trudy zusammen mit keuchenden Frauen in Leggings und weiten T-Shirts Aerobickurse besuchte, ihre Kreativität an wehrlosem Material erprobte, nur um die Zeit auszufüllen und das beste aus allem zu machen – diesen Winter und in allen noch vor ihr liegenden. Und im Sommer verkaufte sie ihre Sachen an Scharen von Fremden, die gräßliche Ferienbekleidung trugen, die Preisschilder studierten und sich zuflüsterten, daß sie dasselbe irgendwo anders billiger bekommen konnten.

Trudy war so in ihre trüben Gedanken versunken, daß sie die Stimme zuerst gar nicht richtig wahrnahm. Eine Männerstimme. Hatte sich jemand verirrt? War ein Boot auf an den unter dem Wasser liegenden Stufen auf Grund gelaufen? Sollen sie doch dort verrotten, dachte Trudy, obwohl ihr solch mißgünstige Gefühle an sich fremd waren. Sie schniefte, schluckte und wischte sich die Nase mit dem Handrücken ab. Eine Bewegung erschreckte sie, erst dann erkannte sie den strahlenden Fitz, der sich für eine Bootsfahrt in eine weiße Hose, ein blauweiß gestreiftes Hemd und eine Segelkappe gewandet hatte.

»Kommen Sie, trocknen Sie Ihre Tränen«, befahl er. Augenscheinlich war er weder erstaunt noch besorgt über Trudys Stimmung. »Ich nehme Sie mit auf eine Gesundheitsreise.«

Er bückte sich, fegte das Durcheinander zu ihren Füßen beiseite und streckte die Hand aus, um sie aus dem Sessel zu ziehen.

»Wohin geht die Reise? Doch nicht nach Ardlonach?«

»Nein, nicht nach Ardlonach. Vielleicht nirgendwohin«, fügte er eine Spur weniger gelassen hinzu, als der Bug des Motorbootes wieder in Richtung Treppe schwang, obwohl er geglaubt hatte, es in den Hafen hinaus zu steuern. »Jedenfalls kommen wir ohne Ihre Hilfe offenbar nicht vom Fleck.« Sein donnerndes Lachen hallte von der Hafenmauer wider, und Trudy ließ die Niedergeschlagenheit und die bösen Vorahnungen hinter sich. Ein Lächeln erhellte ihr noch tränennasses Gesicht mit der glänzend roten Nase. »Ich kenne keine andere Frau«, bemerkte Fitz bewundernd, als sie mehr oder weniger auf Kurs waren, »die beim Weinen überrascht wird, keinerlei Entschuldigungen oder Erklärungen abgibt und sich in ein Boot setzt und ablegt, ohne sich eine Tasche oder eine Jakke zu holen – oder eine Packung Papiertaschentücher.« Er reichte Trudy ein blütenweißes, sauberes Taschentuch.

»Und ich kenne niemanden sonst auf der Welt, der mich nicht gefragt hätte, warum ich weine«, erwiderte Trudy, putzte sich die Nase und strich sich das Haar aus dem Gesicht.

»Ah, aber das werden Sie mir verraten. Nicht gleich, weil ich jetzt rede, aber bald.«

Trudy stieß einen Seufzer aus, der in einem letzten Schluchzen endete, und entspannte sich. Sie spürte, wie das Elend von ihr wich, als sie in das goldene Abendlicht blinzelte und das ruhige glitzernde Wasser, die Hügel jenseits des Loch und die ersten leicht verfärbten Blätter der Bäume am Ufer betrachtete. Noch vor zehn Minuten hätte sie dieser Anblick in eine noch tiefere Depression gestürzt, jetzt fand sie ihn wundervoll.

Sie fuhren nicht weit, nur bis ans Ende der Häuserreihe und Gärten und am Campingplatz und Picknickpark vorbei. Dann steuerte Fitz eine seichte Bucht an. Ein kleiner Bach plätscherte aus der mit Bäumen bewachsenen Bucht dahinter.

»Ich glaube, da ist jemand«, warnte Trudy, als sie die Sachen auf dem schmalen Sandstreifen über den Steinen sah. »Da liegen Decken und anderes Zeug. Sollen wir es woanders vielleicht versuchen?«

Fitz war viel zu sehr damit beschäftigt, nicht zu hart aufzulaufen, um ihr eine Antwort zu geben, aber er stellte den Motor fast genau zum richtigen Zeitpunkt aus, und Trudy streifte ungezwungen ihre Sandalen ab und sprang ins Wasser – der Saum ihres langen Rocks wurde naß –, um das Boot mit einem kräftigen Ruck in den Sand zu ziehen.

Fitz war so zufrieden, daß er bis hierher erfolgreich gewesen war, und viel zu aufgeregt wegen der nächsten Überraschung, daß er sich keine Gedanken um die Sicherheit des Bootes machte. Trudy zog die Augenbrauen hoch, befestigte das Boot, und enthielt sich jeden Kommentars. Fitz nahm Trudy bei der Hand und führte sie zu den ausgebreiteten Decken, dem Picknickkorb und dem mit Eis gefüllten Sektkübel.

»Ich bin wirklich froh, daß Sie keine Zeit verschwendet haben. Ich habe kaum zu hoffen gewagt, daß noch irgend etwas davon da ist«, gestand er, »aber ich hatte das dringende Bedürfnis, es genau so zu machen – es sieht aus wie in der Touristenwerbung. Ein wundervolles Klischee, finden Sie nicht? Und es hat tatsächlich geklappt!«

Er war so glücklich und hatte das alles mit so viel Begeisterung geplant, daß sich wohl kaum jemand dem Zauber zu entziehen versucht hätte. Schon gar nicht Trudy, die von jeher etwas für Romantik und Spaß übrig hatte.

»Und jetzt wird gefeiert«, verkündete Fitz, als er die Gläser in den Sand stellte und den Champagner entkorkte.

»Geburtstag?«

»Partnerschaft.« Er strahlte wieder, weil er jetzt endlich das Geheimnis lüften konnte.

»Fitz! Sie bleiben? Ist das endgültig? Oh, das freut mich wirklich.« Trudy streckte die Hände aus und umarmte ihn in ihrer Freude. Er erwiderte die Umarmung nachdrücklich und ließ Trudy nicht mehr los. »Aber was ist mit den anderen, mit John und Jeanette – sollten wir nicht eine Party feiern?«

»Wir werden eine organisieren. Dies hier ist ein Fest nur für Sie und mich. Ich wollte, daß Sie die erste sind, die es erfährt. Und ich wollte Ihre Tränen trocknen.« Plötzlich wurden beide ernst und sahen sich in die Augen.

»Du bist traurig wegen Dan?« fragte er leise, aber mit einer Intensität, die sie nicht mißdeuten konnte.

Sie wandte den Blick ab, löste sich aber nicht aus seiner Umarmung. »Eigentlich nicht wegen Dan«, antwortete sie nach einem Moment. »Oder doch wegen Dan, aber nur weil er für etwas anderes steht.«

»Stört es dich, daß er mit Rebecca zusammen ist?«

»Nein.« Sie schüttelte entschieden den Kopf. »Das hat nichts damit zu tun.«

»Dann sag mir, was die Tränen zu bedeuten haben. Komm, setz dich und bedien dich und vor allem sprich mit mir. Hier ist eine Jacke für dich und eine für mich. Und du bist dafür verantwortlich, daß wir sicher wieder nach Hause kommen.«

Fitz' Lachen und der Champagner zerstreuten ihre

Zurückhaltung und alle Bedenken. Trudy wußte, daß sie ihm erklären konnte, warum sie geweint hatte, und daß er sie verstehen würde.

KAPITEL 22

Ardlonach zeigt sich von seiner allerbesten Seite, dachte Rebecca träge und blinzelte in den blaßblauen mit weißen, watteweichen Schäfchenwolken verzierten Himmel. Der Farn an den Hängen jenseits des Loch leuchtete von grün über gelb bis goldbraun, was bedeutete, daß die ersten Bodenfröste bereits eingesetzt hatten. Die Heide war bereits braun. An den Sträuchern hingen dicke Beeren, das Laub war fleckig und verfärbte sich. Am Morgen lagen bereits gelbe Birkenblätter auf dem grünen Rasen im Garten. Aber die Wildgänse sind noch nicht nach Süden gezogen, wandte Rebecca ein, als würde sie mit jemandem streiten. Sie drehte sich auf den Bauch und überlegte, was ihr dieser Protest verraten könnte.

Überall konnte man die Zeichen deutlich erkennen. Der Sommer war vorbei. Wie bestimmt auch viele der anderen, die neben ihr in der Septembersonne im Gras oder auf den Liegestühlen lagen, wünschte Rebecca, daß er niemals endete.

Daß sie sich alle hier eingefunden hatten, war an sich schon ein Hinweis darauf, wie sehr sich alles verändert hatte. Sie verbrachten einen faulen Sonntagnachmittag zusammen, lediglich Mona hielt die Stellung im Hotel, und Bern machte mit einem Kurs I – dem einzigen in dieser Woche – einen Geländelauf. Sie hatten kaum gemerkt, daß es allmählich ruhiger wurde. Zuerst waren die schottischen Schulferien zu Ende gegangen, dann wurden weniger Kaffee am Morgen, weniger Mittagessen und weniger Tee am Nachmittag bestellt; als das Trimester in den englischen Schulen und Internaten begann, kam Stephen Marie mit Oliver und Libby vorbei, um sich zu verabschieden, die Urquharts und ihr Anhang sammelten ihre Sachen – oder zumindest die meisten Sachen – zusammen und reisten ab. Fran und Leonie versprachen wie schon Caroline zuvor, zu Weihnachten wiederzukommen. Wochenlang hatten sie Probleme gehabt, genügend lange Tische für die großen Gesellschaften im Speisesaal aufzustellen, jetzt brauchten sie lauter kleine Tische für all die Rentnerehepaare, die aus ihren Verstecken gekrochen waren und sich Ferien gönnten. Der Vorrat an Halbliter-Weinflaschen wurde knapp, die Bar schloß schon früh am Abend, nachdem die langweiligen Gespräche ganz eingeschlafen waren. Dafür war die Liste für die Early-Morning-Tea-Bestellungen ellenlang, und die Mitarbeiterin, die morgens Dienst hatte, mußte früher kommen und raste fluchend hin und her.

Dann war der Augenblick gekommen, in dem sie begriffen, daß sie nur noch die Hälfte der Lebensmittel bestellen mußten, daß zwei Gerichte auf der Speisekarte genügten und daß sie Zeit hatten, mehr als nur die Bluse zu bügeln, die sie an diesem Tag anziehen wollten, und länger als nur zwei Minuten zusammenzusitzen. Erleichterung, gemischt mit Wehmut und dem Gefühl, etwas verloren zu haben, machte sich bemerkbar. Rebecca schaute zum erstenmal beklommen in die Zukunft. Der November ragte wie eine hohe, kahle Mauer vor ihr auf.

Um wieviel schlimmer mußte diese Endzeitstimmung und die Angst vor den Entscheidungen für Una sein, überlegte Rebecca. Jetzt erschien es ihr unfaßbar, daß sie nie die Zeit gefunden hatten, über die Zukunft zu sprechen, nie versucht hatten, sich darüber klarzuwerden, was Una wegen Tony unternehmen und mit dem Hotel anfangen sollte, aber sie hatten tatsächlich keine Minute dafür erübrigen können. Sie waren schon vor langer Zeit übereingekommen, daß sie die Vorausbuchungen annehmen mußten – eine andere Möglichkeit gab es nicht. Falls Ardlonach am Ende doch verkauft werden mußte, würde es mit großer Wahrscheinlichkeit ein Hotel bleiben, und die vielen Reservierungen für die nächste Saison wären ein entscheidender Faktor bei der Festsetzung des Preises. Aber abgesehen davon mußten noch andere, persönliche und leidvolle Entscheidungen getroffen werden.

Und wie fühlten sich wohl die anderen, wenn die Saison zu Ende ging? grübelte Rebecca weiter, nur um nicht an ihre eigenen Ängste denken zu müssen. Wie empfanden Thea und Sylvie, die für drei Monate hergekommen, bisher sechs geblieben waren und jetzt sogar bis zum Saisonende aushalten wollten? Sylvie wäre vielleicht schon vor längerer Zeit bereit gewesen abzureisen, aber sie war Thea zuliebe geblieben. Hatte ihr Berns ergebene Liebe überhaupt etwas bedeutet, oder hatte sie sich mit ihm nur ein wenig darüber hinweggetröstet, daß Thea ständig mit Paddy zusammen war? Und würde *diese* Affäre mit Tränen enden? Paddy und Thea hingen buchstäblich seit dem Tag von Sylvies und Theas Ankunft zusammen wie die Kletten. Aber Paddy führte das Leben eines Nomaden, und er zerbrach sich nicht den Kopf über die Zukunft. Er gab das Geld, das er verdiente, sofort aus und schien sich keinen anderen Lebensstil zu wünschen. Bestimmt war er auch zufrieden, wenn er wieder allein war. Theas Vater war gut betucht und Besitzer einer großen Zukkerrübenplantage, auf sie warteten ein Studienplatz, die Sonne und die langen Strände von Queensland im Norden von Cairns.

Rachel und Felix wollten am nächsten Tag abreisen. Felix war genauso faul, wie erwartet – es war erstaunlich, daß er es überhaupt so lange hier ausgehalten hatte –, aber Rachel hatte mehr als ihren Beitrag geleistet. Mußte in den letzten Wochen Ersatz für die beiden beschafft werden? Wenn ja, dann dürfte das keine großen Probleme verursachen. In der Gegend gab es viele Schulabgänger, die sich mit langen Sommerferien belohnt hatten, jetzt pleite waren und dringend einen Job suchten.

Liam lachte mit Trudy. Trudy machte einen wunderbar entspannten, glücklichen Eindruck. Ihr braunes Haar glänzte in der Sonne, und ihre Wangen spiegelten den warmen Farbton ihres tomatenroten Leinenrocks wider. Trotz des frischen Windes hatte sie die Ärmel aufgekrempelt und trug immer noch Sandalen. Ihre innere Wärme hält sie aufrecht, dachte Rebecca voller Zuneigung. Es war schön, daß sie durch ihre neue Verbindung mit Fitz zu der Gruppe zurückgefunden hatte. Sie kam mit ihm nach Ardlonach, und wenn er zu tun hatte, dann auch ohne ihn. Heute war er zu einem Patienten gerufen worden, gerade als sie losfahren wollten, aber Trudy schien das nichts auszumachen. Gut, daß Dan endlich einen gebrauchten Van für sie aufgetrieben und die nötigen Reparaturen durchgeführt hatte. Wieso ist das so gut? fragte sich Rebecca. Weil es indirekt mein Gewissen erleichtert? Weil Dan so zum Teil wiedergutmachen konnte, daß er ihr so großes Leid zugefügt hatte? Lächerlich, welche Irrwege unsere

Gedanken manchmal gehen – wie kann man zwei so unterschiedliche Dinge überhaupt in Zusammenhang bringen? mokierte sich Rebecca über sich selbst. Sie zog sich ein Kissen unter das Gesicht und räkelte sich träge in der Sonne.

Leise Gitarrenklänge ertönten. Dan spielte »Macpherson's Rant«. Erstaunlicherweise mochte er wie Rebecca auch die traditionellen Lieder. Niemand, nicht einmal Liam hatte gewußt, daß Dan eine Gitarre besaß. Erst an dem Abend, als sie, nachdem alle anderen Gäste gegangen waren, zu singen angefangen hatten, war Dan für eine Weile verschwunden und dann mit eigenartig beschämter Miene wieder erschienen. Dann hatte er Rebecca mit der Gitarre begleitet. Und später, als sie zusammen zur Insel fuhren, gestand er ihr, daß er die Gitarre nur geholt hatte, weil ihn ihr Gesang bei der *ceilidh* so sehr berührt hatte.

»Es ist so albern«, sagte er achselzuckend, »irgendein Angeber taucht immer mit einer Gitarre auf. Aber ich wollte mit dir Musik machen.«

Die Insel, die nicht mehr für Übungen genutzt wurde, war wieder zu einem ganz besonderen, kostbaren Ort geworden. Rebecca und Dan hatten es geschafft, sich für einen ganzen Tag davonzustehlen. Sie segelten mit der Firefly langsam gegen den Wind bis zur Righ Bay, dann gingen sie auf einer der steinigen Inselchen vor der Rhumore-Landspitze an Land, um sich von der Sonne braten zu lassen. Ein kühler Wind blies über sie hinweg, und sie hatten das Gefühl, als würden die schwarzen von Stürmen und Brandung zerklüfteten Felsen selbst in die Wellen driften und sie weit wegbringen. Plötzlich fröstelten sie, eine dikke Quellwolke hatte sich vor die Sonne geschoben, der Wind wurde eisig, und das Wasser nahm eine schiefergraue Färbung an. Sie schnappten sich ihre Pullover und Jacken, gingen an Bord und segelten zur Insel. Dort führte Rebecca Dan in die geschützte Nische unter den Klippen. Sie zündeten ein Feuer an und tranken den Wein, während sie den Sonnenuntergang betrachteten und sich wie schon den ganzen Tag über unterhielten.

Aber diesmal legte Dan den Arm um sie, und seine innere Wärme ging auf sie über und hüllte sie ein. Ihre Stimmen waren leiser, das Gespräch vertraulicher, und sie fühlten sich sicher auf der stillen Insel, die jetzt wieder nur der Familie vorbehalten und unverdorben war.

Dans Küsse waren bedächtig und überraschend sinnlich. Rebecca hatte das Gefühl, als würde sie auf ihnen davonschweben. Sie reagierte mit vollkommener Hingabe und stellte alle Fragen hintenan.

»Du weißt, daß ich dich will«, sagte Dan leise und zog dabei ihre Lippen kaum von den ihren zurück.

»Ja, ich weiß«, sagte sie – sie spürte sein Lächeln.

»Was ist mit dir?«

»Ich will dich auch.«

»Du weißt, daß es nur ... nur das sein wird.«

»Ja.«

»Du fühlst genauso? Du willst es trotzdem?«

»Ja.« So sollte es sein. Die Zeit lief davon; sie hatte ihr Wort gegeben und versprochen, die große Frage zu beantworten, sobald der Sommer vorüber war. Diese Tatsache stand fest, erschreckend fest, aber die Antwort an sich und alles, was damit zusammenhing, erschien ihr weiter entfernt denn je.

»Ich möchte dich nämlich nicht verletzen«, sagte Dan heiser, und beide mußten an Trudy denken. »Ich bin nicht der Typ für eine langfristige Beziehung, darüber mußt du dir im klaren sein. So etwas geht einfach nicht mit mir.« Sie erkannte an seinem Tonfall, daß er mit der Art, wie er sich ausgedrückt hatte, nicht ganz zufrieden war.

»Du wirst mich nicht verletzen.« Ohne Erwartungen würde alles ganz unkompliziert sein, das stellte sie sich tröstlich vor. Es würde keine Enttäuschungen geben, kein Abwägen und Überlegen, keinen Ärger, der unterdrückt werden mußte, keine Ernüchterung oder am Ende gar wieder das Gefühl von Einsamkeit. Es gab nur die schlichte Erkenntnis, daß sie sich körperlich zueinander hingezogen fühlten, und darauf konnte sie vertrauen. Denn Dan hatte ihr überraschend beredt den aufregenden Moment beschrieben, in dem sie an dem Abend der *ceilidh* zu singen angefangen und ihn vollkommen verzaubert hatte. Er hatte tatsächlich »verzaubert« gesagt.

»Und du bringst mich zum Lachen«, fügte er prosaisch hinzu. Das bedeutete Rebecca mehr als der flüchtige Moment der Begeisterung, von dem er gerade gesprochen hatte. »Ich muß über diese kleinen Gemeinheiten lachen, die du über die Menschen sagst – aber mit einem kleinen Funkeln in den Augen. Und du sitzt nicht einfach herum, sondern packst zu und probierst alles – das gefällt mir.« Er drückte sie fester an sich. »Und ich mag Frauen, die ein bißchen kompakter sind. Ach, komm schon, Rebecca, enttäusch mich nicht – du bist doch eine vernünftige Person und wirst wegen einer solchen Bemerkung nicht zu kreischen anfangen. Ich will damit sagen, daß du großartig in Form bist, fit und kräftig. Ich möchte diesen schönen Körper nackt sehen. Ich möchte ihn lieben.«

Ihren Körper; nicht sie. Das war eindeutig genug. »Hier?« fragte sie nüchtern, und er mußte lachen.

»Ich will dich jetzt sofort«, versicherte er, »das steht außer Frage, aber ich glaube, hier ist es verdammt unbequem – wir sind schließlich beide keine Teenager mehr, oder?«

Genaugenommen wollte er, daß diese erste gemeinsame Nacht perfekt für sie war, aber das brachte er nicht über die Lippen. Das war ihm sehr wichtig, obwohl er es nicht wagte, diesen Aspekt genauer zu analysieren. Er war sich bewußt, daß Rebecca weitaus anspruchsvoller war als die meisten Frauen, mit denen er es bisher zu tun gehabt hatte. Vielleicht hatte er auch nur Angst, daß Rebecca ihn beim nächsten Versuch zum Teufel schicken würde, wenn dieses Erlebnis sie nicht zufriedenstellte. Das war vermutlich der wahre Grund für seine Bedenken.

»Und du würdest dir den Hintern abfrieren, und auf meinem wären wahrscheinlich für immer die Abdrükke der Steine zu sehen«, setzte Rebecca hilfreich hinzu.

Er lachte und schloß sie wieder in seine Arme. »Gut, gehen wir zu dir nach Hause«, flüsterte er ihr ins Ohr, dann rückte er ein Stückchen ab, um ihre Reaktion einschätzen zu können.

Sie lächelte, ihr Gesicht war nicht deutlich zu erkennen in dem fahlen Dämmerlicht. Das Feuer war zur Glut hinuntergebrannt, die Schatten der Sträucher und kleinen Bäume waren pechschwarz und schienen immer näher auf ihr Versteck zuzukommen.

»Mit Vergnügen«, sagte sie.

Sie brachte ihn in ihr kleines Mansardenzimmer und grüßte im Vorbeigehen nonchalant die Gäste, die noch im Speisesaal zusammensaßen. Sylvie eilte mit einem Kaffeebecher durch die Halle, und Dan und Rebecca wurden von einem älteren Paar aufgehalten, das streitend die Treppen hinauf humpelte. Rebecca plauderte mit ihnen, hob einen hinuntergefallenen Gehstock auf und öffnete ihnen die Tür zu ihrem Zimmer.

Dan hielt den Mund. Rebeccas unbekümmerte Art brachte ihn aus der Fassung – jeder mußte merken, was sie vorhatten. Aber dann erkannte er, daß ihm ihre Haltung gefiel, und er wurde lockerer, als er sich klarmachte, daß von ihr nichts anderes zu erwarten gewesen wäre. Es war auch eine Aussage über ihre Gefühle, und das berührte ihn. Er schwor sich, als er ihr in die Mansarde folgte, ihr niemals weh zu tun, wenn er es irgendwie vermeiden konnte.

Dan, der sich immer eingebildet hatte, ein geschickter, erfahrener Liebhaber zu sein, der emotional unbeteiligt war, immer das Tempo vorgab und von keiner Affäre seelische Blessuren zurückbehielt, erschrak regelrecht, als er merkte, daß sein Herz vor Erregung und Vorfreude schneller schlug, während Rebecca die blauen Vorhänge zuzog und die schwache Nachttischlampe einschaltete. Rebecca entledigte sich ihrer Kleider nicht auf die beiläufige Art, die er halb gefürchtet hatte, sondern drehte sich zu ihm um und erwartete ihn. Ihm schnürte sich fast die Kehle zu. Um zu verbergen, was sein Gesicht vielleicht verraten könnte, nahm er sie in die Arme, zog sie an sich und drückte ihren Kopf an seine Schulter. Sie ist so energisch und bestimmend, daß man immer wieder vergißt, wie klein sie eigentlich ist, dachte er. Ihre Brüste waren fest und wunderschön. Er schob die Jacken, die sie beide noch trugen, zur Seite, damit er sie an seiner Brust spüren konnte. Ihr Haar war noch kalt von der frostigen Luft auf dem Wasser. Sie standen lange so da und gaben sich ihren Empfindungen hin. An diesen Moment würde sich Dan bis in alle Ewigkeiten als an einen der schönsten in seinem Leben erinnern.

Seine Zärtlichkeit überraschte Rebecca. Als sie die Jacke auf einen Stuhl warf und sich den Pullover über den Kopf zog, mußte sie sich ins Gedächtnis rufen, daß dies nichts anderes war als ein rein körperliches Vergnügen. Dan gehörte bestimmt nicht zu der Sorte Männer, die sich Gedanken machte, was eine Frau dabei empfand. Er war hier, um Befriedigung zu erfahren und Freude zu spenden. Die ganze Angelegenheit sollte unverbindlich bleiben und keine Bedeutung über den Augenblick hinaus erhalten. Allerdings war ihr Körper alles andere als ruhig – er hatte zu lange auf das hier gewartet.

Für Dan war Rebeccas Vergnügen bei diesem ersten Mal der absolute Höhepunkt. Er konnte kaum fassen, was für ein Geschenk sie ihm machte. Diese wunderbare Frau, die so hübsch, gescheit und unabhängig war, war offensichtlich glücklich mit ihm, suchte seine Nähe und war jetzt unglaublicherweise auch bereit, seinen Körper willkommenzuheißen.

Er liebkoste sie langsam, streichelte und küßte sie und machte damit klar, daß sie alle Zeit der Welt hatten. Rebecca, die darauf vorbereitet war, seine drängenden Bedürfnisse zu befriedigen und mit ihren eigenen Gefühlen, so gut es ging, fertigzuwerden, wurde sich vage bewußt, welche Gefahren dieses ausgiebige, köstliche Vorspiel in sich barg. Ich werde mich selbst hingeben und mich verraten, dachte sie und versuchte, sich daran zu erinnern, weshalb sie das nicht tun sollte. Was sie verriet, war die Wonne, die er ihr bereitete; ihr Körper zeigte ihm über jeden Zweifel hinaus, daß sie rundum zufrieden war.

Als Rebecca benommen in die Realität zurückkehrte, rief sie sich ins Gedächtnis, daß sie nicht aussprechen durfte, was sie fühlte. Hatte sie schon etwas gesagt? Ihr war, als hätte sie einen Freudenschrei gehört, der nur aus ihrer Kehle hatte dringen können.

»Du bist mir schon ein Liebhaber«, brachte sie heraus und gab sich große Mühe, einen überlegt anerkennenden Tonfall anzuschlagen, der Dan aus dem Reich der Sinne zurückholte. Genau das hatte er doch gewollt – eine Frau, die alles auf die leichte Schulter nahm, die nicht ständig diese abgedroschenen, bedeutungslosen drei Worte, die ihr Sicherheit geben sollten, hören wollte, eine Frau, die nicht klammerte, Vergleiche anstellte oder Sex als Waffe einsetzte.

»Du bist auch nicht so schlecht«, sagte er vergnügt, drehte sich zur Seite und zog sie an sich. »Ich schätze, der heutige Tag war einer der besten, die ich je erlebt habe.« Er stellte dieses Liebesspiel, dessen Vollkommenheit ihn mitgerissen hatte, auf eine Stufe mit dem Bad in der Sonne, dem Wind, dem Sonnenuntergang, dem Holzfeuer und dem Wein, Unas Hummersalat und Mohnbrötchen.

»Da ist Fitz«, sagte jemand; Rebecca drehte den Kopf und sah, wie sich ein Lächeln auf Trudys Gesicht ausbreitete, während sie beobachtete, wie er mit einem großen Korb in der Hand wie ein Gummiball über die Astern- und Chrysanthemenbeete sprang. Er stellte den Korb ab und zog Trudy auf die Füße, wirbelte sie herum wie ein kleiner Junge, umarmte sie und gab ihr einen schmatzenden Kuß, der bestimmt noch am Bootssteg zu hören war.

»Una kommt mit der Torte. Mir wollte sie sie nicht anvertrauen«, verkündete er.

»Wer konnte ihr das verübeln?«

»Wieso gibt's Torte?«

»Haben Sie Bern gesehen? Wenn er noch nicht zurück ist, muß er im Schneckentempo mit seinem Kurs gegangen sein.«

»Braucht Una Hilfe?«

»Catriona ist da, sie bringt den Rest.«

»Aber für wen ist die Torte?«

»Für Rachel und Felix natürlich. Es ist eine Abschiedsparty.«

Sogar der arrogante Felix hatte soviel Anstand, erfreut auszusehen, als Una und Catriona eine etwas weniger direkte Route als Fitz kurz zuvor nahmen und vorsichtig eine wunderschön verzierte Torte heruntertrugen. Braan begleitete sie mit hoch erhobenem Schwanz und einem breiten Hundegrinsen. Er folgte Catriona überallhin und ließ sie nie mehr allein von zu Hause wegfahren. Immerhin konnte ihn jede Fahrt in dieses Schlaraffenland führen, in dem es immer etwas Gutes zu futtern und so viele Freunde gab, die mit ihm redeten.

Es kann gar nicht so schön sein, wie es scheint, dachte Rebecca in dem Versuch, ihr Hochgefühl auf ein normales Maß zurückzuschrauben. Ich habe mit mindestens der Hälfte der Leute nicht das geringste gemein. Sie sind sozusagen Durchreisende oder viel zu jung, Leute, die es nur für einen Sommer hierher verschlagen hatte. Außerhalb von Ardlonach hätte Rebecca wahrscheinlich nicht gewußt, was sie mit Sylvie, Paddy oder Bern reden sollte, der gerade im schwerfälligen Trab vom Bootshaus heraufkam und offensichtlich Angst hatte, daß er den besten Teil der Party verpaßte.

Und warum schließt du Dan aus dieser Aufzählung aus? fragte sie sich prompt. Aber sie wußte nur zu gut, daß sie sich bisher keine Gedanken darüber gemacht hatte, was sie und Dan abgesehen von der magischen Freude am Sex, an der Berührung und am schlichten Beisammensein verband. Das alles war so zwingend und überwältigend, daß ihr ein ausgewogenes Urteil über alles andere noch immer unmöglich war.

Sie wußte um die unterschiedlichen Charaktere in der bunt zusammengewürfelten Gruppe der Mitarbeiter, trotzdem war sie glücklich, dazuzugehören – glücklicher als unter ihren sogenannten Freunden in Edinburgh, die ihr im Rückblick alle grau und langweilig vorkamen. Diese Zufriedenheit ist real, überlegte sie und wurde plötzlich wütend auf sich selbst. Warum all das durch Grübeleien verderben? Außer Felix mag ich alle hier. Es tut mir leid, daß ich mich morgen von Rachel verabschieden muß, und ich bin wirklich traurig, daß Sylvie und Thea bald ans andere Ende der Welt fliegen und Liam weiterzieht.

Immer noch nimmst du Dan von all dem aus. Ja, ich gebe es zu – es ist eine unerträgliche Vorstellung, daß er zurück in diese Berghütte geht und ich ... das Unbekannte, das vor ihr lag, jagte ihr einen Schauer über den Rücken, und sie drückte das Gesicht wieder in das sonnenwarme Kissen, um diesen Überlegungen zu entgehen.

Stimmen wurden laut. Joanie und Megan, beide mit Lippenstift und Faltenröcken, kamen mit bunt eingepackten Geschenkpäckchen auf die Gruppe zu. Schön, daß sie an ihrem freien Tag hier auftauchten. Die Menschen hier sind so nett, ging es Rebecca durch den Kopf.

»Was ist denn so lustig?« erkundigte sich Dan, als er ihr einen Teller mit zwei Stücken von der Karottentorte hinhielt und sich im Schneidersitz neben ihr auf der Decke niederließ.

»Ich. Ich glaube, ich verwandle mich in einen netten Menschen.«

»Keine Chance«, beruhigte er sie und leckte sich die Tortenglasur von den Fingern ab. »Das kleine Stück ist für dich.«

Sie legte eine Hand auf seinen Schenkel, spürte seine harten Muskeln und sein inneres Feuer, das sofort auf sie übersprang; sie lächelte, als sie seine blitzenden Augen sah, und nahm die Hand wieder weg. Es tat so gut, daß er hier war.

Später sagte er: »Sing für uns.«

Rachel wünschte sich »The Bonnie Earl of Murray«, und unerträgliche Schwermut erfaßte sie alle. Rebecca, die bei Sonnenuntergang dastand und den goldenen Schimmer des Loch betrachtete, hatte große Mühe, die Stimme zu halten.

KAPITEL 23

Das Gefühl, daß die Zeit verflog und das Ende bevorstand, beeinflußte die Stimmung in den frühen Herbstwochen. Wohin Rebecca auch schaute, die Anzeichen waren nicht zu übersehen: Die Schwalben versammelten sich, die Feldmäuse, denen es draußen zu kalt wurde, kamen herein, die großen Köpfe der Weidenröschen glänzten silbern in der Sonne, der Wind wirbelte Millionen stecknadelkopfgroße Samen durch die Luft, dicke Vogelbeertrauben hingen schwer an den Ästen der Ebereschen.

»Es wird ein harter Winter«, warnte Megan unheilvoll beim Tee mit Cremeschnitten.

»Oder es war ein besonders schöner Sommer«, wandte Rebecca ein, weil sie ahnte, daß Megan jeden Herbst das gleiche sagte.

Im Hotel ging es nicht so ruhig zu wie befürchtet oder erhofft – je nach Standpunkt des Betrachters. Ein ständiger Strom von Belgiern, Franzosen, Amerikanern und sogar Engländern kam auf der Fahrt entlang der Westküste auf gut Glück nach Ardlonach. Die meisten blieben nur eine Nacht, andere machten ein paar Tage Rast. Jede Woche waren drei oder vier Dänen oder Deutsche in Lodenkleidung und Stiefeln da, die in der Umgebung von Luig zur Jagd gingen, sich früh ins Bett zurückzogen, zu nachtschlafender Zeit ein schnelles Frühstück haben wollten und ungemütlich wurden, wenn ihre Lunchpakete nicht schon zehn Minuten vor der verabredeten Zeit bereitlagen. Jeden Morgen marschierten sie mit geschulterten Gewehren ins Büro, um für den Tag fünfzig Pfund in Kleingeld zu wechseln. Am Abend vor dem Dinner erklärte fast immer einer von ihnen, warum er den Hirsch nicht erwischt hatte. Rebecca sagte, sie hätte genug von dem Jägerlatein und weigerte sich, in die Bar zu gehen.

Trotzdem hatte sie eine gute Zeit. Sie und Una wußten, daß das Schlimmste dieser Saison überstanden war. Die Sorgen um das Trainingszentrum gehörten der Vergangenheit an – jetzt war es ein Teil des Ganzen, war erfolgreich und bot eine Abwechslung zu dem gewöhnlichen Hotelalltag.

Rebecca hatte jetzt Zeit, mit Dan und seiner Gruppe Bergwanderungen zu machen oder, noch besser, allein mit ihm an der Küste oder auf der Landspitze zu wandern oder segeln zu gehen.

»Du bist ein Naturtalent«, sagte Dan, als Rebecca die letzten Steilstücke einer besonders schwierigen Route überwunden hatte. »Wie wär's, wenn du heute abend mit mir zur Kletterwand nach Fort William fahren würdest?«

»Großartig«, erwiderte sie, ohne zu zögern. Möglicherweise überstieg das ihre Fähigkeiten, aber es wäre ein Spaß, es zu versuchen, und Dan war bei ihr. Alles, was sie mit ihm gemeinsam und nur zu zweit unternehmen konnte, war wunderbar für sie. Und alles, was ihr Einblicke in seine Welt gewährte, war ihr wichtig. Sie tat ihr Bestes, um dieses Bedürfnis in die richtige Perspektive zu rücken, aber es war ein wichtiger Bestandteil ihrer Gefühle für ihn.

Dan gab ihr noch etwas. Eines Abends, als sie dachte, sie würden wieder zur Kletterwand fahren, brachte er sie statt dessen zum Hallenbad.

»Was geht hier vor?« wollte sie wissen – sofort regten sich Widerstand und Angst in ihr.

»Wir gehen schwimmen.«

»Schwimmen? Ganz bestimmt nicht.«

»Komm schon, keine Widerrede«, sagte Dan und nahm ihre Taschen vom Rücksitz. Dann stieg er aus und verschloß die Wagentür. Rebecca protestierte weiter.

Sie sprang aus dem Auto, verschränkte die Arme auf dem Wagendach und funkelte Dan wütend an. »Dan, ich gehe nicht mit dir schwimmen. Es gibt nichts auf der Welt, was ich mehr hasse. Wenn du das vorgehabt hast, warum hast du es mir nicht rechtzeitig gesagt, dann hätte ich daheim bleiben können.«

»Wir gehen heute abend schwimmen.«

»Du brauchst das nicht immer zu wiederholen. Ich habe sowieso keine Badesachen dabei«, fügte sie hinzu und ärgerte sich über sich selbst, weil sie diesen Vorwand vorgebracht hatte.

Dan hob eine Tasche hoch. »Una hat deine Sachen zusammengepackt.«

Rebecca starrte ihn entrüstet an. »Du überrumpelst mich.«

»Ich will, daß du es tust.« Sein Ton war unnachgiebig, seine Miene ausdruckslos.

Rebecca führte im Geist all die Gründe auf, warum sie sich weigern sollte. Aber dann verwarf sie sie alle. Sie brauchte keine Gründe. Sie bückte sich, um ihre Handtasche aus dem Wagen zu holen. Sie hätte ihr Auto nehmen sollen. Schon vor langer Zeit hatte sie gelernt, daß es besser war, immer mit ihrem eigenen Wagen zu fahren. Dann könnte sie Dan jetzt mitten auf dem Parkplatz stehen und ihn einen langen Marsch nach Hause antreten lassen. Er lief um die Motorhaube herum und verstellte ihr den Weg. Er rührte sie nicht an. »Tu einfach, was ich dir sage«, sagte er ruhig und sah ihr direkt in die Augen.

Sie hielt seinem Blick stand und biß die Zähne zusammen. Es machte sie wütend, hier so unerwartet mit ihrer ganz persönlichen Angst konfrontiert zu werden.

Dan versuchte nicht, zu argumentieren oder sie einzuschüchtern, er wartete einfach ab und bezwang sie allein mit seiner Willenskraft. Und mit einemmal wußte sie, daß es möglich war. Sie konnte ihm diese tiefsitzende Furcht überlassen, ihm die Gelegenheit geben, diese Blockade zu lösen, und wenn es ihm nicht gelang, spielte es auch keine Rolle. Nur sie beide würden etwas davon wissen. Und außerdem hatte sie die Entdeckung gemacht, daß sie nicht mit ihm streiten wollte – ausgerechnet sie, die einem ordentlichen Streit durchaus etwas abgewinnen konnte. Sie mochte Dan zu gern.

Sie schwieg, drückte ihre Stirn für einen Moment an

seine Schulter, dann richtete sie sich auf und sah ihm ins Gesicht. Sie zeigte ihm, daß sie kapitulierte, aber auch, wie verletzlich sie war. Er sagte kein Wort, nickte, ließ die Taschen auf den Boden fallen und nahm Rebecca in die Arme.

In dieser einen Stunde gelang es Rebecca, sich auf den Rücken zu legen und auf dem Wasser treiben zu lassen. Sie neigte den Kopf zurück, ließ das Wasser über ihr Gesicht spülen, öffnete die Augen und schwamm mit dem Gesicht unter Wasser. Zum Schluß nahm sie all ihren Mut zusammen und tauchte – das hatte sie noch nie zuvor geschafft. Dan behandelte sie mit unpersönlichem Professionalismus. Dabei war er erstaunlich sanft, und er nahm ihre Phobie ganz nüchtern hin. Erst als sie im tiefen Wasser tauchte und eine ganze Bahn schwamm, ohne ihren Kopf nach hinten zu reißen, legte er das Trainerverhalten ab und umarmte sie, als sie aus dem Becken stieg. Er grinste wie ein kleiner Junge und wiederholte immer wieder: »Du bist gut, Liebes, du bist gut. Ich hätte nie gedacht, daß du es schaffst. Gott, ich bin so stolz auf dich!«

Dem Glück war von der Zeit und den festgesetzten Regeln Grenzen gesetzt, aber innerhalb dieser Grenzen schwebte Rebecca im siebten Himmel. Es würde nicht leicht für sie werden, wenn der Stichtag kam.

Die Irvines gaben eine Dinnerparty, um zu feiern, daß Fitz endgültig Johns Partner geworden war, und Rebecca genoß das beinahe vergessene Gefühl, der eine Teil eines Paars zu sein. Sie konnten sich nicht alle für die Party freinehmen. Megan und Mona kümmerten sich um das Essen, und Catriona bestand darauf, mit dem Rest allein fertigzuwerden. Sie wollte später, wenn es ruhiger im Hotel wurde, nach kommen und über Nacht in Ardlonach bleiben.

Dan und Rebecca nahmen Una mit zu der Party, aber sie fuhr mit Catriona nach Hause. Rebecca und Dan kamen später nach, sie zockelten langsam die Küstenstraße entlang, vollkommen in Frieden mit sich und der Welt nach einem Abend in Gesellschaft und vor einer Nacht, die sie gemeinsam in Rebeccas schmalem Bett verbringen würden, das ihnen bisher noch nie zu klein vorgekommen war. Es war schön, über den Abend zu reden, über Fitz' überschwengliche Freude auf die Zukunft zu lachen, Witze und Klatsch auszutauschen, den sie erfahren hatten, und ohne schlechte Gefühle über Trudys Glück zu sprechen. Aber eine Information behielt Rebecca für sich. Fitz hatte sich nach dem Dinner mit ihr unterhalten und ihr anvertraut, daß seine Entscheidung, in Luig zu bleiben, einzig und allein von Trudy abhängig gewesen war. Er hatte kein Geheimnis aus seiner Hoffnung und seinen Absichten gemacht. Rebecca freute sich sehr über diese Neuigkeit, aber sie versetzte ihr auch einen Stich. Ihr eigenes momentanes Glück würde bald enden. Und die andere Möglichkeit, die ihr blieb und die ihr immer als das erschienen war, was sie sich ihr Leben lang gewünscht hatte, war plötzlich glanzlos.

An einem Nachmittag fuhren sie zu viert, Trudy mit Fitz und Rebecca mit Dan, zum Tee zu Lilias, die jeden Tag gebrechlicher wurde und Anlaß zur Sorge gab. Rebecca hatte nicht damit gerechnet, daß Dan sie begleiten würde, aber er hatte sofort zugesagt. Er beteiligte sich nicht an den Debatten, wer fahren und wessen Auto genommen werden sollte. Er würde seinen eigenen Wagen nehmen, und Rebecca würde mit ihm fahren.

Noch vor wenigen Wochen hätte ich deswegen einen Streit angefangen, dachte Rebecca belustigt. Ihr Auto war ihr in letzter Zeit vollkommen unwichtig geworden, sie wusch es nicht einmal mehr. Es war wie ein Arbeitspferd, das seinen Aufgaben kaum gewachsen war.

Für Dan war die Zeit, die er mit Rebecca verbringen konnte, äußerst wertvoll, denn die Gelegenheiten, zu denen sie allein sein und reden konnten, waren rar. Er wußte, daß sie sich vor der Zukunft fürchtete, wollte verstehen, warum, und ihr helfen, wenn er konnte. Trotz der Vereinbarung, daß ihre Beziehung nur diesen Sommer dauern sollte, grübelte er oft, wo sie wohl sein und was für ein Leben sie führen würde und wovor sie Angst hatte.

Lilias hieß sie herzlich und liebevoll willkommen, und für Rebecca war die ungewohnte Sanftmut ein deutlicheres Anzeichen für ihre Hinfälligkeit als der mühsame Gang zum Tisch und das Zittern ihrer Hände. Lilias amüsierte sich über Fitz, den sie mittlerweile schon gut kannte, und beobachtete ihn und Trudy mit unverhohlener Freude. Und zu Rebecca sagte sie bei der Umarmung zum Abschied: »Liebes Kind, es ist wunderbar, dich so glücklich zu sehen. Du warst viel zu lange allein.«

Gott sei Dank sah Dan nicht, wie Rebecca die Tränen wegblinzelte, als sie losfuhren. Er nahm ihre Hand, legte sie auf seinen Schenkel und hielt sie fest.

Tony kam in der Nacht des 30. September zurück. Er schneite selbstzufrieden und dreist ins Haus, als wüßte er nicht, welchen Kummer und welche Probleme er verursacht hatte, und als würde er nie im Leben mit

Mißbilligung rechnen. Rebecca beobachtete allerdings, wie er den Blick abwandte, als er Una in eine Umarmung zog, die vorausgeplant, fast einstudiert wirkte. Trotzdem war er, als er ins Büro hereinplatzte, in den ersten Minuten unbefangener als alle anderen. Una, Rebecca und sogar Dan fühlten sich unbarmherzig aus ihrer behaglichen Routine gerissen und hätten ihn am liebsten mit Fragen und Vorwürfen bestürmt.

Rebecca war die erste, der bewußt wurde, daß Tonys Zuversicht, alles wäre jetzt, da er zu Hause war, sofort wieder wie früher, reine Fassade war. Er hatte Angst, auch nur an eine andere Möglichkeit zu denken, und wußte nicht, wie er sonst mit der Situation umgehen sollte. Er hatte nicht den Mut aufgebracht, vorher Verbindung mit Una aufzunehmen und das Terrain zu sondieren, und genausowenig brachte er es fertig, nun mit einer aufrichtigen Entschuldigung oder zumindest der Anfrage, ob sein Erscheinen akzeptiert wurde oder nicht, aufzuwarten.

»Dachte, ich überrasche euch. Wollte eigentlich ein bißchen früher hier sein, aber die Fahrt war höllisch, das Auto hat verrückt gespielt – lockerer Keilriemen, undichter Kühler, was weiß ich, was es ist. Du siehst phantastisch aus, Liebling. Und wie geht's dir, Rebecca?«

Faß mich bloß nicht an, warnte Rebecca im stillen, und ihre Wut kochte hoch, als sie sah, daß Una, die aschfahl geworden war, wie vom Donner gerührt dastand. Aus den Augenwinkeln beobachtete sie, wie Dan Una mit Blicken zu verstehen geben wollte, daß er sie beschützen würde, was auch immer geschah. Er war aufgestanden, als Tony fröhlich hereingestürmt war, und seine Haltung hatte deutlich verraten, daß er ihn unverzüglich mit einem Tritt in die Halle zurückbefördern würde, falls das der allgemeine Wunsch sein sollte.

In dieser ersten Schrecksekunde hing alles von Una ab. Rebeccas Herzschlag beschleunigte sich schmerzhaft, als ihr klarwurde, daß alle Anstrengungen und Erfolge des Sommers mit einem Handstreich ausgelöscht werden konnten.

Una wich zurück. Ihr kreidebleiches Gesicht wirkte erstaunlich gefaßt. »Hallo, Tony, uns geht's allen gut, danke. Aber ich denke, es wäre rücksichtsvoller gewesen, wenn du uns Bescheid gegeben hättest, daß du herkommst.«

Das hätte sie nicht besser machen können, stellte Rebecca erleichtert fest. Höflich, aber sehr kühl und herabsetzend; und »uns«, nicht »mir« – das drückte Solidarität aus. Rebecca spürte, wie sich Dans drohende Haltung ein klein wenig entspannte.

Als hätte die Zeit nur für einen Moment stillgestanden, klingelte plötzlich das Telefon, und Joanie marschierte zielstrebig herein und begann: »Megan fragt an, ob die Speisekarten schon geschrieben sind; sie glaubt nämlich, daß wir nicht genügend Pflaumenmus für die Sauce zum Kalb haben. Soll sie ... o Mann, sind Sie das, Tony? Ich hätte *nie* gedacht, daß wir Sie hier noch mal zu Gesicht bekommen. Hatten Sie schöne Ferien? Also, soll ich Megan nun sagen, daß sie noch was ändern kann?« fragte sie. Sie wandte sich wieder an Una und konzentrierte sich nur auf die Mission, die sie hier zu erfüllen hatte. Das gab Tonys Anwesenheit, wie Rebecca fand, den Stellenwert, der ihr gebührte – nämlich gar keinen.

Megan bereitete eine Dinnerparty vor, die die Macleods für ihre Jagdgäste, die Jagdaufseher und Verwalter nebst Frauen gaben. Zudem war das Haus voll, da wieder ein Feiertag das Wochenende verlängerte. Somit hatten sie keine Zeit für gefühlvolle Wiedervereinigungen oder Zurückweisungen, ihnen blieb kaum eine Minute zum Umziehen oder gar für die Frage, wo Tony heute nacht schlafen sollte.

Er wurde ziemlich rüde ins Abseits geschoben, obwohl Una ihre Arbeit in der Küche zitternd und im Schockzustand verrichtete. Megan preßte die Lippen zusammen und schwieg, aber ihre Miene drohte jedem, der ihre geliebte Chefin noch mehr aufregte, Ärger an. Die anderen Angestellten rasten hin und her, sahen sich mit hochgezogenen Augenbrauen an und spekulierten im stillen, was das plötzliche Auftauchen des abtrünnigen Ehemanns wohl zu bedeuten hatte. Es sah aus, als würde der Sturm losbrechen, sobald das Dinner vorüber war.

Rebecca zog sich in Windeseile für den Abend um. Der Zorn raubte ihr fast den Atem. Sie sehnte sich danach, Tony ihre Meinung entgegenzuschreien, und wünschte, sie könnte wenigstens mit Esme telefonieren, ihr alles erzählen und so ein bißchen von ihrer Wut abreagieren. Noch lieber wäre ihr gewesen, wenn sofort und ohne jede Verzögerung klargestellt würde, was Una vorhatte. Und am allerliebsten wäre ihr gewesen, mit Dan gemeinsam zu schimpfen, weil sie überzeugt war, daß er dasselbe empfand wie sie.

Statt dessen huschte sie die Treppe hinunter, plauderte mit den Gästen, schenkte Getränke aus und nahm Bestellungen auf.

Rebecca versuchte, sich zurückzunehmen und ihre brennende Ungeduld, eine Konfrontation und eine Lösung herbeizuzwingen, zu zügeln. Dabei wurde ihr erschreckend bewußt, wie besitzergreifend sie war, wenn es um Ardlonach ging – um Ardlonach in seiner neuen Gestalt und um das, was sie durch gemeinsame Arbeit in diesem Sommer daraus gemacht hatten. Es wäre ein Alptraum für sie, hinnehmen zu müssen, daß ihr durch Tonys Rückkehr irgend etwas aus den Händen genommen werden könnte. Ihr Groll darüber, daß er diesen Besitz geerbt hatte, war in den Monaten, in denen sie hier gearbeitet hatte, in den Hintergrund getreten, doch jetzt erwachte er mit neuer Kraft zum Leben. Sie tröstete sich mit der Aussicht darauf, daß sie Dan später ihr Herz ausschütten konnte. Doch dann rief sie sich wieder ins Gedächtnis, daß er nicht der Typ war, der hysterische Ausbrüche hinnahm.

Es war ein nervenzermürbender Abend, aber im Laufe der Zeit zwang sich Rebecca, ihre rebellische Wut abzulegen und zu akzeptieren, daß das, was hier geschah, sie im Grunde nur sehr wenig anging. Sie war Una zu Hilfe gekommen, weil Tony weg gewesen war, und jetzt war er zurückgekehrt. Es war das Leben der beiden, ihr Zuhause. Tonys Benehmen machte das allzu deutlich. Natürlich kannte er die meisten Gäste, und diese begrüßten ihn begeistert in dem Bestreben, dem Herrn des Hauses, nicht nur der Verwandtschaft oder seiner Frau nahezustehen. Und selbstverständlich witterten sie ein häusliches Drama. Tony verhielt sich unter diesen Umständen bewundernswert gesellig und leutselig. Die überarbeitete Rebecca knirschte mit den Zähnen, als er lässig die Runde im Speisesaal machte, die geschmeichelten Gäste mit ihrem Namen ansprach, die passenden Erinnerungen aus dem Hut zauberte und mit einer Selbstverständlichkeit, die ihr die Sprache verschlug, Drinks ausgab, die er nicht einmal in die Kasse eintippte.

Seine Abwesenheit in diesem Sommer erklärte er,

wie Rebecca aufschnappte, mit geschäftlichen Verpflichtungen, die leider keine Früchte getragen hatten.

»Trotzdem hatte ich eine wunderbare Zeit, ein großartiges Fleckchen Erde«, hörte sie ihn sagen. Damit unterband er gekonnt alle weiteren Fragen und wanderte weiter zum nächsten Tisch.

Er kehrte mit stolzgeschwellter Brust von einer Besichtigung der Kutscherhaus-Bar zurück und prahlte damit, daß sich sein Projekt als so prächtig erwiesen hatte. »Ich verstehe nicht, warum ihr Innes habt gehen lassen«, bemerkte er. »Er war ein verdammt guter Bursche. Aber Dan scheint ein bißchen griesgrämig geworden zu sein.«

Er kam mit einem vollbeladenen Teller aus der Küche, als das Dinner noch im vollen Gange war, setzte sich in die Bar und aß mit einer Ungezwungenheit, die Rebecca auf die Palme brachte. Beim Kaffee gesellte er sich zur Macleod-Party, als wäre das sein angestammtes Recht, und machte sich an Thea ran, als sie Likör und Brandy servierte.

Du Scheißkerl, wütete Rebecca hilflos. Wir schuften wie die Ochsen, und dich berührt das alles gar nicht. Und er war nach oben gegangen, um zu duschen und sich umzuziehen. Wo? Wie wollte er diese Situation bereinigen? Was hatte Una ihm erlaubt? Die arme Una, um wieviel schlimmer mußte das alles für sie sein! Und was hatte sie vor? Rebecca hoffte, obwohl sie es sich kaum vorstellen konnte, daß Una ihn zum Teufel schickte. Und wenn nicht? Würde Tony dann am Morgen aufstehen und so weitermachen wie früher, selbstsicher, unangreifbar – ein Mann, der wieder auf seinem eigenen Terrain schaltete und waltete? Bestürzt erkannte Rebecca, wie nahe sie dies an die Entscheidung über ihr eigenes Leben bringen würde.

»... da wir morgen sehr früh aufbrechen, wollte ich Sie bitten, mir die Rechnung heute abend schon zu geben.«

Haut doch ab, haut doch alle ab. Rebecca lächelte, ging zum Aktenschrank, in dem alle Quittungen aufbewahrt wurden, und schaltete den Computer ein.

»Sehen Sie doch mal, Sie haben mir an fünf Tagen Early-Morning-Tee für zwei Personen in Rechnung gestellt, aber soweit ich weiß, hatte meine Frau am ersten Tag einen Orangensaft ...«

Rebecca berichtigte den Posten, dann nahm sie die Kreditkarte, stellte den Beleg aus und trug die Nummer ein.

»Oh, ich sollte vielleicht Trinkgeld für die Angestellten mit abbuchen lassen. Geht das noch, was meinen Sie?«

Es spielt nicht die geringste Rolle, sagte sie sich, zerriß den Beleg und fing noch einmal von vorn an. Drei Minuten meines Lebens, die ich wegen dieses Idioten mit Papierkram vergeude, können wohl kaum großen Ausschlag geben. Aber bitte, lieber Gott, laß alles schnell vorübergehen und hilf, daß die Dinge auf die eine oder andere Weise rasch geregelt werden. Als sie eine Postkarte verkaufte und sich notierte, daß ein Gast morgen eine Zeitung haben wollte, wurde ihr klar, daß heute nicht unbedingt mehr eine Entscheidung fallen mußte – der Betrieb hatte zwar nachgelassen, aber die Macleod-Party hatte sich auf den Salon verlagert. Wenn Rebecca etwas zu sagen hätte, dann wäre rasch alles geklärt, aber Una war anders gestrickt. Und dies war eine Sache zwischen Una und Tony; vielleicht redeten sie heute nacht; oder sie redeten niemals über Tonys Eskapaden und machten weiter, als wäre nichts geschehen. Möglicherweise schlossen sie stillschweigend einen Kompromiß, und sie hatten jedes Recht, das zu tun.

O Dan, ich will bei dir sein. Ob er auf sie wartete? Das tat er nicht immer. Sie hatte lernen müssen, nicht verletzt zu sein, wenn er sich in sein Cottage zurückzog, ohne ihr vorher Bescheid zu sagen. Als sie einmal versucht hatte, ihm zu erklären, daß ihr das etwas ausmachte, hatte er sie brüsk zurechtgewiesen: »Ich bin dir keine Rechenschaft schuldig. Ich dachte, das hättest du inzwischen begriffen. Ich muß niemandem sagen, wohin ich gehe oder was ich tue, okay?«

Genau das, was Trudy passiert war, passierte auch ihr – er nahm sie nie mit in sein Cottage. Zumindest hatte sie soviel Verstand, ihm das nicht vorzuschlagen. Sie respektierte sein Bedürfnis, in seinem Hause ganz allein zu sein.

Ihm mußte doch aufgefallen sein, wie sehr Tonys Rückkehr sie erschütterte und durcheinanderbrachte, und er wußte bestimmt, daß sie ihn brauchte. Aber bei Dan konnte man nie sicher sein; allein die Tatsache, daß sie ihn brauchte, mochte ihn dazu treiben, einfach zu gehen.

Una kam erschöpft aus der Küche und fand Tony und Rebecca in der Bar – das Entsetzen stand ihr ins Gesicht geschrieben. Sie machte sich nicht die Mühe, auf die Frage, ob sie etwas gegessen hatte, zu reagieren, und beantwortete das Angebot eines Drinks lediglich mit einem Kopfschütteln. »Würdet ihr beide bitte mit mir hinaufkommen?« sagte sie.

»Oh, ich muß schon sagen«, protestierte Tony.

Una sah ihn an – ihr kleines Gesicht war müde, die Stimme dünn. »Wenn Rebecca nicht dabei ist, werde ich kein einziges Wort mit dir wechseln.«

Rebecca spürte Hoffnung in sich aufkeimen. Das

war eine Una, die sie bisher noch nicht gekannt hatte. Seltsam unsicher folgten sie und Tony ihr die Treppe hinauf. Una schien sich der eigenartigen Situation gar nicht bewußt zu sein, sie konzentrierte sich nur auf das Kommende. Sie ging in ihr Zimmer, in dem die Kleider, die sie tagsüber angehabt hatte, überall herumlagen. Die Vorhänge waren nicht zugezogen, und die dunklen Fensterscheiben reflektierten die unangenehme Situation.

»Una, jetzt komm schon, das hier geht niemanden außer uns beide etwas an ...«, begann Tony polternd und einschmeichelnd zugleich.

Ihr entschlossener Blick brachte ihn augenblicklich zum Schweigen. »Tony, entweder du verläßt Ardlonach noch heute abend und erklärst dich bereit, nie wieder herzukommen, oder ich nehme Kontakt zu meinem Anwalt auf und reiche die Scheidung ein. Dann wird alles, was wir besitzen, unter uns aufgeteilt.«

Rebecca schnappte hörbar nach Luft. Aber sie hielt sich zurück – sie hatte nichts zu dieser Diskussion beizusteuern, falls Una eine Diskussion überhaupt zuließ. Rebecca war nur als Zeugin hier, und ausnahmsweise einmal mußte sie den Mund halten.

Tony warf einen wütenden Blick in ihre Richtung. Er war nach wie vor überzeugt, daß er Una herumkriegen konnte, sofern er die Gelegenheit dazu erhielt. »Das ist lächerlich«, sagte er in dem Ton eines Mannes, der sich einbildete, mit Schmeicheleien ans Ziel zu kommen. »Jedenfalls ist es heute schon viel zu spät, um so schwerwiegende Dinge zu besprechen. Ich hatte einen langen Tag und du einen anstrengenden Abend. Ich weiß nur zu gut, wie das ist ...«

Blödmann, du hast keinen blassen Schimmer, wie das ist, tobte Rebecca innerlich.

»... und morgen früh sieht alles ganz anders aus.«

»Weil wir miteinander geschlafen haben?« Auch wenn ihre Stimme nicht mehr so fest war, begegnete Una Tonys Blick mit unveränderter Entschiedenheit. »Es hat keinen Sinn, Tony – du wirst heute nacht nicht hier schlafen. Nicht in diesem Bett, nicht in diesem Zimmer, nicht in diesem Haus. Wenn du darauf bestehst, ist das das Ende von Ardlonach. Ich meine es ernst.«

»Rebecca, geh raus«, fauchte Tony wütend, weil er in eine so unwürdige Situation gebracht worden war. »Um Himmels willen, dies ist unser Schlafzimmer.«

»Ich gehe, wenn Una mich darum bittet«, entgegnete Rebecca gelassen.

»Du bist so verdammt eigensinnig«, brüllte er. Er brauchte eine Zielscheibe, weil er nicht wußte, wie er mit Una umgehen sollte. »Du hast schon immer nur das gemacht, was dir paßte.«

Er hatte die Zuneigung und das Vertrauen, das die beiden so verschiedenen Frauen in den letzten Monaten der Zusammenarbeit und gegenseitigen Unterstützung entwickelt hatten, gewaltig unterschätzt. Jetzt wurde Una zornig und war drauf und dran, sich wie eine Furie auf ihn zu stürzen.

»Ohne Rebecca hätte ich nicht weitermachen können, als du auf und davon bist. Du bist einfach ohne jede Erklärung abgehauen – ohne mir zu sagen, was du vorhast, ohne Hilfe für mich zu organisieren oder Arrangements zu treffen. Du hast dich mit einer Frau aus dem Staub gemacht, die Zeit hatte, sich um dich zu kümmern, sich schön für dich zu machen und deine Hobbys mit dir zu teilen. Rebecca hat zehnmal mehr für dieses Hotel gearbeitet als du in all den Jahren. Sie hat den Betrieb organisiert und die Geschäftsbücher in Ordnung gebracht ...«

»Ich habe sie mir während des Dinners angeschaut. Schön von Rebecca, wir können das Geld gut gebrauchen ...«

»Wir!« Una stürmte auf ihn zu, und für einen Moment sah es so aus, als würde sie ihm eine Ohrfeige versetzen. »Wir! Wenn es hier ein ›wir‹ gibt, dann gilt das für Rebecca und mich. Du hast in diesem Haus nichts mehr verloren. Falls du dich allerdings trotzdem wieder hineindrängen willst, dann stehst du ganz allein da.«

Sie sah klein und zerbrechlich aus in ihrem weißen Küchenkittel. Die langen Haarsträhnen hingen ihr wirr ins Gesicht, aber ihre Augen glühten vor Entschlossenheit. Rebecca hatte sie noch nie zuvor so gesehen, aber jetzt erkannte sie, daß dies das Resultat einer inneren Wandlung war, die sie, weil sie Una zu nah oder zu beschäftigt gewesen war, nicht richtig mitbekommen hatte. Una hatte Geschmack daran gefunden, um ihretwillen geschätzt und geachtet zu werden, weil sie etwas leistete und kreatives Talent besaß. Sie hatte gelernt, daß Verantwortung nichts Erschreckendes war, daß eine harmonische Zusammenarbeit mehr Spaß machte, als ständig herumgeschubst und in die Rolle des unfähigen, bedeutungslosen Anhängsels gedrängt zu werden. Und jetzt stellte sie sich dem Mann entgegen, der gerade sechs Monate mit einer anderen Frau verbracht und sie hier, in diesem Schlafzimmer, einsamen, durchweinten Nächten überlassen hatte.

Una stand an einem Wendepunkt ihres Lebens, aber kein Zweifel erschütterte ihren Entschluß.

Als Rebecca die Tür zur Steintreppe öffnete, atmete sie erleichtert auf, weil unten noch Licht brannte. Vielleicht war Dan doch noch hier.

Die Deckenleuchten in der Kutscherhaus-Bar waren ausgeschaltet, nur das indirekte Licht hinter den Gläsern und Flaschen war noch an. Paddy war da, aber er stand nicht hinter der Theke. Thea, die gute Seele, hatte im Haus alles abgeschlossen, was abzuschließen war, und die Schlüssel lagen vor ihr auf dem Tisch. Liam und Bern saßen bei den beiden. Und Dan war auch da. Rebecca war es egal, daß sie nicht allein waren. Als sie den Raum durchquerte und auf das Grüppchen zuging, fühlte sie sich ganz schwach vor Zuneigung und spürte, wie ihr Tränen in den Augen brannten. Sie sind wie eine Familie, dachte sie, ich brauche sie, kann mich auf sie verlassen und bin ihnen dankbar dafür. Als sie zu ihnen kam, legte Dan einen Arm um sie, und sie lehnte sich aufatmend an ihn.

»Brandy?« fragte Paddy und stand auf.

»Ich glaube, es wird alles gut«, sagte Rebecca und nickte Paddy zu.

»Dann verschwinden wir von hier«, sagten die anderen prompt, lächelten und stellten keine weiteren Fragen. Liam tätschelte ihre Schulter, als er vorbeiging. Dan drückte sie schweigend an sich, während sie ihren Brandy trank.

»Komm«, sagte er dann. »Ich bringe dich weg von hier.«

KAPITEL 24

Dan wohnte nicht in dem Cottage, das sich Rebecca schon einmal von außen angesehen hatte. Soviel zu ihren Phantasien, in denen sie den Weg hinauf und durch die Tür des letzten

Hauses in der Reihe gegangen war, um ihn zu suchen. Er parkte seinen Wagen auf dem nicht genutzten Kai, führte sie auf den Weg daneben eine lange Mauer entlang und öffnete schließlich eine Haustür, die direkt in eine schäbig eingerichtete Wohnküche führte.

Die Gitarre lehnte neben einem Schrank an der Wand, Angelruten standen in einer Ecke, Video- und Tonkassetten lagen herum, und erstaunlich viele Bücher stapelten sich auf einem Beistelltisch, auf dem ein grünkariertes Leinentuch lag. Holzscheite waren seitlich einer modernen gefliesten Kaminplatte aufgeschichtet, die graue Asche eines Feuers lag noch auf dem Rost. Tassen und Teller standen in einem Trockengestell, im Waschbecken lehnte eine Spülschüssel, und ein Küchentuch hing über dem Rand. Keine peinliche Ordnung und auch kein heilloses Durcheinander. Aber man lernte etwas über Dan, über den Privatmenschen, und Rebecca wollte stehenbleiben und in Ruhe die Botschaften entschlüsseln, die dieser Raum über den Bewohner vermittelte.

Dan hatte gesehen, wie müde und erschöpft sie nach dem Schock und dem Streß des Abends war – Rebecca selbst merkte kaum noch, wie matt sie war, und er wollte es ihr zuerst bequem machen, ihr Wärme, Frieden und Trost anbieten. Er nahm sie bei der Hand und zog sie in einen dunklen, schmalen Flur und eine steile Stiege hinauf. Auf dem Treppenabsatz stand ein einzelnes Bett, auf dem ordentlich Kletter-, Ski- und Tauchausrüstungen lagen. Dan brachte Rebecca in ein Schlafzimmer mit schrägen Wänden und einer Doppelbettcouch, die seltsam niedrig war, auf dünnen Beinen stand und in eine Ecke unter ein Wandbord geschoben war. Die verknitterte Bettdecke war zurückgeschlagen. An der anderen Wand stand ein kniehoher Toilettentisch mit dreiteiligem Spiegel und zwei Schubladen ohne Griffe. Nebenan befand sich eine Abstellkammer.

Dan entschuldigte sich nicht für den Zustand seiner Behausung, er ließ Rebecca nur los, um zu den Fenstern zu gehen und die dünnen Vorhänge zuzuziehen. Dann kam er zurück, küßte sie sanft und begann sie auszuziehen.

Es stimmte, sie hatte nicht gewußt, wie müde sie war. Sie blieb einfach nur stehen und half Dan kaum, seufzte erleichtert, als er sie hochhob und auf die erstaunlich bequeme Matratze legte. »Den ganzen Abend hatte ich wider alle Vernunft gehofft, daß du noch da bist«, gestand sie und drehte sich mit einem dankbaren Lächeln zu ihm um, als er sich zu ihr legte. Sie schloß die Augen und schmiegte ihr Gesicht an seine Brust. »Danke, daß du gewartet hast.«

»Dieser Bastard«, sagte Dan aufgebracht und schlug mit einer Hand auf das Kissen ein, damit es zwischen ihren Köpfen flach blieb. »Taucht mir nichts, dir nichts auf, als wäre nichts geschehen. Wie hat sich die arme alte Una gehalten?« Er nahm an, daß Rebecca reden wollte, zumindest hatte sie ihm nicht signalisiert, daß sie heute auf Sex aus war.

»Sie war unglaublich«, berichtete Rebecca. »Ich war ehrlich beeindruckt. Offenbar hat sie im Laufe des Abends einen Entschluß gefaßt, von dem sie sich durch nichts abbringen ließ. Ich hätte nie gedacht, daß sie so entschieden sein kann.«

»Er ist wirklich gegangen?« Sie hatten, bevor Rebecca gekommen war, in der Kutscherhaus-Bar gehört, wie ein Wagen weggefahren war, und sich hoffnungsvoll angeschaut. Abgesehen von ihrer Sympathie für Una wollte keiner der Angestellten, daß sich irgendein Klugscheißer einmischte und in diesem Stadium alles wieder ummodelte.

»Una hat sich schlichtweg geweigert, ihn im Haus übernachten zu lassen. Er ist ein richtiger Schwächling – er geriet außer sich und war am Boden zerstört, als er merkte, daß sie es ernst meint.« Es war kein hübscher Anblick, und sie hätte sich gern davongemacht, aber Una wollte sie nicht gehen lassen und zeigte erste Anzeichen von Panik. »Zum Glück fing er an zu jammern, weil ihn schon Serena so schlecht behandelt hat. Das stärkte Una wieder. Der Trottel hat offenbar nicht einmal gemerkt, daß ihm sein Winseln kein bißchen weiterhilft.«

»Ist mit Una alles in Ordnung? Glaubst du, sie kann heute nacht schlafen?«

»Das bezweifle ich, aber sobald sie sicher sein konnte, daß Tony weg war, wollte sie nur noch allein sein. Die Ärmste muß spätestens um sieben aufstehen und Frühstück für die Frühaufsteher machen.«

»Das könnte doch sicher jemand anderes übernehmen, oder? Ich zum Beispiel kann das machen.«

»Davon will sie nichts wissen. Um ehrlich zu sein, glaube ich, daß sie sich an die Arbeit klammert, an die vertraute Routine – das hilft ihr, den Tag zu überstehen.«

»So kann sie weitermachen, als wäre alles ganz normal. Vielleicht hast du recht. Und du glaubst nicht, daß Tony wiederkommt?«

»Heute nacht? Ich kann mir nicht vorstellen, daß er soviel Mumm hat. Ob er morgen versucht, sich wieder einzuschleichen und die Diskussion noch einmal von vorn anzufangen, ist eine andere Sache. Er hat eine Menge zu verlieren, besonders jetzt, nachdem er gesehen hat, wie gut der Laden läuft«, setzte Rebecca bitter hinzu. Daß er heimlich die Bücher kontrolliert hatte, schwelte immer noch in ihr.

Sie bemühte sich, den Gedanken daran beiseite zu schieben, weil er sie nur wieder wütend machen würde. Es war gut, über alles zu sprechen, sich darüber auszulassen, wie schlimm dieser Abend gewesen war, Dan zu haben, der sie daran erinnerte, was Una alles durchgemacht haben mußte, und ihr sagte, daß sie nicht zu pathetisch werden durfte, und gemeinsam darüber zu spekulieren, was Una tun würde, wenn Ardlonach letzten Endes nur noch ihr allein gehörte.

Sie waren sich so nahe und endlich einmal nicht im Hotel mit all den Geräuschen, den vielen Leuten und ihren Forderungen, daß Dan seine Chance sah, mit Rebecca zum erstenmal über die Zukunft zu sprechen, um eine Ahnung zu bekommen, was sie vorhatte, wenn die Saison, die sie so sehr zusammengeschweißt hatte, endgültig vorbei war. Das Bedürfnis, mehr über ihre Pläne zu erfahren, war neu für ihn, und es machte ihn selbst argwöhnisch, weil er sehr wohl wußte, daß das nicht zu ihrer Abmachung gehörte. Aber, so argumentierte er jetzt vor sich selbst, er hatte ein paar Wochen Zeit, bis der Betrieb in der Berghütte begann, und Rebecca könnte gut noch einige Zeit bleiben, auch wenn das Hotel geschlossen hatte, um sich zu erholen und Una Gesellschaft zu leisten – besonders jetzt, da ihre Ehe mit Tony am Ende war. Dan hatte sich ursprünglich vorgenommen, mit Liam nach Nordwesten zum Klettern zu gehen, aber er könnte das Cottage behalten und hin und wieder von der Berghütte herunterkommen, um Rebecca zu sehen. Solange ihnen beiden klar war, daß nicht mehr hinter der Beziehung steckte.

»Meinst du, Una wird das Hotel allein leiten?« fragte er. »Es nächste Saison wieder öffnen?«

Sein Job steht auf dem Spiel, ging es Rebecca durch den Kopf. Es war eher unwahrscheinlich, daß jemand, der Ardlonach als Hotel übernahm, auch an dem Trainingszentrum Interesse hatte.

»Ich weiß es nicht«, erwiderte sie nachdenklich. »Heute abend kam es mir vor, als wäre sie zu allem bereit. Ich denke ernsthaft, daß sie Spaß an der Herausforderung gefunden hat, und sie begreift erst jetzt, wozu sie fähig ist.«

»Aber sie wird deine Hilfe auch weiterhin brauchen. Ich meine, sie kocht ausgezeichnet, und das lockt Gäste an, aber sie hat die administrative Seite nie allein gemanagt.«

»Es ist nicht schwer, jemanden zu finden, der ihr die Bücher führt und die Büroarbeit übernimmt«, entgegnete Rebecca. Die Wärme hüllte sie allmählich ein, und sie entspannte sich endlich und wurde schläfrig.

»Was wirst du tun, wenn das Hotel schließt?« wagte Dan einen Vorstoß. Es erschien ihm mit einemmal ungeheuerlich, daß sie sich in den vergangenen Wochen so nahe gekommen waren und trotzdem nie darüber gesprochen und jede Andeutung auf die Zukunft peinlich vermieden hatten.

»Ich muß wohl zurück«, sagte Rebecca nach einem kurzen Schweigen. Ihr Instinkt hätte ihr zu der Antwort »Ach, dies und das« geraten als Umschreibung für »Das geht dich gar nichts an«. Das hätte Dan verstanden. Aber mit einemmal wurde sie sich bewußt, daß sie mit ihm darüber reden konnte. Es war ein Stück ihrer Vergangenheit, das sich auf ihre Zukunft auswirken würde und nicht das geringste mit Dan zu tun hatte. Sie vertraute auf sein Einfühlungsvermögen und seinen gesunden Menschenverstand.

»Ja?« drängte Dan. Das »muß« überraschte ihn.

»Ich habe jemandem eine Antwort versprochen.« Wäre Rebecca nicht so müde gewesen, hätte sie gemerkt, was Dan daraus schlußfolgerte. Aber im Moment konnte sie an nichts anderes als an ihre eigene Situation denken und an die quälende Unsicherheit, wie diese Antwort ausfallen würde. Im Augenblick war Dan nur jemand, dem sie mitteilte, was ihr Kopfzerbrechen bereitete.

»Erzähl mir davon.« Der unterschwellige Ärger war bereits da, aber Rebecca bemerkte ihn nicht.

»Im Frühjahr hatte ich eine ... eine unerwartete Begegnung. Ich lief jemandem über den Weg, von dem ich angenommen hatte, ihn nie mehr im Leben zu sehen. Deshalb bin ich hergekommen – zumindest war das der Grund, warum ich von Edinburgh fort bin ...« Nein, es war doch zu schwierig, das alles auszusprechen, und zu schmerzhaft, diese Augenblicke zu schildern, in denen ihr Herz stillzustehen schien. Sie mußte es anders anfangen. »Ich hatte vor Jahren einen Freund. Wir waren sogar verlobt, aber es hat nicht geklappt. Sehr viel später tauchte er wieder in meinem Leben auf, als ich Hilfe brauchte. Und er hat mir geholfen.« Gott, damit erklärte sie nichts. Nach Jahren des Schweigens, in denen sie nicht einmal Esme reinen Wein einschenken konnte, kam es ihr vor, als würde sie versuchen, sich in einer fremden Sprache verständlich zu machen.

»Er will dich zurück?« fragte Dan und dachte: Großer Gott, ich hätte es wissen müssen. Frauen wie Rebecca reisen nicht ohne Gepäck, ohne einen Mann im Hintergrund. Sie hat sich nur ein Abenteuer gegönnt. Im nächsten Augenblick rief sich Dan zur Ordnung; Rebecca hatte nur das getan, was er wollte und von ihr verlangte – sie hatte eine Affäre mit ihm, eine Affäre ohne Vergangenheit und Zukunft.

»Er hat mir angeboten ... er hat vorgeschlagen, daß wir heiraten, aber er ...«

»Und was wirst du ihm sagen?« schnitt Dan ihr harsch das Wort ab. Er war nicht mehr imstande, seinen Zorn zu verbergen. Seine Stimme klang spöttisch und verriet viel mehr, als er zeigen wollte, aber Rebecca schien keine Notiz davon zu nehmen. Sie antwortete nicht einmal, als sie sich endlich mit der Entscheidung ihres Lebens und all den Konsequenzen, die sie mit sich brachte, beschäftigte.

»Du bist diesem Kerl also in die Arme gelaufen, und alles fing von vorn an, ja?« Dan wußte, daß er sie mit seinen Fragen schikanierte, aber er konnte ihr Schweigen nicht ertragen. Er wollte alles wissen und verfluchte sich selbst, weil er nie auf die Idee gekommen war, daß es einen Mann in ihrem Leben gab. Und er wurde noch wütender, weil es ihm jetzt, da er Bescheid wußte, so viel ausmachte.

»O nein«, rief Rebecca erstaunt. »Ich habe nicht Ivor gesehen. Natürlich war er dabei, aber das war nicht die Begegnung, die mir einen solchen Schock versetzt hat, obwohl er mir versprochen hatte, nie mehr in mein Leben zu treten, ein Zusammentreffen unter allen Umständen zu vermeiden. Nein, ich habe ... ich habe das Kind gesehen ...«

Sie konnte es nicht anders ausdrücken. Das Kind, das sie als Baby in anonyme Hände hätte übergeben sollen, war jetzt sieben Jahre alt und lebte in einem anderen Teil des Landes. Es sollte für immer von ihr fernbleiben, und plötzlich kam es in der Fußgängerzone in der Rose Street auf sie zu, das kleine Mädchen, das genauso aussah wie sie selbst auf den Kinderfotos ... die rosigen Wangen, das lockige schwarze Haar, das Lachen in den dunkelblauen Augen. Sie redete sich sofort ein, daß das nicht sein konnte, unmöglich ... es waren dieselben Phantasien wie damals in den ersten verzweifelten Jahren, als sie die Kleine in jedem Kinderwagen oder als Kleinkind überall in der Stadt gesehen hatte ... aber das war Ivor direkt hinter dem Mädchen, und er sah sie erst voller Freude, dann mit entsetzlich schlechtem Gewissen an, als er ihre Tränen entdeckte.

»Was für ein Kind?« brachte Dan heiser hervor, und gleich darauf hätte er ein Vermögen gegeben, um die Worte wieder zurücknehmen zu können.

»Meine Tochter, mein Baby. Ich habe sie nach der Geburt zur Adoption freigegeben, aber leider nicht auf den Rat anderer gehört. Alle warnten mich davor, sie jemandem zu überlassen, den ich kenne, und so eine Verbindung zu ihr zu erhalten. Aber ich ignorierte das und gab sie Ivor. Er und seine Frau konnten keine Kinder bekommen, und ich dachte, es wäre besser, als sie vollkommen Fremden anzuvertrauen. Ivor hat mir sein Wort gegeben, daß er sie wegbringen und nie mehr mit ihr in meine Nähe kommen würde. Er hatte es mir fest versprochen, aber plötzlich stand sie vor mir, ganz in der Nähe meiner Wohnung, in einer Straße, die ich oft entlangging. Sie sah aus wie ich als Kind und lief lachend auf mich zu ...«

Dan riß vehement den Arm zurück, auf dem ihr Kopf gelegen hatte, und sprang aus dem Bett. »Ich will nichts davon hören«, unterbrach er sie ungehalten. »All dieser gefühlvolle Quatsch. Es ist dein Problem, richtig? Ihr verdammten Frauen seid alle gleich – wie wucherndes Unkraut, das versucht, einen Mann von allen Seiten zu umranken und das Leben aus ihm zu pressen.«

Er zog sich wütend an, ohne auf Rebecca zu achten, der die Tränen in die Augen schossen. Sie war wie zerschlagen und betäubt nach diesem Wutausbruch und schaffte es nur mit Mühe, sich auf einen Ellbogen zu stützen.

»Dan ...«

»Und fang jetzt bloß nicht an zu heulen – das würde mir gerade noch fehlen. Belaste mich nie wieder mit deinen Problemen, hast du verstanden? Könnt ihr dummen Gänse euch nicht mit einer einfachen, unkomplizierten Beziehung zufriedengeben? Nein, sobald sich jemand halbwegs anständig euch gegenüber benimmt, fangt ihr gleich an, eure beschissenen Probleme abzuladen, Forderungen zu stellen und zu klammen ...«

»Dan, nein, so ist es doch gar nicht ...« Sie hatte keinen Augenblick an ihn gedacht, als sie sich alles von der Seele geredet hatte – es hatte nichts mit ihm, mit ihnen beiden, zu tun. Sie versuchte, ihm das klarzumachen, aber plötzlich konnte sie die Tränen nicht mehr zurückhalten, und das brachte Dan noch mehr in Rage.

»Oh, um Himmels willen, ich habe die Nase voll von alle dem – ich bin draußen.«

»Dan, geh nicht, bitte hör mir zu ...«

»Zuhören? Ist das alles, woran ihr denken könnt? Dan, hör zu! Dan, hilf mir! Dan, gib mir! Nicht du auch, Rebecca, nicht du. Ich dachte, du hättest es kapiert. Ich dachte du hättest mehr Verstand, Courage und Selbstachtung, aber du bist genau wie alle anderen. Ich wußte, daß du heute abend viel durchgemacht hast, und wollte nur ...« Ich habe es mir versagt, dich zu lieben, weil du keinen Sex, sondern Trost und Fürsorge gebraucht hast. Er brachte es nicht über sich, die Worte auszusprechen, weil er sich irgenwie betrogen fühlte.

Er zog seine Stiefel an und griff nach der Jacke, die er auf den Boden hatte fallen lassen, dann ging er zur Tür.

»Dan, ich gehe – dies ist dein Zuhause«, rief Rebecca zitternd. Sie verstand nicht, warum er so wütend war, aber sie wußte, daß dieses Cottage sein Zufluchtsort war, von dem sie ihn nicht vertreiben wollte. Aber er war schon weg, polterte die Stiege hinunter und schlug die Haustür hinter sich zu. Schluchzend und entsetzt über den Sturm, der aus heiterem Himmel über sie hereingebrochen war, ausgelaugt von den Ereignissen des Abends und den Gefühlen, denen sie heute zum erstenmal freien Lauf gelassen hatte, rollte sie sich in dem Bett wie ein Häuflein Elend zusammen.

Der Gedanke, daß Dan irgendwo in der Nähe herumschleichen und darauf warten könnte, daß sie endlich das Haus verließ, rüttelte sie auf. Sie stand schwankend vor Müdigkeit auf, zog sich an und machte sogar unbeholfen das Bett. Mit steifen, schweren Beinen und pochendem Herzen ging sie die Treppe hinunter. Sollte sie ihm eine Nachricht hinterlassen?

»Oh, bitte, mach dich nicht komplett zum Narren«, schrie sie laut. Was, um alles in der Welt, hätte sie ihm schreiben sollen? Und was brachte sie überhaupt auf die Idee, daß er die Zeilen lesen würde, die sie geschrieben hatte? Sie sah sich noch einmal in dem kleinen, reizlosen Raum um und ging zur Tür. Dan hatte sie gewarnt, und sie war so müde und schwach gewesen, daß sie die Barrieren nicht mehr aufrechterhalten konnte. Das würde er ihr niemals verzeihen. Es war vorbei.

Sie wartete ein paar Minuten, bis sich ihre Augen an die Dunkelheit gewöhnt hatten, schauderte, als sie die Kälte und die Einsamkeit spürte, dann machte sie sich auf den Weg.

Sie kam herunter, gerade als die Leute, die früh abreisen wollten, in der Halle standen. (»Ob Sie wohl ein Paar Socken für mich suchen könnten? Sie sind weiß, aus reiner Wolle. Sie haben doch meine Adresse, nicht wahr? Meine Frau hat die Socken zum Trocknen auf den Handtuchhalter gehängt, und sie denkt, sie könnten versehentlich bei der Hotelwäsche gelandet sein. Ich wäre Ihnen sehr dankbar ...«)

In der Küche legte Una, deren blasses Gesicht mit roten Äderchen durchzogen war, Speckscheiben auf ein Blech.

»Hi«, sagte Rebecca leise und drückte sie kurz an sich. Ihr eigener Kummer trat in den Hintergrund. »Wie fühlst du dich?«

Una lehnte für einen kurzen Moment den Kopf an Rebeccas Schulter, ihre Lippen bebten, aber sie sagte nichts.

»Konntest du wenigstens ein bißchen schlafen?«

»Kaum«, gestand Una, zog ein anderes Blech zu sich und legte Würstchen darauf.

Dann sind wir schon zu zweit. »Ich mache uns einen Kaffee.«

»Rebecca, du glaubst doch nicht, daß er heute wiederkommt und einen Streit anfängt, oder?«

Er. Tony. »Möglich. Aber ich glaube nicht, daß er etwas ausrichten kann. Du könntest ihm einiges an den

Kopf werfen, wenn du ganz sicher weißt, was du willst.«

»Das weiß ich ganz genau. Ich habe in letzter Zeit viel nachgedacht, und ich war schon vorher fast sicher, was ich tun würde. Und als Tony dann so selbstsicher hier angetanzt kam ... er ist so gefühllos ...« Ihre Stimme zitterte, und Rebecca stellte den Kaffeefilter weg und eilte zu ihr.

»Nein, es ist schon gut.« Una nahm grüne Papiertücher aus dem Spender und wischte sich mit den rauhen Dingern die Augen ab. »Ehrlich, mir geht's gut. Die Tränen fließen irgendwie von selbst. Ich weine gar nicht seinetwegen.«

»Du warst wunderbar gestern abend.«

»Hallo, ihr beiden. Ist alles in Ordnung, ihr Süßen?« Liam kam durch die Hintertür. »Reizender Bursche, dieser Dan«, setzte er in rauherem Ton hinzu. Er stellte den leeren Rucksack, den er bei sich hatte, auf den Tisch, auf dem die Verpflegung für den Kurs bereitlag.

»Was ist mit Dan?« Rebecca konnte die Frage nicht zurückhalten.

»Er hat sich freigenommen«, sagte Una über die Schulter und schob ein Blech unter den großen Grill. »Hat er dir das nicht gesagt?«

Rebecca spürte, wie sich eisige Stille in ihr ausbreitete. Er hat sich freigenommen. Sie erinnerte sich an die bitteren Worte: »Ich bin draußen.« Saß sein Zorn so tief? Aber so kurz vor dem Ende alles stehen und liegen zu lassen, seinem Job und der Verantwortung den Rücken zu kehren? Genau wie beim Militär, dachte sie unbehaglich. Dort hat er auch die Brocken hingeschmissen, als er sich ungerecht behandelt fühlte.

»Ich nehme an, das ist nur recht und billig – er hat ein paar freie Tage wirklich verdient«, sagte Liam leichthin und packte die Freßpakete in den Rucksack. »Er hätte nur ein bißchen früher Bescheid sagen können, das ist alles. Aber so wird ein Mann eben, wenn er ein bißchen mehr Macht als die anderen hat – das steigt jedem zu Kopf, wenn nicht woandershin. Ah, Una, Sie sind viel zu gut zu diesen Jungs. Diese Wurstbrötchen sind was für Könige, nicht für ...«

Hatten Liam und Una bemerkt, daß sie wie festgefroren dastand und ihre Hände zitterten, als sie Wasser in die Kaffeemaschine schüttete? Dan hatte also vor, zurückzukommen. Ihr fiel ein riesiger Stein vom Herzen, aber die bange Frage blieb: Wie würde er sich ihr gegenüber verhalten?

»Wir haben im Moment nicht so viel zu tun, der Betrieb läßt langsam nach. Daher dachte ich, ich könnte mich für zwei, drei Tage davonstehlen. Wäre es dir recht, wenn ich komme?« Rebecca suchte verzweifelt nach Trost, dennoch fürchtete sie sich vor Edinburgh, und der Gedanke, nicht hierzusein, wenn Dan zurückkam, widerstrebte ihr.

»O Liebes, das brauchst du doch nicht zu fragen«, rief Esme aus. »Ich würde mich sehr freuen. Komm, wann immer du willst. Aber ich fürchte, ich bin in den nächsten Tagen ziemlich viel unterwegs. Nächste Woche wäre vielleicht besser. Würde dir das passen?«

»Hm, na ja ...« Rebecca zögerte. Das war es nicht, was sie hatte hören wollen; sie wollte immer sofort handeln, packen und losfahren.

Esme merkte, daß etwas nicht stimmte, und fuhr in ihrer Sorge hastig fort: »Hör mal, ich habe dir bis jetzt noch nichts davon gesagt, aber ich hoffe, sowieso bald nach Ardlonach kommen zu können, wenn es Una und dir recht ist. Würde das gehen? Kurz nachdem ihr das Hotel geschlossen habt, dachte ich, dann können wir etwas mehr Zeit zusammen verbringen.«

»Oh, das ist eine viel bessere Idee. Das wäre großartig«, sagte Rebecca und atmete erleichtert auf. Dann brauchte sie nicht von hier wegzufahren. Wenn Esme herkam, konnte sie vielleicht eine bessere Beichte ablegen als bei Dan, und sie brauchte keine Angst vor Wutanfällen oder Mißverständnissen zu haben. Und wenn sie sich hier aussprachen, gemeinsame Spaziergänge machten und ihre Gedanken austauschten, mußte sie sich auch noch nicht der Qual aussetzen, nach Edinburgh zurückzukehren.

»Da ist noch etwas«, fuhr Esme ungewohnt zaghaft fort. »Ich würde diesmal gern jemanden mitbringen, wenn es geht. Wahrscheinlich ist ein Gast das letzte, was ihr euch wünscht, wenn ihr gerade das Hotel dichtgemacht habt, aber wir versorgen uns selbst, und wir beide, du und ich, können trotzdem etwas unternehmen und reden, versprochen.«

»Aber natürlich kannst du mitbringen, wen du willst. Das ist überhaupt kein Problem.« Aber wer mochte dieser Jemand sein? Eine dieser flotten Golfladys mit Bommeln an den Schuhen? Oder eine langhaarige Lehrerin in weitem grauen Sweatshirt und langem schwarzen Rock? Wie auch immer, es spielte keine Rolle; solange Rebecca nur die Gelegenheit hatte, hin und wieder mit ihrer Mutter allein zu sein.

KAPITEL 25

Rebecca fühlte sich in den beiden Tagen, die Dan unterwegs war, schlecht und war unglücklich, obwohl ihr die Arbeit nicht viel Zeit ließ, darüber nachzudenken, was genau passiert war. Nach dem langen Wochenende reisten viele Gäste ab, und etliche lungerten noch bis nach dem Mittagessen im Salon herum, weil das Wetter trüb war und immer wieder mit Regenschauern gerechnet werden mußte. Und diejenigen, die vorhatten, noch zu bleiben, rührten sich nicht aus dem Haus. Gepäck mußte durch den Regen und den peitschenden Wind geschleppt werden. Nasse Hunde bellten auf den falschen Seiten der Türen. Sogar das weißgetäfelte Büro erschien düster und deprimierend. Es war bereits Oktober, und die monatliche Buchführung mußte endlich abgeschlossen werden.

Der Gedanke an Tony spukte allen im Kopf herum. Würde er noch einmal auftauchen? Und wenn ja, wie würde Una reagieren, und welche Auswirkungen hätte das auf die einzelnen Mitarbeiter? Alle, ob sie ihn kannten oder nicht, hatten eine eigene Meinung von ihm, aber sie waren diskret genug, Una mit Kommentaren zu verschonen. Die Ärmste war so überarbeitet und erschöpft, daß sie sich ausnahmsweise dazu überreden ließ, nach dem Mittagessen auf ihr Zimmer zu gehen und sich hinzulegen. Sie schlief noch nach Stunden so fest, daß Rebecca es nicht übers Herz brachte, sie zu wecken, und mit Joanies und Megans Hilfe ein ziemlich chaotisches Abendessen hinter sich brachte.

Rebecca allerdings gelang die Flucht ins Reich der Träume nicht so leicht, nachdem sie sich am Ende des anstrengenden Tages hinauf in ihre Mansarde geschleppt hatte. Sie, die daran gewöhnt war, die Schwierigkeiten beim Schopf zu packen, konnte es kaum ertragen, daß sie nicht nur Tonys Launen ausgeliefert war, sondern selbst in der Luft hing und gezwungen war, zu warten, bis sie Dan zur Rede stellen konnte. Sie brannte darauf, seine Anschuldigungen zurückzuweisen, ihm zu erklären, was sie fühlte, was sie gemeint hatte. Sie würde sich sogar bei ihm entschuldigen. Denn an diesem endlos langen Tag war ihr klargeworden, daß sie sich selbst etwas vorgemacht hatte – es war nicht nur der Wunsch gewesen, mit ihm über einen wichtigen Teil ihrer Vergangenheit zu sprechen. Sie wollte, daß er ihr Kraft gab, und genau das hatte er ihr vorgeworfen. Sie hatte sogar insgeheim gehofft, er könnte ihr sagen, was sie tun sollte. Nun, sie hatte sich immer einen selbstsicheren Mann gewünscht, der sich nicht von ihr schikanieren oder manipulieren ließ, und war froh gewesen, in Dan einen solchen gefunden zu haben. Nun hatte sie erfahren, was das bedeutete: Ein kleiner Verstoß gegen die Abmachung, und er ging auf und davon, ohne einen Blick zurückzuwerfen.

Ob er ihr feindselig begegnete, wenn er zurückkam? Sie fürchtete, daß er sie offen ablehnte. Aber zu Trudy hatte er auch nach Ende ihrer Affäre eine freundschaftliche Beziehung aufrechterhalten. Aber da waren die Umstände auch ganz andere. Er hatte von vornherein gewußt, daß Trudy einsam war, und sich schuldig gefühlt, weil er ihr nicht geben konnte, was sie sich wünschte. Außerdem tat es ihm leid, daß er sie verletzt hatte, weil er sich mehr zu Rebecca hingezogen fühlte. In der Beziehung zu ihr hatten Mitleid und Schuldgefühle keinen Platz. Rebecca hatte versucht, die festgesetzten Grenzen zu überschreiten, der unverzeihlichen Schwäche nachgegeben, sich mit ihrem Schmerz und ihren Bedürfnissen an ihn zu wenden. Das konnte er nicht tolerieren.

Praktisch hat sich gar nichts geändert, sagte sich Rebecca und wälzte sich wieder in ihrem Bett, das ihr mit einemmal viel zu klein erschien – wie hatten sie hier jemals beide Platz gehabt? Sie stand genau dort, wo sie vorher gestanden hatte, nur konnte sie jetzt Dans Gesellschaft und die immense Freude, die er ihr in der Liebe bereitete, nicht mehr genießen.

Sie versuchte, sich abzulenken, indem sie sich auf Unas unerwartete Härte Tony gegenüber und die immer noch offene Frage, was aus Ardlonach werden sollte, konzentrierte. Die blasse, schweigsame Una, die kaum einen Bissen zu sich nahm und fleißig, aber niedergeschlagen ihre Arbeit verrichtete, war nicht in dem Zustand, in dem man mit ihr über die Zukunft diskutieren konnte. Und Rebecca wußte sehr genau, daß sie selbst ihre Entscheidung unabhängig von Ardlonachs Schicksal treffen mußte.

Ihre Trauer über den Verlust und der Ärger über die eigene Dummheit wurden nicht gemildert, als sie sich am nächsten Tag mit Trudy in Luig traf. Trudy war offensichtlich in überschwenglicher Laune und strahlte übers ganze Gesicht, als sie Rebecca sah.

»Rebecca, hallo! Schön, dich zu sehen. Ich wollte mir gerade jemanden suchen, der ein bißchen Junk-food mit mir teilt – ich habe die gesunde Kost so satt. Komm mit zu mir, der Laden ist bis zwei Uhr geschlossen. Hast du ein wenig Zeit? Und ich muß unbedingt erfahren, was das für eine Geschichte mit Tony ist.«

Die Neuigkeiten und alle Folgen von Unas Entschluß beschäftigten sie auf dem Weg zu Trudys Laden. Sie belegten ein paar Stücke Fertigpizza mit Salami und mehr Käse und schoben sie in den Ofen, öffneten eine Flasche Wein und räumten Briefe, Rechnungen und Papiere vom Tisch.

»Was meinst du, was jetzt geschieht?« fragte Trudy, als sie die zischenden Pizzastücke auf die Teller verteilte.

»Ich glaube, das weiß Una selbst noch nicht. Es war noch keine Zeit, alles gründlich zu überdenken – du weißt ja, wie das ist, wir hetzen uns den ganzen Tag ab. Es geht nicht halb so ruhig zu, wie wir es für diese Jahreszeit vorausgesehen hatten. Das gute Wetter spielt da natürlich eine Rolle.«

»Welches gute Wetter?« fragte Trudy ironisch nach. Der Regen peitschte gegen die hohen Fenster, und im Hafen waren grüne, schaumgekrönte Wellen zu sehen.

Hatte Dan gehofft, klettern zu können? Wo war er hingegangen?

»Jedenfalls scheint Unas Entschluß, nie mehr mit Tony zusammenzukommen, endgültig zu sein. Das überrascht mich wirklich; ich hatte keine Ahnung, daß sie so weit gehen würde, aber sie hat sich offensichtlich entschieden: Entweder Tony läßt sich ausbezahlen – sie hat sich bereits versichert, daß ihr Daddy ihr unter die Arme greift –, oder sie verkaufen das Anwesen. Ich weiß nicht, was dann wird.«

»Und wenn Tony sie ausbezahlt?«

»Kein Geld«, erwiderte Rebecca knapp und pickte sich einen Käsefaden vom Kinn.

»Und die Familie, kann sie ihm nicht helfen?«

»Wenn man Carolines Klagen hört, könnte man meinen, sie ist auf Sozialhilfe für die Familie angewiesen. Oder zumindest für die Pferde. Ich habe keinen Zweifel, wen sie zuerst verhungern lassen würde. Nein, ich glaube, selbst wenn sie alle zusammenlegen, können sie nicht genügend Geld zusammenkratzen.« Sie sprach von den Cousinen. Esme könnte den geforderten Preis vermutlich bezahlen, und Rebecca sehnte sich mit einemmal danach, mit ihrer vernünftigen, diskreten und verständnisvollen Mutter über alles zu sprechen.

»Für dich wäre es schlimm, wenn Ardlonach verkauft würde, nicht wahr?«

»Sehr.« Noch mehr, seit sie Arbeit investiert und einen Sommer lang Spaß und Erfolg gehabt hatte. Das Haus in seiner neuen Funktion als Hotel war ihr fast noch teurer als das alte. Ihr Leben wäre ärmer ohne Ardlonach; aber sie unterstützte Una von ganzem Herzen und bewunderte sie, weil sie so fest ihren Standpunkt vertrat.

»Wo warst du übers Wochenende?« fragte sie Trudy, nachdem sie beschlossen hatten, noch gemeinsam einen Kaffee zu trinken. »Doch nicht nur hier, in dieser Halde?« Selbst für Trudys Verhältnisse war der Wohnraum ziemlich unordentlich.

»Wie du dich immer ausdrückst, Rebecca«, tadelte Trudy. »Aber nein, ich war nicht in dieser Halde. Genaugenommen –« sie wirbelte mit einem breiten Lächeln zu ihr herum, »war ich in letzter Zeit nicht oft hier.«

»Trudy?«

Trudy drückte die leere Kaffeekanne an ihren großen Busen. Sie wurde verlegen, aber gleichzeitig merkte man ihr die überschäumende Freude an. Sie nickte. »Ich weiß. Es ist unglaublich, aber es scheint tatsächlich wahr zu werden.«

»Du und Fitz? Ehrlich? Trudy, das ist ja wundervoll! Wann ist das passiert – und warum hast du uns nichts gesagt, du Geheimniskrämerin?« Rebecca umarmte sie samt Kaffeekanne. Diese warmherzige, großzügige Frau, die ganz allein das Beste aus ihrem Leben gemacht hatte, aber wie geschaffen für eine liebevolle Partnerschaft war, hatte das Glück verdient.

»Es ist noch nichts geregelt«, wehrte Trudy ab und wischte sich mit dem Saum ihrer großen Hemdes über die Augen und lächelte strahlend. »Ich meine, noch weiß kein Mensch davon. Wir haben uns erst gestern abend entschlossen. Mir erscheint das Ganze noch immer unfaßbar. Den ganzen Morgen im Laden war ich in einer Art Rauschzustand. Am liebsten hätte ich allen gesagt: ›Hier, nehmen Sie das, es kostet nichts ... nehmen Sie doch zwei davon oder gleich ein Dutzend ...‹«

»Du bist irre. Aber Trudy, das sind ja wunderbare Neuigkeiten, ich freue mich so für dich!«

»Komm, wir machen noch eine Flasche Wein auf. Ich kann mich jetzt nicht mit Kaffeekochen abgeben.«

»Du hättest mir sofort davon erzählen sollen. So was muß doch gefeiert werden.«

»Du hältst mich nicht für verrückt? Ich meine, Fitz ist so ein – du weißt schon, er ist so elegant und so, und schau mich an.« Sie deutete um sich.

»Stimmt, du solltest ein bißchen zivilisierter werden. Nein, du Dummkopf – hör auf zu jammern. Du und Fitz. Ihr paßt großartig zusammen ... Was war das?«

»O mein Gott, der Laden! Irgendein Banause will ausgerechnet jetzt etwas kaufen! Ruf aus dem Fenster und schick diese Menschen weg ...«

Auf dem Heimweg ließ sich Rebecca ausnahmsweise Zeit. Zunächst war sie voller Freude über das, was Trudy ihr eröffnet hatte, dann packte sie der blanke Neid, und zum Schluß machte sie sich entsetzliche Vorwürfe, weil sie so reagierte. Natürlich gönnte sie Trudy ihr Glück mit dem herzlichen, fröhlichen, temperamentvollen Fitz. Die beiden paßten wirklich blendend zusammen. Es war wunderbar, aber es führte ihr eben auch deutlich vor Augen, wie leer ihr eigenes Leben sein würde. Selbst wenn Dan zurückkam und sie eine gemeinsame Basis fanden, wie sie in den nächsten Wochen miteinander umgehen konnten, hatten sie keine Zukunft. Im besten Fall blieb es eine unausgewogene, begrenzte Beziehung, und die Bedingungen, die sie festgesetzt hatten, erschienen ihr jetzt unnatürlich und unrealistisch. Dan war ein kalter Fisch, das wußte und akzeptierte er; sie hatte nur nicht richtig zugehört.

Es war schwer, ihm gelassen zu begegnen und so zu tun, als wäre nichts geschehen, aber offenbar wollte er es nicht anders. Sein Verhalten war fast so wie in den allerersten Tagen – er zeigte sich nicht unbedingt feindselig, war aber wachsam und reserviert. Er erledigte seine Arbeit im Büro so schnell wie möglich und dachte gar nicht daran, mit ihr zu scherzen oder zu plaudern wie früher. Zu Una und Catriona war er eine Spur freundlicher. Die Kursteilnehmer, die immer spärlicher wurden, mußten sich mit seiner höhnischen, unnahbaren Art abfinden, und sogar Liam bekam sein Fett ab, wenn er versuchte, die Atmosphäre aufzulokkern. Una hatte jedem Mitarbeiter einzeln eröffnet, daß bis zum Ende der Saison alles so weitergehen würde wie bisher, aber was nächstes Jahr wurde, könnte sie noch nicht sagen. Sie alle blieben gelassen – sie waren zu müde, um sich aufzuregen, und selbst Megan und Joanie, die schon seit Jahren in Ardlonach arbeiteten, verdrängten das Problem für den Moment. Sie waren daran gewöhnt, von Saison zu Saison zu leben; im Winter bezogen sie Arbeitslosengeld, und im Frühjahr würde sich wieder etwas Neues für sie ergeben.

Rebecca hatte sich eingebildet, sie wäre immun gegen das Einsamkeitsgefühl, aber in Wahrheit fraß es sie auf. Sie hatte geglaubt, keine Partnerschaft und Zuneigung zu brauchen, eine rein körperliche Beziehung ohne Emotionen führen zu können. Aber jetzt, als es darauf ankam, das zu beweisen, merkte sie, daß sie Gefühl und Vergnügen zu sehr miteinander vermengt hatte. Und im Rückblick mußte sie sich eingestehen, daß sie niemals ganz allein gewesen war; ihre Mutter war immer für sie dagewesen; sie hatte sich immer auf Esmes Liebe und Loyalität verlassen und darauf, daß sie keine Fragen und Forderungen stellte.

Rebecca, die sich mit jedem Tag mehr vor der Entscheidung fürchtete, der sie nicht mehr länger aus dem Weg gehen konnte, hatte das Gefühl, daß alle anderen um sie herum vollkommen mit ihren eigenen Angelegenheiten beschäftigt waren. Fitz war natürlich außer sich vor Glück, und er wollte, daß sich alle mit ihm freuten. Er hatte den Speisesaal für eine Verlobungsparty gemietet und alle seine Patienten, die nicht zu krank waren, dazu eingeladen. Trudy war wie in einem Taumel – sie fiel allen bei jeder sich bietenden Gelegenheit um den Hals und kümmerte sich kaum mehr um ihren Laden. Zum Glück waren ihre Kunden sehr tolerant.

Catriona war mit ihrem neugewonnenen Selbstbewußtsein mit Rebecca übereingekommen, daß Trudy ihre Hilfe im Moment nötiger hatte, und teilte ihre Arbeitszeit zwischen Laden und Hotel auf. Diese neue Aufgabe tat Catriona gut, und es war eine großartige Lösung für Trudy. Rebecca jedoch war wieder so angebunden wie in der Hochsaison. Selbst wenn sie den Betrieb in einigen Wochen dichtmachten, mußte sie die Buchhaltung für die Steuerbehörde auf den neuesten Stand bringen, Vorräte auffrischen und ... Ich muß mir ein endgültiges Datum setzen, oder ich verstecke mich bis in alle Ewigkeiten hinter all dem.

Una hatte gesagt, sie könne erst gründlich nachdenken und Entscheidungen fällen, wenn sie nicht mehr so eingespannt war. Von Tony hatten sie kein Wort mehr gehört, deshalb war die Angst davor, daß er jeden Moment auftauchen, sie zu einer Auseinandersetzung zwingen oder um Gnade anflehen könnte, geringer geworden.

Thea und Paddy schienen in ihrer Beziehung einen höheren Gang eingelegt zu haben, was Rebecca Sorgen bereitete. Doch dann fragte sie sich, ob ihre eigene Verletzung sie nicht zu empfindlich für so etwas machte. Schließlich enthüllte ein Kommentar von Joanie, daß ohnehin alle Mitarbeiter über Thea und Paddy Bescheid wußten.

»Das wird Tränen geben«, kündigte Joanie eines Abends an, als sie in der Kutscherhaus-Bar saßen, und deutete auf die beiden, die die Köpfe an der Bar zusammensteckten. »Es kann ja nicht gutgehen, wenn der eine hier, der andere am anderen Ende der Welt sitzt.«

Was die beiden wohl machen? überlegte Rebecca und spürte, wie sie eine ungewohnte Melancholie überkam. Es war von Anfang an klar gewesen, daß Thea am Ende des Sommers wieder nach Hause fliegen würde, und Paddy hatte nie die Neigung gezeigt, irgendwo anders leben zu wollen als im Westen von Schottland. Doch plötzlich war es kaum vorstellbar, daß sich die beiden trennten. Und Sylvie war mit einemmal auch viel zugänglicher zu Bern – vielleicht hatte seine Ergebenheit sie schließlich doch beeindruckt. Jedenfalls ging sie in ihrer Freizeit mit ihm und seiner Gruppe hinaus und war immer an seiner Seite, wenn sie mit den anderen zusammensaßen.

Jeder hat jemanden, dachte Rebecca, doch dann mußte sie über ihr Selbstmitleid lachen. Catriona hatte niemanden, Una hatte niemanden, Lilias, die immer gebrechlicher wurde und Schmerzen erdulden mußte, hatte niemanden, und Joanie kämpfte sich allein durchs Leben – um nur einige wenige zu nennen. Bestimmt hatte Liam mittlerweile ein Mädchen in Luig aufgetan, und die Farmerstochter Ellie hatte Ardlonach als Treffpunkt mit ihrem Freund auserkoren, den ihr Vater nicht leiden konnte. Aber sicher stand es nicht so schlimm um Rebecca, daß sie Ellie beneidete, oder? Ganz sicher war sie sich dessen nicht.

Nur eines wußte sie genau: In ihrem Gemütszustand würde es ihr schwerfallen, Trudys Verlobungsparty durchzustehen. Allein bei dem Gedanken daran krümmte sie sich innerlich. Auch die Organisation würde nicht ganz leicht werden, denn Fitz bestand darauf, daß alle Mitarbeiter von Ardlonach seine Gäste sein sollten.

»Wie stellt er sich das vor? Sollen wir einen Partyservice beauftragen?« fragte Rebecca ärgerlich.

»O nein, das wäre furchtbar«, protestierten Una und Trudy. »Das können wir nicht machen.«

»Aber selbst wenn wir an diesem Abend keine anderen Leute zum Essen hier haben, will er, daß wir siebzig Gäste verköstigen. Und die meisten von ihnen werden auch hier übernachten wollen, damit sie nachts nicht mehr fahren müssen.«

»Er will, daß sich alle amüsieren«, erklärte Trudy wenig hilfreich.

»Wir machen ein Buffet«, bestimmte Una. »Das können wir gut vorbereiteten. Und mit dem Abwasch danach werden wir schon fertig, wenn ein paar von uns mithelfen. Es gibt ja keine Töpfe, die gescheuert werden müssen. Die Zimmer sind hergerichtet, und wir müssen uns am nächsten Tag nicht mit Bettenmachen abhetzen. Wir brauchen nur das allernötigste zu tun.«

»Aber Una, wie um alles in der Welt sollen wir Frühstück servieren, wenn der Speisesaal nicht aufgeräumt ist? Und alle anderen Räume müssen auch noch in Ordnung gebracht werden. Du weißt, wieviel Arbeit eine Party dieser Größenordnung macht.«

»Wir machen das Frühstück im Kutscherhaus«, erklärte Una. »Kein Mensch wird besondere Ansprüche stellen, wenn Fitz' Party sich so entwickelt, wie er es sich wünscht.«

»Unsere Party«, korrigierte Trudy.

Sie lachten. »Fitz hat das Heft in die Hand genommen«, versicherte Rebecca. »Du hast nichts zu sagen. Besser, du lehnst dich zurück und genießt das Ganze.«

»Wir können die Tische fürs Frühstück schon vorher decken und alles, was wir fürs Kaffeekochen und so weiter brauchen, hinunterschaffen«, fuhr Una unbeirrt fort.

»Und das Porridge kochst du in einer Heukiste«, mokierte sich Rebecca, aber sie war nichtsdestotrotz beeindruckt von Unas Tatendrang.

»Ja, genau das machen wir!« rief Una. »Und wir werden allen sagen, daß das kein richtiger Hotelservice ist und setzen die Preise herunter. Das alles klappt bestimmt großartig.«

War das dieselbe Una, die sich so sehr davor gefürchtet hatte, das Hotel zu Ostern ohne ihren untreuen Mann zu öffnen?

»Ja, das machen wir«, stimmte Rebecca zu. »Es wird bestimmt ein tolles Fest. Gute Idee, Una.«

Es war ein denkwürdiger Abend. Das große Haus war voller Leben, und überall waren Musik, Gelächter und Stimmen zu hören. Wenn Esme nur auch hier sein könnte! dachte Rebecca, aber ihre Mutter war in der letzten Zeit schwer zu erreichen; entweder war ihr Handy kaputt oder ständig ausgestellt. Und als Rebecca sie endlich doch an die Strippe bekam, hatte Esme schon etwas anderes vorgehabt. Aber sie plante nach wie vor, nach Ardlonach zu kommen, sobald das Hotel geschlossen war, und Rebecca nahm zu dieser tröstlichen Aussicht Zuflucht, als sie allein dastand und die fröhlichen Gäste am Buffet beobachtete.

Sie kam sich wie eine Außenseiterin vor und übte wieder die Zurückhaltung, die sie in Edinburgh so sehr kultiviert hatte. Damals hatte ihr das Sicherheit verliehen und sie wie ein Panzer umhüllt, den niemand durchdringen konnte. Jetzt fühlte sie sich isoliert, ausgeschlossen, und für einen schrecklichen Moment konnte sie die Vergangenheit und die Gegenwart von Ardlonach nicht in Einklang bringen. Der Salon war ausgeräumt, damit die Gäste tanzen konnten wie bei den früheren Festen, und auf der Schwelle zu stehen und die herumwirbelnden Paare zu sehen, trieb Rebecca die Tränen in die Augen, und sie erinnerte sich, wie sich die Familie hier zum Reel aufgestellt und sie aufgeregt darauf gewartet hatte, endlich an der Reihe zu sein.

Sei nicht albern, rügte sie sich, damals waren hier nur alte Tanten und Onkel und verrückte Cousinen und Cousins, mit denen du ständig gestritten hast. Aber nichts konnte das nostalgische Bild oder die Erinnerungen aus späteren Jahren zerstören, als John Irvine und Stephen, Lilias mit Gerald und Esme hier gewesen waren. Zum erstenmal wurde sich Rebecca schmerzhaft bewußt, wie sich Esme gefühlt haben mußte, als Francis nicht mehr da und sie bei den Festen die Außenseiterin gewesen war. Ich muß damals blind gewesen sein, vollkommen gefühllos, weil ich ständig nur mit mir beschäftigt war, dachte sie schokkiert.

Aber ihr blieb nicht viel Zeit, die Tänze nur zu beobachten. Sie machte schließlich auch mit und wirkte so, als würde sie sich amüsieren. Zwischendrin räumte sie schnell schmutziges Geschirr weg oder schenkte Getränke aus, und sie war dankbar, als sie sah, daß alle anderen Mitarbeiter, auch die Trainer, es genauso hielten. Fitz, der sich vorgenommen hatte, mit jeder Frau mindestens einmal zu tanzen, fand trotzdem die Zeit, immer wieder herumzuspringen, die Gläser aufzufüllen und mit seinen Gästen zu lachen.

Dan war da. Rebecca war nicht sicher gewesen, ob er kommen würde, und hatte sich im Vorfeld mit Spekulationen darüber gequält. Ob er zu Fitz' und Trudys Verlobungsfeier kam oder nicht, hatte im Grunde nicht das geringste mit ihr zu tun. Und weshalb sollte er nicht an dem Fest teilnehmen? Seine Affäre mit Trudy war Geschichte, und er und Fitz waren gute Freunde geworden. Natürlich kam er zu der Party.

Er forderte Rebecca nicht zum Tanzen auf. Sie ärgerte sich, daß sie ständig zwischen Hoffnung und Bangen, Zweifel und Vorfreude, Zurückweisung und neuem Mut schwebte, und es gelang ihr nicht, sich von all diesen Empfindungen zu befreien. Sie trug ein Tablett mit Gläsern in die trüb beleuchtete Küche, in der die Spülmaschine brummte und gurgelte, und wartete auf das Ende des Spülgangs. Dann nahm sie das saubere Geschirr heraus, räumte die Gläser ein und schaltete die Maschine ein. Schließlich blieb sie mit gesenktem Kopf stehen; die Müdigkeit und die Enttäuschung und Erkenntnis, daß sie nirgendwohin und zu niemandem gehörte, machten sich plötzlich bemerkbar. Ausgerechnet hier und jetzt, in einem Haus voller Freunde, die alle heiter und glücklich waren, überkam sie dieses bizarre, kaum zu ertragende Gefühl.

Sie zwang sich, wieder in den Salon zu gehen. Dies war Trudys Abend; sie konnte sich nicht einfach davonstehlen. Sie stieß die Schwingtür auf und hörte die Klänge eines Strathspey, den sie so sehr liebte. Als sie in den Salon kam, führte Dan gerade Catriona auf die Tanzfläche. Er tanzte großartig, das erstaunte sie immer noch. Ohne Vorwarnung bildete sich ein Kloß in ihrer Kehle, und ihre Augen brannten. Wenn er wenigstens zugelassen hätte, daß sie an diesem Abend eine freundschaftliche Basis fanden und einander zeigen konnten, daß sie sich nicht gleichgültig waren. Sie hatte schließlich kein Verbrechen begangen, und es war wirklich nicht nötig, daß er sie auf diese Weise schnitt. Sie hatte keine Ansprüche auf ihn erhoben, ihn um nichts gebeten, sondern sich nur gewünscht, daß er ihr eine Weile zuhörte. Sie hatte keinen Versuch unternommen, den Status quo zwischen ihnen zu verändern. Er mußte eiskalt sein, wenn er so einfach die Tür zuschlagen und alles vergessen konnte, was sie zusammen erlebt hatten, die gemeinsamen Ausflüge, die Gespräche, das Lachen und die Liebe.

Heute abend konnte sie nicht singen, obwohl sie alle dazu drängten, und sie sah, wie enttäuscht Trudy über ihre Absage war. Sie wünschte, sie könnte ihre Bitte erfüllen, aber sie wußte genau, daß es für sie unerträglich wäre, vor allen zu stehen und daran denken zu müssen, was Dan über ihren Gesang bei der *ceilidh* gesagt hatte – damit hatte ihre wundervolle Beziehung begonnen. Sie wäre nicht imstande, auch nur einen Ton von sich zu geben. Vielleicht hatte Fitz Verständnis für sie – es konnte ihm nicht entgangen sein, daß Dan sie so schlecht wie Trudy seinerzeit oder sogar noch schlechter behandelte –, denn er sprang auf, ging zu den Musikern, und im nächsten Moment sang er aus vollem Hals »Pickin Time«. Bald wiegten sich alle im Rhythmus.

Rebecca schlüpfte hinaus – plötzlich verspürte sie den unbezähmbaren Drang, sich zurückzuziehen. Die Bibliothek war bei Gelegenheiten wie dieser für gewöhnlich leer, aber heute wand sich dort auf dem Sofa ein Pärchen. Sie merkten nicht einmal, wie Rebecca die Tür auf- und wieder zumachte. Dann ging sie zur Tür, die zur Steintreppe führte, aber sie hörte schon von weitem das Klicken von Tischtennisbällen. Blieb also nur noch ihr eigenes Zimmer, und einen Moment lang war sie versucht, hinaufzulaufen, ins Bett zu gehen und sich für den Rest des Abends nicht mehr blikken zu lassen. Aber sie nahm sich zusammen. Es wäre egoistisch, all die Aufräumarbeiten Una zu überlassen, und außerdem wäre es Trudy und Fitz gegenüber nicht höflich, einfach so zu verschwinden. Wie konnte sie sich ins Bett legen und ihrem Selbstmitleid nachgeben, wenn ein rauschendes Fest im Haus stattfand. Sie würde sich jetzt nicht gehenlassen.

Auf dem Weg zurück in den Salon sah sie Clare in einer Ecke sitzen. Sowohl ihr Mann als auch der Gastgeber hatten ihr verboten zu tanzen. Rebecca bahnte sich einen Weg und setzte sich zu ihr.

Erst als sich die Party dem Ende zuneigte und die Hotelangestellten sich nach einem letzten Drink in ihre Unterkünfte zurückgezogen hatten, übermannte Rebecca die Wut. Sie selbst hatte nicht viel getrunken, und daher war ihr Zorn eiskalt und von Logik beherrscht.

Dan hatte sich heute absolut unmöglich benommen. Sie hatte die Grenzen überschritten, die er festgesetzt hatte, und ihm zuviel anvertraut. Doch er behandelte sie, als hätte sie unzumutbare Forderungen an ihn gestellt. Heute abend hatten sich Freunde hier versammelt, um Fitz' und Trudys Glück zu feiern, und er hatte seine eigenen emotionalen Unzulänglichkeiten über alles andere gestellt. Er hatte kein Recht, sich so aufzuführen.

Rebecca schloß die Bürotür auf und nahm ihre Wagenschlüssel vom Haken. Sie würde die Angelegenheit jetzt sofort mit ihm klären.

KAPITEL 26

Dan war noch in der Wohnküche. Er hatte die Vorhänge nicht zugezogen und stand mit dem Rücken zum Kamin, auf dessen Ablage ein kleiner elektrischer Ofen stand. Er stand breitbeinig da, die Daumen in den Gürtel gehakt, und starrte mit ernster Miene ins Leere.

Rebecca vergeudetete keine Zeit damit, seine Stimmung einzuschätzen. Sie warf einen Blick durchs Fenster und klopfte an die Tür. Dan öffnete. Sein funkelnder Blick überraschte sie weder, noch schreckte er sie ab. In Wahrheit war sich Dan der Kluft, die er zwischen ihnen geschaffen hatte, so sehr bewußt, daß er annahm, es gäbe einen Notfall, als er sie auf seiner Schwelle sah.

»Was ist los? Was ist passiert? Stimmt etwas nicht bei den Kursteilnehmern?« Man hatte sie höflich gebeten, sich an diesem Abend ein bißchen rar zu machen, und ihnen die Schlüssel für den Minibus in die Hand gedrückt. Dan faßte bereits nach seiner Jacke.

»Nein, es geht nicht um die Kursteilnehmer, und es ist auch nichts passiert. Ich habe dir etwas zu sagen, das ist alles.«

Rebecca sah selbst so grimmig aus, und ihr Ton war so kampflustig, daß Dan zur Seite wich, um sie hereinzulassen, ehe er begriff, was er tat. Rebecca war nicht auf Einwände eingestellt, und ihre Entschlossenheit, daß sie reden würde, wenn sie es sich vorgenommen hatte, war zwingend.

»Du hast dich heute abend wie ein Scheißkerl benommen«, begann sie wütend und schwang zu Dan herum, als sie mitten in dem schäbigen kleinen Zimmer stand.

»Rebecca ...«

Sie wollte nichts hören. »So muß ich mich nicht behandeln lassen! Es ist mir gleichgültig, was für persönliche Probleme du hast, du brauchst nicht so verdammt feindselig und abweisend zu sein. Ich habe nur versucht, etwas mit dir zu teilen, was mich wirklich beschäftigt und mir am Herzen liegt, weil ich dachte, wir würden uns mittlerweile gut genug kennen. Ich habe nie mit irgend jemandem darüber gesprochen, nicht einmal mit meiner Mutter, aber ich nehme an, daß dich diese Eröffnung wieder dazu treibt, um dein Leben zu rennen. Ich wollte damit nicht signalisieren, irgendwelche Ansprüche auf dich erheben zu können, und ich habe auch nicht versucht, mich in die geheimen Winkel deines Daseins einzuschleichen, falls es die tatsächlich gibt, und wenn du das nicht magst, hättest du es mir einfach sagen können. Mich wie eine verhaßte Feindin zu behandeln ist einfach nicht hinnehmbar, und daß du das ausgerechnet heute abend, bei einem Fest, gemacht hast, ist ...«

»Weil so viele Leute da waren, die das beobachten konnten, meinst du?« Dan war es nicht gewöhnt, so angegriffen zu werden, und die schneidende Bemerkung machte er, um ihr Feuer zu zerstreuen.

»Was?« Rebecca hielt inne und starrte ihn mit offenem Mund an. Ihr war nicht einmal eingefallen, darüber nachzudenken, was andere Leute beobachtet haben oder davon halten könnten. »Unsinn, das spielt nicht die geringste Rolle. Hier geht es nur um dich und mich. Wir waren Freunde, wir haben uns geliebt, und ich dulde nicht, daß du dich mir gegenüber so verhältst wie heute abend. Du kannst dich meinetwegen für immer hinter der jämmerlichen Behauptung verstecken, daß du emotional zurückgeblieben bist, und dir einbilden, daß dich das von jeglicher Verantwortung freispricht. Aber es ist ganz bestimmt keine Entschuldigung für Unmenschlichkeit. Es gibt da immer noch Dinge wie Höflichkeit und Freundschaft und Zuneigung, falls dir das noch nicht aufgefallen ist. Ich bin verletzt und wütend über das, was du mit mir gemacht hast, und ich will, daß du das weißt. Das ist alles.«

Bevor Dan Atem holen konnte, um auf diesen Redefluß zu antworten, stürmte Rebecca zur Tür – ihre Augen blitzten, und sie strahlte heftigen ungezähmten Zorn aus.

»Rebecca!« Dan machte einen Satz und packte ihren Arm.

Sie schüttelte seine Hand ab. »Es gibt nichts mehr zu sagen.« Sie griff nach der Klinke und öffnete die Tür.

Dan knallte sie mit der Schulter wieder zu.

»Es gibt sogar eine ganze Menge zu sagen.«

Sie standen sich gegenüber, beide atmeten schnell,

beide rührten keinen Muskel – zwei Menschen mit starkem Willen in äußerster Anspannung, und keiner von beiden war in der Lage einzuschätzen, was der andere als nächstes sagen oder tun würde. Dan lockerte seine Haltung zuerst wie ein Hund, dem klar wird, daß ein Kampf unklug wäre.

»Okay, ich habe mich heute abend wie ein Scheißkerl benommen«, sagte er aggressiver, als ihm zumute war, weil er keine andere Reaktion auf Angriffe dieser Art kannte. Sie weiß gar nicht, wie bewundernswert ihre Augen sind, schoß es ihm trotz seines Ärgers darüber, in die Defensive gedrängt worden zu sein, durch den Kopf. Dieser herausfordernde Blick, der ihn durchbohrte. Er sah in diesen Augen, was er verloren hatte, und erkannte mit einem Hauch von Belustigung, daß sie keine Zeit damit verschwenden wollte, diese selbstverständliche Tatsache zu vertiefen.

»Ich möchte dir etwas erzählen«, sagte er brüsk. »Oder vielmehr will ich das zu Ende führen, was ich schon früher angefangen habe. Es wird dich nicht im mindesten interessieren, und ich weiß selbst nicht, warum ich mir überhaupt die Mühe mache, aber mir ist es aus unerfindlichen Gründen wichtig, daß du die ganze Geschichte kennst.«

Sie erwiderte knapp und sachlich, das sei auch ihr wichtig, aber es hörte sich so an, als ginge es um ein unbedeutendes Detail, das sie richtigstellen wollte. Dan, der ihre Stimmung nicht verstand und sich über seine wütende Reaktion ärgerte, wollte sie nur hier festhalten, bis alle Dinge zwischen ihnen klargestellt waren. Aber unterschwellig spürte er, daß etwas Grundlegendes auf ihn zukam, etwas, was ihm vielleicht nicht gefiel, dem er aber nicht entkommen konnte.

»Setzen wir uns wenigstens«, schlug er ungehaltener vor, als er beabsichtigte. Versöhnungen waren nicht das Terrain, auf dem er sich üblicherweise bewegte. Er ging auf den Kamin zu und verfluchte sich im stillen für seine Unbeholfenheit. Er deutete auf das schäbige zweisitzige Sofa, des dem Kamin gegenüber stand. Wenn sie sich dort niederließ, würde Dan sich neben sie setzen. Oder er stellte sich drohend vor sie. Deshalb blieb Rebecca lieber, wo sie war – direkt an der Tür. Ein eisiger Luftzug wehte um ihre Knöchel.

»Mein Kind wurde nicht vom leiblichen Vater adoptiert«, eröffnete sie ihm unvermittelt. Sie wußte, daß es zwecklos und lächerlich war und nur für sie von Bedeutung war, die Tatsachen zurechtzurücken, aber ein innerer Zwang drängte sie, fortzufahren: »Vor Jahren war ich mit einem Mann namens Ivor Dundas verlobt, der später eine andere Frau heiratete. Sie konnten keine Kinder bekommen, hatten alles versucht ...« Nachdem sie sich zunächst in ihre eigene Geschichte gestürzt hatte, mußte sie jetzt zu ihrem Schrecken feststellen, daß sie nicht weitererzählen konnte.

Dan blieb ganz ruhig und sagte nach einer spannungsgeladenen Pause leise: »Erzähl weiter, ich möchte es hören.«

Sie gab keinen druckreifen Bericht ab, sondern stammelte eher unzusammenhängende Sätze, und Dan erkannte daran, wie aufgewühlt sie war. Er unterbrach sie nicht, machte keine Bewegung und setzte die Bruchstücke ihrer abgehackten Schilderung, so gut es ging, zu einem Bild zusammen. Sie erzählte von der zufälligen Wiederbegegnung mit Ivor, als sie von einem anderen Mann schwanger gewesen war, ausgerechnet an dem Tag, an dem Ivor von der Adoptionsagentur erfuhr, daß er und seine Frau, weil sie einmal kurz getrennt gelebt hatten, nicht als geeignete Eltern angesehen wurden. Die Ironie an der Sache bestand darin, daß die Trennung das Resultat von Rosalinds tiefsitzender Trauer darüber war, daß sie nie ein eigenes Kind zur Welt bringen würde, aber Rebecca ging nicht näher auf diesen Aspekt ein. Niemand interessierte sich für die Hintergründe, und somit war die Entscheidung, daß die beiden als adoptionsuntauglich galten, endgültig. Ivor war am Boden zerstört und fürchtete sich davor, nach Hause zu gehen und Rosalind sagen zu müssen, was geschehen war, und auch davor, die ganze Prozedur mit einer anderen Agentur noch einmal von vorn beginnen zu müssen, noch einmal Ewigkeiten zu warten und vielleicht wieder eine Absage zu bekommen.

Sie hatten stundenlang geredet, und Rebecca hatte ihm bei diesem Gespräch ihre eigene mißliche Lage dargelegt. Ivor hatte sich sofort gefragt, wie Dan jetzt auch, warum ausgerechnet Rebecca sich nicht für einen Schwangerschaftsabbruch entschieden hatte. Auf eine entsprechende Frage hin hatte Rebecca Ivor weit mehr von ihren Enttäuschungen und ihrem Kummer enthüllt, als sie es jetzt tat.

»Wir dachten, wir würden heiraten oder zumindest zusammenziehen«, erklärte sie Dan. »Aber dann meinte der Vater meines Kindes, er würde doch nicht damit zurechtkommen. Zu diesem Zeitpunkt war es zu spät, etwas zu unternehmen.« Diese bündige Aussage über den Verrat warnte Dan davor, einen Kommentar abzugeben oder Mitgefühl zu zeigen.

Rebecca erinnerte sich wieder an jenen seltsamen Tag, an die stundenlange Aussprache mit Ivor in der Boulangerie mit den zierlichen schwarzweißen Möbeln und der Aussicht auf die hochgelegene Burg hinter den regennassen Fensterscheiben, an die Leute, die unbemerkt von ihnen kamen und gingen, und an den Geruch der nassen Mäntel.

Dan ließ sie nicht aus den Augen, spürte seine eigene Anspannung und die mit Hoffnung durchsetzte Angst vor dem Ausgang der Geschichte.

»Alle haben mich gewarnt und mir gesagt, daß man ein Baby niemals an Adoptionseltern gibt, die man persönlich kennt. Und sie hatten natürlich recht. Aber ich war dickköpfig wie immer und habe meinen Willen durchgesetzt. Es sollte nie eine Möglichkeit für einen Rückzieher geben ...«

Sie war weit weg von hier, von ihm, das wußte Dan. Er beobachtete, daß sie resolut ihre Gedanken sammelte und sich zur Ruhe zwang, und empfand mit einemmal mehr Liebe und Bewunderung für sie als jemals zuvor. Sie fuhr fort, um die Sache hinter sich zu bringen: »Ivor lebt im Süden an der Grenze, wo er ein kleines Landgut besitzt. Er hat mir sein Wort gegeben, daß er die Kleine niemals nach Edinburgh bringen würde, daß ich nie befürchten müßte, ihr irgendwann über den Weg zu laufen. Ich habe ihm vertraut. Ich glaubte wirklich, er würde sein Wort um meinetwillen halten.« Ihre Stimme bebte, als sie den Schock des Zusammentreffens neu durchlebte. Sie senkte den Kopf und war sich nicht einmal bewußt, daß sie das folgende nicht laut aussprach. Ivor hatte nicht angerufen, war auch nicht allein gekommen, sondern hatte sich mit dem Kind auf den Weg zu ihrer Wohnung gemacht. Seine eigenen Bedürfnisse und Nöte hatten ihn so überwältigt, daß er nicht nur ihre Abmachung mißachtete, sondern dabei auch vergaß, wie wehrlos sie war und welche Qualen ihr ein solcher Besuch bereiten würde.

»Selbstverständlich dachte er, ich hätte mittlerweile alles überwunden. Es ist immerhin über sieben Jahre her.«

Nein, dachte Dan mitfühlend, du hast es nicht überwunden.

»Er kam nach Edinburgh, weil Rosalind, seine Frau, gestorben ist. Ich wußte nichts von ihrem Tod. Lungenembolie, sagte er, aber wir haben nicht weiter darüber gesprochen. Er war gekommen, weil ...« Sie konnte nicht mehr weiterreden. All die Monate hatte sie feige und ängstlich die große Frage verdrängt. Sie merkte nicht einmal, daß Dan auf sie zuging.

»Er kam, um mir vorzuschlagen, bei ihm zu leben, ihn zu heiraten. Damit ich mit Sophie zusammensein, ihr eine Mutter sein könnte.« Sie sah zu Dan auf – Schmerz und Kummer standen ihr ins Gesicht geschrieben. »Ich *bin* ihre Mutter!« schrie sie, und er spürte, wie seine Kehle eng wurde.

»O Rebecca, komm her.« Ganz sanft, um jeden Widerstand ihrerseits zu verhindern, legte er die Arme um sie und atmete erleichtert auf, als sie es geschehen ließ. Sie lehnte die Stirn an seine Brust und hatte Mühe, die Beherrschung zu bewahren.

»Es spricht natürlich eine Menge für eine Verbindung mit ihm«, sagte sie nach einer Weile so sachlich, wie es ihr möglich war. »Ivor und ich, wir mochten uns einmal sehr gern. Ich bin überzeugt, er ist ein wunderbarer Vater. Und er wohnt in einer sehr schönen Gegend, in einem schönen Haus – er könnte mir ein bequemes Leben bieten. Ich muß ihm meine Entscheidung mitteilen, wenn ich von hier weggehe. Ich habe ihm gesagt, daß ich mich für den Sommer hier verpflichtet habe. Wie auch immer –« sie richtete sich auf, vermied aber Dans Blick –, »so stehen die Dinge. Ich wollte, daß du das alles erfährst. Gott allein weiß, warum – es ist idiotisch, denn du bist bestimmt der allerletzte auf der Welt, der sich mit solchem Zeug langweilen möchte. Trotzdem danke, daß du mir zugehört hast.«

Dan ließ sie nicht los. »Das ist noch nicht alles, stimmt's? Komm schon, so lasse ich dich nicht gehen. Willst du einen Drink oder einen Kaffee? Setz dich wenigstens und wärm dich etwas auf.«

»Ich will dich nicht länger aufhalten. O Gott, wir müssen morgen so viel aufräumen und saubermachen. Eigentlich schon in ein paar Stunden.« Sie stöhnte. »Ich gehe jetzt besser.«

Sie schien den eigentlichen Grund für ihren Besuch vollkommen vergessen zu haben. Oder war diese Beichte der eigentliche Grund? Was auch immer es war, Dan konnte seine innere Aufregung kaum bezähmen.

»Du hast nicht über Sophie gesprochen«, sagte er.

Sie sah ihn einen Moment an, als ob sie sich weigern wollte, ihn zu verstehen. Obwohl sie keinen Muskel bewegte, beobachtete er, wie ihr Gesicht in sich zusammenfiel und nur noch Trauer ausdrückte. Er wollte sie in seine Arme schließen und vor dem Schmerz beschützen. Er führte sie zu dem Sofa und zog sie an sich.

»Komm, Rebecca«, sagte er wieder. »Sprich mit mir. Was für Gefühle hast du, wenn du an Sophie denkst?«

»Ich weiß es nicht«, erwiderte sie heftig. »Ich weiß es einfach nicht. Aber ich sollte es wissen. Sie ist mein Kind, mein Baby.«

»Aber jetzt ist sie kein Baby mehr«, wandte er vorsichtig ein, um nicht noch mehr Qualen zu verursachen.

»Ich *kenne* sie nicht!« erklärte Rebecca leidenschaftlich, riß sich von Dan los und fuhr sich mit der Hand durchs Haar. »Sie war für mich in all den Jahren ein Phantasiegebilde, eine Idee. Meine Gefühle für sie waren immer mit der Frage verbunden, ob ich das Richtige getan habe, mit Schuldbewußtsein und Reue. Ich habe sie mir in Ivors Haus vorgestellt, wie sie all die normalen Dinge tut – im Garten spielen, reiten, in die Schule gehen, mit anderen Kindern zusammen sein. Aber es war ein imaginäres Kind, ein Kind, das mich nicht kannte, das Vater, Mutter, Großeltern, Verwandte und ein Umfeld hatte, von dem ich nicht das geringste wußte. Wenn ich jetzt in ihr Leben treten würde, wäre ich eine vollkommen Fremde für sie. Eine Stiefmutter. Und wenn Ivor eine andere Frau kennen- und liebenlernen und sie heiraten würde, dann könnten sie eine echte Ehe führen. Ich hingegen würde nur eine alte Beziehung wieder aufwärmen. Es ist furchtbar, aber ich weiß heute ebensowenig, was ich tun soll, wie an dem Tag, an dem ich sie in Edinburgh getroffen habe – Ivor und das kleine Mädchen, das genauso aussieht wie ich früher. Ich kann es nicht fassen, daß ich mich nicht entscheiden kann. Bin ich wirklich ein so gräßlicher Feigling? Bin ich nicht normal? Würde nicht jede Mutter mit Freuden diese Chance ergreifen?«

»Ich glaube nicht, daß du nicht normal bist. Du hast nur die außergewöhnliche Gabe, die Sache ehrlich und subjektiv zu beurteilen«, erwiderte Dan ruhig. »Du erkennst ganz klar, daß Sophie, die dich nicht kennt und keine Erinnerung an dich hat, dich als Fremde ansehen würde und demzufolge keine Empfindungen für dich haben kann – dazu gehört viel Mut. Du siehst, daß zwischen dem, was du fühlen solltest, und dem, was du tatsächlich fühlst, eine Kluft besteht. Für dich war keine reale Person da, die du lieben konntest – du hattest nur eine Vision von deiner Tochter. Ich denke, deine Entscheidung sollte davon abhängen, was du für ihn, den Adoptivvater, empfindest. Und soweit ich das heraushören konnte, hast du das bereits herausgefunden.«

Rebecca lehnte sich an seinen Arm, und zum erstenmal huschte ein Lächeln über ihr Gesicht. »Für einen Mann, der angeblich nicht mit Emotionen umgehen kann, bist du erstaunlich einfühlsam«, stellte sie fest.

Diese Bemerkung brachte sie plötzlich zum Ausgangspunkt zurück, zu den Differenzen zwischen ihnen, und beide nahmen eine Erwartungshaltung an.

»Du mußtest mit irgend jemandem darüber reden«, urteilte Dan sachlich. »Du hast eine schwere Entscheidung zu fällen.« Seine innere Erregung schwand, als er sich vorstellte, welche Möglichkeit ihr offenstand. Konnte überhaupt ein Zweifel bestehen, wofür sie sich entscheiden würde?

»Du bist ein guter Zuhörer, Dan. Und das weiß ich besonders zu schätzen, weil ich dir kurz zuvor noch so heftige Vorwürfe über dein Verhalten gemacht habe.«

»Du bist hereingestürmt wie eine Furie, das stimmt«, pflichtet Dan ihr bei, und mit einemmal mußten beide lachen. »Komm, ich setze Wasser für Kaffee auf.«

»Ich sollte wirklich gehen.« Rebecca klang nicht so, als würde sie es ernst meinen, und im Moment verspürte sie tatsächlich nicht die geringste Lust, sich in ihr Auto zu setzen und in die Einsamkeit ihres kleinen Zimmers zurückzukehren.

»Die Nacht ist sowieso bald vorbei«, sagte Dan. »Worum machst du dir Sorgen? Du kannst doch den ganzen November durchschlafen.«

»Stimmt eigentlich.« Sie nahm dankbar den Kaffee entgegen.

Dan setzte sich nicht neben sie. Statt dessen schlenderte er zum Fenster und wieder zurück zum Kamin und blieb halb von ihr abgewandt dort stehen.

Sie sah ihn mit gerunzelter Stirn an. Was kam jetzt?

»Hör mal, in der Nacht, in der ich ausgeflippt bin, weil du von all dem angefangen hast ...«, begann er unvermittelt. »Ich habe auch ein Kind«, fuhr er nach einer Weile fort, ohne ihr sein Gesicht zuzuwenden. Sie starrte ihn wie betäubt an. »Auch ein kleines Mädchen. Fünf Jahre alt. Es lebt bei seiner Mutter.«

»Aber, Dan – das wußte ich nicht. Siehst du sie manchmal?« fragte Rebecca hastig.

»Nein«, entgegnete er harsch.

Ohne den Blick von ihm zu wenden, stellte Rebecca ihren Becher auf den Boden, stand auf, ging zu ihm und legte den Arm um ihn. »O Dan, es tut mir leid. Ich hatte ja keine Ahnung.«

Er nickte stumm, sah sie aber immer noch nicht an. Sie hielt ihn und lehnte sich leicht gegen ihn. Plötzlich schossen ihr die Tränen in die Augen. Man konnte die Erfahrung hundertmal machen und begriff es trotzdem nie: Jeder hatte Wunden und Geheimnisse.

Nach einer Weile wandte Dan sich ihr zu, hob den Arm über ihren Kopf, legte ihn um ihre Schultern und zog sie fest an sich. Erschüttert stellte sie fest, daß er ihr seine Tränen nicht zeigen wollte.

»Laß uns raufgehen«, sagte er heiser.

Einen kurzen Augenblick der Panik sträubte sie sich. Dort oben hatte Dan sich von ihr losgerissen und war mit wehenden Fahnen geflohen. Sie mochte dieses Zimmer nicht, es war häßlich und abweisend. Aber dieser Gedanke verflüchtigte sich sofort wieder. Es ging um Dan, um seine Bedürfnisse, seine Verletzlichkeit – nicht um vier Wände.

Als sie nah beieinander im Warmen lagen, redeten sie – das heißt im Grunde redete zuerst nur Dan. All die verborgenen Dinge, die an ihm nagten und ihn dazu getrieben hatten, eine Fassade aus Aggressionen, Verachtung und Selbstgenügsamkeit um sich aufzubauen, brachen aus ihm heraus.

»Ich wußte nicht einmal, daß du verheiratet warst«, sagte Rebecca. Sie hatte Zeit gehabt, sich zu fassen und den Schreck zu verdauen, den er ihr mit dieser Eröffnung eingejagt hatte.

»Zweimal«, sagte Dan gepreßt. »Ich bin zweimal in dieselbe Falle getappt – ist das zu glauben?« Er schnaubte verächtlich. »Das erste Mal kam es zu einem Desaster, das viele bei der Army erleben. In einem Nachtclub kennengelernt und nie etwas anderes gemacht als getrunken, getanzt und gevögelt. Der Kerl wird ins Ausland geschickt, die Frau bleibt zurück, um das Quartier sauberzuhalten. Sie hat's immerhin einen Monat ausgehalten.«

Rebecca enthielt sich jeden Kommentars. Sie spürte, daß ihm diese Geschichte nichts mehr bedeutete, auch wenn sie eine gewisse Bitterkeit hinterlassen hatte.

»Und prompt habe ich denselben Fehler wieder gemacht. Nur habe ich mir diesmal mehr Zeit gelassen, war ungefähr ein Jahr verlobt und habe ganz genau klargestellt, was es heißt, beim Militär und besonders bei unserem Regiment zu sein. Man kann sich nicht aussuchen, wohin man kommt, und meistens muß die Familie natürlich zu Hause bleiben. Ich habe sogar meine Kameraden und ihre Frauen gebeten, mit ihr zu sprechen. Sie behauptete steif und fest, daß sie genau Bescheid wüßte, daß ihr das alles nichts ausmachen würde, sie sehr gut auch allein zurechtkäme und mich in allem unterstützen würde. Sie war auch wirklich noch da, als ich von dem Einsatz auf den Falklandinseln zurückkam, und Lee war mittlerweile auf der Welt. Es ist schön, ins Quartier zu Frau und Kind zu kommen und das Banner ›Willkommen, Daddy‹ und all das vorzufinden. Es war eine Erfahrung, die mir nie wieder vergönnt war. Beim nächsten Mal war sie bei ihrer Mutter – dort ist sie noch, soviel ich weiß.« Seine Bitterkeit verwandelte sich in Groll. Rebecca legte eine Hand auf seine Brust und atmete auf, als er sie dort festhielt.

»Sie hat sich nicht die Mühe gemacht, die Scheidung einzureichen, bis ich in diese Sache mit dem Militärgericht geschlittert bin. Daraufhin rannte sie überall herum wie ein kopfloses Huhn und kreischte, ich sei ein schlechter Vater und ein brutaler Ehemann und weiß Gott was noch.« Er hob die Hand und drückte Daumen und Zeigefinger auf seine Lider. »Verdammt, du willst das sicher gar nicht wissen. Aber das ist der Grund, warum ich so aus dem Häuschen geraten bin, als du von deinem Kind, von Sophie erzählt hast. Ich wollte nur, daß du das verstehst.«

»Ich möchte die ganze Geschichte hören.« Er hatte jahrelang geschwiegen wie sie selbst. Wer könnte ihn besser verstehen als sie?

»Da gibt es nicht mehr viel zu erzählen. Sie wollte weg von mir. Sie hatte einen anderen, nur war sie schlau genug, das geheimzuhalten. Ich habe erst vor ein paar Monaten davon erfahren. Sie wollte die Scheidung, aber das allein genügte ihr nicht. Sie setzte alles daran, daß ich Lee nie wiedersehen würde. Und sie hatte Erfolg, weil sie diesen tödlichen Unfall bei der Schießübung ...«

»Aber das konnte sie unmöglich tun! Das Ganze hatte doch nichts damit zu tun, wie du als Vater bist. Und du wurdest von jeder Schuld freigesprochen.« Rebecca war empört über diese Ungerechtigkeit. Sie stützte sich auf einen Ellbogen und sah ihm ins Gesicht.

Er zuckte mit den Achseln. »Oh, es hat viele lautstarke Auseinandersetzungen gegeben. Ich hab' sie zweimal geschlagen, behauptet sie, aber so war das nicht. Sie ist mit ihren Fingernägeln auf mich losgegangen und hat sich wie eine Wahnsinnige aufgeführt. Ich hab' ihr einen Klaps gegeben, um sie wieder zur Besinnung zu bringen.« Sein gleichgültiger Ton verriet Rebecca mehr, als jeder Protest es vermocht hätte, daß er die Vorgänge wahrheitsgemäß schilderte. »Ihre Mutter war natürlich allzu bereit, all das auszuplaudern. Und das Urteil des Militärgerichts stand noch aus. Und sie fand selbstverständlich jemanden, der ihr zuhörte.«

»Aber das sind doch alles keine Gründe, um bei Gericht zu erwirken, daß du deine Tochter nicht mehr sehen darfst«, wandte Rebecca ein.

»Ich habe nachgegeben. Ich wollte einfach nur noch raus aus der Sache. Wahrscheinlich ist es für Lee auf lange Sicht am besten so. Ich könnte einem Kind doch nie die Sicherheit und Zuneigung geben, die es braucht. Ich habe nicht einmal eine dauerhafte Bleibe und könnte ihm weder Heim noch Zukunft bieten.«

Rebecca stieß, ohne zu zögern, zum Kern dieser Behauptung vor. »Du weißt, daß du jemandem Zuneigung und Liebe schenken kannst. Dein Problem ist offenbar, daß bisher niemand deine Gefühle erwidert hat.«

Dan schwieg. Rebecca spürte seinen kräftigen Herzschlag unter ihrer Hand. Trotz all der schwerwiegenden Dinge, die sie sich anvertrauten, freute sie sich sehr, ihm wieder so nahe sein zu können.

»Dan, all das Gerede, daß du ein emotionaler Krüppel bist, ist blanker Unsinn, und das weißt du. Es ist nur Tarnung. Du wehrst dich nur dagegen, noch einmal so verletzt zu werden.« Noch ehe sie den Satz beendet hatte, wurde ihr bewußt, daß er, nach allem, was sie ihm erzählt hatte, jedes Recht hatte, sich gegen zu starke Gefühle für sie abzuschirmen. Und noch etwas anderes kam ihr erschreckend klar in den Sinn: Sie selbst war ein ebensolcher Krüppel wie er, nur war sie nie ehrlich genug gewesen, es zur Kenntnis zu nehmen wie er.

»Ja, denk nur an den heutigen Abend«, sagte Dan düster. »Ich wußte, daß ich mich ekelhaft benehme, aber ich konnte einfach nicht mit der Situation umgehen. Ich mußte immer wieder an diese verdammte *ceilidh* denken, was ich damals empfunden habe und wie schön es mit dir war – und dann dieser Kontrast! Und ich stand Todesängste aus, weil ich befürchtete, daß du aufstehen und singen würdest. Ich hätte auf der Stelle gehen müssen, weil ich das bestimmt nicht ausgehalten hätte. Dich mit den anderen tanzen, immer beschäftigt, plaudernd und lachend zu sehen ... ich wußte einfach nicht, wie ich an dich herankommen könnte. Ich war ein Trottel, weil ich zugelassen habe, daß wir uns so weit voneinander entfernen. Seit ich zurück bin, wollte ich mit dir reden, dich um ein Gespräch bitten und versuchen, alles wieder ins reine zu bringen. Ich hatte nur keine Ahnung, wie ich es anfangen sollte, ohne die alten Geschichten aufzuwärmen – das hätte ich nicht ...«

»Dan, es ist schon gut. Ich verstehe dich, und es ist jetzt nicht mehr wichtig. Ehrlich nicht. Wir beide haben so getan, als würden die alten Wunden nicht existieren. Dabei müßten wir eigentlich alt genug sein, um zu wissen, daß das nicht möglich ist. In diesem Punkt haben wir beide denselben Fehler gemacht. Man kann in einer Beziehung nicht willkürlich Grenzen ziehen und sagen: bis hierher und nicht weiter. Wir sind früher an diese Grenzen gestoßen, als wir erwartet haben, und dann hatten wir Schwierigkeiten, damit fertigzuwerden. Wir waren selbstsüchtig, feige und kindisch.«

»Vielen Dank, daß du das so deutlich aussprichst«, gab Dan zurück, aber er klang schon wesentlich zuversichtlicher.

Rebecca lachte und küßte ihn flüchtig. Er hielt ihren Kopf fest und drückte ihren Mund auf seinen. In der nächsten Sekunde rollte er sich auf sie.

KAPITEL 27

Wenn Rebecca sich später an die zwei Wochen bis zum Saisonende erinnerte, erschienen sie ihr wie ereignisreiche Monate voller Glück. Aber in Wahrheit verflog die Zeit so schnell, daß sie die Tage am liebsten festgehalten und jede einzelne Stunde in Ruhe ausgekostet hätte. Im Rückblick war ganz Ardlonach in goldenes Sonnenlicht und in glühende Herbstfarben getaucht, obwohl es in den ersten Tagen stürmte und schaumgekrönte Wellen auf die Küste rollten; riesige Brecher klatschten gegen die Klippen. Sogar der geschützte Garten von Ardlonach blieb nicht verschont, und die üppige Schönheit des Herbstes wurde zerstört. Der Wind drückte den Qualm durch die Kamine zurück in die Zimmer, und Türen knallten im ganzen Haus.

Dan stellte Programme auf, die den Kursteilnehmern sinnvollere Betätigungen boten, als in nassen Zelten zu hocken und den Wind über sich heulen zu hören oder bei Unwetter durchs Moor zu trotten. Und er war froh, daß er in der Nähe bleiben konnte.

Er war ausgelassen und überschwenglich, fast wie Fitz, auch wenn er es nicht im gleichen Maße zeigte. In seinem Fall kam überdies noch grenzenlose Erleichterung und das Gefühl hinzu, eine Prüfung bestanden und etwas Schlimmes hinter sich gebracht zu haben. Die Tage, in denen er befürchten mußte, daß er seine Chancen bei Rebecca für immer verspielt hätte, weil er Wut und Frustration nicht im Zaum hatte halten können, in denen er von Reue und Bedauern geplagt wurde und keine Ahnung hatte, wie er die Situation bereinigen sollte, erschienen ihm jetzt wie ein finsterer Traum. Das Gespräch, bei dem sich beide viel von der Seele geredet hatten, hatte Schleusentore geöffnet; jetzt wollten sie beide alles miteinander teilen, dem anderen alle Zweifel und Schuldgefühle offenbaren. Wenn sie sich nachts in den Armen lagen, fanden sie ebenso Frieden wie abends in der Bibliothek. Als der Sturm nachließ, gingen sie in die Berge oder segelten mit der Firefly zu einem letzten Besuch auf der Insel, und immer tauschten sie ihre Gedanken aus und sprachen über die Vergangenheit. Beide machten die erstaunliche Erfahrung, daß Erinnerungen, die sie lange verfolgt und gepeinigt hatten, plötzlich in den Hintergrund traten und nicht länger Macht ausübten.

Sie unterhielten sich auch über die Gegenwart, über das Haus, das Fitz kaufen wollte, über Catrionas Schlusseligkeit, die in Trudys Laden für die komischsten Situationen sorgte, über Ellie, die darum gebeten hatte, hierbleiben zu dürfen, weil sie lieber ohne Gehalt arbeiten wollte, als zu Hause ihrer Mutter zu helfen, die sie offenbar noch härter herannahm als Rebecca. Mona war zu ihrem abtrünnigen Kerl zurückgekehrt, um sich weiterhin mit von Bier inspiriertem Sex, Schwangerschaft, Mißbrauch, Prügeleien, Polizei vor der Tür, Kinderhorten und Sozialfürsorgegeld abzufinden. Joanie zuckte nur mit den Schultern und prophezeite nach langer, leidvoller Erfahrung: »Sie kommt wieder, ihr werdet schon sehen.«

Die Zukunft sprachen sie nur an, soweit sie Una und Ardlonach betraf. Tony war, wie Rebecca vorausgesagt hatte, zu Caroline gelaufen, die ein paarmal in seinem Auftrag mit Una telefoniert hatte, um emotionsgeladene, ungerechtfertigte Vorwürfe zu erheben. Während eines dieser Gespräche reichte Una den Hörer an Rebecca weiter und ging zitternd, aber entschlossen weg. Rebecca ließ Caroline ihre lange, unverschämte Tirade über Toleranz beenden (erstaunlich, daß sie das Wort überhaupt kennt, dachte Rebecca), dann sagte sie: »Una ist weg, Caroline. Sie hat es satt, dir zuzuhören. Wenn du etwas Konstruktives vorzubringen hast, dann sag es mir.«

»O Rebecca, du bist unmöglich! Ich bin überzeugt, du hast Una das alles eingeredet. Sie war immer ein so süßes, sanftmütiges Mädchen.«

»Zumindest ein gefügiges, duldsames.«

»Da ich dich schon einmal an der Strippe habe – da ist tatsächlich etwas, was ich dir sagen möchte.« Rebecca zog eine Grimasse und sah Dan an, der breit grinste, als er beobachtete, wie sie die Schultern straffte und sich auf einen Kampf vorbereitete.

»Nur zu«, forderte sie Caroline auf.

»Wenn Una auf dieser unerhörten Idee besteht und Tony wirklich ausbezahlt, hat das Auswirkungen auf die ganze Familie – hast du daran schon mal gedacht?«

Rebeccas Augen blitzten, aber sie sagte nichts.

»Was ich damit sagen will –« Carolines Stimme wurde, da die erhoffte Ermunterung ausblieb, immer schriller, »Ardlonach ist dann nicht mehr in den Händen der Familie. Das muß dir doch auch schon durch den Kopf gegangen sein. Es ist immerhin Tonys Besitz, nicht Unas. Sie ist nur eine angeheiratete Urquhart.«

»Ganz recht. Tony hat sie geheiratet, und jetzt hat sie als seine Ehefrau ein Anrecht auf die Hälfte ihres gemeinsamen Besitzes. Sie können Ardlonach auch an einen Dritten verkaufen und sich den Erlös teilen, dann gehört es gar keinem Urquhart mehr.«

Diese simple Überlegung schien Carolines Horizont zu übersteigen. »Aber es gehört eigentlich Tony. Una kann es ihm unmöglich wegnehmen. Und denk doch mal daran, was das für uns alle bedeutet.«

Rebecca hielt die Sprechmuschel mit der Hand zu. »Sie macht sich Sorgen um ihre kostenlosen Ferien«, sagte sie zu Dan, ohne die Stimme zu senken.

»Rebecca, du weißt, wie George und ich gestellt sind – wir leben im Moment praktisch von der Hand in den Mund. Uns steht das Wasser bis zum Hals, und ich weiß nicht, ob wir jemals auf einen grünen Zweig kommen. Die Zwillinge sind nicht viel besser dran, obwohl ich immer dachte, Gynäkologen würden ganz gut verdienen, aber laut Leonie stimmt das nicht. Zudem gibt Malcolm offensichtlich jeden Penny aus, den er in die Finger bekommt – was Fran und er bei einer einzigen Reise ins Ausland verschleudern, würde meine Futterkosten für ein ganzes Jahr decken. Und Mutter tut immer so, als wäre sie pleite, aber ich bezweifle das; sie kann nicht alles, was ihr Vater hinterlassen hat, durchgebracht haben. Uns hat sie bestimmt noch nicht viel davon abgegeben, obwohl George denkt, sie sollte das nicht mehr auf die lange Bank schieben. Wie auch immer, wir dachten ... ich meine, wir alle sind uns einig ...«

»Ich glaube, sie kommt endlich zum Punkt«, bemerkte Rebecca, hielt den Hörer ein wenig vom Ohr weg, damit Dan auch etwas mitbekam, und sah ihn mit hochgezogenen Augenbrauen an.

»... auch du und deine Familie hängen sehr an Ardlonach, genau wie wir. Wir dachten, wenn wir uns alle zusammensetzen und Vorschläge machen ...«

Dan grinste noch breiter, lehnte sich zurück und betrachtete Rebeccas boshafte Miene.

»Rebecca, bist du noch dran? Du könntest ja auch mal was dazu sagen – für mich ist das hier auch nicht einfach, weißt du. Es scheint immer an mir hängenzubleiben, die unangenehmen Aufgaben zu erledigen ...«

»Du meinst so unangenehme Aufgaben wie ein Telefonat mit mir, oder? Nein, Caroline, sprich nur weiter, ich höre dir zu.«

»Na ja, wir dachten, es wäre ein Verbrechen, das alles aus den Händen zu geben, besonders da Tony ein so erfolgreiches Unternehmen daraus gemacht ...«

»*Was?*« hauchte Rebecca Dan zu.

»... er sagt, seine Pläne für dieses Trainingszentrum hätten sich als brillant erwiesen – es kann gar nichts damit schiefgehen – und der ganze Laden würde endlich etwas abwerfen.«

Rebecca kniff die Augen zusammen und knirschte mit den Zähnen. Dan beobachtete sie belustigt.

»Und weiter?« sagte sie knapp.

»Wenn wir alle geben, so viel wir können ... aber ich muß schon sagen, die Schulgebühren sind in den letzten Jahren in schwindelerregende Höhen gestiegen, und ich weiß, daß Fran und Leonie auch stöhnen deswegen ... Du hast natürlich keine derartigen Verpflichtungen, und wir dachten, daß Esme vielleicht auch interessiert sein könnte. Es wäre eine lohnende Investition, sagt Tony. Zum gegenwärtigen Zeitpunkt wälzen wir natürlich alle möglichen Ideen, aber was wir uns am meisten wünschen, ist, daß Una und Tony es noch einmal miteinander versuchen – ein bißchen Geben und Nehmen von beiden Seiten und so weiter. Aber wenn sie *nicht* dazu bereit sind, ich meine, wenn das absolut außer Frage steht, dann könnte das, was ich gerade dargelegt habe, Plan B sein. Wir alle lieben Ardlonach so sehr ...«

Rebecca ließ den Hörer sinken und musterte ihn, als wäre er für die Flut von Banalitäten verantwortlich. Dan wäre nicht überrascht gewesen, wenn sie ihn auf die Tischkante gedonnert und zerbrochen hätte. Sie spitzte die Lippen, schloß die Augen und bemühte sich um Selbstbeherrschung, dann drückte sie den Hörer wieder ans Ohr und sagte kurz: »Bring Tony dazu, daß er seine Angelegenheiten selbst regelt, ja?« Sie legte betont behutsam auf.

Dan hob den Arm, um seinen Kopf zu schützen. »Laß es nicht an mir aus«, flehte er.

»Meine bescheuerten Cousinen schmieden hübsche kleine Pläne, damit sie auch in Zukunft ›das Familienanwesen‹ bei ein paar Besuchen im Jahr genießen können. Was haben sie jemals in diesen Besitz gesteckt, was haben sie beigetragen, was wissen sie überhaupt über die Arbeit, die das Ganze erfordert? Und wie steht es mit der Anerkennung für das, was Una getan hat? Sie zeigen nicht den Hauch von Sorge um sie – sie denken nicht einmal daran, was aus ihr wird. Weißt du, mir wäre es wirklich lieber, das Haus und alles drum und dran wird verkauft, als daß es in ihre gierigen Hände fällt. Und sie überlegen sogar, meine Mutter um

Geld anzuzapfen, weil sie alle nicht imstande sind, sich zusammenzureißen und selbst zu arbeiten, statt vom Geld ihres Vaters zu leben ...«

Noch während sie ihrem Ärger Luft machte, fiel ihr auf, daß es ihr ganz natürlich vorkam, mit Dan über Familienprobleme und finanzielle Angelegenheiten zu sprechen, und er schien es auch ganz normal zu finden. Diese Entdeckung brachte einen kleinen Trost mit sich.

»Und stell dir vor, Caroline hat Una tatsächlich einen Vortrag über Toleranz und Versöhnung gehalten. Was für ein Unsinn – sie wollen Una hier raus haben und sich Ardlonach unter den Nagel reißen.«

»Als Hotel? Den laufenden Betrieb?«

»O ja, sogar ihnen dürfte klar sein, daß sie es zwischen ihren Ferienaufenthalten hier nicht einfach leerstehen lassen können. Sie würden Tony wieder herschicken, damit der den Laden schmeißt. Irgendwie müssen sie ihn ja beschäftigen. Ich kann mir nicht vorstellen, daß er in Carolines Trainingsställen von großem Nutzen ist. Er könnte natürlich mit den Pferdebesitzern Gin trinken oder ab und zu mal eine Box tünchen – falls so was heutzutage überhaupt noch gemacht wird.«

Aber so sehr Rebecca auch schäumte und sich nach einer Entscheidung sehnte, letzten Endes hing alles von Una ab, und Una hatte um Bedenkzeit gebeten, die ihr die mitfühlenden und ergebenen Mitarbeiter bereitwillig zustanden. Rebecca übte sich in Selbstdisziplin und Geduld. In der Wartezeit schwelgte sie in ihrem Glück, dessen Ende sich abzeichnete, aber gerade das machte es noch intensiver.

Ihre eigene Entscheidung stand auch noch aus, aber sie spürte, daß sich in ihrem Bewußtsein viele Türen geöffnet hatten und sie jetzt in der Lage war, ihre Motive mit Bedacht zu prüfen und gegeneinander abzuwägen. Mein Baby, mein Kind, meine Tochter – diese Begriffe erkannte sie jetzt als emotionalen Auslöser und wußte, daß sie nach all den Jahren keine echte Bedeutung mehr hatten. Es war an der Zeit, Sophie als das anzusehen, was sie war: eine eigenständige Person, die sich in einem Umfeld zu Hause fühlte und lebte, zu dem Rebecca jetzt als eine vollkommen Fremde Zugang gewährt wurde.

Eine Beziehung oder sogar eine Ehe mit einem Mann, der vor langer Zeit einmal ihr Geliebter gewesen war, nur damit Sophie zwei Elternteile hatte, konnte nicht mehr als ein von der Vernunft bestimmter Kompromiß sein. Noch vor ein paar Monaten hätte das bedeutet, eine provisorische Existenz gegen eine andere einzutauschen. Aber wenigstens hätte dieses Arrangement die fundamentalste Bindung, die Bindung zwischen Mutter und Kind, miteingeschlossen. Mittlerweile jedoch hatte Rebecca Einblicke in etwas anderes gewonnen – sie hatte Gefühle in sich entdeckt, zu denen sie sich bisher nicht für fähig gehalten hatte.

Aber auch das führte sie nicht weiter. Obwohl Dan und sie ein tiefes Verständnis füreinander hatten, war nur eines wirklich klar geworden: der Grund, warum es keine gemeinsame Zukunft geben konnte. Ihre Beziehung gehörte in die Gegenwart, zu diesen besonderen Umständen, in diese Saison, die sich dem Ende zuneigte. Und in der kurzen Zeit, die ihnen noch blieb, gaben sie sich schlicht dem körperlichen Vergnügen hin, das sie aneinander fanden.

Manchmal schweiften Rebeccas Gedanken unweigerlich zu der verlockenden Vorstellung von einem

Zusammenleben mit Dan – sie würde in den Wintermonaten ein kleines Cottage in der Nähe der Berghütte mieten, so daß er bei ihr wohnen konnte, und im nächsten Sommer zu ihm ins Inshmore-Cottage ziehen, falls das Trainingszentrum dann noch existierte. Sie ging sogar so weit, sich zu fragen, was wohl Esme, die bald nach Ardlonach kommen wollte, von Dan halten würde, wenngleich sie sehr gut wußte, daß Esme keine Kommentare abgeben würde. Als durch und durch ehrlicher Mensch versuchte sie herauszufinden, was sie zu dieser Frage bewog. Sie und Dan hatten verschiedene Hintergründe, eine vollkommen unterschiedliche Ausbildung und Erziehung, und jeder hatte bislang ein ganz anderes Leben geführt. Wenn Esme das Sorgen bereitete, dann nur aus rein praktischen Erwägungen. Sie würde sich fragen, ob das Anlaß zu Reibereien geben könnte.

Es brachte Rebecca weiter, ihre Beziehung aus diesem Blickwinkel zu beleuchten und sich von ihrer Begeisterung für Dan zu entfernen – von seinen Berührungen, seiner Stimme, seinem muskulösen Körper und nicht zuletzt seinem Humor, den sie aus ihm herauskitzeln konnte und der ihm eine ganz andere Ausstrahlung verlieh. Sie kam, wenn sie ihre Beziehung mit nüchternem Verstand beurteilte, zu dem Schluß, daß sie nie zuvor mit jemandem zusammengewesen war, der so gut zu ihr paßte, was das Temperament, die Aussichten und den Charakter betraf. Als organisierter, pünktlicher und energiegeladener Mensch hatte sie oft in ihrem Leben unter der Gleichgültigkeit und Schlampigkeit ihrer Mitarbeiter gelitten. Es war überraschend befriedigend, eine Basis in einer Beziehung zu haben, die derlei Frustrationen von vornherein ausschloß. Egal, wie prosaisch ihre gemeinsamen Aktivitäten auch sein mochten, mit Dan war alles einfach und unkompliziert, und das schätzte sie von Tag zu Tag mehr.

Noch schwerer fiel ihr das Eingeständnis, daß sie zum erstenmal in ihrem Leben an jemanden geraten war, der niemals zulassen würde, daß ihre Zunge oder ihr Temperament mit ihr durchging. Wie einem Kind, dem gewisse Grenzen gesetzt werden, vermittelte auch ihr diese Einschränkung Sicherheit, und sie war nicht so überheblich, das als Nachteil anzusehen. Bisher hatte sie alle Beziehungen in ihrem Leben (bis auf die zu Esme natürlich und, wie sie erstaunt feststellte, die zu den Freunden dieses Sommers) zerstört, nur weil man ihr immer die Oberhand gelassen hatte. Seit der Schulzeit war sie daran gewöhnt, daß andere ihr folgten, und wenn sie sich langweilte oder ungeduldig wurde, ging sie einfach, wenn auch nicht ohne eine nagende Unzufriedenheit.

Jedenfalls stellte sich in der Beziehung zu Dan – falls sie andauern würde – nie die Frage, wer das Sagen hatte. Aber barg das nicht auch Gefahren in sich? Waren sie sich zu ähnlich? Mußte das nicht in einem erbitterten Streit enden? Gegenwärtig verspürten beide keine Lust zu streiten, sie ließen sich nur von der Woge der sexuellen Lust treiben, und alle Ängste und Bedenken waren weit entfernt und unbedeutend.

Selbst als sich der Sturm und die Unwetter verzogen hatten, waren die Tage nicht so sanft, golden und träge wie im südlichen Schottland. Es war strahlend, kühl und windig. Die Gipfel der Berge waren bereits verschneit, und in den kalten Nächten funkelten die Sterne am Himmel. Die Boote wurden aus dem Wasser geholt, die Besitzer der Feriencottages mähten den Rasen ein letztes Mal, schlossen die Läden vor den Fenstern, räumten Mülltonnen und Gartenmöbel in die

Schuppen und verschlossen die Türen. Diejenigen, die den Sommer über vermietet hatten, verbrannten Teppiche, richteten die Küchen neu ein und strichen die Wände frisch an.

Im Hotel ging alles langsamer und gemütlicher zu. Es mußten nur noch ein halbes Dutzend Abendessen zubereitet werden, am Abend hatten alle Gäste in der Hotelbar Platz, Lunchpakete für die Bergwanderer wurden nicht mehr gebraucht, und einmal war sogar überhaupt niemand da, der ein Mittagessen haben wollte. Una mußte erst um zehn vor acht in die Küche, um Frühstück zu machen. Eines Abends schlossen sie die Bar schon vor zehn, sie bestellten die Hälfte der Zeitungen ab, brauchten weniger Wäsche und setzten auf die Speisekarte, was sie tiefgefroren vorrätig hatten, um die Kühltruhen zu leeren. Sie schickten die übriggebliebenen Bierfässer zurück an die Brauerei, bevor das Bier schlecht wurde, und gönnten sich lange Kaffeepausen. Bisher war noch kein Datum genannt worden, wann Dan gehen sollte (Rebecca fragte nicht danach, weil sie es eigentlich auch gar nicht wissen wollte), aber es war abgemacht, daß Liam und Bern in der Woche, nachdem das Hotel zugemacht wurde, aufhören sollten. Die Mitarbeiter aus dem Ort würden ihre Arbeit beenden, sobald der letzte Gast abgereist war. Thea und Sylvie blieben noch ein, zwei Tage, um zu packen und aufzuräumen. Obwohl alle die Tage zählten und stöhnten, wenn unangemeldete Gäste erschienen, und an einem sonnigen Sonntag maulten, weil die Bar so voll war wie im August, waren sie doch auch traurig, daß alles zu Ende war.

Paddy, der einzige, der auch im Winter Arbeit im Hotel hatte, den Garten für den nächsten Frühling herrichtete und Reparaturen im Haus durchführte, versetzte Una einen Schock, als er ihr seine Kündigung übergab. Seine Miene war wie versteinert, und er trat verlegen von einem Bein aufs andere. Una, die immer die Privatsphäre anderer respektierte, sah ihn nur an und stellte keine Fragen.

»Es tut mir wirklich von ganzem Herzen leid, Sie zu verlieren, Paddy«, sagte sie feierlich, »und ich möchte Ihnen vielmals für alles danken, was Sie für uns getan haben. Wir hätten das Kutscherhaus ohne Sie niemals öffnen können, und es war wunderbar, daß Sie immer da waren, wenn Sie gebraucht wurden, und daß Sie so viele Aufgaben übernommen haben. Ehrlich gesagt kann ich mir nicht vorstellen, wie wir ohne Sie auskommen sollen, und Sie werden mir im Garten schrecklich fehlen, aber ich wünsche Ihnen viel Glück und Erfolg bei allem, was Sie in Zukunft tun.«

Rebecca konnte sich nicht beherrschen. »Sie wandern nach Australien aus, stimmt's?« platzte sie heraus.

Paddy wurde knallrot, dann entspannte er sich sichtlich. »Ich wollte es Ihnen schon längst sagen.« Er wandte sich noch immer verlegen an Una, war aber entschlossen, ihr alles zu erklären. »Es gibt da ein paar Probleme, die ich noch aus der Welt schaffen muß. Na ja, es ist nicht so einfach.«

Rebecca warf einen Blick auf sein kummervolles Gesicht. »Sie sind verheiratet«, stellte sie fest.

Paddy schnappte nach Luft. Ihm fiel buchstäblich der Unterkiefer herunter, und Una riß erstaunt die Augen auf.

»Woher wissen Sie das, zum Teufel?« fragte Paddy.

»Es kann gar nichts anderes sein.«

Una erschrak, als Paddys Gesicht zornrot wurde, Rebecca sollte wirklich nicht immer so mit der Tür ins Haus fallen, besonders nicht in einem solchen Moment.

Zu ihrer Erleichterung zuckte Paddy nur mit den Achseln und grinste trübsinnig. »Alle Achtung, Rebecca. Ja, ich bin verheiratet und habe zwei Kinder. Na ja, es sind eigentlich keine Kinder mehr, das eine ist fast zwanzig. Meine Frau und ich leben schon lange getrennt, aber wir wurden nie geschieden. Wir hätten uns eigentlich schon vor Jahren darum kümmern sollen. Sie lebt seit mehr als zwei Jahren mit einem anderen Mann zusammen.«

»Weiß Thea davon?« erkundigte sich Rebecca, die wie immer den wunden Punkt traf.

»Ja, sie weiß es«, sagte Paddy. Rebecca wurde sich plötzlich bewußt, daß ihr alle mittlerweile das Recht zugestanden, Fragen zu stellen. Jemand, der bei der Leitung eines Unternehmens half, hatte auch die Pflicht, Mitarbeiter, egal welchen Alters oder Standes, vor Schaden zu bewahren, und es schien so etwas wie ein stillschweigendes Einverständnis zu geben, daß das eher Rebeccas als Unas Domäne war.

»Und Sie wollen später nach Australien und sehen, welche Möglichkeiten sich Ihnen bieten?« fragte sie weiter.

»Genau.« Paddy atmete auf, weil sein Geheimnis gelüftet war und niemand eine große Sache daraus machte.

Rebecca freute sich für Thea. Es gab nichts, was sich in dieser Angelegenheit nicht regeln ließ. Paddy war kompetent, zuverlässig und sehr fleißig. Die Beziehung zu Thea hatte ihm gutgetan. Die beiden könnten eine rosige Zukunft haben, und Rebecca wünschte ihnen viel Glück. Wenigstens hatte Paddy so viel Verstand, alle Hindernisse aus dem Weg zu räumen, ehe er sich auf den Weg machte. Was Theas wohlhabende Familie von ihm hielt, war eine andere Frage, aber bestimmt würden sie im Laufe der Zeit erfahren, wie es den beiden erging.

»Wie, um alles in der Welt, soll ich ohne Paddy zurechtkommen?« jammerte Una, als er gegangen war. »Er hat alles im Haus gemacht.«

»Mir fällt da gerade etwas ein ... ich will deinen Entscheidungen natürlich nicht zuvorkommen, aber Bern hat keinen Job in Aussicht. Warum fragst du ihn nicht, ob er zumindest eine Weile hierbleibt und dir hilft?« Sie sagte bewußt »du« und nicht »wir« und erkundigte sich auch nicht, wie weit in die Zukunft Una vorausplante. »Er ist gewissenhaft und geschickt, du kannst dich voll und ganz auf ihn verlassen, und er braucht dringend einen Job. Er hat in dieser Saison nichts gespart. Du weißt ja, daß er jeden Penny an seine Mutter geschickt hat.«

»Das ist eine großartige Idee«, rief Una begeistert. »Wenngleich ich nicht sicher bin, ob ich ihm im Garten freie Hand lassen kann«, setzte sie besorgt hinzu.

»Er kann die schweren Arbeiten erledigen, und er wird genau das machen, was man ihm sagt – dessen kannst du dir ganz sicher sein.«

Und Rebecca würde, wenn sie von hier wegfuhr und alles vorbei war, wenigstens wissen, daß Una nicht ganz allein war.

»Wußtest du, daß Paddy nach Queensland will?« fragte Rebecca Dan atemlos, als sie am äußersten Ende der Landspitze über die Felsen kletterten und ihnen der eisige Westwind ins Gesicht blies.

»Jedenfalls war mir klar, daß er Thea nicht so ohne weiteres gehen läßt«, rief Dan.

»Glaubst du, Bern kommt klar?«

»Keine Frage. Er schwärmt jetzt nicht mehr für Sylvie, sondern für Una.«

»O Gott, daran habe ich gar nicht gedacht!«

»Komm hierher, hier ist nicht so viel Wind. Ich kann dich kaum verstehen.«

Sie ließen sich in einer der wenigen Felsnischen nieder, in denen sich kein Meerwasser angesammelt hatte, und schmiegten sich aneinander, rieben sich die kalten, feuchten Nasen und versuchten, wieder zu Atem zu kommen.

»Der alte Bern macht keine Schwierigkeiten, das weißt du. Ich finde, das ist die perfekte Lösung für alle Beteiligten.«

»Ich weiß nur nicht, für wie lange.«

»Nein, im Moment hängt alles ein bißchen in der Luft, stimmt's?« Dan starrte mit grimmiger Miene aufs Meer. Er hatte sich geschworen, Rebecca nicht zu fragen, wie sie sich entschieden hatte, aber die Sache ging ihm nicht aus dem Kopf. Im Grunde konnte es kaum einen Zweifel geben, was sie tun würde.

Rebecca schwieg, drückte den Kopf an seinen Arm und schloß die vom Wind tränenden Augen. Es war ganz allein ihre Entscheidung, die sie unabhängig von ihm treffen mußte. Dan hatte nie angedeutet, daß ihr Verhältnis weiter bestehen würde, geschweige denn ein dauerhaftes werden könnte. Ob sie bei Sophie, Ivor und dem bequemen, sicheren Leben Zuflucht nehmen würde oder nicht, hatte nichts mit ihm zu tun.

»Würdest du jemals versuchen, Lee wiederzusehen?« Sie war so in Gedanken, daß sie die Frage laut aussprach. Sie spürte, wie sich seine Muskeln anspannten. »Entschuldige, Dan. Gib einfach keine Antwort, wenn ich zu indiskret bin.«

»Es ist okay. Aber nein, ich glaube nicht, daß ich das versuche«, erwiderte er tonlos.

»Auch nicht, wenn sie älter ist?«

»Sie wird das Produkt dieser ... Erziehung sein.« Er hatte nie den Namen seiner Frau ausgesprochen. »Selbst wenn man sie nicht dazu gebracht hat, mich zu hassen oder all die Dinge zu glauben, die nicht der Wahrheit entsprechen, wird nichts sie mit mir verbinden. Ich denke oft, daß ein rührseliges Wiedersehen nach Jahren der Trennung – du weißt schon, wenn sich die Leute schluchzend um den Hals fallen – nur Theater sein kann. Das Umfeld und die Erziehung, das sind die Dinge, auf die es ankommt. Wenigstens für ein Kind. Ein Erwachsener hat Sehnsüchte und Erinnerungen und die Vorstellung, wie es sein könnte, Vater oder Mutter zu sein, aber ein Kind kennt das alles nicht. O Liebes, entschuldige, ich habe dabei nur an Lee gedacht. Das war ziemlich unsensibel, oder?«

»Es ist schon merkwürdig, daß wir beide mit diesem Problem fertigwerden müssen«, sagte Rebecca und wedelte mit der Hand, um ihm zu zeigen, daß sie seine Entschuldigung angenommen hatte und nicht gekränkt war. »Du hast deine Entscheidung getroffen. Du bist mutiger als ich.«

»Ja, klar – ich hatte zwingende Hilfe: Man hat es mir unmöglich gemacht, nach all der Zeit als Vater in Erscheinung zu treten, und außerdem ist es mir gesetzlich verboten«, gab er zynisch zurück.

»Wahrscheinlich hast du recht. Aber eines ist mir nach allem, was du mir erzählt hast, noch nicht ganz klar.«

»Was?«

»Offensichtlich ist es dir nicht leichtgefallen, die Air Force oder das Regiment zu verlassen. Hast du den Dienst wegen der Auseinandersetzung mit deiner Frau quittiert, oder weil du das Gefühl hattest, schlecht behandelt worden zu sein? Du warst so mit Leib und Seele dabei, daß diese Verhandlung vor dem Militärgericht allein nicht der Grund sein konnte, alles aufzugeben.«

»Dir kann man nichts vormachen, wie?« Er rieb seinen in eine Kapuze gehüllten Kopf zärtlich an ihrem. »Ja, ich habe nicht ganz die Wahrheit gesagt. Daß ich Lee verloren habe, hat mich vollkommen fertig gemacht. Ich konnte nicht mehr klar denken. Ich wollte nur noch weg von allem. Und dann war da auch noch ein neuer Geschwaderkommandant, der mir nicht die Unterstützung gab, wie es der alte getan hätte.«

Dans trauriger Tonfall rührte Rebecca an. Er hatte so viel verloren. Sie zog seinen Kopf zu sich und schmiegte ihre kalte Wange an seine.

Eine Abstimmung ergab, daß die Abschiedsfeier in Ardlonach und nicht in einem Nachtclub, Restaurant oder einer anderen Lokalität stattfinden sollte.

»Warum sollen wir uns irgendwo mit schlechtem Essen begnügen, wenn es hier das beste weit und breit gibt?« wandte Thea ein.

»Aber hier müssen Una und Megan kochen«, rief ihr Rebecca ins Gedächtnis.

»Ich bin nicht scharf auf Bewirtung im großen Stil«, erklärte Sylvie entschieden. »Mir wäre es am liebsten, wenn wir ein bißchen zusammensitzen, Dan Gitarre spielt und Rebecca und Fitz singen.«

»Fitz gehört nicht zum Personal.«

»Oh, aber wir laden Fitz und Trudy doch sicher ein, oder?«

Das fand allgemeine Zustimmung.

»Aber meine Mutter nimmt nicht teil«, machte Rebecca klar. »Sie weiß, daß wir eine Party haben, und hat sich angeboten, das Telefon zu bedienen oder an dem

Abend etwas anderes zu unternehmen. Sie bringt jemanden mit, also langweilt sie sich bestimmt nicht.«

Sie genossen den Luxus und die Freiheit, das Haus für sich allein zu haben, und bereiteten ihre große Abschiedsparty vor. Sie stellten einen langen Tisch in den Speisesaal und dekorierten ihn kunstvoll. Una stellte ein Menü zusammen, das die Lieblingsspeisen aller enthielt. Von außerhalb wurde außer Fitz und Trudy niemand eingeladen, und Rebecca löste das Telefonproblem, indem sie einen Anrufbeantworter anschaffte. Nichts sollte das Fest stören.

KAPITEL 28

Esme traf mit ihrem Geliebten ein. Er war ein großer, kräftiger Mann, hatte ein freundliches, offenes Gesicht, blaue Augen und kurzes, lockiges, graues Haar. Er trug Jeans und ein ausgewaschenes blaues Sweatshirt und hätte sich rein äußerlich nicht mehr von dem eleganten, geschniegelten Francis Urquhart unterscheiden können. Er holte seine und Esmes Reisetasche aus dem Kofferraum des ziemlich heruntergekommen Vauxhall Frontera und nahm sie in die Hand, als würden sie überhaupt nichts wiegen.

»Das ist Laughton Wallace, Liebes«, sagte Esme gefaßt.

Er nahm Rebeccas Hand in seine riesige Pranke und sah sie mit amüsiert blitzenden Augen an, so daß sie lachen mußte. »Wallace?« sagte sie. »Von D.J. Wallace?« Dieser Name stand in großen braunen Buchstaben auf den Schildern jeder größeren Baustelle in Edinburgh.

Esme lachte auch und umarmte sie. »Die Monate als

Hotelwirtin haben deinem Verstand nicht geschadet, wie ich sehe. Schön, wieder hierzusein. Und da kommt Una.«

Es war ein Moment, der Rebecca lebhaft im Gedächtnis blieb. Die kühle, feuchte Herbstluft, das raschelnde Laub, der vom Regen sauber gewaschene Kies, der Geruch von feuchter Erde; Una, die lächelnd von der Veranda herunterkam. Aber das ganz Besondere war, daß sie Zeit hatten und wußten, daß sie die Begrüßung so lange ausdehnen konnten, wie sie wollten, ohne gleich wieder ins Haus laufen zu müssen, um ans Telefon zu gehen oder die Wünsche der Gäste zu erfüllen. Sie konnten Esme in Ruhe hineinbegleiten, mit ihr Tee trinken und ihren imposanten Begleiter mit den freundlichen wachen Augen und der Selbstsicherheit eines Mannes, der sein eigener Herr ist, kennenlernen. Sie konnten zusammensitzen, bis es Zeit wurde, zu Bett zu gehen, konnten spazierengehen, wenn ihnen danach zumute war, zu Abend essen, wann immer sie wollten, anziehen, was sie wollten, essen, was ihnen schmeckte. Die Freiheit, ganz normale Dinge zu tun, versetzte Rebecca in eine Ferienstimmung, die sie bisher noch nicht gekannt hatte.

»Und, wo bringt ihr uns unter?« erkundigte sich Esme forsch, als sie schließlich ins Haus gingen.

»Es sind in verschiedenen Zimmern Betten hergerichtet«, erwiderte Rebecca ungerührt und fing amüsiert Unas entsetzten Blick auf. »Am besten, ihr sagt uns, was ihr euch vorstellt.«

»Ein großes Doppelbett«, antwortete Esme prompt, und Laughton gab ein lautes, ungezwungenes Lachen von sich.

»Ich freue mich so, daß sie gekommen sind«, sagte Una, als sie und Rebecca wieder herunterkamen.

»Ich auch – Una, du Dummchen, du weinst ja! Warum, um alles in der Welt?« wollte Rebecca wissen. Sie blieb stehen, ergriff Unas Arm und drehte sie zum Fenster.

»Ich dachte nur gerade dran, wie schön das ist«, erklärte Una schniefend. »Es ist eine wunderbare Überraschung, und sie sehen so ... so durch und durch glücklich aus.«

»Gott, bist du sentimental!« spottete Rebecca, aber trotz ihrer Belustigung über diese erstaunliche Entwicklung spürte auch sie – was? Wehmut vielleicht? Aber das machte keinen Sinn. Es war ein bittersüßes Gefühl.

Die anderen fanden Esme und Laughton großartig und unternahmen keinen Versuch, das zu verbergen. Die Art, wie die beiden ihr Glück offen zeigten, Händchen haltend nahe beieinander saßen oder sich ansahen, versetzte alle in eine andere Stimmung und warf ein neues Licht auf all die Emotionen, die zwischen ihnen entstanden waren.

»Neben den beiden sehen wir aus wie ein langweiliges altes Ehepaar«, brummte Fitz. »Wir sollten lieber schnell heiraten, damit die Leute uns auch wieder ein bißchen Aufmerksamkeit schenken.«

»Jederzeit«, gab Trudy zurück und hob abwehrend die Hände, als sie bestürmt wurde: »Oh, wann?« und »Aber wir sind bald nicht mehr hier und werden alles verpassen!«

»Du hast mir nicht einmal den kleinsten Hinweis gegeben«, beschwerte sich Rebecca bei ihrer Mutter, als sie zum erstenmal allein waren.

»Ich wollte es dir sagen, als ich im Sommer hier war, aber ich hatte nicht die Gelegenheit dazu, und außerdem gab es eigentlich nicht viel zu erzählen. Im August ging es hier noch turbulenter zu, als die ganze Familie herumschwirrte und ich nur kurz hier sein konnte. Jedenfalls ist mir hinterher klargeworden, daß ich dir Laughton ohnehin nicht hätte beschreiben können oder dir hätte schildern können, was ich fühle. Es ist einfach richtig so, keine Zweifel, keine Fragen.« Und keine der Aufregungen, Eifersuchtsszenen und Auseinandersetzungen, die es mit Francis gegeben hatte, aber das konnte sie seiner Tochter nicht gut sagen. »Mir erschien es einfacher, ihn herzubringen.«

Laughton war ein geradliniger Mann. Sein Vater hatte ihm nach seinem Schulabschluß die Möglichkeit gewährt, sich in der Baufirma nach oben zu arbeiten. Er leitete den riesigen Konzern noch immer mit großem Elan, genau wie Esme ihren Betrieb, und es war nicht schwer zu erkennen, was die beiden verband.

Dan war der einzige, der nicht so recht zu wissen schien, wie er mit der Situation umgehen sollte. Er zog sich zurück und beobachtete alles aus dem Hintergrund. Rebecca war enttäuscht und machte sich wieder einmal bewußt, daß Dan und sie keine Zukunft hatten. Es kam ihr nicht in den Sinn, daß Dan sich vor der Begegnung mit Esme fürchten könnte und daß es ihn aus der Fassung brachte, sie so glücklich verliebt zu sehen.

Rebecca, die selbst beunruhigt gewesen war, weil sie nicht wußte, wie Esme auf Dan reagieren würde, kam sich plötzlich dumm vor, als sie merkte, wie ähnlich sich Dan und Laughton waren. Beide waren zupackende, kraftvolle Männer, die natürliche Autorität und Kompetenz ausstrahlten. Sie kleideten sich sogar ähnlich. Rebecca lächelte, als sie merkte, daß sich ihre innere Anspannung löste. Ihr war, als würde sich eine Angst, die sie nie richtig erforscht hatte, verflüchtigen.

Laughton schlug vor, daß er und Esme während der Abschiedsparty aus dem Haus verschwanden. Aber beim Lunch kam ihm eine bessere Idee: »Vielleicht wäre es sinnvoller, wenn wir die Arbeit machten. Wir sind bereit, alles außer kochen in Angriff zu nehmen – wir servieren, waschen ab, tun, was gerade anliegt.« Er lachte, als sich sämtliche Blicke auf Esme richteten. – »Keine Sorge, wir haben schon darüber gesprochen.«

»Ihr alle denkt, ich wäre mir zu fein für so was«, warf sie ihnen vor und lachte, als sie die zweifelnden Mienen sah. »Daß ihr euch da mal bloß nicht täuscht.«

Ich wette, ich bin nicht die einzige, der zum Heulen zumute ist, dachte Rebecca. Sie neigte den Kopf nach hinten und sah über den langen, von Kerzen erhellten Tisch hinweg zu Una. Sie war hübsch heute und strahlte richtig in ihrem dunkelroten Kleid.

Ich liebe sie alle, dachte sie sentimental. Sie konnte den Gedanken, daß Thea, Paddy und Sylvie bald zwölftausend Meilen weit weg sein und vielleicht nie wieder nach Ardlonach kommen würden, kaum ertragen. Und die anderen würden sich in alle Winde zerstreuen, andere Jobs finden. Was auch immer geschah, diese Leute, wie sie hier zusammensaßen, würden nie wieder so zusammenkommen.

Als Laughton mit einer riesigen, flambierten Eisbombe hereinkam, brandete Jubel und Applaus auf. Er hatte einen von Megans weißen Kitteln über den Jeans an, der an der Brust weit aufklaffte, während die Ärmel viel zu kurz und an den Seiten aufgerissen waren. Megan brüllte vor Lachen, als sie ihn sah – schließlich mußte sie ihre Arbeitskleidung nicht bezahlen. Esme folgte ihm mit den Tellern; sie trug die Kluft der Zimmermädchen und sah in dem Kerzenlicht nicht älter aus als Rebecca. Sie und Laughton hatten befürchtet, daß ihr Erscheinen die Partystimmung vielleicht doch stören könnte, und waren auf die Idee verfallen, sich ein wenig zu verkleiden, um das Eis zu brechen. Sie hatten Erfolg damit. Nachdem sie den Kaffee hereingebracht hatten, verlangten alle, daß sie sich zu ihnen setzten, aber sie lehnten ab und gingen in die Küche, um dem Abwasch zu Leibe zu rücken und ein stilles Abendessen zu zweit zu genießen.

Haben sie geahnt, was passieren würde? fragte sich Rebecca ein paar Minuten später, als alle eine Tasse mit Kaffee und Likör oder Brandy vor sich stehen hatten und die schüchterne Una nervös aufstand. Dies würde keine der üblichen Ansprachen einer Chefin werden, die dem Personal am Ende der Saison für die Mitarbeit dankte.

Vielleicht alarmierten ihr angespannter Gesichtsausdruck und das leichte Zittern ihrer Hände die anderen ebenso wie Rebecca, denn mit einemmal verstummten alle und sahen sie ernst an.

Zunächst dankte Una allen, weil sie in den vergangenen Monaten so viel Einsatz gezeigt hatten. »Zu einem gewissen Zeitpunkt glaubte ich wirklich, ich könnte Ardlonach in dieser Saison nicht öffnen«, sagte sie. »Rebecca hat mir eingeredet, daß ich es schaffe, und sie hat dafür gesorgt, daß alles glattgeht. Ich möchte ihr von Herzen dafür und für alles danken, was sie getan hat, seit ...«

Rebeccas Augen brannten, und die Gesichter der anderen verschwammen im Kerzenlicht.

»... aber ihr alle habt euren Beitrag geleistet ...«

Ist es tatsächlich vorbei? fragte sich Rebecca und geriet beinahe in Panik, als ob sie sich bisher nie mit der

Realität befaßt hätte. Sie war beeindruckt, daß Una diese Entscheidung ganz allein getroffen und niemanden um Hilfe oder Rat gebeten hatte.

»Ich weiß, wie schwierig es für Sie war, nicht zu wissen, was nächstes Jahr aus Ardlonach wird, und es tut mir leid, daß ich der Unsicherheit nicht früher ein Ende gesetzt habe, aber ich hatte vieles zu bedenken. Jedenfalls –« sie schob die Gedanken an das Vergangene beiseite und wappnete sich für das Kommende, »jedenfalls habe ich mich entschlossen, nächste Saison wieder zu öffnen und das Hotel sowie das Trainingszentrum aufrechtzuerhalten, wenn ich kann. Ich weiß nicht, wer und wie viele von Ihnen mir auch nächstes Jahr helfen können oder zurückkommen wollen – leider werden ja manche sehr weit weg sein«, fuhr sie mit einem bebenden Lächeln fort und sah Paddy, Thea und Sylvia dabei an, »aber ich würde Sie alle gern wieder hier haben, wenn es möglich wäre.«

Rebecca beobachtete, wie die weichherzige Sylvie sich die Augen auswischte, und Bern, der sie in den Arm nahm, schien ebenfalls den Tränen nahe zu sein.

»Aufhören, ich halte das nicht aus«, winselte Thea, drückte das Gesicht an Paddys Schulter und brachte damit alle zum Lachen.

In dem aufgeregten Stimmengewirr und dem Beifall sprang Catriona auf und umarmte Una; Fitz nahm die Portweinflasche und ging zu Liam, Bern trocknete sanft Sylvies Tränen mit einem großen grauen Taschentuch, und Rebecca spürte, wie Bewunderung und Liebe in ihr überschäumten. Die tapfere Una – das hatte sie großartig gemacht, und es war wahrhaft mutig, daß sie nicht vorher überall herumgelaufen war und sich versichert hatte, daß man ihr bei ihrem Vorhaben unter die Arme greifen würde. Sie sah es als ihre

Herausforderung an, und sie hatte ganz allein eine Entscheidung getroffen.

Rebecca drehte sich zu Dan. Als sich ihre Blicke begegneten, krampfte sich ihr der Magen zusammen. Das, was Una eben gesagt hatte, eröffnete Möglichkeiten, an die bisher noch niemand zu denken gewagt hatte. Dans Job als Leiter des Trainingszentrums war gesichert, wenn er es wollte. Una sprach gerade mit Bern und sagte ihm zweifellos, daß er einen Job für das ganze Jahr im Hotel hatte. Megan und Joanie wußten jetzt, daß sie im Frühjahr nicht mehr aufs Arbeitsamt mußten, Liam würde vielleicht auch wiederkommen, wenn ihn sein Nomadenleben hierher verschlug. Und ich? Rechnet Una auch mit mir? Aber nein, Una hatte deutlich gemacht, daß sie mit niemandem fest rechnete; alle konnten ihre eigene Entscheidung treffen.

Ich muß auch etwas sagen, dachte Rebecca, fühlte sich aber mit einemmal ungewohnt unsicher. Ich sollte mich mit den anderen freuen, doch dann begegnete sie wieder Dans fragendem Blick. »Wundervolle Neuigkeiten«, sagte sie zu ihm und hörte selbst, wie aufgesetzt und künstlich ihre Stimme klang.

»Du hast es nicht gewußt?« Seine Wachsamkeit ließ nicht nach.

»Nein.«

»Una hat nicht mit dir darüber gesprochen?« Er konnte es kaum glauben.

»Nein, kein Wort, ehrlich. Ich finde es wirklich mutig von ihr, daß sie sich ganz allein zu diesem Entschluß durchgerungen hat.«

Dan drehte sich zu Una um. Fitz befreite sie gerade aus Trudys Umarmung und tat so, als hätte er Sorge, bald eine zerquetschte Patientin verarzten zu müssen. Rebecca hatte den Verdacht, daß Dan seine Aufmerksamkeit absichtlich anderem zuwandte, und plötzlich füllten sich ihre Augen mit Tränen. Dan sah sie erschrocken an, dann faßte er Rebecca beim Arm und zog sie auf die Füße. »Wir rücken die Stühle im Salon zurecht«, verkündete er. »Es wird Zeit, daß wir uns ein bißchen bewegen.« Er legte einen Arm um sie, manövrierte sie hinaus und schloß die Tür hinter ihnen. Er führte sie in die Nische an der Steintreppe.

Rebecca lehnte sich an ihn und schluchzte haltlos. Er hielt sie in den Armen und spürte, wie der Kloß in seiner Kehle immer größer wurde, hatte aber nicht den Mut, sie zu fragen, warum sie weinte. Sie hatte mit keinem Wort erwähnt, ob sie im nächsten Jahr wieder hier sein würde, und keinen Hinweis darauf gegeben, was sie plante. Seine Begeisterung darüber, daß das Trainingszentrum weiter bestand und daß er seinen Job, der wie auf ihn zugeschnitten war, behalten würde, war wie weggeblasen. Konnte er ein Leben in Ardlonach ohne Rebecca ertragen? Er bezweifelte das.

Er hielt sie fest und drückte sein schmerzverzerrtes Gesicht an ihres.

Sie holte tief Luft und sagte: »Tut mir leid, Dan. Ich weiß selbst nicht, was mit mir los ist. Ich nehme an, ich weine, weil es vorbei ist.«

»Ja, das wird es sein«, brachte er hervor. »Es ist vorbei.«

Zumindest hatte Rebecca Zeit, mit Esme zusammenzusein, einen Spaziergang mit ihr zu unternehmen und auf den richtigen Zeitpunkt zum Reden zu warten. Laughton war geschäftlich nach Inverness gefahren.

»Könnte das arrangiert sein?« erkundigte sich Rebecca trocken.

»Geplant«, korrigierte Esme und lächelte. »Ich muß wissen, was du von ihm hältst und wie du darüber denkst, daß ich mit ihm zusammen bin. Und ich will so viel wie möglich über dich erfahren, sofern du mit mir darüber sprechen möchtest.«

»Ich mag Laughton«, erklärte Rebecca und fing mit dem einfacheren Teil an.

Ihre Mutter lachte, umfaßte Rebeccas Schultern und drückte die Wange an ihre. »Ich kann dir gar nicht sagen, wieviel mir das bedeutet.«

»Wollt ihr heiraten?« fragte Rebecca.

»Ich glaube, wir lassen vorerst alles so, wie es ist«, sagte Esme ernst.

»Und wie ist es?« hakte Rebecca nach. »Darüber bin ich mir noch nicht ganz im klaren.«

»Wir leben zusammen«, sagte Esme und zog überrascht die Augenbrauen hoch. Beide brachen in Gelächter aus. »Im Moment wohnen wir bei mir, weil Laughtons Behausung nur eine mit Fachzeitschriften und piepsenden und surrenden Maschinen vollgestopfte Kammer ist, aber wir suchen nach einem Haus. Es macht dir doch nichts aus, wenn ich die Wohnung verkaufe?«

Beschämt stellte Rebecca fest, daß es ihr etwas ausmachte. Obwohl sie sich immer vorgemacht hatte, unabhängig zu sein, hatte sie Esmes Wohnung die ganze Zeit als Rückzugsmöglichkeit, als ihr Zuhause betrachtet, ohne es selbst zu wissen. Plötzlich stand der große Moment der Entscheidung unausweichlich bevor.

Und endlich konnte sie über alles reden und Dinge aussprechen, die sie noch nicht einmal Dan anvertraut hatte. Sie erzählte von der Verzweiflung in den Jahren, in denen ihr Herz wie versteinert gewesen war, von den Schuldgefühlen, die alles, was sie tat, und jede

Freundschaft beeinflußten. Sie erzählte Esme, was sie aus Edinburgh fortgetrieben hatte und was Ivor von ihr wollte. Und sie sprach mit ihr über den Vorschlag, den Una ihr am Morgen gemacht hatte. Unas Vater hatte sich bereit erklärt, ihr das Geld für den Kauf von Ardlonach zu geben, aber Una zog es vor, daß auch Rebecca als Partnerin in den Hotelbetrieb einstieg.

An diesem Tag der Enthüllungen, an dem sie beide Frieden fanden, entschieden sie sich, Lilias einen Besuch abzustatten. Lilias lag jetzt die meiste Zeit im Bett und hatte eine Pflegerin um sich, die tagsüber für sie sorgte und ständig im Streit mit Barbara Bailey lag. Danach fuhren Esme und Rebecca weiter nach Rhumore. Clare ging es gut, und Donald war zufrieden nach einer erfolgreichen Jagdsaison.

Aber in all den Stunden, die sie gemeinsam verbrachten, fiel kein einziges Wort über Dan. Wenn Rebecca über ihn reden würde, kämen unweigerlich ihre Gefühle für ihn ans Licht, und sie wußte, daß Esme sich furchtbar sorgen würde, wenn sie ihr sagte, daß Dan nicht bereit war, sich in irgendeiner Weise zu verpflichten.

Zum Abendessen gingen sie in Fitz' neues Haus am Hügel über dem Hafen von Luig. Überall lagen Sachen von Trudy herum und verwandelten die klassisch und elegant eingerichteten Räume in ein behagliches Heim. Die Irvines waren auch da, und es ging lebhaft und fröhlich zu. Nur Dan und Rebecca waren ein wenig stiller und dachten an die noch ungelösten Fragen, die ihnen zu schaffen machten.

Dans Vorsicht Esme gegenüber hielt bis zum nächsten Morgen an, als Esme und Laughton ins Bootshaus kamen, um sich anzusehen, wo Waschbecken und eine große Waschmaschine installiert werden konnten.

Esme, Laughton und Rebecca amüsierten sich köstlich, als Dan immer nur Laughton ansprach und ihm alles erklärte. Aber plötzlich zog Laughton sich zurück, um sich die Firefly anzusehen, und Esme und Rebecca sahen Dan erwartungsvoll an. Dan unterbrach überrascht seinen Vortrag darüber, wie er sich die Neuinstallationen vorstellte.

»Nur weiter«, sagte Esme. »Bisher klingt alles sehr vernünftig. Hier wäre eine gute Stelle für den Abfluß.«

»Möchte sich Laughton das nicht ansehen ...?«

»Achten Sie gar nicht auf ihn. Ich bin der Klempner«, versetzte sie und holte den Zollstock aus der Tasche.

Dan wandte sich verblüfft an Rebecca.

»Ich hab' dir doch erzählt, daß sie eine eigene Firma hat«, sagte sie in gespielter Überraschung, aber ihre Augen funkelten dabei.

»Darüber reden wir später noch Klartext«, zischte ihr Dan zu. Man hatte ihn an der Nase herumgeführt, das wußte er, aber gleichzeitig fiel ihm ein Stein vom Herzen, weil Rebeccas Mutter nicht die vornehme Städterin war, für die er sie immer gehalten hatte.

Esme, die mit dem Zollstock herumlief und Berechnungen anstellte, war stolz auf Rebecca. Sie hätte Dan von allem erzählen und ihn auf diese Weise beruhigen können. Sie hatte aber statt dessen beiden die Chance gegeben, sich unvoreingenommen kennenzulernen. Und Esme gefiel dieser Dan. Bestimmt hatte er auch häßliche Seiten und konnte ungemütlich werden, wenn ihm etwas gegen den Strich ging, aber er war zweifellos in der Lage, ihre widerspenstige Tochter zu zähmen – das hatte vor ihm noch keiner geschafft. Mit einem nachgiebigen, sanftmütigen Mann würde Rebecca niemals glücklich werden, so gut kannte Esme ihre Tochter.

Esme und Laughton reisten an diesem Nachmittag ab; alle waren zum Abschied erschienen und winkten, aber Esme wählte schon die erste Nummer mit ihrem Handy, als sie die Einfahrt hinauffuhren. Sie nahmen Liam und seinen riesigen Rucksack mit bis zur A82, von wo aus er nach Wester Ross weitertrampen wollte.

Die nächsten, die sich verabschiedeten, waren Thea und Sylvie – die beiden setzten mit ihren Tränen den Bahnsteig von Fort William unter Wasser. Dan, der die Verzweiflung in Berns Augen sah, half ihm, seine Habseligkeiten in das Spean Bridge Cottage zu schaffen. Dieser Umzug gab Rebecca den Rest. Bis dahin hatte sie geglaubt, daß ihr noch Möglichkeiten offenstanden. Jetzt war sie gezwungen zuzugeben, daß es keinen Grund mehr gab zu bleiben; sie konnte nicht einmal mehr die Arbeit als Vorwand nutzen. Die Inventur war gemacht, die Zimmer hatten sie vorbereitet, damit die Wände frisch gestrichen werden konnten, die Geschäftsbücher waren in Ordnung, die Teppiche gereinigt, der Wartungsdienst für die Spülmaschine und die Boiler gemacht. Der Moment war gekommen.

Sie brach früh auf und fuhr nach Osten, als der erste Schnee die Nevis Range bedeckte. Die Landschaft wirkte verlassen unter dem grauen Himmel. Es ist ein jämmerlicher Trugschluß, darin ein Omen zu sehen, dachte sie, aber die Vernunft brachte sie im Moment nicht weiter. Sie war innerlich ganz leer vor Angst und Furcht, hatte kaum geschlafen und fühlte sich, als hätte man sie entwurzelt. Jetzt gab es keinen Platz mehr, an den sie wirklich gehörte. Una, die zu zaghaft war, sie zu bedrängen und die Dinge voranzutreiben, hatte lediglich gesagt, daß sie sich nichts mehr wünschte als Rebeccas Rückkehr, gleichzeitig aber auch betont, daß sie Ardlonach wieder öffnen würde, wie auch immer Rebecca sich entscheiden mochte.

Ihre Angst und das Gefühl, vollkommen allein auf der Welt zu sein, waren absurd, das wußte Rebecca. Sie rief sich ins Gedächtnis, daß sie diese Reise auch zu dem Ziel führen könnte, von dem sie immer geträumt und das sie für unerreichbar gehalten hatte – zu einem Wiedersehen mit ihrer Tochter. Nicht heute schon, heute würde sie erst mit Ivor reden. Heute wollte sie ihm sagen, wie sie sich entschieden hatte.

Es war sehr dunkel, und Rebecca tastete sich an der rauhen Mauer entlang. Sie konnte nicht sehen, ob Licht brannte, bis sie fast neben dem Fenster stand. Und als sie den trüben Schein entdeckte, schlug ihr das Herz bis zum Hals. Sie klopfte, zog rasch die Hand zurück und drückte sie an ihre Brust, dann holte sie tief Luft, um sich zu beruhigen. Dies war eine Szene, die sie leicht und locker spielen mußte.

Dans Stimme rief gleichgültig: »Herein!« Er saß am Tisch, als sie die Tür öffnete, und war dabei, Seile zu entwirren. Wahrscheinlich hatte er Bern erwartet, vermutete Rebecca.

Sie machte die Tür zu und lehnte sich dagegen. Dan rührte sich nicht vom Fleck und sah sie mit ausdruckslosen Augen an. Das paßt zu uns, schoß es Rebecca durch den Kopf; wir stürzen uns nicht in die Arme, sondern versuchen, normal und nüchtern zu bleiben.

»Wie ist es gelaufen?« fragte Dan.

»Ich bin zurück.«

»Das sehe ich.« Es genügte ihm nicht. Für ihn stand so viel auf dem Spiel, daß er keine Mißverständnisse riskieren konnte.

»Es war ein Traum, nicht die Realität.« Er beobachtete sie noch immer reglos, und sie verstand seine Haltung.

»Du hattest recht, als du gesagt hast, es würde nur auf das Umfeld und die Erziehung ankommen ...«

»Kümmere dich nicht darum, was ich einmal gesagt habe«, unterbrach er sie scharf. »Es ist nicht meine, sondern deine Entscheidung.«

»Du hast nur das ausgesprochen, was mir selbst auch schon klar war«, erwiderte sie ruhig. »Ich bin eine Fremde für Sophie. Es macht für sie keinen Unterschied, ob ich oder eine andere Frau Ivor heiratet; und es ist besser für sie, wenn sie Eltern hat, die wirklich glücklich miteinander sind und die Chance haben, zusammenzubleiben.«

»Und wenn du Sophie zu dir nimmst?«

»Ivor würde sie niemals aufgeben. Er vergöttert sie.«

»Aber du wirst nicht miterleben, wie sie erwachsen wird. Vielleicht bedeutet es ihr im Moment nicht viel, ob die Frau ihres Vaters ihre leibliche Mutter ist oder nicht, aber später spielt es vielleicht eine Rolle.«

»Ja.« Plötzlich war Rebecca vollkommen erschöpft und unfähig, ihm zu erklären, wie leer sie sich fühlte.

»Was hast du vor?« erkundigte sich Dan mit tonloser Stimme.

Sie sah ihn an, ohne das trübe Licht und die Kälte im Raum wahrzunehmen. »Ich will bei dir sein«, sagte sie, »wenn du es auch willst. Nur so lange, wie es uns beiden gefällt. Irgendwo. Hier, wenn du willst.«

Sie sahen sich immer noch wachsam an – ohne den Schimmer von Wärme oder Gefühl, wie Rebecca später dachte. Dan erhob sich bedächtig. »Und du meinst das ernst?«

»Ja. Ich weiß, daß du dich auf keinen Fall binden

willst, aber ich habe das Gefühl ... ich denke, daß wir uns beide noch nicht voneinander trennen wollen. Das ist alles. Solange wir so empfinden, möchte ich bei dir bleiben.«

Er ging mit unbewegter Miene auf sie zu, und sie unterdrückte den Drang, laut zu schreien und ihn aufzufordern, irgend etwas zu sagen. Er umfaßte ihre Ellbogen und legte den Kopf auf ihre Schulter. Aber sie konnte einen kurzen Blick auf sein Gesicht werfen, befreite einen Arm aus seinem Griff und legte die Hand unter sein Kinn. Sie zwang ihn, sie anzusehen. »O Dan.« Tränen standen in seinen Augen. Immer noch konnte er es nicht ertragen, jemandem seine wahren Gefühle zu zeigen. Er verschloß die Augen vor ihrem liebevollen, ungläubigen Blick. Sie zog seinen Kopf zu sich hinunter und liebkoste ihn.

»Jesus«, sagte er erstickt und holte tief Luft. »Ich dachte, du bist für immer weg. Ich konnte mir nicht vorstellen, daß dir das hier noch etwas bedeutet, wenn du erst das andere gesehen hast ... wenn du erkennst, was dir alles offensteht und was auf dich wartet. Bist du sicher, daß du nicht mehr Zeit brauchst? Dies ist ein folgenreicher Schritt. Es geht um Sophie, und du mußt dir ganz sicher sein ...«

»Ich glaube, im Grunde weiß ich es schon lange«, sagte Rebecca leise. »Ich wollte mich nur nie wirklich darauf einlassen. Ich habe mich an eine Phantasievorstellung geklammert – anders kann ich es nicht beschreiben, Dan.«

»... und du könnstest mit in die Berge und zum Segeln kommen – es ist nicht nötig, daß du sieben Tage in der Woche im Hotel hockst.«

»Catriona würde gern ganztags im Büro arbeiten, das hat sie Una selbst gesagt.«

»Braucht Trudy sie nicht auch im Laden?«

»Oh, dort könnte auch jeder andere arbeiten. Jetzt kann sie sich einen Angestellten leisten. Sag mal, hast du irgendwas zu essen hier?«

»Eine ganze Menge Käse, der im Hotel übriggeblieben ist. Könntest du dich mit dieser Bude im nächsten Sommer abfinden?«

»Würde mich nicht stören.«

Dan grinste, aber er wußte, daß es stimmte. Wenn es mit ihnen gutging, war Rebecca alles recht. Und es mußte ja nicht diese Räuberhöhle sein. Ihnen standen alle Möglichkeiten offen.

»Hast du eine Taschenlampe?« fragte Rebecca.

»Selbstverständlich. Wo ist deine?«

»Ich hab' sie im Auto liegenlassen. Komm, ich will dir etwas zeigen.«

Murrend, aber durch und durch zufrieden ließ sich Dan in die finstere Nacht entführen. Sie brachte ihn zum Kai und richtete den Strahl der Taschenlampe auf einen kleinen Toyota mit Vierradantrieb.

»Wem gehört der?«

»Mir. Ich habe ihn heute bekommen.«

»Was ist mit deinem orangefarbenen Flitzer?«

»Oh, das ist ein Auto für ein Stadtmädchen, meinst du nicht?« Rebecca wandte sich zu ihm um und sank in seine Arme.

Nachdem Leo Antrobus seine Familie verlassen hat, ruht alle Last auf den Schultern seiner Frau Martha: Fortan muß sie sich allein um ihre drei Kinder kümmern, die sie mit ihren Sorgen ganz schön auf Trab halten. Darüber hinaus ist das idyllisch gelegene Landhaus der Familie Antrobus zwar sehr gemütlich, aber auch stark heruntergekommen, und Geld fehlt an allen Ecken und Enden.
Als Martha zur Finanzierung einen Teil des Anwesens an den Geschäftsmann Tony Chandler vermietet, sind neue Turbulenzen vorprogrammiert. Denn außer einer Freundin hat Tony noch eine Ex-Frau und einen Sohn, die keineswegs gewillt sind, sein neues Glück einfach so hinzunehmen ...

ISBN 3-404-14301-9

BASTEI LÜBBE